★★★

海豹突击队

United States Naval Special Warfare
U.S. Navy SEALs

[美] 格雷格·E.马蒂逊（Greg E. Mathieson Sr.） 戴维·加特利（David Gatley）◎著
赵 峰 林爽喆 ◎译

湖南人民出版社 

图书在版编目（CIP）数据

海豹突击队 / (美) 马蒂逊, (美) 加特利著；赵峰,林爽喆译. —长沙：湖南人民出版社, 2014.10
ISBN 978-7-5561-0577-9

Ⅰ. ①海… Ⅱ. ①马… ②加… ③赵… ④林… Ⅲ. ①海军－特种部队－反恐怖活动－美国－手册 Ⅳ. ①E712.53-62

中国版本图书馆CIP数据核字（2014）第246216号

著作权合同登记号：18-2014-141

海豹突击队

作　　者：［美］格雷格 · E.马蒂逊　［美］戴维 · 加特利
译　　者：赵　峰　林爽喆
出 版 人：谢清风
责任编辑：胡如虹
监　　制：于向勇　康　慨
特约编辑：赵　辉
版权支持：文赛峰
封面设计：和德广益
版式设计：李　洁
出版发行：湖南人民出版社（www.hnppp.com）
地　　址：长沙市营盘东路3号
邮　　编：410005
经　　销：新华书店
印　　刷：北京尚唐印刷包装有限公司
版　　次：2014年12月第1版　2014年12月第1次印刷
开　　本：787mm × 1092mm　1/16
字　　数：640千字
印　　张：34.5
书　　号：ISBN 978-7-5561-0577-9
定　　价：98.00元
（若有质量问题，请致电质量监督电话：010-84409925）

海豹突击队每一天可能在全球超过40个国家执行任务，在某些地区，我们被请求去那里；在其他地区，人们不希望我们出现在那里；在另外一些地区，人们没有意识到我们已在那里；而在世界上某个特定的地方，人们以为我们在那里活动，其实我们并没有涉足。

——海军少将 加里·J.博内利

海军特种作战司令部副司令

全副武装的海豹突击队队员。他们身着潜水服参加名为“越过海滩”的演习，视野覆盖所有可能出现威胁的方位，时刻准备应对可能出现的战斗。他们携带的战斗装备举世无双，可根据每个人在任务中的需求进行定制，定制时会考虑使用的舒适性。（图片来源：戴维·加特利）

海豹突击队
“唯一好过的只有昨天。”

海豹突击队信条

在战争时代里，在动荡岁月中，有一位生来就与众不同的勇士，他为响应国家的号召而准备着。他是平凡的人，但他对胜利的渴望是非凡的。

苦难铸就了他，他与美国最精锐的特种作战部队并肩作战，为他的祖国效劳，为美国人民效劳，为保护他们的生命而拼搏。

我就是那个人。

我的手上有一柄三叉戟，它象征着荣誉与传统。已经远去的英雄们将它交到我的手上，它体现一种信任，一种我发誓要去保护的信任。将“三叉戟”佩戴在身上，我也就此承担起我所选择的职业和人生道路所赋予我的责任。这是一种特权，每一天我都要为这种特权而拼搏奋斗。

我对祖国、对团队的忠诚毋庸置疑。我谦卑地成为一个卫士，保卫我的美国同胞，并准备去捍卫那些无法保护自己的弱者。我不会宣扬我的工作，也不会寻求别人对我行为的认同。我甘冒我的职业带给我的风险，将别人的福祉与安全视为比自己的更为重要。

无论在战场内外，我都是为荣誉而战，无论在任何条件下我都能控制自己的情绪和行为，这让我显得与众不同。

我刚正不阿，我坚定不移，我言出必行。

我们期待着接受领导，也期待着领导别人。没有命令时我将站出来负责，领导我的队友完成任务。在任何情况下，我都以身作则。

我永不退缩。苦难只会使我坚持，使我更加强大。我的祖国希望我比敌人身体更加强壮，精神更为坚忍。每次被击倒，我都会重新爬起。我会用尽最后一丝力气去保护我的队友，去完成我们的任务。我永远不会退出战斗。

我们需要纪律，我们期待创新。队友能否生存和任务能否成功就取决于我——取决于我对技术是否熟练，取决于我对战术是否精通，取决于我是否注意到了细节。我要接受的训练永无止境。

我们接受训练是为了作战，我们参加战斗是为了获胜。我时刻准备着将我全部的战斗能量发挥出来，以完成我的任务，达成国家为我设定的目标。执行任务时，只要形势需要，我会迅猛而激烈，但我仍会受纪律的约束，因为这是我努力捍卫的东西。

勇敢的人战斗过了，他们即便死去，也会树立起令人骄傲的传统和令人胆寒的威名，这些传统、这些威名是我注定要去维护的东西。即便在最绝望的情况下，队友们留下的宝贵遗产也会坚定我的决心，默默地指导着我前进的每一步。

我永不失败。

特种作战艇员信条

在我们的国家需要之时，一群精锐而又亲如兄弟的水手在遥远的海岸外、在浅浅的河流中时刻准备着。为了捍卫自由，他们光荣而出色地奋斗着。能成为这群水手中的一员，我万分自豪。

我是一名特种作战艇员，一个默默无闻的专业精英，接受考验，接受测试，全身心投入，只为在海上特种作战任务中做到出类拔萃。我是一个自律、自信、积极的战士。

我的荣誉与正直无可指责，我一诺千金，值得信赖。美国人民期待着我以专业的态度完成任务。

我的作战小艇、我的装备和我本人都处于最高战备水平。我设定标准并且以身作则。我对我的行为负责，对我的队友负责。我以挑战我的兄弟们来表现自己，同时我也期待被他们挑战。

我时刻准备着参战。我将用我战斗小艇的全部战力接近敌人，与他们交战。我的行动将果断而不武断，永远不辱使命。我不会退却，也不会丢下一个战友。

“二战”中有一群美军水手驾驶着PT鱼雷快艇与敌厮杀，越战中，另一批美军水手驾驶着战斗小艇令敌胆寒，他们的精神成为珍贵的遗产传承到我的手上，指引着我的行动。我会永远铭记他们为捍卫国家自由所表现出的勇气、坚忍和牺牲精神。那些在我之前战斗过的勇士，他们的荣誉是令人自豪的遗产，我只会将之继续高举而决不辱没。

及时、精准、永不放弃！

海豹突击队队员无疑要接受大量的水中训练。在越南战争中，海豹突击队开发出一种防止溺水的训练课程，以使受训者有信心在深水中生存。通过训练，受训者能够在水下舒适、自信地从事工作。在训练中，他们沉到水池底部，整张脸被水淹没，双手则被绑在身后，他们要找到水底的面罩，并用牙齿咬住面罩将其带到水面。（图片来源：格雷格·E. 马蒂逊 / 海军特种作战出版有限公司）

Recommended Order 推荐序

小约翰·F. 莱曼，1981—1987 年担任海军部长
“9·11”委员会成员

2001 年 9 月 11 日，美国以及整个自由世界告别冷战，进入一个更加动荡并且危险重重的时代。宗教的狂热和疯癫演化出一种具有毁灭性威力的跨国威胁。我们的敌人不是恐怖主义，而是暴烈的宗教激进主义。我们这一新型的敌人不是理性的、可以揣度的国家，它也不受传统的“战争法则”约束，用来对付我们的手段邪恶至极，而我们对此也几乎毫无准备。

作为“9·11”委员会的成员，证据已经很明白地告诉我们，美国政府应对这一新时代的能力还有待提升。我们发现我们的情报机构基本是无效的，我们国家调动和运用“软实力”的能力也很孱弱。在向受威胁的各国提供经济援助、技术支持以及其他手段方面，我们的意愿还很低，跟不上形势的需要。

然而在美国的“工具箱”中，其实有一个亮点，那就是我们这个国家特种作战部队的能力不但扎实而且正在增长。“9·11”委员会最重要的并且是一致同意的建议，就是对那些反美“圣战者”进行先发制人的抓捕，甚至刺杀，无论他们在全球的哪一个角落。而要成功地对那些正在试图攻击我们的极端力量“先发制人”，高度专业化的非常规武装力量是一个关键因素。里根总统从 20 世纪 80 年代开始重建这支非常规武装力量，此后美军士兵更换了很多批，但这支力量一直在成长。

作为一个出身于海军的人，我坚信在卓越的非常规武装力量中，最好的一支部队就是海豹突击队。这些无比精锐的突击队员在“二战”中被称作水下爆破大队，如今则是全世界最引人关注并且实力强悍的精锐特种部队。无论在海上、空中还是陆地，他们行动起来都游刃有余，并且常以小分队编组出动，其作用犹如一个力量倍增器，将我们常规部队的实力放大了数倍。在正在进行的伊拉克战争和阿富汗战争中，他们成功地抓捕或击毙了许多关键的“圣战者”领袖，成功地渗透到敌人控制的区域搜集关键情报，成功地引导毁灭性的空中及导弹精确打击，以至于今日没有一个“基地”组织成员可以自认为是安全的，这些人别想安稳地睡上哪怕一觉。在海豹突击队身后，一个更为庞大的

左图：前海军部长小约翰·F. 莱曼，身边坐满了“9·11”委员会的成员，图片背景上方坐着的是鲍勃·克里参议员，他也是“9·11”委员会成员，并曾经在海军海豹突击队服役，获得过荣誉勋章。（图片来源：格雷格·E. 马蒂逊/美国海军特种作战出版有限公司）

专业团队——海军特种作战司令部负责支援今日的海军海豹突击队，他们构成了一件功能强大的工具，供总统以及军队司令官们全天候使用。

在里根总统重建特种部队的过程中，我有幸将卡塔尔·弗兰上尉提拔为海军上将，由此打开了海豹突击队成员晋升为四星将领的通道。

海豹突击队的分队数量得到扩充，每支分队都获得了相应的资金支持，以使其能够拥有最为现代化的装备和训练。自 20 世纪 80 年代以来，海豹突击队为我们这个国家做出了卓越的贡献。他们在伊拉克、阿富汗以及其他许多无名之地的表现已经一再证明，这支部队获得扩充是理所当然的。很明显，我们国家的敌人以及潜在敌人得出一个结论：想要击败美国，最大的希望来自非对称战争。在这个新的世界里，美国将在更大的范围里需要特种部队发挥其战力，我也相信国会和行政部门将会提供必要的资源，使得我国军事部门中的海豹突击队乃至其他特种部队得到进一步扩充。

我们还必须谨记另一种挑战。在军事史上，曾经的辉煌与兵力的扩充往往会使得一些精锐部队变得平庸。由于可以晋升到最高层，由此需要扩张管理的层面，并加强与其他部队协调行动，这很容易导致官僚主义和过度追逐名利，从而损害真正的专业性。《1986年戈德华特—尼科尔斯国防部改组法》使得美国军方需要更多的管理人员，并倾向于共同负责，这已经削弱了一些战斗团队的专业性。在这种状况下，战斗人员不得不做出选择，一方面是加强自己独特的专业技能和领导能力，另一方面是满足各种复杂的条件以获得晋升。

向海豹突击队提供更多的物质资源固然是好事，但这也带来了一种危害，最优秀的海豹突击队队员必须投入更多的时间与精力去研究如何制订规划、如何制订预算、如何进行采购，以及如何应付五角大楼内的政治推诿。

我们希望，海军领导层会尽力让海豹突击队不要落入这样的陷阱，对于海豹突击队的建设不应当仅限于扩大规模、扩充硬件能力，而应更着眼于保持其效能及专业性。否则，这个国家将面临不利的局面。

这本书通过独特的视角、第一手的资料让我们领略了海豹突击队的风采。过去，海豹突击队从来没有允许任何人以如此近的距离领略我国海上特战勇士的威力。读者在本书中将看到海豹突击队及其特殊装备，而过去除了具有高级安全许可的人，还没有人能看得如此详尽、如此全面。几位技艺高超的摄影师花了数年时间完成了这本书，他们的动机在于让我们国家更好地理解那些极具奉献精神的人，正是他们确保了我们的家庭、我们的国家能够祥和安泰。在过去，我们的海豹突击队有充足的理由被神秘的外衣包裹，但现在，人们将看到行动中的海豹突击队队员，以及成千上万为海豹突击队队员提供支援、甘于奉献的海军特种作战部队的工作人员，这也是历史上的首次。

我希望这本书能够让美国人更好地了解到这一点，即我们所享有的舒适和安全，至少部分应当归功于一批勇敢而天赋异禀的年轻人，他们敢于将自己的人生投入困顿与牺牲，只为了整个国家的福祉。格雷格·马蒂逊和他的团队周游全球，与我们国家的军事力量一同在陆地驰骋、在海洋徜徉、在天空搏击。格雷格去过我们这个地球上最肮脏、最危险的地方，这些地方有的还算太平，有的正经历战争——所有这一切都是为了捕捉海豹突击队及其支援者工作中的风采。他们完成了一项卓越的工作，为所有海军特种作战部队和海豹突击队的无名英雄带来了荣耀。

自 序 Preface

编纂本书的工作最早发端于 1987 年，那时海军海豹突击队和海军特种作战部队还鲜为人知，总是被人忽视。

当时，《生活》杂志和《纽约时报》（周日版）都想请我做一期图片报道。《生活》杂志社此前追踪报道了一些在萨尔瓦多的海军海豹突击队队员，1981 年，他们曾在萨尔瓦多担任顾问。戴维 · 加特利从 1991 年开始报道海豹突击队队员所要接受的基本水下爆破训练，但他的报道仅限于此。叩开特种作战部队的大门可不是件容易的事，而在今天这个全球反恐战争如火如荼的年代，这更成为不可能完成的任务。但我们从未放弃。

由于极少信任记者、忽视新闻报道、三令五申禁止曝光，他们即便对顶级出版社的请求也拒绝了。海豹突击队是一个太过敏感的话题，他们依然想隐藏在那堵无法穿透的神秘之墙的背后。但通过书信来往、反复接触、频繁会晤，我们终于有所收获。

讽刺的是，当时的海军特种作战部队的司令官后来成了这本书的特约作者之一。直到今天，他写给我的信件我依然保留着，信中说他们“总是被赋予优先度更高的任务”，因此不会接受媒体的采访。

1993 年的某天，海军特种作战司令部给许多新闻机构打去电话，说他们决定清理抽屉里的采访请求，举办一个“媒体摄影日”。在那一天，所有在那一年里提出过请求的新闻机构都可以来到科罗纳多，采访海豹突击队队员并拍摄照片。当然，接受采访的海豹突击队队员都是经过“批准”的，而且摄影师所能拍摄的都是事先精心规划好的。还有一些附加的限制，比如我们必须待在一起，拍摄同样的照片，出现在彼此的镜头中。事后，我们的胶卷必须接受司令部负责公关事务军官的检查，检查完毕后我们才能离开。最终，照片上，海豹突击队队员的形象显得中规中矩，一群家伙从水中跃起，嘴里叼着呼吸软管，手上拿着滴着海水的武器，一副准备战斗的模样。绝对的好莱坞版！

渐渐地，海军特种作战司令部对我们的戒备越来越少，但我们能接触到的海豹突击队的活动和地点仍然没有变化，都是在基本水下爆破训练学校进行的训练。拍摄的日子是不同的，但照片的内容一模一样，你在无数有关海豹突击队的书中都能见到这些照片。通常的训练都是队员在水边扛着原木，浑身湿透后在教官督促的目光下游泳，最精彩的也莫过于正在经历“地狱周”的海豹突击队队员进行夜训。这种照片就显得更加“好莱坞”了。所有照片的内容、地点一致，唯一不同的是拍摄时间。

海军特种作战司令部的上述做法主要是为了保护真正的海豹突击队队员们的身份。那些教官全都戴着太阳镜，你拍不到他们的眼睛，你也永远不会知道他们是谁。许多学员将顺利通过基本水下爆破训练，训练后他们在生理上也会发生变化。在第一堂训练课中露面的那个家伙，和一年后顺利通过训练的那个人不是一回事。他拥有了之前未留过的胡须和前所未有的体格，如同一个高中橄榄球新人在几年后蜕变成专业的橄榄球运动员。事实上，这正是保护新招募者身份的方式，在新招募者参与真正的任务前的那段时间，都将如此。

最终，坚持获得了回报。这本书是空前的——首次真正地、独家地探析海豹突击队和海军特种作战部队这个圈子及其历史。而且，考虑到将这些信息搜集起来的历程，考虑到所有那些需要获得批准并反复尝试的东西，本书也很可能是绝后的。有时，我们被允许进行拍摄，以便将一些珍贵的场景首次带给读者，但我们用来描述的语言无法顺利通过审查，或者又因为其他的事情被卡住了。天气、任务或者日程表的变化，都会增加我们工作的难度。但我们从未放弃。

有一点是肯定的，如果没有以下这些人的努力，本书可能难以诞生：乔・马圭尔海军上将（海军特种作战司令部司令），格雷格・盖森海军中校（海军特种作战司令部公共关系专员）和我的同事、摄影师戴维・加特利。本书在他们的关照下完成了，我欠他们很多声“谢谢”。在差不多三年的时间里，他们忍受了我这个纽约人所惯有的逼迫态度。也是在那段时间里，我总算学会了如何放松一点点。

这本书的视角超越了其他同类型的书籍，同时也吸收了我以前看到的一些书中的内容。它不但介绍了海豹突击队，还介绍了海豹突击队的支援人员，以及那些躲在幕后塑造了如今的海军特种作战部队和海豹突击队的人。它也第一次披露了一些绝密文件，让我们知道了海豹突击队的源起和这支部队名称的来源。我们将回顾最早的美国战略情报局海事连（OSS MU），由于它对两栖游击战和反游击作战产生需求，从而使得今日的海豹突击队得以存在。

我们曾经报道过中美洲的几次战争，针对伊拉克的“沙漠盾牌”、“沙漠风暴”军事行动和阿富汗战争，在上述军事报道过程中，我们使用了一些特殊的装备。而在编纂本书的过程中，这些特殊装备再度被派上用场。如同海豹突击队一样，我们必须准备应对各种恶劣天气，如沙漠中的酷热、极地的严寒和海洋的潮湿。因此，防弹衣和防弹头盔、GPS 导航装置、潜水设备和防水物品、通信设备、照相机和各种型号及尺寸的镜头、尖端的夜视设备和红外线灯、特制适配器等，成为必需品。还有那些可满足特殊需要、可用于维持生命、保障安全和导航的小物件，全都是我们自费购置的。

我们深入夏威夷沿海，穿梭在各国领空，闯进阿拉斯加的冻土，领略伊拉克灼热的沙尘暴。如同那些曾经陪伴我们的、卓越的海豹突击队队员一样，有些地方，我们去过，却不能提及。在那些公众一无所知、高度保密的密室与中心里，有些事物人们无法看到，只能在本书中领略。而那些被我们镜头捕捉到的海豹突击队队员，他们有的正在参与行动，有的正在从事战争，有的却在享受和平，他们在被拍摄之前也不希望出现在公众的视线当中。

出于安全原因，所有这些照片都是在监督下拍摄的，并且经过了审查。可以坦率地告诉大家的是，许多照片出于安全原因进行了数字化处理，名称、细节、物品以及一些人物的脸庞或被去除或被修改。如果不修改的话，将侵犯到国家安全和个人安全，在生物技术上也有隐患。在大多数情况下，我们不会透露在何处拍摄了照片。如果你看了后面几页，你就会明白我们遇到了多少安全警告和安全标识，凡是标有安全警告和安全标识的地方，就是禁止摄影、禁止进入的。那里的很多人也是第一次在那个地方看到照相机，因此非常惊讶。有时，这种状况使我们在完成这项特殊的工作时更加耗费精力、困难重重。

在这里，我们要十分感谢本书最后所列名单上的人，上至美国总统下至无名水手，都帮助我们渡过了各种难关。我们也十分感谢所有各司令部人员、海豹突击队队员、特战快艇艇员以及海军特种作战部队人员，没有他们的信任，我们在任何一天里都不可能拍摄照片。还要特别感谢海豹突击队第 3 分队的人。2003 年 4 月 13 日的夜晚，在提克里特，距离萨达姆行宫几百英尺之遥，一个自杀式袭击者悄悄溜到距我所在位置仅几英尺的地方，而在我身边是一群 NBC（美国全国广播公司）的新闻记者和海军陆战队第 3 轻型装甲侦察营的军人。千钧一发之际，海豹突击队第 3 分队的人不知从哪儿冒了出来，将自杀式袭击者干掉。原来，他们早就跟在后面保护我们，而我们并不知情。

对于我们所看到的、所拍摄到的，以及我们不能看、不能拍摄的，我们都怀有敬畏之心。海军特种作战部队、海豹突击队和海军水下爆破大队（UDT）的男女战士们，静静走入夜色，在全球奋战着，使得恐怖分子无法接近我们的东、西海岸，将恐怖主义浪潮扼杀在摇篮中，使其无法对我们构成威胁。我们的国家亏欠他们太多。

他们中的许多人做出了终极牺牲。我们参加过一些葬礼和仪式，这些人将永远被铭记。

在此要特别感谢海军海豹突击队基金会，他们向海军特种作战部队和海豹突击队的人员及其家属提供帮助，如提供奖学金，或在必要时向海豹突击队的家属伸出援手。他们需要你的支持，因此请访问这个网站：www.NavySEALFoundation.org。

还有件最重要的事，在这里要特别感谢我的妻子毛拉和我的儿子小格雷格。在我撰写本书时，小格雷格正在西点军校开始第三年的学习。在数年的时间里，他们不得不听我“说这本书”，而且还不得不忍受我的一切，比方说我经常出差，家里堆满装备、书和文件，事情不顺利时我还不时抱怨。以后会怎么样呢？

“唯一好过的只有昨天。”

格雷格·E. 马蒂逊

主编 / 摄影

加利福尼亚州科罗纳多湾—— 一级军士长占据火力小组前面的突出位置，他们乘坐战斗突击橡皮艇（CRRC）正在秘密接近海岸线，准备参加“越过海滩”演习。这种战斗突击橡皮艇又被称作充气小艇（IBS），也被主生产商称为“佐迪亚克”。海豹突击队火力小组轻型两栖武装力量（比如这一群人）就使用战斗突击橡皮艇进行水面突击和撤退。（图片来源：戴维·加特利）

目 录

CONTENTS

（图片来源：德事隆）

（图片来源：格雷格 · E. 马蒂逊 / 海军特种作战出版有限公司）

战略情报局海事连人员放出“睡美人”袖珍潜艇，他们正在进行训练，为在太平洋战场上打击日本做准备。（图片来源：国家档案馆 / 海军特种作战出版有限公司）

第一章

海军作战爆破队、海军侦察突击队、战略情报局、水下爆破大队

美国海军海豹突击队退役海军中校
汤姆·霍金斯

第一章

海军作战爆破队、海军侦察突击队、战略情报局、水下爆破大队

美国海军海豹突击队退役海军中校　汤姆 · 霍金斯

海军特种作战部队的建立

在美国被卷入第二次世界大战之际，来自全国的男青年或主动应征，或被征召入伍。在太平洋战场上，我们与日本展开血战，而欧洲和北非则是德国人肆虐的地方。整个国家充满了同仇敌忾的气氛。

1942 年 11 月，美国参加了登陆北非的“火炬行动”，这也是“二战”中北非战场上盟军发动的第一次海陆空联

下图：巴哈马总督温莎公爵（当中穿白衬衫者）在百慕大海滩上与美国战略情报局人员合影。在百慕大地区，美国战略情报局成员于 20 世纪 40 年代早期进行了操作袖珍潜艇的训练。（图片来源：国家档案馆 / 海军特种作战出版有限公司）

上右图：巴哈马总督温莎公爵（中间穿白衬衫者）与休·麦克德维特上尉（前排中间，来自战斗蛙人部队第 2 分队）以及一队战略情报局的人员在百慕大海滩合影。（图片来源：国家档案馆 / 海军特种作战出版有限公司）

上左图：水下爆破大队第 21 分队在日本打出欢迎美国海军陆战队到来的标语。（图片来源：汤姆·霍金斯）

合进攻行动。

1942 年，美国军人开始接受从海上发动袭击的训练，其结果就是成立了数个两栖训练营（ATBs）。这其中一个重要的训练营就位于马里兰州的所罗门斯，坐落在帕塔克森特河汇入切萨皮克湾的地方；另一座训练营位于弗吉尼亚州诺福克附近，坐落在利特尔克里克汇入切萨皮克湾的地方。1942 年初，美国陆军、海军和海军陆战队人员联合组成了一支训练部队，钻研两栖作战战术战法。这支部队后来演变成大西洋舰队两栖作战部队，他们在切萨皮克湾进行了一系列登陆演习，创新了许多战法。这就是海军特种作战部队的真正源头。

在那段时间里，几支海军特战部队建立起来，包括海军作战爆破队（NCDUs）、海军侦察突击队、战略情报局海事连，以及水下爆破大队——这支部队很快就变成鼎鼎大名的太平洋舰队水下爆破大队（UTDs）。在这些部队中，只有水下爆破大队在战后依然存在，他们在海军两栖作战力量的框架内被保留下来。然而，上述这些部队都通过各自不同的方式为后来海豹突击队的架构做出了贡献，海豹突击队的全称是美国海军海陆空三栖突击队（英文简写 SEAL，这个单词有“海豹”的意思），在 30 多年后才正式成立。

第一批爆破者

上图：沃尔特 · L. 梅斯中尉是战略情报局海事连的第一批人员之一，这是他的军人身份证。在服役期间，梅斯中尉时不时要穿上军装假扮成将领或其他高级军官来完成任务。（图片来源：格雷格 · E. 马蒂逊 / 美国海军特种作战出版有限公司）

对于大多数人来说，提起“水下爆破”这个名词，就会想到一个蛙人将炸弹安装在一个水下障碍物上。然而对于第一批水下爆破部队来说，这个名词更多的是指炸药和潜水爆破能力本身，并不指在水下障碍物上安装炸药这个动作。

1942 年 9 月，一小队水手被挑选出来执行首次水下爆破任务。17 名以前从事海上营救的潜水者在马克 · 斯塔克韦瑟上尉（总指挥）以及詹姆斯 · 达罗克上尉的带领下，开始进行填鸭式训练，内容包括水下爆破方法、切断引爆电缆以及一系列突击技术，目的在于为“火炬行动”中的特种任务做准备，训练地点位于夏威夷。斯塔克韦瑟上尉会将训练情况及时向位于利特尔克里克的两栖训练营做报告。在“火炬行动”中，他们的任务是前往法属摩洛哥的塞布河，破坏拦在这条河入海口处的栅栏网，以便“达拉斯”号驱逐舰（舷号 DD-199）能够逆流而上，并用火力掩护一队美国陆军游骑兵拿下利奥泰港的飞机场。他们在夜色中乘坐登陆艇在海上展开行动，此处水深 30 英尺，并面临敌军机枪的直接火力。一些人在残酷的海面战斗中受重

左上图：大副、二级准尉詹姆斯 · H. 弗林（左）和中尉沃尔特 · L. 梅斯（右）都是战略情报局海事连的成员，战略情报局海事连就是如今特种舟艇部队的前身。这两位都隶属于美国陆军，使用 P-564—— 一种 85 英尺长的海空营救小艇，美国战略情报局将其配属给在美军东南亚司令部效劳的成员使用。P-564 俗称“简妮”，以梅斯中尉妻子的名字“简妮”命名。这种小艇的外壳是 1.5 英寸厚的胶合板，经过发动机降噪改装后，在 10 英尺外就听不见声音。其活动半径达 800 英里，已经成为一座漂浮的气罐，可以将几千加仑的 100/130 辛烷航空汽油储存在其甲板上的单个储存量为 55 加仑的油桶里。艇上不允许任何人吸烟。（图片来源：汤姆 · 霍金斯）

左图：在一次训练展示中，联合两栖侦察突击队的军人们扛着他们的充气式小艇前往出发地点。这里是位于佛罗里达州皮尔斯堡的两栖训练营。（图片来源：汤姆 · 霍金斯）

伤，在两次尝试后，他们最终还是完成了任务。这次任务对于整个登陆行动而言非常重要和关键，因此爆破组的每个成员后来都获得了海军十字勋章。

上图：约翰 · E. 芭布海军中尉和战略情报局海事连军士长埃尔曼 · J. 贝克尔一起乘坐英国皮艇来到一艘 P-564 小艇旁边。之前，他们在福尔岛上采集了海滩样本。这是 1945 年 2 月 21 日美军在若开发动“波士顿行动”时发生的一幕。（图片来源：沃尔特 · 梅斯）

左上图：意大利蛙人使用的“敞篷马车”潜水器。在“二战”中背叛轴心国后，意大利军人开始和盟军合作。（图片来源：兰博岑图册）

大西洋侦察突击队

1942 年夏天，我们已经很清楚地认识到，发动进攻前的侦察和海滩标识能力非常重要。一群驻扎在弗吉尼亚州诺福克的军士长根据军方要求，开始接受新的训练项

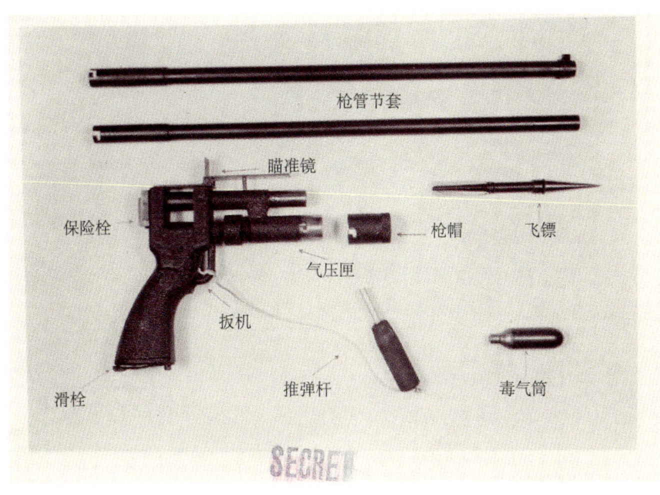

左图：这是由战略情报局研发部研发的一种高度机密的射标枪，它能够用压缩气体发射塑料飞镖，有效距离为 150 英尺。（图片来源：国家档案馆 / 海军特种作战出版有限公司）

右图：德雷珀·劳伦斯·考夫曼（右），“二战”时期“海军作战爆破之父”，站在他身边的是水下爆破大队第 21 分队的潜水员洛伦佐·哈里森（左）。照片拍摄时间是 20 世纪 50 年代早期，当时哈里森正在美国维尔京岛的圣托马斯接受训练。考夫曼是一艘到访圣托马斯的军舰指挥官，圣托马斯当时是水下爆破大队冬季训练营的所在地。德雷珀·考夫曼最终被提拔为海军少将，但他刚从美国海军学院毕业时，由于视力不佳被迫离开海军。结果，他加入了美国志愿救护队，在战场上被德军活捉，当了两个月的战俘。被释放后，他来到英格兰，以中尉军衔在英国皇家海军志愿预备队服役，后来晋升为海军上尉。他最终又成功地转入美国海军预备队服役，并被授予一项任务，即在华盛顿特区建立一所美国海军炸弹清除学校。在那里，他又获得一个新任务，在佛罗里达州皮尔斯堡组织一个海军作战爆破队的训练项目，后来他又在太平洋指挥水下爆破大队第 5 分队。（图片来源：汤姆·霍金斯）

右上图：1944 年，弗雷德里克·J. 沃德利三世，陆军中尉，穿戴 10 型兰博岑两栖呼吸器（LARU）。这个型号也是战略情报局决定使用的兰博岑两栖呼吸器，它比前面的几个型号更为轻便。与早先的几个型号不同，10 型在气罐前部安装有一个防水罗盘。沃德利效力于“战斗蛙人部队第 3 分队”以及兰博岑部队。（图片来源：兰博岑图册）

目——“两栖突击”。1942 年 5 月，他们被送往位于马里兰州所罗门斯的两栖训练营，接受使用登陆艇执行任务的训练。当年 8 月，他们回到诺福克和利特尔克里克，与陆军训练的突击士兵混编成联合两栖侦察突击队，指挥官是陆军中尉劳埃德·E. 佩迪科德以及海军少尉约翰·贝尔，后者为前者的执行官。联合两栖侦察突击队接受的训练是夜间行动，具体内容即侦察、识别海滩上的目标，在 H 点（即预定的行动开始时间）到来前将这些目标标识清楚，然后将我军攻击波引导到正确的登陆地点上。

这支部队于 1942 年 10 月正式投入现役，于当年 11 月在“火炬行动”中首次被投入战斗。在一次行动中，陆军侦察兵在威拉德·G. 达克沃思少尉的带领下，从“巴伯”号潜艇转登皮艇向目标进发。这也是美国在“二战”中首次以潜艇为依托的行动，其间还运用了经过特殊训练的侦察人员。这次行动的目的是在夜色掩护下抵达摩洛哥萨菲的杰特·普林西普外海，引导“科尔”号驱逐舰（舷号 DD-155）和“贝纳多”号驱逐舰（舷号 DD-153）进入港口。

在北非的战役结束后，侦察突击训练被改在位于佛罗

左图：马克 1 改进型兰博岑两栖呼吸器。马克 2 型于 1943 年投入使用。从这一型号到后续型号中，供氧设备被移到前面，尾部的空气净化系统则被钢笼保护。（图片来源：兰博岑图册）

左上图：1944 年在皮尔斯堡的训练中所使用的封闭式循环水下呼吸器。这一装置的发明者名叫杰克·布朗，因此它也被称作“布朗肺”。它们是在“二战”期间研发出来的。第一批“布朗肺”被送到美国战略情报局，即中情局前身的手上。封闭式循环水下呼吸器不会产生气泡，可以增加水下行动的隐蔽性。其工作原理是使用者呼出的气体被收集到一个罐子里，罐子里的化学物质可吸收呼出气体中的二氧化碳，之后再将气体输送回潜水者以供其呼吸。（图片来源：兰博岑图册）

里达州皮尔斯堡的两栖训练营进行。同时，盟军的军事资源投向也发生改变，在地中海发动两栖登陆行动成为重点，与之相关的行动更容易获取资源。首先是“哈士奇行动”，这是盟军登陆西西里岛的行动，也是盟军向德国占领的欧洲发动进攻的开始。英国首相温斯顿·丘吉尔将西西里以及整个意大利视为欧洲这只大鳄“柔软的腹部”。已经在欧洲的侦察突击队队员继续作为骨干力量参加了盟军对西西里、意大利以及法国西北部诺曼底地区的登陆行动，他们最后参加的是盟军在法国南部的登陆作战行动。

稍后，在筹备“霸王行动”（盟军在诺曼底登陆的计划）的过程中，侦察突击队人员与英国的突击队队员一起完成了拓展训练，包括撤离和躲避、下潜作战以及其他两栖突击所必需的技能。这些人中的一部分在诺曼底登陆前的几个星期对诺曼底实施了一次战前侦察，他们在夜色中划着皮艇登岸，在海滩上采集了一些样品——战役规划者可根据这些样品判断重型装备能否在这里登陆。

在 1944 年 6 月 6 日（也就是 D-Day）以及 1944 年 8 月登陆法国南部的行动之后，欧洲战场不再需要侦察突击队了，因为看起来在那个战场不会再有两栖行动了。许多人回到皮尔斯堡成为侦察突击学校的教官。同时由于在太平洋战场新组建了水下爆破大队，其作用与侦察突击队差不多，因此，侦察突击队解散了，来自陆军的人员回到其原来的部队，来自海军的人员则重新回到海上，获得参加太平洋战争的机会。

太平洋侦察突击队

1943年7月7日成立了第二支侦察突击队，其知名度较小，代号第一特勤部队（SSU-1）。这支部队是在太平洋区域成立的，由来自澳大利亚和美国的陆军、海军以及海军陆战队人员组成，其实是一支国际混合部队。在7月18日之前，这支部队的主体在凯恩斯基地展开训练，主要是身体训练、军事技术培训、徒手格斗、绘图、橡皮艇操作、丛林生存训练、非标准英语学习、水下珊瑚阵和水下生物辨识、海底全貌草图绘制以便辨认精确位置等。大约在当年8月28日，这支部队被送往位于弗格森岛的新基地，这座岛位于新几内亚当特尔卡斯托群岛外海。9月份，他们在新几内亚的芬什港执行了第一个任务。之后，他们又在加斯马塔、阿拉韦、格洛斯特海角以及新不列颠岛（新几内亚的一座小岛）执行了几次任务，并且没有人员损失。与大西洋侦察突击队不同，太平洋侦察突击队除了两栖作战任务外，还有其他使命，比如说还负责搜集情报、培训当地土著人并与之共同行动，甚至包括其他游击战任务。他们后来被定名为第7两栖侦察队，在参谋情报部门下编组，有些类似大西洋侦察突击队，其运作方式则很像水下爆破大队。

下图：侦察突击队队员乘坐皮艇在意大利萨莱诺海湾巡弋，他们为盟军登陆行动寻找合适的登陆地点。（图片来源：国家海军水下爆破大队—海豹突击队博物馆）

中国侦察突击队

上图：1944年6月27日—30日，第一特勤队人员组成了一支联合侦察部队执行桑萨坡任务。后排站立者（从左到右）：海尼奇中士、艾伦·鲁明科瓦斯中士、埃尔曼·S.强尼下士，两个来自当地的侦察兵、舵手卡尔·伯德。前排跪者：唐·鲁特中尉、W.M. 钱斯少校、乔治·汤普森上尉（带队人）、C.G. 阿特金森中校、F.M. 劳沃利少校（未参与行动）。（照片来源：汤姆·霍金斯）

一些从欧洲归来的侦察突击队队员和在中国的美国海军人员领受了一项特殊使命，他们在米尔顿·迈尔斯海军上校（绰号“玛丽”）和另一名中国军官的带领下，成立了中美合作所。该机构的主要任务是对反日游击队进行训练、装备和行动支援。

为了推进中美合作所的工作，海军上将欧内斯特·J.金——他同时是美国舰队总司令和海军作战部长——下令，120名军官和900名军人在皮尔斯堡的侦察突击学校内参加名为“两栖游骑兵”的训练。“两栖游骑兵”是一个代号，其宗旨是训练一批能够在长江沿岸展开突击行动的海军人员。这些人中很多直到战争结束也没能前往中国。而到达中国的队员也被以一种十分戏剧化的

右侧两图：1943 年 12 月 10 日，在佛罗里达州皮尔斯堡，突击队队员正在进行“原木练习”和障碍穿越训练。（图片来源：国家海军水下爆破大队—海豹突击队博物馆）

右图：1943 年 12 月 10 日，侦察突击队队员在佛罗里达州皮尔斯堡进行穿越岩石障碍的训练。（图片来源：国家海军水下爆破大队—海豹突击队博物馆）

左图：侦察突击队队员将一款法国水上飞机改装成平底小艇，并用于登陆法国南部的行动中。照片拍摄时间大约是“二战”时期。（图片来源：国家海军水下爆破大队—海豹突击队博物馆，佛罗里达州皮尔斯堡）

方式投入战场，其发挥作用的方式与在欧洲的侦察突击队完全不同，他们的重点是训练中国游击队，并且与之一起执行侦察任务，直到战争结束。他们的首要任务是确定盟军在何处能对中国大陆展开两栖登陆作战，并且对相关地点进行勘察，向舰队提供天气状况报告。因此，他们经常被称作“稻田海军”。

海军作战爆破队

1943 年 5 月 6 日，海军上将金，发布命令成立了第一批清扫部队。根据相关的第一道命令，为大西洋舰队两栖部队、试验性工作以及海军爆破队提供人力是“当前的紧急需求”。

第一支清扫部队是一群志愿兵，来自弗吉尼亚州威廉斯堡附近皮亚瑞军营的爆破学校。他们被送往位于所罗门斯的两栖训练营，在那里他们和另外一群爆破兵组成了一支拥有 21 名成员的部队，其领导者是来自“海

上图：来自海军作战爆破队第 2、3 分队人员。前排（从左到右）：詹姆斯 · D. 桑迪（二级军士长，第 3 分队）、小约翰 · N. 威尔海德（枪炮二级军士长，第 2 分队）以及威廉 · L. 道森（二级军士长，第 2 分队）。后排：哈里森 · O. 埃斯克里奇（枪炮二级军士长，第 3 分队）、迪拉德 · E. 威廉斯（二级军士长，第 2 分队）和帕多普尼（上士，第 3 分队）。（图片来源：汤姆 · 霍金斯）

上右图：1943 年，海军作战爆破队的受训者进行“带艇行动”训练（一队队员携带一艘小艇进行活动，在陆地上大家一起扛着小艇，在水上则坐上小艇一起划桨前进——译者注），当时他们正在佛罗里达州皮尔斯堡接受训练。类似的训练活动在今日的海豹突击队仍在进行。（图片来源：汤姆 · 霍金斯）

上蜜蜂”（海军工程建造营）的海军上尉弗雷德 · 怀斯。这些人接受了加强训练，内容包括用爆破软管在沙洲中炸开通道，以及乘坐橡皮艇在水下障碍物上安装爆炸物。

这批人的第一项任务是在“哈士奇行动”中，为盟军登陆西西里岛开辟通道。1943 年 7 月 10 日晨，行动开始。由于没有发现自然或人造的障碍物，接下来的两天，这些人的主要任务是与陆军工程部队一起抢救搁浅的小艇、在沙洲上开辟通道以及勘探海滩。

“哈士奇行动”结束后，这群人中的大多数依然留在海军作战爆破队效力，他们前往皮尔斯堡成为教官，并根据海军上将金当初的指示对学员进行更为严格的训练。在那里，他们加入了当时依然处于保密状态的登陆诺曼底的准备行动。因为根据情报显示，德国人在诺曼底海滩设置了大量障碍物。

1943 年 5 月 7 日，同样是遵循海军上将金的指示，海军上尉德雷珀 · 考夫曼建立了一所学校，用于专门训练志愿兵清除敌占海滩上的障碍物，为后续登陆部队扫清障碍。考夫曼此前不久在华盛顿特区组织过一所美国海军炸弹清除学校，他带着那所学校中的一些军官一道开始筹建新的学校。

1943 年 6 月，海军作战爆破训练学校在皮尔斯堡成立，晋升为少校的考夫曼开始征召志愿兵去担负起“危险、长期并且远离家乡的职责”，这些人自此被称为海军作战爆

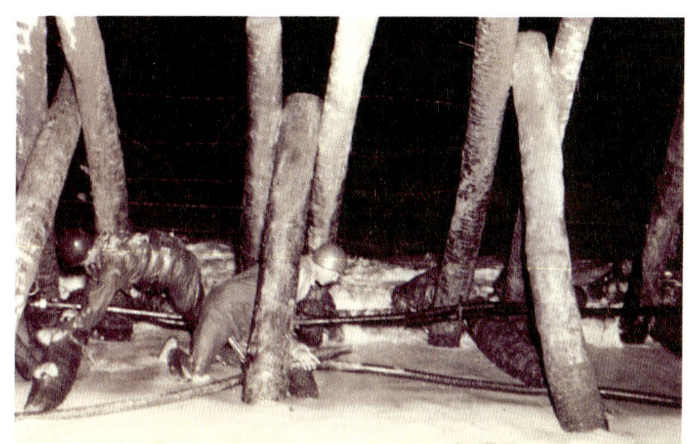

左图：1944 年 5 月 24 日，海军作战爆破队成员训练班在位于佛罗里达州皮尔斯堡的两栖训练营中进行夜间训练，他们正在安放炸药管以爆破海滩上的障碍物。一个月后，他们就把自己在训练中学到的技能用在了诺曼底登陆行动中。（图片来源：摄影二级军士长艾尔弗雷德·G. 梅里特 / 美国海军）

破队。除了来自美国海军炸弹清除学校的军官，一群来自海军土木工程部队的“海上蜜蜂”（海军工程建造营）的军官和应征入伍人员也从皮亚瑞军营赶来编入第一批受训班级。每一支海军作战爆破小队包括 1 名军官、5 名士兵，他们共用一艘小艇。

皮亚瑞军营建立了一个“E”区，专门用于训练挑选出来的海军作战爆破队志愿兵。在那里进行的海军爆破训练持续了六个星期，之后参与者前往皮尔斯堡进行更高级的海军作战爆破训练。整个训练周期从 1943 年的夏天持续到 1944 年的春天。

1943 年 7 月，第一个班级开始受训。参与训练者将第二个星期的强化训练称为“地狱周”。考夫曼少校和他的军官们与第一批应征的受训者一起经历了强化训

下部两图：右下图是海军作战爆破队第 2 分队的指挥官弗兰克·凯恩中尉，左下图的照片是他和部下的合影。在 20 世纪 50 年代的数年间，凯恩在位于弗吉尼亚州利特尔克里克的两栖训练营中担任海军作战爆破队第 2 分队的指挥官。在被提拔为上校后，他于 20 世纪 60 年代中期前往加利福尼亚州科罗纳多的海军两栖训练营，担任太平洋海军特战队的指挥官。（图片来源：汤姆·霍金斯）

上图：1944 年 6 月，水下爆破大队第 10 分队的成员在位于夏威夷毛伊岛的海军战斗爆破训练和试验基地上竖起标牌。这个标识是沃尔特·迪斯尼工作室的产品，迪斯尼在“二战”中为军方各单位制作了超过 1200 份标识。该基地是战争期间组建的所有水下爆破大队 30 个分队的母港。当然，不是所有分队都拥有自己的标识。（图片来源：汤姆·霍金斯）

练，这树立起了一个直到如今依然有效的典范，即军官与应征士兵必须展现出相同的能力，并且经历相同的困难。“地狱周”如今依然是海豹突击队基础训练中不可缺少的一部分。在皮尔斯堡训练结束前，65%~75% 的受训者已经被淘汰，总体淘汰率和今天一致。就是在这一阶段，考夫曼少校赢得了他的威名——“爆破之父”。

1943 年 9 月，第一个接受海军作战爆破训练的班级毕业了，他们经历了严酷的训练，训练内容侧重于对海滩水下障碍物进行爆破清除。七支部队分别被派遣到太平洋上的第 3 舰队和第 5 舰队，一支部队被派遣到英国舰队。第二个班级于 11 月毕业，从这个班级里毕业的大部分人都被派往英格兰。

第一支被投入实战部署的海军爆破队来自第一批受训班级，他们于 1943 年 8 月出发，当时还没有真正毕业。在埃德温·威廉斯中尉的带领下，这支部队参加了对阿留申群岛的进攻，但当他们来到战场时，日本人已经逃跑，因此，他们并没有实际参加战斗。这些人随后被派往夏威夷，在当年 11 月成为水下爆破大队第 1 分队和第 2 分队

右图：这个章鱼的标识属于驻扎在佛罗里达州皮尔斯堡的海军作战爆破队，它被展示在海军作战爆破队的一艘小艇底部。以这个充气式小艇和标识为背景，很多人拍了个人照或集体照。这个标识也由沃尔特·迪斯尼工作室制作。从左到右：布罗希、斯滕斯、比尔、怀特豪斯、亚当斯、斯特里克兰，所有人都隶属于驻扎在佛罗里达州皮尔斯堡的海军作战爆破队。（图片来源：汤姆·霍金斯）

上图：陆军少校威廉·多诺万（绰号“野蛮的比尔”）佩戴着镶有五颗星的绶带，展示自己的荣誉勋章。他于 1941 年创立情报协调局（CIO），后演变成战略情报局，进而演化成中央情报局。作为美国非常规战力的设计师，他在战略情报局内部创立了海事连。（图片来源：国家档案馆 / 海军特种作战出版有限公司）

左上图：1943 年 11 月，在弗吉尼亚州的佩里军营，一排士兵手握步枪进行射击，背后站着一群教官。

的一部分。

第 4 分队和第 5 分队分别在沃德·卡特里准尉和本·莫里斯准尉的带领下，于 1943 年 9 月 8 日离开皮尔斯堡前往南太平洋。1944 年 2 月 15 日，这两支分队与第一特勤部队一起参加了对格林艾兰的登陆行动。该岛位于新几内亚外海，在新爱尔兰岛和布干维尔岛之间。

海军作战爆破队第 2 分队和第 3 分队分别在凯恩中尉和劳埃德·安德中尉的带领下，首先抵达西南太平洋，参与了 1944 年 3 月在阿德默勒尔蒂群岛的军事行动。之后，海军作战爆破队第 19 分队、第 20 分队和第 21 分队也纷纷加入他们的行列。诺曼底登陆后，第 24 分队也赶到西南太平洋加入作战。接下来，这些分队与第 7 两栖部队密切协作直到战争结束，从比亚克到婆罗洲，海军作战爆破队为两栖部队开辟出一条条舰船安全通道。上述分队也是整个战争过程中唯一保留在海军作战爆破队建制下的，其他分队都被转入太平洋水下爆破大队或奔赴欧洲战场。

到了 1944 年 4 月，海军作战爆破队 34 个分队已在英格兰集结，为“霸王行动”做准备。这 34 支部队每支都额外配备了 3 名从苏格兰调来的海员，由此每支分队拥有 8 人，他们与陆军战斗工程兵整合，形成每支 13 人的空隙攻击小队。

在 D-Day（即诺曼底登陆日），海军作战爆破队部分分队在约瑟夫·吉本斯少校的指挥下，在德军防线上清理

No. 1624 Seabees Demolition Practice, Camp Peary, Va. Official U. S. Navy Photo

No. 1626 Seabee Commando Trainees, Camp Peary, Va. Official U. S. Navy Photo

上部三幅图：1943年，“海上蜜蜂”突击队在弗吉尼亚州的皮亚瑞军营接受训练。海军作战爆破队和水下爆破大队最开始的许多队员就是来自在皮亚瑞军营受训的志愿兵。（图片来源：皮亚瑞军营历史图册）

出八个完全空隙和两个不完全空隙。这些分队在作战中总共有31人阵亡、60人受伤，伤亡率达到52%！而在犹他海滩，海军作战爆破队部分分队在赫伯特·彼得森少校的指挥下，所遭遇的敌军火力没有那么强烈。他们在两小时内清理出700码的海滩，当天下午前又清理出900码。在犹他海滩奋战的海军作战爆破队各分队总共有6人阵亡、11人受伤。

在海军特种作战部队的历史上，D-Day是最血腥的一天，没有之一。发动攻击的爆破队员没有一个是死于对炸药的误操作。在奥马哈海滩奋战的海军作战爆破队被授予“总统团队表彰奖”，在整个诺曼底战役中，只有三支部队获得这一殊荣。而在犹他海滩奋战的海军作战爆破队则获得海军特别表彰奖，在整个“霸王行动”中，只有这一个团队获此殊荣。

在犹他海滩奋战的海军作战爆破队中的几个分队，后来又加入来自皮尔斯堡的新分队，参加了在法国南部的登陆作战，这次行动代号为“铁砧”，后改名为“龙”。根据一开始的计划，“铁砧行动”本来要与“霸王行动”同时展开，作为“霸王行动”的补充。然而事实上，“铁砧行动”要在“霸王行动”发生后两个多月，也就是8月15日才展开，这使它看起来犹如欧洲北部盟军主攻势的“事后添加物”。然而“铁砧行动”还是比较成功的，盟军随后拿下了法国南部的重要港口——土伦和马赛，然后向北推进到罗讷河谷，抵达里昂和第戎，从而很好地策应了从诺曼底登陆向东直插德国边境的盟军。

海军作战爆破队在欧洲战场上做出了巨大贡献，但和太平洋水下爆破大队相比，他们还是有些逊色。

有些历史文献说水下爆破大队曾在诺曼底和法国南部执行任务，然而实际情况是，“二战”期间水下爆破大队只在太平洋战场上参与军事行动。

此外，海军作战爆破队的人经常被称作“蛙人”。但在海军作战爆破队成立初期，游泳仅仅是测试队员是否足够强壮的手段和一种训练方法。队员们在黎明到来前的几个小时里要全副武装，从橡皮艇上出发，穿过海浪蹚向海岸，将炸药安装到裸露或半潜在水下的障碍物上。

下图：美国战略情报局的印章。这一组织于 1942 年由“野蛮的比尔”威廉 · 多诺万建立，它也是中情局的前身。（图片来源：国家档案馆 / 海军特种作战出版有限公司）

上图：现今的战略情报局“纪念币”（正面）（指遭到本方人员盘问时用来表明身份的一种硬币——译者注）。（图片来源：戴维 · 加特利）

战略情报局海事连

战略情报局的一个所属部门是水下爆破大队，它也是后来的海豹突击队在“二战”中最有影响力的先驱。战略情报局的许多功能在战后都被水下爆破大队接管，这些功能在今日的海豹突击队身上也能找到。

1943 年 1 月 20 日，在战略情报局特种作战任务部门下成立了一个海事机构，其任务是策划从海上向陆地发动秘密渗透作战行动。当年 6 月 10 日，该海事机构被从特种作战任务部门中抽离出来，重新编成海事连，成为战略情报局的直属部门。海事连的任务包括：策划与组织特工进行秘密渗透，向抵抗组织提供物资补给，参与海上破坏活动，以及研发从海上发动作战行动的特种装备。战略情报局海事连在很多方面都是美国海上破袭作战的先驱，比如使用特种小艇进行渗透作战，战术武装泅渡，佩戴蛙鞋、

右图：这是一张在战略情报局“D”区拍摄的珍贵照片。可能是 1943 年春天或初夏拍摄的，这之后过了很长一段时间，海事连才被赋予战略情报局下属部门的地位。我们只能辨识出照片中两个人的身份：后排左起第 5 位穿蓝衣者是约翰·斯彭斯，“美国第一个蛙人”，在他前面蹲着的是杰克·泰勒中尉，美国第一位真正意义上的陆海空三栖突击队队员。约翰·斯彭斯是第一个使用兰博岑水肺（水下呼吸器）进行训练的人，并且带着兰博岑水肺来到英格兰准备参与盟军计划在法国发起的部分军事行动，但这些行动计划后来都胎死腹中，没有真正实施。泰勒中尉与一群蛙人一起训练，并且是第一个戴着兰博岑水肺游了一英里的人。原本他也要带着兰博岑水肺部署到英格兰，但他先被派遣到地中海战区，以战略情报局海事连负责人的身份筹划一次小艇秘密渗透行动。不幸的是，在渗透穿过几条防线后，泰勒中尉被德军俘虏，并被送往集中营。纳粹分子已经定好了处决他的日期，幸好在处决前一周，泰勒中尉被盟军解救出来。（图片来源：汤姆·霍金斯）

面罩及封闭式循环潜水装备实施潜泳，运用潜水运载器和水下爆破弹。

1942 年 8 月，美国开始发展海上破袭作战能力，地点在“D”区，一处位于波托马克河马里兰州一侧的美国战略情报局秘密训练营，对面就是现在位于弗吉尼亚州匡蒂科的一座海军陆战队军营。据称英国已经拥有了海战破袭能力，退役少将、绰号“野蛮的比尔”的威廉·多诺万请来英国皇家海军赫伯特·G.A. 伍利（美国“杰出服务十字勋章”获得者）指导其麾下的海上作战集团。

在那一年的整个秋季，战略情报局海事连的人都在接受小艇行动训练，并体验兰博岑两栖呼吸器。

兰博岑两栖呼吸器是一种革命性的、纯氧的、封闭循环式水下呼吸仪器，可用于潜水以及水下行动。兰博岑两

下图：代号“玩具 1 号”的战略情报局海豹输送载具原型机外壳，1943 年 8 月。（图片来源：兰博岑图册）

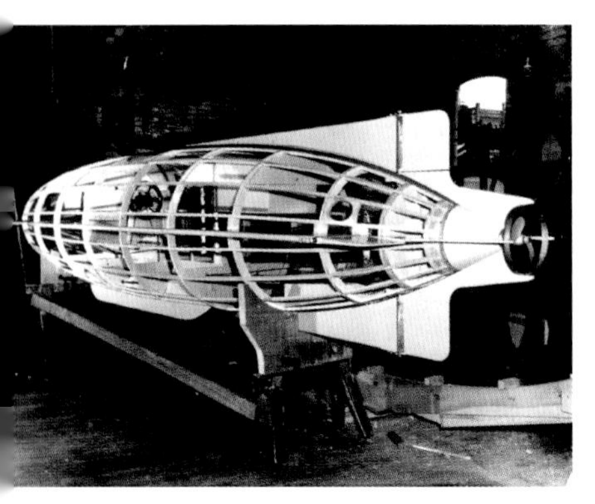

下图：战略情报局海事连人员合影，船舷上标识着“小毒物”。（图片来源：国家档案馆 / 海军特种作战出版有限公司）

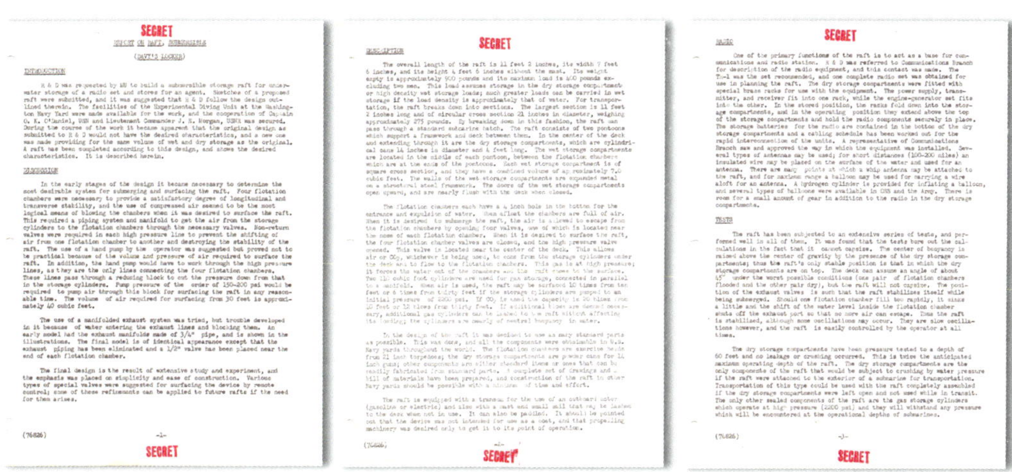

SECRET

REPORT ON RAFT, SUBMERSIBLE

(DAVY'S LOCKER)

INTRODUCTION

R & D was requested by MU to build a submersible storage raft for underwater storage of a radio set and stores for an agent. Sketches of a proposed raft were submitted, and it was suggested that R & D follow the design outlined therein. The facilities of the Experimental Diving Unit at the Washington Navy Yard were made available for the work, and the cooperation of Captain O. K. O'Daniel, USN and Lieutenant Commander J. H. Morgan, USNR was secured. During the course of the work it became apparent that the original design as submitted to R & D would not have the desired characteristics, and a new one was made providing for the same volume of wet and dry storage as the original. A raft has been completed according to this design, and shows the desired characteristics. It is described herein.

DISCUSSION

In the early stages of the design it became necessary to determine the most desirable system for submerging and surfacing the raft. Four flotation chambers were necessary to provide a satisfactory degree of longitudinal and transverse stability, and the use of compressed air seemed to be the most logical means of blowing the chambers when it was desired to surface the raft. This required a piping system and manifold to get the air from the storage cylinders to the flotation chambers through the necessary valves. Non-return valves were required in each high pressure line to prevent the shifting of air from one flotation chamber to another and destroying the stability of the raft. The use of a hand pump by the operator was suggested but proved not to be practical because of the volume and pressure of air required to surface the raft. In addition, the hand pump would have to work through the high pressure lines, as they are the only lines connecting the four flotation chambers. These lines pass through a reducing block to cut the pressure down from that in the storage cylinders. Pump pressure of the order of 150-200 psi would be required to pump air through this block for surfacing the raft in any reasonable time. The volume of air required for surfacing from 30 feet is approximately 40 cubic feet.

The use of a manifolded exhaust system was tried, but trouble developed in it because of water entering the exhaust lines and blocking them. An early model had the exhaust manifolds made of 3/4" pipe, and is shown in the illustrations. The final model is of identical appearance except that the exhaust piping has been eliminated and a 1/2" valve has been placed near the end of each flotation chamber.

The final design is the result of extensive study and experiment, and the emphasis was placed on simplicity and ease of construction. Various types of special valves were suggested for surfacing the device by remote control; some of these refinements can be applied to future rafts if the need for them arises.

(76826) -1-

SECRET

SECRET

RADIO

One of the primary functions of the raft is to act as a base for communications and radio station. R & D was referred to Communications Branch for description of the radio equipment, and this contact was made. The TR-1 was the set recommended, and one complete radio set was obtained for use in planning the raft. The dry storage compartments were fitted with special brass racks for use with the equipment. The power supply, transmitter, and receiver fit into one rack, while the engine-generator set fits into the other. In the stored position, the racks fold down into the storage compartments, and in the operating position they extend above the top of the storage compartments and hold the radio components securely in place. The storage batteries for the radio are contained in the bottom of the dry storage compartments and a cabling schedule has been worked out for the rapid interconnection of the units. A representative of Communications Branch saw and approved the way in which the equipment was installed. Several types of antennas may be used; for short distances (100-200 miles) an insulated wire may be placed on the surface of the water and used for an antenna. There are many points at which a whip antenna may be attached to the raft, and for maximum range a balloon may be used for carrying a wire aloft for an antenna. A hydrogen cylinder is provided for inflating a balloon, and several types of balloons were available in CNS and the Army. There is room for a small amount of gear in addition to the radio in the dry storage compartments.

TESTS

The raft has been subjected to an extensive series of tests, and performed well in all of them. It was found that the tests bore out the calculations in the fact that it cannot capsize. The center of buoyancy is raised above the center of gravity by the presence of the dry storage compartments; thus the raft's only stable position is that in which the dry storage compartments are on top. The deck can assume an angle of about 45° under the worst possible conditions (one pair of flotation chambers flooded and the other pair dry), but the raft will not capsize. The position of the exhaust valves is such that the raft stabilizes itself while being submerged. Should one flotation chamber fill too rapidly, it sinks a little and the shift of the water level inside the flotation chamber shuts off the exhaust port so that no more air can escape. Thus the raft is stabilized, although some oscillations may occur. They are slow oscillations however, and the raft is easily controlled by the operator at all times.

The dry storage compartments have been pressure tested to a depth of 60 feet and no leakage or crushing occurred. This is twice the anticipated maximum operating depth of the raft. The dry storage compartments are the only components of the raft that would be subject to crushing by water pressure if the raft were attached to the exterior of a submarine for transportation. Transportation of this type could be used with the raft completely assembled if the dry storage compartments were left open and not used while in transit. The only other sealed components of the raft are the gas storage cylinders which operate at high pressure (2200 psi) and they will withstand any pressure which will be encountered at the operational depths of submarines.

(76826) -3-

SECRET

上部三幅图：这是战略情报局海事连的几页秘密文件，详细描述了一种代号为“大卫的寄物柜”的袖珍潜艇。这也是已知美国最早用来执行水下特种任务的潜行运载工具之一。（图片来源：国家档案馆/海军特种作战出版有限公司）

栖呼吸器的发明者是克里斯蒂安·J.兰博岑博士，宾夕法尼亚大学的医学生。1947年，他将这套潜水设备引入“二战”后的水下爆破大队。1942年，作为美国陆军医疗队的上尉军官，兰博岑博士被战略情报局招募，任务是整合一个水下作战行动项目，包括水下作战战术、水下作战导航、水下爆破和水下通信。他构想了整个任务，培训了任务执行者，美国第一代潜水战斗员早期使用的硬件也大都由兰博岑设计或由他出面协调设计。如今，他被公认为“美国潜水作战之父”。

战略情报局的潜水员训练计划后来培育出四支蛙人部队。兰博岑两栖呼吸第1小队和第2小队是最先投入野战的两支部队，从1944年1月12日到6月22日，他们一直并肩作战。他们被部署到英格兰接受训练，准备在法国沿岸对纳粹的港口目标进行渗透，摧毁纳粹海军舰艇和U型潜艇的泊位。

但他们最终没能投入实战，转而在晚些时候回到美国，帮助组建了作战行动支援群的第1分队和第2分队（OSG-1和OSG-2）。这两个作战行动支援群分队于1943年11月在加利福尼亚州的彭德尔顿军营开始进行训练，1944年1月转往加利福尼亚州南部外海的卡塔利娜岛，3月份又转往巴哈马更为温暖的水域。

下图：“大卫的寄物柜”是战略情报局秘密研发的一种袖珍潜艇，用来在水下储存无线电设备和特工所需的物品。根据设计，该袖珍潜艇通过几个阀门、压缩舱室和压缩空气来实现下潜以及上浮。它的工作下潜深度为30英尺。（图片来源：国家档案馆/海军特种作战出版有限公司）

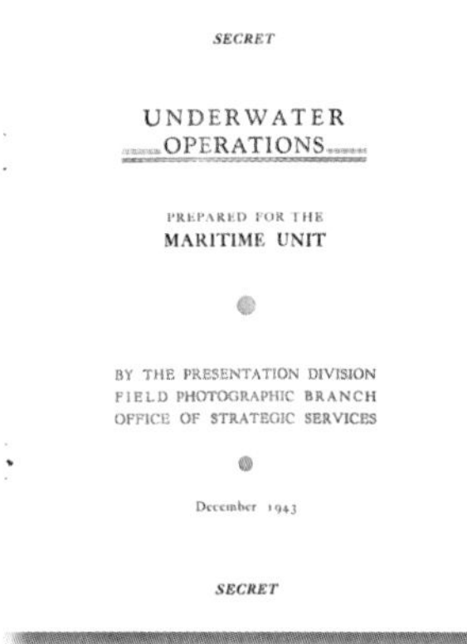

SECRET

UNDERWATER OPERATIONS

PREPARED FOR THE
MARITIME UNIT

BY THE PRESENTATION DIVISION
FIELD PHOTOGRAPHIC BRANCH
OFFICE OF STRATEGIC SERVICES

December 1943

SECRET

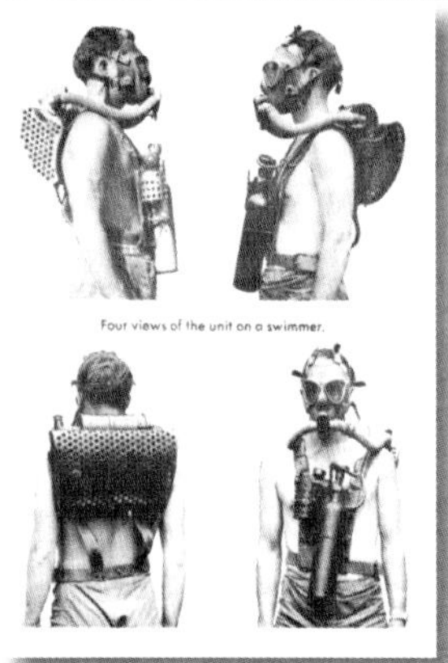

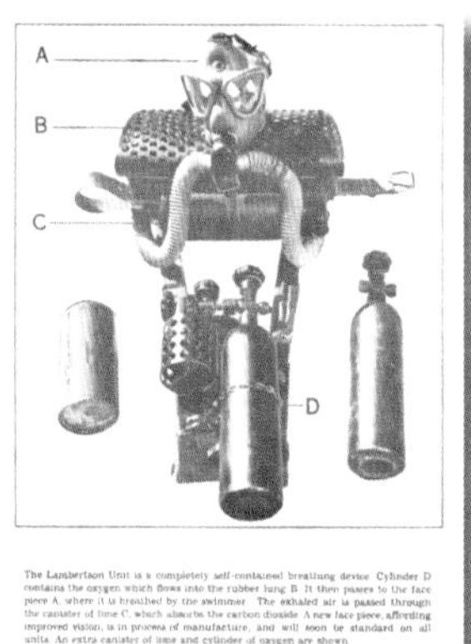

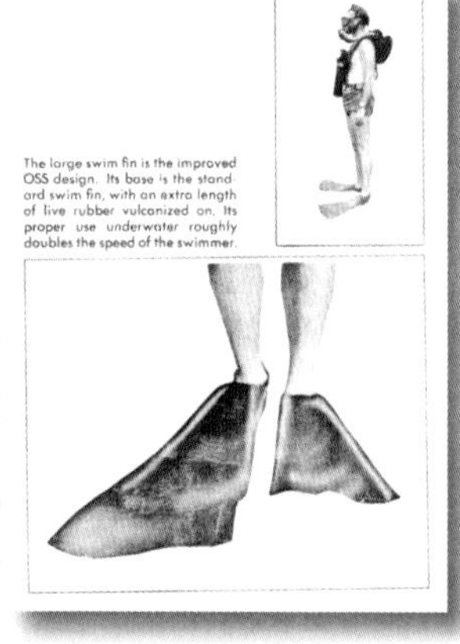

上排：

左起第一张：美国战略情报局（中情局前身）海事连水下行动的秘密图片手册。在1943年，战略情报局海事连所执行的许多任务与当今海豹突击队一致。（图片来源：国家档案馆/海军特种作战出版有限公司）

左起第二张：战略情报局二人皮艇，图中这艘皮艇已经组装好。图片中的文字描述表明，这种皮艇的外壳是有橡胶涂层的帆布，驾驶员座舱四周有防水盖子，防止水花溅入。皮艇重量只有104磅，长16.5英尺，宽34英寸，深13英寸。驾驶员座舱长7英尺、宽19英寸，前甲板5英尺5英寸，后甲板4英尺2英寸。（图片来源：国家档案馆/海军特种作战出版有限公司）

下排：

左起第一、二张：这里显示了被列为机密的《战略情报局海事连水下行动手册》的内容。克里斯蒂安·兰博岑博士研发了兰博岑两栖呼吸器，这在当时是一种对外保密的自主式水下呼吸器，是兰博岑博士于1939年为战略情报局海事连所研发的。1943年，兰博岑上尉使用其改进型号用了48分钟在水下游了超过1英里。（图片来源：国家档案馆/海军特种作战出版有限公司）

左起第三张：《战略情报局海事连水下行动手册》中所显示的新设计的橡皮蛙鞋，当时其被列为机密，由战略情报局海事连设计改进。（图片来源：国家档案馆/海军特种作战出版有限公司）

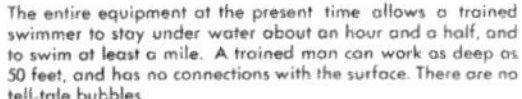
The entire equipment at the present time allows a trained swimmer to stay under water about an hour and a half, and to swim at least a mile. A trained man can work as deep as 50 feet, and has no connections with the surface. There are no tell-tale bubbles.

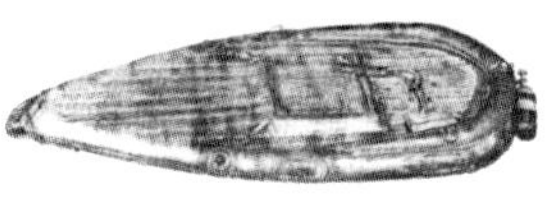

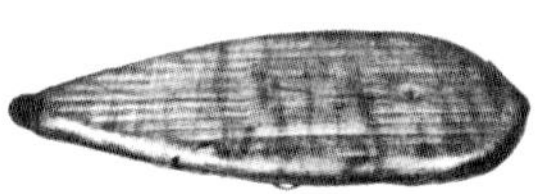

The two man surfboard presents a low silhouette on the water. Measuring 10 1-2 feet x 3 feet 7 1-2 inches, it can carry two men and their entire equipment, or about 900 pounds. A 3-4 horsepower motor can drive it at 5 or 6 knots.

The fabric hull weighs 52 pounds, and is carried in its own pack. The fabric has a tearing strength of several hundred pounds per square inch. Punctures will not run, and can easily be repaired with rubber patches and cement. The entire boat can be put together by two trained men in less than five minutes.

下图：战略情报局海事连成员在P-564小艇上的合影，P-564小艇外号“简妮”，以梅斯中尉妻子的名字命名。后排（从左到右）：军士长伊·L.威廉斯、下士约瑟夫·P.琼斯、上士莱斯特·H.林威、5级技术员约瑟夫·E.维奥拉。前排（从左到右）：中士威拉德·R.弗洛伊德、技术中士哈里·F.约翰逊、少尉约翰·A.斯韦兹、中尉沃尔特·L.梅斯（队长）、二级准尉詹姆斯·H.弗林（大副）、中士本杰明·W.布轮瑙，技术中士劳斯·K.伍德兰和下士罗伯特·L.菲尔伯特。他们的任务是参与并且恢复战略情报局的各个小队，包括蛙人小队、行动小队和特工小队。（图片来源：沃尔特·L.梅斯/美国陆军特种作战司令部历史办公室）

下排：

右起第一张：《战略情报局海事连水下行动手册》中所显示的一种布制外壳皮艇。（图片来源：国家档案馆/海军特种作战出版有限公司）

右起第二张：《战略情报局海事连水下行动手册》中所显示的两人冲浪板，“二战”中人们认为这是一种摩托化气垫船。（图片来源：国家档案馆/海军特种作战出版有限公司）

上图：“二战”中，战略情报局海事连战斗蛙人们在位于加勒比地区的训练营中。（图片来源：兰博岑图册）

右图：战略情报局的蛙人唐纳德·富尔顿携带着充气式小艇在锡兰的海滩上，他是海事连战斗蛙人群成员，也是美国海岸警卫队后备队员。（图片来源：兰博岑图册）

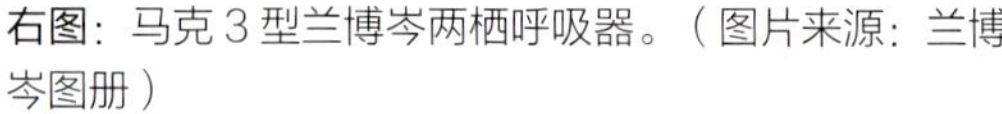

右图：马克 3 型兰博岑两栖呼吸器。（图片来源：兰博岑图册）

下部两幅图：“二战”中，战略情报局海事连战斗蛙人群成员约翰·布思戴着兰博岑两栖呼吸器和全脸面罩在佛罗里达州进行训练。（图片来源：兰博岑图册）

左图：战略情报局海事连成员（从左至右）：美国海军预备役枪炮三级军士长戈登·佐尔陶（外号“咸盐”），美国海岸警卫队后备队机械二级军士长罗伯特·塔尔梅奇，美国海岸警卫队后备队考克斯·吉恩·沃德，他是战斗蛙人群的第一批成员之一，于 1944 年作为兰博岑两栖呼吸器部队成员被部署到英格兰，1944 年 10 月间来到巴哈马重新加入战斗蛙人群第 3 小队，1945 年 1 月又被部署到锡兰，加入战略情报局东南亚司令部第 101 分遣队。这张照片是这些人在缅甸为执行东南亚司令部任务行动做准备时拍摄的。（图片来源：汤姆·霍金斯）

左图：1944 年，战略情报局海事连一个成员戴着 10 型兰博岑两栖呼吸器在古巴关塔那摩湾接受训练，训练内容是撕破反潜网。（图片来源：兰博岑图册）

左图：战略情报局海事连的成员戴着马克 2 型兰博岑两栖呼吸器，他们正在操纵两人冲浪板 / 摩托化气垫，这款装备有个外号叫“荷花”。（图片来源：汤姆·霍金斯）

左下图（左）：这个看上去像钻头一样的东西被连接在一块湿电池上（在平面下面），它是两人冲浪板 / 摩托化气垫得以行进和驾驶的动力源。（图片来源：国家档案馆 / 海军特种作战出版有限公司）

左下图（右）：这张照片显示了两人冲浪板 / 摩托化气垫的电池安放隔间。（图片来源：国家档案馆 / 海军特种作战出版有限公司）

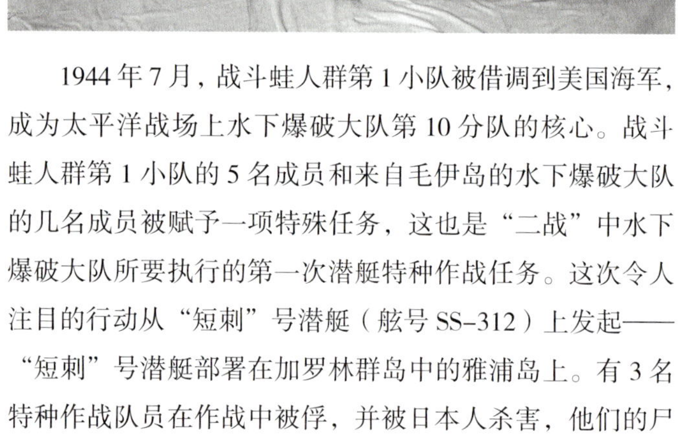

右图：《战略情报局海事连水下行动手册》中所提到的两人冲浪板/摩托化气垫，实际上就是一条充气式小艇，战略情报局的特工用它可深入海岸线。在这张照片中，充气式小艇正被展开以便拍摄照片作为《战略情报局海事连水下行动手册》的图示。（图片来源：国家档案馆/海军特种作战出版有限公司）

1944年7月，战斗蛙人群第1小队被借调到美国海军，成为太平洋战场上水下爆破大队第10分队的核心。战斗蛙人群第1小队的5名成员和来自毛伊岛的水下爆破大队的几名成员被赋予一项特殊任务，这也是"二战"中水下爆破大队所要执行的第一次潜艇特种作战任务。这次令人注目的行动从"短刺"号潜艇（舷号SS-312）上发起——"短刺"号潜艇部署在加罗林群岛中的雅浦岛上。有3名特种作战队员在作战中被俘，并被日本人杀害，他们的尸体至今下落不明。这3人是军士长霍华德·罗德（外号"红色"，水下爆破大队）、军士鲍勃·布莱克（战略情报局）和军士约翰·麦克马洪（战略情报局）。

除了潜泳作战，战略情报局海事连还在发展小艇作战能力，并且最终在地中海发动了几次秘密的小艇渗透行动。首先实施小艇渗透的是海军上尉杰克·泰勒，他得到了几艘地中海轻帆船——有当地产的木质外壳船，配以辅助帆，由希腊游击队队员操控。杰克·泰勒安排这些游击队队员为盟军所用。1943年夏天，泰勒上尉执行了超过14次的渗透行动，其中一些非常成功，比如对科孚岛、南斯拉夫和阿尔巴尼亚海岸的渗透。

1944年12月，战略情报局海事连被派往美国东南亚司令部，并被指派给驻扎在锡兰岛康迪市的战略情报局第404分遣队。从1944年12月到1945年6月15日，海事连一直在阿拉干（缅甸西海岸地区，现在的若开邦）进行

下图：战略情报局老兵所展示的战略情报局服役别针，战略情报局是今天的战略情报局社团的前身。这枚别针是中情局在为"二战"中战略情报局的成员所举行的典礼上，授予沃尔特·梅斯的，以表彰他为战略情报局海事连效力多年。（图片来源：格雷格·E.马蒂逊/海军特种作战出版有限公司）

上部两图：战略情报局为执行海上任务而正在建造的特种小艇。这种木质外壳的小艇里面有金属层，以保护乘员。（图片来源：国家档案馆 / 海军特种作战出版有限公司）

训练和执行任务，行动包括小艇渗透以及战斗蛙人群第 2 分队对海滩和水道的侦察。与此同时，蛙人们还在接受强化训练，准备在进攻日本本土时执行特种作战任务。当然，由于杜鲁门总统决定使用原子弹，对日本本土的进攻并没有发生。

战争结束后不久，即 1945 年 10 月 1 日，海事连和战略情报局的其他部分被裁撤。多亏兰博岑博士，海事连的软硬件实力两年后在海军水下爆破大队的框架下复活了。

太平洋水下爆破大队

1943 年 11 月 22 日，美军在登陆吉尔伯特群岛中的塔拉瓦岛时，一个水下暗礁导致登陆艇在距离岸滩较远处沉没，数百名海军陆战队队员或被溺死或惨遭敌军射杀。惨

下左图（左）：水下爆破大队特殊任务群的部分志愿兵在“短刺”号潜艇（舷号 SS-312）上，该潜艇正在太平洋上的佩莱利乌岛附近。他们执行了水下爆破大队在“二战”中唯一的潜艇任务。从左至右：军士长鲍尔、约翰 · 麦克马洪（阵亡）、鲍勃 · 布莱克（阵亡）、埃米特 · L. 卡彭特、军士长霍华德 · 罗德（外号“红色”，阵亡）。（图片来源：国家档案馆 / 海军特种作战出版有限公司）

下左图（右）：从左至右：伦纳德 · 巴恩希尔、约翰 · 麦克马洪、海军上尉 M.R. 马西、比尔 · 穆尔、沃伦 · 克里斯坦森。约翰 · 麦克马洪（在照片内）以及霍华德 · 罗德军士长（不在照片内）在这张照片拍摄后的第二天夜晚被日军俘虏并杀害。（图片来源：国家档案馆 / 海军特种作战出版有限公司）

右四幅图：1940 年，克里斯蒂安·兰博岑自己充当模特，戴上自己发明的马克 1 型兰博岑两栖呼吸器。上面这些图中还包括美国专利部门提供的草图。它也是第一种能使潜水者在水下活动时不会释放出气泡的设备。（图片来源：国家档案馆 / 海军特种作战出版有限公司）

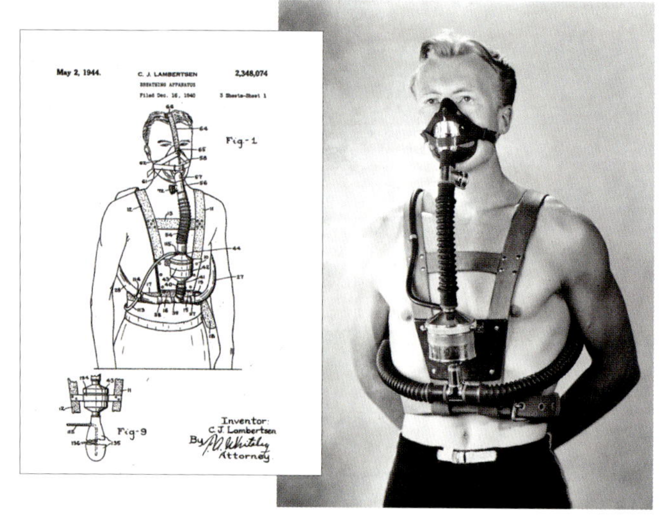

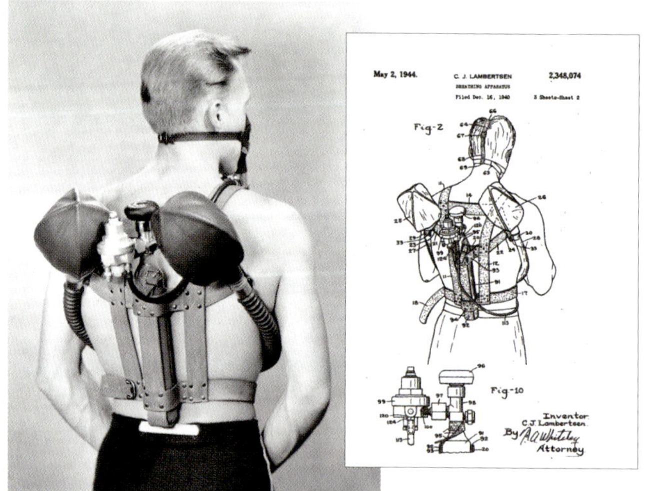

右图：在战略情报局位于加利福尼亚州圣迭戈附近的训练营中，一只战略情报局的摩托化独木舟被展示在一群美国海军陆战队队员面前。（图片来源：国家档案馆 / 海军特种作战出版有限公司）

左图和上图：战略情报局摩托化独木舟，拍摄地点是战略情报局海事连位于加利福尼亚州圣迭戈海滩上的训练营。（图片来源：国家档案馆 / 海军特种作战出版有限公司）

痛的教训使得第 5 两栖部队指挥官凯利·特纳上将指派 30 名军官和 150 名应征者前往位于怀马纳洛（在夏威夷的“比格艾兰”上）的两栖训练营，充当侦察与爆破训练项目的核心成员。正是在那里，太平洋水下爆破大队诞生了。

第一支水下爆破大队后来演变为水下爆破大队第 1 分队和第 2 分队，作为临时组建的力量，每支分队大约有 14 名军官和 70 名应征士兵。第 1 分队由海军中校爱德华·D. 布鲁斯特指挥，第 2 分队由海军少校约翰·T. 凯勒指挥。这些水下爆破大队的成员来自整个舰队的志愿者，包括海军和海军陆战队人员（主要是“海上蜜蜂”部队），或者陆军和海军陆战队中接受过爆破训练的工程兵。1944 年 1 月 31 日，在美军对马绍尔群岛发动的“燧发枪”行动中，他们参与了对夸贾林和罗伊—那慕尔的进攻，这也是他们首次投入军事行动。由于接受了在塔拉瓦岛的教训，美军指挥官十分强调在海军陆战队登陆艇向海岸进发前，必须事先完成侦察任务，并将天然和人工障碍爆破清除干净。

“燧发枪”行动之后，水下爆破大队的成员于 1944

右图：在白天的训练行动中，一名水下爆破大队的潜泳者穿着防水保护服，将爆破炸药安放在一艘大型军舰的螺旋桨上。利用黑夜的掩护，水下爆破大队会采用这种方式对敌船进行攻击。（图片来源：汤姆·霍金斯）

下图：最近铸造的水下爆破大队“纪念币”，以纪念水下爆破大队第 11、12、13、21 以及 22 分队。（图片来源：格雷格·E. 马蒂逊 / 海军特种作战出版有限公司）

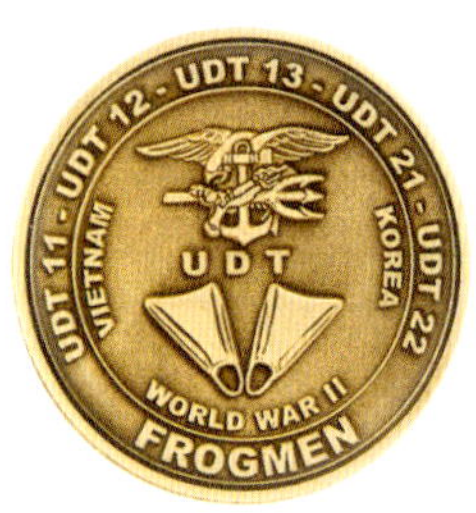

年 2 月回到夏威夷，并且转移到毛伊岛上，在那里，凯勒少校奉命建立一个海军战斗爆破及试验营，地点位于卡马奥莱两栖训练营附近的海滩上。新的水下爆破训练营更多的是强调游泳技能，来自陆军和海军陆战队的成员回到原来部队。接下来，所有水下爆破大队的成员基本都来自海军，主要是曾在皮尔斯堡海军作战爆破学校受训过的“海上蜜蜂”部队成员，几乎没有例外。

“燧发枪”行动让人看清楚一点，水下爆破大队的每支分队都应该拥有自己的舰艇，以避免部队在为执行攻击行动而集结时发生延误。类似驱逐舰的舰艇被改装成两栖

右图：水下爆破大队经典的“铸造与恢复”行动。水下爆破大队队员走到一艘侦察船的一边，扒在侦察船拖着的一条充气式小艇上入水。为避免遭到岸边敌军狙击手的袭击，各水下爆破大队成员间保持 25 码的间隙。一个排的水下爆破大队成员下水后，他们就可以形成一条线向岸边进发，对海滩坡度进行水文侦察。（图片来源：汤姆·霍金斯）

左图：水下爆破大队队员正在安放炸药，以清除海滩上的障碍物。（图片来源：兰博岑图册）

运兵舰，在余下的战争岁月中运载水下爆破大队前往各地执行任务。对于水下爆破大队队员来说，两栖运兵舰是他们的另一个家，他们中的许多人一次就要在运兵舰上待好几个月。

水下爆破大队队员有三套日常制服。他们最常穿的一套制服是海军配发给他们的粗棉布工作制服，配之以蓝色衬衫、白色帽子和黑色鞋子或靴子；他们还有一套海军陆战队配发的绿色工作制服，配之以被称作“森林地带”的靴子和头盔衬里；在工作时，他们就穿游泳裤和特别设计的防珊瑚靴，以保护自己的双脚。在南太平洋，他们在船

左图：在白天的训练行动中，一名水下爆破大队的蛙人将爆破包挂在海滩障碍物上。如果是涨潮，这种人造障碍物可能会被海水淹没，此外，实战中这类行动一般都在晚上实施。注意这个蛙人的防水服和那条将此炸药与其他炸药连接起来的引线，这一次爆破要完成许多障碍物的清除。（图片来源：汤姆·霍金斯）

上图：美军抵达东京机场后的第二天，爱德华·P. 克莱顿少校——水下爆破大队第 21 分队的指挥官接受了日本军官递过来的武士刀，同意对方的投降。这也是太平洋战争中的第一次受降，但克莱顿少校后来被要求交出武士刀，因为“第一次投降”必须由道格拉斯·麦克阿瑟将军接受。但水下爆破大队是第一个到达的，并且幸运的是，此次投降的现场有照片为证。（图片来源：汤姆·霍金斯）

上即便不下水作业也会穿着游泳裤。热带地区的太阳光对人体有较大的伤害，水下爆破大队的成员必须不停地往身上涂擦防晒油，否则他们在执行实战任务时会被严重晒伤。这些队员后来获得一个外号——“裸体勇士”，因为作战时他们只穿游泳裤，并携带一把锋利的匕首，别无他物。在实际侦察行动中，除了游泳裤，他们还会穿戴蛙鞋、面罩以及一条暗藏“卡－巴”匕首的皮带。他们还会携带一种特殊的铅笔和树脂玻璃板，用以记录水下信息。

在准备进行马里亚纳群岛战役时，集中水下爆破大队的行动指挥权已成为大家的共识。当时的情况是，如果要进攻日本本土就要拿下马里亚纳群岛这个关键据点。该群岛位于日本本土以南、新几内亚以北，紧贴菲律宾海东部。群岛北部包括塞班岛和提尼安岛，群岛南部则包括关岛，它如今已是美国领土的一部分。为此，水下爆破训练计划的参与人数要扩充到 100 人，这就需要给这支部队配备更高层级的作战指挥机构，制定战术程序标准，还要给予水下爆破大队新的装备、新的训练方法和信息协调模式（水下爆破大队获得的信息需要及时分发到各两栖攻击部队)。

1944 年 11 月，海军太平洋舰队两栖部队（被水下爆破大队队员称为“太平洋泥巴”）指挥官任命海军上校 B. 霍尔 · 汉隆担任水下爆破大队第一任司令官。汉隆上校是一名海军学院的毕业生，他虽然没有爆破方面的经验，但有较高的军衔以及不错的组织能力，而这些都是当时的水下爆破大队所欠缺的。1944 年 4 月至 8 月间，水下爆破大队第 5 分队队长考夫曼担任汉隆上校的参谋长。

水下爆破大队司令有三个主要职责：第一是对整个大队进行行政监管并负责训练，包括协调海军作战爆破队在皮尔斯堡进行的训练，在毛伊岛的海军战斗爆破训练和试验营进行的更高一级的训练。参谋人员还要负责筹划、指定部队就特定战斗任务进行针对性训练，以做到充分准备，另外还要安排执行完任务的队员休整。第二个职责是筹划并撰写训练条令、作战计划以及简报，率领队伍实施战前

左图：一张“裸体勇士”的经典照片，照片上的水下爆破大队队员通过潜泳将爆破炸药安放在水下障碍物上。（图片来源：汤姆 · 霍金斯）

右图：水下爆破大队的潜水员进入潜水艇的逃生舱执行“锁入／锁出”动作。在这张照片中，潜水员戴着自主式水下呼吸器，他们在基础训练中一直使用这种设备。（图片来源：汤姆·霍金斯）

下图：20世纪50年代和60年代早期，水下爆破大队队员执行战斗任务时的典型服装：非干式潜水服、生命防护衣、保护性头巾以及面罩。（图片来源：汤姆·霍金斯）

演练以及在每次行动中与火力支援部队、攻击部队进行联络。最后一个职责是战术性的。在作战中，水下爆破大队司令直接控制参与作战的各分队、两栖运兵舰以及近距离火力支援船只。水下爆破大队司令部人员包括14名军官及21名士兵，其中一半人具有爆破经验，他们被分为五个组，包括行动组、爆破组、通信组、情报组和行政组。

从1944年12月到1945年8月，在太平洋战争的每一次重大两栖登陆行动中，都能见到水下爆破大队“裸体勇士”们的身影，包括埃内韦塔克岛、塞班岛、关岛、提尼安岛、昂奥尔岛、乌利西岛、佩莱利乌岛、莱特岛、林加延湾、三描礼士、硫黄岛、冲绳岛、纳闽岛、文莱湾以及婆罗洲。1945年7月4日，在婆罗洲的巴厘巴板，水下爆破大队第11分队和第18分队发起了太平洋战争中的最后一次进攻，这也是历史书上着墨最少的一次军事行动。

鲜为人知的是，水下爆破大队队员是“二战”期间受勋最多的海军作战老兵。他们总共获得 750 枚铜星勋章、150 枚银星勋章、2 枚海军十字勋章和大量紫心勋章——对于上战场时仅携带卡－巴匕首作为武器的人来说，上述战绩的确令人印象深刻。到战争结束时，水下爆破大队总共拥有 2800 名现役人员，平均每个分队拥有 100 名官兵。在“二战”中，一艘军舰可以运载 3000 人，现如今一艘航空母舰可搭载 6000 人——这也使得英雄般的太平洋水下爆破大队的人员规模得到了相应扩充。

“二战”中，水下爆破大队先后组建了 31 支分队。其中第 1 分队、第 2 分队和“强力分队”（下面会提及）在组建后不久即被解散，因此最多时总共有 28 支分队同时存在。这些分队大多在皮尔斯堡受训，但不包括第 1、2 分队（这两支是临时分队）和第 14、16、17 分队（这三支分队的主体由在夏威夷受训的舰队志愿兵构成）。在皮尔斯堡受训的分队（包括“强力分队”）会在完成训练后

上图：海军预备役少校弗朗西斯·道格拉斯·费恩。“二战”后，他成为传奇性的水下爆破大队第 2 分队（位于利特尔克里克海军两栖训练营）指挥官。朝鲜战争中，他又指挥了位于科罗纳多的水下爆破大队第 1 分队。1947 年，费恩少校负责让水下爆破大队接管战略情报局海事连的潜水战软硬件能力。他所撰写的《裸体勇士》一书于 1956 年出版，这也是一部有关水下爆破大队颇为权威的史书。（图片来源：汤姆·霍金斯）

下图：一群人在马里兰州的所罗门岛上研究第 72 号“睡美人”袖珍潜艇，它属于最早被设计和制造出来的袖珍潜艇之一。在这些人中，在历史上留下名字的有两位，分别是来自英国皇家海军陆战队军种间联络部（特种作战执行部队）的丹尼斯·利里曼海军上尉和来自美国战略情报局的沃德·P. 戴维斯上尉。（图片来源：国家档案馆 / 海军特种作战出版有限公司）

下图：“睡美人”袖珍潜艇，这张图片过去未被媒体选中刊登。（图片来源：国家档案馆 / 海军特种作战出版有限公司）

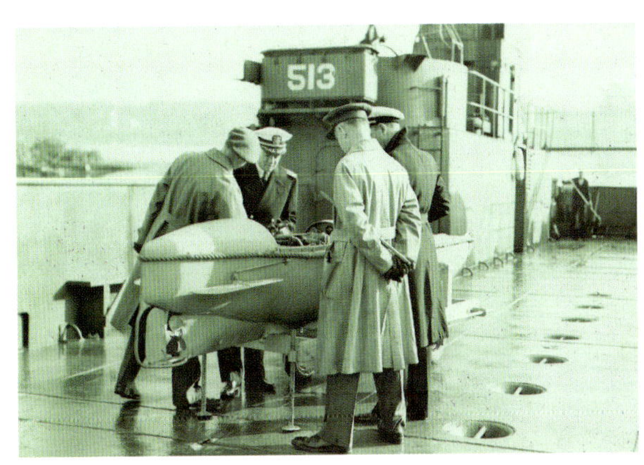

上图：水手们正在检查“睡美人”袖珍潜艇和其他特种蛙人输送载具。（图片来源：兰博岑图册）

赶往夏威夷。

从1943年6月到1944年9月，在皮尔斯堡受训完毕的士兵，在来到夏威夷毛伊岛接受进一步训练时，会先被编入以6人为一个小队的海军作战爆破队，再被纳入以100人为一个分队的水下爆破大队。从1944年11月开始，水下爆破大队司令开始在皮尔斯堡组建上述小队和大队，并赋予其编号，以便相关人员在前往毛伊岛前就可以一同工作、一同训练。1944年11月，水下爆破大队第18分队离开皮尔斯堡，这也是第一支在皮尔斯堡组建完毕并获得编号的分队。

“强力分队”是一个非常规的特别荣誉性称号，但由于是一支临时分队，因而在水下爆破大队的历史上几乎没有得到承认。它由数名在皮尔斯堡接受训练的海军作战爆破队成员组成，但这些人没能在毛伊岛完成后续训练。在离开皮尔斯堡前往夏威夷的途中，由于搭乘的船只发生无法修复的故障，船只被迫回到旧金山，人员和装备被转移到另一艘船上。然而，这艘船也没有直奔毛伊岛，而是去了所罗门群岛。在那里，水下爆破大队第3、4、5、7分队正准备在塞班岛、关岛以及提尼安岛实施行动。于是，这些海军作战爆破队的成员被赋予临时性职责，与上述水下爆破大队各分队并肩工作。

在执行完上述作战任务后，水下爆破大队各分队回到

右下图：战略情报局海事连蛙人乘坐“睡美人”袖珍潜艇正试图突破一张反鱼雷网。（图片来源：兰博岑图册）

下图：“二战”中在古巴进行的一次训练里，一名战略情报局海事连的蛙人正在使用“睡美人”袖珍潜艇突破反潜网。（图片来源：国家档案馆 / 海军特种作战出版有限公司）

左图：这种绰号“睡美人”的袖珍潜艇首先要与驾驶员成功相遇，然后才能在驾驶员的操控下进入正在水下航行的潜艇里停泊。这张照片拍摄于1948年10月，这艘“睡美人”在维尔京群岛圣托马斯岛附近，即将在“魁拜克”号潜艇的前甲板上“着陆”。（图片来源：兰博岑图册）

所罗门群岛图拉吉港附近的特纳城。在这里，海军作战爆破队的成员被召集到“诺亚”号两栖运兵舰（舷号APD-24）上，上级在没有正式仪式的情况下将他们指定为“强力分队”，命令其参加佩莱利乌战役。11月12日，在前往佩莱利乌的途中，“诺亚”号运兵舰的尾部遭到另一艘美国军舰——“弗兰”号（舷号DD-474）的撞击，并缓缓沉没。“强力分队”的所有作战装备没能从沉船中抢救出来，因而也没能参加佩莱利乌战役，最后踏上了返回毛伊岛的归途。在毛伊岛，这些人再次在没有任何正式仪式的情况下，被分派到其他水下爆破大队各分队。

1945年6月17日，罗伯特·H.罗杰斯上校在珍珠港被任命为水下爆破大队司令。随后根据安排，水下爆破大队28支分队乘坐28艘两栖运兵舰，前往加利福尼亚州濒海地区的两栖训练营，计划从1945年8月15日开始接受

左图：陆军中士拉里·特威迪驾驶“睡美人”袖珍潜艇正从海里捞起一部水下电话，在他身边的是海军维修部队的约翰尼·坎贝尔。（图片来源：兰博岑图册）

一个月的寒水训练。此外，太平洋舰队两栖部队司令也授权为水下爆破大队构建一个新的指挥系统。

水下爆破大队各分队被合并为一个支队，下辖两个中队，罗杰斯上校身兼水下爆破支队司令和水下爆破大队司令。在他麾下，水下爆破第1中队（UDS-1）和水下爆破第2中队（UDS-2）都有一个司令部。“霍利斯”号两栖运兵舰（舷号APD-66）成为水下爆破支队的指挥舰，“布莱斯曼”号两栖运兵舰（舷号APD-48）和“兰宁”号两栖运兵舰（舷号APD-55）则被指定为两个中队的指挥舰。直到今天，这仍然是一名司令在单次作战任务中所能集结的最大规模的海军特种作战部队。

下图：驾驶这艘“睡美人”袖珍潜艇的，有可能是来自英国皇家海军陆战队军种间联络部（特种作战执行部队）的丹尼斯·利里曼海军上尉，也可能是美国陆军航空队的拉里·特威迪中士。（图片来源：兰博岑图册）

上图：玩具2号。这张图很可能拍摄于1944年11月的马里兰州所罗门斯群岛。（图片来源：兰博岑图册）

原本打算在临海地区进行的训练突然被缩短了，原因是杜鲁门总统下令于1945年8月6日和8月9日在日本的广岛和长崎各投下一枚原子弹。8月10日，日本提出求和，正在进行训练的水下爆破大队及其两栖运兵舰接到指示，准备向日本进发。8月14日，日本投降，他们接到命令迅速赶往日本。

此时，水下爆破大队的司令部正在马尼拉，他们迅速撰写并分发了第8-45号行动计划书，作为占领日本行动的总纲领。根据这份行动计划书，水下爆破支队将被划分为三部分，每部分由6个分队构成，分别归属第3、第5和第7两栖部队的司令指挥。他们主要执行一些行政侦察任务，包括帮助清理港口以及解除军舰武装。

完成上述任务后，所有的水下爆破大队各分队随即撤离。1945年9月28日，水下爆破大队司令及司令部其他成员乘船来到位于科罗纳多的两栖训练营，重新搭建水下爆破大队在和平时期的组织结构。由于战争结束，大部分分队被解散，只剩下四个分队继续听候调遣，每个分队仅保留7名军官和45名士兵。战后的1946年，由沃尔特·库珀海军少校指挥的水下爆破大队第1和第3两个分队被配属到太平洋舰队两栖部队，基地位于科罗纳多；由弗朗西斯·道格拉斯・费恩少校（绰号“红狗”）指挥的第 2 和第 4 两个分队则被配属到大西洋舰队两栖部队，基地位于利特尔克里克。这支小规模的部队必须为未来可能发生的战争做好准备，竭尽全力保持战备状态。

朝鲜战争中的水下爆破大队

朝鲜战争对于水下爆破大队而言是一个关键的转折点，也充分显示出这支部队可以执行多种任务并具有强大的适应调整能力。这场战争爆发于 1950 年 6 月 25 日，当

下图：最后一批部队和装备撤离朝鲜后，水下爆破大队的一支小分队炸毁了港口设施，这被描述为直到那时为止规模最大的一次“核爆炸”。“贝格”号两栖运兵舰（舷号 APD-127）在爆破发生时就在港口外海停泊。（照片来源：汤姆・霍金斯）

时水下爆破大队一支10人小分队正在乔治·艾奇逊中尉的带领下驻扎在日本。他们与第一两栖战斗群一道正在执行海岸测量任务，并帮助海军陆战队的人员训练陆军战斗团，以使后者获得侦察方面的技能。

他们很快被派往朝鲜参战。1950年8月5日夜，小分队离开“迪亚琴科”号两栖运兵舰（舷号APD-123），携带充气式小艇执行一次破袭任务，即炸毁丽水市附近一座火车隧道桥。艾奇逊中尉和三级司务长沃伦·福利（外号“鱼鳍”）充当了水下侦察兵，顺着快速的潮流游动了500码，在所要炸毁的大桥下上了岸。他们沿着路堤向上走了20英尺，快速侦察后发出信号，让其他还在充气式小艇上的人带着炸药登岸。这时，10名朝鲜人民军士兵坐着手摇车突然从隧道中出现，他们手中的枪支吐出了火舌。福利中枪跌下了海堤，艾奇逊中尉则扔了几颗手榴弹将敌人逼退，这为队友们撤回到“迪亚琴科”号运兵舰赢得了时间。由于福利的膝盖骨

下图：20世纪60年代早期被部署在地中海地区的水下爆破大队一个排。这张照片反映了水下爆破大队历史上的装备情况，因此颇值得注意。（照片来源：汤姆·霍金斯）

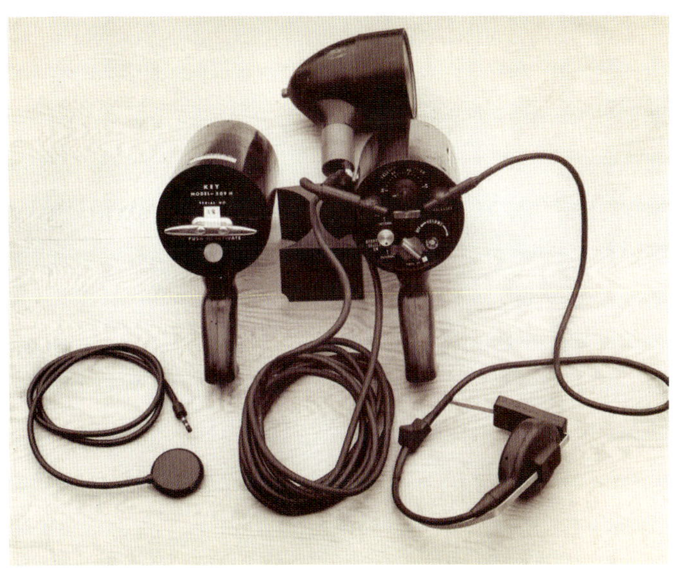

左图：一款手持式“声波接收器”系统。20 世纪 60 年代至 70 年代早期，水下爆破大队和海豹突击队就拿着这种设备探测水雷或类似水雷的物体，用它还可以与友军会合。经过改装，它还可以在海豹输送艇上使用。（图片来源：汤姆 · 霍金斯）

下图：水下爆破大队成员进行水上跳伞，值得注意的是他们脚上穿的蛙鞋。队员们将这种跳伞称为“好莱坞式”跳伞，因为他们觉得降落在柔软的水面上比降落在坚硬的地面上要容易不少。（图片来源：汤姆 · 霍金斯）

上图：大约在 20 世纪 50 年代后期，水下爆破大队第 21 分队的成员戴着“开放式循环自主水下呼吸器”执行任务，他们从一艘人员登陆艇上被放下奔赴任务地点。注意装着压缩空气的三个气罐和拥有两根软管的调节器。（图片来源：汤姆 · 霍金斯）

右图：“三叉戟”胸章直到 20 世纪 70 年代才出现，之前水下爆破大队和海豹突击队队员的制服上都有一块类似的标识。（图片来源：汤姆 · 霍金斯）

右图：水下爆破大队队员打捞起“特种原子爆破弹药”（训练弹）。在海豹突击队的创建公文中，抗压容器被列为海豹突击队需要获得的首批物资之一，这种容器使得“特种原子爆破弹药”可以在水下使用。“特种原子爆破弹药”是海军的一个项目，并于20世纪60年代中晚期配发部队，但从来没有被真正使用过。这个项目其实就是研发一种小型核武器，由士兵携带“特种原子爆破弹药”通过伞降方式抵达攻击地点，用这种核武器摧毁港口或其他战略设施。执行任务时，由两名士兵一起行动，其中一人携带“特种原子爆破弹药”，另一人为前者提供必要的支援。两人小组负责将武器包安放在合适的地方，设定爆炸时间，然后游到指定海域，再由己方的潜艇或高速水上舟艇接走。当时多次实施过伞降投放与人员接回演练，但“特种原子爆破弹药”从没有被真正使用过。后来由于《美苏削减战略武器条约》禁止这类武器的存在，美军的军火库最终将其去除。（图片来源：汤姆·霍金斯）

被摔碎，手和大腿也负伤，他成为朝鲜战争期间美国海军伤亡名单上的第一人。

8月份，越来越多的水下爆破大队成员在D.F.韦尔奇少校（绰号“克里”）的率领下抵达朝鲜。韦尔奇少校是水下爆破大队第1分队的指挥官。他们被赋予一项有点新鲜的任务，乘夜炸毁铁路隧道和铁路大桥。当时，美国海军和海军陆战队被命令进行海岸侦察和突击行动，于是该任务落到了水下爆破大队头上。用水下爆破大队特德·菲尔丁中尉的话说：“我们准备去做任何人都能做，但任何人都不愿意去做的事情。”

1950年9月15日，麦克阿瑟发起“烙铁行动”，在仁川进行大规模登陆作战。水下爆破大队第1、3分队在大部队抵达之前先行来到仁川海滩，对淤泥滩涂进行侦察，标注海滩通道的最低点并搜寻地雷。当满载海军陆战队队员的登陆艇抵达时，水下爆破大队还充当了向导，告诉其潮流情况。

1950年10月，水下爆破大队各分队在元山港附近协助清除水雷，他们自由潜泳，发现水雷后标明其位置，以方便扫雷舰将其排除。10 月 12 日，两艘美军扫雷舰（舷号 AM-275 的“海盗”号和舷号 AM-277 的“誓言”号）触雷，在相隔数英里的位置上沉没。水下爆破大队的成员就在沉船位置附近，他们共救起 25 名落海水兵。第二天，水下爆破大队成员威廉·詹诺蒂戴上“开放式循环自主水下呼吸器”，潜入水底标明了“誓言”号的沉船位置，以便美国海军将“誓言”号上珍贵的扫雷装备打捞出水。威廉·詹诺蒂也成为第一个戴上“开放式循环自主水下呼吸器”实施作战潜水的美国士兵。

战争进行了两年后，第 1、3 分队的任务越来越繁重。1952 年 2 月，水下爆破大队第 5 分队重建，以分担第 1、3 分队的职责。初始阶段，该分队的主要任务仍然是协助排雷。到了 1952 年夏天，他们奉命执行一项代号“渔网”的新任务。“渔网”任务的主要目的是扰乱朝鲜的战时经济，这一经济形态是构建在捕鱼和种稻的基础上的。这也是水下爆破大队在朝鲜战争中所参与的最后一次大规模行动。1953 年 7 月 27 日，《朝鲜停战协定》签署，水下爆破大队在朝鲜的作战行动也画上句号。

这场战争实实在在改变了水下爆破大队的行动原则，大大扩展了其执行任务的领域及相应的能力。传统上，水下爆破大队的任务是两栖侦察、排雷和障碍物清除，然而

左下图：在“铸造与恢复”行动中，水下爆破大队—海豹突击队的队员被“拖拽”着。队员们排成一条线，前后相邻的两个队员相隔 25 码，由一名站在充气式小艇上的人“拖拽”着露出水面，而充气式小艇则被一艘水下爆破大队的侦察艇拖行。半个身子泡在水中的队员扒在充气式小艇靠海的那一边，而不是临近侦察艇的那一边，这样做的好处是避免遭到岸上敌军炮火的袭击。（图片来源：汤姆·霍金斯）

下图：水下爆破大队的队员正在给阿波罗太空舱的仿制品套上浮力圈。在美国进行载人航天计划的早期，水下爆破大队曾帮助搜救坠落在大西洋和太平洋的“水星”号太空舱和“阿波罗”号太空舱。（图片来源：汤姆·霍金斯）

在朝鲜战争中，水下爆破大队的任务还包括以下这些：从海上秘密渗透并对敌军的船舶、码头和港口设施进行破袭，从公海出发捣毁敌军军械库，进行海岸渗透并进行情报搜集，掩护友军撤退。

朝鲜战争期间，配属于大西洋舰队的水下爆破大队第2分队和第4分队没有被分派战斗任务。这两支分队的任务主要是参与一些试验项目，包括“开放式循环自主水下呼吸器”的运用，蛙人从正在水下航行的潜艇里做出“锁出”动作进入海中，在寒冷气候下进行潜水任务，伞降训练和袖珍潜艇的使用。

1954年2月8日，驻扎在西海岸的水下爆破大队第1

下图：水下爆破大队递补训练第5班用一次爆炸来庆祝自己毕业。（图片来源：汤姆·霍金斯）

上图：这张珍贵照片所显示的是“湿甲板保护壳”，这种独一无二的设施是用来在柴油动力潜艇上装载海豹输送艇的。潜艇在水上或水下以最大速率前进时，这种保护壳可以避免海豹输送艇被损坏。（图片来源：汤姆·霍金斯）

左上图：中情局 19.5 英尺袖珍潜艇。这款袖珍潜艇从未被公开，在冷战中由中情局技术服务办公室为中情局量身打造，可容纳 3 人。这款袖珍潜艇并不携带任何武器，续航力有限，投送和回收也需要依赖“母船”，其工作方式类似海军的海豹输送艇。它的优点是尺寸小、能够半潜运行、噪音低且由木头制成，因此声呐和雷达都很难发现它。这款袖珍潜艇可以在不装载人员的情况下被投放到 30 英尺深的海底，并在那里最多待上 3 到 4 个星期。此外，当它以“甲板清洗”姿势（即上甲板比水面略低）航行时，只有一个树脂玻璃制的观察座露出水面，肉眼也无法发现它。（图片来源：格雷格·E. 马蒂逊 / 海军特种作战出版有限公司）

分队、第 3 分队和第 5 分队被重新命名为第 11 分队、第 12 分队和第 13 分队，而驻扎在东海岸的第 2 分队和第 4 分队被分别更名为第 21 分队和第 22 分队。传统上，太平洋舰队麾下各支部队的番号多采用奇数，大西洋舰队麾下各支部队的番号多采用偶数，水下爆破大队各分队此次番号的调整正是尽量向这一传统靠拢。之后不久，第 13 分队被解散，这样只留下四支分队，两支位于科罗纳多（第 11、12 分队），两支位于利特尔克里克（第 21、22 分队），且这些分队都不满员。水下爆破大队向地中海和太平洋的日常部署仍在继续，他们还开始接受伞降训练，并且向北冰洋和南极洲部署了几次，从而获得了媒体的关注。在这几支部队中，军官队伍中几乎没有了常规海军军官，取而代之的是预备役军官和所谓的“野马”（从底层行伍中提拔上来的军官）。出现这种状况的原因是，常规军官若想获得晋升，就必须乘船出海，搏击风浪，而水下爆破大队的军官往往就一直待在预备役，并且也不会被调到海军的其他部门，除非在第一次出勤后就离开海军，转往其他军种发展。

这张照片拍摄于20世纪90年代早期，海豹突击队的队员正在登上“蒙特·惠特尼”号军舰进行演习。登船攻击战术被称作“VBSS”，指“降临（Visit）”“登船（Board）”“搜索（Search）”和“擒拿（Seizure）”。这种军事技能主要用来对付海盗和运送非法武器的船只。（图片来源：格雷格·E.马蒂逊/海军特种作战出版有限公司）

第二章

海豹突击队与特种舟艇部队

美国海军海豹突击队退役海军中校

汤姆·霍金斯

第二章

海豹突击队与特种舟艇部队

美国海军海豹突击队退役海军中校　汤姆·霍金斯

海豹突击队的源起

下图：早期规模达一个排的海豹突击队队员正在准备进行一次全副武装伞降。（图片来源：汤姆·霍金斯）

朝鲜战争之后，美国总统艾森豪威尔提出了名为“新面貌”的战略思想。朝鲜战争导致美国武装力量大规模扩充，而艾森豪威尔打算保持扩充后的武装力量规模。同时，

上图：上任不久的约翰·肯尼迪总统前往位于弗吉尼亚州利特尔克里克的海军两栖训练营巡视，检阅了水下爆破大队和海豹突击队的队员。肯尼迪总统下令发起的一系列行动，使得人们认为是他于 1962 年 1 月组建了海军海豹突击队。（图片来源：国家档案馆 / 海军特种作战出版有限公司）

左上图：这艘 MK7 型海豹输送艇的艇员正在测试一系列装备，包括由西屋公司研制、尚处在试验阶段的潜泳器，芬奇公司研制的浮力辅助器，以及一款水下通信设备。（图片来源：汤姆·霍金斯）

为了震慑潜在的作战对手，美国对核武器以及远程空中力量也产生了较强的依赖。从朝鲜战争结束到 1965 年越南战争升级前，美国的武装力量员额从未低于 250 万，平均达到 280 万。但在 20 世纪 50 年代，美军越来越需要用于执行非战略性任务的特种作战力量。陆军拥有绿色贝雷帽特种部队，海军拥有水下爆破大队，而海军陆战队则拥有武装侦察连。

在艾森豪威尔执政的最后几年里，他开始让上述特种部队介入一些与美国利益攸关的小规模冲突，这其中最重要的莫过于东南亚国家老挝的内战以及古巴内战。古巴这个距离美国海岸线 90 英里的岛国于 1959 年 1 月被菲德尔·卡斯特罗接管后宣布成为共产主义国家。最后越战也爆发了。

经常被提及的一种说法是，约翰·肯尼迪总统为了越南战争而成立了海豹突击队。那是个不错的传奇故事，但并非事实。历史告诉我们，海豹突击队的形成是一个不断演变的过程，不是一夜间发生或者说是孤立事件影响的结果。海豹突击队的出现是许多人共同努力的结果，朝鲜战争及其之后发生的国际大事，尤其是在老挝和古巴的战事对水下爆破大队产生了积极影响，也催生了海豹突击队。

朝鲜战争结束后，水下爆破大队前途不明。战争期间执行的各类行动使得水下爆破大队可胜任的任务领域大大扩充，包括敌后行动、内陆突击、破坏铁路隧道、扰乱敌

右图：早期的海豹突击队队员登上一架直升机准备进行水上伞降。水上伞降的技术正是由水下爆破大队和海豹突击队的队员们完善的。（图片来源：汤姆·霍金斯）

下图：菲尔·布克鲁上校，大西洋侦察突击队的早期队员，做过军官也做过军士长。在太平洋战场，当时还是中尉的布克鲁与中美合作所一起，在中国的敌占区向日本侵略者发起军事行动。战后，他开始了教官生涯，朝鲜战争一爆发，他又回到海军，成为高度机密的海滩伞降部队的成员。此后他一直待在海军，并在越战期间成为太平洋海军作战行动支援群的司令，指挥整个太平洋战区范围内美军所有的水下爆破大队、海豹突击队、海滩伞降部队和特种舟艇部队。他最为知名的事迹是撰写了《布克鲁报告》，全面描述了美国海军在越南的战斗行动。（图片来源：汤姆·霍金斯）

军行动以及对朝鲜兴南港的彻底摧毁。以前人们都认为，水下爆破大队的职责就应该在水下，但很明显朝鲜战争打破了这一固有观念。战后，美国海军作战部官员在五角大楼和海军人事局都对此进行过分析，水下爆破大队的军官也参与了讨论。

早在1958年，海军作战部长阿雷·A.伯克上将就提议采取秘密措施遏制共产主义势力。伯克上将知道艾森豪威尔和肯尼迪两任总统想在某些地方进行非常规战争，于是他指令海军作战部根据小规模冲突的要求，组建新的海军军事单位，或将现有的海军军事单位进行相应改组。

海军作战部经过大量研究，得出的结论是：不能简单地赋予水下爆破大队更多的任务，因为这与水下爆破大队传统上应当承担的责任不符，也与现实中两栖部队理论上应当承担的责任不符。因此，需要考虑建立一批新的军事单位，它们不但拥有水下爆破大队的作战经验，同时能够吸收美军在朝鲜战争中学到的一些新的战争理念。

由于水下爆破大队在理论上属于两栖部队，因此不能使用陆军和海军陆战队的训练学校，当其要去执行以前未曾执行过的任务时，也无法添置必要的装备。根据规划，

左图：在越南，海豹突击队被当地人称作“绿脸人”，他们的脸上都画了绿色的油彩。图片中，中间那位就是海豹突击队队员，他在当地人的帮助下执行河流上的作战行动。（图片来源：汤姆·霍金斯）

新的非常规作战部队不会被上述教条捆住手脚，他们可以执行的任务种类更多，人员和物资的分配方式更为独立，而且拥有自己的预算。

下图：二级司务长比尔·布鲁姆勒（后成为海豹突击队第2分队的一级军士长）。布鲁姆勒和其他一些人秘密离开海军和海豹突击队加入中情局。这些人在古巴导弹危机结束后，在这个岛国上执行了一段时间的任务。中情局的任务结束后，他们回到海军和海豹突击队继续服役。（图片来源：比尔·布鲁姆勒）

海豹突击队在东南亚

20世纪60年代初，老挝、古巴危机持续，南越的叛乱也愈演愈烈。伯克上将命令海军作战部做好非常规战争的准备，并就此提供一些预案供高层挑选。在其中一份预案中，海军作战部人员建议：“水下爆破大队和海军陆战队武装侦察连组织情况良好，能够扩充成非常规作战部队。”

1960年9月13日，海军作战部采取了更为实质性的步骤，正式成立了一个“非常规行动工作组”。这个工作组直接向华莱士·M.比克利上将汇报工作，比克利上将在战略规划处工作，是海军作战部中负责舰队行动和战备的副部长。他指导工作组研究“海军非常规行动所要使用的

上图：海豹突击队第 1 分队高尔夫紧急分遣队在越南芽舨县，时间大约是 1966 年。背景中的那条机械化登陆艇（LCM）专门是为海豹突击队而改造的，站在艇上的那个人不是海豹突击队队员，但其可在船上胜任多个位置。照片上后排站立者（从左至右）：马克·托姆绍、比尔·贝察科克、罗杰·莫斯科内、（不知名人士）、斯沃佐、史密斯、（不知名人士）、吉米·帕西亚、（不知名人士）、（不知名人士）、鲍勃·亨利、卡尔·马里奥特、利昂·劳赫、（不知名人士）、（不知名人士）。前排蹲者：梅纳德·魏尔斯、拉斯奇克、比利·玛晨、辛纳兹、范奥登、威尔科克斯、多克·克莱因、罗恩·贝尔、汤姆·特鲁克塞尔。（图片来源：汤姆·霍金斯）

方法、技术和理念，这些可能会在冷战的形势下被用来有效地对付中国和苏联”。

1961 年 3 月 10 日，在海军内部成立特种作战部队的理念浮出水面，甚至“海豹”的名字也出现了。当时，“非常规行动委员会”（其前身正是“非常规行动小组”）向战略规划处处长小威廉·E. 金特纳少将提交了一份初步建议，并获得批准。这份建议又被提交到海军作战部长的案头等待审阅和批准。在这份建议中提到，要赋予两栖部队更多、更广泛的非常规作战能力，或者将两栖部队进行扩充，以使其获得这样的能力，建议中还强调要在“限制水域”执行作战任务。

“非常规行动委员会”还提议在太平洋和大西洋两栖部队司令的麾下各成立一支特战部队，这样“就形成了一个聚焦点，所有海军特种作战能力（海军游击战）所需要的要素都可以通过这一焦点进行展现。适合这种部队的名称是‘SEAL’（海豹部队），即海上（SEA）、空中（AIR）和陆地（LAND）的缩写，象征着全方位、立体化的战斗能力”。初始部队可以包括 20~25 名军官和 50~75 名应征士兵。

左图：1962 年 4 月，海豹突击队第 1 分队的菲利普 · P. 霍尔茨中尉和副排长乔恩 · R. 斯托克霍尔姆中尉率领第 1 分队和第 2 分队的 9 人小组前往越南。他们的任务是训练经过挑选的越南海岸部队成员，使其掌握侦察、破袭和游击作战技能，未来能够充任越南海上突击队训练班的教员。照片上后排站立者（从左至右）：罗伯特 · F. 费希尔（第 1 分队，船钳工一级军士长）、卡尔 · D. 马里奥特（第 1 分队，射击控制二级军士长）、罗伯特 · D. 保罗（第 1 分队，一等兵）、威廉 · E. 伯班克（第 2 分队，仓库保管二级军士长）。前排蹲者：戴维 · A. 威尔逊（第 1 分队，信号二级军士长）、小埃尔文 · J. 史密斯（第 1 分队，绘图二级军士长）、莱纳德 · A. 沃（第 2 分队，绘图一级军士长）、西奥多 · E. 乔治（第 1 分队，引擎二级军士长）。（图片来源：第 1 分队一级司务长杰克 · R. 珀金斯）

1961 年 5 月 3 日，伯克上将签署了一份备忘录并下发给海军作战部：“一些海军人员曾经接受过游击作战训练、水下爆破训练、心理战训练和陆军所谓的‘特种部队训练’，对于所有这些人，尤其是军官，我们都要记录下来……我知道这将非常困难，但我们就要前往西贡三角洲、湄公河和其他地方进行巡逻，我们的人必须切实地知道在游击战条件下如何战斗，如何生存。”

1961 年 5 月 13 日，比克利上将向海军作战部长上报了一份备忘录。备忘录提出了一些建议，比如新的作战理念、海豹突击队的具体任务，以及一些背景信息——包括水下爆破大队在朝鲜战争中执行的特种作战任务。他写道：“如果你同意上述建议，我将着手在东海岸和西海岸各组建一支特种作战部队。”

1961 年 5 月 25 日，肯尼迪总统向国会发表了题为“国家的紧急需求”的特别演讲，声称：“在我的指示下，国防部长正与我们的盟友一道迅速而切实地扩充武装部队，以适应非核战争、准军事行动以及极其有限或非常规战争的需求。此外，我们的特种部队和非常规作战部队将获得扩充，并根据新的任务进行调整。在所有涉及的部队中，必须格外强调特种作战技能和外语，后者能够使我们的军

下图：这些箱子存放在位于华盛顿特区的美国海军历史与遗产司令部。箱子里是一些机密或顶级机密文件。为了本书的撰写，我们花了数年时间，终于解密了海军作战部长伯克以及其他人的文件，揭示出海豹突击队的源起。（照片来源：格雷格 · E. 马蒂逊 / 海军特种作战出版有限公司）

右图：在海豹突击队的成立文件上，列出了一种“袖珍潜艇，用于港口侦察或在近岸处投放水下爆破大队成员 / 特工”。这后来就成为“蛙人输送艇部队”的源起。（照片来源：格雷格 · E. 马蒂逊 / 海军特种作战出版有限公司）

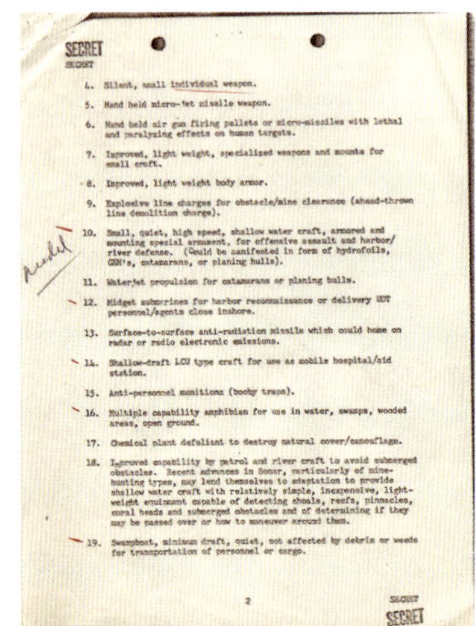

SECRET
SECRET

4. Silent, small individual weapon.

5. Hand held micro-jet missile weapon.

6. Hand held air gun firing pellets or micro-missiles with lethal and paralyzing effects on human targets.

7. Improved, light weight, specialized weapons and mounts for small craft.

8. Improved, light weight body armor.

9. Explosive line charges for obstacle/mine clearance (ahead-thrown line demolition charge).

10. Small, quiet, high speed, shallow water craft, armored and mounting special armament, for offensive assault and harbor/river defense. (Could be manifested in form of hydrofoils, GEM's, catamarans, or planing hulls).

11. Waterjet propulsion for catamarans or planing hulls.

12. Midget submarines for harbor reconnaissance or delivery UDT personnel/agents close inshore.

13. Surface-to-surface anti-radiation missile which could home on radar or radio electronic emissions.

14. Shallow-draft LCU type craft for use as mobile hospital/aid station.

15. Anti-personnel munitions (booby traps).

16. Multiple capability amphibian for use in water, swamps, wooded areas, open ground.

17. Chemical plant defoliant to destroy natural cover/camouflage.

18. Improved capability by patrol and river craft to avoid submerged obstacles. Recent advances in Sonar, particularly of mine-hunting types, may lend themselves to adaptation to provide shallow water craft with relatively simple, inexpensive, light-weight equipment capable of detecting shoals, reefs, pinnacles, coral heads and submerged obstacles and of determining if they may be passed over or how to maneuver around them.

19. Swampboat, minimum draft, quiet, not affected by debris or weeds for transportation of personnel or cargo.

2

SECRET
SECRET

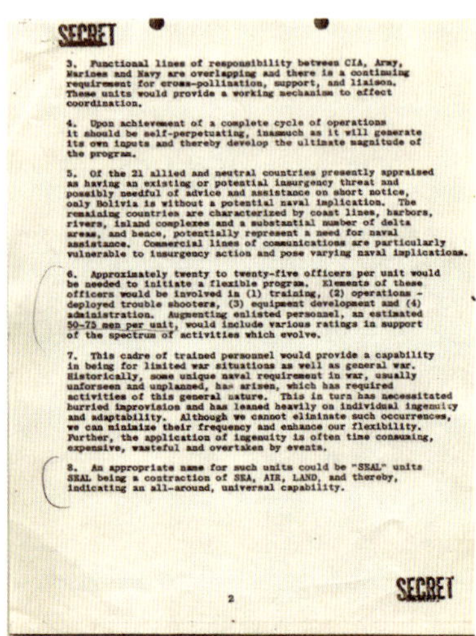

SECRET

3. Functional lines of responsibility between CIA, Army, Marines and Navy are overlapping and there is a continuing requirement for cross-pollination, support, and liaison. These units would provide a working mechanism to effect coordination.

4. Upon achievement of a complete cycle of operations it should be self-perpetuating, inasmuch as it will generate its own inputs and thereby develop the ultimate magnitude of the program.

5. Of the 21 allied and neutral countries presently appraised as having an existing or potential insurgency threat and possibly needful of advice and assistance on short notice, only Bolivia is without a potential naval implication. The remaining countries are characterized by coast lines, harbors, rivers, island complexes and a substantial number of delta areas, and hence, potentially represent a need for naval assistance. Commercial lines of communications are particularly vulnerable to insurgency action and pose varying naval implications.

6. Approximately twenty to twenty-five officers per unit would be needed to initiate a flexible program. Elements of these officers would be involved in (1) training, (2) operations - deployed trouble shooters, (3) equipment development and (4) administration. Augmenting enlisted personnel, an estimated 50-75 men per unit, would include various ratings in support of the spectrum of activities which evolve.

7. This cadre of trained personnel would provide a capability in being for limited war situations as well as general war. Historically, some unique naval requirement in war, usually unforseen and unplanned, has arisen, which has required activities of this general nature. This in turn has necessitated hurried improvision and has leaned heavily on individual ingenuity and adaptability. Although we cannot eliminate such occurrences, we can minimize their frequency and enhance our flexibility. Further, the application of ingenuity is often time consuming, expensive, wasteful and overtaken by events.

8. An appropriate name for such units could be "SEAL" units SEAL being a contraction of SEA, AIR, LAND, and thereby, indicating an all-around, universal capability.

2

SECRET

上右图：这是最新披露的海军作战部长的文件（1961 年），文件中首次出现了“海豹”的名字，并说明它代表了什么。它也显示出在海豹突击队的第一批部队中，每个分队要有 20 ~ 25 名军官、50 ~ 75 名应征士兵。这些每支 70 ~ 100 名队员的部队成为美国境内的首批“海豹”。它也显示中情局、陆军、海军陆战队和美国国务院正在建立协作关系。（照片来源：格雷格 · E. 马蒂逊 / 海军特种作战出版有限公司）

右图：这份解密文件首次披露了新成立的海豹突击队在开始运转后的一段时间内可能去哪些国家执行任务。（照片来源：格雷格 · E. 马蒂逊 / 海军特种作战出版有限公司）

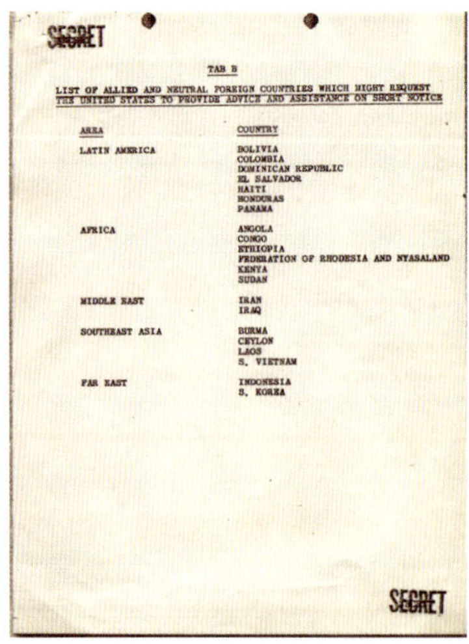

SECRET

TAB B

LIST OF ALLIED AND NEUTRAL FOREIGN COUNTRIES WHICH MIGHT REQUEST THE UNITED STATES TO PROVIDE ADVICE AND ASSISTANCE ON SHORT NOTICE

AREA	COUNTRY
LATIN AMERICA	BOLIVIA COLOMBIA DOMINICAN REPUBLIC EL SALVADOR HAITI HONDURAS PANAMA
AFRICA	ANGOLA CONGO ETHIOPIA FEDERATION OF RHODESIA AND NYASALAND KENYA SUDAN
MIDDLE EAST	IRAN IRAQ
SOUTHEAST ASIA	BURMA CEYLON LAOS S. VIETNAM
FAR EAST	INDONESIA S. KOREA

SECRET

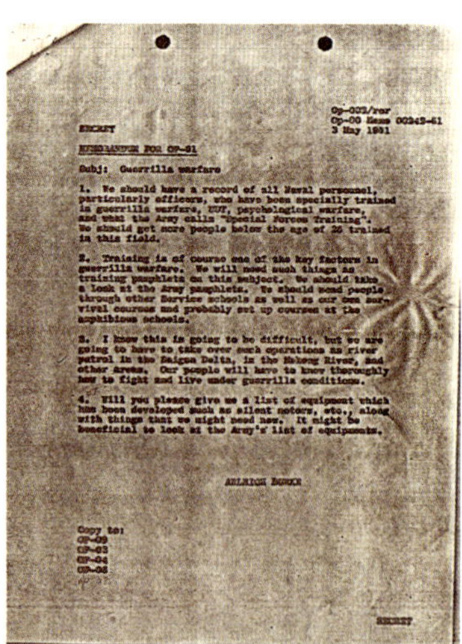

Op-003/rar
Op-00 Memo 00342-61
3 May 1961

SECRET

MEMORANDUM FOR OP-01

Subj: Guerrilla warfare

1. We should have a record of all Naval personnel, particularly officers, who have been specially trained in guerrilla warfare, UDT, psychological warfare, and what the Army calls "Special Forces Training". We should get more people below the age of 25 trained in this field.

2. Training is of course one of the key factors in guerrilla warfare. We will need such things as training pamphlets on this subject. We should take a look at the Army pamphlets. We should send people through other Service schools as well as our own survival courses and probably set up courses at the amphibious schools.

3. I know this is going to be difficult, but we are going to have to take over such operations as river patrol in the Saigon Delta, in the Mekong River, and other areas. Our people will have to know thoroughly how to fight and live under guerrilla conditions.

4. Will you please give me a list of equipment which has been developed such as silent motors, etc., along with things that we might need now. It might be beneficial to look at the Army's list of equipments.

ARLEIGH BURKE

Copy to:
OP-09
OP-03
OP-04
OP-06

SECRET

上右图：1961 年 5 月 3 日，海军作战部长阿雷 · 伯克上将提出一份秘密备忘录，称一些海军人员拥有特种作战技能，可以应对游击战、水下爆破行动、心理战。他要求上报一份具有上述技能的海军人员名单，尤其是军官的名单，并特别强调这些人的年龄最好小于 25 岁，并曾经在上述领域中受训。以这份名单为基础，形成了海军海豹突击队的第一批候选队员。（图片来源：格雷格 · E. 马蒂逊 / 海军特种作战出版有限公司）

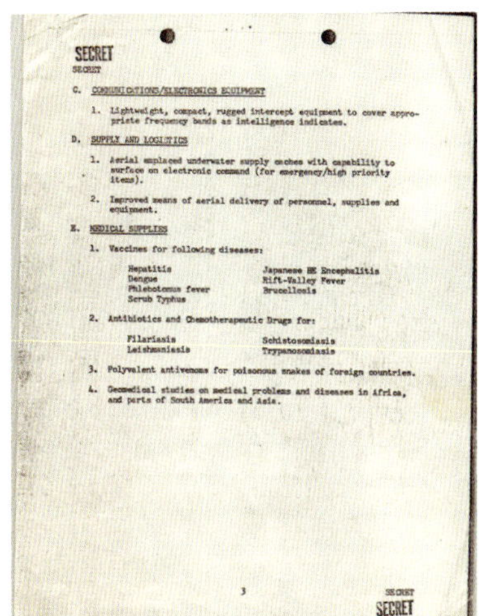

SECRET
SECRET

C. COMMUNICATIONS/ELECTRONICS EQUIPMENT

1. Lightweight, compact, rugged intercept equipment to cover appropriate frequency bands as intelligence indicates.

D. SUPPLY AND LOGISTICS

1. Aerial emplaced underwater supply caches with capability to surface on electronic command (for emergency/high priority items).

2. Improved means of aerial delivery of personnel, supplies and equipment.

E. MEDICAL SUPPLIES

1. Vaccines for following diseases:

Hepatitis　Japanese BE Encephalitis
Dengue　Rift-Valley Fever
Phlebotomus fever　Brucellosis
Scrub Typhus

2. Antibiotics and Chemotherapeutic Drugs for:

Filariasis　Schistosomiasis
Leishmaniasis　Trypanosomiasis

3. Polyvalent antivenoms for poisonous snakes of foreign countries.

4. Geomedical studies on medical problems and diseases in Africa, and parts of South America and Asia.

3

SECRET
SECRET

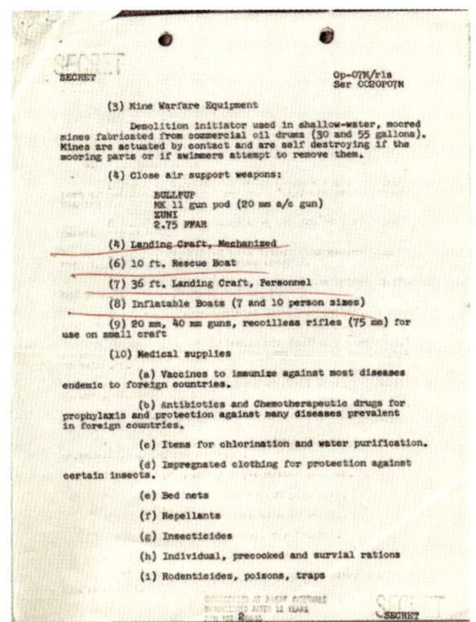

SECRET

Op-07M/rls
Ser 0020P07M

(3) Mine Warfare Equipment

Demolition initiator used in shallow-water, moored mines fabricated from commercial oil drums (30 and 55 gallons). Mines are actuated by contact and are self destroying if the mooring parts or if swimmers attempt to remove them.

(4) Close air support weapons:

BULLPUP
MK 11 gun pod (20 mm a/c gun)
ZUNI
2.75 FFAR

(4) Landing Craft, Mechanized

(6) 10 ft. Rescue Boat

(7) 36 ft. Landing Craft, Personnel

(8) Inflatable Boats (7 and 10 person sizes)

(9) 20 mm, 40 mm guns, recoilless rifles (75 mm) for use on small craft

(10) Medical supplies

(a) Vaccines to immunize against most diseases endemic to foreign countries.

(b) Antibiotics and Chemotherapeutic drugs for prophylaxis and protection against many diseases prevalent in foreign countries.

(c) Items for chlorination and water purification.

(d) Impregnated clothing for protection against certain insects.

(e) Bed nets

(f) Repellants

(g) Insecticides

(h) Individual, precooked and survial rations

(i) Rodenticides, poisons, traps

2

SECRET

上部两幅图：早期海豹突击队的文件希望队员们能够获得一些用来应对紧急事态的物资，包括应对各种疾病的疫苗和抗生素。（图片来源：格雷格 · E. 马蒂逊 / 海军特种作战出版有限公司）

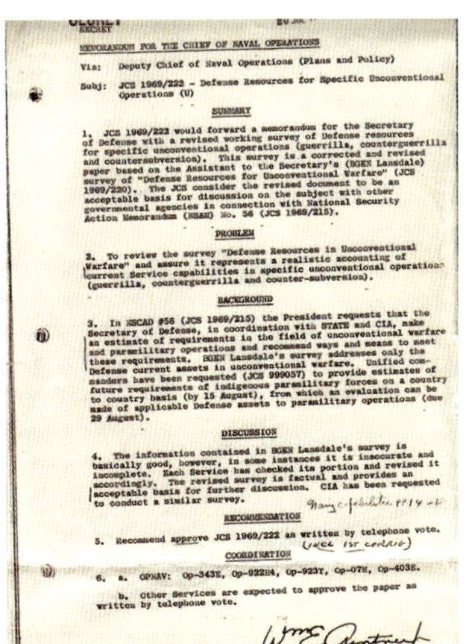

SECRET

MEMORANDUM FOR THE CHIEF OF NAVAL OPERATIONS

Via: Deputy Chief of Naval Operations (Plans and Policy)

Subj: JCS 1969/222 - Defense Resources for Specific Unconventional Operations (U)

SUMMARY

1. JCS 1969/222 would forward a memorandum for the Secretary of Defense with a revised working survey of Defense resources for specific unconventional operations (guerrilla, counterguerrilla and countersubversion). This survey is a corrected and revised paper based on the Assistant to the Secretary's (BGEN Lansdale) survey of "Defense Resources for Unconventional Warfare" (JCS 1969/220). The JCS consider the revised document to be an acceptable basis for discussion on the subject with other governmental agencies in connection with National Security Action Memorandum (NSAM) No. 56 (JCS 1969/215).

PROBLEM

2. To review the survey "Defense Resources in Unconventional Warfare" and assure it represents a realistic accounting of current Service capabilities in specific unconventional operations (guerrilla, counterguerrilla and counter-subversion).

BACKGROUND

3. In NSCAD #56 (JCS 1969/215) the President requests that the Secretary of Defense, in coordination with STATE and CIA, make an estimate of requirements in the field of unconventional warfare and paramilitary operations and recommend ways and means to meet these requirements. BGEN Lansdale's survey addresses only the Defense current assets in unconventional warfare. Unified commanders have been requested (JCS 999057) to provide estimates of future requirements of indigenous paramilitary forces on a country to country basis (by 15 August), from which an evaluation can be made of applicable Defense assets to paramilitary operations (due 29 August).

DISCUSSION

4. The information contained in BGEN Lansdale's survey is basically good, however, in some instances it is inaccurate and incomplete. Each Service has checked its portion and revised it accordingly. The revised survey is factual and provides an acceptable basis for further discussion. CIA has been requested to conduct a similar survey.

RECOMMENDATION

5. Recommend approve JCS 1969/222 as written by telephone vote.

COORDINATION

6. a. OPNAV: Op-343E, Op-922B4, Op-923T, Op-07M, Op-403E.

b. Other Services are expected to approve the paper as written by telephone vote.

Wm E Gentner, Jr

上左图：1961 年 7 月 20 日，当时的战略规划处处长小威廉 · E. 金特纳在一份简报中指出，肯尼迪总统要求国防部长与国务院、中情局协调，对“非常规作战”会对国防资源产生多少需求进行估算。当时陆军的“绿色贝雷帽”部队已经走在前面，海豹突击队的组建进度稍稍落后，但其获得的装备更为精良。（图片来源：格雷格 · E. 马蒂逊 / 海军特种作战出版有限公司）

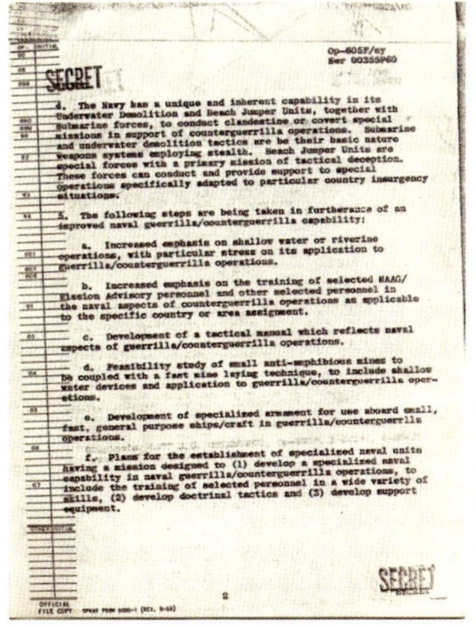

Op-605F/sy
Ser 00355P60

SECRET

4. The Navy has a unique and inherent capability in its Underwater Demolition and Beach Jumper Units, together with Submarine forces, to conduct clandestine or covert special missions in support of counterguerrilla operations. Submarine and underwater demolition tactics are be their basic nature weapons systems employing stealth. Beach Jumper Units are special forces with a primary mission of tactical deception. These forces can conduct and provide support to special operations specifically adapted to particular country insurgency situations.

5. The following steps are being taken in furtherance of an improved naval guerrilla/counterguerrilla capability:

a. Increased emphasis on shallow water or riverine operations, with particular stress on its application to guerrilla/counterguerrilla operations.

b. Increased emphasis on the training of selected MAAG/Mission Advisory personnel and other selected personnel in the naval aspects of counterguerrilla operations as applicable to the specific country or area assignment.

c. Development of a tactical manual which reflects naval aspects of guerrilla/counterguerrilla operations.

d. Feasibility study of small anti-amphibious mines to be coupled with a fast mine laying technique, to include shallow water devices and application to guerrilla/counterguerrilla operations.

e. Development of specialized armament for use aboard small, fast, general purpose ships/craft in guerrilla/counterguerrilla operations.

f. Plans for the establishment of specialized naval units having a mission designed to (1) develop a specialized naval capability in naval guerrilla/counterguerrilla operations, to include the training of selected personnel in a wide variety of skills, (2) develop doctrinal tactics and (3) develop support equipment.

2

SECRET

上右图：在 1961 年早期海军作战部长发出的文件中，新建的海豹突击队的使命开始成形。（图片来源：格雷格 · E. 马蒂逊 / 海军特种作战出版有限公司）

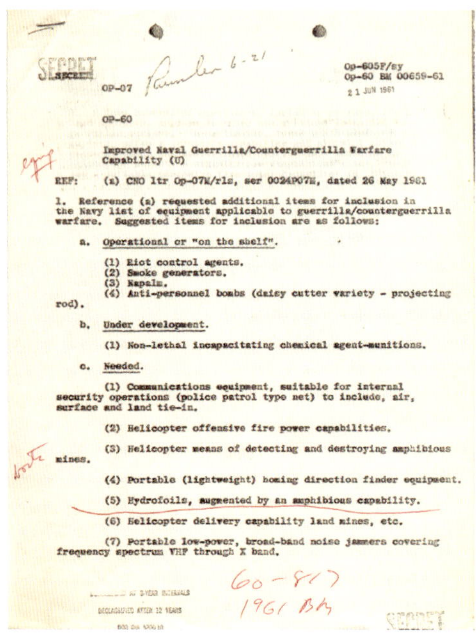

SECRET

OP-07

Op-605F/sy
Op-60 BM 00659-61
21 JUN 1961

OP-60

Improved Naval Guerrilla/Counterguerrilla Warfare Capability (U)

REF: (a) CNO ltr Op-07M/rls, ser 0024P07M, dated 26 May 1961

1. Reference (a) requested additional items for inclusion in the Navy list of equipment applicable to guerrilla/counterguerrilla warfare. Suggested items for inclusion are as follows:

a. Operational or "on the shelf".

(1) Riot control agents.
(2) Smoke generators.
(3) Napalm.
(4) Anti-personnel bombs (daisy cutter variety - projecting rod).

b. Under development.

(1) Non-lethal incapacitating chemical agent-munitions.

c. Needed.

(1) Communications equipment, suitable for internal security operations (police patrol type net) to include, air, surface and land tie-in.

(2) Helicopter offensive fire power capabilities.

(3) Helicopter means of detecting and destroying amphibious mines.

(4) Portable (lightweight) homing direction finder equipment.

(5) Hydrofoils, augmented by an amphibious capability.

(6) Helicopter delivery capability land mines, etc.

(7) Portable low-power, broad-band noise jammers covering frequency spectrum VHF through X band.

60-817
1961 BM

DECLASSIFIED AFTER 12 YEARS

SECRET

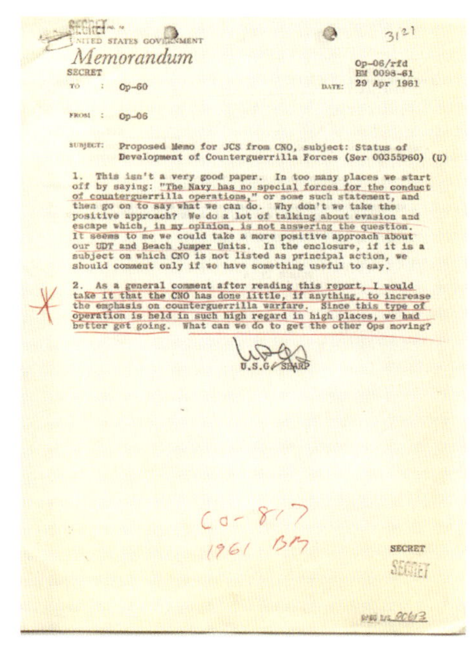

SECRET

UNITED STATES GOVERNMENT
Memorandum
SECRET

Op-06/rfd
BM 0098-61

TO : Op-60 DATE: 29 Apr 1961

FROM : Op-06

SUBJECT: Proposed Memo for JCS from CNO, subject: Status of Development of Counterguerrilla Forces (Ser 00355P60) (U)

1. This isn't a very good paper. In too many places we start off by saying: "The Navy has no special forces for the conduct of counterguerrilla operations," or some such statement, and then go on to say what we can do. Why don't we take the positive approach? We do a lot of talking about evasion and escape which, in my opinion, is not answering the question. It seems to me we could take a more positive approach about our UDT and Beach Jumper Units. In the enclosure, if it is a subject on which CNO is not listed as principal action, we should comment only if we have something useful to say.

2. As a general comment after reading this report, I would take it that the CNO has done little, if anything, to increase the emphasis on counterguerrilla warfare. Since this type of operation is held in such high regard in high places, we had better get going. What can we do to get the other Ops moving?

U.S.G. SHARP

60-817
1961 BM

SECRET

上图：在规划构建海豹突击队的早期，很多已经研发出来的装备被“束之高阁”，但它们也带来了一些新的、后来被美国海军和其他有关方面发展的装备。海豹突击队成为许多最新技术的试验场，其中之一是水翼艇的设计。（图片来源：格雷格·E. 马蒂逊 / 海军特种作战出版有限公司）

右上图：1961 年 4 月，对于海军上将尤利赛斯·S. 格兰特来说，构建海豹突击队的步伐还不够快。他在抨击自己的上司、时任海军作战部长的阿雷·伯克时说：“总之，在强调反游击作战方面，海军作战部长几乎没有做过任何事情。”他强烈建议：“我们最好开动起来。”任何梦想中的、设计或者制造出来的技术或装备，都被优先交给刚成立的海豹突击队。许多东西其实还在研发过程中，比如水翼艇。（图片来源：格雷格·E. 马蒂逊 / 海军特种作战出版有限公司）

下左图：这种被称作“高口袋”的小型水翼艇由贝克公司制造，该公司是一家位于威斯康星州的美国海军承包商。海军作战部长和其他一些人都将水翼艇列为优先配备给海豹突击队的装备。（图片来源：海军历史与遗产司令部）

下中图：这款长 9 英尺的水翼艇被称作“水翼”，由英格兰人克里斯托弗·胡克发明。这也是首款研制成功的潜水水翼艇。这款水翼艇的原型艇在 20 世纪 60 年代早期被配发给海豹突击队最先成立的一支分队。（图片来源：海军历史与遗产司令部）

下图：1962 年初，在五角大楼附近的波托马克河中，举行了一次名为“高地人”的展示，参展品是由贝克公司制造的水翼艇。这款 40 英尺长的水翼艇最高航速达到 35 节，被设计成两栖货物 / 人员输送工具，也可以作为蛙人修整的浮动基地。在创立海豹突击队的文件中，部分装备被列为“正在研发，并且将成为海豹突击队最先使用的装备”，而水翼艇正是其中之一。（图片来源：海军历史与遗产司令部）

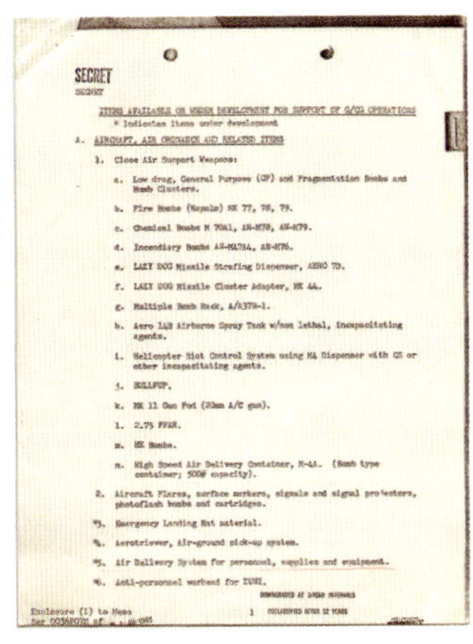

SECRET
SECRET

ITEMS AVAILABLE OR UNDER DEVELOPMENT FOR SUPPORT OF G/CG OPERATIONS
* Indicates items under development

A. AIRCRAFT, AIR ORDNANCE AND RELATED ITEMS

1. Close Air Support Weapons:
   a. Low drag, General Purpose (GP) and Fragmentation Bombs and Bomb Clusters.
   b. Fire Bombs (Napalm) MK 77, 78, 79.
   c. Chemical Bombs M 70A1, AN-M78, AN-M79.
   d. Incendiary Bombs AN-M47A4, AN-M76.
   e. LAZY DOG Missile Strafing Dispenser, AERO 7D.
   f. LAZY DOG Missile Cluster Adapter, MK 44.
   g. Multiple Bomb Rack, A/A37B-1.
   h. Aero 14B Airborne Spray Tank w/non lethal, incapacitating agents.
   i. Helicopter Riot Control System using M4 Dispenser with CS or other incapacitating agents.
   j. BULLPUP.
   k. MK 11 Gun Pod (20mm A/C gun).
   l. 2.75 FFAR.
   m. HE Bombs.
   n. High Speed Air Delivery Container, M-4A. (Bomb type container; 500# capacity).
2. Aircraft Flares, surface markers, signals and signal protectors, photoflash bombs and cartridges.

*3. Emergency Landing Mat material.

*4. Aerotriever, Air-ground pick-up system.

*5. Air Delivery System for personnel, supplies and equipment.

*6. Anti-personnel warhead for ZUNI.

DOWNGRADED AT 3-YEAR INTERVALS
DECLASSIFIED AFTER 12 YEARS

Enclosure (1) to Memo
Ser 00368P03 of [illegible]

1

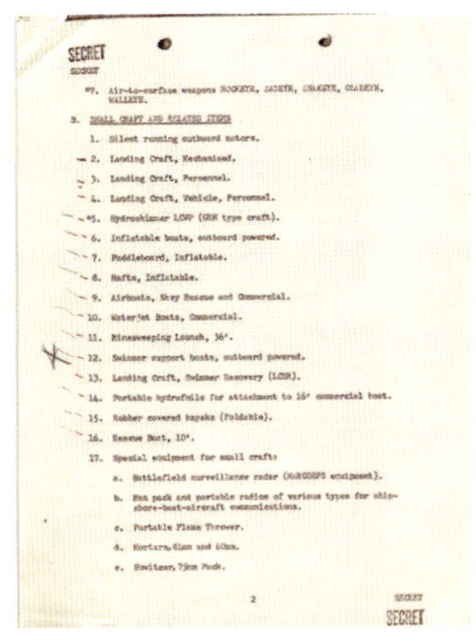

SECRET
SECRET

*7. Air-to-surface weapons ROCKEYE, SADEYE, SNAKEYE, GLADEYE, WALLEYE.

B. SMALL CRAFT AND RELATED ITEMS

1. Silent running outboard motors.
2. Landing Craft, Mechanized.
3. Landing Craft, Personnel.
4. Landing Craft, Vehicle, Personnel.

*5. Hydroskimmer LCVP (GEM type craft).

6. Inflatable boats, outboard powered.
7. Paddleboard, Inflatable.
8. Rafts, Inflatable.
9. Airboats, Navy Rescue and Commercial.
10. Waterjet Boats, Commercial.
11. Minesweeping Launch, 36'.
12. Swimmer support boats, outboard powered.
13. Landing Craft, Swimmer Recovery (LCSR).
14. Portable hydrofoils for attachment to 16' commercial boat.
15. Rubber covered kayaks (Foldable).
16. Rescue Boat, 10'.
17. Special equipment for small craft:
    a. Battlefield surveillance radar (MARCORPS equipment).
    b. Man pack and portable radios of various types for ship-shore-boat-aircraft communications.
    c. Portable Flame Thrower.
    d. Mortars, 81mm and 60mm.
    e. Howitzer, 75mm Pack.

2

SECRET
SECRET

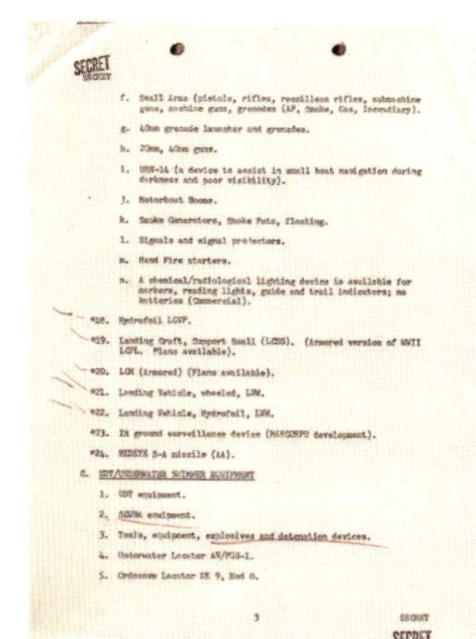

SECRET
SECRET

f. Small Arms (pistols, rifles, recoilless rifles, submachine guns, machine guns, grenades (AP, Smoke, Gas, Incendiary).

g. 40mm grenade launcher and grenades.

h. 20mm, 40mm guns.

i. URN-14 (a device to assist in small boat navigation during darkness and poor visibility).

j. Motorboat Booms.

k. Smoke Generators, Smoke Pots, floating.

l. Signals and signal protectors.

m. Hand Fire starters.

n. A chemical/radiological lighting device is available for markers, reading lights, guide and trail indicators; no batteries (Commercial).

*18. Hydrofoil LCVP.

*19. Landing Craft, Support Small (LCSS). (Armored version of WWII LCPL. Plans available).

*20. LCM (Armored) (Plans available).

*21. Landing Vehicle, wheeled, LVW.

*22. Landing Vehicle, Hydrofoil, LVH.

*23. IR ground surveillance device (MARCORPS development).

*24. REDEYE S-A missile (AA).

C. UDT/UNDERWATER SWIMMER EQUIPMENT

1. UDT equipment.
2. SCUBA equipment.
3. Tools, equipment, explosives and detonation devices.
4. Underwater Locator AN/PQS-1.
5. Ordnance Locator MK 9, Mod 0.

3

SECRET
SECRET

上部三幅图：看上去如同詹姆斯·邦德的密室，在早期的海豹突击队希望获得的装备清单中，包括了其创建者们所要的一切东西。如果这种装备已经被制造出来，它就会被列入名单；如果这种装备尚不存在，他们会进行设计；如果这种装备正在研发过程中，海豹突击队将是未来第一个拿到它的人群。文件显示，海军希望海豹突击队获得所有东西中最好的那些，至于能不能获得，那是另一个话题。（图片来源：格雷格·E. 马蒂逊 / 海军特种作战出版有限公司）

队与当地民众沟通。”肯尼迪总统的讲话最为直接地说明他正在指示建立“海豹突击队”。早在 1961 年 11 月，美国即开始筹建两支海豹突击队的分队。当年 12 月，这两支分队的组建获得了海军作战部长的正式官方授权。1962 年 1 月，两支分队正式成立，它们的任务是进行非常规作战、反游击作战与秘密作战任务。

海豹突击队第 1 分队与水下爆破大队第 11、第 12 分队一道驻扎在位于科罗纳多的海军两栖训练营。海豹突击队第 2 分队则在位于利特尔克里克的海军两栖训练营成立，并与水下爆破大队第 21 分队一道驻扎在那里。水下爆破大队向新成立的海豹突击队输送人力。成立初期和越南战争的大部分时间内，上述新建部队高度保密。

1962 年 1 月 18 日，一个旨在反叛乱的特别工作组决定支持在北越实施秘密行动。这个工作组的成员包括白宫、国务院、国防部、参谋长联席会议和中情局的高级代表。工作组希望抓住机会对北越进行秘密行动，这种行动是由美国太平洋司令部司令哈里·D. 费尔特所设想的，他认为北越会害怕遭受物质损失，肯定会进行抵抗。在北越濒岸水域进行秘密作战行动，即鲜明地体现了哈里的这种想法。

1962 年 1 月，海豹突击队第 1 分队派遣罗伯特·沙利文军士长和查尔斯·雷蒙德军士长进行先期调查，为即将

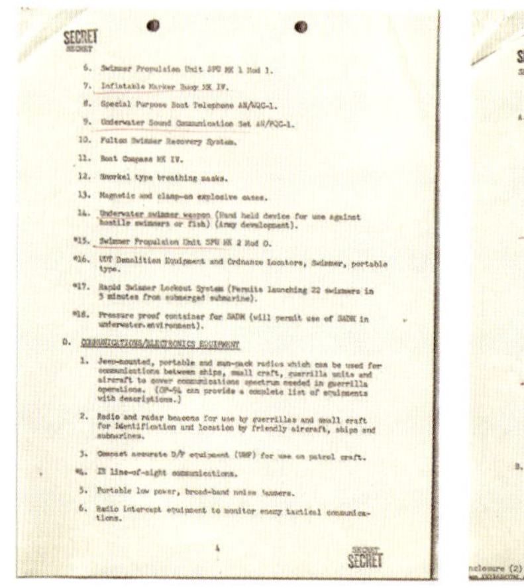

SECRET
SECRET

6. Swimmer Propulsion Unit SPU MK 1 Mod 1.

7. Inflatable Marker Buoy MK IV.

8. Special Purpose Boat Telephone AN/WQC-1.

9. Underwater Sound Communication Set AN/PQC-1.

10. Fulton Swimmer Recovery System.

11. Boat Compass MK IV.

12. Snorkel type breathing masks.

13. Magnetic and clamp-on explosive cases.

14. Underwater swimmer weapon (Hand held device for use against hostile swimmers or fish) (Army development).

*15. Swimmer Propulsion Unit SPU MK 2 Mod 0.

*16. UDT Demolition Equipment and Ordnance Locators, Swimmer, portable type.

*17. Rapid Swimmer Lockout System (Permits launching 22 swimmers in 5 minutes from submerged submarine).

*18. Pressure proof container for SADM (will permit use of SADM in underwater environment).

D. COMMUNICATIONS/ELECTRONICS EQUIPMENT

1. Jeep-mounted, portable and man-pack radios which can be used for communications between ships, small craft, guerrilla units and aircraft to cover communications spectrum needed in guerrilla operations. (OP-94 can provide a complete list of equipments with descriptions.)

2. Radio and radar beacons for use by guerrillas and small craft for identification and location by friendly aircraft, ships and submarines.

3. Compact accurate D/F equipment (UHF) for use on patrol craft.

*4. IR line-of-sight communications.

5. Portable low power, broad-band noise jammers.

6. Radio intercept equipment to monitor enemy tactical communications.

4

SECRET
SECRET

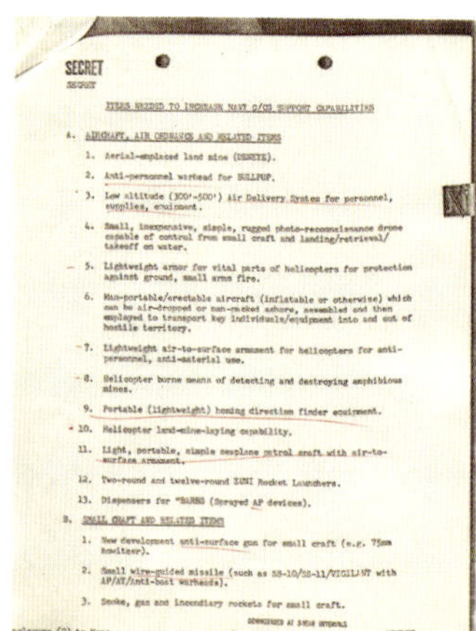

SECRET
SECRET

ITEMS NEEDED TO INCREASE NAVY G/CG SUPPORT CAPABILITIES

A. AIRCRAFT, AIR ORDNANCE AND RELATED ITEMS

1. Aerial-emplaced land mine (DENEYE).

2. Anti-personnel warhead for BULLPUP.

3. Low altitude (300'-500') Air Delivery System for personnel, supplies, equipment.

4. Small, inexpensive, simple, rugged photo-reconnaissance drone capable of control from small craft and landing/retrieval/takeoff on water.

5. Lightweight armor for vital parts of helicopters for protection against ground, small arms fire.

6. Man-portable/erectable aircraft (inflatable or otherwise) which can be air-dropped or man-packed ashore, assembled and then employed to transport key individuals/equipment into and out of hostile territory.

7. Lightweight air-to-surface armament for helicopters for anti-personnel, anti-material use.

8. Helicopter borne means of detecting and destroying amphibious mines.

9. Portable (lightweight) homing direction finder equipment.

10. Helicopter land-mine-laying capability.

11. Light, portable, simple seaplane patrol craft with air-to-surface armament.

12. Two-round and twelve-round ZUNI Rocket Launchers.

13. Dispensers for "SARBS (Sprayed AP devices).

B. SMALL CRAFT AND RELATED ITEMS

1. New development anti-surface gun for small craft (e.g. 75mm howitzer).

2. Small wire-guided missile (such as SS-10/SS-11/VIGILANT with AP/AT/anti-boat warheads).

3. Smoke, gas and incendiary rockets for small craft.

Enclosure (2) to Memo

1

DOWNGRADED AT 3-YEAR INTERVALS
DECLASSIFIED AFTER 12 YEARS

SECRET
SECRET

右图：海豹突击队的装备清单中有一件比较独特的武器，它也是人类已知威力最大的武器——原子弹。水下爆破大队和后来的海豹突击队都用过“特种原子爆破弹药”（又被称作“背包核武器”）进行训练。这种“特种原子爆破弹药”的容器是专为海豹突击队设计的，海豹突击队可以携带装有“特种原子爆破弹药”的抗压容器，进入敌方海军港口、敌方水道和其他战略地点进行活动。（图片来源：格雷格·E.马蒂逊/海军特种作战出版有限公司）

右上图：海豹突击队希望获得的装备清单中，不乏一些非常独特甚至有“詹姆斯·邦德”风范的装备，比如“便携式/可充气飞行器，这种飞行器可以通过飞机空降或直接由人携带进入海岸线，然后特工或特种部队成员可以将这种飞行器组装起来，以便将重要人物或装备转移出敌占区。富尔顿空中回收系统拥有这种回收能力，但它后来被放弃了。如今，海豹突击队仍旧需要别人的空中支援和运输支援，没有一支专门的部队被指派给作战司令部。（图片来源：格雷格·E.马蒂逊/海军特种作战出版有限公司）

到来的军事行动做好准备，并且计划训练南越本土部队，使之掌握相应的海上突击技术、战术和步骤。

1963年11月，也就是海豹突击队成立不到一年之际，海军又成立了“海军作战行动支援群”（NOSGs），用来承担规划和协调任务。该支援群有两个小组，一个负责太平洋工作，一个负责大西洋工作。这些都是如今的“海军特战队”的前身，它们与其下属部队一起驻扎在科罗纳多和利特尔克里克，直到现在仍然如此。

与此同时，海军批准在利特尔克里克建立水下爆破大队第22分队。舟艇支援部队也正式组建，专门为水下爆

右图：这艘MK7型海豹输送艇正在进行潜艇投放/回收行动。海豹输送艇已经被回收，艇员正试图回到潜艇内部。舱面人员将负责运送这艘海豹输送艇。注意海豹输送艇导流罩上和顶部上的声波接收系统，正是它帮助海豹输送艇上的人员完成任务后确定母潜艇的位置。（图片来源：汤姆·霍金斯）

破大队和海豹突击队提供机动支援。而现存的海军海滩伞降部队则被重新编组，用来应对全球范围内规模较小的冲突。舟艇支援部队是一个新的概念，其实它最早可以追溯到“二战”，并曾经因为朝鲜战争的爆发而重建。它们的任务包括战术隐蔽和战术欺骗。水下爆破大队、海滩伞降部队和舟艇支援部队都归“海军作战行动支援群”指挥。舟艇支援部队会在第七章里详细讨论。

上图：海豹突击队第 2 分队的一名早期成员全副武装，准备执行一次出击任务。其装备包括充气式小艇、船桨、背包和炸药。他背包的顶部并不是充气浮囊。（图片来源：汤姆·霍金斯）

海豹突击队与古巴

新成立的海豹突击队在一开始就试图具备陆军特种部队和海军陆战队武装侦察连那样的能力。他们参加陆军和海军陆战队的许多训练学校，同时也会突出自身特色——不仅要武装起来，还要从海上发动突击。这些人来自水下爆破大队，水上和海上渗透技巧本来就非常出众，因此，他们将训练重点放在了陆地行动、空中行动和语言能力上。

除了在朝鲜学到的技巧，水下爆破大队在古巴执行的秘密任务也很可能加速了海豹突击队的组建——尤其是在噩梦般的 1961 年，当时在中情局资助下，一场对古巴的入侵行动在猪湾发生了。

水下爆破大队在古巴的行动加速了猪湾事件的发生，但相关细节至今仍未解密，这是因为他们当时其实是在支援中情局组织起来的一些游击队。即便到了今天，参加行动的水下爆破大队成员对于自己究竟做了什么也保持缄默。他们的行动其实多是顾问性工作，包括向古巴“自由战士”传授突击技能，为他们训练攻击性蛙人等。水下爆破大队成员没有直接参与战斗，也没有计划这样做。

2506 攻击旅是古巴流亡者自封的一支部队，其名称取

上图：军士长比尔·布鲁姆勒身穿一套早期的潜水服，当时他正在美国航空航天局（NASA）进行测试。测试内容是人体能够承受多大压力，测试目的是为载人航天发射做准备。（图片来源：汤姆·霍金斯）

自这支部队里首个在训练中伤亡者的编号。每个“自由战士”都会被赋予一个从2500开始的编号，之所以如此，是为了让部队的规模看上去更大一些，他们其实只有1511名战士。这支部队的训练大多在两个地方完成，一个是位于南佛罗里达的秘密基地，另一个是中美洲国家危地马拉。

入侵行动于1961年4月17日展开，2506攻击攻击旅在猪湾口的吉隆滩（猪滩）登陆。入侵者们很快被古巴武装力量击溃。

一开始，中情局否认与这次实际上是他们策划的行动有任何联系。但美国其实是支持了一次完全失败的入侵行动，“自由战士”也几乎是在第一时间就被菲德尔·卡斯特罗的部队荡平。肯尼迪总统为此次溃败承担了全部责任，事实上，入侵计划在艾森豪威尔执政时期就已经成形。一个多月后，肯尼迪总统向国会联席会议发表演讲，表示他正在指示建立类似海豹突击队那样的特种部队。

海豹突击队在南越

与此同时，美国政府同意增加向南越提供援助的力度，帮助后者与越共军队作战。美国决定提供资金，以扩充南越军队并增加美国驻南越战场军事顾问的数量。

越共（更为准确的称呼是越南共产党）是南越首任总统吴庭艳惯用的名词，指的是1954年日内瓦会议后，留在越南南部隐蔽地点的约1万名共产党部队。日内瓦协议的签订，标志着印度支那战争（1946—1954年）的结束。根据这一协议，所有共产党部队应撤退到越南北部，因为滞留在南部的共产党部队一直受到北越的支持，后来干脆由北越直接领导。

左图：海豹突击队士兵从“信天翁”水上飞机上进行伞降。（图片来源：国家海军水下爆破大队/海豹突击队博物馆）

众所周知，越共先是采取颠覆性策略试图推翻南越政权，后来索性向西贡公开宣战。大批北越部队随即向南渗透支援越共。

在越共开始与南越当局部队作战之际，叛乱已经在整个南越点燃。越南南方人民解放武装力量（PLAF）是越南南方民族解放阵线（NLF）的武装组织，后者与北越军队联手同南越以及美国的军队战斗。越南南方人民解放武装力量试图推翻南越政权，重新统一整个越南。

在一般的叛乱中，叛乱力量总是试图获得属于自己的“解放区”，但越南南方民族解放阵线的暴动不同，他们在战争开始之际就已经在越南南部各处开辟了解放区。这群人被海豹突击队称为“南越中央局”（COSVN）或“越共基础设施”（VCI）。北越共产党通过南越中央局实施政治和

左下图：这张照片显示的是20世纪60年代中期海豹突击队队员的迷彩服。这些队员组成了一个典型的海豹突击队作战排。注意他们戴上了贝雷帽，这是个一时兴起的主意，后来他们就不再戴了。

下图：海豹突击队第1分队“狐步舞”战斗排，照片拍摄于南越。后排站立者（从左至右）：当（南越“海豹”队员）、汤姆·黑兹尔顿（外号“马”）、吉利斯（外号“博士”）、约翰·赫勒夫（外号“H先生”）、侦察向导基德·卡森、朱利叶斯·斯托齐纳斯（外号“斯托”）。前排跪者：詹姆斯·马丁（外号“小马”）和丹尼·霍瑞尔（外号“矮子”）。（图片来源：汤姆·霍金斯）

右图：在越南土地上，海豹突击队队员押送战俘。（照片来源：汤姆·霍金斯）

军事活动，后者在南越全境建立组织，成为一个与南越当局分庭抗礼的政权机构。随着战争的进行，“越共基础设施”的官员成为海豹突击队瞄准的头号目标。

美国和南越尝试发动大兵团常规战争，并实施了反游击作战行动，但所有这些手段都被证明是无效的，因为“越共基础设施”在很多地方已经盘踞了20多年，根基深厚。为了打败他们，美国帮助南越成立了一些地方侦察部队（PRU），他们接受美国人的训练和军事指导。早在20世纪60年代中期，中情局就组织了一批反恐小组用于遏制“越共基础设施”，这批反恐小组可算作是地方侦察部队的鼻祖。中情局的这个行动后来被称为“情报搜集和拓展项目”，并演化成更为复杂、精细的“凤凰计划”。美国

右下图：海军海豹突击队在越南的河流上逼停了一条小船。小船及船上人员都要接受检查，船上人员还有可能被拘留并接受进一步的讯问。（照片来源：汤姆·霍金斯）

下图：这群海豹突击队队员正在越南执行渗透任务，他们乘坐的是一艘“河流巡逻艇（PBR）”。（照片来源：汤姆·霍金斯）

上图：一名海豹突击队队员正在测试还处于试验阶段的，由通用电气公司生产的MK10型水下呼吸器。这是一款封闭循环式、混合气体水下呼吸器，包含在20世纪70年代早期开展的蛙人支持系统研发项目中。背包中装的是潜水员的通信和导航设备。

左上图：MK8型海豹输送艇被挂在吊索上回收到海面。（照片来源：汤姆·霍金斯）

军方在1968年从中情局手中拿走了“凤凰计划”的控制权。

“凤凰计划”重在搜集“越共基础设施”的数据，以便更好地辨识他们，进而摧毁他们。地方侦察部队是“凤凰计划”的执行力量，兼负责消灭被锁定的“越共基础设施”。海豹突击队在自己负责的领域内完成了大量与“凤凰计划”有关的工作。

在与地方侦察部队并肩工作时，海豹突击队队员经常会穿着人们熟悉的越共所穿的黑色宽长裤。他们花了很大心思来学习越共的走路姿势、行动模式和思维方式。他们这么做的目的，是为了在越共无法察觉的情况下向越共盘

左图：这款“沙漠攻击战车”（DAV）是海豹突击队用来夺取机场，或在沙漠和山地执行任务时所用，一开始的名字是“快速攻击战车”。“沙漠攻击战车”配备了一大批武器，包括照片中的.50口径（12.7毫米）机枪。（图片来源：汤姆·霍金斯）

右图：一条“河流特战艇”（SOCR）被吊挂在CH-47直升机上实施机动，当时这艘艇正在参加沿珀尔里弗（位于密西西比州）举行的训练行动。注意“河流特战艇”的艇员正沿着悬梯爬入直升机，此时直升机正在飞回集合点。（图片来源：汤姆·霍金斯）

踞的丛林和三角洲沼泽进行渗透。

1964年之前美国海军就参与了越南战争，一大批军舰介入了一些远离海岸的军事行动。1964年，美国太平洋司令部司令交给海军上校菲尔·H. 布克鲁一个任务，要求其前往越南评估当地的总体局势并就此进行汇报。布克鲁上校当时是太平洋“海军作战行动支援群”的第一任司令，而“海军作战行动支援群”正是海豹突击队的上级。布克鲁上校在“二战”时是侦察突击队的成员，当时在海军中真正懂得非常规战争的高级军官凤毛麟角，而布克鲁上校正是其中之一。

布克鲁上校麾下有一个“越南三角洲渗透研究组”，其任务是对北越部队的人员和物资通过柬埔寨和老挝边境向南越湄公河三角洲地区渗透问题进行综合分析。

这个研究组的研究成果发布在《布克鲁报告》中。报告得出结论认为：上述边境渗透问题不容忽视，如果要赢得越南战争，就必须阻止这种渗透活动。布克鲁上校的建议是，美国应当发展广泛的河流作战能力，以帮助南越军队进行反暴乱行动，从而阻止北越的渗透。

左图：一名海豹突击队队员正在进行室内近距离作战（CQB）训练，他戴着防毒面具，手持 MP5 冲锋枪进入一座“杀戮屋”。海豹突击队队员要进行很多这种实弹训练。（图片来源：格雷格·E.马蒂逊/海军特种作战出版有限公司）

海军特战队

随着战争的进行，“海军作战行动支援群”的人员结构逐渐成熟，并于1967年更名为“大西洋海军特战队”和“太平洋海军特战队”。海军特战队迅速成为专注于海军特种作战领域的专业化部队并开始壮大，在全世界范围内担负起相应的责任。海军特战队共有三支，两支已经在利特尔克里克和科罗纳多建立起来，另一支是越南海军特战队，它是美国海军驻越南部队司令部（位于西贡）的一个组成部分。

位于西贡的司令部负责协调越南境内海军特战队的所有行动，包括海豹突击队作战排的分配、后勤和情报支援，这些行动在当时已经极大地增加了。司令和越南海军特战队为海军特战队构建了以战区为基础的指挥控制系统，而前一次类似指挥控制系统的出现，还要追溯到“二战”期间的水下爆破小队和水下爆破中队。海豹突击队各作战排在两个联络系统，即海豹突击队阿尔法分遣队和布拉沃分遣队的领导下行动。其中，阿尔法分遣队负责指挥和协调从海豹突击队第 2 分队派遣过来的各支作战排，而布拉沃分遣队则为从海豹突击队第 1 分队派遣过来的各支作战排提供支援。

下图：尚处于试验阶段的通用电气 MK10 型水下呼吸器，这是一款封闭循环式、混合气体水下呼吸器，包含在 20 世纪 70 年代早期开展的蛙人支持系统研发项目中。背包中装的是潜水员的通信和导航设备。（图片来源：汤姆·霍金斯）

在越南，海豹突击队各作战排都有各自明确的行动区

上图：蛙人侦察登陆艇（LCSR）。20 世纪 60 年代晚期，美国建造了 30 艘气涡轮机动力蛙人侦察登陆艇，用来支援水下爆破大队和海豹突击队执行任务。这种登陆艇全长 52 英尺，艇上空间宽敞，艇艉也有一个舱室，供蛙人们搭乘。在发起行动时，蛙人们仅须从艇艉跳出。回收时，登陆艇会使用富尔顿回收系统，其在高速行进中会突起两个雪橇状的物体。在这张照片中，可以看到登陆艇的蛙人舱上安装了这种雪橇状的物体。蛙人侦察登陆艇可以说是个多面手，但它无法在一些海军军舰上实现部署，且由于使用了气涡轮机，它的噪音非常大，不适用于海滩附近的秘密行动。因此，蛙人侦察登陆艇在海军特种作战部队中存在的历史非常短暂。（图片来源：汤姆·霍金斯）

上图：装备防区外武器（SWA）的 MK9 型海豹输送艇正在进行海试，地点是纽波特，时间大约在 1978 年。图中的这款防区外武器是经过改装的 MK37 型鱼雷，其设计初衷就是为了在海豹输送艇上使用。海豹输送艇在顶部与水面齐平时，可伸出一个潜望镜观察四周的环境。这款防区外武器从未入役，因为 MK9 型海豹输送艇项目被取消了。（图片来源：汤姆·霍金斯）

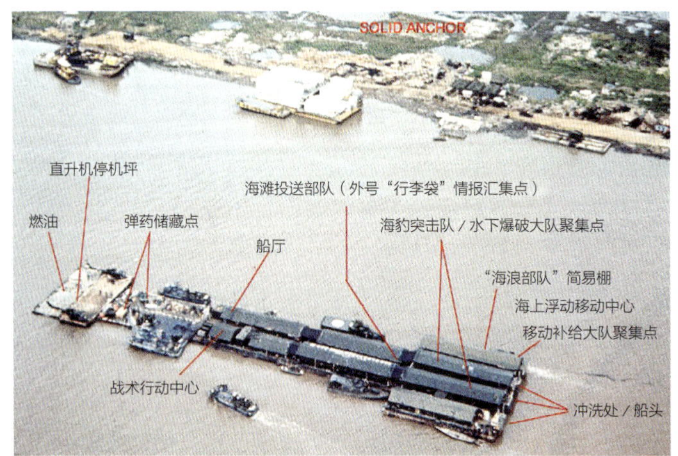

右图：图中水上物体名叫“海漂”，是一种独特的可以在水上移动的特种作战基地。“海漂”还可以为那些在水上尚未实施登陆行动的士兵提供更多的安全保护。在“沙漠风暴”行动中，美军也使用了类似的东西。（图片来源：汤姆·霍金斯）

左图：1969 年 11 月 24 日，水下爆破大队成员帮助回收坠落在海上的“阿波罗 12 号”太空舱。1969 年 11 月 19 日，“阿波罗 12 号”太空舱完成了人类在月球表面上的第二次行走。图中人员从左至右为：宇航员艾伦·比恩、一名水下爆破大队成员、宇航员理查德·F. 戈登和宇航员查尔斯·康拉德（外号“皮特”）。这次回收行动地点在太平洋，水下爆破大队成员先从照片里的那架直升机上跳下来，然后给太空舱套上浮力圈。在这张照片中，宇航员们被送上充气小艇并等待爬上直升机。水下爆破大队成员和宇航员都戴着防污染设备，美国航空航天局（NASA）这么做的目的是害怕康拉德和比恩在月球表面上受到了污染。（图片来源：美国航空航天局档案室）

下图：在大西洋上，水下爆破大队成员帮助回收“信仰 7 号”太空舱，太空舱内有一名名叫戈登·库珀的宇航员。“信仰 7 号”太空舱是美国“水星”载人航天计划的一部分，于 1963 年 5 月 16 日伞降在太平洋。水下爆破大队的成员先是乘坐直升机抵达太空舱附近，然后跳出直升机在海面上给太空舱套上浮力圈，目的是稳定太空舱，避免它在宇航员被救出时下沉。（图片来源：美国航空航天局档案室）

下图：1966 年 7 月 20 日，水下爆破大队成员将宇航员约翰·扬从双子座太空舱内救出，而另一名宇航员迈克尔·科林斯在太空舱另一边自己的舱门处等待救援。这也是美国第 16 次载人航天行动。太空舱落海后，水下爆破大队成员第一个赶到现场，将浮力圈套上太空舱防止其下沉，将宇航员安全救出并送到附近正在赶过来的回收船上。（图片来源：美国航空航天局档案室）

上图：正在经历第二阶段训练的受训者正从训练中心的深潜箱底部上浮，教官们在这一过程中严密地监控着。深潜箱里全部是清水，教官们试图教会受训者潜入深海，当面临的水压超过常压时，如何避免出现意外。此照片为 1987 年 3 月时的美国海军海豹突击队基本水下爆破训练第 144 班。（图片来源：戴维 · 加特利）

右图：1987 年 3 月，美国海军海豹突击队基本水下爆破训练第 144 班的学员正在经历“地狱周”训练。图中显示的是他们正在进行“海浪穿越”训练，在这一行动中，受训者们必须在浪涛汹涌的科罗纳多海滩附近，整支队伍一起搏击风浪。海豹突击队的教官们以此来培养受训者们的团队精神、协调能力、沟通技巧、领导才干、忍耐能力和其他克服困难的品质。成功了，这将是全队努力的结果；犯错了，则是整支队伍的失败。一旦失败，整个任务就要重来一遍或者全队接受体罚，比如在沙地上打滚，以不寻常的姿势完成伏地挺身，或者进行更多的跑步训练。这样即使犯了错误也会进一步带来一种身体上的磨炼。受训者将学会和整支队伍一起工作，恰当地操作这些重型橡皮艇穿越风浪。在劳累、艰苦、肮脏和悲惨状况下的沟通，对于完成任何任务来说都是必要的。（图片来源：戴维 · 加特利）

域，在绝大多数情况下都以秘密的方式行动。每个作战排都有一支配属的“移动支援队（MST）”。这支“移动支援队”往往负责操作一艘小艇，其成员来自舟艇支援部队第 1 分队。舟艇支援部队第 1 分队的基地位于科罗纳多，他们在那里接受了特殊训练，做好支援海豹突击队的准备。“移动支援队”可以操作多种舟艇，包括轻型、中型和重型海豹突击队支援艇（HSSC）。我们将在第七章里介绍这些舟艇。

1966 年初，美国海军第 116 特混舰队发起了代号“占领”的作战行动。当时海军试图夺取西贡以南整个槟沙特别区内的关键水道，并在湄公河三角洲的各条河流上建立巡逻力量。当时越共正通过湄公河三角洲的各条河流运输从柬埔寨偷运过来的武器和补给，并在此对游击队进行轮替休整，还对当地百姓收税。

1967 年 4 月 1 日，海军将轻型攻击直升机第 3 中队（HA（L）-3）部署到头顿市，为第 116 特混舰队提供空中火力支援、空中监视，并将伤员空运到可以接受治疗的地方。到了 1968 年 9 月，这支被称作“海狼”的海军空战中队被拆分成几个分遣队，每个分遣队两架直升机，分别进驻芽舭、平水、东唐、迪石、永隆和三艘坦克登陆舰上，这三艘坦克登陆舰均驻泊在湄公河三角洲的较大河流上。飞行员所驾驶的是贝尔产 UH-1B“休伊”直升机，机上配备 2.75 英寸火箭、.50 口径（12.7 毫米）和 M60 式 7.62 毫米口径的机枪、急射小机枪、手榴弹和其他小型武器，充当武装直升机使用。

以往海豹突击队的行动大多从舟艇上发起，但在越南，海豹突击队开始使用陆军和海军的直升机发展空中袭击战

上图：海豹突击队受训者在进行伏地挺身训练。他们全身湿透，沾满沙粒，将基本水下爆破训练学校戏称为“粉碎机”。（图片来源：格雷格 · E. 马蒂逊 / 海军特种作战出版有限公司）

左上图：早期的一个基本水下爆破训练班正在准备泳池训练。如何对待少数族裔一直是个需要考虑的问题，在今天这个网络时代，由于“海豹”名声的诱因和其他扩展计划，使得海豹突击队目前已经成为规模更大的一支部队。大量不同背景、不同经历和不同文化的人被纳入其中，并在全球范围内执行任务，他们逐渐融合成一个团队。（图片来源：格雷格 · E. 马蒂逊 / 海军特种作战出版有限公司）

左图：“沙漠攻击战车”的独特之处在于，在穿越敌区时，其尾部对着枪位处可以放下挡板，使得士兵可以转身射击。这张图中的是一挺 M240 机枪（7.62 毫米口径），“沙漠攻击战车”携带了一批武器用于自身防御。（图片来源：戴维 · 加特利）

右图：海军海豹突击队的“沙漠攻击战车”在加利福尼亚州尼兰的特种作战训练场上大显身手。这种由切诺斯公司生产的沙滩汽车，实际上是根据该公司另一款成功的产品改造而来，那就是“巴甲”小型赛车。切诺斯公司对“巴甲”进行了重型化改造，使其能够运载更多物资——包括大量武器和3名海豹突击队队员。（图片来源：格雷格·E.马蒂逊/海军特种作战出版有限公司）

术。在这些行动中，搭乘士兵的直升机往往“光溜溜”的，只在舱门处配备一些枪械。随着战争的进行，海豹突击队和“海狼”部队在许多地区并肩作战，他们变得如同一个团队一样亲密无比，甚至直到今天也找不到另外两支关系如此密切的队伍。令人感伤的是，越战结束后，UH-1B“休伊”直升机遭到淘汰。这是海豹突击队第一次，也是最后一次拥有几乎完全被分配给自己的一支空中支援力量。

到了1968年年中时，海豹突击队第1分队已经派遣过12个作战排，每个作战排12人，下辖两个班，每个班6个人。在越南，海豹突击队执行的大多是“班”层级的军事行动。在某个特定时间内，一般来说有4~5个作战排被部署在南越。

左图：这些参加海豹突击队基本水下爆破训练第 172 班的学员已经经历了差不多 6 天的“地狱周”训练。他们浑身是沙、劳累不堪、汗水淋漓、晕头转向，终于挨到了这“臭名昭著”的“地狱周”尾声。在被彩色烟雾覆盖、头顶就是带刺铁丝网的小径里，172 班的学员们正匍匐前进。在抵达终点前，他们还要通过一个泥泞的水塘，克服更多的烟雾和噪音。在一开始登记参加这个班级的人员中，超过三分之一的人已经退出，或者因为严重受伤不得不“留级”到下一个班级中。（图片来源：戴维·加特利）

左图：海豹突击队基本水下爆破训练第 172 班的学员们正在加利福尼亚美丽的海滩上受训。这里的海滩被大多数游客认为是心旷神怡的，但对于学员们而言不是如此。在“地狱周”中，这些未来的海豹突击队战士一直在潮湿、寒冷、满是沙粒的环境中受训，并且几乎或者根本不能睡觉。他们被命令在海浪线上卧倒，这个动作在整个“地狱周”中将不分昼夜地重复几十次。在第一个月的训练中，这个班预计近三分之二的人将退出。（图片来源：戴维·加特利）

1967 年初，来自大西洋舰队的海豹突击队第 2 分队也向越南派出了三个作战排。海豹突击队各作战排主要是在第 4 军区所在的中央三角洲地区执行任务，矛头对准西贡以南和以西的越共力量，但也曾在第 1 军区和第 2 军区执行过任务。

上图：1991 年 2 月 5 日，在位于科罗纳多南部的海军特种作战中心的海滩上，海军海豹突击队基本水下爆破训练第 172 班的学员们正在接受近身格斗训练。他们要学会如何使用类似小刀这样的短小冷兵器制伏并杀死敌人，还要在训练中学会如何通过身体和重心的移动来控制进攻态势。（图片来源：戴维 · 加特利）

右上图：美国海军海豹突击队基本水下爆破训练第 172 班的学员们，已经进入“地狱周”的第 36 个小时，依然没有睡过觉。在加利福尼亚州科罗纳多的海浪线上，充气式小艇的乘员们先用自己的桨挖出一些洞，然后模拟守卫这些洞。这种训练强调的是团队精神以及肉体上的锤炼。他们浑身潮湿，沾满沙粒并且劳累不堪……这种测试中的一部分内容是为了观察这些人是否具有成为海豹突击队队员的特质。（图片来源：戴维 · 加特利）

海豹突击队的各作战排不可能一直待在越南，他们通常是执行六个月左右的临时性任务，许多队员去过越南好几次。

海豹突击队执行的任务包括伏击（白天夜里均可，但夜间行动更多）、“打了就跑”式的突袭、侦察巡逻和特种情报作战等。由于脸上涂着绿色迷彩，他们被称为“绿脸人”。越共对他们十分忌惮，悬赏要他们的人头。海豹突击队会使用一切交通工具向目标区域进发，包括自己研发的海豹突击队支援艇、河流巡逻艇、舢板和直升机。

1968 年初，北越部队与越共策划了一次针对南越的大规模进攻，不过这次进攻对海豹突击队几乎没有什么影响。从纯粹的军事角度看，那一次的“春季攻势”对于越南共产党来说是一场灾难，但它也使人们明白，在海岸线上实施的“市场时间”军事行动和在主要河流地域实施的“占领”军事行动，并不能决定性地解决北越向南越的渗透问题。

为此，美国海军、南越海军和盟军地面部队开始发起“海霸王计划”（SEALORDS，“东南亚江河湖海和三角洲战略”的英文缩写），目的是有效阻止北越的人员和物资通过柬埔寨边境支援在湄公河三角洲和西贡区域作战的越共。

1969 年 6 月，美国海军在金瓯地区大门河的中心停泊了一座移动平底船基地。这种基地被称作“海漂”，它往

左图（左）：一名海豹突击队队员准备搭乘直升机登上美国海军的一艘航空母舰。在某些情况下，一些海豹突击队将留在海上与航空母舰组成特混舰队。（图片来源：格雷格·E. 马蒂逊/海军特种作战出版有限公司）

左图（右）：海军海豹突击队队员使用悬梯进行登船演练。这种行动技能需要极为强劲的上肢力量，行动不分昼夜，要在静止和移动的平台上都能完成。（图片来源：汤姆·霍金斯）

左图：海军海豹突击队队员行走在海水中，他们手上拿着武器，戴着德尔格水下呼吸器和蛙鞋。在好长一段时间里，这成为全球领略海豹突击队风采的经典照片。事实上，随着当今世界对海豹突击队的要求和技术、训练情况的变化，照片中反映出的海豹突击队的许多情况已经发生了改变。（图片来源：格雷格·E. 马蒂逊/海军特种作战出版有限公司）

上图：20 世纪 90 年代，在一次训练演习中，海豹突击队装备黑克勒－科赫产的 MP5 冲锋枪和霰弹枪，爬上“蒙特 · 惠特尼”号军舰并制伏船上人员。这种登船攻击战术被称作“VBSS”，指“降临（Visit）”“登船（Board）”“搜索（Search）”和“擒拿（Seizure）”四个步骤。它也是对付海盗和非法武器运输的办法之一。（图片来源：格雷格 · E. 马蒂逊 / 海军特种作战出版有限公司）

右图：有时训练非常接近实战，图中的海豹突击队队员就在“蒙特 · 惠特尼”号军舰的钢甲板上制伏了一名海员。这场演习发生在 20 世纪 90 年代早期，当时这名海员和其他一些人在演习中扮演一群控制了轮船的匪徒。（图片来源：格雷格 · E. 马蒂逊 / 海军特种作战出版有限公司）

上图：在一次训练行动中，一名海豹突击队队员登上美国海军CH-46直升机，他正在执行一次水上回撤任务。（图片来源：汤姆·霍金斯）

往出现在具有战略性意义的地点，而美军很难出现在这些地点，因为那里存在大量越共部队，还面临强大水流的冲击，此外距离后勤支援设施也有相当距离。海豹突击队和“海狼”分遣队则往往利用这种浮动特种基地成功执行任务。“海漂”使得越共即便在三角洲内与世隔绝的角落里也不得安生。

1969年春，尼克松总统开始执行新政策，即将越南战争“越南化”。这一政策对海豹突击队的各支作战排几乎没有影响，他们继续相对独立地行动。1971年4月，美国海军在越南执行的任务基本结束，只有UH-1B“休伊”直升机和其他部队中类似的航空器以及海豹突击队的分遣队还要继续执行一些支援任务。此后，“稳定之锚”（即以前的“海漂”）被移交到越南人手上。

上图：海军海豹突击队队员使用悬梯进行登船演练。这种行动技能需要极为强劲的上肢力量，行动不分昼夜，要在静止和移动的平台上都能够完成。（图片来源：格雷格·E.马蒂逊/海军特种作战出版有限公司）

海豹突击队在越南的最后行动

海豹突击队强力介入越战总共6年，人员规模相对较小的他们总共被确认杀死600名越共，另有300名越共也几乎可以肯定是他们所杀，还有很多越共被他们活捉或拘留。海豹突击队所搜集的情报给美军带来了多大帮助，无从量化统计，但他们所做出的贡献之大与其人数根本不成比例。在心理战方面，他们同样出色，在他们的努力下，南越的夜晚不再是越共的天下，而是开始处于一种恐怖平衡的状态。他们也因此获得了威名，他们被认为是令人畏惧的、出色的勇士。

1965年10月，水下爆破大队指挥官罗伯特·J.费伊被一枚迫击炮弹击中，成为在越南战场上第一名阵亡的海

左图：海豹突击队与海豚一类的海上哺乳动物一起工作的场景。后来这种海豚成为“海军海上哺乳动物计划”的组成部分，该计划由位于加利福尼亚州圣迭戈的“太平洋空间与海军作战系统中心生物科学部”负责。（图片来源：格雷格·E. 马蒂逊 / 海军特种作战出版有限公司）

军特种作战部队人员。

1966 年 2 月，海豹突击队第 1 分队特遣队抵达越南执行突发作战任务。1966 年 8 月 16 日，在桢沙特别区外芽舨的作战行动中，二级雷达兵比尔利·迈岑在交战中被杀，他是海豹突击队的第一名阵亡者。

1971 年 12 月 7 日，最后一支海豹突击队作战排离开越南。1973 年 3 月，最后一名海豹突击队顾问离开越南。从 1965 年到 1972 年，总共有 46 名海豹突击队队员在越南战场上被杀。1972 年 6 月 6 日，海军上尉梅尔文·S. 德里在从直升机跳入海中时不幸死亡。他也是海军海豹突击队在越南战争中的最后一名阵亡人员。

直到如今

美国特种作战司令部于1987年4月16日投入运转，其人员包括4.7万名来自陆海空三军的现役和预备役人员。就像上面提到过的那样，美国特种作战司令部从建立伊始就开始通盘负责所有驻扎在美国本土的海军特战队、所有驻扎在海外的海军特战分遣队和海豹突击队和特种舟艇队。分配给海豹突击队的核心任务包括：

●防扩散（CP）：遏制核武器、生化武器的扩散。

●反恐（CT）：防范恐怖行动，对所有可能发生的恐怖行动采取先发制人的扼杀措施。海豹突击队是美国特种作战司令部麾下主要的海上反恐力量。

●外国内卫（FID）：组织、训练、武装并协助所在国的政府。从建造学校这样的民事行动，到帮助所在国政府训练准军事部队这样的军事行动，都可归入上述范畴。

●特种侦察（SR）：侦察搜集情报。很多人将其称为“秘密潜入窥测”（sneak and peek），无论是在沿岸地带还是阿富汗山区，海豹突击队都曾执行过这种特种侦察任务。

●突发行动（DA）：对敌方设施展开短促攻击，类似传统的内陆爆破突击行动。目标包括建筑物、桥梁，也可以抓捕人员，这也是特种部队最基本的职能。

●非常规作战（UW）：组织或领导当地部队进行反暴乱行动，即今天美国特种部队在伊拉克和阿富汗所做的事情。

●民事任务、心理战（PSYOPS）和信息战（IO）：海豹突击队和特种舟艇部队较少参与此类行动。但在数年时间里，当兄弟部队执行上述作战任务时，海豹突击队和特种舟艇部队成员也会参与。

还有一些“附带任务”特种部队也要负责，包括盟友支援、战斗搜查与战斗营救（CSAR）、反毒品、人道主义扫雷、人道主义救援（比如大使馆撤离）、安全援助以及其他特种任务。这些都使得特种部队在训练时还要兼顾上述五花八门的职能。其中，所谓“其他特种任务”在美国特种作战司令部的手册里是这样解释的：“根据美国总统的行政命令界定，并且在总统的指令以及国会的监督下实施，计划在国外执行的上述任务必须符合美国的外交政策，确保美国政府在一些事务中的角色不那么明确或为世人所知。”这似乎是在指“秘密行动”，实际上也确实如此。一般来说，这些属于中情局的任务范围，但有时候也会落到海豹突击队头上。他们要和其他部门的人合作，执行联合特种行动、一般性行动。

下图：今天的海豹突击队队员和 20 世纪 60 年代早期的第一批海豹突击队队员一样干劲十足，所不同的是，今天的海豹突击队队员的装备更为精良，甚至可以说他们的装备是自第一批海豹突击队以来最为强悍和新颖的。他们经过训练还能应付各种突发情况，很多人还能流利地说好几国语言。（图片来源：格雷格·E. 马蒂逊 / 海军特种作战出版有限公司）

第三章　指挥架构

海军特种作战部队和相关支援团队、机构、办公室的军事服务徽章和“纪念币”。这种“纪念币”的历史可以追溯到战略情报局建立，它是用来区分敌我的一种手段。这些年来，部队、司令部、领导者和政府各机构中的许多单位，都制作了自己的“纪念币”，作为对工作优异者的一种特别表彰，此外，它还保留其传统功能，

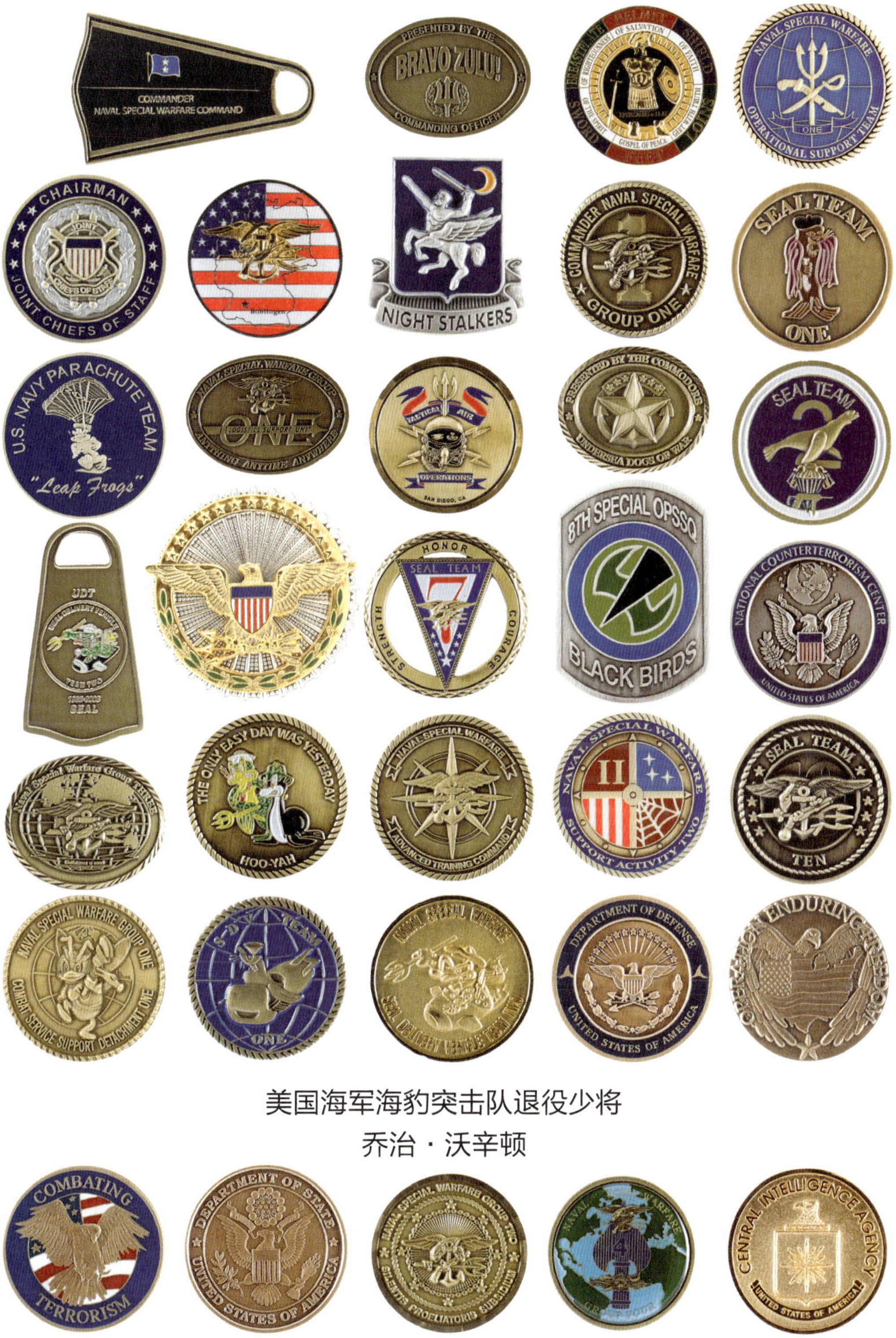

美国海军海豹突击队退役少将

乔治·沃辛顿

即在遭到本方人员盘问时用来证明自己的身份。最高级别的纪念币往往是在酒吧打赌得来的。服务徽章包括总统服务徽章等，任何被分配到白宫办公室工作的武装力量成员，或者在总统军事助手麾下各部队及支援设施工作的武装力量成员，只要顺利地工作满一年，即可获得这种徽章。（图片合成：格雷格·E. 马蒂逊 / 海军特种作战出版有限公司）

第三章

指挥架构

美国海军海豹突击队退役少将　乔治·沃辛顿

下图：这群人当中那位就是教官，整个训练班在他的带领下经历了每一次的训练行动，包括从飞机上跳下，打开降落伞，再自由落体。“你是怎么训练的，你就怎么做。”在训练课程中，固定的训练内容会培养一种机械式的自动反应。每个学员一遍又一遍地反复演练，直到这成为学员们的一种机械式的自动反应。照片中的地点是战术空降行动学校，是位于西海岸的专业空降学校。他们给学员们进行“固定拉绳式跳伞”“自由落体式跳伞”和“高空投下低空开伞式跳伞”训练项目。（图片来源：戴维·加特利）

知道海军特种作战部队的组织方式，可以使我们清楚地了解到他们的部署和行动情况。海军特种作战部队是围绕着海军特种作战司令部组织起来的，后者是美国特种作战司令部的组成部分，主要负责海上行动。海军特种作战司令部位于加利福尼亚州的科罗纳多，由一名两星少将担任司令，麾下可进一步区分为海军特战队、海军特战分遣队和海军特战大队。每支海军特战队由一名海军上校带领，负责节制驻扎海外的海军特战分遣队、驻扎美国国内的海

豹突击队各分队、海豹输送艇大队和特种舟艇部队。这些部队都是一线作战部队，轮替靠前部署，或轮替根据需要去完成特定任务。

海军特种作战司令部还统率海军特种作战训练中心和海军特种作战研发大队（DEVGRP），这些机构各由一名海军上校负责。海军特种作战部队的人员规模一直维持在8900人左右，包括军事人员和文职人员，成员性别有男有女。其中，2700人是军官和海豹突击队队员，750人是特战快艇艇员，这其实只能算作美国海军中很小的一部分。剩下的人员则提供战斗支援（CS）或战斗保障支援（CSS），或者承担参谋的职能，包括作战规划、作战维护保养、情报搜集与分析、预算准备。

在密西西比河以西，美国海军的所有司令部和部队番号都使用单数；在密西西比河以东，则使用双数。因此，海军特战队第1分队的司令指挥海豹突击队第1、3、5、7分队，还有后勤支援第1分队（驻扎在位于加利福尼亚州科罗纳多圣迭戈的联合出征基地）、海军特战第1分遣队（驻扎关岛）和海军特战第3分遣队（驻扎在美国驻巴林海军基地）。海军特战队第2分队的司令则指挥海豹突击队第2、4、8、10分队，还有后勤支援第2分队，海军特战第4分遣队（母港是位于弗吉尼亚州诺福克市利特尔克里克的联合出征基地）、第2分遣队和第10分遣队（这两支分遣队都驻扎在德国的斯图加特）。海军特战队第3分队的司令部就位于科罗纳多联合出征基地，节制海豹输送艇大队第1分队（驻扎地是夏威夷的珍珠港）。海军特战队第4分队的司令部位于利特尔克里克联合出征基地，节制特种舟艇部队第12、20、22分队（驻扎地分别是科罗纳多、利特尔克里克和位于密西西比州的斯坦尼斯航天中心）。海军特战队第10分队是新近成立的，负责节制位于科罗纳多的海军支援第1基地和位于利特尔克里克的海军支援第2基地。海军特战队第11分队的职责是组织海军特种

上图：考特德克基本水下爆破学校毗邻一个被称作“粉碎机”的院子，这个院子位于基本水下爆破训练中心的中央，每一个海豹突击队队员都在这里经受过痛苦，付出过汗水。每个训练班的毕业演练也在“粉碎机”里进行，他们在这里开始，也在这里功德圆满。在院子周边，大量头盔被放在地上排成行，这些头盔来自那些中途退出的受训者，他们有些是主动选择离开，有些是在异常艰辛的训练过程中遭到无情的淘汰。这种异常艰辛的训练总共分为三个主要阶段，其难度之大可谓世界闻名，每个训练班有差不多三分之二的学员无法坚持到最后。离开者会将自己的头盔留在这里，与照片中处于最前面位置的那口臭名昭著的黄铜钟一起“回响”在每一个海豹突击队队员的脑海中。（图片来源：戴维·加特利）

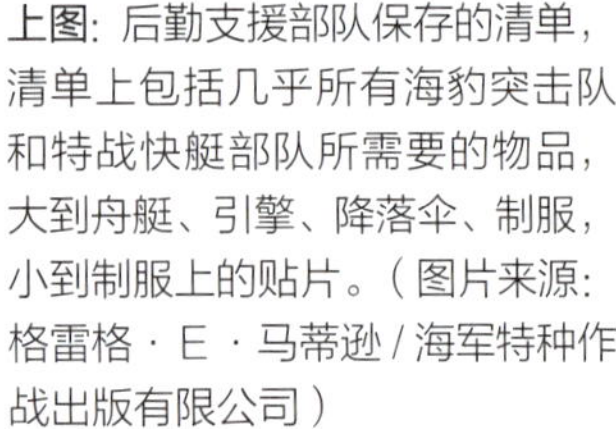

上图：后勤支援部队保存的清单，清单上包括几乎所有海豹突击队和特战快艇部队所需要的物品，大到舟艇、引擎、降落伞、制服，小到制服上的贴片。（图片来源：格雷格·E·马蒂逊/海军特种作战出版有限公司）

右上图：海豹突击队和特战快艇部队正在现场招募士兵。来自特种舟艇部队第20分队的龙尼·隆戈里亚（特种舟艇二等军士长），正在与参加全国高中摔跤冠军赛的学生们交谈，这次比赛在弗吉尼亚州的海滩会议中心举行。隆戈里亚志愿与“海豹突击队促进协会”一起工作，后者在全国各地介绍海军特战部队中的工作机会。（图片来源：大众传播专家、海军二等兵乔舒亚·亚当·努佐）

作战部队的预备役部队，驻扎地是科罗纳多，其下辖部队包括海豹突击队第17、18分队，这两个分队分别驻扎于科罗纳多和利特尔克里克。

在实施海外部署时，上述这些指挥机构的组成部分可以根据任务联合组成一个海军特种作战中队（NSWRON），它可以包括海豹突击队的一整个分队，由该分队自己的指挥官负责节制。被部署出去的海军特种作战中队可以在全世界范围内执行特种部队所应当执行的任务。海军特种作战中队的命名，则要根据其指挥官所在的分队数字来确定（比如海豹突击队第8分队，将变成海军特种作战第8中队），它还可能接受各个海军特战队的技术和行政支援，或者吸纳各海军特战队提供的人员。

在作战行动中，海豹突击队、海豹输送艇大队和特种舟艇部队的主要任务是实施海上特种作战，以达成国家的安全目标。

海军特种作战中队是基于战区运作的，行动时归战区特种作战司令部（TSOC）节制。为在伊拉克和阿富汗执行任务，在美国中央司令部（负责区域包括中东、北非和中亚）框架内成立“联合特种作战特混部队”（JSOTF），从陆军、海军、空军、海军陆战队特种作战部队中抽调力量。举个历史上的例子，在越战时期，海豹突击队各作战排在越南战场上向美国驻越南海军司令汇报，后者再向军事援助越南指挥部（由一名四星陆军上将担任司令）汇报工作。海军特战队越南分队［NSWG（Vietnam）］负责作战行动的支援和协调，为新成立的越南海上突击队提供顾问服务，为美国海豹突击队及其所用舟艇提供支援，这些舟艇由“移动支援队”（MSTs，隶属于舟艇支援部队第1分队）负责战时操作和后勤维护。

越战期间，水下爆破大队汇报工作的方式与海豹突击队各作战排非常类似。当然，水下爆破大队各作战排作为第7两栖部队所辖部队，仍旧要向第7两栖部队指挥部汇报工作。当这些作战部队向战区部署时，相应的指挥控制系统需要提前加强。比如，“9·11”事件后，包括海豹突击队在内的美国特种部队被派往阿富汗去摧毁塔利班恐怖分子网络，该地区由美军中央司令部进行作战管控，中央司令部也成为该地区的“战区作战司令部”。这些特种部队会进一步被分配到“战区特种作战司令部”内，“战区特种作战司令部”由中央特战司令部（SOCCENT）所节制，后者由一名海豹突击队的上将负责指挥。这名上将把整个阿富汗分为两个部分，陆军特种部队负责北半部分，海军海豹突击队负责南半部分。他们与常规部队互相支援。这是特种部队一次极大的成功！

在广阔的海洋上，在汹涌的波浪间，在沿海地带和河流中，海豹突击队与特种舟艇部队都密切协作，共同受训。这两支队伍早期的历史可以追溯到越战时代，在南越湄公河三角洲，海豹突击队与“移动支援队”密切合作，而后者正是特种舟艇部队的前身。特种舟艇部队的成员都是来自特战快艇部队的艇员。在接受完特战快艇训练后，特战快艇艇员将被分配到特种舟艇部队。特种舟艇部队的驻扎地有三个，即弗吉尼亚州的利特尔克里克、加利福尼亚州的科罗纳多和密西西比州的斯坦尼斯。特种舟艇部队能力

下图：科迪亚克熊分遣队的徽标和贴片。科迪亚克熊分遣队的驻扎地在阿拉斯加的科迪亚克岛，那里风景优美但异常寒冷。科迪亚克岛是一个几乎与世隔绝的岛屿，但同时也是美军的一个冬季训练前哨。这里以捕鱼船队和渔业闻名，海豹突击队在这里可以体验到真正的、在别处体验不到的严寒世界，由此也培养起应对极端气候环境的技能和信心，从而有办法在这种环境中生存下来。（图片来源：戴维·加特利）

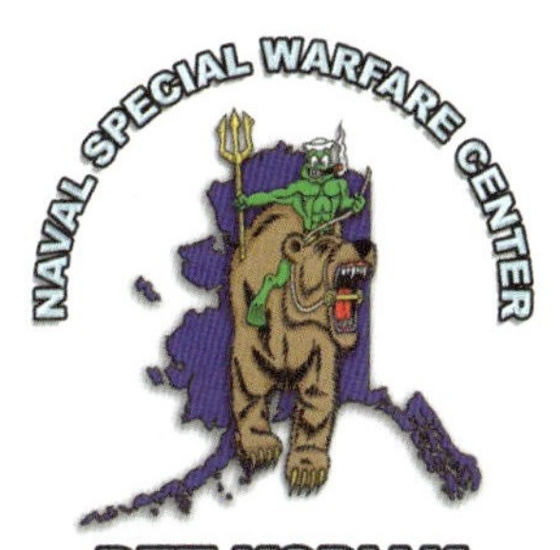

上图：跳伞训练让海豹突击队的学员们精疲力竭，他们抓住一切机会睡觉。从这张照片可以看出，学员们在下一堂课开始前，在教室里都睡着了。（图片来源：戴维·加特利）

上图：海豹突击队的跳伞训练原先是在陆军司令部进行，后被转移到更靠近西海岸海豹突击队训练中心的地方，这里也是海豹突击队的“家”。在这里，训练班学员将学习并实践一些技能，这些技能是在进行自由跳伞时，降落伞打开之前使用。“战术空中行动”学校是一家专业的跳伞学校，他们根据合同传授海豹突击队队员和其他部队士兵跳伞技能。“固定拉绳式跳伞”“自由落体式跳伞”和“高空投下低空开伞式跳伞”等训练项目都可以在这里培训。照片中接受指导的是 264 班。（图片来源：戴维·加特利）

出众，负责操作和维护的舟艇五花八门。海豹突击队的战时“坐骑”是佐迪亚克 F-470，它并不要求特战快艇艇员才能搭乘，但需要特战快艇艇员操作的舟艇仍有很多，比如马克 5 型特战艇（Mk V SOC）、河流特战艇（SOCR）和 11 米长海军特战队刚性充气艇（RHIB）。

海豹突击队、海豹输送艇大队和特种舟艇部队的训练和作战都是充满挑战性的。先期训练艰苦而耗时，作为褒奖，海豹突击队和特战快艇部队最近被专门赋予了“评定代号”。在此之前，水兵们要从海军的专门“评定代号”中挑选，比如电工、机械师、水手长等。现如今，海军特种作战部队的实战部署和战斗行动其实并不需要很多时间，真正耗时的是作战技能的形成和固化。海豹突击队的

“评定代号”是“特种作战士兵”，特战快艇部队的“评定代号”是“特战舟艇操作者”。

下图：海军特战队第4分队的徽标。该分队驻扎地是弗吉尼亚州的利特尔克里克，下辖特种舟艇部队第12分队（驻扎在加利福尼亚州的科罗纳多）、第20分队（驻扎在弗吉尼亚州的利特尔克里克）和第22分队（驻扎在密西西比州的斯坦尼斯）。

海军特种作战 -21

从20世纪90年代晚期开始，海军特种作战司令部开始筹划对海军特种作战部队进行现代化改造并重新架构，以应对未来的需要。这一计划被称作“海军特种作战 -21”。这也是1983年水下爆破大队被并入海豹突击队之后，海军特种作战部队范围内牵涉面最广的一次组织调整。调整目的在于增加各部队之间的联系和提高效率，体现出战区内特种部队行动能力趋于成熟，同时也继续强调对联合特混部队指挥官的作战支持。该计划进行了很多组织结构和作战行动上的调整，其中之一就是海豹突击队各分队可以整个作为特混部队，以海军特种作战中队的名义部署到战区，下辖战斗舟艇、蛙人投送运载工具（现在称为海豹输送艇）、爆炸品处理工具（EOD）以及相关的作战、情报和后勤人员，这些都要听从海豹突击队指挥官的调遣。这

左图：每次跳伞完毕后，学员们要把自己的降落伞重新装进包里。做这件事时，教官们会在旁边严密监督。在这张照片上，一名女性跳伞教官正在演示，如何将身体压在半叠起来的降落伞上，以便将里面的空气挤掉。（图片来源：戴维·加特利）

下图：一旦搭乘飞机上天，海豹突击队的跳伞学员们就得不停地看他们的高度计，以观察还差多少到达指定的跳伞高度。今天的指定跳伞高度是 1 万英尺。（图片来源：戴维 · 加特利）

一调整计划实施起来非常困难，因为涉及的部门太多，新的组织架构也使得“战区特种作战司令部”指挥官能够更多地调用海军特种作战部队的战力。幸运的是，这也为海军特种作战部队在“9 · 11”事件后持续有效地对外部署、满足新的行动需求提供了条件。

在“海军特种作战 –21”计划出台之前，海豹突击队可以靠前部署一个或几个作战排，特种舟艇部队则可以靠前部署一些分遣队，并携带各种作战舟艇。在部署日期到来前六个月，就要开始进行准备性训练，还要最后进行一次预备性演练。部署前，所有各部队之间的联系并不紧密，没有形成一个密切的整体，负责这次部署的高级军官可能是分队的执行官或者作战排的高级指挥员。这套体系在很多年里被证明是有效的，但随着海军特种作战部队任务的

次数飙升，更强有力的组织方式变得必要起来——那就是“海军特种作战 –21”。

“海军特种作战 –21”的核心内容是让一整支海豹突击队分队在该分队指挥官的带领下进行部署，这名指挥官不但指挥他的分队，还要节制以该分队为核心建立起来的海军特种作战中队。该中队根据海豹突击队分队的名称来命名（比如被部署的是海豹突击队第 1 分队，则中队的名称就叫海军特种作战第 1 中队），分队指挥官成为海军特种作战中队的指挥官，会负责指挥两到三支海豹突击队的下属部队，这也是整个中队的打击力量。中队的构成除了海豹突击队的作战排外，还包括特种舟艇部队的分遣队以及其他被分配过来的负责后勤和工程保障的人员，这些人在正式部署前六个月就要开始在一起工作、训练。这种强

下图：基本水下爆破训练第 264 班的新生反复演练跳伞的各个动作。在这张照片里，他们被吊挂起来，如同吊在一顶真正的降落伞下面一样。在教官的监督下，他们一遍遍地演练跳伞的各个步骤，以确保他们真正理解了一次完美的跳伞需要哪些步骤。当他们真正地进行跳伞时，会自动地按照训练中的步骤实施，就如同他们一直做的一样。这是跳伞学校为海豹突击队定制的训练项目的第二阶段——加速自由落体。第一阶段是基础空降（固定拉绳式跳伞），第三阶段也是自由落体。第三阶段与第二阶段的区别在于：在第三阶段中，学员们要携带战斗装备在夜间进行伞降。（图片来源：戴维 · 加特利）

右图：学员每次跳伞的情况都会被拍摄下来，拍摄者一般情况下是学员的教官。所有参加过跳伞的学员们都会相互观看别人的跳伞视频，指出自己与同伴在空中下落时犯了哪些错误，又有哪些成功之处。当他们对那些经历还记忆犹新时，这种反馈被证明是非常有价值的，无论是对他们进行评估而言还是对他们的表现而言。（图片来源 戴维·加特利）

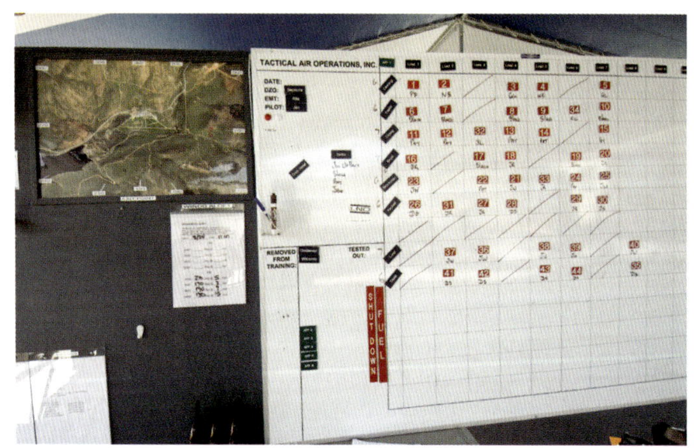

右图：战术空降行动学校的“跳伞板”上，罗列出当日所有要进行的飞行跳伞，包括负责的教官、每次飞行跳伞参加的人数，并大体追踪每日所有班级的进度。左边那张鸟瞰图显示出跳伞区域的地形。（图片来源：戴维·加特利）

化训练具有针对性，需要人们注意细节。海军特种作战中队将作为一个整体出动，向“战区特种作战司令部”或“联合特种作战特混部队”汇报作战任务情况。这种组织上的重新调整意味着海豹突击队的指挥官要承担更多责任。不过，“9·11”事件以来急剧增加的任务执行频率，需要海军特种作战部队成员拥有更多的战区实战经验。过去，在海豹突击队单次战区部署周期内，其指挥官只要前往战区几次即可。而今日，海豹突击队的指挥官必须全程参与对所属部队的指挥。“海军特种作战 –21”的实施可谓正当其时，实施以来被证明是有效的。根据这一计划，第一个对外部署的中队，由海豹突击队第 7 分队的指挥官带领。

左图：与其他大部分训练项目一样，这些学员一直在演练自己的动作。教官们一个个检查海豹突击队受训学员的动作掌握程度，他们要知道这些学员是否清楚在从高度为1万英尺的飞机上跳下来后应该怎么做。当进行真正的跳伞时，这些学员心里就会知道该怎么做。（图片来源：戴维·加特利）

海豹突击队的作战任务周期

海豹突击队和其他相关部队的单次训练/作战周期为两年，其中六个月用于专业性培训，六个月用于分队层面的训练（ULT）、六个月用于中队整合训练（SIT），六个月用于部署。各中队组建的目的，只是准备和实施海外部署。

上面我们说过，“海军特种作战 –21”构成海军特种作战部队部署方式的基础。在过去，海豹突击队各作战排总是单独地向海外部署，并为他们配备所需要的任何舟艇。海豹输送艇大队各作战排的部署方式与之类似，一旦抵达下图：战术空降行动学校位于加利福尼亚州的圣迭戈，这枚硬币上标着“军方伞降学校”，是作为西海岸经过认证的海豹突击队伞降学校的独特标记。（图片来源：戴维·加特利）

战区就可以挑选任何他们所需要的舟艇。在部署前，作战排必须抓紧进行相关工作，究竟需要怎样的舟艇按照个案方式处理，由队伍的骨干在训练中提前确定，之后不可以再增加。到了今天，整个海豹突击队与特种舟艇部队的关系犹如一对夫妻（与其他“海豹”所需的后勤部队联系也紧密无比），他们在被正式部署前会一起训练六个月之久。这支混合部队被称作“海军特种作战中队”，由海豹突击队的指挥官率领。该部队的名称根据海豹突击队的名称确定，比如，“海军特种作战部队第 1 中队”“第 3 中队”“第 5 中队”和“第 7 中队”的核心，都是驻扎在西海岸的海豹突击队各分队；“第 2 中队”“第 4 中队”“第 8 中队”和“第 10 中队”的核心，都是驻扎在东海岸的海豹突击队各分队。

当分别来自东海岸和西海岸的训练分遣队被分配到一个作战群时，协同性训练就显得非常重要。这种训练包括一体化训练、联合行动、合成指挥与控制和确认性演练。在上述各阶段训练中，海豹突击队参与的是一些较为高级的训练课程，由海军特种作战中心下属的高级训练司令部（ATC）和驻扎在各地的分遣队具体负责训练，“各地”包括佛罗里达州的基韦斯特、弗吉尼亚州的利特尔克里克、佛罗里达州的赫尔伯特、阿拉斯加的科迪亚克岛、佛罗里达州的巴拿马城、亚利桑那州的尤马、夏威夷州的珍珠港。高级训练司令部提供 40 多项个人训练科目，其中的代表性项目包括狙击手训练、先期爆破闯入训练、海上侦察训练、室内近距离作战训练、图像情报搜集训练、海豹输送艇操作员训练和其他高级特战技能训练。

左图：海豹突击队、特战快艇部队以及其他部队的跳伞训练原先在陆军司令部进行，后来海军特种作战司令部将这种训练交给了战术空降行动学校之类的承包商。这是一家专业的跳伞学校，为海军省去了大量宝贵的时间和金钱，而相应训练计划的质量也得到了保障。在这里，海豹突击队和其他部队将学习“固定拉绳式跳伞”“自由落体式跳伞”和“高空投下低空开伞式跳伞”等项目。（图片来源：戴维·加特利）

海军特种作战中队的构成

一支海军特种作战中队会在被部署到海外前的六个月会合在一起。中队由海豹突击队分队、相应的特种舟艇部队、海豹输送艇大队、后勤部队、移动通信大队（MCT）分队构成，只要有需要，还可纳入其他人员。他们集合在一起并被送入训练营为出征做准备。一支海豹突击队分队包括司令部人员、后勤及技术人员和数个作战排。每个作战排由2名军官和12名士兵组成，这些人都是“枪手”或“行动人员”。一支海豹突击队分队有八个作战排，如同上面所说的，每支分队都是对外部署的中队的核心。海豹突击队与陆军和海军陆战队的士兵一同训练，他们在陆军的国家训练中心（位于加利福尼亚州的埃文堡）参加许多演练。在那里，他们还要进行室内近距离作战和城市作战的联合预演。外国内卫（FID）任务的演练也要与军方一同进行，来自民间的“演员”会模仿敌军战俘。在所有这些程序都结束后，中队还要解决一系列“战前最后问题”（FTXs），然后，海军特战队的司令官将授予这支中队向海外部署的资格。这种部署模式在过去几年的时间里都行之有效，各

左图：三名跳伞者在接近着陆区时开始“进入预定轨道”，其中两人互相之间都很清楚对方的情况。不料，另一名海豹突击队跳伞者（灰色的那位）突然出现，并且第一个抵达目的地。这种现代化的降落伞是自动充气式的，还带有冲压空气式双翼，用来控制下降的速度和方向，即便降落伞上携带了大量军事装备，冲压空气式双翼的操作性也非常强。（图片来源：戴维·加特利）

上图：在海豹突击队驻扎地的海滩上，跳蛙表演队成员看着其他跳伞者降落在海滩上。（图片来源：格雷格·E. 马蒂逊 / 海军特种作战出版有限公司）

战区司令也非常赞同。

随着“海军特种作战 –21”的落实，各海豹突击队分队被重组为六个作战排。在 2006 年版《四年期国防检讨报告》公布后，对部队执行非常规作战行动（包括全球反恐战争）的要求转变为高速、灵活和精确，因此在 2007 财政年度中，用于扩充特种部队的预算显著增加，包括允许海豹突击队和特种舟艇部队招募更多的行动人员和技术支援人员。于是，海军加快步伐招募更多的志愿者参加海豹突击队训练。

还有一些单独的部队也是海军特种作战司令部的组成部分。让我们看看其中三支重要的部队：跳蛙部队（Leap Frogs）、移动通信大队（MCTs）和后勤支援部队（LOGSUs）。

下图：被称作“跳蛙部队”的美国海军跳伞队在一次表演后就任务执行情况进行简报。这次表演在弗吉尼亚州的利特尔克里克进行，以庆祝海军特种作战部队成立纪念日。“跳蛙部队”由现役海豹突击队和特战快艇部队成员组成，它周游全国进行表演，目的是帮助海豹突击队招募新成员。（图片来源：格雷格·E. 马蒂逊 / 海军特种作战出版有限公司）

海军跳伞部队：跳蛙

美国海军的跳伞部队——“跳蛙”被认为是美国最为成功的跳伞表演部队。它有一个并不吉祥的开端，1963 年由当时的水下爆破大队第 11 分队指挥官诺曼·H. 奥尔森（现在是退役海军上校）创建。第二年，这支部队的地位获得了其上级——“太平洋海军作战行动支援群”的承认，被称作“水下爆破大队伞兵分队”，这个名字一直沿用到 1969 年。到了 1969 年，这支部队拥有了一个更为明确的身份，获得了一个更能体现其起源情况的名字——跳蛙部队。

在“水下爆破大队伞兵分队”成立之前的 1961 年，为了纪念美国海军航空兵成立 50 周年，美国海军从“海军测试伞降部队”中挑选出一些空降兵，组成了“降落伞之星”部队，这是一支表演性质的部队。“海军测试伞降部队”驻扎在加利福尼亚州埃尔森特罗的海军航空中心。然而两年后，由于预算被砍掉，这支部队的使命结束了，其任务戛然而止。后来，海军航空兵技术训练中心（位于新泽西州的莱克赫斯特）想重新组建“降落伞之星”，但这一计划仍然因为预算被砍遭到海军搁置。

当然，“跳蛙部队”对于上述海军航空兵和“降落伞之星”的故事所知甚少，如今的这支海军降落伞部队的组建基本是原生性的，与之前的“降落伞之星”部队没有太大关系。“跳蛙部队”最初的 5 名成员来自水下爆破大队第 11、12 分队，他们都是自费购买所需装备——贝尔头盔、先锋连身裤、法式跳伞高筒皮靴、高度计和可控降落伞。其中，可控降落伞在 35 年的时间里在降落伞设计领域发生了根本性的变化。“跳蛙部队”的活动不会影响其他军事使命，也不会要政府一分钱，唯一需要政府提供的就是飞机，而这种飞机也只是在正常飞行时顺道帮助他们进行活动。许多驻扎在各地的水下爆破大队/海豹突击队分队

上图：在弗吉尼亚州利特尔克里克的海豹突击队海滩上，美国海军“跳蛙部队”成员正在表演“拽飞机”跳伞绝技。在这种大胆的表演中，三名“跳蛙部队”成员的腿连在一起，充分展现了自己的训练水准和自信。“跳蛙部队”的经典表演是 14 名跳伞者从一架飞行高度为 1.25 万英尺的飞机中跃出，在自由落体阶段，跳伞者将双手放在两侧，双腿笔直地伸到所谓的“轨道”中，其下落速度可以达到 180 英里/小时。（图片来源：格雷格·E. 马蒂逊/海军特种作战出版有限公司）

上图：美国海军跳伞分队（也就是“跳蛙部队”）的徽标。（图片来源：戴维·加特利）

下图：在位于科罗纳多的海军两栖基地上空，“海军跳伞队”（“跳蛙部队”）正在进行一次训练。他们在训练中展示出一个“T”字队形。“跳蛙部队”驻扎在科罗纳多，并且在全国各地演出，帮助海军特种作战部队和海军招募新兵。（图片来源：詹姆斯·伍兹/美国海军）

都要接受检阅，有时是在基地内，有时则在基地外，“伞兵分队”成立的初衷正是为使部队接受检阅时在视觉上显得更为精彩。这些检阅若获得成功，不但可以提升水下爆破大队和海豹突击队的形象，也可以提升整个海军的形象。渐渐地，水下爆破大队伞兵分队开始变得家喻户晓，加利福尼亚州和亚利桑那州的地方政府或组织甚至出钱请他们在周末进行表演。

1969年，“伞兵分队”的专业性已经在全美获得认可，“跳蛙部队”的名称也被正式采用。同时，在莱昂上尉（外号“野狗”）的带领下，“跳蛙部队”被海军征兵司令部正式授予“海军跳伞队”（NPT）的番号。

西海岸的伞降部队表演搞得红红火火，相对而言，东海岸在这方面一直没有多少进展。1968年，退役海军上校奥尔森被重新任命为大西洋海军特战队参谋长，他说服了大西洋海军特战队司令建立类似于“跳蛙部队”的表演部队。于是在接下来的数年间，大西洋水下爆破大队/海豹

突击队伞降分队在整个东海岸举行表演。1973年，在诺福克海军航空兵基地举行的“杜鹃花日航空表演节”上，他们获得了一次重大突破。历史上，这一航空表演节都是陆军航空兵的“蓝天使”或“金骑士”部队进行表演，但1973年由于时间安排上的冲突，陆军决定不再参与。结果伞降分队填补了空缺，上演了一场绝佳的航空跳伞秀。

下图：美国“海军跳伞队”（“跳蛙部队”）的纪念币。（图片来源：戴维 · 加特利）

下左图：图片中一名来自第264训练班的海豹突击队队员，身穿跳伞服装并携带重型军事装备在专业跳伞学校——战术空降行动学校内接受培训。图片中这名跳伞者已经释放了在他身上的装备背包，正专心致志地进行离地最后几英尺的伞降，并不害怕被下面那个包绊倒。（图片来源：戴维 · 加特利）

下右图：第264训练班正在接受培训，他们全副武装，身穿跳伞服正在进行跳伞演练。他们已经将身前的装备背包放下，这样双脚在以一定速度着地时不必再负担这些载荷。这种现代化的降落伞是自动充气式的，还带有冲压空气式双翼，用来控制下降的速度和方向，即便降落伞上携带了大量军事装备，冲压空气式双翼的可操作性也非常强。（图片来源：戴维 · 加特利）

右图：这名第 264 训练班的学员已经完成了降落，正在收拢自己的降落伞。在清理完着陆区后，他还得把自己的装备背包再背起来。有摄像机会将他和其他队员的伞降过程全部摄录下来，他们将从中看到自己动作上的错误和优点，使得一堂伞降课程更有价值。（图片来源：戴维·加特利）

恰巧海军征兵司令部司令就在现场，他向伞降分队的直接领导——大西洋海军近海作战司令部司令表示，非常高兴能看到这次表演。几个星期后，奥尔森上校与海军征兵司令部司令进行了一次私人对话，后者决定将东、西海岸的两支跳伞表演部队都归到“海军跳伞队”的旗帜下。

“西海岸海军跳伞队”保留“跳蛙部队”的名称，而“东海岸海军跳伞队”则获得“降落伞之星部队”的名号。在接下来的几十年间，海军征兵司令部将密西西比河作为分界线，河以西的表演任务由“跳蛙部队”承担，河以东的表演任务由“降落伞之星部队”承担。渐渐地，“跳蛙部队”和“降落伞之星部队”开始进行年度联合训练。军方又建立了档案，记录下海军乃至整个军队中能进行自由伞降的人的信息。再后来，军方从“跳蛙部队”和“降落伞之星部队”中挑选人员，参加军队内部和全国性的竞赛。

从 1964 年诞生开始，“跳蛙部队”成员就根据各自原归属部队上级司令部的命令，临时承担“跳蛙部队”的表演任务。如果有作战任务需求，他们随时都要回到原先的部队。这种方式保证了“跳蛙部队”的可持续性，因为一方面这可以保证“跳蛙部队”拥有足够的队伍成员，另一方面它又能确保部队的专业程度符合观众的需求。同时，“跳蛙部队”的每名成员不能放下其在原归属部队中的“老

下图：如果在跳伞过程中犯了一个被认为是傻瓜才会犯的错误，那么这名学员必须接受惩罚。在英语中，“Bone Head”的意思就是傻瓜，字面意思是“骨头”，于是犯错学员必须接受如下惩罚：在自己的跳伞头盔上系一根骨头，并且下次跳伞时还得戴着这顶头盔。跳伞后的简报也不能迟到，否则也有可能遭受类似惩罚。这种侮辱式的“待遇”无疑是所有学员都要努力避免的。（图片来源：戴维·加特利）

本行”，诸如战斗蛙人技术、爆破技术和战术伞降技术，这些东西他们仍然必须精通，并保持相应的专业资格。海军舰队和各联合作战司令也要求他们在专业领域能持续保持相当的水准。

20世纪80年代中期，由于资金限制和作战任务增加，“降落伞之星部队”遭到解散。“跳蛙部队”于是在全国范围内承担起官方伞降表演的重任。

由于人员都是临时拼凑起来的，在1994年之前，海军特种作战部队对“海军跳伞队”的重视程度时强时弱。后来，海军作战部长明确了“跳蛙部队”的任务，即在全

左图：一名海豹突击队的学员正在准备进行一次“高空投下低空开伞（高投低开）”跳伞，照片中的他正测试使用氧气装备。高空投下低空开伞，也被称作“军用自由落体”，这种跳伞需要特别的训练，对细节和装备均有严格要求。这名学员正在调整自己的氧气面罩和空气供应系统，而他的跳伞教官正在对所有的软管、背带、空气输送系统和所有的跳伞设备进行安全检查。在典型的“高投低开”或“高投高开”跳伞中，海豹突击队队员会从大约2万英尺到3.5万英尺的高空跳出，最高纪录为9万英尺。（图片来源：戴维·加特利）

美展现海军的强悍，帮助海军征募新兵，并且提升海军特种作战部队在美国公众心中的形象。于是，“海军跳伞队”成为海军特种作战部队内的一个常设机构。

今日的美国“海军跳伞队”包括15名海豹突击队队员和特种舟艇部队战士。接到通知的人员从驻扎在东海岸和西海岸的各海军特战队中抽调出来，一直待在“海军跳伞队”里，任务结束前不再回到原归属部队。三年的任务期结束后，他们会回到自己的海豹突击队分队或特种舟艇部队中，再有新人补充进来。

然而，过去十年中，反恐战争吃紧使得海豹突击队的作战任务急剧增加，这导致“海军跳伞队”的规模被缩减，被迫实施重组。重组后的“海军跳伞队”包括1名负责军官、7名海豹突击队或特战快艇部队成员、1名公关事务专家、1名医疗兵、2名降落伞装配员和1名来自民间的签约者，

下图：这里是2万英尺的高度，已经在云端之上，学员们正打算在教官的监督下进行一次“高投低开”跳伞演练。在这一阶段的训练中，这些新手的表现相当老练。（图片来源：戴维·加特利）

上图：海豹突击队和特战快艇部队都在这所战术空降行动学校内进行“固定拉绳式跳伞”“自由落体式跳伞”和“高空投下低空开伞式跳伞”等训练项目。照片中的这个训练班正携带氧气设备听教官的讲解，准备进行一次“高投低开”跳伞。在学员们从高空飞机上跃出之前，跳伞教官会检查每个人的情况，并竖起大拇指表示“OK”。“高投低开”跳伞，又被称作“军用自由落体”，需要特殊训练，其对细节和装备的要求很高。在典型的“高投低开/高投高开”跳伞中，海豹突击队会在2～3万英尺的高度上跳出飞机。跳伞高度的纪录是9万英尺，这也是新闻报道中U-2侦察机的飞行高度。（图片来源：戴维·加特利）

下图：照片所示为驻扎在德国斯图加特的海军特战第2分遣队的“军用纪念币”。这支部队为靠前部署的各支作战排提供作战支援，并为欧洲司令部所辖战区的海军特种作战部队执行紧急任务和演练。“军用纪念币”也被称作“纪念币”“部队币”“部队纪念币”或“指挥官币”。硬币上铸造的图案，会表明一个军人隶属于哪个机构、要支援哪个机构和受哪个机构培养。由于“纪念币”上标明了军事机构，其作为军事机构的象征而受到了人们的珍视。指挥官们会用特别铸造的军用硬币来提升士气、培养团队精神以及表彰那些努力工作的士兵。（图片来源：戴维·加特利）

这名签约者负责队伍安全。

每年的1月至3月是冬训时间，每个跳伞者将进行近200次跳伞，展现所有必需的技能。表演季节到来后，“海军跳伞队”将在全国的高中、大学、专业体育盛会和航空展上表演140余次跳伞。这些表演中，许多是用来标志新一季的棒球联赛和橄榄球联赛的开始，还有一个固定项目，那就是在12月份的陆军与海军对抗赛上表演。

“跳蛙部队”的经典表演是跳伞者从一架飞行高度为1.25万英尺的飞机中跃出，在自由落体阶段，跳伞者的速度可以达到120英里/小时；如果跳伞者将双手放在两侧，双腿笔直地伸到所谓的“轨道”中，其坠落速度可以达到180英里/小时。一般而言，跳伞者会在5000英尺的高空打开自己的降落伞。他们先是释放一顶较小的导伞，由导右图：每名学员跳伞时，都有一名教官陪他一起跳。教官会观察并且摄录下学员跳伞的整个过程和姿势。同一架“跳伞飞机”上的同学会一同观看拍下的视频，互相批评与鞭策。（图片来源：戴维·加特利）

伞引出其蓝色和金色的主伞盖。主伞盖打开后，“跳蛙部队”便用其进行飞翔，并排出各种极具观赏性的队形。

“跳蛙部队”以令人激动的、复杂的造型闻名于世，比如坠机、侧机、拽机、钻石、大草堆、三体并列和“T”队形。每一次表演后，“跳蛙部队”都会回答观众询问的有关海军和海军特种作战部队的问题，并且为观众签名。

自从“海军跳伞队”成立以来，有一点被很多人忽视，那就是当“海军跳伞队”的成员在任务期满之后，他们会将自己掌握的跳伞技能带回到原先归属的部队。这些专业技能补充、加强了整支部队的实战能力，尤其是“高投低开”和“高投高开”跳伞的相关技能。

海豹突击队和特战快艇部队队员都会接受“固定拉绳式跳伞”和“自由落体式跳伞”训练，并由此掌握基本的技能，具备基本的资格。不过“海军跳伞队”的成员一旦回到原部队，同时也会带回“自由落体式跳伞”专业技能，从而提升整支部队的战术跳伞水平，包括跳伞动作质量和跳伞所需时间，从而有效、稳定地提升部队的相应能力。这一点早在20世纪60年代中期，也就是“海军跳伞队”成立初期就获得了证实。到了今天，“海军跳伞队”的这种作用甚至更加明显了。此前人们一度认为，海豹突击队不可能进行有效的“空—地”战场插入，而“海军跳伞队”的存在，使得海豹突击队拥有了更强的战斗力，闯入本来并不属于他们的战场。

今天，能够进行伞降已经成为海豹突击队队员的必备条件，而“跳蛙部队”对这一成就做出了巨大贡献，尽管我们不能说一直如此。在海军特种作战部队的胸章上，有一只张开翅膀的雄鹰，它象征着力量、勇气和搏击长空、由空对地的战力。海豹突击队将永远卓越、秘密、大胆地去完成他们的任务。

移动通信大队

1977 年，处于“摇篮期”的移动通信大队成立了，其任务是配合海军近岸水下作战第 1 分队（IUWG-1，驻扎于科罗纳多），为海军特战第 1 分遣队提供一般性的通信支援。在这段时间里，许多美国海军的旧军舰退出现役，其无线电设备都可以被“回收”。海军近岸水下作战第 1

左下图：后勤支援的技术人员正在拼装通信设备、局域网服务器和天线阵列等。再过几个星期，海豹突击队的资格测试演练就要开始了，各分队即将抵达。照片中，通信技术人员互相帮忙，架设起 SDN-H（重型）卫星天线，在接下来的“解决战前最后问题”（FTXs）演练中，将会用到这种天线，模仿在“实战”状态下为海豹突击队提供支援。美国有许多可打包放入手提箱进行携带和部署的卫星天线，而 SDN-H（重型）是其中最大的天线之一。它是一种宽带卫星天线，可以用来支援特种部队执行任务。（图片来源：戴维·加特利 / 海军特种作战出版有限公司）

下图：从裤子到护甲，从舟艇到武器，后勤支援部队要购买、维护所有的东西。（图片来源：格雷格·E. 马蒂逊 / 海军特种作战出版有限公司）

右图：无论在战区还是在本土，海军预备役少校丹尼尔·林克都秉承海豹突击队和海军特种作战司令部的精神来为国服务。（图片来源：格雷格·E.马蒂逊/海军特种作战出版有限公司）

分队不是海军特种作战部队的一部分，其成员主要是无线电技师和电子技术人员，他们对上述这些无线电设备的价值深有体会。当时，海军特战第1分遣队没有自成系统的通信能力，其通信设备及服务都要依靠海军两栖训练营或其他司令部的人提供。海军特种作战部队为此觉得有必要发展自我通信保障能力。更重要的是，当时海军的战区监

下图：基本水下爆破训练的受训者在领取食物时边排队边开始吃。训练期间，即便是这点时间也不能浪费。（图片来源：格雷格·E.马蒂逊/海军特种作战出版有限公司）

控系统车已经可以投入使用，车内进行了“铅衬”处理，并为无线电台进行了电子排线，将这些车上的感应器设备拆除，换上通信装备是一件很简单的事情。寻找恰当的无线电台要费些思量，但获取通信系统相当容易，只要从往来于西海岸那些马上要退役的军舰上拿就行了。

电台被安装在战区监控系统车上，并进行了试验性测试。接下来，海军通信安全大队的工程师们对这种重新改装过的车进行测试，看是否能发现错误信号发射。在感应设备收到的信号中，因为车内已经进行了“铅衬”，他们甚至找不到一根针大小的偏移。于是，移动通信大队就这样诞生了。他们最终被归入海军特战第1分遣队麾下，人员开始参加当地的训练任务。后来他们又被部署到夏威夷，参加太平洋中部的演练。移动通信大队在整个加利福尼亚州南部流动，为海军特战第1分遣队、海豹突击队及其支援舟艇提供通信保障。移动通信大队也有能力与舰队的舰艇和各部队取得联络。后来，他们又获得了卫星通信能力。如今，移动通信大队更为成熟，他们曾被部署到韩国参加一年一度的非常规作战演练。在“沙漠风暴”作战行动中，西海岸移动通信大队被部署到科威特，为部署在那里的部队提供后勤支援。

今天，移动通信大队在东、西海岸都有驻地，为当地部队服务。海军特种作战司令部负责电子设施布局的标准化和监督。在多次部署和作战行动中，这支队伍都证明了自己的巨大价值。移动通信大队“可提供迅捷、可靠、强劲、全面的战略和战术通信，提升海军特战分遣队的指挥控制与战备能力”。不过这种能力也不是轻易得来的，要训练一名移动通信大队成员，最少要花费12.5万美元，包括正规课程、熟悉装备、在职训练和相关的游历。一名水兵被分配到移动通信大队后一般要服务三年，之后可以选择继续服务一年。移动通信大队的成员和海豹突击队、特种舟艇部队的成员，在部署前要参加的训练是类似的，他们也

上图：神之盔甲牧师币。神之盔甲来自于《新约全书》中的一段经文，使徒保罗在以弗所书6：12—13所说：“因我们并不是与属血气的争战，乃是与那些执政的、掌权的、管辖这幽暗世界的，以及天空属灵气的恶魔争战。所以，要拿起上帝所赐的全副军装，好在磨难的日子抵挡仇敌，并且成就了一切，还能站立得住。”在硬币的正面，有两面盾的图像，盾上有“RWH”三个字母，意为“带着荣誉归来”（Return With Honor）。这提醒我们不能得过且过，要带着荣誉感在军中服役。（图片来源：戴维·加特利）

右图：永不停留，永不停歇。水下基本爆破训练的受训者们从一个训练场换到另一个训练场，照片中他们正在列队跑步。（图片：格雷格·E. 马蒂逊 / 海军特种作战出版有限公司）

都作为海军特种作战中队的一部分进行部署。移动通信大队出征时所要携带的装备易于实施地面机动，最多时可达50吨。

包括军官和通信兵在内，移动通信大队的人数最多时为100人。他们接受小规模部队战术训练和小型武器训练，要求保持良好的身体条件。移动通信大队的分遣队曾在中东和菲律宾支援海军特种作战中队。无论在本土还是对外部署期间，每一次海军特种作战部队的演习中，都能看到移动通信大队的身影。用权威人士的话说："指挥控制的效率决定了司令部的指挥节奏。"当海豹突击队能够顺畅自由地通信时，他们获胜的机会无疑会大大增加。

移动通信大队所要面临的一大问题是如何留住训练有素的队员。海豹突击队和特战快艇部队的成员基本都是在一个"闭环"内流动，也就是说，其成员基本上在整个服役生涯内都会待在海豹突击队和特种快艇部队的体系内。移动通信大队则不同，其成员在三四年的服务期内进进出出是常事。而要培养出一名符合要求的队员，须花费大量资金和时间，培养一名业务精通的移动通信大队成员至少需要六个月。移动通信大队也希望能更长久地留住人才，但他们能否获得类似海豹突击队和特战快艇部队那样的"闭环"地位，仍然悬而未决。

下图：海军特种作战司令部总部大楼后面的一排冲浪板。这里靠近加利福尼亚州的科罗纳多海滩，在总部大楼工作的人无疑拥有最棒的执行日常任务的工作场所。（图片来源：格雷格·E. 马蒂逊 / 海军特种作战出版有限公司）

后勤支援部队

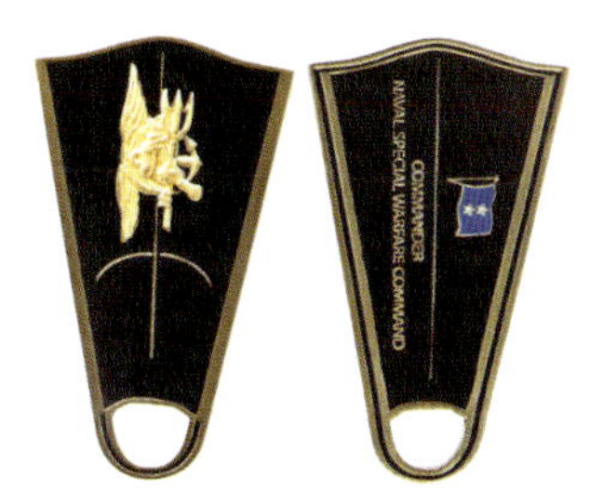

上图：海军特种作战部队司令（驻扎地为加利福尼亚州的科罗纳多）“纪念币”，这也是最有珍藏价值、被最多人渴望得到的海豹突击队“纪念币”之一。这种“纪念币”的独特之处，是其形状类似海豹突击队蛙人的蛙鞋，背面图案是海军上将旗，正面图案则是金色三叉戟。（图片来源：戴维·加特利）

时代变了！在1987年美国特种作战司令部成立之前，海豹突击队还可以自我保养所用作战装备。如今他们自己仍可保养一些个人作战装备，但面对更新的高精尖技术装备则不行了，那些复杂的电子设备可不是“洗洗然后吹干”就行了。今天，为海军特种作战部队效力的人员中，有60%扮演的是作战支援或作战保障支援的角色。后勤支援部队正是海军特种作战部队的作战保障支援组织。在美国特种作战司令部成立之前，海军特战分遣队独立执行作战任务，会纳入舰队的后勤支援架构，这样其多数的作战保障支援需求都能够得到满足。随着海军特种作战部队重新编组，并以远征的态势进行部署，其与舰队在岸边固定部署的情况已格格不入，这使得海军特种作战部队必须寻找新的合适的远征后勤支援模式。

下图：在每周一次的训练中，特种舟艇部队第4分队的人参加水球比赛。比赛场地是训练用的游泳池。（图片来源：格雷格·E.马蒂逊/海军特种作战出版有限公司）

右图：在基本水下爆破训练教官的训练室内，悬挂着一张海报，海报上的漫画人物示范柔软体操动作。这也是受训者每天都要进行的操练内容。（图片来源：汤姆·霍金斯）

前面已提到过《四年期国防检讨报告》和用来重整特种部队的预算动议，这份预算动议的内容包括人员、设施、作战装备、通信电子装备以及最为重要的用来支援作战部队（无论其在国内还是被派往海外）的后勤支援基础设施。

后勤支援部队还向海军特种作战部队提供重要的非特种作战性质的帮助，这种帮助对海军特种作战部队击败敌人至关重要。在人员配备、组织方式方面，后勤支援部队完全服务于海军特种作战部队，为其担任卫戍任务或者执行远征行动提供支援保障，到如今海军特种作战部队的远征行动范围已经大大地拓展了。根据“海军特种作战–21”动议，两支后勤支援部队被分配给海军特战第 1 分队和第 2 分队。它们的使命是最大限度地确保海军特种作战部队的后勤支援，使后者在未来几十年里始终是一支招之能战、战之能胜的部队。后勤支援部队负责海军特种作战部队及其下属部队、海豹突击队的后勤支援，要对这些部队的后勤支援进行筹划、整合、协同及实施。此外，海军特种作战部队的作战行动和训练行动的后勤支援也要由后勤支援部队直接负责，无论上述行动是发生在和平时期、危机时刻还是战争之际。

下图：在整个海军，军士长负责部队的日常事务。这名二级军士长正在召集海豹突击队的队友们集合，他们要给前来参观的贵宾们做一次训练展示。（图片来源：格雷格·E. 马蒂逊/海军特种作战出版有限公司）

在海豹突击队执行远征任务时，每个分队都会被分配一支“战斗保障支援”部队，该部队人员编成、训练和装备都由后勤支援部队具体负责。“战斗保障支援”部队的任务是向海豹突击队提供综合性的后勤服务，包括补给、军械、武器、水面舟艇和引擎、潜水、空中投放、“海上蜜蜂”（海上工程）支援以及战术性/非战术性机动。后勤支援部队的指挥官负责向“战斗保障支援”部队提供人员、训练和装备，每支“战斗保障支援”部队将随海军特种作战中队一同赴海外部署。在一支海军特种作战中队里，有80%的人属于“战斗保障支援”部队。

对于担任卫戍任务的部队，后勤支援部队向其提供行政支援、补给、医疗、作战服务（基地营地和车辆）、作战系统支援（潜水服务、空中投放和水面舟艇）和武器系统支援（大小口径武器、视力增强系统和军械）。对于非海外部署部队，后勤支援部队也必须在其部署前的训练周期里进行支援。除了海豹突击队，后勤支援部队还要负责支援其相对应的海军特战各分队的司令部，帮助其训练分遣队，实施支援行动，还要负责支援部署在海外的海军特战各分遣队及分队。

对于海豹突击队而言，后勤支援部队负责为其换装德国德尔格公司产的“封闭式循环水下自主呼吸器”（SCUBA），为其提供一种全新的通信设备（包括单人携

左下图：海军特战第2分队正在进行技战术训练，训练地点是黑水公司位于北卡罗来纳州莫尤克市的训练场。训练内容包括当遭到攻击时如何进行车辆运送以及车辆保护和机枪训练。（图片来源：格雷格·E.马蒂逊/海军特种作战出版有限公司）

下图：在佛罗里达州的赫尔伯特机场，特种舟艇部队的成员正在“鱼鹰”飞机上进行“快绳训练”（飞机在接近地面的地方悬停，队员们沿着一根绳子滑下飞机——译者注）。而海军特战第4分队的医生和医疗设备也在一旁待命，随时应对突发事件。（图片来源：格雷格·E.马蒂逊/海军特种作战出版有限公司）

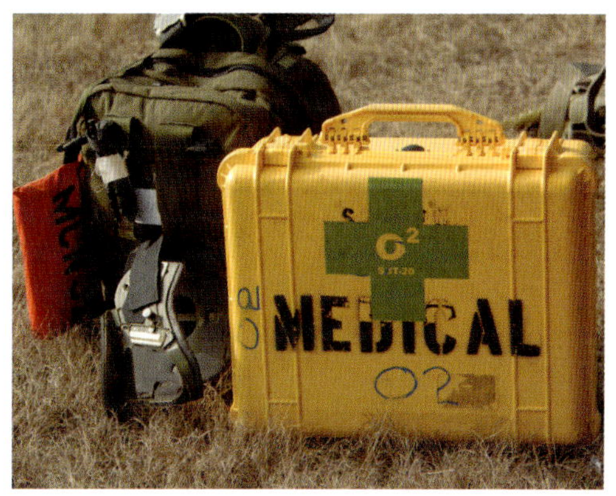

右图：在一次室内近距离作战（CQB）训练中，作战司令部一名大众传播摄影师（左）准备跟着一支海豹突击队分队进入“战场”。在战区中，这种大众传播人员的作用类似于动作摄影师。作为支援人员的他们和海豹突击队一起工作，其危险性和海豹突击队队员同样高。海军大众传播一级专家罗伯特·理查德·麦克里尔和密码逻辑一级技术人员史蒂文·菲利普·多尔蒂就在2007年巴格达的一次行动中阵亡，与他们一同阵亡的还有海豹突击队队员贾森·戴尔·刘易斯。（图片来源：格雷格·E.马蒂逊/海军特种作战出版有限公司）

带电台和定位器），以及提供新型小型武器和自动开伞能力非常突出的新型降落伞。而夜视装备也是必不可少的，因为它能使士兵在漆黑的夜里看清周围环境。对于军用舟艇而言，后勤支援部队负责提供新型静音舷外机。新型“海狐”艇长35英尺，速度可达35节，为海豹突击队提供了新的舰—岸运输手段，它后来被刚性充气艇所取代。上面提到的所有装备都需要精心保养，而海豹突击队的各作战排根本没有时间和相应的专业技能来保养这些新配给他们的装备。为了解决这一问题，国防部拨出了相关预算，以稳步增强海军特种作战部队的技术支援能力。

后勤支援部队发展到今天，仍为海军特战各分队服务，其在日常行动中已经不可或缺，尤其是在海豹突击队和特战快艇部队的评估体系建立起来之后。后勤支援部队由海

右图：后勤支援部队要负责给每件物品登记，从靴子、皮带到装甲车、小艇。这里，一批军用悍马正整装待发，准备前往任务地区。（图片来源：格雷格·E.马蒂逊/海军特种作战出版有限公司）

军补给部队的指挥官担任负责人，其人员的评估体系也参照海军标准的评估体系，但与海豹突击队有根本不同。后勤支援部队的任务是“向海军特种作战部队各组成部分提供规范的后勤支援，以确保本土卫戍部队训练和海外部署部队作战的成功进行”。这看上去是一种简单而直截了当的任务，却需要超过400人来担负。举例来说，后勤支援部队的每支分队都有21名不同代号的军官、300名士兵、45名军士长（19个等级）以及49名民间服务者和签约服务人员。后勤支援部队人员有50%是长期部署的。

如今，前线士兵数量和后方支援人数的比例已经发生了巨大改变。事实上，海豹突击队如果没有后方这些高技术部队的支援，就无法有效实施海上特种作战。他们是真正的无名英雄。

军事工程—基础设施

配图中这种特别的建筑物，可不仅仅是给士兵们遮风挡雨的。海豹输送艇大队第1分队位于珍珠港的设施就是其

左图：海军特战第1分队内的海豹突击队任务支援中心已经具备了任务规划能力，并可以向被部署的海豹突击队各部提供情报、后勤和行政支援。这是一个特别的任务指挥和控制设施，可以与战区特战司令部、盟军和战区指挥系统建立重要而安全的联络。这种联络包括海豹突击队任务支援中心（图中所示）和其他情报来源之间的互通能力，无论这种互通是双方直接联系还是通过联合部队特种作战组成司令部（JFSOCC）进行。（图片来源：戴维·加特利）

上图：海豹输送艇大队第 1 分队位于夏威夷珍珠港的新设施，其具备顶尖的水下作业功能，可以全年用于训练和维修。（图片来源：格雷格 · E. 马蒂逊 / 海军特种作战出版有限公司）

中之一。这座建筑物具备顶尖的水下作业功能。在海豹突击队内，海豹输送艇大队执行的任务可能是最艰难、最复杂的，他们所得到的工程维护也必须是最高标准的。在整个海军体系内，海豹输送艇所要承担的水下潜航任务对精确度的要求最高。这座建筑设施正是相应战备训练的核心。

还有一类有趣的建筑物就是海军特战各分队的任务支援中心，作为强化的作战指挥中心，其内部到处都是电子设备、情报和态势显示屏以及密码通信设备。在这些任务支援中心，一周 7 天、每天 24 小时都有经验丰富的海军作战任务专家和通信员值守。他们的触角遍布全球。这些建筑物可算是一道军事奇景。

另一个值得注意的建筑物是位于科罗纳多的海军特种作战司令部总部。这里有众多的军职和文职人员，他们向美国特种作战司令部汇报，具体负责海军特种作战部队的训练、装备和作战任务（根据个案处理原则）。这座建筑物于 1991 年投入使用，以纪念美国海军预备役上校弗兰克 · 凯恩。弗兰克 · 凯恩是一位“二战”老兵，1943 年 6 月，他在佛罗里达州的皮尔斯堡成为海军作战爆破队的第一批

下图：海军特战第 3 分队的“准将币”。海军特战第 3 分队下辖海豹输送艇大队第 1 分队和第 2 分队（驻扎地位于夏威夷珍珠港）。（图片来源：戴维 · 加特利）

成员。凯恩上校在整个“二战”期间都在海军效力，并获得了“麦克阿瑟的蛙人”这一称号。战后，他仍在海军，并在海军特种作战部队内担任各个层级的职务。有了出色的通信设施，海军特种作战司令部总部能够对持续增长的后勤需求做出实时反应。

还要关注一下普通的军事建筑物。驻扎于西海岸的水下爆破大队在经过“二战”和朝鲜战争后，他们在海滩边上的住所是带有排球网的昆斯特活动屋（最初出现在“二战”罗德岛的昆斯特，因而得名——译者注）。后来他们的住所被升级成一排位于科罗纳多海滩后的原木小屋。而在东海岸驻扎的水下爆破大队，则在利特尔克里克海军两栖训练营挤进了各式各样的“二战”残留建筑物中。直到20世纪80年代中期，这些军事建筑物才获得了改造的机会。国防部副部长1983年10月3日签署备忘录，要求尽一切努力重振美国的特种部队。而为了达到这一目的，特种部队就必须发展壮大。这也意味着对上述部队的训练和作战设施进行扩建。在科罗纳多，海豹突击队基本水下爆

下图：基本水下爆破训练的第二阶段大多在作战泳池中进行。在这堂训练课上，受训者要进行营救训练，被救者须进行身体上的抗拒，而营救者必须克服这种抗拒并完成任务。这张照片是从水下角度对这一场景进行拍摄，在他们身边那些漂浮的游泳用具都是教官扔进来的。（图片来源：戴维·加特利）

破训练的培训总部大楼必须加盖一层，另外还要修建一座训练用蓄水池，以及50米长的顶级游泳池。

一两年后，在利特尔克里克建造了一座50米长的深水游泳池。此后，佛罗里达州境内其他地方也兴建了许多军事建筑物，包括在尼兰和圣克利门蒂岛上修建的训练设施。这一强劲而持久的军事建筑项目，使得海军特种作战

右图：在位于加利福尼亚州科罗纳多的基本水下爆破训练游泳池旁，学员们正在进行早期军事技能训练和热身运动。（图片来源：格雷格·E.马蒂逊/海军特种作战出版有限公司）

右图：在基本水下爆破训练中心区域的"粉碎机"里，浅打水和伏地挺身几乎是每日的必修课。在沙滩上、阳光下和酷热中，能有一根软管把水喷向学员对他们来说实在是一种享受。（图片来源：格雷格·E.马蒂逊/海军特种作战出版有限公司）

司令部下属各部队和人员不必再与其他人共享办公场所。所有司令部通过当地局域网、内部通信系统和秘密电话线实施联络，其触角遍及全球。

为了支持未来的发展，美国特种作战司令部已经颁布了《军事建筑物总体规划》。这份总体规划在五年内有效，并且每年都要重新审核并修改，以便与国防部的预算投入相契合。

随着作战环境的变化，尤其是全球反恐战争提出了新的需求，海军特种作战部队的组织架构将继续调整。海军特种作战部队每天都在做出贡献，这支部队在整个国防部的体系内（包括海军）都受到来自各个层级的支持，海军作战部长将海豹突击队的人员招募作为其工作的重中之重。对于海军特种作战部队而言，其资金支持主要来自美国特种作战司令部，而海军也已经强化确保这支武装力量的总体支援保障。时代的确已经改变，但这支部队的重要性让它始终有存在的意义。

下图：海军特战第 1 分队的“准将币”。该分队位于加利福尼亚州的科罗纳多，下辖后勤支援部队第 1 分队，海豹突击队第 1、3、5、7 分队（上述部队驻扎于加利福尼亚州的科罗纳多），以及海军特战第 1 分遣队（驻扎于关岛）和第 3 分遣队（驻扎于美国驻巴林海军基地）。（图片来源：戴维 · 加特利）

科罗纳多海滩在早晨成为体能训练课程的场所，在这里进行基础跑步训练的学员们要从沙滩的一头跑到另一头。对于参加海豹突击队基本水下爆破训练的学员们来说，这只是一整天训练的开始。照片上这群人跑在最前面，后面有另一大群人跟着。进行这种折磨人的跑步训练的不只学员，还包括教官，他们参加的目的在于告诉学员他们也可以进行这种日常训练。这些正在进行第一阶段训练的学员在海边始终浑身湿透，他们在沙子里打滚，浑身沾满沙粒，另外还将做许多折磨人的演练，包括充气式小艇（IBS）训练、泳池训练和“原木训练”。他们几乎每一天都是浑身湿透，沾满沙粒。（图片来源：戴维·加特利）

第四章

在海军特种作战中心进行的训练

美国海军海豹突击队退役少将
乔治·沃辛顿

第四章

在海军特种作战中心进行的训练

美国海军海豹突击队退役少将　乔治·沃辛顿

上图：“唯一好过的只有昨天”，这是水下爆破大队的非官方座右铭，海豹突击队将其贴在“粉碎机”（海豹突击队基本水下爆破训练场）的墙上。这块饰板是1989年的基本水下爆破训练班提供的。（图片来源：格雷格·E. 马蒂逊 / 海军特种作战出版有限公司）

下图：在进行基本水下爆破训练的过程中，所有的学员在任何时间都可以决定退出，不再谋求进入海豹突击队。他们要做的，仅仅是敲响“粉碎机”训练场上的钟，并且离开。在通往这口钟的地上排满了头盔，每一顶头盔都象征着那些因为这样或那样的原因而退出基本水下爆破训练的学员。（图片来源：格雷格·E. 马蒂逊 / 海军特种作战出版有限公司）

“所以，你想成为蛙人？”

在科罗纳多的海军特种作战中心里，有一个被称作“粉碎机”的体能训练场，内有一座一人来高的半人半水上怪兽的塑像，面朝所有即将接受基本水下爆破训练的人。雕像上的文字发出这样的问题：“所以，你想成为蛙人？”这座中心成立于1986年，负责为有望进入海豹突击队的“受训者”提供基础和高级训练课程，特种舟艇部队和其他特种作战人员也要在这里受训。在1986年之前，上述训练由海军两栖训练学校的一个部门负责。海豹突击队退役上校迪克·库奇曾写过一本名为《勇士精英》（2001年）的书，深入检视基本水下爆破训练班，这是所有相关作品中写得最好的。库奇曾跟随第228班经历了整个基本水下爆破训练过程，读他的书，你几乎就能感受到他们的艰辛。

毫无疑问，对于海军特种作战部队的成员而言，特种作战中心是其军旅生涯的基石。对于每一个海豹突击队队员和特战艇员而言，在海军特种作战部队服役期间，他们会时不时地回到这里参加进修和接受高级训练课程。海军特种作战中心一开始被指派给侦察突击队的菲尔·H. 布克鲁上校负责，他的事迹前文我们已经介绍过。1965年，海军特种作战部队的训练主要有两个基础课程：一个在科罗

上图：在海豹突击队入队资格测试阶段（SQT），两名受训者将被分派到阿拉斯加州科迪亚克岛上的陌生区域。他们必须运用自己所掌握的导航、生存技巧，并实践他们在海豹突击队训练中所学会的技能，以抵达“会合点”与另一个两人小组会合。然后，他们要利用 3 天的时间穿越岛上偏远的山脉区域，抵达事先指定的目的地。这一阶段的训练都是在最寒冷的气候条件下进行的。科迪亚克分遣队位于阿拉斯加州的科迪亚克岛，是一个小型的训练司令部，专门用来训练海豹突击队各作战排和特种舟艇分遣队，使其获得海上及陆上寒冷气候条件下的行动能力。部队在这里的受训内容包括远程海上及陆地导航、海滩跨越行动和其他寒冷气候下的行动。海豹突击队在寒冷气候条件下的海上训练课程要持续 28 天，由 18 个人负责施训，他们还要负责一个为期 12 天的海上行动训练课程，后者也是海豹突击队入队资格测试阶段的一部分。（图片来源：戴维·加特利）

纳多进行，一个在利特尔克里克进行。而高级训练课程可以在室内进行，由作战经验丰富的战友负责教授，课程也可以在其他军队学校内进行。

左图：在加利福尼亚州的皇家海滩，一间特殊的“风帽屋”中正在教授近距离防御（CQD）。在这里，学员们要在模拟场景中学会对生死攸关的突发情况做出快速评估和恰当反应。训练屋里漆黑一片，视觉上也很难辨别出方向，这些勇士不得不自行判断自己在哪里，应该做些什么，还有是否已经受到威胁，然后再采取措施化解危机。（图片来源：戴维·加特利）

上图：第 270 训练班正在带刺的铁丝网下匍匐前进，他们要爬过排水管道，同时各种弹药都在他们身边爆炸，自动武器也在开火，还有各种干扰噪音，教官还扔出烟幕弹来模糊学员们本就少得可怜的视线和方向感。在“地狱周”快要结束时，他们必须匍匐着完成此次障碍课。连续六天很少或者几乎没有睡眠，一直在寒冷、潮湿的条件下摸爬滚打，在第一阶段的严格训练中，这些接受海豹突击队基本水下爆破训练的学员有三分之一已经被淘汰。寒冷、潮湿、满是沙子、极度劳累——所有设计的部分都被嵌入了每次课程日常训练中，目的就是要看看这些未来的勇士是否有雄心与毅力在上述条件下日复一日地去执行任务……要知道，海豹突击队经常是在这样的环境和条件下去执行实战任务的。（图片来源：戴维·加特利）

海军特种作战部队的真谛就是训练、训练、再训练。无论是作为一名基础学员，还是一名作战分队负责人，抑或经验丰富充当教官的老前辈，海豹突击队和特种舟艇部队队员都是一年在训练，一年在部队正常服役，他们在整个军人生涯期间都是如此。从教室到野外演练，从在美国本土与其他部队联合训练到出国与盟军联合训练，海军特种作战部队一直处于某种形式的训练之中。后面在对海军特种作战部队部署情况的描述中，我们会提及特定的训练科目。

前面提到，为海豹突击队招募队员是海军征兵司令部的头等大事。海军一直在寻找运动员一样的候选人，希望他们能够表现优异、圆满完成任务并献身于活跃的海军生涯。而一个人是否具有坚定的决心是海军征兵司令部最为看重的特质。正确的心态比强壮的身体更为重要。目标的专一是确保在海豹突击队基本水下爆破训练中获得成功的驱动力。这也是招募新成员的首要考虑的因素——确信候选人自己知道他为什么入选。即便如此，一个训练班中也只有三分之一的人能够完成海豹突击队基本水下爆破训练课程。

右图：在“地狱周”惩罚日的最后一天，教官不断加大力度制造噪音并试图转移学员的注意力，自动武器不断开火，提升演习的真实感。第 270 训练班在烟幕弹中匍匐前进，穿越带刺铁丝网的同时，M-249 班用自动机枪射出的空包弹正不断从他们头顶上飞过。（图片来源：戴维·加特利）

上图：这些未来的勇士完成了 5 天令人精疲力竭而且残酷异常的训练课程，在整个训练过程中，他们浑身湿透、沾满沙子、忍受严寒，变得劳累不堪。即使是在极度疲劳的情况下，每个舟艇分队也一直坚持团队合作。他们是经历了海豹突击队基本水下爆破训练“地狱周”的“幸存者”，大部分学员，要么自愿，要么因伤被迫退出了“地狱周”。在最初难熬的那几个星期中，一直压在他们头顶的橡皮艇重达 185 磅，接下来还有 30 个星期的海豹突击队训练在等着他们。但这也正是海豹突击队队员的根基和灵魂之所在，已经为他们成为真正的“海豹战士”打下了基础。“地狱周”结束后，他们将放几天假，进行休息和恢复。（图片来源：戴维·加特利）

海豹突击队基本水下爆破训练

海豹突击队基本水下爆破训练的课程要持续 27 个月。它被分成三个不同的阶段，本章的后面部分我们会讨论相关细节。

最基础的是第一阶段，主要训练内容是强化学员的生理机能，将持续 7 个星期。而第一阶段训练中最为“臭名昭著”的部分就是所谓的“地狱周”，“地狱周”持续 5 天，被认为是所有军队训练项目中最为难熬的 5 天。“地狱周”被认为是学员接受后两个阶段训练的基础，但即便你完成了“地狱周”，也不意味着你能够完成整个第一阶段的训练。

第二阶段是“潜水阶段”，这一阶段的强化课程也是海豹突击队水下基本爆破训练区别于其他类型训练的重点所在。在这一阶段的水中强化训练中，学员们要在开阔的海面上深潜。在圣迭戈湾的水下，学员们戴着开放式循环呼吸器（压缩空气）和封闭式循环呼吸器（纯氧），依靠

上图：图片中的这群学员刚刚在沙堆中翻滚，现在却笔直地“立正”。他们是海豹突击队基本水下爆破训练第270训练班的学员，刚刚扛着小型充气艇进行了两英里的往返跑。在第一阶段训练的每一天里，这种重达185磅的橡皮艇一直跟随着他们，要么被举在头顶，要么被扛在肩上。（图片来源：戴维·加特利）

右上图：第270班的“地狱周”。这些浑身湿漉漉的海豹突击队基本水下爆破训练班学员不允许行走，而是必须从他们的小型充气艇附近爬着到教官脚下，如果没有命令他们停下，他们就必须一直拼命靠近教官，甚至“挤”成一堆。（图片来源：戴维·加特利）

罗盘的指示潜泳，对模拟舰艇进行攻击使得紧张的水中训练更为充实。不是每一个人都能通过这个要求苛刻的阶段。也正是在这一阶段，学员开始领到潜泳津贴。

第三阶段的训练内容则包括陆地作战训练、小组战术训练以及爆破和武器训练。这一阶段的训练要求仍然很高，在步枪和手枪各自的射程内，学员们必须获得令人满意的射击成绩，展现出对军用炸药和其他军械（包括手榴弹、聚能装药）高超的知识水平，并且要在一系列小组战术问题中表现卓越。训练地点在科罗纳多海滩和沿岸的圣克利门蒂岛进行，这是一个环境恶劣、布满岩石、狂风呼啸的岛屿，距离加利福尼亚州南部海岸线超过80英里。20世纪90年代初期，在那儿建了一座新型训练设施，与先前的设施相比，新设施是一个巨大的改进。尽管训练设施有所改进，但圣克利门蒂岛上严酷的训练环境没有任何改变。

海豹突击队基本水下爆破训练文化

在讨论单兵训练阶段之前，必须提一下海豹突击队基本水下爆破训练所体现的一些“文化”。这种训练是残酷的。必须一周7天、一天24小时毫无间断地全身心投入。

所有学员必须自己创作本班的进行曲。训练班由班中高阶军官负责指挥，其他一些军官和高阶应征士兵从旁协助。而这名负责军官的权威无法超越教官，只有在极端条件下，并且根据《美国海军程序》，训练班的学员们才能只听他们“班长”的指令而不去理会教官。无论教官还是学员，必须遵从《军事审判统一法典》，军衔继续保持其职责。在历届海豹突击队基本水下爆破训练班中，争吵极其罕见，即便是在学员之间也是如此。在训练课程中，如果对训练目的理解有误或有歧义，由高阶教官做出仲裁。如果有更为严重的问题发生，则会立刻通过指挥链上报。

对于参加海豹突击队基本水下爆破训练的学员们来说，有一个文化标识是很独特的，那就是所谓“蛙人的问候”。“嚯，呀！”学员们每天都用这样满怀激情的吼声加上名字，向每一名教官或者士兵致意。对于教官或上级

左图：海豹突击队第三阶段的训练在圣克利门蒂岛进行，第 261 班的学员们聚集在教官身边，继续学习如何使用高爆武器清理障碍物，比如照片前端的那个钢筋混凝土块模型。粗布背包里放的是“马克 138 型”高爆背包炸药（包含 10 包炸药、一个定时引信、一个 M-60 雷管点火器和引爆线），教官用其来演示如何将炸药安放在距离岸边超过 20 英尺的障碍物上，并且使用定时引信，使得安放人员可以撤退到安全距离外，然后引爆炸药。（图片来源：戴维 · 加特利）

左图：即便在第三阶段于圣克利门蒂岛上进行的训练中，学员们也是不停地在奔跑。这一回，他们全副武装，“身临其境”般地穿上战术背心，带好弹药和武器，准备开始他们日夜不停的训练。（图片来源：戴维 · 加特利）

左图：圣克利门蒂岛距离洛杉矶海岸线上的圣迭戈 50~75 英里，海豹突击队第三阶段的训练就在这里进行。图中第 261 班的学员们围拢在教官身边，继续学习如何使用高爆武器清理障碍物，比如照片前端的那个钢筋混凝土块。粗布背包里放的是“马克 138 型”高爆背包炸药。教官演示如何将粗布包挂到障碍物上，如何使用引爆线，而这些“道具”全都是每个学员组自行包装起来的。将来学员们在离岸水域中进行演练时，就要将照片中的这座钢筋混凝土块炸碎。（图片来源：戴维 · 加特利）

下达的命令，学员们也以“嚯，呀”做回应。而遇到那些没有生命的东西，学员们也以“嚯，呀”致敬：“嚯，呀，大山！”“嚯，呀，冲浪区！”“嚯，呀，海滩！”“嚯，呀，岩石！”在任何情况下，这都是一种合适的回应。陆军空降部队和海军陆战队侦察部队也有类似的、标志性的吼叫。而在海军其他部门里，回应命令的习惯性声音是：“是，长官！”不像在海豹突击队基本水下爆破训练班，一声“嚯，呀”就够用了。

另一个从第一天开始就深深印入学员脑海的文化特性就是：永远不要离开你的战斗伙伴。如果你的伙伴下水了，

下图：团队协作——第 261 训练班正在做一张网，或者说一个垫子，用的是“马克 75 型”软管炸药。所有的连接处和终端他们都要仔细地包裹两层胶带，以防整个“垫子”在从沙滩运到海上的途中解体。将这个“垫子”在岩石嶙峋的海滩上进行运输时，或将其小心翼翼地放入水下时，非常需要团队协作精神。而教官会在一旁认真进行监督，最终这个“垫子”发生爆炸时，激起的水柱高度会超过 100 英尺，绝大多数水中的障碍物都会被清除掉。这次训练在圣克利门蒂岛上进行。（图片来源：戴维 · 加特利）

上图：第 261 班的学员们将他们装有高爆炸药的粗布背包放在海上的障碍物上，再回到海滩，然后在安全距离外对障碍物进行爆破清除。海豹突击队队员聚集在一起观赏他们演练的成果—— 一次爆破，那些曾经在海滩前沿排成一排的钢筋混凝土障碍物被清除掉了。这些人携带“马克 138 型”高爆背包炸药入水，将其分别安放在自己所负责清除的水下障碍物上，然后回到岸上进行引爆，激起的水花高达 100 英尺，爆炸的响声足以吓呆附近任何一个人，并且为舟艇登陆清除出一片海滩。（图片来源：戴维 · 加特利）

下图：第 261 训练班的学员们回到浪涛中，手上拿着的是他们自己准备的、沉重的高爆炸药包。他们将协同工作，将这些“马克 138 型”高爆背包炸药安放到位。炸药包里有一个气囊，可以让炸药包在水中浮起，到了预定地点，学员们用小刀刺破气囊，使炸药包下沉。（图片来源：戴维 · 加特利）

下图：学员们正在接受第二阶段的训练，他们立正着，等待教官来检查其呼吸器和相关潜水设备的装备情况。今晚的第二阶段训练中，学员将要在圣迭戈湾进行一次水下导航潜泳。（图片来源：戴维 · 加特利）

右图：在“地狱周”的训练中，第172训练班的学员们在泳池作战训练中输掉了一场水球赛，因此，他们必须接受冲冷水澡的“惩罚”。他们挤作一堆，试图互相取暖。这个冷水浴室被教官们称为“惩罚箱”。（图片来源 戴维·加特利）

下图：海豹突击队基本水下爆破训练第172班正在经历“地狱周”训练，接连几个小时，他们都要在海滩、海洋、沙子里进行“原木训练”、俯卧撑、沙中打滚、扛着小型充气艇往返跑，然后是泳池作战训练。每个学员都知道，这对他们的身体是巨大的考验。这双湿漉漉的、缠满绷带的、令人看着就感到痛心的脚的主人，正准备再次跃入泳池。许多海豹突击队队员都记得这张图，因为它就挂在位于考特德克的海豹突击队基本水下爆破训练学校中，每个到访者和学员都能看到。这张照片告诉学员，他们要经历多么严酷的训练才能得到属于他们自己的“三叉戟”徽章。（图片来源：戴维·加特利）

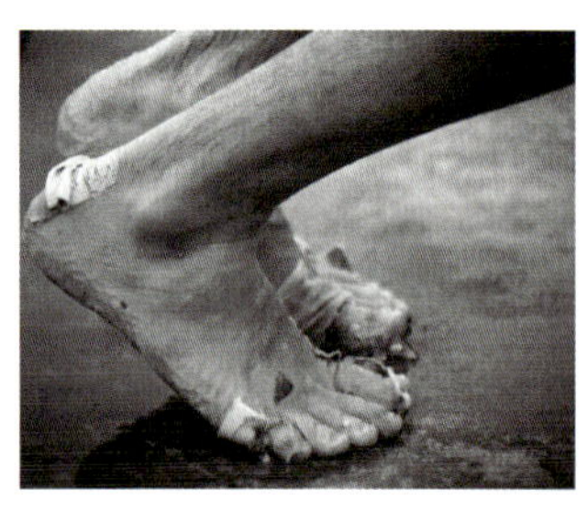

你也要跟着下水。“好兄弟不分离”的概念在海豹突击队基本水下爆破训练班中有其特殊的重要性。

班级里学监的作用就是维护班级的秩序。这是一个非常重要的职务，要扮演非常重要的领导角色，因为学监是教官和班级之间的首要联络官。他整天要与班级里的高阶军官打交道，对班级中表现不好、精神不佳、动力不足的情况进行惩罚，并且在必要时提出自己的建议，这常常对整个班级完成接下来的训练课程、达到核心目标有所裨益。学监通常由经验丰富的海豹突击队应征士兵担任，他往往在海豹突击队有多年服役的经历。

这种关系纯粹是专业性的，丝毫也不亲密。有意思的是，学监有一天也可能会和班级成员一起服役。正常情况下，海豹突击队基本水下爆破训练人员的服役期通常为三年，因此这些被派往参加海豹突击队基本水下爆破训练的骨干总能找办法回到作战分队。对于他们而言，要确保的仅仅是最优秀的学员能顺利通过训练的筛选。但这并不意味着他们会因为一时兴起就将那些有抱负的学员淘汰：在几十年将普通人训练成“海豹战士”的过程中，选材的标准一直在发展。选拔的官方标准十分明确并且必须满足，

左图：如同先前的训练班一样，第 261 训练班每天都要经历严酷的体能训练。甚至在一整天的训练课程完成后，他们还要在“蛙山”上进行跑步训练——必须跑到山顶，触摸到铜质青蛙纪念碑的头部才算结束。每天例行训练无疑就是比谁第一个到达山顶。跑步时，他们还穿着战术背心，上面有很多大大小小的口袋，武器、无线电和其他任务装备放进口袋后很容易拿取。这种背心可以根据需要搭载各种各样的调整袋。（图片来源：戴维 · 加特利）

左图：第 261 训练班的学员们已经进入了训练的第三阶段。他们集合起来进行早检查和装备检查，随后开始新一天的训练任务。学员们通过学习，正在和装备融为一体。（图片来源：戴维 · 加特利）

下图：学员们占领了海岸岩石中的模拟防守阵地。他们要在白天实践一下，为晚上的“越过海滩”演习做准备。每个学员都按照实战标准进行装备配备和准备。注意：包裹在枪管上的垫子可以帮助学员们穿越大浪。（图片来源：戴维 · 加特利）

下图：虽然教官一直在身边，但在训练的这一阶段，他们因为像一支团队一样合作而感觉更加愉悦。虽然训练的危险性增大了，但他们工作的效率也更高了，并且越来越不需要严密的监督——他们很快就要变成海豹突击队的一分子了。（图片来源：戴维 · 加特利）

上图：他的武器设计就天生不怕水、污垢和沙子，即使经历了一切艰难困苦，仍然能正常开火。照片中，在到达射距之前，他正用自己的饮用水将沙子从武器缺口冲掉。（图片来源：戴维·加特利）

上图：队员们一大清早就集合起来，先进行装备自检并准备接受教官的检查，这些学员将在晚上进行“越过海滩”演习。在演习中，他们乘着夜色从太平洋中浮现，在黑暗中摸索到达模拟目标点。“像打仗一样训练”，每个学员都按照实战标准配备装备，他们也可以根据自身需要对各自的装备情况进行调整。（图片来源：戴维·加特利）

但也会从当前的作战行动中吸取经验而定期进行修改。选拔标准一直在发生改变，但也不会是独断专行和不切实际的。让我们来近距离参观一下海豹突击队基本水下爆破训练的三个阶段。

第一阶段：体能训练

第一阶段训练的目的在于提升学员的体能耐力。极限柔软体操、海岸线长距离跑、海湾和深海潜泳、乘坐橡皮艇穿越海浪，这些项目构成了本阶段训练的基础。这些训练都是无情的，过往的学员受伤率证明了这一点。而橡皮艇正是这种残酷训练的一部分。每 7 个人组成一个橡皮艇小组。这 7 个人必须一起将橡皮艇举过头顶走到冲浪区，整个路程通常长达数英里。这种训练还包括队员们扛着橡皮艇越过科罗纳多海滩上科罗纳多宾馆对面的岩石防波堤。教官通常在白天对学员们进行这项训练，晚上队员们还得再训练一次。

在这一阶段的训练中，几乎每天一大早，队员们都以柔软体操开始一整天的训练。要做的柔软体操包括热身跳跃、躯体扭转及伸展、几百个俯卧撑、抬腿（又被称作“浅打水”）、仰卧起坐以及更多的伸展运动。做完这些，学员们要排队进行长跑，通常是在软软的沙地上，很少是在比较硬质的沙滩上，这部分训练被委婉地称作“徒步训练”。距离最长的一次“徒步训练”为 16 英里。一般情况下，每周要进行三次长跑——周一、周三和周五。每周还有一次定时 4 英里跑。如果在第一阶段结束时，你没能在定时 4 英里长跑中达标，则意味着遭到淘汰——这又是一个硬性指标。

在海豹突击队基本水下爆破训练中，颇具挑战性的一点就是每天的着装检查——连靴子都要闪闪发亮！最严厉的部分是学员们必须将绿色军装里的沙子全部清理干净，还要把靴子擦亮。如果哪位学员没能通过当天的着装检查，他受到的惩罚就是“去冲浪！”这也让每个人习以为常。因为，当一个学员被命令去冲浪时，这个班的其他学员也会“陪太子读书”，因为“永远不要离开你的战斗伙伴”是所有海军蛙人都要遵守的法则。当然，在“地狱周”的训练中没有着装检查。

左下图：在海里、岸边训练了一整天，爬过沙滩，爬过其他的地方，现在每个人都虔诚地清洗他们的装备，衣服、枪支都洗完后晾干。学员们还要检查每样东西的情况。白天在沙滩上的训练结束后，学员们都可以去清洗站清洗他们的衣物，在沙滩上他们根本没有享受日光浴或者涂防晒乳液的时间。（图片来源：戴维·加特利）

下图：把装备、衣物清洗干净，你第二天训练起来会更加舒服些。因为皮肤与衣物、装备如果摩擦得过于厉害，可能会增加你在训练中失败的概率。湿的衣服和其他装备可以在教学大楼和宿舍后面的杆子上晾干。（图片来源：戴维·加特利）

上图：越过低低的海浪线后，学员们将进行“越过海滩”演练。他们要向模拟目标地点进发，并发动攻击。“像打仗一样训练”，每个学员都按照实战标准进行装备配备和准备。在这次训练中，他们合作得更加愉快，成员之间也互相更加信任。（图片来源：戴维 · 加特利）

每周三，学员们都要去通过训练中心的障碍训练（障碍课程），这一训练颇具挑战性，并且经常让学员的军装里满是沙子。学员必须通过攀爬、垂降、游泳、摇摆、跳跃通过蛇形障碍，通过障碍后，他们总是累得气喘吁吁。很少有学员第一次通过障碍课程的时候手上不掉层皮，学员们也由此从内心深处感受到训练的残酷性。大部分学员都试图从心理上战胜障碍课程。忘了吧！教官们知道怎么耍花招，比如从第一周开始他们会随着阶段的进行慢慢地、逐渐地加快节奏。再次通过“障碍训练场”真的令人伤心，但每人每星期都必须通过一次“障碍训练场”，而且自己的成绩必须越来越好。

在第一个阶段的训练中，学员们将在海军两栖训练营的战斗训练池中开始游泳训练。这个战斗游泳池修建于1985年，有三个不同等级的深度进行潜水训练。就是在这里，学员们学会了海豹突击队在战斗中使用的“水下恢复摆臂游”。当学校对学员的水中能力感到满意后，学员们就必须在海湾和大海里游泳。有人说男孩只有学会了游泳才能变成男人，但是必须承认仅仅会游泳远远不够。海豹突击队队员如果能在游泳方面游刃有余，他获得的信心也会适用于其他的训练项目。海豹突击队在濒海区域作战时，大海才是唯一的依靠——和海军共同作战的海豹突击队可以通过小艇、水面舰艇或者潜艇派出或者收回。

第二阶段的训练中会全程进行其他体能训练项目——

俯卧撑、引体向上、窄握双杠臂屈伸、坐式屈腹、交替打水和肢体伸展。你能依靠的只有你自己的身体，当然还有肌肉，你要靠肌肉来扛起橡皮艇，艇下还有另外6个兄弟。陆地上所有的体能训练都是为了能在水中游刃有余：交替打水可以加强划动蛙鞋的力度；跑步时感受到的风让你感觉自己像是在进行长距离海面游泳，在接下来使用呼吸器进行的水下导航攻击训练中，这样的锻炼非常有用；而所有增强上肢力量的训练，其作用立刻在“障碍训练场”里体现出来。

“地狱周”

忘记别人说的：“地狱周”是真的，它真的让人绝望！“地狱周”一般在第一阶段训练第4周的周日晚上开始。

左图：临战状态，全副武装参战，这名学员已经在“越过海滩”训练中全身湿透，他正率领他的小队在白天进行训练。这只是他们要经历的多次训练之一而已，他们继续演练“越过海滩”技巧，之后他们将要在黑夜条件下进行同样的训练。（图片来源：戴维·加特利）

上图：即便在第三阶段的训练中，“障碍训练”仍不可少。经历过长跑、长距离游泳、烟幕弹、弹药爆炸，他们还要越过所有的障碍物，比如双手交替前进攀过这根绳子。如果掉下来，他就不得不从头再来。训练中的磨炼似乎永远没有尽头。（图片来源：戴维·加特利）

右上图：“障碍训练”的梦魇还在继续，这些令人难以置信的学员们面临的是“地狱周”般的考验。障碍课这个恶魔令人疲惫，但即使最好的学员也能通过训练而变得更加出色。图中这名学员挂在了原木上动弹不得，他继续试图爬过这根原木，烟幕弹发出的烟雾笼罩在他的周围。（图片来源：戴维·加特利）

熟睡的学员被突如其来的灯光、噪声、水管中喷出的水惊醒，惊恐万分。机枪喷着火焰射出空包弹，水管向下喷着水，教官们大呼小叫喊着各种命令——这些“骚扰”只能算小意思。学员们有的被彻底吓倒，有的则精神振作，但是所有人都得开始面对挑战。此时，没有一个学员的身上是干的。即将开始的其实是蛙人训练项目。在“地狱周”中，学员们保持全身湿透的状态不是什么新鲜事，每天他们大部分时间都以湿漉漉的状态进行训练。

“地狱周”通常在周五中午结束。“地狱周”过去是在星期六中午结束，但军方发现如果让学员们多承受24个小时的训练，他们恢复起来所要耗费的时间将不成比例地猛增。到了周三左右，一个班级的大多数学员就已经退出。到了周四，学员已经接近其生理和心理上的极限，他们感受不到痛苦，但还是不得不机械地进行训练。

“地狱周”中的训练课程包括许多与橡皮艇相关的内容，在海浪区外倾覆、橡皮艇竞赛（在水中进行划艇比赛以及在陆地上扛着橡皮艇进行跑步竞赛）、岩上运艇（又来了！）。还有寻宝活动：队员们在两栖训练营周围跟踪线索，这些线索一会儿在海湾里，一会儿在海上，一会儿在海滩外，来来回回，似乎除了折磨扛着橡皮艇的学员以外没有其他目的。“地狱周”的部分内容是为了让学员们

下图：学员们正在阿拉斯加州的科迪亚克岛进行冬季训练，训练内容包括装备、衣服、武器的准备，极端环境下的野外生存和导航。在营地里，这个训练班领了一笔价值超过 1 万美元的野营、步行和武器装备，这些装备构成了一套武器系统。这些参与高级训练班的学员正在自己住处打理刚刚拿到的装备，为从第二天开始的训练任务做准备，这次训练任务长达三天，包括徒步、野营和穿越冰雪覆盖的山脉、峡谷和河流。背景介绍：寒冷气候条件下发的衣物被官方称作“保护性战斗服”（PCU）。它是由多层特殊的高科技面料和外壳材料制成，在零下 50 华氏度的气候条件下也能保护海豹突击队的成员。这种服装共有七层，可以满足战士所有行动需求，抵消任何特定气候环境可能给身体造成的恶劣影响。除此以外，还有单兵环境保护及生存装备（PEPSE），包含所有其他的高科技附属物，比如睡袋、敞棚、靴子、雪鞋、折叠式滑雪杖、滑雪板、鞋底钉、垫子、铁锹、手套（6 双或 8 种）、水过滤系统、折叠锯还有其他很多物品。此外，还有一套军用突击套装（MAS），这是一种特别设计的轻型防水服，可以用来在水面游泳，而战士穿上这种防水服后，在游泳时可以保持身体干燥。（图片来源：戴维 · 加特利）

下图：这是一节关于登山和攀岩的课，课上还介绍了如何使用垂降装备、工具、绳子、如何打结和其他相关技能。教官会对这些巧妙的工具和技能进行仔细的讲解。而且这里并不是大家所熟悉的训练场地，而是位于阿拉斯加州科迪亚克岛的“科迪亚克分遣队”，这是一个小型的训练司令部，主要负责海豹突击队和特种舟艇分遣队在海上和寒冷条件下的训练任务。部队在这里接受长距离的海上和陆地导航训练、登陆训练，以及其他寒冷气候条件下的训练。海豹突击队员要在这里接受 28 天寒冷气候条件下的海上训练课程，总共有 18 人负责为这一训练课程提供保障，他们也要为“海豹突击队资格训练”阶段为期 12 天的海上行动课程提供保障。（图片来源：戴维 · 加特利）

下图：在彭德尔顿军营，学员们在射击场内进行实弹射击训练。他们还会背着受伤的同伴（当然是假装受伤）奔跑撤退，随后他们将同伴放在地上，举枪射击下一组目标。（图片来源：戴维 · 加特利）

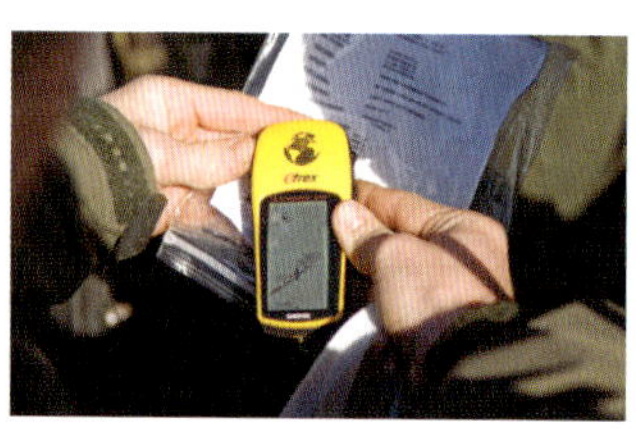

右图：一名学员利用休息时间，在他的苹果笔记本电脑上研究课程。他正在寒冷的阿拉斯加州的科迪亚克岛上进行“海豹突击队资格训练”。在床上，放着一张地形图，上面绘有未来三天的徒步任务，他可以借此标绘出自己和同伴应当走的路线。（图片来源：戴维·加特利）

右上图：每个两人小组都要仔细看一下各自的路线说明，在离开营地之前使用 GPS 这样的导航设备确定转向点。他们将在科迪亚克岛上极端寒冷的气候条件下通过导航与另外一对同伴会合，然后再徒步行走更长的距离，建立营地。在接下来的两个夜晚，他们还将继续宿营，通过先进的导航设备穿过厚厚积雪中的山路，穿越山谷和河流。所有这些构成了一次重在检验他们的生存、导航和忍耐力的演练，几个月之前，他们就已经对相关技能接受了非常广泛的教育。（图片来源：戴维·加特利）

充分展现自己，并且用更多的水、泥泞、寒冷、爆炸和烟雾来挑战他们。

似乎这一宗旨贯穿了整个“地狱周”——“接下来是什么？”训练开始后第一个周日的夜晚，他们根本不能睡觉。在那之后，整个星期里他们睡觉的时间加在一起只有 5 小时。“地狱周”之所以这样设计，是为了告诉学员，人的潜力超乎想象。有时候在战场上这是必需的。

在整个训练过程中，学员都可以自愿退出。无论出于任何原因，学员只要自己觉得无法胜任，就可以咨询他的艇长（同扛一条橡皮艇的 7 人中，1 名是“艇长”，一般情况下是学员中的军官）。接下来，他要拜访他班级的学监，然后与高级学监碰面，也可能要与训练中心的负责军官见面。所有人都会强烈鼓励他继续下去，但当学员做出最后决定后，他还是可以来到训练中心的“粉碎机”操场，并在那里敲响钟声。学员要敲三下钟，然后将自己的头盔放在钟附近的地面上。每个班级毕业后，都会在钟的旁边留下一长排头盔，告诉人们海豹突击队基本水下爆破训练的淘汰率非常高，通常达到 75%，其他任何训练与此相比都相形见绌。

对于决定自愿退出的学员，相关方面将向其提供深入咨询，以帮助他决定下一步的去向，并鼓励他继续在海军服役，还要鼓励他在接下来的人生旅途上走得更好。海军

左图：学员们必须学会成为一名精通轻武器和其他各种武器的专家。照片中，在教官的密切观察和监督下，这名刚刚进行了长跑、爬山下山和长距离游泳的学员仍然必须打出好成绩。教官通过提供一些建议并纠正他的动作来帮助他提高射击技术。（图片来源：戴维·加特利）

特种作战中心和教官们肯定不希望这次失败的训练给学员们留下永久性的心灵创伤。参加海豹突击队基本水下爆破训练的人不少，但成功通过训练的寥寥无几。“地狱周”结束后，没有被淘汰的学员获得了为期一周的休息和调整期，在这一星期内，他们要进行的是轻度的体能训练和室内教学，然后他们就可以进入第二阶段的训练了。

第二阶段：潜水

第二阶段的训练长达八个星期，主要是潜水指导，这一训练项目也是海豹突击队区别于其他特种部队的独有特色。无论是在大洋还是在河流环境中，水中的能力绝对是雄心勃勃的突击队队员的信心倍增器。而能赚取潜水补贴也是一种额外的刺激因素。海豹突击队基本水下爆破训练的学员们要学习使用开放式循环水下自主呼吸器（压缩空气或二氧化碳），和封闭式循环水下自主呼吸器（纯氧或氧气）。开放式循环水下自主呼吸器普通民众用得较多，潜水员呼出的气体被排入水中，会形成很多气泡。而封闭式循环水下自主呼吸器不会释放泄露蛙人行踪的气泡，潜水者呼出的气体都被收集到一个装满化学物质的气罐里，通过化学反应被吸收掉。蛙人在执行任务时，有时要靠近停泊于岸边的军舰，所以这一点对他们而言非常重要。而

左下图：为了再度增强对各自军事技术和能力的自信，所有参加“海豹突击队资格训练”的学员都必须在科迪亚克岛外冰冷的海中游泳，这也会降低其中心体温。而在体温恢复的过程中，他们也会真正地感受到身上装备的价值。在这种演练里，他们必须脱得只剩下一层圆领汗衫，然后钻入深冬刺骨的冰水中，将脖子以下部位淹在水中长达 10 分钟。在岸边有一名军医观察着，确保这些人在感受到刺骨寒冷的同时体温不会过低。10 分钟一到，他们就跑到岸上找到装备，冲到树林里和灌木丛中避开凛冽的寒风，两两一组互相擦干、取暖。（图片来源：戴维·加特利）

下图：当一半学员在进行“战术性悬崖攀爬”行动时，另一半人则在进行“过河”任务。同时继续保持战术，为小组提供实战条件下的安全保护。灵活使用绳子搭载所有装备过河，强调紧密的团队合作，这些都是从受训一开始就需要学习的。这也被认为是完成任务的“基础性工具”。照片中，最后一个过河的队员身后拖着几个满满的背包。（图片来源：戴维·加特利）

右图：在极寒的环境下，这名学员已经跑到大部队的前头，穿过空地和溪流，在一条河流旁建立起一个观察哨。这次的“海豹突击队资格训练”可以让他们对自己先前所学到的一切技能和知识产生信心，也对他们自己手上这些昂贵的、用来生存和自我保护的装备产生信心。这次训练将用来测试他们所学到的东西，也是对其训练情况的一次检验。“像打仗一样训练”是他们的宗旨。（图片来源：戴维·加特利）

右图：“海豹突击队资格训练”参与者的大部队正穿过溪流的浅滩寻找道路。在此之前的几天，他们在山脉和山谷中扎营、徒步行进，试图抵达预定的目的地。通常情况下，出于安全考虑，这么大的一支分遣队不可能如此密集地聚拢在一起。（图片来源：戴维·加特利）

左图：这个训练班的学员配备了登山工具、攀岩工具和垂降装备，工具、绳子、绳结和相关技巧，他们一应俱全。学员将在野外获得实践机会，包括在陡峭的岩壁用装备进行绳索下坠，然后原路攀爬回顶端。照片中这是一个没有坡度的垂直岩面。要在阿拉斯加冰冷刺骨的气候下从悬崖上往下垂降，使这项训练变得更加复杂。与那些出于娱乐目的所进行的攀岩不同，这种训练目的在于教授受训者如何在完成任务的过程中，在垂直的岩壁上携带装备来去自如。（图片来源：戴维·加特利）

左图：在湍急的水流中，“老友抱团”涉水而过。与一个人相比，“老友抱团”的摩擦力和稳定性都会加倍，从而更有把握完成任务。团队精神再度成为他们顺利通过训练项目的关键，在整个训练过程中，一个人要携带 65 磅的装备到处跑，如果没有团队精神，这根本不可能做到。军用攻击套装中的一部分衣服（包括轻型防水服）可以确保队员们即便在冰水中也能保持身体上的舒适。所有这些极寒气候条件下的训练都是在阿拉斯州科迪亚克岛上的科迪亚克分遣队完成，这其实是一个专门训练海豹突击队各作战排的小型训练司令部。（图片来源：戴维·加特利）

上图：为了进一步增强对自己技能的信心，所有参加“海豹突击队资格训练”的学员都必须在科迪亚克岛外冰冷的海水中游泳——这会降低他们的中心体温。而在体温恢复的过程中，他们也会真正地感受到身上装备的价值。在不到 10 分钟的时间内，他们要一起搭帐篷，开始使用炉子做杯热饮（比如可可），擦干自己并穿上衣服，然后钻进睡袋蜷缩着取暖，直到把水加热。有些学员索性将炉子放在帐篷里加快加热过程。整个“加温演练”教学的目的是让学员相信，即使在最严酷的条件下，他们也可以获得对环境条件的控制，并建立起对训练和装备的信心。（图片来源：戴维·加特利）

下图：尽管处于海豹突击队基本水下爆破训练的教官们的众目睽睽之下，学员们还是能在艰苦训练中找到轻松的一刻。（图片来源：格雷格·E. 马蒂逊 / 海军特种作战出版有限公司）

相关的训练非常全面并且要求极高。虽然训练非常艰苦，但学员们还是可以获得机会弥补自己的失误。对于那些暴露出自身弱点的学员，教官会花额外时间为其“补课”。

水下能力训练从战斗训练池中开始。如果学员们能顺利完成池子里的训练，就可以前往圣迭戈湾，参与要求更高的、携带罗盘的潜泳训练。一般情况下，会在海滩上选择一个目标，然后所有的学员两两编成一组并被释放到不

上图：这里是一个特殊的设施——山地作战训练中心后勤支援处，位于加利福尼亚州东圣迭戈郡拉波斯塔之外。第 259“海豹突击队资格训练”班正在各种条件下施展他们的枪法。在这一射击场上，他们选择使用的武器是 M4A1 卡宾枪（5.56 毫米口径），而他们还配有一把 9 毫米口径的手枪，射程相对较近。他们以班为单位行动，照片中的这名战士正在较近的距离上向一个纸靶射击——他们必须一直努力提高自己的枪法。（图片来源：戴维 · 加特利）

同距离的地方。随后将根据他们抵达目标的准确性打分。这种携带罗盘的潜泳训练在一开始时，学员们被要求在白天使用开放式循环水下自主呼吸器进行训练。之后，训练会被改到夜里。使用开放式呼吸器的阶段顺利完成后，就要开始使用封闭式呼吸器了，而封闭式呼吸器的使用过程更为复杂。在安装封闭式呼吸器时，要先进行一系列详细的检查。安装完毕后，学员还要戴上呼吸器，并将里面残余的氮气清除干净，使自己能够呼吸到纯氧。一旦学员们适应了纯氧环境，没有再表现出不适时，他们就两两一组出发，完成携带罗盘的潜泳训练课程。

第三阶段：陆地作战与爆破

潜泳阶段结束后，人员大幅度减少的训练班进入第三

右图：枪法的精进需要受训者对武器进行永无止境的练习和使用，受训者需要学会本能使用他的 M4A1 在不同距离熟练开火。（图片来源：戴维 · 加特利）

右图：“爆头”。检查纸上的目标来确认自己的射击成绩，图中学员正以密集队形分别射击自己目标的头部。第 259“海豹突击队资格训练”班正在各种条件下施展自己的枪法。在面对纸靶时，他们可以用各种武器来施展枪法，他们还要进行“射击情况”训练，检验他们面对多个目标的反应能力，且不能误伤无威胁目标。（图片来源：戴维 · 加特利）

上图：第 259“海豹突击队资格训练”班在各种条件下施展他们的枪法。在室内近距离战斗训练中，他们要在“杀戮屋”中交替进行训练，他们在这里练习如何进入和清除房间的小组技能。他们使用模拟弹进行训练，射击时如果模拟弹击中目标，目标被击中的位置就会被染上颜色。训练中他们逐一进入各个房间，同时相互提供掩护，在多变的环境中清除并确定可能具有威胁的目标。他们“清理房屋”必须采取避免风险的方法，并且覆盖所有可能有威胁的区域，同时时刻保护队伍后部其他队员的安全。（图片来源：戴维·加特利）

阶段——陆地作战，内容包括：小组战术、巡逻、爆破和轻武器。大部分训练课程都在圣克利门蒂岛上进行。海豹突击队学员们学习水下爆破技术的圣克利门蒂岛是山羊、海鸟和大龙虾之家，他们在这里学习爆破准备技术、爆破操控的基础知识，定位和摧毁水下障碍物、轻武器的使用和分队战术。学员们在圣克利门蒂岛和彭德尔顿军营的海军陆战队基地进行武器训练。

在第三阶段的训练中，海豹突击队基本水下爆破训练的一个传说再次得到验证：随着学员不断进步，训练不会越来越简单，只会越来越难。虽然本质上第三阶段的训练不如“地狱周”那样严酷，但这阶段的训练也十分困难。第二阶段训练虽然也很艰苦，但由于潜泳本身的危险性，因此，对于学员来说，这一阶段的训练还算比较轻松。但在第三阶段中，文化的冲击又回来了。在圣克利门蒂岛上，学员们实施陆地作战爆破突击，而且大多数情况下是在晚上实施。受训者们首先听取任务简报，之后在日落后离开营地，执行训练任务，大约在午夜才能回来，清洗了装备后，或许还能上床睡四个小时。

右图：在科罗纳多海滩上，队员们正在进行早间体能训练，他们要在海滩的沙地上，从一头跑到另一头，这仅仅是一整天海豹突击队基本水下爆破训练的开端。跑步完毕后，他们被命令跳入大海，然后浑身湿透地回到岸上做俯卧撑。这些还处于第一阶段训练的学员，要不停地跳入大海让全身湿透，不停地在沙滩上摸爬滚打，不停地做俯卧撑，还要扛着充气式小艇或原木进行各种残酷的训练，然后再次浑身湿透、全身脏透，整天如此，日复一日。（图片来源：戴维·加特利）

上图：在海豹突击队基本水下爆破训练中心的“粉碎机”晚上漆黑的操场上，教官们打亮手电筒，高声下达命令。学员们被爆炸声和枪声惊醒，还被水管里喷出的水淋了个透。而这仅仅是“地狱周”的开始，这也将是他们生命中最为残酷的一星期，班级里超过一半的学员将退出，退出比例高达60%。他们有的是自愿选择退出，有的则可能是因为健康原因。在海军特种作战中心，第267海豹突击队基本水下爆破训练班开始进入整个课程中最为“臭名昭著”的几周。（图片来源：戴维·加特利）

上中图：教官们打亮刺眼的手电筒，高声下达命令。学员们被淋了个透，还在不知所措。而这仅仅是最令人难以忍受的几周中一周的开始。仅仅在第一阶段开始的第一个小时内，他们就要做500个俯卧撑和60个引体向上。（图片来源：戴维·加特利）

上右图：海军特种作战中心里的“突然袭击”，第267海豹突击队基本水下爆破训练班的学员开始进入整个课程中最为“臭名昭著”的几周。“地狱周”的开端非常野蛮，大半夜突然响起爆炸声，四处烟雾缭绕，夜间的爆炸让人找不到北，空中闪烁着照明弹，机枪射出空包弹，教官们也开始高声喊叫着下达命令。学员们就此经历了一个嘈杂、烟雾腾腾、不知所措的夜晚。在海军特种作战中心“粉碎机”操场上，刚才还在酣睡的学员被唤醒，许多人满脸困惑地开始了这次“突然袭击”式的集训。（图片来源：戴维·加特利）

每天的起床号吹响后，学员们要做柔软体操、吃早饭，然后到教室接受指导。在简短的课堂讲解后，学员们就要前往射击场使用轻武器或接受爆破指导。而之后在营地里的课程安排也很类似。在第三阶段训练结束时，会有一场毕业野外演练，学员们会在领受一项任务之后策划并执行此项任务。

第三阶段结束后，整个海豹突击队基本水下爆破训练算是告一段落。但学员们仍然不是海豹突击队队员，要等到“海豹突击队资格训练”完成后，学员们才能拿到他们的海豹突击队三叉戟徽章。整个训练班的学员穿着整齐，站在中心的负责军官跟前，军官高呼：“好样的！小伙子！”然后所有人聚集起来领取装备去参加“海豹突击队资格训练”，并且等着参加另外一次长达 19 周的、深度的、特定的海军特种作战指导课程，之后，他们才成为真正意义上的海豹突击队队员，并且准备加入他们各自的分队。

上图：海豹突击队基本水下爆破训练区内著名的“障碍训练场”的起点和终点。很多个星期不断穿越这一训练场之后，学员们终于可以游刃有余。（图片来源：格雷格·E. 马蒂逊 / 海军特种作出版有限公司）

淘汰

对海豹突击队基本水下爆破训练的淘汰率进行一个快速的统计学介绍，可能有助于回答读者心里的一些疑问。一份中心提供的报告表明，有 7.2% 的学员在训练前阶段和教导阶段自愿退出。而这一阶段还不是正式的训练，仅仅是让学员们在身体条件上做好准备、达到要求而已。退出的理由多种多样，有些是身体方面的，有些则是所谓“态度变化”——也就是说，这些人意识到训练并不是他所想象的那样，于是开始打退堂鼓了。在第一阶段的训练中，“地狱周”前的三个星期里，有 27.3% 的人退出。“广告背后残酷的事实”使得学员们意识到参加海豹突击队基本水下爆破训练到底意味着什么。对于那些不习惯于遵守纪律和极端体能训练的学员来说，训练课程所体现出的海豹突击队文化令他们不寒而栗。对于那些参加训练的高中生运动员来说，这也使他们清醒地认识到想要成为一名海豹突击队队员到底要付出何种代价。在“地狱周”中，20.7% 的学员退出——无法睡眠和海水刺骨的寒冷是大多数人退出的原因。而在“地狱周”结束后，平均又有大约 5% 的人会因为各种各样的原因自愿退出，比如在潜泳训练中失败，

前一页：

左上图：在海豹突击队基本水下爆破训练的第一阶段里，268 班的学员们要经历“地狱周”的折磨，他们无论走到哪里，都必须扛着重 185 磅的充气式橡皮艇。他们得顶着橡皮艇到处跑，吃东西时、通过“障碍训练场”时、在战斗训练池时、在海滩时，莫不如此。他们必须将橡皮艇高举过头顶，并且保持这样的状态，这的确非常痛苦，三头肌、颈部的肌肉、手和后背都会受不了。这种训练的设计是为了增强他们的体能，并测试他们的意志力，打造钢铁般的战士——这不是为了惩罚，而是为了塑造他们。（图片来源：戴维·加特利）

右上图：海豹突击队基本水下爆破训练的学员们，正随战斗侦察橡皮艇（CRRC，又被称作“佐迪亚克”）乘风破浪。这也是最早进行的团队训练，而科罗纳多海滩外的海浪条件为其提供了良好的自然条件。海豹突击队的教官们用这种训练来向学员们灌输团队精神，让他们学会协调、学会沟通的技巧、提升领导能力、学会忍耐以及其他可以帮助他们克服一个又一个障碍的能力。成功归结于团队合作，而犯错也归结于团队。一旦一人失败则整支队伍必须重新完成任务，或者全队享受更多的沙子、以不寻常的姿势完成俯卧撑以及更多的跑步训练。错误会带来更多的体能训练经历。他们会明白，只有众志成城才能使整个小组的人驾驭好这些沉重的橡皮艇穿越风浪。无论什么样的任务，在令人疲倦不堪、艰苦、肮脏和痛苦的条件下，沟通仍然非常重要。（图片来源：戴维·加特利）

右中图：在科罗纳多岛上居民的共同关注下，参加海豹突击队基本水下爆破训练的学员们将沉重的战斗侦察橡皮艇举过头顶，并保持这样的姿势。这可不是件轻松的工作，令人非常痛苦。只要整个队伍里有一个或几个人出现问题，橡皮艇根本无法举起并保持这样的状态。现在学员们正在开始他们整个训练中一项关键并且是基本性的部分：建立对同班同学的信任，学习如何进行团队合作，否则他们就会失败。只有团队共同努力，才能举起和移动这些沉重的战斗侦察橡皮艇。在第一阶段的训练中，他们在很多时间里都要和这些橡皮艇一起度过，学会团队合作是主要目标之一。（图片来源：戴维·加特利）

右下图：第 270 训练班的“地狱周”仍在继续。这些参加海豹突击队基本水下爆破训练的学员，刚刚扛着一直跟随着他们的充气式小艇（IBS）进行了两英里往返跑。现在，他们放下小艇，开始把脚放在小艇上做俯卧撑。这艘重达 185 磅的橡皮艇在通常情况下要么就被他们举在头顶，要么就被他们扛在肩膀上，不过有时他们也会像这张照片里那样使用它。他们将小艇作为体能训练的工具，做俯卧撑或者整个小组一起举起小艇，并保持这样的姿势几分钟，这对学员们而言就如同已经过了几小时一样。（图片来源：戴维·加特利）

底部图：在科罗纳多岛的海滩，每艘充气式小艇下的队员们都派出其负责人与教官碰面，接受指导。与此同时，剩下的队员们则继续举着充气小艇。他们都在接受海豹突击队基本水下爆破训练。他们执行任务的情况将决定他们的训练成绩以及是否会被分配到更多的训练项目，比如俯卧撑、小艇操演、沙滩打滚、原木练习或跑步健身。他们也可能被允许休息，看着其他小组因为训练中的失误而付出额外的代价。（图片：戴维·加特利）

本页：

下图：海豹突击队基本水下爆破训练中的海浪穿越练习。这种练习需要队员们进行团队合作，队员们才能驾驭战斗侦察橡皮艇穿越海浪。良好的团队沟通能力、领导能力将使他们经受住这次团队合作的考验。（图片来源：戴维·加特利）

无法掌握潜水减压表、爆炸技术和分队战术的要点，或者在其他方面的表现达不到标准。有趣的是，在第三阶段的训练中，只有 0.6% 的人会自愿退出。

最后，为了让尽可能多的受训者通过训练，海军特种作战中心有一套“反淘汰计划”来使学员可以重温课程。这些计划包括在特殊情况下，学员可以获得重新开始训练的机会，课堂教学课程可以重复进行，再度审视被淘汰的学员，教官培养（使其获得心理辅导方面的能力），审视对学员的批评，学员是否获得相关资格也可再度评议，其对训练的准备和参与状况也要反复审核。中心工作人员中有一名心理学家和训练心理学家，负责对学员的心理状况做出评估，目的在于确定究竟是哪些因素使得学员在训练中取得成功。但在预测谁能通过训练方面，没有什么是 100% 准确的。

海豹突击队资格训练

在海军作战中心举行的毕业典礼，使得海豹突击队基本水下爆破训练达到最高潮，毕业学员的家属也会到场，

下图：第 270 海豹突击队基本水下爆破训练班的学员们在教官的要求下，先在海浪线上翻滚，然后又在沙地里打滚。教官们仔细地设计体罚学员的方式，来测试每个人的力量情况和每个人在压力、疲劳、精神紧张、疼痛以及不适的条件下会有何种表现。实战情况和这里的训练可能差不太多，因此，在这里失败总比在实战中失败要好些。如果有学员受不了，现在就暴露问题总比有一天他们互相依靠才能完成任务时出问题要好得多。（图片来源：戴维·加特利）

一名成功的海豹突击队高级军官将会发表讲话，使整个毕业典礼气氛十分令人兴奋。学员们还会获得奖章，他们用“嚯，呀”互相致敬，就如同整个班级刚刚开始训练一样。最后，通过训练的高级军官会请求：“敲钟结束课程。”上级同意请求，于是这名军官会跑到那口钟旁，将其重重地敲三下，敲最后一下的时候，全班学员一起大喊“嚯，呀”。但这一切如今都变了，因为新加入了一个环节——“海豹突击队资格训练”。虽然上述毕业典礼已经足够隆重，但它仅仅是一种仪式。今天，这种毕业典礼仅仅是一块垫脚石，预示着你将接受更具体的海军特种作战训练。从海豹突击队基本水下爆破训练班毕业之后，等待他们的是另一个长达 19 周的特别训练课程。“海豹突击队资格训练”包括但不限于下列正式项目：医疗、通信、陆上导航、武器 / 爆破、分队战术、战斗蛙人战术（对舰艇进行攻击）以及海上行动。

在通往成为真正海豹突击队勇士的路上还有一站：经受寒冷气候条件下的训练——在阿拉斯加州科迪亚克岛上刺骨的寒风中待上三个星期，驻扎在岛上的科迪亚克分遣

左图：第 266 班一名学员的脚受了点小伤，同学们将其从海中救出，送往附近的医疗站，这种事不时会发生。第 267 班和第 266 班都在海岸边进行训练，其中 267 班进行的是第二阶段海豹突击队资格训练；而第 266 班已经进入第三阶段，即将前往圣克利门蒂岛进行高级训练课程。同时，268 班还没有进入“地狱周”，他们正举着充气式小艇在科罗纳多热闹的海滩边进行训练。（图片来源：戴维 · 加特利）

右下图：在“障碍训练场”中，7名学员抱着电线杆进行“原木训练”，这也是一系列让人精疲力竭的团队训练课程之一，需要人身心完全投入。这些学员将挣扎着通过这里的训练，以及接下来的一系列考验，竭尽全力去克服身体上的疼痛和不适。在“地狱周”中，他们会在连续活动60个小时之后才能睡上两到三个小时。一个课程接着另一个，他们一直是浑身湿透，满身沙子、寒冷并且劳累，经常在吃饭的时候吃着吃着就睡着了。（图片来源：戴维·加特利）

下图：在海豹突击队基本水下爆破训练里的“原木练习”中，队员们扛着各自的一截电线杆，使出浑身力气，表情也变得十分痛苦。这支队伍中的一名成员发生了肌肉痉挛现象，其他同伴正努力帮助他。但除了动动嘴，他们也帮不了他什么，因为整根原木都是断成几截的。最终，这名学员只能给教官看看自己不堪重负的肌肉。（图片来源：戴维·加特利）

队会带领学员们领会冬季作战训练的残酷。学员们要在野外待上8～10天，在此期间要进行“越过海滩”训练（从湿冷到干冷，再从干冷到湿冷），在海边的悬崖峭壁爬上爬下，生存训练、寒冷气候条件下携带战斗载荷（背包）进行极端地形中的导航和运动训练，最后进行一次终极演练。科迪亚克岛上的训练将使学员们空前团结在一起，在“北极光”的照耀下，单打独斗的个体根本无法生存。科迪亚克分遣队的教官们已经成为所有美国特种作战司令部极寒气候条件问题专家。他们会向美国特种作战司令部就极寒条件下适合穿戴的衣物和装备提出建议，美国特种作战司令部会按照他们的推荐为各军种配发相应装备。

空降训练

海豹突击队基本水下爆破训练完成后，所有的新毕业学员要整队前往陆军空降学校（位于佐治亚州的本宁堡），接受为期三个星期的基本固定拉绳式跳伞训练。训练中的一个重大改变就是跳伞训练。海豹突击队基本水下爆破训练的毕业学员们一般情况下会在本宁堡待上三个星期，以获得伞兵特有的“银翼徽章”。目前，海军特种作战中心和海军特种作战司令部已经将这一训练课程外包给了位于圣迭戈的一个承包商。所有刚毕业的海豹突击队基本水下

左图：270训练班刚刚进行了两天的“地狱周”训练，现在他们又要使出浑身解数将这根电线杆举过头顶，之前他们已经在“原木训练”中无数次这么做过，但这一次他们还是因为竭尽全力而表情狰狞。即便大家团结一致，这样做也变得越来越困难，但如果没有团队合作，就更不可能完成任务。（图片来源：戴维·加特利）

爆破训练班学员，都要在训练结束后的第一个星期一前往“战术空中作战行动”学校（位于圣迭戈外的奥泰湖）报到。由于班级规模较小，学员们身体条件出色，并且在进行危险作业时受到严密监控，固定拉绳式跳伞训练只持续五天即可。

在固定拉绳式跳伞训练结束后，训练班还要进行三星期的“自由落体”跳伞课程。而之后的空降训练也要持续一个月，其中半个月不必进行跨国作业。在训练过程中，学员们要进行5次固定拉绳式跳伞和25次自由落体跳伞，包括晚间携带全部战斗装备进行伞降。在此之后，他们就进入“海豹突击队资格训练”，成功完成“海豹突击队资格训练”的人将赢得垂涎已久的海豹突击队三叉戟徽章。到那时，他们就已经是真正的海豹突击队队员，可以前往现役的海豹突击队分队或海豹输送艇大队。

特战快艇艇员

后面我们会介绍海豹突击队的高级训练课程、高级作战能力、作战环境以及海外任务的执行。在此之前，我们得看一下特战快艇部队艇员要在海军特种作战中心接受的训练，他们必须通过这种训练才能成为特战快艇艇员。

我们在第三章提到过，特战快艇艇员的评定代号是“特

上图：对海豹突击队的训练进行了数年的追踪，看到男厕所的“战略要地”放着又一个目标，这一点儿也不让我们吃惊。训练已经成了他们的一种生活方式。（图片来源：格雷格·E.马蒂逊/海军特种作战出版有限公司）

右图：海豹突击队基本水下爆破训练“障碍训练场”，也是全球最具挑战性的训练场之一。爬绳、爬网、爬墙、匍匐前进、跳跃和奔跑，学员们在每个阶段的训练里，都要花比要求更短的时间通过“障碍训练场”。（图片来源：格雷格·E.马蒂逊/海军特种作战出版有限公司）

战舟艇操作者”，而海豹突击队的评定代号是“特种作战士兵”。一旦战士们赢得了闪闪的胸章——海豹突击队是金质三叉戟，而特战快艇艇员的胸章则是银质战斗艇图案，上级就会授予海豹突击队和特种大队相应的称号。两种代号和命名都是海军特种作战中独一无二的，但两者的训练有很大不同。海豹突击队主要在水上及水下进行作战行动，因此是蛙人。他们还要使用降落伞和直升机进行陆地作战，并且使用轻武器、炸药和其他工具进行分队战术训练。特

上图：海豹突击队基本水下爆破训练对人的身体是个极大的考验。举重、携带重物、屈身、推过头顶，同样一种姿势每次要保持数分钟，这可能会导致肌肉痉挛。这个小伙子在进行艰苦的“原木训练”过程中，手臂发生无法控制的痉挛，教官帮助他进行伸展活动。教官会严密监视每一个参与训练的人，他只想测试他们的能力，而不是试图搞垮他们的身体。（图片来源：戴维·加特利）

下图：一名正在进行“地狱周”训练的学员出现了极度疲劳的情况，教官正在测量他的血压。他所在的班级——第 270 训练班正在经受“O 训练场”的痛苦，他们每个星期都要经历一次“O 训练场”，这一过程对身体绝对是一种挑战，而且还要讲求团队精神。每一个参与者都会精疲力竭。这只是整个训练计划的第二天，目的是检测海豹突击队的候选者们是否具有必要的特质。测试他们的心理、生理和战术素养，如果不符合要求，就让其在这里失去资格，以免在参加实战时失败。（图片来源：戴维·加特利）

右上图：海豹突击队和特战快艇部队的成员一直在努力使自己保持最好的体形，无论是日常训练、工作、下班后、一个人在外还是武器留在工作区域时。（图片来源：格雷格·E. 马蒂逊 / 海军特种作战出版有限公司）

下图：为了试图加快某些运动性伤势的康复过程，物理治疗师 R. 贾森·贾基周（左）正在使用一种特殊的水疗箱。贾基周在后勤支援部队的医疗康复中心工作，这种水疗箱带有一台水下跑步机，可以模拟恰当的步行锻炼并减轻疼痛。这种可以调节速度的跑步机能够使伤员（来自海豹突击队或海豹突击队基本水下爆破训练的学员）可以以其自身的速度行进，而水的浮力使得伤员不必担心跌倒，也不必担心伤处会承受重量。而水下跑步机也可以在使用者进行一系列运动练习、伸展运动和治疗性练习时提供阻力。（图片来源：戴维·加特利）

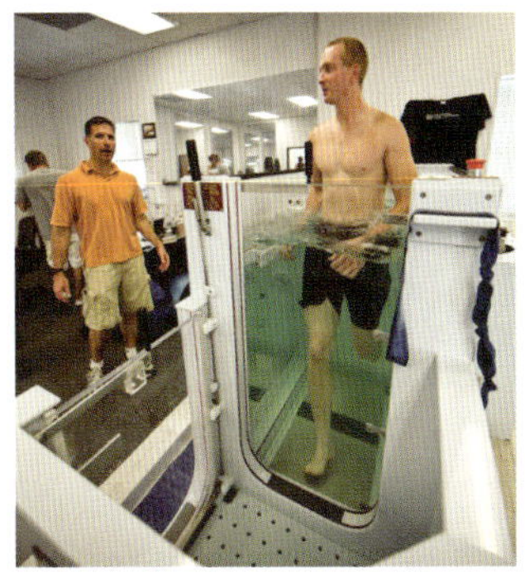

右图：基本水下爆破训练的第二阶段大多在作战泳池中进行。在这堂训练课上，一名学员要试图去营救另一名。其中，被救者须进行身体上的抗拒，而营救者必须克服这种抗拒，并完成任务将同伴救出。（图片来源：格雷格·E.马蒂逊/海军特种作战出版有限公司）

下图：这是第63训练班贡献出的一件礼物：一个蛙人，颈上挂着一块标牌，上面写着："所以，你想成为一个蛙人？"这座雕塑就在基本水下爆破训练区的所谓"粉碎机"区内。（图片来源：格雷格·E.马蒂逊/海军特种作战出版有限公司）

战快艇部队则负责操作和维护被分配给特种舟艇部队的战斗艇。特种舟艇部队第12分队和第20分队主要在海面上执行任务，主要是沿岸地区，他们使用的工具主要是"马克5型特战艇"，以及11米长的海军特种作战部队刚性充气艇。特种舟艇部队第22分队则只在河流上用河流特战艇执行作战任务。特战快艇部队也可以具备伞降资格，与一些战斗艇一道进行战术性伞降。

特种舟艇部队的水兵们会在各支分队中轮替，但在其整个服役期内都是特战快艇部队的成员。这种"封闭回路"式流程从1997年开始实施，确保高质量的水兵被分配给特种舟艇部队。在那之前，水兵们在舟艇部队里只会待两到三年，然后就会回到海军海面部队。更确切地说，在1990年之前，舟艇部队的成员来自海军舰队，在前往舟艇部队报到前没有接受过正式的训练和测试，其质量自然也得不到保证。这是一个缺陷很大的系统，因为将一个普通人训练成符合实战标准的舟艇部队成员是要花费时间的，毕竟特种舟艇部队要操作舟艇，和海豹突击队一起在近岸地带作业。1991年，有关方面设立了一个长达八周的引导性课程，并开始实施"封闭回路"式人员分配机制。2001

左图：在圣迭戈湾边，一长排海豹突击队基本水下爆破训练的学员正在走下海滩，准备进行夜间条件下的水下导航训练。他们的手上拿着蛙鞋、面罩和闪着绿光的化学荧光棒。（图片来源：格雷格·E. 马蒂逊 / 海军特种作战出版有限公司）

年，"特战快艇部队作战专项"获得批准。从此在海军中，除了海豹突击队基本水下爆破训练之外，特战快艇部队的入队资格训练课程是最难、最具挑战性的，它被分为三个阶段：入门教学、基本艇员训练和艇员资格训练。这里是特战快艇部队候选人需要学会的东西：

- 入门教学一共持续两个星期，主要内容是技能教导和身体训练，内容包括特战快艇部队的历史、美国海军的核心价值、特战快艇部队的精神、运动医疗知识、卫生学和营养学。身体训练集中在游泳健身、柔软体操、基本的水中生存和水中营救以及在"O 训练场"

右上图：一天下午，海豹突击队基本水下爆破训练的学员们乘坐大巴，去进行使用水下呼吸器的训练。大家在车上换上防水服、戴上呼吸器，其中一名学员抓紧这难得的机会打个小盹儿。（图片来源：格雷格·E. 马蒂逊 / 海军特种作战出版有限公司）

右中图：在圣迭戈湾边，海豹突击队基本水下爆破训练的学员们正等待着夜晚的到来，他们今日要在黑夜中进行水下导航训练。（图片来源：格雷格·E. 马蒂逊 / 海军特种作战出版有限公司）

右图：早间，所有海豹突击队基本水下爆破训练的学员都列队整齐接受教官的检阅，一名学员在队伍中做俯卧撑。（图片来源：格雷格·E. 马蒂逊 / 海军特种作战出版有限公司）

上图：这名学员正在进行自由落体式伞降训练，他检查自己的降落伞打开情况。他正处于“海豹突击队资格训练”阶段，这次进行的是“高空投下低空开伞”式跳伞。学员们在圣迭戈附近的“战术空降行动”学校里接受训练，要在 1.25 万英尺的高度跃出飞机，在 5000 英尺的高度开伞。训练内容还包括稳定性保持以及空中结队共同落地。“高投低开”跳伞训练要持续三个星期，学员们的训练难度不断加大，要逐渐学会携带战术装备、无线电和武器进行伞降。在进行“高投低开”跳伞训练前，学员们先要接受基础的、为期 5 天的固定拉绳式跳伞训练。（图片来源：达伦·迈克伯内特 / 美国海军）

左下图：在整个海豹突击队基本水下爆破训练的过程中，想要成为海豹突击队队员的学员们时刻被富有经验的教官紧盯着。（图片来源：格雷格·E. 马蒂逊 / 海军特种作战出版有限公司）

下图：教官们会时常去兵营里检查参加海豹突击队基本水下爆破训练的学员，检查过程中教官们非常严厉，看到的景象也往往很有喜感。一些学员来参加训练时，还会带着溜冰鞋、高尔夫球棒和网球拍。这些东西和他们正在经历的、试图成为海豹突击队队员的训练之间，反差似乎很大。（图片来源：格雷格·E. 马蒂逊 / 海军特种作战出版有限公司）

进行训练。

● 基本艇员训练阶段共持续五个星期，除了体能训练还要继续，还要加入健身游泳、“O 训练场”、列队徒步行进、水下生存测试和营救（包括心肺复苏）。学员们还要学习艇员的基本技能，如驾驶、海滩登陆、外壳检查和紧急拖带。这种训练是非常严肃的，我们可以看看基本水下生存测试的一些内容：携带着工作用具、穿着工作靴跳入池中下沉 10 英尺；连续游泳 25 米，只能露出水面休息 3 次；俯卧漂浮 3 分钟；脱去制服、充气裤漂浮 1 分钟。最后是各种姿势的游泳——仰泳、蛙泳、自由泳和爬泳，每种姿势都要游

上图：一名教官在进行早间检阅时，整理一名学员的衣服。他让学员替他拿着运动饮料。（图片来源：格雷格 · E. 马蒂逊 / 海军特种作战出版有限公司）

左图：清晨，在训练学校后院的、著名的“O 训练场”边，教官对学员进行简短的讲话。学员们即将要进行许多次攀爬和匍匐。（图片来源：格雷格 · E. 马蒂逊 / 海军特种作战出版有限公司）

左图：在基本水下爆破训练中，有些日子是相对美好的，有些日子则是很糟糕的。但最糟糕的日子莫过于在“第三阶段”训练中，当某个学员犯了个足够大的错误时，整个训练班的每一个成员都要为此而受罚。受罚内容包括把全身弄湿，然后在沙滩边不断地打滚。甚至因为受伤走路都一瘸一拐的学员也不能在“第三阶段”训练中拥有豁免权。（图片来源：格雷格 · E. 马蒂逊 / 海军特种作战出版有限公司）

上图：早晨的阳光洒在“O 训练场”上，学员们在一排原木下匍匐前进，之后他们还要去爬绳。“唯一好过的只有昨天”，这句话用在海豹突击队基本水下爆破训练中是最恰当不过的。（图片来源：格雷格·E. 马蒂逊 / 海军特种作战出版有限公司）

下图：在加利福尼亚州的科罗纳多海滩上，海豹突击队基本水下爆破训练都是在炎热的高温天进行的，照片中这名学员正抓紧时间休息。（图片来源：格雷格·E. 马蒂逊 / 海军特种作战出版有限公司）

50 米。

● 艇员资格训练持续 14 个星期。体能训练还要继续，此外还要学习使用个人装备、团队技能、任务规划、工程和损害控制、战斗医疗、物资维护以及高级艇员技能。还要进行一些专门的课程，内容包括小艇作战行动、通信（全套设备）、航海技术、武器和光学工具（激光和热成像装备）以及任务规划实施。除了这些深入性的教学，野外训练也要进行，并且着重于用武器开火，陆上和长距离的导航、非常规作战以及夜间训练内容。所有这一切的目的都在于从理论上和实践上传授作战技能并强调团队观念。最后还要进行特种舟艇体能测试，内容包括要在 3 分钟内完成 100 个仰卧起坐，3 分钟内完成 100 个俯卧撑，完成 10 个引体向上，在 27 分钟内跑完 3 英里，穿着蛙鞋在 60 分钟内游完 1 英里，将 .50 口径机枪举过头顶 3 次。每项测试之间都会有一段不长的时间让接受测试者休息，但所有学员都是气喘吁吁地完成测试，然后毕业。

高级训练司令部

海军特种作战部队高级训练司令部成立于2006年的12月6日，是海军特种作战中心的组成部分。高级训练司令部坐落于从前的皇家海岸海军通信站，就在海军特种作战中心以南5英里处，但仍处于科罗纳多城的范围内。

它在海边占地540英亩，并且提供30个高级训练场。同时，它还要在全国范围内负责支撑7个分遣队、15个训练场地，包括位于夏威夷、利特尔克里克（弗吉尼亚州）、科迪亚克（阿拉斯加州）、尤马（亚利桑那州）、赫尔伯特（佛罗里达州）、巴拿马城（佛罗里达州）、基韦斯特（佛罗里达州）的各支分遣队。根据官方声明，高级训练司令部的任务是“向海军特种作战部队和盟军提供标准化的、高品质的并获得核准的课程及训练，以使海军特种作战部队能够执行必要的任务”。

今天，我们很难想象在20世纪60年代中期，海豹突击队新队员的训练是由老队员负责的，那些在海豹突击队

下图：海豹突击队基本水下爆破训练第250班的成员，给未来的新学员留下一个难解之谜，“海豹突击队基本水下爆破训练的秘密就在这块岩石下”。你知道答案吗？岩石很大，单凭一个人无法抬起。荣誉勋章获得者迈克尔·孟苏尔是第205训练班成员，他为了拯救自己的队友将身体扑到一颗敌人的手榴弹上，不幸牺牲。（图片来源：格雷格·E. 马蒂逊/海军特种作战出版有限公司）

服役了一段时间，并且经历过几次海外部署的队员，就可以训练新来的同侪。到越南战争时，从越南战场上吸取的教训被加入高级训练课程的大纲。高级训练司令部的工作重心在于专业性地培养海豹突击队和特战快艇部队的队员，并且使海军特种作战部队的支援人员获得与其工作职责相应的能力。

高级训练司令部提供的训练课程包括：侦察技能（比如情报照片获取）、特种侦察兵技能、海军特战队狙击手技术、固定拉绳式伞兵指挥技术、基础室内近距离防御技术（使用必要的武力并控制住囚犯的技术）、海军特战队通信技术、潜水装备保养（其他部门也会使用）、潜水监控员培训（负责使用水下自主呼吸器的安全训练和作战）、射击训练场

右图：海豹突击队基本水下爆破训练每个毕业的训练班都会留下一堆自己的纪念品。许多纪念品还非常独特，就如同这些学员一样。第 195 训练班留下的纪念品是一块木板，上面是他们在水底下拍的“毕业合影”。（图片来源：格雷格·E. 马蒂逊 / 海军特种作战出版有限公司）

内相关训练的安全和特种作战技术人员培训。

2006 年，共有 1218 名学员从高级训练司令部毕业，司令部本身的人员规模也维持在 201 人：14 名军官、169 名高阶军士和 16 名民间专家（加起来只有 199 人，原文如此——译者注）。高级训练司令部还要负责支撑“海豹突击队资格训练”和海豹突击队其他的再进修训练课程，以保证海豹突击队队员的作战技能。对于海豹突击队和特战快艇部队成员来说，如果想真正地在岸上工作一段时间，只有去高级训练司令部或者海军特种作战中心。一般在高级训练司令部的效力期为三年。

下图：几百名参加海豹突击队基本水下爆破训练的学员们天天列队在海滩上长跑几英里，科罗纳多地区的民众对这种景象已经习以为常，但对当地科罗纳多宾馆内的房客来说，还是蛮新鲜有趣的。（图片：格雷格 · E. 马蒂逊 / 海军特种作战出版有限公司）

在加利福尼亚州皇家山谷的比利·玛晨军营，士兵和教官们日夜进行着训练。这里是海豹突击队的沙漠作战训练场所，位于阿里尔·耿纳瑞山脉的巧克力山区边缘。照片中夜色降临，这些海豹突击队的战士站在悬崖边监视他们的作战区域。（图片来源：戴维·加特利）

第五章
海豹突击队各小组及其各自的职责

美国海军海豹突击队退役少将
乔治·沃辛顿

第五章

海豹突击队各小组及其各自的职责

美国海军海豹突击队退役少将　乔治·沃辛顿

右下图：在海豹突击队资格训练中，学员们在特殊的“头巾屋”里接受室内近距离作战训练。在这里，学员们要在模拟场景中学会对突发情况做出快速评估和恰当反应。而教官也会通过训练来测试学员们是否具备这样的能力，因为这在实战中关系着生死。学员们在“头巾屋”里，头上先要被蒙上头巾，教官们在其身边搭建起测试场景，然后再将头巾拿掉。所有这一切都是在十分昏暗的灯光下进行的。（图片来源：戴维·加特利）

通过上述军事行动，我们能够看到海豹突击队在海外部署的方方面面。这些队伍近期内还不会回归日常部署，至少在全球反恐战争仍然是国防的主旋律之际是这样。在这场战争中，海豹突击队在多个层面被证明是不可或缺的。他们的行动很多仍然是机密，这也使得本书的讨论范围被限定在他们的日常部署，而对于他们目前的作战行动，我们只能比较含糊地提到。

从海豹突击队的名字中，我们就可以看出这支部队的作战特征，在英文里，“海豹”（SEAL）是“海（SEA）”“空

上图：在“头巾屋”里，右边那个学员面对左边那名黑衣男子的突然袭击做出防御性反应。学员正在接受室内近距离作战训练。（图片来源：戴维·加特利）

（AIR）”“陆（LAND）”的缩写。在过去，海豹突击队各分队最多由 10 个作战排组成，其构成方式是一种比较独特的小型战术组织，8 个人构成一个班、16 个人构成一个排级别的队伍。然而今天，海豹突击队每支分队都下辖 9 个作战排，每个作战排 20 人，并且经常变化以适应实战需要。今天，海豹突击队都以海军特种作战中队的名义进行对外部署，每个海军特种作战中队包含三支“集群”，而每个“集群”里都有一个海豹突击队的作战排。

一旦进行了实战部署，各“集群”可以根据指定的任务进行重新组织，这些任务往往需要 2~50 支海豹突击队的分队及其支援力量共同参与。

历史上，海豹突击队一直根据作战需求进行调整。1983 年，当时的水下爆破大队重组成海豹突击队。水下爆破大队的主要任务是海岸侦察和障碍物爆破，在朝鲜战争中也是如此。海军陆战队一个师要穿越 2000 码的海岸，就需要对这片海岸进行侦察，从离岸 21 英尺深处，到高潮水位标记，需要每隔 25 码就进行探测和海底探索。而建立水下爆破大队的初衷就是完成这一任务。这支部队一

上图：在海军特战第 1 分队的比利 · 玛晨军营中，一名学员正在布雷。这里位于索尔顿湖附近，是一个沙漠作战训练场。这名学员手上是一枚 M18A1 克莱默杀伤地雷，他正在接受“海豹突击队资格训练”。克莱默地雷是朝鲜战争时期的武器，属于定向人员杀伤地雷。对于这些学员来说，和其他种类的训练一样，在白天操作熟练了，夜间才能更加操作自如。克莱默地雷一旦被引爆，会发射出大量钢球，作用范围为 100 米，可在地雷前大于 60 度角的范围内形成杀伤面。它主要被用来进行伏击，并且可以作为针对敌军步兵的反渗透武器装置。它也可以被用来对付某些非装甲车辆。图片中被胶带遮住的文字是“前端面朝敌人”。（图片来源：戴维 · 加特利）

上图：学员们正在使用卡尔·古斯塔夫反坦克发射器。这里是海军特战第1分队的比利·玛晨军营——沙漠作战训练场，位于加利福尼亚州尼兰市东部。在这里，参加“海豹突击队资格训练”的学员们一直在受训。这里的训练还包括发射火箭弹，即轻型反装甲武器（LAAW），也就是这种卡尔·古斯塔夫肩扛式火箭发射器。在这里，还进行手榴弹、克莱默杀伤地雷以及各种“实弹”演练，因为这个基地处于巧克力山的偏远地区。从今年开始，这里还要举行夜视作战野外演练。照片中的这名教官握住火箭发射器的关键部分，以避免自己被反坦克火箭发射器的尾焰伤到。右边那名学员则将火箭发射器扛在肩上。（图片来源：戴维·加特利）

右上图：在科罗纳多岛南部的皇家海滩，海军特种作战部队狙击手训练开始进行。在这里，海豹突击队队员可以实践他们的特殊技能——建造类似照片中这样的一个“隐藏点”，与“观察者”一起工作。两人都利用当地的灌木丛及伪装服完全融入环境，让敌人难以发现，狙击手还要使用多种武器，比如照片中的.50口径狙击枪。（图片来源：戴维·加特利）

开始由20名军官和100名战斗蛙人构成。而旅级或更小级别的海军陆战部队要进行登陆时，其所需要的蛙人数量也会相应减少。

在“二战”和朝鲜战争中，水下爆破大队的主要任务是海岸侦察和障碍物清除。但在朝鲜战争期间，水下爆破大队的“本领清单”里又增加了一项——内陆爆破突袭。水下爆破大队开始发展陆战战术，以作为海岸侦察技能的补充。而正是内陆爆破突袭这一任务，成为1962年正式建立的海豹突击队与水下爆破大队的主要区别。在越南战争中，海豹突击队更多地开始运用分队战术参与陆地作战。极少一部分海豹突击队作战排在其长达6个月的内陆部署期内，甚至没有装备过水下呼吸器。今日，海豹突击队在伊拉克、阿富汗以及菲律宾进行的军事任务也多是陆地上的，其战斗蛙人能力再度被束之高阁。不过在部署前的训练阶段，所有海豹突击队分队都会进行水下训练及水下作战的相关准备，而海豹输送艇大队则完全聚焦于海上秘密作战任务。事实上，在整整3年的时间里，海豹突击队几乎完全被一个任务束缚住了手脚——保护伊拉克高级官员，尽管他们还在做其他事情。

如果历史有借鉴作用，这种情况必然会有所改变，虽然在阿富汗和菲律宾的作战任务情况长期内不会有所改变。

左图：在一片与海湾国家地形非常接近的场地内，学员们正在进行“掩护与奔跑”演练。这里是位于尼兰的比利 · 玛晨军营的一个海豹突击队沙漠作战训练场，就在巧克力山的边缘。左边那名海豹突击队队员手握“特种部队战斗突击步枪”。右边那位拿着的是柯尔特 M4A1 卡宾枪，这也是海豹突击队队员所使用的主要武器。M4A1 卡宾枪是 M16A2 步枪的袖珍版。（图片来源：戴维 · 加特利）

下图：太阳即将西下，在科罗纳多的加特尔海滩，海豹突击队正在进行“越过海滩”演练。照片中左边那名队员拿着M240机枪，右边那名拿着新型的“特种部队战斗突击步枪”（SCAR），这是国营赫斯塔尔公司为美国特种作战司令部专门研发的模块步枪。（图片来源：戴维 · 加特利）

另一个能说明海豹突击队主要执行哪些任务的例子是其在非洲的表现。总部位于利特尔克里克的海军特战第 2 分队向北非部署人员，在整个撒哈拉沙漠执行任务。一份海军特战第 2 分队的简报幻灯片这样描述他们的任务：“不让撒哈拉沙漠和萨赫勒地区成为恐怖分子、恐怖分子网络以及直接或间接支援恐怖分子的犯罪活动的庇护所。”在北非的任务展现了海豹突击队的适应性调整，以及其不断增长的、以分队与当地武装力量协同作战的能力。

下图：借着弹药爆炸所发出的光亮，这群学员开始给自己的枪支内添加弹药，以达到“安全”的标准。这些学员参加的是“解决战前最后问题”演练。四周一片漆黑，所有照片都是用ITT公司产数码照相机配专利夜视装备拍摄的。（图片来源：戴维·加特利）

下一页：

左上图：伊拉克军和联军在巴格达附近搜索3名失踪的士兵，双方还要密切合作，与当地人发展关系、获得公众支持，以方便海豹突击队搜集情报及执行其他任务。（图片来源：迈克尔·B.W.沃特金斯/美国海军）

左中图：军火爆炸发出的光照亮了这群人的前途，一枚M583白星伞降信号弹的光彩照亮了虚拟的战场。这些战士正在参加海豹突击队战斗训练项目中的夜间演练，演练在黑夜中向中东沙漠地带的恐怖分子营地发动进攻。这也是“解决战前最后问题”演练的最后一环，整个演练包括直升机机降、实弹爆炸、用火箭弹（激光武器系统）向目标地点发动攻击以及在撤出战场时向敌人模拟发动反击。所有照片都是用ITT公司生产的数码照相机（配专利夜视装备）拍摄的。（图片来源：戴维·加特利）

右上图：照片中，这支部队的副指挥官接管了指挥权，他们正在参加“解决战前最后问题”演练，地点是一座模拟的村庄。叛乱分子向联合特种作战特遣演练部队（ECJSOTF）发动攻击，而这名副指挥官的下属也必须予以还击。他和他的海豹突击队队友都戴着夜视镜，这使他们在漆黑的环境里看东西时，能像读者在这张照片上看到的一样清楚。他们还佩带着通信设备，使每一名队员都与整支部队保持联络。（图片来源：戴维·加特利）

右中图：在海豹突击队“解决战前最后问题”演练中，军火爆炸照亮了训练场，也照亮了部队的尾翼，这名海豹突击队学员离开“交战区”，在漆黑一片的环境里准备卧倒射击，掩护整支部队。所有照片都是用ITT公司生产的数码照相机（配专利夜视装备）拍摄的。
（图片来源：戴维·加特利）

右下图：在“解决战前最后问题”演练中的夜间高级战斗训练阶段，学员们用实弹向敌人的目标射击，他们模拟在中东沙漠地区向恐怖分子的训练营地发动进攻。在白天，这群士兵已经接受了类似的训练，晚间则是最后的演练，演练内容还包括直升机机降、实弹爆炸、用火箭弹（激光武器系统）向目标地点发动攻击以及在撤出战场时向敌人模拟发动反击。所有照片均用ITT公司生产的数码照相机（配专利夜视装备）拍摄。（图片来源：戴维·加特利）

底部图：这群未来的勇士和队友们正在完成任务并撤离，模拟战争已经结束。月光照亮了他们完成任务并返回营地的归途。照片是用ITT公司生产的数码照相机（配专利夜视装备）拍摄的。（图片来源：戴维·加特利）

历史上，技术进步会改变作战形态，包括特种作战形态。因此，当1983年“水下爆破大队”转变为海豹突击队时，需要大量新的人员、训练和装备，这也意味着上述转变并不是简单的名称变更，而是实际能力和所涉及任务的重要升级。

海豹突击队各分队的作战能力

在联合特种作战部队构筑的作战体系中，海豹突击队究竟扮演何种角色呢？为了解释这一点，我们可以检视海豹突击队通过训练所要获得的能力。我们可以从水中的游泳和潜泳两方面开始。

蛙人作战行动

海豹突击队拥有多项技能，但其中应对水下环境的能力对他们来说仍然是第一位的，也是最危险的。越南战争后，整个海军特种作战部队需要重新定位，于是每年都要

右图：在一次训练中，叛乱分子向联合特种作战特遣演练部队发起模拟攻势，地点是一座人口稠密的村庄。照片中，一名“演员”扮演“叛乱分子”，在村子里搭建的场景中躲在墙后射击。（图片来源：戴维·加特利）

左图：“海豹突击队资格训练”持续15周，它将使一名海豹突击队基本水下爆破训练学员成为可以参与作战的海豹突击队队员。“海豹突击队资格训练”向学员们传授海豹突击队所要用到的所有基本技能/战术，目的在于使得学员们能够成为完全合格的海豹突击队/海豹输送艇大队队员。在加利福尼亚州尼兰偏远的训练设施内，学员们要度过4个星期，主要学习战术、武器使用和爆破。顺利通过“海豹突击队资格训练”的学员，将获得海豹突击队的作战徽章（三叉戟）。海豹突击队是一支海上特种作战力量，可以从海、陆、空发动打击。他们小股活动，使用固定翼飞机、直升机、海军海面舰艇、作战小艇和潜艇对目标地区进行渗透。海豹突击队可以秘密进行多种高危任务：非常规作战、直接行动、特种侦察、战斗搜救、牵制性攻击以及精确打击。（图片来源：埃里克·S.洛格斯登/美国海军）

举行一次由分驻东、西海岸的各支海军特战队参加的“联席对话”会议。东、西海岸的各司令部对于未来道路的看法并不一致，而这些会议提供了一个机制，使得他们有机会取得某些共识。在1972年或1973年，在利特尔克里克进行了一次信息交换会议，在全体会议开始后不久，美国海军的查克·雷·莫因中校（后成为准将）就宣称，海豹突击队之所以与其他特种部队不同，是因为“我们在水下做事”，“这些大实话也提醒我们，我们的目的不是从事陆军在非常规战争中的主要任务——去训练和领导各地本土武装。海豹突击队的主要任务是直接采取行动，并且在水下行事——侦察并摧毁水下障碍物，从海中向陆地目标发起行动”。

在历时3年多的越南战争后，在许多人心目中，分队战术已经成为重中之重。西海岸集群司令，戴夫·沙伊布勒海军上校正倡导他的队伍回到水中，而沙伊布勒的参谋长雷·莫因则在“联席对话”会议中阐述了上述观点。在

右图：在“解决战前最后问题”的认证演习中，这支部队接近其任务目标——对一个怀疑藏有叛乱分子的村庄进行情报搜集，如果必要还要进行交战。这次演练在国家训练中心（NTC）举行，这里是一大片沙漠训练场。这次演练将检测这些海豹突击队队员能否适应实战条件，并检测其后勤支援部队的实战能力。他们的硬件装备和作战流程也要接受检测，然后这些队伍才能进行实战部署。（图片来源：戴维·加特利）

上图：在“解决战前最后问题”的资格演练中，这支部队接近其任务目标——被怀疑藏匿着叛乱分子的村庄，他们要进行情报搜集，如果有必要还要投入作战。（图片来源：戴维·加特利）

左图：在一次多军种联合特种作战任务部队演习的模拟场景中，叛乱分子对一座人口密集的小村庄发动进攻。一些队员躲到车辆后面寻找掩护，另一些队员则模拟自己已经受伤倒地——从而出现了一个他们要从该村庄安全撤退的场景。士兵们躲在悍马军车后面用 M2 开火，这是一种勃朗宁 .50 口径重机枪。（图片来源：戴维·加特利）

左图：在欧文堡举行的演练中，海豹突击队演习的附近进行了一次真正的爆炸（受控），以模仿真实战场上可能出现的干扰。在这里，海军特种作战部队正在进行一项评估和测试海豹突击队队员在真实作战情况下表现的被称作“资格演习”的最后训练课。（图片来源：戴维·加特利）

上图：这名海豹突击队海豹输送艇驾驶员在准备进入海豹输送艇（在其身后）实施夜间模拟渗透任务之前，套上了沉重的湿式潜水服（冷水中使用）和所有潜水装备。挂在他胸前的是 LAR 5 型德尔格水下呼吸器，这是一种在水中不产生气泡的自主式水下呼吸器。所有这些都是第 3 海军特种作战大队在华盛顿特区的布雷默顿 / 基波特地区进行的资格演习任务的一部分。而查理作战排会在皮吉特湾 / 阿德默勒尔蒂群岛外海以及胡安 · 德富卡海峡冰冷的海水中进行训练。维护、技术、通信部门、战术行动中心（TOC，又称作战管控中心）以及其他演习相关的作战及支援人员将为他们的演习提供支持。（图片来源：戴维 · 加特利）

左上图：行动在太阳落山之后开始，海豹突击队海豹输送艇驾驶员在进入海豹输送艇进行夜间模拟渗透任务之前穿上了沉重的湿式潜水服（冷水中使用）。（图片来源：戴维 · 加特利）

那段时期里，海军海洋系统司令部（NAVSEA）研发出了潜艇上的“干式甲板换乘舱”，可以用来运输海豹输送艇。所以，“重新以海洋为本位”在 20 世纪 70 年代又成为主题。

在广阔的大洋上游泳并非难事，但要穿越惊涛骇浪就很难。佩戴自主式水下呼吸器进行潜泳一直充满着挑战性，而在目标船只下方这样做更有其独特的难度，想要成功只有练习、练习、再练习。让我们来看看一个个鲜活的例子。

当一名海豹突击队队员来到他的战斗部队，他在各方面都做好准备要与队伍一同参加作战。他必须与新的队友会面，学会队里的习惯性做法，参与这支队伍的标准作战

右图：在准备进入处于半潜状态的海豹输送艇之前，这名海豹突击队队员进行了最后一次检查，同时他的队友已经准备好进入这艘迷你潜艇。所有这些都是海军特种作战大队第 3 分队在华盛顿特区的布雷默顿 / 基波特地区进行的资格演习任务的一部分。（图片来源：戴维 · 加特利）

进程，并且在第一时间明白自己的位置。潜泳是一项随着时间不断进步的技能，时间花得越多，掌握得就越熟练。在法国海军中，上述理论用财政方式进行实践——法国蛙人在进行潜水时可以获得额外的津贴。而美国海豹突击队在执行潜水任务时，也会获得额外的“危险任务津贴”。由于能获得额外的津贴，这也鼓励法军的蛙人们在水下待更长的时间，他们对蛙人技术的精通也因此更胜一筹。事实上，在 20 世纪 80 年代早期，美国海军和法国海军的蛙人部队进行了一项海军之间的人员交流计划。法国蛙人会教授海豹突击队如何从水下攻击目标，他们当时的技术比我们更为精湛。从法国人那里学来的东西现在成了“海豹”的标准。一名海豹突击队队员可以从很多资源中学习很多特种作战技能，这也是上述人员交流计划的目标所在。

海豹突击队会例行使用“开放式循环自主水下呼吸器”潜水，比如在不需要保密的情况下清除水下的障碍物。行政部门还会定期组织潜泳资格测试，让蛙人携带“开放式循环自主水下呼吸器”进行潜水，以观察其是否还具备任职资格。不过目前的测试内容更为简单：向罐子中充气，检查紧急程序，穿上个人潜水装备并入水。

对于海豹突击队的战斗蛙人来说，潜泳资格测试时要携带的是德尔格公司产的纯氧封闭式循环水下呼吸器，这种呼吸器在水中不会释放气泡。这些潜水装备在技术上更为复杂，而且要花费更多时间维护。它们是现代科技的绝佳代表作，而且提供了重要的战术水下作战能力。

海豹突击队经常从海军潜艇上发起作战。除了海豹输送艇大队，海豹突击队还要定期重新进行锁出 / 锁入（离开与回到）资格演练。这些演练可以根据要求在圣迭戈或利特尔克里克进行。海豹输送艇大队的总部位于水温较高的夏威夷珍珠港。潜艇作战训练任务非常耗时——因为都是潜水课程——也很危险。在过去，水下爆破大队和海豹突击队的蛙人都会从柴电潜艇出发，他们会从操作塔游入

本页三幅图：在资格演习中，这名海豹突击队队员穿着迷彩服，在视觉上与环境融为一体。他的队友们正在搜索灌木丛，寻找一件空投的通信设备。当然，这只是一个模拟场景，他们在参加“解决战前最后问题”演练。海豹输送艇大队第 1 分队的查理作战排，正在皮吉特湾 / 阿德默勒尔蒂群岛以及胡安 · 德富卡海峡中进行训练。他们正在进行一次从他们的“藏身地”汇报情况的模拟侦察任务。（图片来源：戴维 · 加特利）

下图：在科罗纳多湾，战斗侦察橡皮艇以及进入临战状态的海豹突击队队员准备进行一次“越过海滩”演练，他们一个个都全副武装。在进行模拟的“越过海滩”行动时，在防守上，罗盘上所有的方向都要照顾到，这些海豹突击队队员必须如同一个团队般工作。战斗侦察橡皮艇又被称作“充气小艇”，或根据其生产厂家称作“佐迪亚克”。它可以被用来进行秘密的水上战力投送，以及把类似海豹突击队火力小组这样的轻型两栖力量（如同图片中的这群战士一样）撤出。这也是海豹突击队的物资清单中用途最多的艇之一，它可以从潜艇上释放，或从飞机、直升机和更大型的舟艇上投放。在战争情况下，这种战斗侦察艇也可以经得起损失。（图片来源：戴维·加特利）

锁出舱。他们会从后甲板舱内释放佐迪亚克橡皮艇——今天被称为战斗侦察橡皮艇，游向它们，然后操纵橡皮艇去执行任务。一些旧的柴电潜艇可以“坐沉”，也就是“坐”在海滩附近30英尺的海底（一个大气压）。潜艇的艇长可以升起潜望镜，并且扫描海滩上“敌人”的踪迹。

如果一切正常，海豹突击队队员会进行“锁出”动作，执行任务，在任务执行完毕后他们又会划桨或乘坐摩托皮艇回到潜艇上，进行“锁入”动作，回到潜艇内。

近年来，海豹突击队开发出多种秘密执行海滩侦察任务的方法，海豹突击队队员可以在始终不出水的情况下对海滩上可以进行登陆的地点进行勘测。

在进行潜泳资格测试时，受测者要带着罗盘进行1英里的潜泳，或者针对一艘抛锚的舰艇进行战术机动演习。在大多数情况下，这样的训练课程都在黑夜里进行，“目标舰艇”不会知道海豹突击队就在它们附近。当然，在海

豹突击队队员位于某艘舰艇的下方时，还是要采取一些安全性的预防措施，比如在海水进水口采取安全措施，避免被船的进水口吸入，并且特别关注任何可能影响机动演习的工程。安全永远是重中之重。

让我们再来说说潜艇：海军研发了一种被称为“干式甲板换乘舱”(DDS)的背负式壳体。这其实是一种被潜艇“驮在背上”的潜水舱，可以装载一艘海豹输送艇或多个双人潜水小组（蛙人总是双人一起行动）。“干式甲板换乘舱”在20世纪80年代投入实战，后来又研发了双重布局的“干式甲板换乘舱”。根据蛙人作战流程，登上潜艇的海豹突击队需要向潜艇上的人员简单通报任务情况（包括指挥官、执行官、任务指挥官、蛙人指挥官，以及艇上重要的更值人员）。他们需要对航行中锁入/锁出的细节进行商定，之后海豹突击队就要准备开始执行任务。同时，他们也制定了诸如通信程序、紧急回收程序等其他战术细节。

行动开始时间一到，海豹突击队队员就从“干式甲板换乘舱”出发，这种“干式甲板换乘舱”比潜艇的气闸舱能够容纳更多蛙人。战斗侦察橡皮艇和蛙人待在“干式甲板换乘舱”内，之后开始向换乘舱内注水，直到内部水压高于外部水压，然后换乘舱的钢制后门打开，海豹突击队进入海水中，在甲板上给战斗侦察橡皮艇充气，然后乘上战斗侦察橡皮艇前往海滩上的渗透地点。他们上岸执行任务，然后返回先前隐藏起来的战斗侦察橡皮艇上，再安全穿越海浪回到潜艇接应点。使用水下电子脉冲，使得潜艇可以对正在撤退的海豹突击队队员进行跟踪。战斗侦察橡皮艇会钩住潜望镜，小艇开始放气并进行回收。与此同时，海豹突击队队员们也潜泳回到“干式甲板换乘舱”尾部，在进入“干式甲板换乘舱”前，他们只能依靠呼吸器呼吸。而在“干式甲板换乘舱”里，舱口上有一个气泡，可供海豹突击队队员呼吸。如果没有这个气泡，海豹突击队队员只有继续依靠呼吸器进行呼吸，直到所有的蛙人和战斗侦

上图：海豹突击队利用这种橡皮艇前往任务目的地，并回到潜艇等“母艇”上。这种橡皮艇往往被绑在移动中的刚性充气艇上。照片中的海豹突击队队员已经进入“回收”阶段。这种橡皮艇的设计初衷，就是加速海豹突击队重新捡起其“老本行”——进行“越过海滩”行动以及其他需要进行水上输送的任务。这次光荣的训练计划在海豹突击队弗吉尼亚州利特尔克里克基地内进行。（图片来源：戴维·加特利）

下图：水下导航潜泳者的新装备——Mk107 Mod0 水文绘图装置。海豹突击队如今拥有了进行秘密水文侦察的独立导航助手。这种装置代替了以前的战术板。LAR5 MK-25 呼吸器为这名海豹突击队员提供了充足的氧气，使之可以在水底待上3～4个小时。这是一种“封闭式循环氧气呼吸器”，在水底用其进行呼吸时，呼出的气体都被留在装置内。这种设计与拥有许多罐子的自主式水下呼吸器不同，后者会向海面释放出许多泄露秘密的气泡。（图片来源：戴维·加特利）

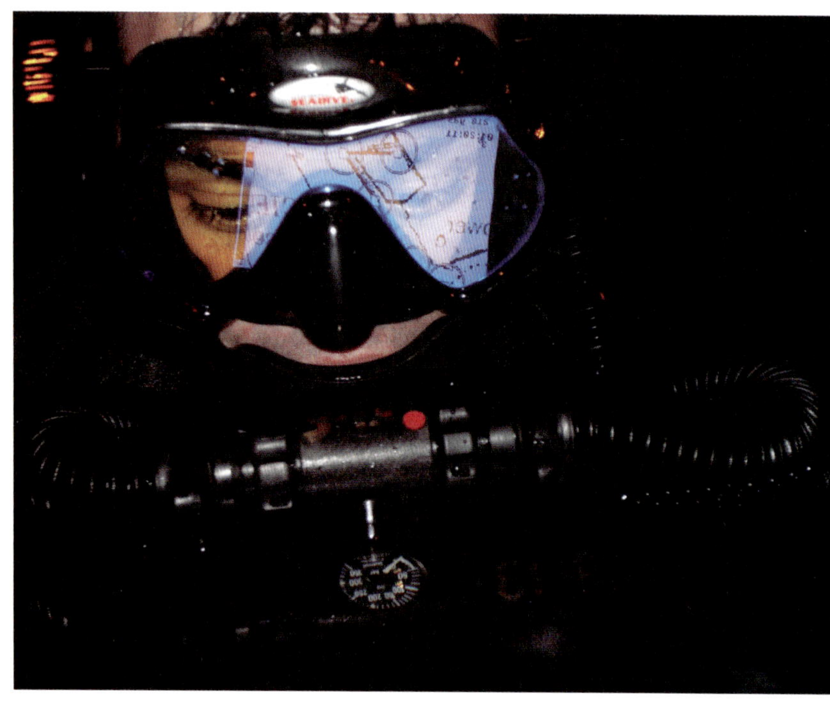

右图：Mk107 Mod0 水文绘图装置。图片中，屏幕上的图像反射到蛙人的面罩上——显示出水下的导航点和路线。（图片来源：戴维·加特利）

下图：位于皇家海滩的海军特战队第 1 分队的高级课程训练场，海豹突击队入队资格测试和海豹突击队室内近距离作战演练都可以在这里进行。“射击屋”中会使用真正的“非致命模拟弹药”，通过不断训练来使得海豹突击队熟悉室内近距离作战的情况。未来他们可能要在城市里逐屋进行清剿行动。（图片来源：戴维·加特利）

察橡皮艇都被回收到潜艇母体内。在确保所有的战斗装备都安全回收之后，他们会洗一个热水澡。“首先要管理好你的装备”，这已被时间证明是海豹突击队进行任务时必须恪守的格言。人员都清理完毕后，他们都会聚集起来对任务进行简报。所有的人员都安全回收，并且“干式甲板换乘舱”的外门安全关闭后，潜艇会潜入更深更安全的地方。情报将进行收集、整理并发送给更高级指挥部。任务完成。

空中作战

海豹突击队队员非常喜欢空中作战，特别是自由落体跳伞，但获得跳伞课程的毕业资格却并非易事。在获得陆军的基本伞兵徽章——“银翼徽章”后，海豹突击队回到自己的司令部并完成另外 5 次分队跳伞，以获得金质的“海军—海军陆战队金翼”徽章。这些跳伞都是固定拉绳式跳伞，同时用的是经过改良的、可以操控的降落伞。

上部两幅图：海豹突击队的学员们进行“高投低开”式跳伞。“高空投下低空开伞”又被称作“军用自由落体”（MFF）。进行这种跳伞需要接受特殊训练，并且非常注意动作细节和装备。在一次典型的“高投低开”或“高投高开”伞降投放中，海豹突击队员会从2万～3.5万英尺之间的高度跳出飞机，而最高纪录是9万英尺。“高投高开”指“高空投下高空开伞”。

过去，参加海豹突击队基本水下爆破训练的学员们前往佐治亚州的本宁堡参加陆军基本跳伞课程。今天，海军不再把所有的伞降训练都交给本宁堡，而是将海豹突击队和爆炸品处理人员的自由落体跳伞训练外包出去。这所学校位于圣迭戈奥泰湖水库附近，从2004年开始运作，已经训练出了超过1500名海豹突击队队员、爆炸品处理人员以及空军战斗医疗队人员在内的自由落体跳伞者。学校里的教员都有军方背景，有一些是从英国而来。相关跳伞课程根据“美国跳伞协会高级自由落体跳伞课程”进行了改良。

跳伞者在跃出飞机舱门时，身边会有一名老练的教官陪同。每个人的初次跳伞都会被摄录下来，跳伞结束后，跳伞者会单独向教官进行报告。对于普通人而言，获得初级资格需要进行7次高度不断升高的跳伞，而海豹突击队要进行25次，其中9次要携带装备——包括帆布背包和武器。

另外一种跳伞方式是“高投高开”。跳伞者在3万英尺或更高的高空从一架固定翼飞机中跳出，马上打开降落

右图：海豹突击队第 8 分队的“纪念币”——左边那个是正面。第 8 分队驻扎于弗吉尼亚州的利特尔克里克，拥有 8 个作战排和 1 个司令部分队。他们的任务区域聚焦在加勒比地区、非洲以及地中海。第 8 分队各作战排要跟随航母战斗群以及两栖舰艇进行部署，负责支援第 2、第 5、第 6 舰队的司令官，并且在整个加勒比、非洲以及地中海地区进行部署训练。（图片来源：戴维 · 加特利）

伞，并且在空中操纵降落伞进行长距离的滑行以到达渗透点。这种行动极端危险，只有特种部队才能实施。

海豹突击队用降落伞和直升机进行战术渗透。在越南战争中，海豹突击队在三角洲地区执行任务时，大部分都是在白天使用直升机投送。虽然还有少数“休伊”直升机在服役，但是直升机在老式“休伊”之后取得了进步。海豹突击队目前使用的是海军版 UH-60 黑鹰直升机。这些直升机组成的预备中队在东、西海岸都有驻扎，为海军特种作战部队提供支援。第 84 海上直升机战斗中队（“红狼”）和第 85 海上直升机战斗中队（“火鹰”）就是这样的直升机预备中队，它们也是美国海军唯一两支用来为海豹突击队和特种舟艇部队提供支援的直升机中队，主要任务是进行战斗搜救。它们可以在接到命令后的 72 小时内部署到世界上的任何一个地方，但目前它们只是在美国本土进行的演习中，负责为海豹突击队和特种舟艇部队提供支援。有些人建议这两支中队在战时全天候听候各支海军特战分队调遣，但直至本书截稿，高层还没有做出这样的决定。在进行某些联合训练或当地局势需要时，海豹突击队也使用陆军和空军的战术空运力量。在阿富汗和伊拉克的几次联合作战行动中，海豹突击队就用陆军的直升机进行了部署。

海豹突击队在进行直升机投送时，有时会用到“快绳”技术，就是戴着隔热手套，用双手双脚从一根很粗的锚链上滑落。这是一种快速无比的技能，可以在许多投送模式中使用。直升机盘旋在地面上空，海豹突击队队员迅速滑落，然后直升机飞离。

速度是进行秘密投送的关键所在。“快绳”技术曾经被列为机密，它由英国特种部队发明，并被海豹突击队采用。在这项投送技术的使用中，一架直升机低空飞行并接近目标，之后一根 50 ~ 90 英尺长的绳子被从直升机中甩出，海豹突击队就沿着这根绳子滑落。利用这种办法，海豹突击队一整个作战排（16 人）可以在不到 20 秒钟的时间内落地。海豹突击队还发展了从直升机绕绳下降的能力，类似他们在登山时快坠的方式。

此外，向舰艇甲板上进行投送也是海豹突击队日常演练的科目之一，因为海军特种作战部队拥有美国特种作战司令部核发的海上行动许可证。这种行动的正式名称是“舰艇降落”。一队海豹突击队士兵（通常是 7 人小队）通过“快绳”技术快速投放到一艘商船上，核查船上是否有违禁品，比如武器、军火、非法货物、毒品等。这种登船攻击技术被称作“VBSS”，指“降临（Visit）”“登船（Board）”“搜索（Search）”以及“擒拿（Seizure）”，在 1990 年的海湾战争中首先开始使用，并大获成功。海豹突击队在进行单位水平训练（ULT）时会演练这一技能。

可以预见，未来的海豹突击队将使用新型 V-22 鱼鹰运输机进行投送部署，这是一种垂直起降的固定翼飞机，可以长途奔袭进入敌占区将特种部队撤回。

一架普通的固定翼飞机可以将一支小队通过伞降的方式投送到目的地，但如果要将其撤回，则必须用能够远距离飞行的飞机，于是“鱼鹰”应运而生。在短距离上，直升机的功能依然足够。在对伊拉克进行军事行动时，直升机就是从美国海军的航空母舰上出动的。

还有一种特殊的方法可以用来撤出特种部队，一架直升机接近地面，扔出一根绳索，最多 7 名海豹突击队队员可以被绑在绳索上，然后直升机“吊”着他们来到安全地

上图：海豹突击队第 10 分队的“纪念币”。第 10 分队在部署到哥伦比亚的卡塔赫纳港时，进行维持性训练。（图片来源：戴维 · 加特利）

上图：海豹突击队在船上执行“VBSS”任务，即“降临（Visit）”“登船（Board）”“搜索（Search）”以及“擒拿（Seizure）”。他们要用小型悬梯登上轮船，因此这种“VBSS”登船技术要求执行者具有极为强劲的上肢力量，并且不分昼夜，从静止和移动的平台上都要能够完成攀登上船的动作，并且与特战快艇部队以及特种舟艇部队协同完成。（图片来源：格雷格 · E. 马蒂逊 / 海军特种作战出版有限公司）

点。这队队员再登上直升机，然后回到老巢或前沿作战基地（FOB）。而其他的撤退方法都是在直升机落地的情况下，队员们登机，然后离开。

所有配属给美国特种作战司令部的机构都要支援特种部队的空降行动。陆军航空兵拥有驻扎在肯塔基州的坎贝尔港的第 160 特战空勤团（空降）。这支拥有各种旋转翼飞机的部队被称为“暗夜潜行者”。而位于佛罗里达州赫尔伯特的空军特种作战司令部也拥有数种固定翼或旋转翼的飞机，可以与特种部队进行联合行动。

未来，美国特种作战司令部还打算让特种部队具备无人机能力，包括为无人机装备更高分辨率的摄影传感器、电子作战传感器以及各种武器投送系统的整合。

海军特种作战司令部正与美国特种作战司令部、海军研究局、海军研发实验室以及空军研发实验室合作，使得海军特种作战部队能够获得最先进的无人宇宙空间监视技

术，从而在全球反恐战争中取得优势。

陆地作战

海豹突击队可以徒步行进很长一段时间，即便在各不相同的地形下也是如此。他们将之称作“巡逻”。比如，阿富汗地形复杂，有海拔达 1 万英尺的山区，这对海豹突击队而言是个严峻考验。可以说，海豹突击队一旦确定了自己要执行任务的地区地形，就会花数月时间来完善自己的巡逻能力，从越南桢沙特别区的沼泽，到伊拉克的沙漠地带，再到阿富汗的山区，再到阿拉斯加科迪亚克被冰雪覆盖的山区，莫不如此。

海军特种作战部队的战斗有许多就发生在陆地上，因此，陆地上的行动能力对海豹突击队而言是非常重要的。小规模部队战术构成了海豹突击队陆地作战训练的基石。海豹突击队在沙漠、丛林，最近还在山区内进行常规训练。

在西海岸，加利福尼亚州附近地区提供了各种地形，从沙漠到山区，无所不包。而东海岸训练区域的地理环境则类似于欧洲。此外，海豹突击队还使用加勒比地区的几处场所进行热带训练。小型部队训练则在美国本土及海外都会进行。

海豹突击队入队资格训练

在完成海豹突击队基本水下爆破训练后，所有毕业学员将立刻参加海豹突击队入队资格训练，顺利通过者才具备成为海豹突击队队员的资格。海豹突击队入队资格训练非常艰苦，长达 26 周，包括一系列基础和高级指导课程：生存、逃遁、抵抗以及躲避，战术空降行动（固定拉绳式

下部两幅图：海豹突击队如今使用执法部门或快速反应部门使用的闯入工具。在船上执行“VBSS”任务时，他们会切割、焚烧钢板，以进入被敌人封锁的舱室内。如果他们在找你，你就逃不出他们的手掌心，就如同本·拉登一样。（图片来源：格雷格·E. 马蒂逊/海军特种作战出版有限公司）

跳伞和自由落体式跳伞），作战医疗，通信，高级特战行动，寒冷气候下登山，海上行动，作战蛙人，地面战术机动，地面作战（小型部队战术、轻重型武器、炸药爆破），室内近距离防御以及室内近距离作战。海豹突击队入队资格训练强调的是使单个战士（军官或士官）在新加入海军特种作战部队时，其能力与老队员尽量接近。学员们被分成由 20 个人组成的作战排，每个作战排由 2 个班组成，每班 10 人。每个作战排都会分配到一名导师或主管，评估学员们在整个训练中的表现。海豹突击队入队资格训练教授的是标准化的战术、技能以及流程，这些都是根据现实的教训总结出的。

下部两幅图：海豹突击队主要是在夜晚执行任务，使用夜视仪增加了执行任务的难度。在白天，他们通过不断演练使所有的动作和行动都烂熟于胸，然而在夜晚执行相同的作战任务时，他们要面临更高的风险。（图片来源：格雷格 · E. 马蒂逊 / 海军特种作战出版有限公司）

上图：海豹突击队第4分队的“纪念币”。第4分队驻扎在弗吉尼亚州的利特尔克里克，拥有10个作战排以及1个司令部分队。这支分队的主要活动区域在中南美洲。他们向位于巴拿马的海军特战第8分遣队部署作战排、搭乘两栖舰艇向第2舰队部署，并且支援一年一度的“优尼塔斯”巡航，并且在整个中南美洲战区进行训练性部署，海豹突击队第4分队是唯一一个能长期掌握一门语言——西班牙语——的分队。（图片来源：戴维·加特利）

在完成海豹突击队入队资格训练后，每个人都会被授予海军士兵类别代字（NEC 5326）或者海军军官专业编号（NOBC 1135），然后就被授权佩戴海豹突击队的金质三叉戟胸章。

完成海豹突击队入队资格训练的人，将被分配到海豹突击队的作战分队，并可以立刻随小队或海军特战第8中队进行预先部署。

分队训练

海豹突击队各分队大部分的训练是在“分队训练”期间进行的。这种训练在各分队内部进行，由分队内的骨干负责，海军特种作战中心和高级训练司令部也会提供一些课程支持。此外，各分队中执行完其他任务回来的队员，也会分别被各训练司令部抽调去支援各种训练课程，然后再回到所属的作战排。日常的单元级别训练会根据各分队自己的标准作战流程，以及由更高一级司令部批准的“完成任务所需的基本训练课目”（METL）进行。海豹突击队入队资格训练以及“完成任务所需任务清单”的目的都在于确保海豹突击队所有分队都根据获得认可的标准进行训练。在海豹突击队入队资格训练制度建立之前，海豹突击队各分队的训练方式五花八门。在越南战争中，各分队前往越南战场之前都要参加部署前训练，而美军先前在越南战场上所得到的一些经验与教训，将成为上述训练的一部分内容。但这些内容所针对的也仅仅是各分队在越南战场上将要执行的任务。一旦海豹突击队队员从越南撤回，其训练便开始变得有些五花八门、杂乱无章起来。戴夫·沙伊布勒海军上校曾将海豹突击队的训练理念公开阐述成

“回归基础”以及“回归水下”。在各分队的层面上，训练的侧重点要看指挥官的导向：如果指挥官曾经是潜水员，那么潜水作战训练就会被强调；如果指挥官曾经擅长陆战，那陆地作战就会成为整个分队的侧重点。但无论如何，最起码的潜泳考核训练还是一直在进行，每个季度还要进行跳伞考核和爆破考核训练，但各支分队的训练侧重点没有统一。现在由于有了海豹突击队入队资格测试、“完成任务所需的基本训练课目”、单元级别训练以及后来的“中队协调能力训练”，突击队的司令可以相信，海豹突击队经过优化之后可以适应各个层级的训练。

左图：海豹突击队第 1 分队的“纪念币”。第 1 分队驻扎在加利福尼亚州的科罗纳多，下辖 8 个作战排以及 1 个司令部分队。第 1 分队的行动范围主要是东南亚，其作战排还可向驻扎在关岛的海军特战第 1 分遣队进行部署，还可以在整个太平洋战区和中央战区进行训练性部署。（图片来源：戴维 · 加特利）

左图：海豹突击队第 3 分队的“纪念币”。第 3 小队驻扎在加利福尼亚州的科罗纳多，下辖 8 个作战排及 1 个司令部分队。海豹突击队第 3 小队的行动范围主要是东南亚，第 3 小队向驻扎关岛两栖舰上的海军特种作战第 1 分遣队派出作战排并被部署到第 7、第 5 和第 3 舰队，还可以在整个太平洋战区和中央战区范围内进行训练性部署。（图片来源：戴维 · 加特利）

夕阳西下，一艘海豹输送艇驶向港口内的海军军舰。它要执行一次训练任务，在附近岸上和军舰上工作的水兵们对此一无所知。（图片来源：格雷格 · E. 马蒂逊 / 海军特种作战出版有限公司）

第六章

海豹输送艇和潜艇

美国海军海豹突击队退役海军中校
汤姆·霍金斯

第六章

海豹输送艇和潜艇

美国海军海豹突击队退役海军中校 汤姆·霍金斯

1952年，一份当时还处于保密状态的报告——《水下蛙人》被提交给国家研究委员会两栖作战委员会海军水下蛙人专门小组，这份报告描述了蛙人输送艇（后来的海豹输送艇——译者注）的基本任务。这些有预见性的文字和50多年前一样与作战息息相关。

在任何时候，只要想尽可能秘密地在敌方占据的海岸行动、接近目标，就必须从水下发起行动。在接近目标的过程中，最开始的一段可以使用舰队型潜艇，但这种1500吨的庞然大物不可能在深度小于60英尺的海水中行动，

下图：在夏威夷海域，一艘海豹输送艇进行了测试性潜航，让战士在新鲜、干净的水中测试所有系统。在测试中，战士们使用的是自主式水下呼吸器，里面正常情况下使用的是换气机。（图片来源：马克·法兰/海军特种作战基金有限公司）

左图："吉米·卡特"号（舷号SSN-23）是第3艘，也是最后一艘"海狼"级攻击型核潜艇，该艇由通用动力电船公司制造。"吉米·卡特"号也是一种多功能平台（MMP），其外壳比同属"海狼"级的其他两艘潜艇要长100英尺，载荷量因而有所增加，使之可以容纳研发和测试全新一代的武器、传感器和水下小艇所需要的先进技术。据说，"吉米·卡特"号的侧面有一个用于装载海豹输送艇的发射隔间。（图片来源：通用动力电船公司）

水深小于150英尺的海域对它来说就很危险了。因此，最后一段的潜水旅程必须通过潜泳完成，或者使用袖珍潜艇。

在全球许多海岸线，离岸数英里内的水深都不足60英尺。在这些区域里，佩戴着自主式水下呼吸器的人也没有足够的氧气游到岸上并安然返回。更要紧的是，他们在海中游了几个小时后，即便到达目的地也已经极度疲倦。因此，必须有一种小而强劲的袖珍潜艇来帮助他们接近海岸线。

下图：夏威夷的珍珠港，码头上停泊着"俄亥俄"号潜艇（舷号SSGN-726），它原本属于"布默"级，但经过改装后可以容纳特种部队，并成为海豹突击队及其海豹输送艇的"母艇"、全新的作战管控中心（前所未有的）。它装载了大量的特种部队的装备，同时还装载了"战斧"式巡航导弹。（图片来源：戴维·加特利）

早期研发

"二战"初期，意大利在地中海用蛙人输送艇对英国作战，这也是现代蛙人输送艇第一次投入使用，而意大利也成为使用袖珍潜艇对敌舰发动隐形打击的先驱。这些小型潜艇使用了"湿式"设计——在使用时，驾驶者完全暴露在水中。英国人在开始使用其小型"干式"潜艇之前也使用过类似的袖珍潜艇——X艇。

在"二战"之前和"二战"期间，意大利虽是一个海下图：海军潜水员和海豹输送艇大队第 2 分队的成员站在“干式甲板换乘舱”内，这个“干式甲板换乘舱”通过“佛罗里达”号巡航导弹核潜艇（舷号 SSGN-728）艇外一个雪橇状的平台装载海豹输送艇。（图片来源：安德鲁·迈克卡斯基 / 美国海军）

上左图：在“洛杉矶”级攻击潜艇“费城”号（舷号 SSN-690）背部，一名海豹输送艇大队第 2 分队的成员准备派本大队的一艘海豹输送艇执行一次训练任务。海豹输送艇的任务是在水下不被敌人察觉的情况下，将海豹突击队员投送到作战目标地区。（图片来源：安德鲁·迈克卡斯基 / 美国海军）

上右图：一名海军潜水员和来自海豹输送艇大队第 2 分队的潜水员和特种兵们正在对搭载在舷号 SSN-690 上的海豹输送艇进行材料认证。材料认证通过后，潜水员就可以在任何时间、任何地点用海豹输送艇执行实战任务。（图片来源：安德鲁·迈克卡斯基 / 美国海军）

上部两幅图：海军特战队第3分队正在进行训练，这是一次认证任务，在华盛顿州西雅图外的基波特进行。海豹输送艇大队第1分队的查理作战排，正在皮吉特湾/阿德默勒尔蒂群岛外以及胡安·德富卡海峡冰冷的海水中进行训练。维修人员、技术人员、通信保障人员以及战术行动中心（TOC，又称作战管控中心）负责协调作战行动，并且为海豹输送艇大队第1分队的演习和作战行动提供支援。（图片来源：戴维·加特利）

军弱国，却第一个将水下蛙人当成军事武器使用，而这种武器的战力与其成本相比，显得非常划算。同时，意大利人还研发了其他将蛙人和炸药运向目标的水下小艇和作战程序。“目标”指的是停靠在港口的敌人军舰以及盟军商船。

第一个被意大利人用来运送蛙人的工具是“慢速鱼雷”，外号“猪”。这是一种鱼雷布局的二人袖珍潜艇，头部可载有一到两个可拆卸、装有炸药的部分。两名乘员佩戴着封闭式循环水下呼吸器，两腿分开坐在袖珍潜艇中。乘员拥有基本的导航和控制工具，比如潜行罗盘、钟和深度仪。

1940年8月，意大利人用“猪”执行了第一次任务。在埃及的亚历山大港和直布罗陀，这种袖珍潜艇的表现令其名声大噪。在两年之内，被意大利第10轻型舰队击沉或重伤的盟军船只达31艘，总吨位达265, 352吨。其中除了“猪”执行的任务，还包括水下蛙人和摩托鱼雷艇（MTBs）对盟军造成的损害。需要指出的是，在31艘被击沉或严重击伤的船只中，有15艘是“猪”的“杰作”。1941年12月在亚历山大港击沉的“伊丽莎白女王”号和“英勇”号，则成为其最杰出的“战绩”。

在意大利攻击直布罗陀的战役中，多艘“猪”被击沉，

上图：海军特战队第 3 分队正在进行训练，这是一次认证任务，在华盛顿州西雅图外的基波特进行。海豹输送艇大队第 1 分队的查理作战排，正在皮吉特湾 / 阿德默勒尔蒂群岛外以及胡安 · 德富卡海峡进行训练。他们正在模拟侦察与汇报场景，要向上级司令部汇报他们看到了些什么。维修人员、技术人员、通信保障人员以及战术行动中心（TOC，又称作战管控中心）负责协调整个行动，并且支援海豹输送艇大队第 1 分队的演练和任务。（图片来源：戴维 · 加特利）

其中一艘被英国人打捞起来。由此，英国海军也开始明白意大利人到底在做什么。他们当时已经在建造一种由 3 ~ 4 人操作、名为“X 艇”的袖珍潜艇。于是，在等待第一艘“X 艇”下水的同时，为了解燃眉之急，英国也开始制造自己版本的“猪”式袖珍潜艇。

英国的两种袖珍潜艇系统一“干”一“湿”，完全不同，当然其试图达到的目的是相同的。“X 艇”就是有着内部工作空间的小型潜艇，与普通潜艇相比，该艇艇员较少。而英国版的“猪”被称作“战车”，由两人操作，和意大利的“猪”一样，这两人要携带自主式水下呼吸器、穿潜水服并且分开腿坐在潜艇里。

1942 年 10 月，英国人派出两艘“战车”，在挪威特隆姆瑟市附近的哈克尔海域，伏击了德军战列舰“提尔皮茨”号。但这次行动并不成功：两艘“战车”在被拖向目的地的途中失踪。

1943 年 3 月 15 日，第一艘“X 艇”历经 3 年多建造后终于下水。它拥有“湿（指被海水浸满）”“干（指将海水隔在外面）”两个舱室，分别被乘员称作“W”和“D”，主要是供蛙人进行“锁入”和“锁出”。“X 艇”释放出来的蛙人可以用来在目标舰艇的底部安放炸弹，它还可以渗透进入防备森严的敌军港口，释放安装在其身侧的爆破炸药。它的耐压壳体两侧可以各放一枚炸弹，每枚填装 4000 磅高爆炸药。这些炸弹由定时器引爆，而定时器在炸

右图：被称作“玩具”的战略情报局蛙人输送艇原型机于 1943 年 8 月组装完毕。（图片来源：兰博岑图册）

本页三幅图：码头上停泊着的“俄亥俄”号是第一艘接受改装的巡航导弹核潜艇，经过改装之后，它开始参与特种作战，并成为海豹突击队及其海豹输送艇的“母艇”，该艇装载了大量特种部队的装备和“战斧”式巡航导弹。堆在甲板上（前面和左边）的是F470战斗侦察橡皮艇。这是一种特别制造的充气式橡皮艇，经常被海豹突击队和海军陆战队使用，当然，美国海军还有其他一些类似的橡皮艇。佐迪亚克集团制造了很大一部分这个种类的硬壳充气艇，因此，“佐迪亚克”这个名字也成为战斗侦察橡皮艇的同义词。所有这些战斗侦察橡皮艇都将被装上潜艇，并将和甲板下面的舷外机一起从水下出发。（图片来源：戴维·加特利）

上图："X-1"是美国海军唯一的一款袖珍潜艇。它由费尔柴尔德引擎与飞机公司制造，1955 年投入现役使用。根据原先的设想和设计，"X-1"是用来支援水下爆破行动的，然而，事实上其对水下爆破大队的支援力度极为有限。因此，"X-1"的实际用途是帮助海军进行研究和测试，以评估在港口遭到类似潜艇攻击时海军的防御能力。"X-1"原先由过氧化氢 / 柴油引擎以及一套电池系统提供动力；然而 1957 年 5 月，"X-1"的燃料供给系统发生了一次爆炸，于是设计者转而给它配备了一套柴电驱动系统。这张照片拍摄于 1966 年，当时"X-1"正在切萨皮克湾进行试航。（图片来源：汤姆 · 霍金斯）

弹被从潜艇投放出去之前就已经安装、设定完毕。

由于炸沉德军战列舰"提尔皮茨"号的行动，英国人的这项发明广为人知。当时两艘"X 艇"将四枚装载在它们两侧的、各重两吨的炸弹安置到停泊在挪威峡湾中的"提尔皮茨"号之下。"X 艇"在欧洲、地中海和远东都被使用过。

意大利和英国人的上述作战行动意义非凡：当时这是仅有的、在作战状态下于水下采取行动的袖珍潜艇。虽然不是所有的作战行动都能获得成功，而且在一段时间里，他们不得不在极端条件下吸取经验教训。炸沉了"伊丽莎白女王"号、"英勇"号和"提尔皮茨"号之后，袖珍潜艇的战略重要性已经不言而喻。对于盟军来说，幸运的是，由于意大利人从来没有好好利用海军的优势，尽管"猪"式袖珍潜艇的艇员们英勇作战，但最后毫无建树。

美国战略情报局海上部队完成了对意大利人和英国人曾经使用的这种独一无二的作战能力的复制。战略情报局海上分队成立的目的就是进行海上破袭，该分队采纳许多英国人的训练方法和战术。1942 年，战略情报局试图研发一种名为"玩具"的袖珍潜艇，但这项工程并不成功。"玩具"的意义在于，它使战略情报局海上分队的潜水员们意识到其呼吸器的局限性和对辅助性推动系统的需求。在"二战"中，战略情报局海上分队使用的是由英国研发的袖珍潜艇，它们被称为"睡美人"；这种单人驾驶袖珍潜艇最终被战略情报局用来进行训练。后来，它又随战略情报局海上分队被部署到太平洋战区，在那里，海事连的成员使用这种袖珍潜艇进行训练，为将来对日本主岛的作战行动做准备，但"睡美人"从未真正地被投入实战。

在战争的最后岁月，战略情报局被解散了，海上分队也未能幸免。幸运的是，克里斯蒂安 · J. 兰博岑博士（我们在第一章中曾经提到过他）将海上分队所有的战斗蛙人装备都搜集并保存了起来。兰博岑曾经是一名陆军医疗军官，后被分配到战略情报局海上分队。这名曾经的海上分队蛙人训练师为海上分队的蛙人们研发了潜水呼吸器——兰博岑两栖呼吸器（LARU）。如果没有兰博岑博士，战略情报局海上分队在战争中开发出来的作战技能可能就要失传。在战后的岁月中，他一个人孤军奋战，拼命向美国海岸警卫队、陆军工程部队以及海军的水下爆破大队推销他的潜水作战硬件。兰博岑两栖呼吸器是一种封闭式循环纯氧呼吸器，不会释放出泄露蛙人行踪的气泡，非常适合水下爆破大队使用。

下部三幅图：在巡航导弹核潜艇“俄亥俄”号（舷号 SSGN-726）上，海豹突击队队员使用了一种全新的物品储存方式。“俄亥俄”号上的一个“战斧”式导弹发射管被替换成了“特种部队储存罐”，用于装载海豹突击队进行部署和执行任务所要用到的专用装备。这一流程使得潜艇可以更快地在港内转向、携新的乘员出海，节省宝贵的时间。（图片来源：戴维·加特利）

战后的袖珍潜艇

1947 年和 1948 年，水下爆破大队开始采用原来战略情报局海上分队所使用的装备和战术，包括兰博岑两栖呼吸器和袖珍潜艇“睡美人”。“睡美人”不是理想的潜艇，但它展示出了自己对于水下爆破大队的价值：为展现未来 10 年内一系列突发行动所需要的能力提供了舞台。

在朝鲜战争中，战斗袖珍潜艇的研发几乎没有大的进展。到 1952 年，水下爆破大队对研发类似“X 艇”这样的袖珍潜艇产生了很大的兴趣。也就是在这段时间里，水下爆破大队与英国海军一起在切萨皮克湾对“X 艇”进行评估。随后，美国海军开始制订研发自己的“X-1”潜艇的计划。

美国海军的“X-1”是一种干式潜艇，于 1953 年开始酝酿，

上图：在夏威夷的珍珠港，港口停留着“俄亥俄”号潜艇（舷号SSGN-726），这也是首艘经过改装，可用于容纳特种部队的“布默”级潜艇。储存舱打开着，装载用于执行任务的装备，而这个储存仓先前是“三叉戟”洲际弹道导弹的发射管。潜艇上还有一个舱室装载“干式甲板换乘舱”，用来搭载海豹输送艇。（图片来源：戴维·加特利）

右上图：在“俄亥俄”号潜艇（舷号SSGN-726）最上层，一艘海豹输送艇正被填装入“干式甲板换乘舱”。这张是侧面图。（图片来源：戴维·加特利）

主要用于战术上输送战斗蛙人。这种潜艇在海面上依靠柴油驱动，没入水中后引擎内使用的是过氧化氢。潜艇上还装有电池和直流电动机，作为紧急状态下的备用动力。

1954年，美国开始建造“X-1”潜艇，制造商是费尔柴尔德引擎与飞机公司，由海军研究局监督，这款潜艇从一开始就明确要被分配给两栖部队。然而在建造的早期阶段，海军将这项工程移交到了舰艇局（后改名为海军海洋系统司令部），而且建造出来的袖珍潜艇也被交到潜艇部队手中。由于这种变化，“X-1”更多的是一款属于潜艇部队而非两栖部队的蛙人输送艇。

在水面使用柴油动力系统时，“X-1”袖珍潜艇的最大航程为1800英里，航速可达4节。“X-1”使用过氧化氢动力系统时，潜航速度为2节时最大航程为180英里；潜航速度10节时最大航程为140英里。如果使用电池动力系统（仅在紧急状态下），其潜航时若速度为2节，最大航程为12英里；若速度为5节，最大航程为6英里。如果将过氧化氢动力系统拆除，并且用增强的电池系统代替，则其潜航时的最大航程将显著降低，航速为2节时最大航程为11.5英里；航速为6节时最大航程为7英里。

1964年3月，在维尔京群岛圣托马斯的水下爆破大队训练场，水下爆破大队和海豹突击队的队员用“X-1”艇

左图：在“俄亥俄”号潜艇（舷号 SSGN-726）最上层，一艘海豹输送艇正被填装入“干式甲板换乘舱”。这艘“俄亥俄”号潜艇正停泊在夏威夷的珍珠港，这也是首艘经过改装，可用于容纳特种部队的“布默”级潜艇。它也可以帮助将海豹突击队送到任务执行地点。照片当中显示的是“马克 8 型”海豹输送艇，这是一种“湿式”潜艇，蛙人在进入驾驶室驾驶潜艇时，驾驶室内充满了海水。潜艇上一枚“三叉戟”洲际弹道导弹的发射管被改造成了储存海豹突击队装备的舱室。（图片来源：戴维·加特利）

执行了为期 4 星期的训练任务。训练任务使得水下爆破大队的指挥层再次确认，他们的水下蛙人需要一款“干式”战斗袖珍潜艇。

从 1952 年到 1955 年，美国建造或者说打算建造至少 16 艘“湿式”蛙人输送艇，其中，4 艘是海军承包商或者海军研究和研发实验室建造的，10 艘由民间承包商建造。由民间承包商制造的 10 艘里，8 艘的制造商是喷气飞机公司，该公司在蛙人输送艇（当时还被称作蛙人推进器［SPUs］）的设计和建造方面非常积极。

在整个 20 世纪 50 年代，喷气飞机公司是蛙人推进器研发方面无可争议的领导者。1952 年，他们设计建造了第

左侧两幅图：一艘海豹输送艇第一次离开“母艇”——“俄亥俄”号潜艇——执行任务。这艘海豹输送艇先是停留在甲板上的“干式甲板换乘舱”内，然后执行“锁出”动作进入水中。（图片来源：戴维·加特利）

上图：高级海豹输送系统（ASDS）是第一款用来将海豹突击队及其作战装备秘密投放到敌方海岸的“干式”作战袖珍潜艇。它可以被一艘核潜艇“驮”在背上运往任务区域。与现在的海豹输送艇相比，高级海豹输送系统在速度、耐力、潜水深度以及隐蔽性方面都占据优势。高级海豹输送系统的设计初衷，是满足特种部队的隐蔽性远距离投送需求，使之能够执行秘密任务。之前的袖珍潜艇都是“湿式”的，战斗蛙人在抵达目的地前要长时间浸泡在冰冷的海水中，严重影响其备战状态。此外，如果周边水下情况是一片漆黑，则袖珍潜艇的导航能力也极为有限。（图片来源：格雷格·E. 马蒂逊 / 海军特种作战出版有限公司）

一艘试验性的、通过人踩踏板提供动力的输送艇。这种输送艇可容纳一名蛙人，他可以俯卧着踩踏板，带动螺旋桨每分钟翻转 100 圈，使输送艇以 3 节的速度前进。

1953 年，喷气飞机公司设计出袖珍潜艇“马克 3 型”，这也是他们设计出的第一艘袖珍潜艇，蛙人可以坐在袖珍潜艇满是海水的壳体内。这种袖珍潜艇的能量来源方式有三：人踩踏板、二氧化碳类电能、电池电能。从速度和持久性考虑，电池电能被认为是最有效率的。

1954 年，喷气飞机公司制造出袖珍潜艇“马克 6 型”。这是一种二人搭乘的“湿式”袖珍潜艇，蛙人所在的壳体内充满了海水。同样，它既可使用人踩踏板驱动，也可使用电池作为动力源。在电池驱动的情况下，其最高航速为 5 节。

1955 年，喷气飞机公司制造出袖珍潜艇“马克 7 型”。它使用了纤维玻璃外壳，两名蛙人可并肩俯卧，头和肩膀正对着透明的树脂玻璃外壳部分。这样，两名蛙人的视野前后左右毫无障碍。这种袖珍潜艇既可使用人踩踏板驱动，也可使用电池作为动力源，同时，喷气飞机公司首次在袖珍潜艇上安装了供成员呼吸的气罐。在两个人踩踏板的情况下，这艘袖珍潜艇可以4节的速度跑上1英里。在电池提供能源的情况下，其功率为2马力的引擎可让袖珍潜艇的最高速度达到5节，巡航速度也有3节。电池提供的能源可供袖珍潜艇航行大约7海里。

在20世纪50年代，海军承包商或者工业部门又生产出几艘蛙人输送艇，其中的“代表作品”包括“海上雪橇”“阿奎巴特”“德鲁特”“火山灰”“海马”、“马克1型1号”原型机、X-1改进型、PR-77以及“康维尔14型”。

上图：海军特种作战部队高级海豹输送系统大队第1分队的“纪念币”，目前已非常稀少。其所代表的高级海豹输送系统又称“水虎鱼”，是一款负责远距离投送特种部队执行秘密任务的袖珍潜艇。与以往的海豹输送艇相比，高级海豹输送系统的航程、速度、有效载荷都有明显提升，其乘员和搭载的海豹突击队队员也能获得更好的搭乘体验。高级海豹输送系统可以由“母艇”运送到指定的作战区域，这种“母艇”可以是经过特别改装的SSN-688级潜艇（“洛杉矶”级核潜艇——译者注）。6艘经过特别改装的“洛杉矶”级攻击核潜艇、所有的“弗吉尼亚”级攻击核潜艇、巡航导弹核潜艇（只要这艘巡航导弹核潜艇被投入使用）都可以搭载高级海豹输送系统。高级海豹输送系统还可以用C-5或者C-17飞机执行空运。（图片来源：戴维·加特利）

海橇艇

海橇艇是海军实验室建造蛙人输送艇的第一次尝试。它是海军水声实验室（位于康涅狄格州的新伦敦）的成果。海军实验室是根据驻东海岸水下爆破大队人员的要求开始建造海上雪橇的，通过“小账”方式（所谓“小账”，是一个海军名词，指一些通过非官方方式获取的东西，可以是间接获取，也可以是其他巧妙的方式）研发。一名蛙人俯卧着骑乘在海上雪橇上，这种海上雪橇的研发资金，原

下图：在夏威夷的珍珠港，蛙人输送艇在高级海豹输送系统池中进行水下测试。操作员可以在新鲜、干净的水中测试蛙人输送艇的所有系统。测试中，水下自主呼吸系统也会被用到，里面正常情况下使用的是换气机。（图片来源：戴维·加特利）

本是分配用来进行电子装置研发的，因此在书面资料上，它像一个电子装置的搭载船。海军曾建造了一艘海橇艇，以进行测试评估，并获取相关信息和资料来建造改进型。

建造出来的这艘海橇艇经过了水下爆破大队人员的评估，但后来就停止了建造。这种俯卧骑乘式的袖珍潜艇，只能在很浅的水域内发挥优势，因而只有在对未来登陆海岸进行侦察时才能发挥作用。海上雪橇的速度为 3 节，最大航程大约 20 海里。

阿奎巴特

1957 年，水声实验室设计建造了第二艘蛙人输送艇——阿奎巴特。这是一种两人用“湿式”袖珍潜艇，主要用于潜水的水雷侦察、定位和分类。阿奎巴特装备着一个目标定位声呐，由一名坐在袖珍潜艇尾部的操作员负责完全操控。阿奎巴特可以搭乘两人，两名操作员都要直着身子坐在浸满水的艇体内。一台 3.5 马力 24 伏特的直流电动机为袖珍潜艇提供动力。一台机械液压混合系统负责控制速度。这种机械液压系统可以使这艘潜艇无论前进还是后退，其速度都能得到控制。在康涅狄格州的新伦敦和维

右图：在佛罗里达州的基韦斯特，海豹输送艇大队第 2 分队正在进行一次训练演习，他们从一艘潜艇进入海中。这艘潜艇名为“佛罗里达”号（舷号 SSGN-728），是“俄亥俄”级巡航导航核潜艇。（图片来源：美国海军）

尔京群岛的圣托马斯外海，水下爆破大队的成员都曾经使用过阿奎巴特。尽管吸纳了一些十分尖端的子系统，这种袖珍潜艇仍然存在不少缺陷。它也是提升蛙人输送艇能力过程中一个非常重要的里程碑；然而几乎可以这么说，阿奎巴特最大的缺陷是超越了它所在的时代。

德鲁特

上图：在夏威夷的珍珠港，海豹输送艇在高级海豹输送系统池中进行水下测试。（图片来源：马克·法兰/海军特种作战出版有限公司）

左图：在加勒比海中，海豹突击队从一艘海豹输送艇中进入海里。（图片来源：安德鲁·迈克卡斯基/美国海军）

左下图：在夏威夷的珍珠港，海豹输送艇在高级海豹输送系统池中进行水下测试。操作员可以在新鲜、干净的水中测试海豹输送艇的所有系统。测试中，水下自主呼吸系统也会被用到，里面正常情况下使用的是换气机。（图片来源：戴维·加特利）

右图：海军核潜艇，背上有两个“干式甲板换乘舱”。（图片来源：汤姆·霍金斯）

1960年，水下爆破大队依然在寻找一款能令其满意的和可靠的蛙人输送艇。也就在那一年，一款被称作“德鲁特”的二人“湿式”潜艇开始酝酿、设计并由水下爆破大队第1分队（驻扎于加利福尼亚州科罗纳多的海军两栖训练营）的人员开始建造。两名操作员戴着水下自主呼吸器分开双腿半俯卧着骑乘在袖珍潜艇内。德鲁特看上去有点奇怪，类似喷气式飞机携带的、可以抛掉的外挂油箱。事实上德鲁特的壳体正是用F7U弯刀战机（钱斯·沃特飞机制造公司产）的可弃外挂油箱制造的。4个油箱构成了袖珍潜艇的艇体。整个袖珍潜艇里大量使用了废弃的飞机零件，这些零件很多来自圣迭戈北岛上的海军航空兵回收场。这款袖珍潜艇并不属于尖端装备，也没能体现出技术上的突破，却是水下爆破大队不懈追求理想蛙人输送艇的“沉默证人”。

火山灰和海马

在一段相当长的时间里，美国海军对意大利在袖珍潜艇领域的成果很感兴趣。20世纪50年代晚期，位于意大利里窝那的公司——摩托斯卡夫潜艇建造业为个人、商业

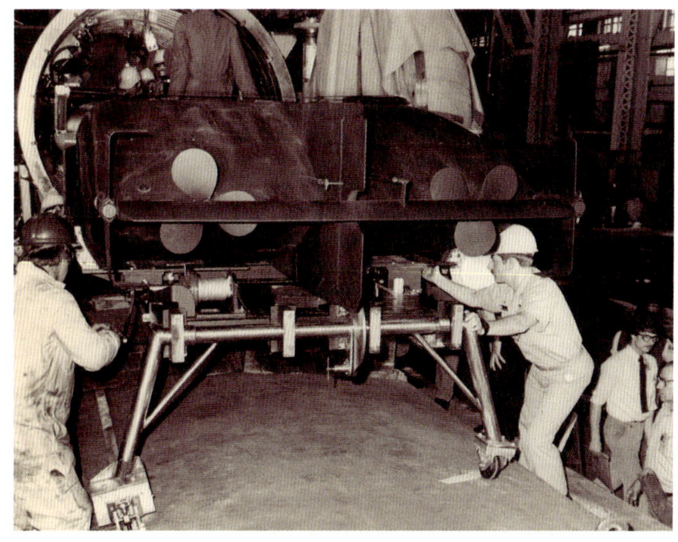

左图：在通用动力电船公司，一艘“马克 4 型”蛙人输送艇正在进行早期的组装试验。“干式甲板换乘舱”也是在通用动力电船公司建造出来的。（图片来源：汤姆·霍金斯）

企业和外国政府定制在外海作业的蛙人输送艇。1960 年，美国海军从摩托斯卡夫购买了 4 艘“火山灰 3 型”袖珍潜艇，1962 年，又从这家意大利公司购买了 4 艘“海马 2 型”袖珍潜艇，用于评估。“火山灰”是一种搭载 4 人的“湿式”袖珍潜艇，“海马”则是一种搭载 2 人的“湿式”袖珍潜艇。这两个型号的袖珍潜艇都由水下爆破大队进行测试与评估，并且发现在许多方面不尽如人意。但 1964 年，海军还是购买了 8 艘“火山灰”和 8 艘“海马”，由海军水雷防御实验室（MDL，位于佛罗里达的巴拿马城）进行改装。主要的改动包括：一、将操作控制系统改装到潜艇

左图：潜艇训练平台（SUBTRAP）的设计初衷是模仿正在移动中的潜艇甲板，图片中，海豹输送艇大队的成员正在潜艇训练平台上进行训练。在没有潜艇可以用来训练时，潜艇训练平台可以用来磨炼队员们从潜艇上被投放并被回收的技巧。它被一艘水面舰艇（一般是中型登陆艇）拖拽着。这张图片中，海豹输送艇大队的人员已经完成了训练，等待平台被拖到码头结束这次任务。（图片来源：汤姆·霍金斯）

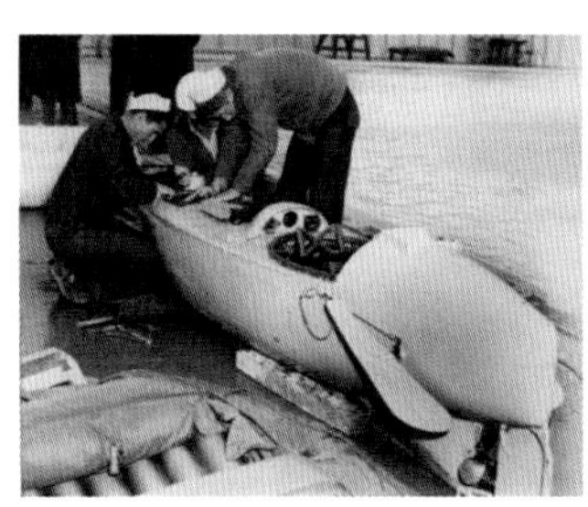

上图：喷气 XXXX，由喷气飞机公司为水下爆破大队制造的一款蛙人输送艇，由人踩踏板提供动力。这也是一款早期产品。（图片来源：汤姆·霍金斯）

上中图：意大利“火山灰”袖珍潜艇的改装版，驾驶舱内坐着一名水下爆破大队的操作员。当时海军购买了一批“火山灰”和“海马”袖珍潜艇，供水下爆破大队使用，但它们从未被投入实战任务。（图片来源：汤姆·霍金斯）

上右图：英国在“二战”中建造的“睡美人”袖珍潜艇。图片中，驻扎在圣迭戈的水下爆破大队蛙人正在测试这款袖珍潜艇，时间是1950年的某一日。（图片来源：汤姆·霍金斯）

前面的乘员站；二、安装树脂风挡玻璃以及一整块的树脂玻璃顶篷；三、安装功能更为强劲的电池；四、增加舵平面（rudder plane）和艉平面（stern plane）的表面积；五、将这些控制面重新放在乘员身后，以增强控制面的有效性；六、重新设计袖珍潜艇的仪器。

“马克 1 型 1 号”原型机

在 20 世纪 60 年代，许多民间商业公司都试图为水下爆破大队和海豹突击队建造蛙人输送艇。喷气飞机公司根据舰艇局的合同建造了 3 款蛙人输送艇，其中最重要的一款是“马克 1 型”蛙人推进器的 1 号原型机，于 1962 年交付。这款蛙人输送艇确实可以推送一名正在行进的蛙人。这种蛙人推进器的最大不足在于，蛙人在操控这种推进器时，全身都要动起来，还要用到脚蹼。在实践中，蛙人们发现这导致操控难度大增，要花很大的力气才能使得推进器保持在正确的路径和所需的深度上，而且这种推进器的有效载荷几乎为零。

右图：“马克 7 型”蛙人输送艇，两名蛙人分别在前后两个舱室内。船艏安装的布内特声波接收系统被驾驶员用来寻找“母艇”。（图片来源：汤姆·霍金斯）

上图：位于波多黎各罗斯福路的美国海军基地里，“马克7型”蛙人输送艇的2号原型机被发射入水参加训练。仔细观察蛙人输送艇被绳索吊起来的地方，你可以看到艇的顶端有一个充气浮力球。在训练期间，出于安全考虑，这个浮力球会被拖在正在行进的蛙人输送艇后，以便让海上支援舟艇能够追踪这些蛙人输送艇上乘员的水下活动。（图片来源：汤姆·霍金斯）

左上图：这张历史图片非常珍贵：“马克7型”蛙人输送艇与改进过的意大利产“火山灰3型”袖珍潜艇（前面）并列，后者由美国海军根据水下爆破大队的需求进行了极大的改造。“马克7型”蛙人输送艇由通用动力公司的空运部门建造，并得到了“太平洋海军作战行动支援群”（海军特战队第1分队的前身）司令的指导。（图片来源：汤姆·霍金斯）

X-1 改进型

1963年11月，共和国飞机公司向舰艇局提交建议，对X-1袖珍潜艇进行再次改装，以方便水下爆破大队和海豹突击队使用。根据这份提议，改进后的X-1艇将可以携带12名全副武装的蛙人，电池效能也将获得提升，驾驶和潜水控制系统也得到改善，对柴油机废气排放系统的改装，也使得柴油引擎的输出功率更为强劲。舰艇局批准了这一提议，但改造计划从未获得资金支持。

PR-77

1964年，海军水雷防御实验室采用了一种由法国制造的二人蛙人输送艇——PR-77，它采用了新颖的泪滴状设计，两名操作员可以直着身体，肩并肩在驾驶舱内骑乘。到1965年，海军水雷防御实验室建造了另一种二人袖珍潜艇，这种袖珍潜艇的设计极大地借鉴了PR-77。这种袖珍潜艇在试验阶段经历了难产，但根据海军技术发展规划（TDP）38-02，它还是成为一个试验基准，在未来签署的合同中，都作为描绘第一级和第二级蛙人输送艇的说明书。

康维尔14型

1966年12月，位于圣迭戈的通用动力公司空中运输分部，根据合同向海军海洋系统司令部（前身是舰艇局）交付了 5 艘全新设计建造的 4 人蛙人输送艇。这种输送艇的建造设计也得到了“太平洋海军作战行动支援群”（海军特战队第 1 分队的前身）司令在任务及技术方面的指导。人们经常将这款袖珍潜艇称作改进型的“火山灰”，但其正式名称是“康维尔 14 型”。

它可以用 5 节的速度连续巡航 8 个小时，4 名蛙人直着身体坐在充满水的艇体内，外面罩着厚达 0.08 英寸的纤维玻璃。两个乘员座舱一前一后，当中用一个压载箱隔开。两个座舱都用可滑动开合的透明塑料顶篷封闭起来，以减少行进时遇到的阻力。

“康维尔 14 型”在当时代表了美国蛙人输送艇的最新思维和最新的设计建造理念。它也被视为一个过渡产品，因为根据海军技术发展规划（TDP）38–02，马上开始建造了航程更长的第一级和第二级蛙人输送艇。“康维尔 14 型”是一种十分基础的设计，没有采用尖端的子系统。绘图声呐、障碍物规避声呐、全深度记录装备以及其他高级装备都根据海军技术发展规划（TDP）38–02，被吸收到第一级和第二级蛙人输送艇中。

下图：这艘“马克 9 型”蛙人输送艇采取了“小波皮”（英国儿歌中人物，头戴帽子手拿拐杖，与这里说的“马克 9 型”蛙人输送艇有些类似——译者注）般的布局。这艘蛙人输送艇的右侧采用 LAM 模式（Limpet Assembly，Modular，模块化吸附式挂钩），于是工作人员可以根据任务需要更换相应的炸弹。（图片来源：汤姆 · 霍金斯）

左图：在海面上，“马克 9 型”蛙人输送艇正在进行乘员更换。这是一款低姿态蛙人输送艇，蛙人们在里面要采用俯卧的姿势。这种输送艇的尾部，有一个较大的物品装载隔间，可用来装载武器和其他物品。“马克 9 型”蛙人输送艇被建造成一款武器投送平台。（图片来源：汤姆·霍金斯）

在 20 世纪 70 年代，“康维尔 14 型”被指定为“马克 7 型”蛙人输送艇。而根据海军技术发展规划（TDP）38-02 建造蛙人输送艇的进程一再被拖延，因此“康维尔 14 型”后来获得改进，并且获得先进的声呐和其他硬件设施。“马克 7 型”蛙人输送艇也是第一款被建造出来并被美国海军接纳的蛙人输送艇，也是水下爆破大队和海豹突击队所获得的、真正可靠的袖珍潜艇。这也是第一款进行实战部署的蛙人输送艇。

海豹支援系统将使海豹突击队和水下爆破大队的水下作战能力发生革命性变化。该计划酝酿于 20 世纪 60 年代，要求研发第一级和第二级的水下呼吸器（UBAs）、第一级和第二级的蛙人输送艇，并将一些潜艇改造成运输、投放和回收蛙人输送艇及其乘员的“母艇”，上述潜艇包括“灰鲸”号巡航导弹潜艇（舷号 SSG-574）和“灰鲸”号的姐妹舰“黑鲈”号（舷号 SSG-577），二者都曾属于“狮子座”导弹潜艇。

1967 年，新型水下呼吸器和蛙人输送艇的规格起草完毕。斯科特航空公司获得合同，研发封闭式纯氧呼吸器（第一级）以及封闭式混合气体呼吸器（第二级），以代替海豹突击队当时使用的埃莫森及“马克 6 型”水下呼吸器。第二级水下呼吸器一次可以使用 6 个小时，第一级蛙人输送艇的乘员如果使用它，可以有效延长蛙人输送艇的航程、加强其深度控制能力以及导航操作能力。

喷气飞机公司获得了一份合同并将根据合同研发第一级蛙人输送艇（乘员为 6 人）以及第二级蛙人输送艇（乘员 2 人）。第一级蛙人输送艇的主要任务是帮助水下爆破大队和海豹突击队对海岸进行渗透和撤离，并且可用于投送特种武器。第二级蛙人输送艇的首要任务是两栖侦察，后来也包括了武器投送。

喷气飞机公司的蛙人输送艇研发项目技术性强，而且很复杂，在经过了几年的研发后，陷入困境。根据合同交付的输送器非常重，几乎不可能获得必要的中和浮力来保证其速度、航程以及安全。喷气飞机公司的项目最终被中止，美国政府设立了一个特别项目办公室（位于加利福尼亚州中国湖的海军武器中心），将该项目置于特别项目办公室的控制之下。

由于喷气飞机公司的项目被拖延，另一个单独并且强劲的项目被设立起来，以改进“马克 7 型”蛙人输送艇的设计，并将先进的硬件装配上去。修补“马克 7 型”蛙人输送艇的缺陷成为头等大事，海军最高层也直接指导相关项目，来对这款“蛙人输送艇”进行现代化改进。当时长航程的第一级和第二级蛙人输送艇的研发计划已经实质遇阻，使得“马克 7 型”蛙人输送艇的改进计划变得刻不容缓。这些改进包括头部和尾部的导航声呐、内部和外部通信系统以及控制和推进系统，还有其他一些硬件。当时“灰鲸”号已经完成挂钩的改装，并且重新服役，太平洋舰队司令官需要一款可靠的蛙人输送艇来执行秘密任务。这也是“马克 7 型”蛙人输送艇现代化改造项目如此急迫的原因之一。

上图：水下爆破大队成员对意大利产的袖珍潜艇进行测试和评估。（图片来源：汤姆 · 霍金斯）

左上图：1968 年 3 月，在佛罗里达州基韦斯特，改进后的“火山灰”袖珍潜艇在训练中被放在一艘柴电潜艇的背上。“火山灰”袖珍潜艇比较原始，没能真正提升水下爆破大队的战斗力，但它为更先进的美国袖珍潜艇的出现开辟了道路。（图片来源：汤姆 · 霍金斯）

越南战场

海军的“狮子座”导弹潜艇项目在 1964 年“灰鲸”号退出现役时结束。水下爆破大队和海豹突击队需要改建一款潜艇用于装载、运输蛙人推送器，“灰鲸”号和其姐妹艇“黑鲈”号一道成为“候选者”。于是在 1967 年的 11 月，“灰鲸”号在加利福尼亚州迈尔岛上的海军船坞里开始了第二次改装。原先估计此次改装的花费为 1520 万美元，但实际上花费了 3000 万美元，连原本用来改造“黑鲈”号的钱也被花掉了。1968 年，海军将“灰鲸”号的归类从“狮子座”导弹潜艇（SSG），变成两栖载人潜艇（LPSSs），并将其重新投入现役。它被部署到西太平洋，海军高层考虑用它来对付越共以及北越部队。

1972 年，“灰鲸”号和蛙人输送艇第一次接到作战任务。这一秘密任务的核心，是搜寻两名被北越抓获的飞行员，并帮助其脱逃。这两名飞行员被北越挟持为战俘，关押在著名的“河内希尔顿”，也就是北越专门关押美军战俘的地方。获得最新情报的战俘们正打算偷一条船，沿着红河一直驶到东京湾。而参谋长联席会议主席托马斯 · H. 穆勒上将授权太平洋司令部执行“积雨云”行动，这是一项太平洋舰队提议进行的营救计划。这项行动的全部细节只有几名军官知道，并由太平洋司令部司令小约翰·S. 麦凯恩上将批准通过。

营救计划开始实施，两艘“马克 7 型”蛙人输送艇以及来自海豹突击队第 1 分队和水下爆破大队第 11 分队的战士参加了行动，统领他们的是梅尔文·德里上尉（外号“斯彭斯”）。两名水下爆破大队第 11 分队的战士和两名海豹突击队的战士将搭乘一艘蛙人输送艇，从一艘潜在水底的潜艇上出发，来到红河河口的一座小岛上。两名水下爆破大队第 11 分队的战士主要负责将 4 人小组带到目的地。两名海豹突击队队员在那里建立了一个隐蔽所寻找逃跑战俘的踪迹。一旦看到逃跑的战俘，这两名海豹突击队队员会截住他们，并且与第 7 舰队正在等待的舰艇一道对他们进行营救。

“灰鲸”号于 1972 年 6 月 3 日来到预定位置。海豹突击队决定在夜间先搭乘蛙人输送艇进行秘密侦察。负责进行侦察的一艘蛙人输送艇在午夜过后不久就离开了“灰鲸”号，但导航错误和强劲的暗流使得它偏离了预定路线。蛙人输送艇上的人员寻找了一个小时都没能找到那座小岛，最后只能放弃任务，却又找不到回“灰鲸”号的路。随着输送艇上电池耗尽，4 名队员决定弃艇。

当天夜里，另一艘蛙人输送艇也离开了“灰鲸”号，其目的是为第二天的任务进行预演。这艘蛙人输送艇始终没有离开“灰鲸”号潜艇声学归航信标的作用范围，以便能在接到命令时或根据计划及时回到“灰鲸”号上的机库内。然而一离开“灰鲸”号，蛙人输送艇就在大约 60 英尺深的海底搁浅了。4 名乘员弃艇浮出水面，随后被救起。

第二天，第一艘输送艇上的乘员被一架海军 HH-3A 战斗搜救直升机救起，直升机舱门上的机枪手还将那艘无法行动的蛙人输送艇击沉，因为它太重，无法打捞上岸。4 名乘员被送到“长滩”号巡航导弹核潜艇（舷号 CGN-9）上，并在那里就此次任务做了简报，然后，他们计划返回“灰鲸”号。

根据计划，这4名乘员要在夜里搭乘直升机，直升机在“灰鲸”号附近低空盘旋，并且减慢速度，4名乘员然后跳入水中回到“灰鲸”号。不幸的是，6月5日23点跳水时，德里上尉不幸身亡。他也是海豹突击队在越南战场上的最后一个阵亡者。

海豹输送艇大队

在这次失败的任务之后，“马克7型”蛙人输送艇获得了极大的改进，但在许多年中依然处于保密状态。改进的“马克7型”蛙人输送艇成为20世纪70年代的主力，由于获得了硬件改进，它们可以满足所有海豹输送艇大队各分队的需要。海豹输送艇大队成立时，人员中既有来自海豹突击队的，也有来自海军舰队的，维护海豹输送艇和“干式甲板换乘舱”的人，其技术等级也各不相同。

在一次与两栖战斗群在地中海联合进行的部署中，海豹输送艇大队第2分队的一个作战排对目标国的海岸进行了

下左图：“马克8型”蛙人输送艇被装上其“母船”——一艘潜艇上的“干式甲板换乘舱”，准备参加下一次行动。（图片来源：汤姆·霍金斯）

下图：“马克7型”蛙人输送艇各原型机的草图。（图片来源：汤姆·霍金斯）

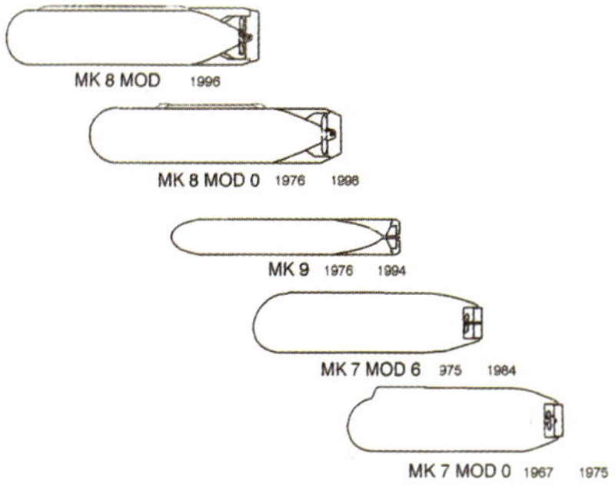

秘密侦察，以获取水文资料，找到未来可以利用的两栖登陆点。这也是美国蛙人首次在地中海和大西洋实战使用海豹输送艇。这次行动以及前面的“积雨云”行动现在我们都可以讨论了，但海豹输送艇参与的其他行动我们仍不能提及，它们在未来很长的一段时间里依然会处于保密状态。

根据海军技术发展规划（TDP）38–02，水下爆破大队和海豹突击队的每支分队都要装备海豹输送艇。然而事实上，海军方面很快发现，海豹输送艇的维护要求很高，而且驾驶这款尖端平台需要极其高超的技能。在几年的时间里，“马克 7 型”蛙人输送艇被配发给水下爆破大队和海豹突击队的各支分队，但一些分队将这款输送艇扔在一旁，因为他们根本就没有时间和人员来操作这款输送艇。

1979 年，高层准备在利特尔克里克的海军两栖训练营重新组建水下爆破大队第 22 分队。高层还决定，这支分队将完全用于操作和维护海豹输送艇，上述决定得到了很有效的执行。正在这时，海军引入了“马克 8 型”和“马克 9 型”蛙人输送艇，这两款输送艇被认为就是海军技术发展规划（TDP）38–02 中所提及的第一级和第二级蛙人输送艇。

海军特种作战部队项目办公室（代号 SEA06Z，位于华盛顿特区的海军海洋系统司令部）负责管理海豹输送艇项目。“马克 8 型”和“马克 9 型”要花费数年时间逐步替代“马克 7 型”，因为这两款新型的海豹输送艇还未投入量产，它们在位于佛罗里达州巴拿马城的海军实验室还处于“一次组装一艘”的状态。海豹输送艇在巴拿马城受人瞩目的建造计划很独特，这里建立起了成熟的海豹输送艇支援组织，没有这些，海豹输送艇的建造计划可能会搁浅。

位于巴拿马城的这个海豹输送艇支援组织是从中国湖搬过来的，成立于 20 世纪 70 年代早期。在巴拿马城的这些人也通过不断的试验和现代化工程，使得海豹输送艇的作战能力得以不断升级。除了巴拿马城，海豹输送艇的许多电子子系统都在位于得克萨斯州奥斯汀市的应用研究实验室（ARL）完成设计和制造。

上左图：这是一张珍贵的“马克9型”海豹输送艇在水底的照片，它正携带着防区外武器——鱼雷——从一艘潜艇甲板上的停泊位出发。系在输送艇头部的那根绳子，是海豹输送艇发射和回收系统的一部分。注意防区外武器的潜望镜，在进行运输时它在下方。（图片来源：汤姆·霍金斯）

上中图：在太平洋上，海豹突击队队员完成了一次海豹输送艇训练，正在返回。（图片来源：格雷格·E. 马蒂逊/海军特种作战出版有限公司）

上右图：图中的这名蛙人其实是海军摄影军士长，他潜入海中，拍摄海豹突击队进行“锁出”动作，从潜艇中出来的情况。图片中这艘潜艇是战略导弹核潜艇——“伍德罗·威尔逊”号（舷号SSBN-624）。（图片来源：美国海军）

海豹输送艇的成熟

1983年，水下爆破大队变更为海豹突击队，而水下爆破大队第12和第22分队被正式分别更名为海豹输送艇大队第1和第2分队。成立后的一年内，它们开始实战运用海豹输送艇。海豹输送艇大队第1分队的优势在于，他们拥有“灰鲸”号潜艇提供的战术机动力。而一艘637级的长壳快速攻击潜艇“棘鳍”号（舷号SSN-684），也正在改造中，以便在将来代替“灰鲸”号。

而驻扎在东海岸的海豹输送艇大队第2分队发现很难找到一款适合自己的战术机动平台，不得不屈尊寻求搭载于两栖舰艇进行部署，但这也是一个创造和创新的契机。一种海豹输送艇拖曳板被制造了出来，可以帮助海豹输送艇从两栖舰艇很高的干舷上进行投放和回收。这种拖曳板设计得非常精巧，它们可以放在浮板上，缓缓地放入水中，这使得其就漂浮在距离水面不远的水下。海豹输送艇可以轻易地上下拖曳板，当输送艇在拖曳板上时，可以用高速支援舰艇对其进行拖曳。输送艇高速向前，拖曳板和输送艇内残余的海水都会被排走，这样拖曳板平面外壳就会翘起，从而更好地支持高速运输。这种拖曳板确实能够拓展海豹输送艇的任务执行半径，因为它可以使海豹输送艇在不需耗费珍贵的电池能量的情况下，更加接近目标海岸。

因为“黑鲈”号未能经过改装就被部署到东海岸，海豹输送艇大队第2分队不得不考虑在大西洋行动时，将其海豹输送艇通过一个“湿式换乘舱”“捆绑”在一艘常规潜艇身上。于是，一座“湿式换乘舱”被建造出来并交付使用。根据设计，这种“湿式换乘舱”主要是用于容纳“马克7型”和“马克8型”海豹输送艇（船艄升降舵被去除）。在训练中，这种“湿式换乘舱”被用到过几次，但在实战中从未部署。

由于在训练过程中很难获得潜艇的协助，技术人员建造了一种潜艇训练平台（SUBTRAP）。

装备一个可变压舱装置，这种潜艇训练平台可以被一艘水面舰艇拖拽。潜艇训练平台的设计初衷，是模仿正在行进中的潜艇甲板。这种训练装置由海豹输送艇大队使用和维护。虽然非常有创意，但这款潜艇训练平台并不经常被用到，因为潜艇训练平台维护起来工作量极大，要海豹输送艇大队成员和技术人员抛开自己的首要工作来专门“伺候”它。

“马克8型”蛙人输送艇的设计初衷是用来投送人员和武器。它可以运载6名全副武装的蛙人或2~3名蛙人及许多武器，这里提及的武器包括“马克4”和“马克5”吸附式水雷以及“马克36”吸附式炸药。“马克9型”蛙人输送艇的设计比较低调，主要用于执行侦察任务，它还

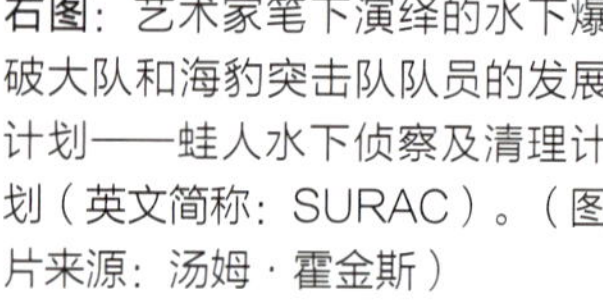

右图：艺术家笔下演绎的水下爆破大队和海豹突击队队员的发展计划——蛙人水下侦察及清理计划（英文简称：SURAC）。（图片来源：汤姆·霍金斯）

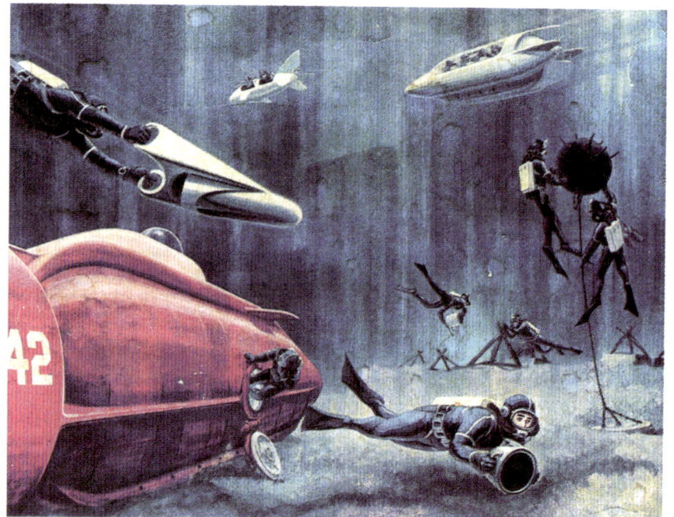

拥有一个货仓，可以装载与“马克 8 型”蛙人输送艇一样的武器。

在海军技术发展规划（TDP）30–01 中有一类蛙人（后来称为“海豹”）武器系统，其中发展出一款专为“马克 9 型”蛙人输送艇打造的武器，被称为防区外武器（SWA），其实是一款改进型的海军“马克 37 型”鱼雷。在很长的一段时间里，“马克 37 型”是美国潜艇使用得最多的一款反潜艇作战鱼雷。1972 年，它被“马克 48 型”取代，但许多剩下的“马克 37 型”依然留在海军的库存清单上，随时可以使用。要将“马克 37 型”改造成“马克 9 型”蛙人输送艇可以使用的武器，这里面存在一个技术挑战，那就是其独特的旋转臂挂钩或发射轨。蛙人输送艇和武器必须被装进潜艇的“干式甲板换乘舱”里，而达成这一目的的唯一办法就是在“干式甲板换乘舱”里对它们进行硬件安装——这也是出于潜艇自身的安全考虑，“换乘舱”内一旦进水，就立刻将它们放到旋转臂上，这可以使鱼雷获得中和浮力。一旦离开“干式甲板换乘舱”，鱼雷就会滚动落下，并正好锁入预定位置，使得蛙人输送艇可以对其进行运输和发射。

防区外武器是使用潜望镜进行瞄准的，一旦准备完毕，只要旋转罗盘稳定了，就可以发射。防区外武器安装有保险装置，以防其飞出距离不到 750 码即发生爆炸。这种防区外武器硬件成功完成了作战任务评估，并准备交付部队投入现役；然而由于成本上的考虑，在这款武器被交付之前，“马克 9 型”蛙人输送艇被从海军的装备清单中移除了。同时，这款武器又不兼容“马克 8 型”蛙人输送艇，所以该武器系统从未被海豹输送艇大队使用。

在“马克 9 型”蛙人输送艇被淘汰前，海豹输送艇大队第 2 分队研发出了一种他们称之为“小波皮”的投送武器布局方式。这种方式的要义之一，就是将“马克 5 型”吸附式水雷组装在防区外武器的旋转臂上。“小波皮”使得“马克 9 型”能够比其他普通的海豹输送艇装载更多的武器。

在整个 20 世纪 80 年代和 90 年代早期，“马克 8 型”海豹输送艇都是一款主打的袖珍潜艇。同时，对于其进行彻底的现代化改造的计划也开始启动。这一计划被称作“原型 1 号计划”，其结果是产生了一种推进系统、导航系统、声呐系统以及电子子系统都更为强大、更为有效的新型海豹输送艇。

高级海豹输送系统（ASDS）

20 世纪 80 年代中期，海军提出需要一种高级海豹输送系统。根据早先的决定，这种高级海豹输送系统应该是一种一个大气压环境中的袖珍潜艇，潜艇空间大到可以将一个班的海豹突击队队员投送到近岸海域，然后海豹突击队队员再通过“锁出”动作上岸行动。高级海豹输送系统的舱内气压也是一个大气压。根据海军高层先前的设想，无论是执行训练任务还是作战任务，海军的潜艇部队将负责运送高级海豹输送系统。2003 年，高级海豹输送系统及其“母艇”诞生了。第一艘高级海豹输送系统被分配给海豹输送艇大队第 1 分队（驻扎地是夏威夷的珍珠港），并由“格林维尔”号搭载，在印度洋和波斯湾完成了第一次

右图：意大利产“线圈猪”式蛙人输送艇，这是一款“湿式”蛙人输送艇，大约和英国“战车”式蛙人输送艇同时研发。（图片来源：汤姆·霍金斯）

左图："格林维尔"号潜艇（舷号 SSN- 772）运送着第 1 号高级海豹输送系统"水虎鱼"，它们正在珍珠港外海进行测试。高级海豹输送系统是一种长 65 英尺的袖珍潜艇，可以与"洛杉矶"级潜艇连接，并被后者驮在背上。（图片来源：美国海军）

部署。对此，海军特种作战司令部司令评论道："在行动中，它展现出巨大的优势，事实证明，这款装备是成功的……它的能力超出我们的预期……没有任何东西能代替它；它既隐蔽，又具有持久的能力。"

即便得到如此高的评价，高级海豹输送系统依然遇到了麻烦。

2003 年，国会预算办公室指出这款装备存在两个关键问题：螺旋桨发出的噪音太大，同时银锌电池的能量损耗速度也比预期的要快。为此，一种由合金制成的新型螺旋桨问世，来解决噪音问题。此外，一款锂离子电池也被用来代替原先的银锌电池。高级海豹输送系统的成本由此持续上升，国会也撤回了资金支持，并提出只有当所有的技术困难都被克服后才会重新考虑拨款。不幸的是，2008 年 11 月，高级海豹输送系统在码头充电时发生火灾，被彻底摧毁。后续的同类型袖珍潜艇也没能建造出来。

海豹输送艇和高级海豹输送系统的行动特征以及作战战术、作战技术和作战流程（TTP）至今仍属于机密，我们不能详细介绍。驾驶这些袖珍潜艇的都是海豹突击队成员。在来到海豹输送艇大队前，这些人都经历过特别的海豹输送艇训练和相应的驾驶资格教学课程。海豹输送艇训练学校位于佛罗里达州巴拿马城的海军研发实验室，而实验室中的海豹输送艇技术支援人员也就驻扎在学校附近，这样海

下图：中情局研制的、长 19.5 英尺的袖珍潜艇，这种供 3 人搭乘的潜艇由中情局技术服务办公室在冷战中建造，从未向公众披露。这款袖珍潜艇不能搭载武器，续航能力有限，必须要有"母艇"进行运输和回收，它的工作方式则类似海豹输送艇。它体积小，可以半潜、静音，由木头制造使得声呐和雷达都探测不到它。这种袖珍潜艇可以在没有乘员的情况下沉入 30 英尺深的海中，并在海底待上 3 ~ 4 个星期。此外，当它以"甲板清洗"姿势（即上甲板比水面略低）运行时，只有一个树脂玻璃制的观察座露出水面，肉眼也无法发现它。（图片来源：格雷格 · E. 马蒂逊 / 海军特种作战出版有限公司）

豹输送艇所有现代化的改进都能在第一时间被部队所掌握。

那些选择成为海豹输送艇驾驶员和导航员的人绝对是异类，即便在海豹突击队中也是异类。海豹输送艇的电子通信系统、导航系统、交会对接系统非常复杂，操作人员需要接受大量基础和进修性质的训练，才能有效地在水下执行多种任务，而且还要穿越未知的海域，有些甚至是敌方占据的“禁区”。如果在执行任务时，海豹输送艇要在夜间从一艘正在行驶的潜艇上出发，则其操作的复杂程度更会大大增加。

海豹输送艇执行任务的持续时间一般为几个小时，乘员们要在这段时间里忍受深海的极端环境，包括高压和低温。为了完成任务，他们会穿着保温服、佩戴“马克 16”水下呼吸器（配全面罩），携带生命保障系统、罗盘、深度仪和其他电子装置。因此当 6 名乘员，或者 2~3 名乘员外加武器系统在艇上时，整个海豹输送艇会显得很挤。而且，在海豹输送艇行进的过程中，乘员们在很长的一段时间里无所事事，他们有足够的时间去想自己身上有多冷。

在“二战”中，美国根本没有考虑过使用海豹输送艇，但它还是演化成在国家指挥系统中具备战略重要性的重要战力。目前，海豹输送艇的能力还在改进，高层已经在考虑建造下一代战斗袖珍潜艇。它与潜艇部队一起，将确保海豹突击队有能力在任何时间对任何目标展开秘密行动。

下图：海豹输送艇大队第 1 分队的“纪念币”。第 1 分队和第 2 分队目前都在珍珠港外执行任务。海豹输送艇大队负责操作和维护用来运送海豹突击队的袖珍潜艇系统，他们可以将海豹突击队输送到敌占区执行侦察和直接攻击的行动。海军特种作战分遣队是一种小型的指挥和控制单元，主要驻扎在美国本土之外的地区，负责支援海军特混舰队中，其他海军特种作战部队派到本战区特种作战司令部麾下的部队。

潜艇

对于海豹突击队，尤其是今天的海豹输送艇大队来说，潜艇依然是一种非常特别的舰艇。“二战”中，水下爆破大队执行过一次失败的任务，此后水下爆破大队—海豹突

本页两幅图：在一艘支援舰艇上，一名海军高级士官长在向一支海豹输送艇分队做任务简报，然后他们将出发执行一次演练，海豹突击队和海豹输送艇将与一艘"俄亥俄"级潜艇在太平洋的某处汇合。（图片来源：格雷格·E.马蒂逊/海军特种作战出版有限公司）

击队—潜艇三者间的关系已经经过演化。1944 年 8 月，6 名水下爆破大队成员——海军士官鲍勃·布莱克、海军士官约翰·麦克马洪、海军士官威廉·穆尔、海军士官伦纳德·巴恩希尔、海军士官沃伦·克里斯坦森、海军军士长霍华德·罗德组成一支特种任务群，完成了战争期间唯一一次从潜艇上出发的任务。

当时，"短刺"号潜艇（舷号 SS-312）停泊在水面上，6 名水下爆破大队成员搭乘橡皮艇去执行侦察任务，目标是具有战略意义的帕劳群岛中的佩莱利乌岛和加普岛。他们连续两个夜晚进行了两场作战行动，海军士官鲍勃·布莱克、海军士官约翰·麦克马洪以及霍华德·罗德军士长

右图：夜晚，在太平洋的某处，一艘海豹输送艇被从海面上吊到一艘海军支援舰艇上。（图片来源：格雷格·E. 马蒂逊/海军特种作战出版有限公司）

在执行第二次任务的过程中失踪。后来得知，他们被日本人俘虏并惨遭杀害，尸骨无存。这也是海军特种作战部队中，三名未能从战场上回来的勇士！由此，在“二战”中，高层再也没有考虑过把潜艇作为水下爆破大队的可靠“母艇”：因为让那么多人登上潜艇是不现实的，而水面舰艇尤其是两栖运兵舰成为理想的选择。直到1947年2月，在波多黎各的维钮岛，水下爆破大队才再次正视潜艇，当时他们以“鲈鱼”号潜艇（舷号SS-214）为“母艇”，用橡皮艇执行投送和回收任务。

1947年2月20日和21日，“鲈鱼”号在维尔京群岛圣托马斯的林德伯格湾坐滩，水下爆破大队第2和第4分队的队员第一次使用兰博岑两栖呼吸器，从潜艇的逃生舱中执行“锁入”和“锁出”行动。兰博岑两栖呼吸器也是“二战”中战略情报局海事连所使用的水下呼吸器。

2月22日，“鲈鱼”号以超低速度航行，搭乘这艘潜艇的费恩（水下爆破大队指挥官，海军中校）、克里斯蒂安·兰博岑博士（兰博岑两栖呼吸器的发明者，“二战”中水下战略情报局蛙人的训练者）则成为首批在行进中的潜艇上执行“锁入”“锁出”动作的人。此次行动也证明，潜艇可以在行进状态下投送和回收水下爆破大队的蛙人。

1948年10月14日，水下爆破大队的队员首次在一条

左图：在夜色中的太平洋上，一艘海豹输送艇被一艘海军支援舰艇吊装起来，当时这艘海豹输送艇正在与一艘“俄亥俄”级潜艇进行夜间演习。（图片来源：格雷格·E. 马蒂逊 / 海军特种作战出版有限公司）

正在水底的潜艇的甲板上，对英国产“睡美人”袖珍潜艇进行投放和回收，地点是圣托马斯，用到的潜艇是“魁北克”号（舷号 SS-424）。来自东海岸和西海岸的水下爆破大队队员共同完成了此项任务，当这些队员回到他们位于利特尔克里克和科罗纳多的基地时，袖珍潜艇作战排的概念就成形了。水下爆破大队将自己从侦察战斗蛙人部队，转变成秘密蛙人部队，具备一系列水下渗透和破袭的能力。

从 1948 年开始，直到朝鲜战争爆发，水下爆破大队第 1 分队和第 3 分队继续进行训练，训练时用到的潜艇包括“红鱼”号（舷号 SS-395）、“海狐”号（舷号 SS-402）、“海鲈”号（舷号 SS-396）和“河鲈”号（舷号 SSP-313）。

1950 年 1 月 31 日，“河鲈”号被重新归类为两栖人员

左下图：海豹突击队队员们将一艘海豹输送艇回收到支援舰艇上，当时这艘海豹输送艇正在太平洋上与一艘“俄亥俄”级潜艇进行夜间交会演练。（图片来源：格雷格·E. 马蒂逊 / 海军特种作战出版有限公司）

下图：海豹输送艇大队第 1 分队的“海豹突击队蛙人笼”，在这里面，蛙人可以储存各类执行任务时会用到的湿装备。（图片来源：格雷格·E. 马蒂逊 / 海军特种作战出版有限公司）

运输潜艇（APSS），并且在某种程度上成为海军陆战队和水下爆破大队训练时的专用潜艇。在西海岸各处，它与水下爆破大队和海军陆战队侦察人员一道执行了不少任务，并且和水下爆破大队一起在西太平洋实施了许多作战行动。

在朝鲜战争中，“河鲈”号表现非常优秀，执行了一系列的战斗巡逻任务，还负责投送和回收了英国皇家海军陆战队第41突击队以及韩国特种部队，后者和水下爆破大队以及美国海军陆战队并肩作战。战争结束以后，“河鲈号”继续在加利福尼亚南部海岸一带支援水下爆破大队的训练行动，同时在太平洋上进行巡逻。

1962年10月，“河鲈”号的母港变更为菲律宾的苏比克湾，在那里，西海岸的水下爆破大队各分队拥有他们自己的行动基地，“河鲈”号便开始与水下爆破大队一起在越南沿海一带执行了一系列的任务。

下部两幅图：海豹输送艇大队第2分队的一名成员准备将一艘海豹输送艇从“洛杉矶”级攻击潜艇——“费城”号（舷号SSN-690）的背上投放出去。这是一次训练任务的一部分。海豹输送艇的任务是在水下不被敌人察觉的情况下，将海豹突击队队员投送到作战目标地区。（图片来源：安德鲁·迈克卡斯基/美国海军）

1953年3月，“金枪鱼”号潜艇成为美国海军第一艘“狮子座”导弹潜艇，在将近12年的时间里，它都以这样的面貌服役。1966年，它的导弹舱被改造成供部队停留的隔间，为水中非常规战争提供支援。在众多的改动中，海水吸管（用来冷却设备）是定制的，可以从潜艇顶部进水，也可以从潜艇底部进水，根据作战情况而定。改用顶部吸管可以使潜艇在“锁出”之前坐沉海底，水下爆破大队和海豹突击队的蛙人由此得到了一个固定的平台和安全的庇护所。1966年8月，“金枪鱼”号在苏比克湾接替了“河鲈”号，在接下来的两年中，它在大多数时间里都在南中国海以及其他地方执行非常规作战任务。水下爆破大队、海豹突击队、陆军特种部队、英国和中国台湾地区的特种部队、海军陆战队武装侦察连都曾经搭乘“金枪鱼”号执行过任务，其中包括在越南沿岸执行两栖攻击任务前的侦察准备行动，在那里，“河鲈”号搜集了不少导航和海洋地理信息。

在东海岸，水下爆破大队继续用“鲈鱼”号“魁北克”号以及“海狮”号（舷号APSS-315）潜艇来磨炼自己的水下技能，其中用得最多的是“海狮”号，它曾经被指定改造成部队运输潜艇。在 1948 年 4 月进行的改装中，“海狮”号的前后鱼雷发射管和前引擎都被去除，留出来的舱室都被改造成驻存部队之用。其中，前引擎舱室和后鱼雷发射管舱室也可以作为货物储存空间之用。原先的军官起居室则被重新设计成艇上分遣队的作战中心，指挥塔的后梁也被延伸，一个巨大的、防水的圆柱体舱室就被安装在指挥塔后部，用于存放装备。

1949 年春天，“海狮”号被命令前往大西洋，并且先后以康涅狄格州的新伦敦和弗吉尼亚州的诺福克为母港，以执行任务。在整个 20 世纪 50 年代和 60 年代，“海狮”号在弗吉尼亚州和卡罗来纳的海岸外和加勒比海执行了多次训练任务，分别搭载过海军陆战队、水下爆破大队、海滩伞降部队以及陆军特种部队。1967 年 9 月 15 日，它又被移往佛罗里达州的基韦斯特，在那里服役了两年。

在整个 20 世纪 50 年代早期，东海岸的水下爆破大队在切萨皮克湾使用英国产的袖珍潜艇——“X 艇”进行试验。与此同时，美国海军上马了“X-1”艇的建造计划，其设计概念与“X 艇”相似，用来给水下爆破大队使用。在“二战”期间，英国大范围地使用了“X 艇”，而美国在 1952 年之前还没有一款军工产品能够与之媲美。1952 年，高层开始开始草拟“X-1 艇”项目。1954 年 6 月 8 日，“X-1 艇”的龙骨开始安放，1955 年 9 月 7 日，美国海军接收“X-1 艇”。它一直保留着“X”这个代号，也就是说它始终是试验性的。水下爆破大队成员曾经用“X-1 艇”进行过训练，但它从未在作战任务中被使用，也没有完成过一次作战巡逻。

“河鲈”号“金枪鱼号”以及“海狮号”服役多年，它们开辟了一个时代：潜艇被专门分配给水下爆破大队和海豹突击队训练之用。这些潜艇非常老旧，而且都面临退役。幸运的是，海军特种作战部队的高层考虑将它们进行重新安置。根据海军技术发展规划（TDP）38-02 与海

上图：海豹输送艇大队第 2 分队的一名成员，爬上一艘海豹输送艇，准备将其从“洛杉矶”级攻击潜艇——“费城”号（舷号 SSN-690）的背上投放出去。这是一次训练任务的一部分。海豹输送艇的任务是在水下不被敌人察觉的情况下，将海豹突击队队员投送到作战目标地区。（图片来源：安德鲁 · 迈克卡斯基 / 美国海军）

上图：海豹输送艇大队第 1 分队的“纪念币”。第 1 分队和第 2 分队目前都在珍珠港外执行任务。海豹输送艇大队负责操作和维护用来运送海豹突击队的袖珍潜艇系统，他们可以将海豹突击队输送到敌占区执行侦察和直接攻击的行动。海军特种作战分遣队是一种小型的指挥和控制单元，主要驻扎在美国本土之外的地区，负责支援海军特混舰队中，其他海军特种作战部队派到本战区特种作战司令部麾下的部队。（图片来源：戴维 · 加特利 / 海军特种作战出版有限公司）

军技术发展规划蛙人支援系统，海军将“灰鲸”号（舷号 SSG-574）和“黑鲈”号（舷号 SSG-577）巡航导弹潜艇进行改造，供水下爆破大队和海豹突击队使用。和“金枪鱼”号一样，上述潜艇原本的建造目的是发射“舰对地”导弹——“狮子座”导弹。在改造过程中，潜艇的艏部建造出两个舱室，供水下爆破大队和海豹突击队使用。随着更多现代化的“北极星”核潜艇进入现役，“灰鲸”号和“黑鲈”号在发射导弹方面开始落伍，但在进行部队运输方面它们仍是不错的候选者，尤其是在实施大规模蛙人“锁出”和运输海豹输送艇方面。

在进行改造工程时，“灰鲸”号发生的变化包括：指挥室围壳被加长了 10 英尺；在引擎室的前部位置增加辅助箱（这导致潜艇长度增加了 12 英尺，达到 334 英尺）；导弹发射舱被改造成可容纳 67 名士兵和海豹输送艇的舱室，而在右舷的库房则成为蛙人的减压房。

1968 年 8 月 30 日，“灰鲸”号进入太平洋舰队服役，其代号为 LPSS。高层打算将“黑鲈”号改造完毕后分配到大西洋舰队服役，但由于“灰鲸”号的改造成本大涨，“黑鲈”号没能接受改造。许多人在“灰鲸”号学会了水下作战技能，但由于服役时间太久，“灰鲸”号于 1984 年 1 月退役。

右图：来自海豹输送艇大队第 2 分队的 4 级准尉丹尼斯 · 理查森，与另一名海豹突击队队员正在准备“马克 15 型”UVA 水下呼吸器。在进入海豹输送艇进行夜间训练任务之前，他们得戴上全罩式面罩。（图片来源：格雷格 · E. 马蒂逊 / 海军特种作战出版有限公司）

干式甲板换乘舱

在“灰鲸”号服役期间，海军还开始对其多艘637级长壳潜艇进行改造，以在其上安装新型“干式甲板换乘舱”，这是一种根据海军技术发展规划（TDP）38-02后续发展项目建造的设施。这是一种特殊的外挂舱，可以拴在潜艇上，也可以解下，一旦安装上，它可以装载一艘海豹输送艇，或者被用于大规模蛙人的“锁出”行动。原先的计划是将所有637级潜艇，除了一艘以外全部进行改装，然后将“干式甲板换乘舱”空运到全球各处安装到潜艇上。

海军一共建造了6个“干式甲板换乘舱”，每个11.6米（38英尺）长，外直径2.7米（9英尺）。每个“干式甲板换乘舱”要增加“母艇”30吨的潜水排水量。“干式甲板换乘舱”可以被装在特殊的运输工具内，在高速公路上进行运输，也可以放在特殊的运输工具内由C-5和C-17飞机进行空运。一旦抵达港口，安装和测试总共要花费3天时间。每个“干式甲板换乘舱”都有3个HY-80钢材构件，外面覆盖玻璃增强塑料：在前端有一个高压氧舱，用于治疗受伤的蛙人，还有一个更小的球形转运箱（有一个进入潜艇的入口点），还有一个圆柱形的库房，两端都是椭圆形，

左图：曾驻利特尔克里克的输送艇大队第2分队队员正驾着一艘海豹输送艇离开港口进行测试。（图片来源：格雷格·E.马蒂逊/海军特种作战出版有限公司）

右图：海豹突击队队员准备搭乘一艘海豹输送艇前往一个海军军港执行一项任务：将一枚吸附式水雷安装在一艘军舰的底部。（图片来源：格雷格 · E. 马蒂逊 / 海军特种作战出版有限公司）

用于容纳“马克 8 型”海豹输送艇或 20 名海豹突击队队员外加 4 艘战斗侦察橡皮艇。每一艘“母艇”都经过特殊改造，以便能搭载“干式甲板换乘舱”，改造主要涉及适当的适配舱布局、电子连接、排风管道、驾驶者的空气供给系统以及抽水系统。

第一个“干式甲板换乘舱”由通用动力电船公司建造，代号是 DDS-01S（S 代表右舷，或者外部库房外侧门打开的方向）。它建成于 1982 年。剩下的 5 个则由纽波特纽斯造船厂于 1987 年到 1991 年间建造，分别是 DDS-02P（P 代表左舷）、DDS-03P、DDS-04S、DDS-05S 以及 DDS-06P。

右图：海豹输送艇大队第 2 分队的队员们在夜间训练中将一艘海豹输送艇吊装到海湾中。（图片来源：格雷格 · E. 马蒂逊 / 海军特种作战出版有限公司）

“干式甲板换乘舱”之所以有的在左舷开门，有的在右舷开门，是因为一艘潜艇往往可以装载两个“干式甲板换乘舱”，它们必须在潜艇的甲板上并靠着排列，开门的方向必须是相反的。每个“干式甲板换乘舱”的使用寿命是 40 年。

“灰鲸”号的替代品是 637 级潜艇。这种潜艇的外壳更长，并被认为是海军所有的快速攻击潜艇中唯一拥有必要的压舱物可以装载“干式甲板换乘舱”的潜艇。要知道“干式甲板换乘舱”十分庞大，而且在海豹输送艇出发时，它会被海水灌满，显得极其沉重。“棘鳍”号（舷号 SSN-684）是第一艘接受改造加装“干式甲板换乘舱”的潜艇，它在 1983 年成为第一艘携带“干式甲板换乘舱”成功执行任务的潜艇。除此以外，还有 5 艘 637 级潜艇最终完成

下图：停靠在码头区的潜艇训练平台，它刚刚结束了与“马克 9 型”海豹输送艇一道进行的训练。潜艇训练平台由水面舰艇拖曳，操纵训练平台的海豹突击队队员可以保持深度和压舱物控制。（图片来源：汤姆·霍金斯）

改装，加装了“干式甲板换乘舱”，包括“喷水鱼”号（舷号 SSN-678）、“银汉鱼”号（舷号 SSN-679）、“威廉·H.贝茨”号（舷号 SSN-680）、“金枪鱼”号（舷号 SSN-682）以及“孟德尔河”号（舷号 SSN-686）。

上图：海豹输送艇大队第 2 分队的“纪念币”。这种“纪念币”设计得如同一个蛙人的蛙鞋，于 2008 年 8 月 8 日的一次纪念海豹输送艇大队第 2 分队成立 25 周年的仪式上发行。隶属于第 3 指挥群的海豹输送艇大队第 1 分队和第 2 分队的一部分目前都在珍珠港的海军设施外行动。（图片来源：戴维·加特利）

这些潜艇都被用来训练，并经常携带着“干式甲板换乘舱”和海豹突击队的人在地中海和太平洋执行长时间的巡逻。根据原先的设想，每一艘经过改造的 637 级潜艇，可以加载所有的“干式甲板换乘舱”，而任何一个“干式甲板换乘舱”也可以在任何一艘经过改造的 637 级潜艇上“安家”。然而，在测试中发现，每一艘潜艇都有自己的与众不同之处，都要根据自身特点另行布置管线，来容纳特定的“干式甲板换乘舱”。因此，大西洋上的“干式甲板换乘舱”只适用于大西洋上的潜艇，而太平洋上的“干式甲板换乘舱”也只适用于太平洋上的潜艇。

接下来接受改造的，是两艘“亚森·爱伦”级弹道导弹潜艇——“山姆·休斯顿”号（舷号 SSBN/SSN-609）和“约翰·马歇尔”号（舷号：SSBN/SSN-611）。

“山姆·休斯顿”号（舷号 SSBN/SSN-609）和“约翰·马歇尔”号（舷号 SSBN/SSN-611）是第一批被改造成供海豹突击队和海豹输送艇大队使用的弹道导弹核潜艇，也是第一种可以同时携带两个“干式甲板换乘舱”的潜艇。它们之所以进行改装是因为根据当时美苏签署的《限制战略核武器条约》，美国必须削减无数包括潜艇上的导弹发射装置。

1986 年 12 月 15 日，“约翰·马歇尔”号开始携带着海豹输送艇大队第 2 分队和“干式甲板换乘舱”前往地中海。“干式甲板换乘舱”在未被装在潜艇上前，由海豹输送艇大队负责储存和维修，海豹输送艇大队成员通常在换乘舱里灌满海水并进行岸基训练。在潜艇部队的工作安排中，“干式甲板换乘舱”一旦被安装到“母艇”上，就成了潜艇的一部分，并由潜艇的指挥官负责指挥。而海豹突击队和海豹输送艇大队的成员则仍旧是搭乘潜艇的一支支援分遣队。

1989 年 5 月 1 日，在与其他航母编队完成一系列训练后，“约翰·马歇尔”号再次出发，前往地中海进行部署。这也是潜艇第一次携带两个“干式甲板换乘舱”前往全球任一地方进行部署，这也使得海军指挥官在进行特种作战行动时获得了更大的灵活性和持久力。1991 年 1 月 26 日，“约翰·马歇尔”号再度离开诺福克，最后一次前往地中海进行部署，加载了两个“干式甲板换乘舱”，这艘潜艇直接支援了“沙漠风暴”行动，并且为第 6 舰队指挥官提供了重要的战力选项。1991 年 9 月，即将退役的“约翰·马歇尔”号作为旗舰，在加勒比海上参加了“二战”后最大的潜艇特种作战行动。船上有超过 191 名士兵，包括 3 名舰队军官、海豹突击队和舰上的陆军特种部队共同实施了名为“幻影之影”的联合特种作战训练行动。“约翰·马歇尔”号的姊妹舰“山姆·休斯顿”号也与海豹突击队一起在太平洋上有过同样辉煌的经历：搭载两个“干式甲板换乘舱”，支援海豹输送艇大队进行了多次的行动与部署。

1991 年末，海豹突击队和潜艇部队之间的联系变得更

下图：水下训练平台正在前往训练场地的路上，与它同行的，还有一艘“马克 8 型”海豹输送艇，这艘输送艇正从尾部靠近水下训练平台以进行修整。水下训练平台由水面舰艇拖行，但操作它的是海豹突击队的潜水员，海豹突击队的潜水员控制水下训练平台的深度和压舱物。（图片来源：海军中校汤姆·霍金斯）

为密切，而海军为了满足特种作战的需求，也展开了一项将更多的潜艇进行改造的长期规划。该规划包括研发新型的高级海豹输送系统，后者当时正在从图纸上的概念成为现实，并需要一款潜艇这样的作战“母平台”来搭载。

接下来被改造的是两艘“本杰明·富兰克林”级弹道导弹核潜艇，但它们无须搭载高级海豹输送系统。这两艘潜艇分别是在大西洋服役的“詹姆斯·K. 珀克”号（舷号SSBN/SSN–645）和在太平洋服役的“卡梅亚梅亚”号（舷号 SSBN/SSN–642）。这两艘潜艇可以搭载一或两个“干式甲板换乘舱”，搭载两个时采用“肩并”式布局。这两艘潜艇于 2002 年退役，由改进过的“洛杉矶”级潜艇接替，经过改造的“洛杉矶”级潜艇是第一批可以同时加载“干式甲板换乘舱”和新型的高级海豹输送系统的潜艇母艇。

今天，可以为海豹输送艇大队提供支援的“洛杉矶”级潜艇包括：“洛杉矶”号（舷号 SSN–688）、“夏洛特”号（舷号 SSN–766）、“拉霍亚”号（舷号 SSN–701）、“达拉斯”号（舷号 SSN–700）、“费城”号（舷号 SSN–690）和“水牛”号（舷号 SSN–715）。这些潜艇中的前三艘在太平洋服役，后三艘则在大西洋服役。这也是第一批经过改造后能够同时加载“干式甲板换乘舱”和高级海豹输送系统（也可只加载其中之一）的潜艇。

随着冷战结束，海军意识到没必要保留其所有 18 艘“俄亥俄”级弹道导弹核潜艇来维持本国的战略威慑力。这些潜艇大多超期服役数十年之久，美国海军将它们改造成巡航导弹核潜艇，并与海豹突击队一起开始将其中 4 艘进行改造，将其进行装备，使之成为可以进行海军特种作战任务的多用途潜艇。

“吉米·卡特”号（舷号 SSN–23）是美国海军建造的第三艘，也是最后一艘“海狼”级潜艇，也是为数不多的、用还健在的人物名字来命名的舰艇。“吉米·卡特”号比其他两艘“海狼”级潜艇长了大约 100 英尺，这是因为它被插入了一个“多功能平台”，从而能够在艇上安装“干式甲板换乘舱”和高级海豹输送系统，潜艇也由此可以执行秘密任务。除了这些改动外，“吉米·卡特”号潜艇保留了所有的战斗能力，对于海军指挥官而言，它就是一艘攻击型潜艇，可以实施水下作战、水下侦察和测量、秘密特种行动、水雷战以及打击任务。该潜艇还拥有新型的、特别设计的战斗蛙人舱或者“锁出舱”，允许多达 8 名战斗蛙人携带装备同时执行“锁入”/“锁出”行动。在没有“干式甲板换乘舱”的情况下，这是一种重要的能力。“吉米·卡特”号与生俱来的隐身性，使其可以秘密地将海豹输送艇、高级海豹输送系统以及战斗蛙人投送到目标区域。

2006 年 12 月，通用动力电船公司完成了对“俄亥俄”号（舷号 SSGN-726）的改装，将其由弹道导弹潜艇改装为巡航导弹潜艇，可以长期携带 154 枚“战斧”巡航导弹以及 60 名以上的特种部队人员。“密歇根”号（舷号 SSGN-727）、“佛罗里达”号（舷号 SSGN-728）以及“佐治亚”号（舷号 SSGN-729）也完成了改装，并重新入役。

2004 年 10 月 12 日，美国海军接收了“弗吉尼亚”号（舷号 SSN-774），这也是新一级潜艇的首艇，可以用来装载海豹突击队、海豹输送艇大队和其他特种部队。同属“弗吉尼亚”级潜艇的“得克萨斯”号（舷号 SSN-775）、“夏威夷”号（舷号 SSN-776）、“北卡罗来纳”号（舷号 SSN-777）、“新罕布什尔”号（舷号 SSN-778）、“新墨西哥”号（舷号 SSN-779）以及“密苏里”号（舷号 SSN-780）现在也已入役。舷号 SSN-781 到 SSN-785 的 5 艘潜艇正在建造中，或已经获得批准开始建造，但尚未入役，它们的名称分别是“加利福尼亚”号、“密西西比”号、“明尼苏达”号、“北达科他”号以及“约翰·沃纳”号。舷号 SSN-786 到 SSN-791 的“弗吉尼亚”级潜艇已经获得批准建造，但尚未命名。

海军特种作战部队特种舟艇部队第 4 分队的河川特种作战艇，上面载满了特种舟艇部队的成员。它在河流上高速行进，激起了浪花。（图片来源：格雷格 · E. 马蒂逊 / 海军特种作战出版有限公司）

第七章

特种舟艇部队

美国海军海豹突击队退役海军中校

汤姆·霍金斯

第七章

特种舟艇部队

美国海军海豹突击队退役海军中校　汤姆·霍金斯

右下图：特种舟艇部队第 12 分队的成员在加利福尼亚州的圣迭戈湾进行训练。照片中，一名舵手驾驶着一艘“马克 5 型”，他坐在舵手室内的中心线上，操作着这艘功率强达 4500 马力的顶级作战艇。这款作战艇由操纵杆控制，重达 54 吨，长度为 75 英尺，外壳由铝制造。（图片来源：戴维·加特利）

下图：在圣迭戈湾的一次训练中，特种舟艇部队第 12 分队的一名舵手驾驶着一艘“马克 5 型”特战艇，他坐在舵手室内的中心线上，操作着这艘功率强达 4500 马力的双柴油发动机作战艇。这种作战艇重达 54 吨，长度为 75 英尺，外壳由铝制造。根据设计，它可以由 C-5 飞机进行运输，被投送到全球任何水域。（图片来源：戴维·加特利）

海军特种作战部队中特种舟艇部队的起源

所有从海上发起的战斗任务，都具有很浓厚的海军属性，因此，特种舟艇方面的战力可以被纳入海上特种行动的范畴来讨论。这种行动在性质上更接近于突击，与常规海军行动相比又不那么正规且更少教条。他们可能也需要志愿者并接受特种训练，他们的工作被认为是极端危险的。

特种舟艇部队的故事开始于“二战”期间，并且涵盖了四个不同而又显著的领域：军舰、潜艇、战斗舟艇系统和小型海上战斗艇。

在海军特种作战部队的演化中，小型舟艇扮演了十分重要的角色。过去，小型舟艇仅仅是供海上特种部队用来

上图：作为第 59 旅级战斗队第 1 战术小组的一部分，特种舟艇部队的学员们在科罗纳多岛和圣迭戈湾的海军两栖训练营内进行“怪物城堡”船员资格训练。图片中这名蛙人是在接受第一阶段的训练，他正在登上码头。（图片来源：戴维·加特利）

左上图：特种舟艇部队第 59 旅级战斗队第 1 战术小组正要完成训练的最后一个阶段——他们正在游过格罗利埃塔湾，回到两栖训练基地。照片中，他们正要在抛锚的帆船旁边游过科罗纳多湾大桥。这种训练被称作“怪物城堡”船员资格训练，主要在科罗纳多岛和圣迭戈湾的海军两栖训练营附近进行。（图片来源：戴维·加特利）

实施“由舰到岸”行动的，这些人的任务往往具有一定的战术重要性。总体而言，这些特种部队的任务大多是在岸上进行情报搜集、爆破或破袭。而对于水下爆破大队和后来的海豹突击队而言，侦察完毕之后，他们还要根据搜集来的情报采取行动。

这些特种部队的历史脉络已经无法完全厘清。第一批专注于接受特种舟艇训练的，是“二战”中在地中海战区和东南亚战区效力的海军联合两栖侦察突击队以及战略情报局海事连。

1942 年 5 月，一群海军志愿人员被送往马里兰州所罗门斯群岛帕塔克森特河附近的两栖训练营。他们在那里接受登陆艇作战训练。当年 8 月，他们又被送往位于利特尔克里克的两栖训练营，与来自陆军的人员一起组建了联合两栖侦察突击队。这支部队的指挥官是陆军中尉小劳埃德·E. 佩迪科德，海军少尉约翰·贝尔任执行官。

侦察突击队很快就开始紧锣密鼓地为“火炬行动”做准备。“火炬行动”是盟军针对北非的两栖攻击行动，也是“二战”中盟军发动的第一次进攻。这次攻击行动于 1942 年 11 月实施。

这些联合两栖侦察突击队队员接受训练的目的，是在

上图：一个特种舟艇部队的训练班正在进行准备活动，他们将入水完成耐力测试的最后一个阶段：游过格罗利埃塔湾前往海军两栖训练基地，穿越科罗纳多湾大桥。（图片来源：戴维·加特利）

右上图："怪物城堡"船员资格训练在科罗纳多海军两栖训练营附近和圣迭戈湾进行，训练班的成员完成了第一站，开始换上跑鞋，他们将进入第二站——绕着格罗利埃塔湾的高尔夫球场长跑，然后他们要回到圣迭戈湾，进入第三站的训练——游着回到海军两栖训练营。（图片来源：戴维·加特利）

夜间对大部队将要登陆的海滩进行侦察和标识，用灯光或其他手段准确引导盟军的攻击波登陆海滩。

被分配给首支联合两栖侦察突击队的海军人员不必在岸上执行任务，岸上任务都由陆军突击人员完成。海军人员只负责舰艇的特种任务作业。

由于刚刚组建，联合两栖侦察突击队队员没有被专门分配舟艇，只能依赖于军舰上的舟艇进行转运。在某些情况下，他们只能自制舟艇完成任务。

侦察突击队使用从皮划艇到舰艇上的各种登陆艇为西西里、萨莱诺、安齐奥、诺曼底和法国南部的登陆作战提供了支援。侦察突击队所执行的任务与今日海豹突击队、特种舟艇部队执行的任务非常类似，尽管后者的能力已经得到极大提高。

当然，"二战"中真正关注特种舟艇战力的还不是美国海军，而是战略情报局，后者为此还专门成立了一个特种作战部门——海上部队。1943 年，战略情报局海事连被分配给隶属于美军东南亚司令部的英国第 14 军使用。战略情报局的两个分遣队则被分配给东南亚司令部，包括被分配到印缅战区的第 101 分遣队和被分配到中国战区的第 102 分遣队。

驻扎在锡兰康提市的第 101 分遣队负责指导海上部队在

远东的所有作战行动。过去有传言称，麦克阿瑟将军对战略情报局既不了解也不喜欢，因此拒绝使用这支力量。这也解释了为什么战略情报局的部队要与英国的部队一起行动。

在东南亚司令部麾下的战略情报局部队主要负责在缅甸、马来西亚、泰国和苏门答腊的行动，并且被编入了“第404分遣队”。战略情报局海事连的人员还使用英国的摩托鱼雷艇（MTB）在缅甸的阿拉干沿海执行大范围任务。海事连的任务是破袭敌人的船运，并对敌方的港口进行秘密突袭。

由于开始得较晚，东南亚司令部的总体战略形势，再加上水域宽阔的问题，“第404分遣队”执行任务的难度要超过战略情报局其他大多数派驻海外的部队。海上部队最大的贡献包括帮助特工和地下组织向敌占区进行秘密渗透和秘密转移。

在欧洲，海上部队成员所做的事情也差不多，他们在爱琴海上执行了许多非常成功的秘密运输任务。为了向当地反抗组织及游击队提供支持，战略情报局将人员和物资秘密运到希腊。一队地中海轻帆船由当地人操作，往来于塞浦路斯和土耳其几个秘密基地之间的水道上。小艇从这些秘密基地出发，在希腊海岸进行精确夜间登陆。除了将特工送上岸，并为其提供给养，秘密特种小艇的作战行动还疏散了许多

下左图：“马克5型”的前甲板下是无窗通信棚，里面有用来与全球的海豹突击队指挥部和岸上的海豹突击队队员进行联络的尖端通信设备。（图片来源：戴维·加特利）

下右图：特种舟艇部队第12分队准备在圣迭戈湾进行一次训练。“马克5型”根据设计可以由C-5飞机运输到全球任何海域。其装载的武器包括4挺重型机枪，双管勃朗宁M2.50口径重型机枪（可装在左舷或右舷），总共8根枪管，在训练前被装在船上。（图片来源：戴维·加特利）

上图：特种舟艇部队第 12 分队的刚性充气艇在圣迭戈湾上高速行驶。海军特种作战部队的刚性充气艇可以在短距离上对特种部队进行投送和撤出，还可以进行有限的海岸巡逻、拦截以及侦察。根据设计，它可以由 C5A“银河”、C17“环球霸王”以及 C-130“大力神”飞机进行运输，也可以由 C-130 使用降落伞进行空投。每艘充气艇搭乘 3 名特战快艇艇员，还可以搭载 8 名特种部队成员或其他人员。（图片来源：戴维·加特利）

下图：照片中是一艘特种舟艇部队第 12 分队的充气式小艇，它长 12 英尺，宽 6 英尺，可以搭载 8 人以及 1000 磅的武器及装备，难以击沉，发动机引擎声音也小。用它可以在海滩、海湾以及湖面上进行静音式登陆。在这张照片中，它被系在一艘刚性充气艇上快速穿越圣迭戈湾，用来接回一名海豹突击队的蛙人。图片中这艘充气小艇准备被装载在一艘“马克 5 型”特战艇的尾部。“马克 5 型”特战艇又被称作 F470 战斗侦察橡皮艇，这是一种特别制作的可充气式橡皮艇，是美国海军海豹突击队和海军陆战队经常会使用的装备之一。由于佐迪亚克集团制造了很多款充气艇及刚性充气艇，因此，“佐迪亚克”也成为战斗侦察橡皮艇的同义词。（图片来源：戴维·加特利）

难民并营救了无数被击落的盟军飞机上的飞行员。

战略情报局海上部队的行动直至20世纪90年代中期都是高度机密。同时，他们所获取的经验教训即便在现代也仍然有效，尽管手段和装备已经有了极大的改进，今天的特种舟艇部队仍拥有战略情报局海上部队用过的所有的战斗能力。

在诺曼底和法国南部运输海军作战爆破队的舟艇没有什么特殊之处。海军作战爆破队被军舰带到岸边，再乘坐携带炸药的充气式橡皮艇执行任务。一大批各型号的海军小艇和海军军舰可以将他们送上岸。

在太平洋，水下爆破大队用他们自己的舟艇进行训练和作战。他们使用的是艄开门人员登陆舰（LCPR），由经过特殊布局的两栖运兵舰携带。充气小艇负责运送人员进一步接近海岸，它们自己则是由艄开门人员登陆舰释放出来的。充气小艇一般采取人工划桨的方式驱动，然而在某些情况下，蛙人只是简单地将小艇推到爆破区域。橡皮艇还和艄开门人员登陆舰一起运用，来快速投放和回收蛙人。

在特种舟艇和特种舰艇的历史上，太平洋水下爆破大队书写了光辉的一章。这里所说的特种舰艇是指两栖运兵舰，他们经过特别改造来支援水下爆破大队人员及其支援舟艇。两栖运兵舰是一种经过改造的高速驱护舰，改造它

左下图：“马克5型”特战艇的主要任务是在中低等威胁环境下，在中等距离投送并撤回海豹突击队以及其他特种部队，次要任务则是有限的海岸巡逻和拦截。“马克5型”特战艇通常情况下两艘构成一个小组，并且完全可以与11米长的刚性充气艇一起配合行动。（图片来源：戴维·加特利）

下图：特种舟艇部队第12分队在圣迭戈湾的海岸外高速行进，接受训练。（图片来源：戴维·加特利）

上图：特种舟艇部队第 12 分队在圣迭戈湾训练，船上的机枪吐出火舌。“马克 5 型”特战艇装载的武器包括 4 挺重型机枪，双管勃朗宁 M2 .50 口径重型机枪（可装在左舷或右舷），总共 8 根枪管。图片中的这艘“马克 5 型”特战艇正以 45 节的速度狂飙，其枪管也吐出火舌。（图片来源：戴维·加特利）

时在船的中部增加了容纳部队和装备的空间，并且增加了 4 艘艏开门人员登陆舰以及一个船尾起重机。由于面临“神风特攻队”的威胁，两栖运兵舰的装备也比较精良：3 英寸 .50 口径的机枪替换掉原来的 5 英寸 .50 单管 40 毫米艉部机枪，外加 5 挺 20 毫米防空机枪。为了抵消这些新装备带来的重量，4 个深水炸弹投射器以及 1 个深水炸弹尾部架被移除。

艏开门人员登陆舰被用来将水下爆破大队人员从两栖运兵舰上运到海滩，或者将蛙人及炸药送到投放区域。艏开门人员登陆舰是一种高速舟艇，可以用来拦截小型攻击舟艇，最多装载 20 名蛙人。每一艘艏开门人员登陆舰携带两挺 .50 口径机枪，可以用来对敌军火力展开反击，或者对空中的飞机进行有效回应。

艏开门人员登陆舰由水下爆破大队的人员操作。乘员包括一名舵手、一名无线电员、一名机械军士长、两名枪炮军士长以及带队军官。

艏开门人员登陆舰还要执行许多行政上的任务，比如将炸药和其他给养送到海滩用于爆破行动。

在太平洋战争中，两栖运兵舰和水下爆破大队几乎不可分离，两者几乎成为一家人。这也是海军特种作战部队在历史上第一次（也是唯一一次）拥有完全分配给自己的作战专用军舰。在朝鲜战争中，水下爆破大队也使用了两

下图：在科罗纳多湾大桥的阴影下，特种舟艇部队第 12 分队的一艘“马克 5 型”特战艇在夜间训练之前等待日落。（图片来源：戴维·加特利）

两艘刚性充气艇与一艘“马克 5 型”特战艇（隶属于特种舟艇部队第 20 分队）并肩前行。（图片来源：格雷格·E. 马蒂逊 / 海军特种作战出版有限公司）

右图：在位于科罗纳多的海军两栖基地，水兵们做引体向上的动作，他们正在接受生理机能监控测试。想要申请接受海豹突击队或特种舟艇大队训练的水兵必须先接受一次测试，内容包括在指定时间内完成一定量的游泳、跑步、俯卧撑、仰卧起坐以及引体向上等运动。（图片来源：多米尼克·拉斯科／美国海军）

栖运兵舰，但这些两栖运兵舰并非水下爆破大队的专用作战平台，而且水下爆破大队在朝鲜战争中所能获取的两栖运兵舰的数量，也不能与“二战”期间相提并论。

“二战”后，水下爆破大队成立了四支分队，他们保持了固定的习惯：拥有并且操作自己的舟艇。战后的水下爆破大队继续使用艏开门人员登陆舰，不过后者已经开始升级成新型的大型人员登陆舰（LCPL）。当水下爆破大队作为两栖战斗群的一部分向海外部署时，他们将自己的舟艇带上两栖军舰以备作战使用。

水下爆破大队和海豹突击队还保有一些温暖气候环境下的训练场所，分别位于菲律宾群岛苏比克湾的美军战略前沿作战基地、美国维尔京群岛的圣托马斯和波多黎各罗斯福路的美国海军基地。那些地方里都保有舟艇用于训练。水下爆破大队使用自己舟艇的传统一直到1963年才终结，当年舟艇支援部队成立，从海军中遴选水兵接受特别训练来支援水下爆破大队和海豹突击队的行动。

一些人仍然认为，舟艇支援部队开创了海军特种作战部队特种舟艇的历史，另一些人则认为开创这一历史的是“二战”中在整个太平洋上驰骋的摩托鱼雷艇或巡逻鱼雷艇。然而特种舟艇有着可以追溯到“二战”初期的更为深远的历史根基。

巡逻鱼雷艇是英国和美国海军使用的小型快速舰艇，主要作用是攻击更为大型的水面军舰。摩托鱼雷艇则被编入绰号为“蚊子舰队”的小型舰队里。美国巡逻鱼雷艇的任务是与驱逐舰作战，然而很多人质疑这些小型舰艇在执行上述任务时的有效性。可以有效从心理上阻止日本人的进攻也同样重要，尤其是在“珍珠港事件”后，当时的美国海军缺乏大型舰艇，并且刚刚着手组建其在后来的战争中发挥更大作用的大规模海军舰队。

经常有人提到巡逻鱼雷艇是由合成板制成的，然而，实际上巡逻鱼雷艇是由两英寸厚的桃花心木板制成的。而且，无论是传说中还是历史上，巡逻鱼雷艇的作用也仅仅是为类似两栖侦察突击队或者水下爆破大队这样的特种部队提供支援。在整个战争期间，海军作战爆破队在菲律宾群岛内外执行任务时，都会用到这款巡逻鱼雷艇。战略情报局海事连则将英国人生产的巡逻鱼雷艇分配给“第401分遣队”，用来在缅甸执行任务。

上图：在科罗纳多的海军两栖训练营里，一群参加基本船员训练（BCT）的学员看着教官展示打结技巧。（图片来源：克里斯托弗·门齐/美国海军）

越南和“34-A作战计划”

20世纪50年代和60年代早期是一段漫长的和平岁月，水下爆破大队的舟艇也没有得到任何发展。美国海军拥有

左图：在科罗纳多的海军两栖训练营里，一群参加基本船员训练的学员在教官的监督下展示打结技巧。他们正在进行的训练课程是水中技能训练。基本船员训练是特种舟艇部队训练的第一阶段。而特战快艇部队负责操作和维护海军的尖端高性能舟艇，后者是海豹突击队用来在全球范围内执行作战任务的利器。（图片来源：二等大众传媒摄影师克里斯托弗·门齐/美国海军）

右图：参加船员资格训练的学员们要搏击海浪，之后他们要开始在加利福尼亚州科罗纳多的银线海滩开始接受医疗训练指导。船员资格训练是一次长达 14 周的高级训练课程，主要教授学员基本的武器、船员技术、现场救援以及小型部队战术。学员主要是特战快艇艇员。（图片来源：克里斯托弗·门齐 / 美国海军）

右下图：参加船员资格训练的学员们将一名模拟受伤的队员固定在脊柱板上，他们正在进行医疗训练演习，地点是科罗纳多的海军两栖训练营。（图片来源：克里斯托弗·门齐 / 美国海军）

下图：一名来自特种舟艇部队第 12 分队的特战快艇艇员，正在照料一名受伤的队友。他们正在海军特种作战中心进行伤亡救援和撤离演习。演习内容涵盖了战斗中常要用到的基本救助和高级生命救助技能。这也是单元级别训练的一部分。特种舟艇部队负责操作和维护海军的尖端高性能舟艇，后者是海豹突击队用来在全球范围内执行作战任务的利器。（图片来源：米切利·卡皮卡 / 美国海军）

“马克 4 型”铝制大型人员登陆舰，并且补充了新型“马克 11 型”大型人员登陆舰。后者由玻璃纤维制成。但水下爆破大队依然与两栖作战群一道行动，并且在两栖舰艇上投放和回收他们的舟艇。

当海豹突击队被布置到越南时，他们完全没有任何舟艇支援。而且，当时美国海军在越南的兵力也很少，海豹突击队行动时甚至都无法依靠海军。

无论刻意与否，越南战争开启了一个新纪元，即特种舟艇部队成为海豹突击队及其移动支援大队发挥战力不可缺少的一部分。很少人知道，特种舟艇部队还曾经为中情局和后来的美国军事援助越南司令部—特种作战群（MACV-SOG）提供过支援。

1958 年，南越当局成立了一支秘密的特种部队机构，直接听命于“总统”。该机构由中情局提供支援和资助，

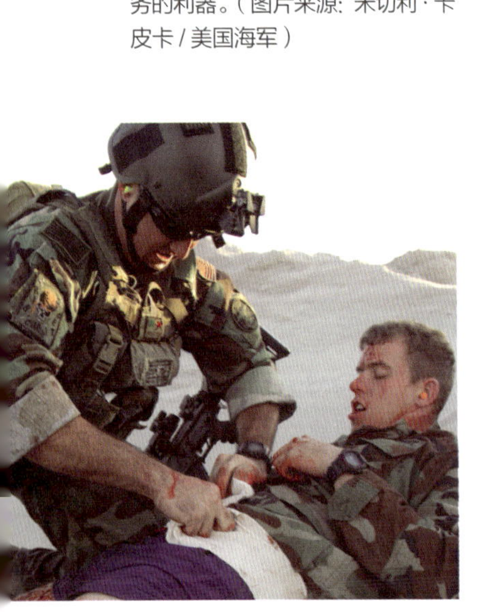

左图：特战快艇艇员操作"源泉"高速艇在水上疾驰。这张照片拍摄于1991年"沙漠盾牌"和"沙漠风暴"行动期间，图片中的特种舟艇部队负责为驻扎于沙特阿拉伯米萨卜角的海军舰队提供保护。（图片来源：汤姆·霍金斯）

实施特种作战。1964年4月，南越当局成立了"特种开发局"接管了上述作战行动。美国军事援助越南司令部—特种作战群则在同一段时间内成立，它承担了中情局在越南、老挝、柬埔寨和中国南部为这个新组织进行的秘密破袭、心理战和特种作战提供协助、建议和支持的任务。这是一个联合机构，执行非常规战争的混合部队，在整个东南亚从事高度机密的作战任务。它还被赋予一个掩护性代号：研究和观察集团。

美国军事援助越南司令部—特种作战群的首要责任包括定期越境进行行动，在敌方地盘上对其进行骚扰；追查失踪及被俘美军士兵的下落，并实施突击解救行动；训练特工并将其派往敌方，煽动叛乱并实施心理战。

美国军事援助越南司令部—特种作战群的海上研究分支和海上研究集团是用来执行"34-A作战计划"的，其

下图：特战快艇艇员操作着刚性充气艇排成行，准备就如何使用"海上船只空中转运系统"接受训练。特战快艇艇员在训练中站在旁边，确保安全和降落伞的回收。（图片来源：格雷格·E.马蒂逊/海军特种作战出版有限公司）

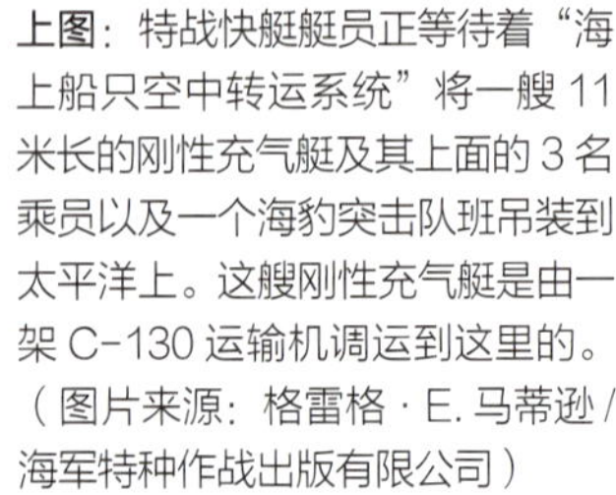

上图：特战快艇艇员正等待着“海上船只空中转运系统”将一艘 11 米长的刚性充气艇及其上面的 3 名乘员以及一个海豹突击队班吊装到太平洋上。这艘刚性充气艇是由一架 C-130 运输机调运到这里的。（图片来源：格雷格 · E. 马蒂逊 / 海军特种作战出版有限公司）

右上图：特种舟艇部队以及海豹突击队队员将一艘战斗侦察橡皮艇拖上一艘“马克 5 型”特战艇。（图片来源：格雷格 · E. 马蒂逊 / 海军特种作战出版有限公司）

右下图：一艘 11 米长的刚性充气艇尾部被安装上降落伞，并被装上拖车，准备第二天使用“海上船只空中转运系统”进行空投。（图片来源：格雷格 · E. 马蒂逊 / 海军特种作战出版有限公司）

人员和设备包括海豹突击队顾问、越南海军海上突击队以及由美国海军提供的快速巡逻鱼雷艇。快速巡逻鱼雷艇被分配到“移动支援大队第 1 分队”（其实就是舟艇支援部队第 1 分队在进行部署时的代号）。用来执行“34-A 作战计划”的人员物资都以岘港、田沙（中国滩）为基地，包括 7 艘“肮脏”级快速巡逻鱼雷艇，3 艘 55 英尺长的“斯威夫特”艇，1 艘重型登陆艇 -6（海军登陆艇家族中的一员，属于中型级别），两艘越南木质平底帆船（一艘 6 吨，一艘 100 吨）以及 1 艘滑行艇。

从 1964 年到 1972 年，快速巡逻鱼雷艇在非军事区以北与北越部队进行了一场秘密而致命的战争。

随着海军海岸巡逻及拦截力量的增长，来自舟艇支援部队第 1 分队的两艘涡轮机驱动的水翼艇也加入了行动，它们分别是“旗杆”号（巡逻水翼炮艇，舷号 PGH-1）和“图克姆卡里”号（舷号 PGH-2）。“旗杆”号和“图克姆卡里”号都在岘港基地外实施行动。由于巡逻水翼炮艇性能复杂，

上图：水下爆破大队的“马克4型”大型人员登陆舰配备有富尔顿回收系统。（图片来源：汤姆·霍金斯）

左上图：在越南，海豹突击队正在使用重型海豹突击队支援艇。（图片来源：汤姆·霍金斯）

缺少后勤支援，军方逐渐不再用它执行海岸拦截任务：“旗杆”号被送到位于科罗纳多的海军两栖训练营，“图克姆卡里”号则被转移到利特尔克里克的海军两栖训练营。

美国军事援助越南司令部—特种作战群的建立十分重要，它为许多未来的海军特种作战行动，尤其是特种舟艇行动奠定了基础。

20 世纪 60 年代晚期到 70 年代早期，海豹突击队在越南全境活动，活动区域主要集中在三角洲地区，在那里他们被称作“第 4 军团”。

三角洲汇集了大量河流、入海口及小型的运河，这里拥有数量最庞大的人口和最密集的商业区。

战争初期，海豹突击队队员没有专门分配给他们的舟艇，海军舰艇的支援也基本指望不上，这使其行动受到极大的制约。他们使用的是改造过的“马克 4 型”大型人员

下部两幅图：河流巡逻艇把海豹突击队队员投放到越南的海岸线上。（图片来源：汤姆·霍金斯）

上部两图：在科罗纳多，接受特种舟艇部队基本训练的学员完成了在海滩上的跑步，开始排队领取他们的救生夹克和在战斗侦察橡皮艇上要用到的划桨。（图片来源：格雷格·E. 马蒂逊 / 海军特种作战出版有限公司）

下图：在科罗纳多进行的初步训练中，特种舟艇部队和海豹突击队使用同一个“O 训练场”。在特种舟艇上工作，上肢力量极其重要。（图片来源：格雷格·E. 马蒂逊 / 海军特种作战出版有限公司）

登陆舰，这种大型人员登陆舰加装了炮座、雷达和防护遮阳板。随着战争的进行，海军的河流巡逻艇也在不断改进。大型人员登陆舰是由螺旋桨驱动的舟艇，行动速度较慢，在小型的浅水运河中也无法行动自如。而浅水运河正是海豹突击队经常活动的地区。河流巡逻艇使用的是喷水推进系统，成功地克服了上述限制。

海豹突击队第 2 分队的成员开始采用商用玻璃纤维制造的舟艇，加装了舷外机，使得舟艇产生更快的速度，船上还加装了炮架。海军采购了数艘舟艇并送往越南，它们被海豹突击队队员称为“海豹攻击艇”。海军自身从未使用过这种舟艇，因为更好的作战平台比如河流巡逻艇当时已接近投入现役。

为了支持海豹突击队，外号“强大的莫”的海军重型登陆艇 –6 也得到了改装。重型登陆艇的最终名称是重型海豹突击队支援艇，这种支援艇在船台甲板的顶部加装了 106 毫米无后坐力炮，并用沙包和护墙包围起来。船台甲板上还装备有“马克 18 型”40 毫米自动榴弹发射器，2~3 挺 M2 重机枪以及 81 毫米迫击炮。左右舷上各贴着 3 枚“阔刀”地雷，以便近战伏击。在实战中，重型海豹突击队支援艇速度太慢且噪声太大，因此无法适用于大多数作战行动，但对于在岸上的海豹突击队而言，这是一款出色的火

上图：教官向学员竖起大拇指，这些学员正在进行特种舟艇部队训练，他们正要在圣迭戈湾参加最后一次长距离游泳，这也是“怪物城堡”船员资格训练的一部分。（图片来源：格雷格·E. 马蒂逊/海军特种作战出版有限公司）

力支援平台。

为了获得特别设计的舟艇，为海豹突击队提供支持，华盛顿最终在20世纪60年代匆忙制订出一项舟艇发展计划。它们分别是轻型海豹突击队支援艇和中型海豹突击队支援艇。

轻型海豹突击队支援艇可以搭载大约一个班的兵力，使用喷水推进器，因为吃水浅而适于浅水区活动。这款支援艇的左右两侧都装备有M-60机枪，尾部装有60毫米榴弹发射器。它拥有两座427马力汽油引擎，驱动喷水式泵。整座艇的长度为24英尺，拥有陶瓷装甲层以及可自我封闭的油箱。该款支援艇身形低，并且在驾驶员座位下装着

左图：特种舟艇部队和海豹突击队在同一个“O训练场”上训练。图片中，学员们正在上早课并为教官捧着教学手册。（图片来源：格雷格·E. 马蒂逊/海军特种作战出版有限公司）

上图：在加利福尼亚州的科罗纳多，特种舟艇部队沿着当地高尔夫球场进行跑步训练，这也是“怪物城堡”船员资格训练的一部分。（图片来源：格雷格·E.马蒂逊/海军特种作战出版有限公司）

右上图：特种舟艇部队第20分队的成员将硬球投向他们地下室的墙壁，以此来锻炼背部肌肉。（图片来源：格雷格·E.马蒂逊/海军特种作战出版有限公司）

一部雷神雷达，因此极易辨认。

中型海豹突击队支援艇可以搭载大约一个排的兵力，吃水也较浅，最高航行速度为35节。中型海豹突击队支援艇上还设计了武器架，可以容纳更为重型的武器比如7.62毫米急射小机枪，这种机枪每分钟射速为6000发，武器架上还可以容纳“马克18型”自动榴弹发射器。

无论是重型、中型还是轻型海豹突击队支援艇，在越战后没有一艘被运回美国。其中轻型海豹突击队支援艇和中型海豹突击队支援艇最终被设计更为精良的舟艇代替，这一点我们会在后面提到。

1968年，移动支援大队被授权研发一种概念艇，这种概念艇可以用来运输海豹突击队和移动支援大队，它本身可以由CH-47“支奴干”直升机吊运。这种概念艇的研发目的是拓展舟艇的工作范围，将海豹突击队和移动支援大队运输到他们本来未必能去的地方，并且增强其营救、撤退和入侵的作战能力。

这一概念成形于1966年，当时海豹突击队第2分队试图使用直升机和悬梯将他们的“海豹攻击艇”运走。不幸的是，在位于利特尔克里克的海军两栖训练营，空运中的“海豹攻击艇”在停车场上坠下，试验从此被终止。然而在1968年，高层又对这种运输方式产生兴趣，随后接连两次CH-47直升机都成功地运走了轻型海豹突击队支援艇，因为整个流程得到了优化。第三次试验运输距离更远、高度较高，但没有成功，“海豹攻击艇”在运输过程中从数千英尺的高空坠落而损坏。

这样一来，用直升机运输舟艇的计划被终止，数年后才被重新提及。

战后美军发生了比较复杂的组织结构调整，海军特战队及其舟艇支援部队成为棕色海军的“储备池”，其大部分被改编为预备役部队。也就是在这段战后的时光，海军特种作战部队战斗艇部队开始凸显出自己的与众不同。在这段时间里，海军特种作战部队也发生了急剧的变化。

越南战争之后

越南战争结束后，舟艇支援部队被重新组织成海岸河

下图：海军特战队第 4 分队的特战快艇艇员正在赫尔伯特机场进行“快绳”训练，头顶这架飞机是“鱼鹰”运输机，由美国空军特战司令部提供。（图片来源：格雷格 · E. 马蒂逊 / 海军特种作战出版有限公司）

上图：一名特战快艇艇员正在赫尔伯特机场进行“快绳”训练，头顶这架飞机是“鱼鹰”运输机，由美国空军特战司令部提供。（图片来源：格雷格·E. 马蒂逊 / 海军特种作战出版有限公司）

右上图：特战快艇艇员们看着其他人运用“快绳”技术从“鱼鹰”运输机上降落。（图片来源：格雷格·E. 马蒂逊 / 海军特种作战出版有限公司）

流中队（COSRIVRON），下属海岸河流分部（COSRIVDIV）。海岸河流中队是个高级规划参谋部，直接向大西洋海军特战分队司令汇报，海岸河流分部由海军现役及预备役人员混合组成，大多数是越战老兵。

舟艇支援部队则继续操作大型人员登陆舰与河流巡逻艇，这两种特战艇当时在越南已经十分出名。后来又有更多的特战艇加入，包括登陆蛙人侦察登陆艇（LCSR）、“马克 3 型”巡逻艇（又称“海上幽灵”）、轻型特战艇（又称“海狐”）以及迷你装甲运兵艇（MATC，被队员们称作“迷你”）。

登陆蛙人侦察艇与“马克 3 型”巡逻艇在海军特种作战装备清单中是新面孔，而且其体积庞大，无法被装载到军舰上，这也是海军特种作战装备清单中第一次有这类装备出现。

而“海狐”则主要负责完成“由舰到岸”的行动，1979 年它在海军特种作战装备清单上代替了大型人员登陆舰的位置。（当时美国海军停止采购大型人员登陆舰，要求海军特种作战部队自行采购舟艇执行“由舰到岸”的行动。）

长达 52 英尺的登陆蛙人侦察艇在海军特种作战装备清单中存在时间很短且只是试验性质。关键原因在于，登陆蛙人侦察艇采用了噪音极大的燃气涡轮引擎，这种引擎的维护难度极高。然而，这种舟艇也有其独特之处——配

下图：特战快艇艇员身上各种各样的徽标。（图片来源：格雷格·E. 马蒂逊 / 海军特种作战出版有限公司）

左图：特种舟艇部队第 20 分队将一艘装了货运降落伞的刚性充气艇送上平板车，准备在大西洋上进行“海上船只空中转运系统”演练。（图片来源：格雷格 · E. 马蒂逊 / 海军特种作战出版有限公司）

备了富尔顿回收系统，这是一款人员回收系统，是从固定翼飞机上的富尔顿回收系统改造而来的。在富尔顿系统中，蛙人只需从高速行进的舟艇尾部跳入大海，即可完成投放。回收时，登陆蛙人侦察艇会在蛙人身边高速掠过，并且放下两个互相间用绳子连接的冲浪板。蛙人攀上其中一个冲浪板，将另一个远远抛开。然后，登陆蛙人侦察艇会返回，捡起没有人的那个冲浪板，然后将蛙人拽回高速行进的舟艇上。今天留存的有关登陆蛙人侦察艇的信息非常之少，它只存在于那些曾经操作过它的人的记忆中。

下图：特种舟艇部队在拖船上整装待命，准备随时根据命令登上飞机，前往全球任何一个地方。（图片来源：格雷格 · E. 马蒂逊 / 海军特种作战出版有限公司）

右图：在来自美国陆军第 160 特战空勤团（外号“暗夜潜行者”）的“黑鹰”直升机上，海豹突击队队员正将一艘小型充气艇吊装到海面。（图片来源：格雷格 · E. 马蒂逊 / 海军特种作战出版有限公司）

右图：来自特种舟艇部队第 20 分队的特战快艇艇员驾驶着一艘“马克 5 型”特战艇来到一艘小型充气艇边，准备将小型充气艇上的海豹突击队队员接走。（图片来源：格雷格 · E. 马蒂逊 / 海军特种作战出版有限公司）

右图：特种舟艇部队的一艘装备重型武器的刚性充气艇穿梭于大浪中。（图片来源：格雷格 · E. 马蒂逊 / 海军特种作战出版有限公司）

左图：在沿河顺流而下之前，被重型武器包围的特种舟艇艇员正在一艘河流特战艇上准备和测试无线电设备。（图片来源：格雷格·E. 马蒂逊 / 海军特种作战出版有限公司）

迷你装甲运兵艇长 36 英尺，外壳全由铝制成，设计用于高速巡逻、拦截，在河流及港口中执行秘密任务，保护沿海区域。迷你装甲运兵艇与越战中的中型海豹突击队支援艇几乎是双胞胎，但在设计上有了极大改进。迷你装甲运兵艇上有一个井形区域，可以用来运输全副战斗武装的海豹突击队队员以及货物，或者供炮手操作 7 个武器站。它装备了液压船艄登船桥以及喷水式引擎，从而能够更加靠近海岸，进行渗透和撤退任务。迷你装甲运兵艇的身形较低，因此很难被发现，在低速行进时极为安静。它安装的高分辨率雷达以及多种通信系统，使得这款运兵艇拥有出色的全天候侦察以及指挥控制能力，可以用来执行拦截以及扫毒任务。迷你装甲运兵艇的上头有一个可以去除也可以放低的顶篷，它可以搭载 4 名乘员，但也可以根据任务情况和任务期限进行相应改装。

“海狐”被设计成多功能艇，但其主要任务还是对海豹突击队进行超视距投送和撤回。海豹突击队队员乘坐在艇的后部，船员则在前部，两者当中被艇的引擎隔开。在 4 级海况下能以超过 40 节的速度行进，为其提供如此强大功率的是两台柴油动力引擎。由于采用喷水推动，“海狐”可以在 3 英尺浅的水域中行进，在广阔的洋面上也可以往返大约 300 英里。为提升其战术能力，这种舟艇可以

下图：特种舟艇部队第 12 分队的“纪念币”。这支分队成立于 2002 年 10 月，它是海军特种作战部队调整结构的产物。这支部队驻扎在科罗纳多的两栖基地，装备有 MKV SOC 和刚性充气式战斗艇。这支部队负责向东北亚、东南亚和中东部署特种舟艇分遣队。（图片来源：格雷格·E. 马蒂逊 / 海军特种作战出版有限公司）

右图：特种舟艇部队第 20 分队的"纪念币"，左边是正面，右边是"马克 5 型"特战艇。该艇可高速行进、迅速拐弯、立刻停顿、隐形以及拥有足够的火力，这些都使得敌人在发动攻击时要三思，也使得"马克 5 型"特战艇成为全球反恐战争中令敌人感到恐怖的武器。（图片来源：格雷格 · E. 马蒂逊 / 海军特种作战出版有限公司）

由拖车在高速公路上进行运输，或者装在其自己的拖车上由 C-130 运输机进行运输。最重要的是，"海狐"可以放在海军的两栖舰艇上进行部署。其武器包括两挺装在舟艇前部的 M-60 7.62 毫米机枪以及两挺装在船尾的 .50 口径机枪，也可以换成 M-19 榴弹发射器。

除了在越南战场上行动的中、轻型海豹突击队支援艇，"海狐"是第一款完全为海豹突击队打造的舟艇。因此，它的一些设计在今天看来是比较原始的隐形技术。它的涂层采用非金属材质，可以减少红外显像特征，引擎室内部的装修则是防止雷达照射的，雷达及通信桅杆都涂了雷达吸收材料，排水口被捂住，废水排到水面下。

1979 年，海岸河流分部和海岸河流中队重新整编为特种舟艇中队和特种舟艇部队（SPECBOATRON 和 SBUs）。特种舟艇中队第 1 分队驻扎于科罗纳多的海军两栖训练营，

右下图：特战快艇艇员们聚拢在一起进行祈祷，然后他们将登上一艘河流特战艇执行任务。在狭窄的河道上，队员们要面临两岸敌军凶猛的火力，河流特战艇的驾驶者只有两个选择：退回出发地或者继续深入，面对更多的凶险。（图片来源：格雷格 · E. 马蒂逊 / 海军特种作战出版有限公司）

下图：一名特战快艇艇员穿戴着"模块化轻量负载装备"（MOLLE），他随身携带的并非手铐，而是可伸缩的绑缚绳，用来控制住战俘或在进行登船临检时将可疑人员控制起来。（图片来源：格雷格 · E. 马蒂逊 / 海军特种作战出版有限公司）

左图：脸上涂满迷彩的特战快艇艇员准备参加行动。他戴着金泰克斯公司（Gentex）产的TBH2 型特种作战头盔，盔上配有诺罗特斯（Norotos）头盔夜视镜支架，可以迅速安装上夜视装备，并在河上驾驶河流特战艇执行任务。（图片来源：格雷格·E.马蒂逊 / 海军特种作战出版有限公司）

第 2 分队驻扎在利特尔克里克的海军两栖训练营。特种舟艇部队第 12 分队驻扎在科罗纳多的海军两栖训练营；第 13 分队驻扎在加利福尼亚州的迈尔岛；第 20 分队驻扎在利特尔克里克；第 22 分队驻扎在新奥尔良；第 24 分队后来在巴拿马运河区成立，但 1999 年运河被交还给巴拿马政府，这支分队随之解散。

特种舟艇部队第 12 分队和第 20 分队的司令部大多处于现役状态，不会使用河流艇，而第 13 分队和第 22 分队的司令部大多处于预备役状态，使用的大多是河流艇。

上图：融入了环境中的特战队队员正在一艘河流特战艇中等待开始执行任务。（图片来源：格雷格·E. 马蒂逊 / 海军特种作战出版有限公司）

右上图：海军特种作战部队特种舟艇部队第 4 分队的河流特战艇上挤满了特战快艇艇员。他们正在一条河上劈波斩浪。（图片来源：格雷格·E. 马蒂逊 / 海军特种作战出版有限公司）

下图：特战快艇艇员走上一艘河流特战艇，准备沿河而下执行一次任务。河流特战艇是根据美国特种作战司令部的订单建造的。（图片来源：格雷格·E. 马蒂逊 / 海军特种作战出版有限公司）

第 13 分队最终被解散了，而第 22 分队于 2002 年 8 月被转移到目前的驻扎地——密西西比州的斯坦尼斯航天中心。在那里，这支部队开始操作河流特战艇，这一点我们会在下面谈到。

1987 年，美国特种作战司令部在佛罗里达州的坦帕成立，这个司令部的成立促进了海军特种作战装备和特战艇的采购，包括“马克 5 型”特战艇、11 米长（36 英尺）的海军特种作战刚性充气艇、河流特战艇以及“旋风”级巡逻海岸舰。

“马克 5 型”特战艇是一款可用来对海豹突击队及其他特种部队进行中距离投送和撤出的运输平台，主要在中低等威胁环境下工作。它还可以进行情报搜集及侦察任务，当然其在这方面的能力比较有限。

“马克 5 型”特战艇一般每两艘为一个小队共同行动，

并与 11 米长的海军特种作战刚性充气艇实现完全的协同行动。“马克 5 型”特战艇的主梁长达 17.5 英尺，因此有足够的空间装载 4 艘战斗侦察橡皮艇外加 6 个舷外机（包括两台备用）以及燃料。特战艇尾部有一个斜坡，这使得“马克 5 型”特战艇在行动时，海豹突击队可以将战斗侦察橡皮艇直接开进特战艇内，实现快速回收。一次典型的“马克 5 型”特战艇任务要持续 12 个小时，在波斯湾，战士们执行过许多次长达 72 小时的任务。

“马克 5 型”特战艇可以搭载 16 名全副武装的海豹突击队队员，活动半径超过 500 英里。两座最大传输单元——12 缸任务单元、94 柴油引擎为这款特战艇提供了强大的性能，配上两个喷水式外驱动装置，使其在近岸或浅水执行作战任务时可以迅速加速。“马克 5 型”特战艇的座椅设计得非常舒适，并且可以起到缓冲冲击波的作用，在公海或高速行进时这一点非常重要，这种座椅还使得乘员可坐可站。即便如此，搭乘“马克 5 型”特战艇依然是非常艰辛的任务，如果没有接受过良好的训练，往往会受到严重伤害。

下图：特战快艇艇员在一艘河流特战艇上用 M2HB.50 口径机枪向岸上射击，枪口的火焰和夜视设备使得这张照片格外清晰。M2 勃朗宁机枪凭借其效能和可靠性，从 20 世纪 20 年代就开始被使用。（图片来源：格雷格 · E. 马蒂逊 / 海军特种作战出版有限公司）

右图：黑夜中，特战快艇艇员手中的 6 挺 GAU-17/A 小型急射机枪吐出了火舌，这是一种电子操控的加特林机枪，口径为 7.62 毫米，每分钟可以向敌人的海岸射出 6000 发子弹。（图片来源：格雷格 · E. 马蒂逊 / 海军特种作战出版有限公司）

下图：一架“支奴干”双旋翼直升机将一队海豹突击队队员投送到河面上。（图片来源：美国海军）

“马克 5 型”特战艇上有 5 个炮架可以用来安装一些小口径武器，包括 M-2 .50 口径重机枪、M-240 或 M-60 7.62 毫米机枪或“马克 19 型”40 毫米自动榴弹发射器。这 5 个炮架上如果装满武器，可以做到 360 度无死角火力覆盖。艇上还有一个操作站，可以用来发射肩扛式“毒刺”导弹对付空中威胁。特战艇后来还进行了一些改进，包括加装了操作台用于安装 GAU-17 急射小机枪、“马克 95 型”双管 .50 口径机枪、“马克 38 型”链枪和“马克 48 型”25 毫米炮。

“马克 5 型”特战艇一般两艘为一个小队共同行动，一个小队可以在接到命令后的 48 小时内登上两架空军 C-5 运输机启程，在到达美军前沿作战基地后的 24 小时内就

下图：特战快艇艇员正沿河而下，对河两边的风吹草动时刻保持警惕。（图片来源：格雷格 · E. 马蒂逊 / 海军特种作战出版有限公司）

下图：来自特种舟艇部队的河流特战艇在狭窄的河道中高速穿行，艇上的特战快艇艇员则在操作武器。（图片来源：格雷格 · E. 马蒂逊 / 海军特种作战出版有限公司）

本页三幅图：来自特种舟艇部队第20分队的特战快艇艇员正在执行一次“海上船只空中转运”任务，他们将一艘11米长的刚性充气艇推下一架C-130运输机，随即跳伞并降落到海上，继而爬上充气艇，收起降落伞并前往执行任务。（图片来源：格雷格·E.马蒂逊/海军特种作战出版有限公司）

可以完成作战准备。

他们可以从岸上设施发起行动，可以从甲板准备情况良好的军舰上发起行动，或者从拥有合适的起重机和甲板空间的军舰上发起行动。“马克5型”特战艇有自己的拖车和车头，可以在路况较好的高速公路上移动。目前，军方正打算开发一种新型舟艇——大型作战艇（CCL）代替“马克5型”，相关研究已经完成，计划也正在进行中。大型作战艇体形较大，可以搭载一个排的兵力，并且技术能力高超，可以实施情报搜集、监控和侦察任务。

海军特种作战刚性充气艇是一种高速度、高浮力，能够在极端气候环境下行驶的作战艇，其主要任务是运载海豹突击队战术小组执行“海滩翻越”行动，并在行动结束后将其撤出。

海军特种作战刚性充气艇代替了之前三款海军特种作战部队使用的刚性充气艇：7 米长（24 英尺）、9 米长（30 英尺）和 10 米长（32 英尺）刚性充气艇。11 米长的海军特种作战刚性充气艇今天依然是海军特种作战部队的座驾。第一批充气艇于 1997 年 11 月交付。与之前的刚性充气艇在布局上有明显不同，海军特种作战刚性充气艇更加安静、更为快速、活动半径更大，并且能够运载一整个班的海豹突击队队员。一项重大的设计改进最大限度地减少了溅入艇体的水花，引擎室的改进也使得维修过程更为快速、更为便捷。海军特种作战刚性充气艇的外壳是一个使用乙烯基酯树脂并用卡夫拉材料加强的深 V 字形的纤维玻璃，刚性的可充气鼓出部则用两块得到尼龙材质加强的氯丁（二烯）橡胶制成。

海军特种作战刚性充气艇的一大优势，是可以使用“海上船只空中转运系统”。一接到命令，它就能立刻展开部署，这使得海豹突击队和特种舟艇部队在接到命令后的 24 小时内就可以迅速部署到全球任何一个地方。

“海上船只空中转运系统”的工作方式如下：海军特种作战刚性充气艇会被固定在一个平台上，而平台上将安装 4 顶巨大的降落伞，并被固定在 C-130 或 C-17 运输机的背面，在 3500 英尺高的空中投放。而 4 名负责操作特种舟艇的人员以及一个班的海豹突击队队员也立刻跟着充气艇跃出飞机，跳入水中。在 20 分钟内，特种舟艇部队就将充气艇展开并且安装完毕，以负责投送海豹突击队或执行自身的任务。

目前，军方正打算建造另一种高科技特战舟艇——“马克 1 型”中型战斗艇来代替海军特种作战刚性充气艇，相关计划正在进行。

在 20 世纪 90 年代早期，特种舟艇部队第 22 分队开始使用一种新型舟艇——海岸攻击艇。到了2000年10月，海岸攻击艇被河流特战艇代替。这也是海军特种作战部队战斗艇清单上的最新一款舟艇。根据设计，河流特战艇速度快，而且在内陆水道内行动能力异常出色。河流特战艇长33英尺，主梁长9英尺，快速行进时吃水近8英寸。两台440马力的柴油发动机使其可以迅速加速到42节。可以安装的武器包括M-2 .50口径重型机枪、“马克19型”自动榴弹发射器以及7.62毫米小型急射机枪。河流特战艇采用铝制外壳，使其轻巧、强悍并且可以装载多达2.05万磅的人员和战斗装备。河流特战艇可以由美国空军的运输机进行运输，并且可以被吊装在中型直升机的下部，比如CH-47“支奴干”直升机和H-53“种马”/“低空铺路者”。

下右图：特种舟艇部队在圣迭戈湾使用的“源泉”高速艇。这些高速艇在“沙漠盾牌”和“沙漠风暴”行动中被用来拦截敌军可能用来袭击美国海军军舰的装满炸药的小艇。（图片来源：格雷格·E. 马蒂逊/海军特种作战出版有限公司）

下图：“旋风”号（舷号PC-11）是首批“旋风”级巡逻海岸舰之一，在20世纪90年代早期被海军特种作战部队使用。它们主要被设计用来进行海岸行动，被分配给特种舟艇部队第20分队。（图片来源：格雷格·E. 马蒂逊/海军特种作战出版有限公司）

海岸巡逻舰

任何有关海军特种作战舟艇的讨论，都绕不开已经不复存在的“旋风”级巡逻海岸舰，它的名字在特种作战的装备清单中整整闪耀了大约10年。

根据原先的设计，巡逻海岸舰要被作为巡逻艇来使用，

但很快美国海军决定要将其作为现役军舰而不是战斗艇来使用。巡逻海岸舰由波龄佳机械加工厂和洛克波特造船厂（位于路易斯安那州）建造，并且被专门分配给美国特种作战司令部、海军特种作战部队和特种舟艇部队。“旋风”级巡逻海岸舰的主要任务是充当实施海上特种作战任务的平台，包括拦截、护航、非战斗性撤退、侦察、作战欺骗、秘密建造，以及在高速状态下实施远程特种投送和撤出任务，还有其他特种部队需要支援的任务。这艘军舰的作战能力可以满足特种作战任务的独特需求。在作战行动中，“旋风”级巡逻海岸舰可以在 3 分钟内把自身的速度从 0 猛增到 35 节，然后可以在 60 秒内降低到 15 节。在高速行进和满舵情况下，由于有自动稳定器，因此整艘船几乎不会倾斜。最终有 14 艘军舰被制造出来供海军特种作战部队使用，它们在美国特种作战司令部内部很不受欢迎，因为其行动成本很高，所以在码头上待的时间要超过在海上行驶或进行前沿部署的时间。每艘巡逻海岸舰的乘员包括 4 名军官和 24 名士兵，配备的武器则包括“马克 96 型”和“马克 38 型”25 毫米机枪各一挺、5 挺 .50 口径机枪、2 个“马克 19 型”40 毫米自动榴弹发射器，还有 2 挺 M-60 机枪。巡逻海岸舰的乘员采用海军常规的评估体系，没有资格参与特种舟艇部队在作战区域的评估体系。

上图：由于工作环境使然，这些战士的所有装备都必须是防水的或者被系在身上的，比如这把西格绍尔 9 毫米 226 手枪就被系在战士身上，以免落到海里。（图片来源：格雷格 · E. 马蒂逊 / 海军特种作战出版有限公司）

特种舟艇部队负责操作和维护本章中提到的各种特种舟艇，这些舟艇均是用来为海豹突击队和其他特种部队提供支援的。海豹突击队和特种舟艇部队的成员尽管分开训练，但训练内容相似，都是强调海上环境的特种作战训练。特种舟艇部队还要接受使用特种舟艇的训练，熟悉使用武器的技术、战术和程序。特战快艇艇员必须体质合格、进取心强、作战专心并且能够适应高压环境。特种舟艇部队的任务主要是帮助海豹突击队进行渗透和撤出，因此，它也能够在大型军舰的禁区——浅水区域进行高速移动。

一名通信技术人员架设起笔记本电脑，电脑的硬盘是加密的。他们马上要在沙漠中的训练设施里参加“资格测试”演练。所有的装备都经过特殊设计，可以用船运送到世界各地，并且迅速架设。“资格测试”演练不仅用来检测海豹突击队各单位的战备情况，也是用来检测所有的保障团队和装备的。（图片来源：戴维·加特利）

第八章

参谋和技术组织

美国海军海豹突击队退役少将
乔治·沃辛顿

第八章

参谋和技术组织

美国海军海豹突击队退役少将　乔治·沃辛顿

下图："战术行动中心"是一种建立在美国国内的，通过卫星监控所有军事行动的设施。"战术行动中心"负责策划所有的军事行动，监视作战区域中被美军使用到的所有资产，并且统筹情报搜集以帮助高层做出决策。在被称作"资格测试"的"解决战前最后问题"演练的最后一个阶段里，海豹突击队将面临各种作战条件的挑战，这一阶段的演练同样会被用来检测各类保障团队，以及相关的、会随同上述团队一起进行部署的硬件和程序。（图片来源：戴维·加特利）

为什么要专门辟出一章讲并非来自海豹突击队的技术人员？好问题。就在不久之前，在海军特种作战部队的范畴里，"技术人员"还是指合格的蛙人和海豹突击队队员。突击队中的水兵在各作战排和各部门中尽忠职守。海豹突击队中的各部门确保各种特制装备时刻能够接受各作战排的检视，并且被用于训练和海外作战行动。海豹突击队各作战排之所以能够快速部署，其原因要从作战排的结构中深挖，高级突击队队员一旦牢牢掌握了某一层的知识或技能，他们就会被详细告知如何去运作司令部的各个部门，包括潜泳部门、电子部门、装甲部门、"中尉"部门（负责海面舟艇以及引擎）、工程部门、空中行动部门还有各

种行政职能部门，行政职能部门的职责包括装备清单控制、司令部中行动装备的操作和维护。

我们在第二章探讨海军特种作战部队的组织时，就探讨了“技术人员”。

这里我们开始详细讨论，并展示海军特种作战部队的“技术人员”在执行任务时的照片，在这些照片中，技术人员要做的工作包括：维护、补给、汽车保养、行政、后勤、通信、驾驶、物资保障、电子、夜视支撑，以及情报搜集。即便一些信息可能被重复提及，我们也会审视行政技术人员为整个海军特种作战部队所做的方方面面的贡献。

除了海豹突击队和特种舟艇部队，那些负责保障海豹突击队、海豹输送艇大队和特种舟艇部队的技术人员也是出色的“无名英雄”。那些人是美国海军的技术成员，如果没有他们，海军特种作战部队的成员就不可能完成自己的工作。1983 年，美国国防部向部队发布备忘录，决定要复兴特种作战部队。海军特种作战部队开始遴选海军中的技术人员，以支撑特种部队的整体扩张。海军花了 3 年来鉴别和设法帮助海军特种作战部队完成备忘录中的目标，在此期间，海军技术人员被补充到各司令部中。1945 年之后，技术人员所要担负的责任就开始越来越重大。海军技术人员今日已经是海军特种作战部队的有机组成部分。我们也将对此进行更为深入的检视，包括他们如何使得指挥

上图：对于在全世界的海军特种作战部队成员而言，海军的随军牧师可以提升部队的精神面貌、宗教情感、士气以及个人幸福感，无论该成员是身处战区、正在接受训练还是驻扎在基地内。（图片来源：格雷格 · E. 马蒂逊 / 海军特种作战出版有限公司）

左上图：驻扎在加利福尼亚州科罗纳多的海军特战队第 1 分队的后勤支援部队（LOGSU-1）。这支后勤支援部队由超过 350 名人员组成，主要负责支援海军特战队第 1 分队（驻扎于科罗纳多的两栖训练营）。这里是海军特战队第 1 分队的库房，后勤支援部队第 1 分队的一级司库马特 · 穆尔（右）和同事开始将所有相关的硬件和设备分配给每一个新的海豹突击队队员。每个队员都会得到一套各不相同，但总体上十分相似的高技术硬件、生存设备以及衣服，只是没有武器。（图片来源：戴维 · 加特利）

上图：在海军特战队第 1 分队的特种舟艇部队刚性充气艇库房中，刚性充气艇排着队时刻准备执行任务。这个库房位于科罗纳多的海军两栖训练营。（图片来源：戴维·加特利）

系统更为有效，对海军特种作战司令部、移动通信大队和部队的保障系统又做出了何种贡献。

海军特种作战司令部

海军特种作战司令部直接节制美国所有的海军特战分队，其司令由一名二星准将担任，这一组织成形于 1987 年，并且在那之后稳定成长。

根据国会的立法，海军特种作战司令部要和美国特种作战司令部以及其他军队部门一起，整合训练项目、统筹资源和人员的分配（在人员分配问题上要与海军人事部部长进行协调），并且为隶属于它的各司令部及各司令部所属的海豹突击队、海豹输送艇大队、特种舟艇部队、海军特种作战部队和后勤部队设立训练标准。海军特种作战部

左图：这是美国海军的“海上蜜蜂”部队，他们正在搬运饮用水为行动做准备，而这仅仅是他们所有工作中的一小部分。在“解决战前最后问题”演练中，他们在幕后起到了关键作用。在演练中，海豹突击队将面临各种作战条件的挑战，这一阶段的演练同样会检测各类保障团队，并检测相关的、会随同上述团队一起进行部署的硬件和程序。后勤支援部队第 1 分队的一级司库马特·穆尔（中）正和两名“海上蜜蜂”部队士兵一起卸载饮用水。照片拍摄于加利福尼亚州欧文堡巴斯托东北 30 英里处的国家训练中心。（图片来源：戴维·加特利）

队在筹建过程中得到了各方面的大量帮助，这些帮助大多来自非海豹突击队人员：技术人员、民间机构以及承包商。

为了鼓励读者看下去，我们还是简而言之吧。介绍那些必要但枯燥的行政机构可能不那么“性感”，但这些技术人员确实是海军特种作战部队的无名英雄，他们使海豹突击队能够有效运转。他们确保装备能够在它们应该在的地方，这些装备包括：自主式水下呼吸器、弹药、枪炮、无线电、电脑、零件，以及其他消耗品。当装备在野外损坏时，是他们负责维修；当装备在野外报废时，是他们负责更换。为战士们服务的人实在太多，我们对他们贡献的

左图：在一次演练前，负责维护的技术人员正在给一艘海豹输送艇安装新充满电的电池。这次演练就是所谓的“资格测试”，地点是华盛顿州的西雅图。在皮吉特湾的一座小岛上，海豹输送艇大队第 1 分队的查理作战排将进行训练，而他们在训练中所要使用到的投送工具，就是这款迷你潜艇——海豹输送艇，其动力由这些电池提供。（图片来源：戴维·加特利）

右图：在海军两栖训练营的维修房后面，一排舷外机排列着等待被使用。（图片来源：戴维·加特利）

介绍只能算是浮光掠影——他们人数太多，而我们在这里能分配给他们的篇幅实在太少。

在海军特种作战司令部的职责中，有一大块是资金方面的——他们要为军事行动和军事物资的资金消耗制订计划，还要制订年度预算，包括跨年度的计划和目标，统筹所有海军特种作战司令部的财政账户，研发、测试以及评估装备，采购，维修军事建筑，作战行动和维护，还有人力资源的分配。运行海军特种作战司令部这样规模的机构，必须要有行政专员的参与。海军特种作战司令部下属的主要部门包括：人事处（代号 N1），情报处（代号 N2），行动与计划处（代号 N3/N5），后勤和维护处（代号 N4/

下图：一名技术维护人员将一台刚刚使用过的舷外机放到测试箱中检测性能。确保舷外机正常工作，无论对演习还是实战行动都非常重要。这仅仅是海豹突击队战士所获技术保障的一个小例子，他们无论在何处部署，包括在国内训练时，都需要这样的技术保障。（图片来源：戴维·加特利）

右下图：一名技术维护人员正在维修一台舷外机。（图片来源：戴维·加特利）

上图：第 3 分队的武器库（被亲切地称为“玩具屋”），这里面有全套的武器，可以满足一次任务的所有需求。海豹突击队的成员可以从武器库内挑选用于训练的武器，或用于实战部署的工具。照片中的人正在确保这些武器能够一直被使用——他们将勃朗宁 0.50 M2 QCB 重机枪彻底拆解、清洗，以便未来能够更好地使用。（图片来源：戴维 · 加特利）

左上图：这里堆满了全套的高科技御寒防暑装备，有衣服、帐篷、睡袋、烹饪工具以及徒步装备。而战斗匕首、罗盘、靴子、承重战术背心、全套口袋以及其他用于武器支援的小配件也都被装在包内堆在这里，以确保接受高级训练的勇士们可以应对他们所要面临的所有种类的任务。价值超过 1 万美元的最好的装备在这里可以随时获取，并且在极端条件下进行仔细测试，而这仅仅是提供给海豹突击队候选者的后勤保障的一部分。（图片来源：戴维 · 加特利）

N9），指挥、控制、通信、电脑以及自动化信息系统处（代号 N6），资源、需求以及战略评估处（代号 N8）。

此外，司令部的职位还包括一名司令部总监察长、军法处长、公共事务专员、部队医疗官、部队牧师、安全与职业健康专员，以及一名司令部历史学家。别让数字迷惑了你，它们只是所有海军机构中标准的命名方法。在陆军中，代号往往是 S1、S2……而联合司令部中代号往往是 J1、J2 等。

需要注意的是，在“二战”、整个朝鲜战争期间以及越战早期，上述司令部支援体系并不存在。海军特战分队的亚特兰大司令部和太平洋司令部都是 1963 年才成立的。然而，成立之初，这些司令部的规模很小，而且没能真正获得足够的资金及人力，这种状况一直持续到 20 世纪 80 年代中期。20 世纪 80 年代中期，美国国防部长命令复兴美国特种部队。从那时开始，高技术保障对于海军特种作战部队而言就不可或缺，在如今的各类冲突中也是如此，将来也是一样。事实上，今天参与部署的海军特种作战部队人员中，有三分之二是来自海豹突击队之外的技术人员，他们对于正在行动的海豹突击队和特种舟艇部队而言，已经显得不可或缺。海军特种作战司令部的技术保障人员会随同海军特种作战中队一起进行部署，而海军特种作战中队其实就是海军特种作战司令部的“缩小版”。

下图：团队精神是海豹突击队一切工作的基础。在夏威夷，一次训练结束后，队员们一起将一艘"佐迪亚克"艇推出来。（图片来源：格雷格·E. 马蒂逊 / 海军特种作战出版有限公司）

上图：军用悍马正准备被运往东南亚交给驻扎在当地的海豹突击队使用。这些军车是经过特殊设计的，在满足日益增长的载荷要求的同时，也能够抵御东南亚严酷的环境。实战环境测试表明，这款军车在可靠性和持久性方面有了显著进步，里面的新型空调系统也使得战士可以专注于执行任务，而不会受到环境因素的影响。（图片来源：戴维·加特利）

右图：基本水下爆破训练学校的教官们在一起吃饭，旁边都是学校里的学员。（图片来源：格雷格·E. 马蒂逊 / 海军特种作战出版有限公司）

人事处（N1）

人事处（N1）内的工作人员包括海军军官、水兵和文职人员。通常情况下，人事处里面大部分人接受的是行政等级评估。其人员具体包括：海军文书人员、人事专员、管理分析员以及社会服务人员。人事处由一名海军上校充任主任，其职责是"指导、监督军队和司令部内的行政和人事工作，包括行政协助和训练、授勋、奖赏、留用、机会平等、人事分派的所有方面"。

人事处的人员要负责追踪海军特种作战司令部及其下属司令部的人员等级、各类健康问题、人员分配和内部人事问题。

情报处（N2）

情报处（N2）负责协调所有的情报需求、情报上报以及情报装备方面的问题。情报处的技术人员都依据保密级别在特别进出区域内工作。他们负责协助在海外部署或在本土驻扎的各下属司令部，协调这些司令部的作战情报需求。随着海军特种作战部队的任务范围在全球范围内拓展，情报处的责任范围也相应地增加了。司令部分管情报的副主管是一名专职的上校级海军情报军官。根据司令部的组织手册规定，情报处负责"就以下问题向司令提出建议：

部队现有的情报能力和情报活动，潜在的敌对武装力量，可能需要海军特种作战司令部划拨更多资源来搞清楚的外国政治、军事动态……并且在美国特种作战司令部和海军的框架内，充任各方面向海军特种作战部队提供情报支持的焦点”。情报处的任务是“培养并维护最能干、最有灵活性、对任务最为专心的情报骨干人员，将之部署到全世界，并且督促其不断进行自我评估和自我改进”。

上图：海军特种作战司令部值班军官端着他的早餐咖啡，在海豹突击队基本水下爆破训练的学员间走过。此时正是大清早，他们马上就要进行训练了。（图片来源格雷格·E. 马蒂逊 / 海军特种作战出版有限公司）

海军特战部队第 10 分队最近才建立起来，下辖海军特种作战部队第 1 和第 2 支援组以及任务保障中心。它们的任务是组织、训练、教导、装备、部署和维系特种情报搜集、勘探和侦察，并且在现有的海军特种作战各司令部内准备各种帮助士兵适应环境的软硬件，直接为海豹突击队、特种舟艇部队、海军特战分遣队以及海军特种作战中队执行任务提供支援。

行动与计划处（N3/N5）

行动与计划处（N3/N5）要协调大量事务，包括作战计划与指令、正在进行的作战行动、未来作战行动、装备需求、部队机动、空运、部署时间表、交战时的作战规则（这本来是更高一级的司令部负责的）、人员补充规则（这方面要与 N1 进行协调），以及其他各种日常活动。此外，未来要进行的各种演习和训练的环境、训练场地、需要的设施也处于行动与计划处需要操心规划的范畴之内。行动与计划处的主任是一名海豹突击队的上校，“参加下列行动的海军特种作战部队，都要由行动与计划处分配任务并接受其监督：联合进行或海军单独进行的非常规战争、直接行动、特种侦察、外国内卫（FID）、反恐演习、河流和海岸巡逻，以及拦截行动、扫毒行动”。分配到任务的部队的部署和使用计划也要得到优化和维系，这一点也要由行动与计划处负责确保。行动与计划处还要指导和监督所有海军特种作战部队的训练，并且监督部队的备战情况，

上图：一名海豹突击队驯狗员与其所带的狗一起参加海豹突击队能力演练。这些狗都装备了体甲，并且可以实施空降——被绑在驯狗员胸前，与驯狗员一起跳伞。（图片来源：格雷格·E. 马蒂逊 / 海军特种作战出版有限公司）

下图：海豹突击队的队医正在为一名参加基本水下爆破训练的学员进行检查。参加海豹突击队基本水下爆破训练的人经常要挑战自己的极限，要爬得更高、游得更快更远，这样一来很多人经常会受伤。因此医疗人员必须时刻守在一旁。（图片来源：格雷格·E. 马蒂逊 / 海军特种作战出版有限公司）

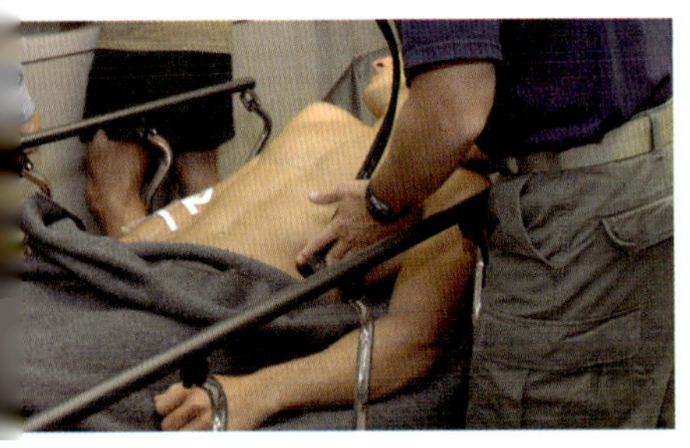

他们还要确定、协调海军特种作战部队的作战需求，并根据作战需求进行研发工作。在所有的职责中，根据正式提出的需求进行研发工作或许是最为重要的。

根据正式提出的需求进行研发，这里面包含了重大且要求极高的工作职责。海军特种作战司令部司令（CNSWC）在行动与计划处的框架内建立了一套需求评估委员会流程，这套流程将使最新的、正在涌现的以及经过改进的军事软硬件能够被海军特战队分队和海军特种作战司令部审查，其中比较适合的可以获得批准和资金资助。所有的需求每个季度会重新审核一次，这些需求来自战场上、训练中或者技术应用方面的行动以及活动。新的需求可能促进长远计划的制订，甚至促成大手笔投入进行研发并且对预算计划构成较大影响。

后勤和维护处（N4/N9）

后勤和维护处（N4/N9）由一名海军补给部队的上校担任主任，下属包括另外 3 名海军补给部队的军官、33 名文职人员、几个海军司库人员以及海豹突击队应征士兵，主要负责专门装备的管理。这个处与海军特战队第 1 分队和第 2 分队的后勤支援部队之间的工作联系比较密切，他们要确保作战部队拥有必要的装备和资源，以实施持续性的作战任务。后勤和维护处是海军特种作战司令部里最大的一个处，并且“负责所有的设施、补给、军火库以及相关事务”。分配给他们的任务还包括人事监察、补给任务、补给计划、补给程序、快速整合后勤保障力量、战区后勤保障、补给管理协助，以及监察、布局控制和所有的军火库管理任务。后勤和维护处还要协助监督和指导“维护任务、维护计划、维护程序、后勤支持、预算，以及布局控制”。它还有一些特定的功能，包括军事建筑、外包管理、承包商关系维护、部队补给保障指导、补给保障政策的改进制定，以及物资管理。后勤和维护处的人员还要监督所有已经落在纸面上

左图：特战快艇艇员开始进行锻炼，为了强化自己的背部和腿部肌肉，他们正在跑步机上跑步，这样才能增加搏击风浪的力量。（图片来源：格雷格·E. 马蒂逊/海军特种作战出版有限公司）

左图：特战快艇艇员每天都要进行锻炼，加强自己的体能，以更好地操作自己的特种舟艇、搏击大海的风浪。拥有更为强健的背部并且保持最好的体形，可以避免受伤甚至能挽救自己的生命。（图片来源：格雷格·E. 马蒂逊/海军特种作战出版有限公司）

的后勤计划和后勤任务的执行。这个处还要负责对所有海军特种作战司令部下属机构的需求进行协调，包括海军特战队各分队、海军特种作战中心、海军特种作战研发大队，以及隶属于它们的海豹突击队、海豹输送艇大队、特种舟艇部队、海军特种作战分遣队以及各式各样的其他部队。

指挥、控制、通信、电脑以及自动化信息系统处（N6）

N6 处管辖指挥、控制、通信、电脑（以上军事术语在英文中简称 C4）以及自动化信息系统。对于 N6 的职能描述是：“负责解决通信和协同工作方面的问题，就目前进行的各类项目、C4 项目（指挥、控制、通信、电脑）的

右图：在欧文堡即将进行“资格测试”演练，通信技术人员将加密硬盘装入在演练中会使用到的通信服务器中。这些被嵌入通信系统的盒子，对于前往海外进行部署的海豹突击队来说是必不可少的，而“资格测试”演练的目的，也在于测试海豹突击队的战备情况。这些服务器在实战或其他形式的演练中，会帮助处理所有“战区”以及“战术行动中心”间的卫星通信。（图片来源：戴维·加特利/海军特种作战出版有限公司）

采购以及总体通信项目的管理向司令提出建议。”所有人都清楚电脑对军事事务的贡献。在海军特种作战部队中也一样，在这里，情报和作战行动中电子设备的参与度日益增加，也促使部队做好伪装以及相应的其他准备。下属各司令部必须在联合作战区域内进行通信，这样各司令部的通信设备也必须兼容。过去，各支部署部队之间经常无法实现通信，甚至在阿富汗战场上仍是这样。

该处人员要与移动通信大队进行联络，并且根据需要对正在进行的对外部署行动进行支持。该处人员的日常工作包括：简单评估各部队对C4系统的需求、对所有通信计

下图：海军特种作战部队以及海豹突击队力求尽可能满足自己的特种作战需求，因此，其保障团队的人员涵盖了所有可能的工种。图片中这名机械师正在海豹突击队及其保障部队在野外使用的悍马旁忙碌。（图片来源：格雷格·E.马蒂逊/海军特种作战出版有限公司）

右图：图片中一名海军特种作战部的保障人员，正在海豹突击队及其保障部队在野外使用的装甲型悍马上安装一个改进的弹道防护盾。（图片来源：格雷格·E.马蒂逊/海军特种作战出版有限公司）

划进行维护并维护相关的人员训练计划、对所有用来保障特种作战任务的联合通信系统进行评估、制订紧急行动流程、协调密码电话系统的使用，还要保障所有的自动化信息系统——这是一项越来越重要的工作。我们正处于电脑时代，N6 处则要确保海军特种作战部队在这方面处在最前沿。

上图：特种作战司令部公共事务科的汤米·克罗斯比正在遥远的伊拉克海豹突击队营地内用自己的笔记本电脑工作。所有的支援人员，包括律师、医疗官、技术人员、公共事务人员以及其他人员都会到遍布全世界的战场支援海豹突击队和特种舟艇部队，无论这些部队身处哪里。（图片来源：格雷格·E. 马蒂逊 / 海军特种作战出版有限公司）

部队财政处（N7）

部队财政处（N7）的人员经常被称作“数豆者”。部队财政处负责“为海军特种作战司令部司令打理各种财政管理流程、计划以及政策”。工作看上去挺简单，实则不然。这个处里全都是文职的财政会计专家。他们会审核海军特种作战司令部及其下属各司令部所执行的所有财政交易。该处会就财政计划的规范化以及预算执行情况向司令和所有其他处提出建议，包括福利分发、预算、有关预算信息的技术指导以及海军特种作战司令部资源的有效管理。该处对海军特种作战司令部的预算合理化和年中预算审核要负总责。

资源、需求以及战略评估处（N8）

根据官方表述，“海军特种作战司令部司令的物资和资金需求须向美国特种作战司令部提出，以争取制订‘国防部自主流程——计划目标备忘录’（POM）以及‘重大部队计划’（MFP-11），而上述需求的提交和在各种会议上对其的辩护，则由资源、需求以及战略评估处负责”。简单地说，这个处要制订需求清单并通过指挥链向上申请以获取资金。清单必须详尽、明确并且直接。清单所反映的是指挥官对完成其任务所需要的财政支援的估计。和所有地方一样，在资金获取方面没人能够完全称心如意——但在全球反恐战争中却是个例外，海军特种作战部队获得了它所需要的大部分物资。前面我们提到过，2006 年颁布的《四年防务评估报告》要求特种部队扩充 15%。考虑到训练和发展特种作战部队要花费数年时间，这肯定不是一个短期而是一

右图：海军特战部队分队的大众传媒专员正在摄录海豹突击队进行实弹射击训练的场景。大众传媒官员经常陪同海豹突击队前往战场记录他们的行动。（图片来源：格雷格·E. 马蒂逊 / 海军特种作战出版有限公司）

个多年的长期目标。正如我们在第三章中所看到的那样，要打造出一名海豹突击队战士，需要花费超过 1 年的时间。然而 N8 的人员可以在相对短的时间里获取一名新的技术人员。因此，N8 提出的需求可以相对容易地被评估，其提出的人员需求也可以相对容易地被满足。得到一名火线上的射手则明显要难得多。因此，对于 N8 来说，其主要职责是拿出一份具有说服力的清单来，这对于最后的作战成功而言是必不可少的。因此，N8 的作用不可低估。

法律、公共事务和医疗科室

除了上述各处，海军特种作战司令部还有 3 名军官负责重要性正在不断增长的专门事务，分别是法律事务科、公共事务科以及医疗科。法律事务科要就法律事务向司令提出建议，包括交战规则、军事法律、调查、指控以及与海军特种作战部队及其所有下属司令部相关的法律事务。一些有关法律的问题一旦产生，经常需要基本的司法审核。于是这名“海军律师”的工作成为越来越敏感的任务。

公共事务科负责与其他部队以及民事领域进行对接。它要负责海军特种作战部队的公共形象建设，用来支援这个科的人员越来越多。大众传媒是这部分任务的基础，在媒体面前发表讲话是其主要责任，公共事务人员必须确保

媒体报道的是正确的信息。

部队的医疗军官则是一名海军军医，他和一名医疗勤务助手一起监督海军特种作战部队的健康情况、负责训练期间相关人员的医疗事务，还要准备前往海外处理医疗事务。在外国内卫行动期间，海豹突击队的医疗专员可以参与治疗当地百姓的疾病，并就当地健康问题提出建议。而这些医疗专员的训练，就是由部队医疗军官负责的。这些人还要接受潜水医疗方面的训练，还要监督蛙人的医疗训练。

这些人员对于整个海军特种作战司令部的运作来说都非常重要，有了他们，各部队、文职人员以及承包商才能运作起来。20 世纪 60 年代，一支海豹突击队就要“包打天下”，只配有一个孱弱的保障组织，叫“海军作战行动支援群”，如今的情况与当初可谓是天壤之别。

上图：“资格测试”演练即将在几周后进行，地点是位于巴斯托欧文堡的国家训练中心。目前通信保障工作正在进行，工作人员必须架设起笔记本电脑，并使多台笔记本电脑同步运行，在它们的硬盘上储存的加密信息也必须是一样的，这对演练任务而言必不可少。后勤支援部队正在安装通信设备，包括局域网服务器、天线阵列等。这次演练结束后，海豹突击队就准备前往海外部署了。（图片来源：格雷格·E. 马蒂逊 / 海军特种作战出版有限公司）

左上图：海军特种作战部队的一名军医官在前线设立了自己的诊所。他负责为驻扎在伊拉克费卢杰的海豹突击队第 3 分队提供服务。（图片来源：格雷格·E. 马蒂逊 / 海军特种作战出版有限公司）

移动通信大队

在第三章中我们已经知道，移动通信大队为海豹突击队、海豹输送艇大队以及特种舟艇部队的对外部署力量提

上图：海军特种作战部队的支援人员将一顶降落伞收起，这顶降落伞可以将一艘“马克5型”特战艇从一架C-130运输机上安全吊放到海面上。（图片来源：格雷格·E.马蒂逊/海军特种作战出版有限公司）

右上图：海军特种作战部队支援团队的绝技之一：对军装进行改动，以满足特种舟艇部队以及海豹突击队的作战需求。图片中这些人员正在制作降落伞，这种降落伞可以将一艘“马克5型”特战艇从一架C-130运输机上安全吊放到海面上。（图片来源：格雷格·E.马蒂逊/海军特种作战出版有限公司）

供一体化的通信保障。他们接受的训练与其他部队相同。简单来说，他们参加专业性的训练，先参与“分队级别训练”，然后参加“中队级别”的训练以准备进行部署，然后正式对外部署。

移动通信大队机动时所要携带的物资重达50吨，一般情况下需要用一架C-5A运输机进行运输。他们的部署时间为6个月并根据需求延长。让一名海军舰队通信员去执行移动通信大队层级的任务，就需要让这名通信员接受颇具挑战性的训练。下面我们来讨论一下根据需求向海军特种作战部队各组织提供的物资和人员保障。

一个海军特战分队包含120名要使用数据、电话和卫星无线电通信的人员。在海军特种作战部队的通信中，加密能力和数据解密能力一样不可缺少。特战分队一个典型的通信回路包括一台高频收发机（HF）、两台甚高频收发机（VHF）、两台特高频收发机（UHF）以及三台超高频卫星信号收发机。而海军特种作战分遣队的一个任务分

左图：海军特种作战部队的技术保障人员负责给海豹突击队和特战司令部的安全电脑系统进行布局、服务和支持。图片中，一名技术人员正在更换笔记本电脑的硬盘。（图片来源：格雷格·E.马蒂逊/海军特种作战出版有限公司）

队，层级相对要低一级，使用前述通信工具的人员也要达到60～100人，每支任务分队也需要前面提到的这一套各频率收发机。更低一级的部队单位被称为海军特种作战部队任务分队（NSWTE），使用前述通信工具的人员为5～10名，其对收发机频率的需求也相应降低。海军特战分队（NSWSTGs）、海军特战分遣队（NSTUs）以及海军特种作战部队分队（NSWTE）对于专业技术人员的需求是一样的，只是人数上有所不同，一个海军特战分队需要12人，一个海军特战小队需要7人。

移动通信大队会向海军特种作战部队的每一个部署地点派出分遣队。目前在伊拉克有一个海军特战分队，在菲律宾的三宝颜等地驻扎有海军特战分遣队。此外，在关岛、

上图：海军特种作战部队的技术人员和其他保障团队并不仅仅在办公室里工作，他们还要出外勤并且如同战士般刻苦训练自己，以确保自己能跟随海豹突击队和特种舟艇部队在野外执行自己的任务。（图片来源：格雷格·E.马蒂逊/海军特种作战出版有限公司）

左图：海军特种作战部队的保障人员，包括军械维护员、技术人员以及其他人员，正在附近黑水公司的设施内接受训练。技术人员和保障团队定期会跟随海豹突击队和特种舟艇部队在野外执行自己的任务，他们也必须精通使用小型武器，并精通自我保护策略。（图片来源：格雷格·E.马蒂逊/海军特种作战出版有限公司）

左图：海军特战队第2分队正在聆听一名黑水公司的教官讲授有关防御性训练的问题。黑水公司是一家由退役海豹突击队队员成立的公司，目前是政府在安全服务领域的主承包商，该公司为不少联邦政府机构以及海军特种作战部队培训人员。（图片来源：格雷格·E.马蒂逊/海军特种作战出版有限公司）

上部两幅图：技术人员装载 Simunitions FX（R）标记弹，这是一种专用的非致命性训练用子弹，与涂了油漆的球弹类似。在训练中，技术人员和战士们可以使用特制武器发射这种子弹，与实弹射击进行比较。（图片来源：格雷格·E. 马蒂逊 / 海军特种作战出版有限公司）

巴林、德国以及西班牙等长期驻扎有海军特战分遣队的地方，也能看到移动通信大队的身影。除此以外，移动通信大队还向两个任务支援中心提供通信保障，这两个中心与两支海军特战分遣队一道分别驻扎在科罗纳多和利特尔克里克。此外，移动通信大队还向每支海豹突击队的分队派驻两名成员，以在通信方面保障海豹突击队各分队。这些人会随同海军特种作战中队（以海豹突击队的一个分队为核心）一起部署到欧洲、拉丁美洲、中东、北非、中亚，以及太平洋地区。在这些区域，负责实施行动的是特种作战司令部，这些特种作战司令部向战区司令汇报，这里的战区司令部分别指欧洲司令部、南方司令部、中央司令部

右图：黑水公司的“纪念币”。黑水公司是一家私人军事公司，1997 年由埃里克·普林斯和阿尔·克拉克建立。黑水公司拥有大量商业部门、分支机构以及附属公司，常年根据国防部的外包合同帮助训练海豹突击队和海军特种作战部队人员。它至今仍是美国国务院的三家私人安全承包商之一。（图片来源：格雷格·E. 马蒂逊 / 海军特种作战出版有限公司）

以及太平洋司令部。移动通信大队各分队整天忙碌的事情包括训练、部署以及执行频率日益增加的任务。今天，移动通信大队处处面临着压力，其紧张程度犹如越战时期，越战的紧张程度对于许多蛙人老兵和海豹突击队老兵来说依然印象深刻。而且，我们都知道，在可以预见的未来，这种紧张状态不会轻易结束。这里可以举一个例子：海军特战第 1 分队的移动通信大队向进行部署的海军特种作战中队提供的支援包括：1 名海军军士长、9 名战时通信员（6 名派往中央司令部，3 名派往太平洋司令部），6 名战时通信员支持海军特战队分队，并向每支部署在海外的海豹突击队分队各派出两名战时通信员。这些水兵也要背井离乡执行任务，就如同海豹突击队队员一样。

左图：与其他许多部队相反，女性可以与海豹突击队并肩工作，尽管她们还无法参与直接的作战任务。照片中，一名女性技术人员脖颈上挂着机枪子弹，正在等着轮到自己去射击场上施展枪法。这个射击场是美国黑水公司的私人设施。在前线支援海豹突击队和特种舟艇部队时，技术人员必须准备好并且也要能够应对任何突发情况。（图片来源：格雷格·E. 马蒂逊 / 海军特种作战出版有限公司）

后勤支援部队

接下来我们要介绍的是后勤支援部队。在这里有必要再次叙述后勤支援部队的任务："向海军各特战分队的组成部分提供规范的后勤保障，以使后者可以成功地进行本土驻扎训练以及对外部署行动。"后勤支援部队负责支援海豹突击队、海豹输送艇大队以及特种舟艇部队的每一支分队。在这里有必要注意后勤支援部队的功能中一个比较微妙的部分——"规范的后勤保障"。这种措辞说明，后勤支援部队提供的并不仅仅是简单的物资补给支持，也不是简单地根据物资清单重新订购。它当然包括补给保障，但所包含的远不止曲别针和厕纸。后勤支援大队要负责军用车辆的采购、分发和维护，还要管理各种设施，并且提供技术人员（比如降落伞装配员以及医疗设施）。下面就是他们的保障功能：

●补给：合同采购、资金；

●设施：处理维护、翻新以及升级事宜；

●场地：提供训练使用的基础设施；

●医疗：提供康复、身体治疗和精神健康服务；

●训练：为即将分配到作战分队的技术人员进行个人训练。

在装备维护方面，后勤支援部队负责运行一个被称作"中尉"的部门，负责维护所有分配给他们的汽车和硬件。在空降行动中，后勤支援部队的责任包括：降落伞的装配和打包、武器和军械维修、军火库存监督与分配、潜泳和潜泳监控，个人自主式水下呼吸系统的维护、运输、所有的维护功能以及分发、维修和回收利用的各项职能。

海军补给部队中，负责后勤支援部队的军官拥有两个头衔。他们既是海军特战分队内的部门主管，也是后勤支援部队的指挥官。因此，他们在后勤补给上要承担第3层

左图：特种作战如今已经不是小伙子们的专利。照片里的这名女性技术人员与海豹突击队一道使用 FN Minimi 特种用途武器（轻机枪）进行射击。FN Minimi 特种用途武器又称美国 M239 班用自动武器，美国特种作战司令部称之为“马克 46”。（图片来源：格雷格 · E. 马蒂逊 / 海军特种作战出版有限公司）

左图：一名与海军特种作战部队一道工作的女性技术人员正在射击场上参加训练，她在给一挺“马克 48 Mod 0”机枪装填弹药，这是一种美国特种作战司令部采用的轻型机枪。（图片来源：格雷格 · E. 马蒂逊 / 海军特种作战出版有限公司）

（Echelon III）和第 4 层（Echelon IV）的责任。第 3 层责任匹配海军特战分队，第 4 层则匹配对外部署的海豹突击队各分队。这名军官的部队所执行的任务兼具海上和岸上两种性质——在进行人员配备和管理时，都使用海军的术语。后勤支援部队最多可以分配 400 人。就如同在第二章中指出的那样，后勤支援部队在任何时候都有超过 50% 的人员在执行对外部署或在执行临时新增的任务。

作为海军特战分队一员的后勤支援部队的军官就是后勤部门的负责人，他负责运营射击场地、管理危险物品、制订安全计划、负责炸药安全、负责所有的设施，以及官方外包合同。总体上，后勤支援部队要兼顾本土驻扎部队以及海外部署部队的后勤保障。值得指出的是，与过去的时代不同，今天的战区后勤补给是一个联合性职能。比如在越南战争中，部署到越南的海豹突击队不得不从前置的美国海军设施那里获取补给——其中许多位于菲律宾的苏比克湾，或者从本土获取补给，但从本土获取的补给中很多在途中丧失掉了。今日，在进行全球反恐战争之际，海军特种作战部队各海外部署单位都依靠美国陆军及海军陆战队——也就是常规军队的后勤组织来获取补给。流程得到了简化，明显有利于提升作战效率。特别是，一支部署到海外的海军特战分遣队要向“联合特种作战特混部队”进行汇报。在这一组织架构内，美国欧洲司令部后勤部（J4）的一名物流助理师会负责协调战区内特种作战部队的后勤需求。

这些听起来挺简单，但发展到这一步用了大约20年的时间。下面让我们来看看后勤支援部队的一整套标准训练。

下图：在伊拉克的费卢杰，一名随同海豹突击队第3分队行动的后勤支援部队成员正在维护一辆防地雷反伏击车（MRAP）。（图片来源：格雷格·E.马蒂逊/海军特种作战出版有限公司）

专业开发阶段

首先是为期6个月的专业开发阶段。在这一阶段，每个水兵都进入训练学校，完成室内训练课程，并且为即将到来的单位级别训练做准备。在单位级别训练中，后勤支援部队各部分要在训练中根据需求对海豹突击队和海豹输送艇大队进行保障。其中有可能是跨区域(离开本土)演练。

海豹突击队各分队专门的着装需求也会在这一为期6个月的阶段内确定。也就在这一阶段里，海豹突击队各分队与其相应的后勤支援部队成员之间也建立了个人关系。这些人很快要在宣布为战区的地方并肩作战一段较长的时间，他们必须学会如何相处。如果互相间有很明显的个性冲突，就必须在进入中队训练阶段之前化解掉。

中队一体化训练阶段

在这一阶段中，海军特种作战部队原先各自为战的几个组成部分，即海豹突击队、海豹输送艇大队、特种舟艇部队、移动通信大队、后勤支援部队，以及其他行政支援人员要完成一体化。这些部队必须在部署到预定区域之前一同进行为期6个月的演练，这里的“预定区域”包括欧洲、中东、拉丁美洲以及远东太平洋（今天，从关岛到菲律宾的作战已成为全球反恐战争的一部分）。这一阶段的许多演练都是在驻扎区域外进行的，比如在陆军训练中心（加利福尼亚州的欧文堡）以及其他海军特种作战部队异地训练设施——比如位于拉波斯塔的彭德尔顿海军陆战队军营，以及位于加利福尼亚州尼兰的军营。

最后，让我们来快速看一眼被分配到海豹突击队各分队的后勤支援部队人员，这将使我们简单地了解到今天所能获取的后勤支援的水平。海豹突击队的各分队可以分配到18名技术人员，其评定代号分别如下：情报专员、信息技术人员、司库、人事专员、作战专员、建筑师、枪炮军士长、海军医务兵、烹饪专员、海军蛙人、降落伞装配员、建筑机械师，以及杂务工。对于外行来说，上述这些术语或许看上去非常深奥，但对部署在海外的海豹突击队各分队而言，这些人员是他们的家人。除了已经被分配给海豹突击队的其他行政技术人员，后勤支援部队人员也需要与海豹突击队一道前往海外执行任务。

来自海军特种作战部队以外人员的支援

海豹突击队在岸上工作的职位很少，大多数职位在海军特种作战中心内，结果使得一些部门中的海军技术人员以及其他文职人员显得非常重要。现在我们就来看看这些人。

越南战争将海豹突击队推上前台，而“9·11”事件则使得美国对于特种作战部队的需求大增，而海军特种作战部队就在美国海军参与全球反恐战争的第一线。然而，光凭海豹突击队和海豹输送艇大队是做不了更多的。被分配到这些队伍中的技术人员也是这场战争的有机组成部分。接下来，我们要看的是那些被分配到海军特战分遣队的、并非来自于移动通信大队和后勤支援大队的技术人员。海军特战分队各部门都需要技术保障，包括人事管理、作战行动和研发等各项工作。行政上最具影响力的无疑是行动与计划处，这个处负责追踪作战行动和其他活动。而处于海军特战分队作战行动核心的，是任务监督中心。在非海豹突击队的人员中，分配给上述任务监督中心的人力资源相当多。这些任务监督中心负责监督所有正在进行的训练任务和训练活动，同时还要监督部队在国际上执行的作战任务。而主负责上述任务的主要是作战任务专员、电气技术人员以及无线电技师。

最后，有必要向在海军特种作战部队训练司令部中工作的技术人员致意。由于上述两个组织中的职务是海豹突

上图：海军特种作战部队的一名理疗师正在为一名海豹突击队队员疗伤。海军特种作战部队有一批各种等级的医疗人员，他们被分配到海豹突击队和特种舟艇部队来负责维系野外作战人员的健康。（图片来源：格雷格·E.马蒂逊/海军特种作战出版有限公司）

击队队员在岸上所能获取的、唯一的重要工作岗位，大多数的授权岗位都是为他们准备的。然而，高度技术化的课程必须由相应领域的专家来负责。我们再次感谢他们为海军特种作战部队做出的贡献。

海豹突击队第1分队成员在水下使用水文绘图仪（HMU）。拥有了“马克107型”水文绘图仪，海豹突击队如今拥有了独立的导航助手可以进行秘密的水文侦察，可以执行反水雷任务和军舰攻击任务。这种水文绘图仪代替了以前的作战蛙人战术板，这种手持式设备集成了辅助传感器，可以在水下进行精确导航，绘制海床地图，确定障碍物地点以及记录水下物体影像。笔记本电脑大小的水文绘图仪可以和全球定位系统坐标一道帮助蛙人确定路线，使用由智能网络支持系统支持的多普勒计程仪或者长基线主/从信标，还可以帮助蛙人在水下进行导航。而辅助传感器则使得水文绘图仪更为精确并且难以被敌人发觉。蛙人使用多普勒计程仪可以从全球定位系统坐标上的出发点一直抵达“搜索框”，蛙人要在靠近水面的地方确认全球定位系统坐标，并且安放主、从两个声学信标以确定“搜索框”的两个角。一旦长线信标被设定，蛙人可以使用水下绘图仪的声波接收器在“搜索框”内连续几个小时进行精确导航。多普勒导航仪则被蛙人用来离开现场，并且经过潜泳来到事先决定的撤离地点。（图片来源：格雷格·E.马蒂逊/海军特种作战出版有限公司）

第九章

特种装备

美国海军海豹突击队退役少将

乔治·沃辛顿

第九章

特种装备

美国海军海豹突击队退役少将　乔治·沃辛顿

下图：军械库被亲切地称作“玩具屋”，这里有所有的小型、轻型武器，以及相关的光学设备。它们在这里等待海豹突击队拿取，用来执行任务。照片中是一种 M4 卡宾枪，它们被放在一排排的架子上，这些架子可以滑动。M4 卡宾枪是目前海豹突击队在执行任务时用得最多的武器。（图片来源：戴维·加特利）

从 1943 年开始，海军特种作战装备就在不断发展。第一支海军作战爆破队没能登上诺曼底和太平洋的海岸，而他们所要负责驮运的物资载荷则与今天海豹突击队在阿富汗、伊拉克或菲律宾一致。这些年来，所有的事物都发生了改变——人员、训练以及装备。海军特种作战装备变得如此具有技术含量，以至于它事实上已经成为海军特战分队、海军特战分遣队、海豹突击队、特种舟艇部队以及保障团队组织中的一个决定性因素。以前的后勤补给部门

上图：这张照片很好地描述了什么是“非常规战争”，一名海豹突击队队员正背着一把链锯。事实上，海豹突击队行动时要携带不少类似的破入装备，以在有需要破入却无法使用炸药时切割墙体或大门。（图片来源：格雷格·E.马蒂逊 / 海军特种作战出版有限公司）

左上图：“超级技师”（Mechanix）手套似乎是不少战士的最爱，他们在与尖锐物体接触时，在攀登时，或在进行可能伤及双手的行动时，很喜欢戴上这种手套。（图片来源：格雷格·E.马蒂逊 / 海军特种作战出版有限公司）

左下图：在海豹突击队的武器库中有各种各样可用于“强行破入”的工具。铁撬棍、链锯、凿子，这些东西可以帮助海豹突击队队员进入任何他们想要进入的地方。（图片来源：格雷格·E.马蒂逊 / 海军特种作战出版有限公司）

与今天遍布海军特种作战司令部的技术骨干相比，显得如此苍白单薄。如今，技术已经深入作战组织，维系技术的手段对于任务的成功实施来说也十分关键。我们不能指望海豹突击队或特种舟艇部队的成员去接受技术训练，让他们维护、测试以及对敏感的电子射击装置和通信设施进行维修，更别提维修电脑了。今日的部队对技术专业知识和人才有着巨大的需求，检测、订购以及维护清单，这些后勤功能的技术含量远超普通人的想象。海军特种作战部队每次成功执行任务的背后都有着专家们的努力，战士们对这些专家也十分感激。

左上图：圣迭戈是一名来自宇航及海军作战系统中心的海狮训练员，他正在训练一只加利福尼亚海狮根据自己的手势行动，这只海狮名叫扎克，重375磅。拍摄照片时，他们正在中央司令部的职责区域内进行巡逻。这些高度受训的海狮是我们发现敌军蛙人的最好工具。巡逻中，375磅的海狮扎克正耐心地等待着主人给它发点心。美味的鱼和讨好驯兽师的强烈愿望将确保海狮每次执行巡逻任务后都会返回。（图片来源：摄影二级军士长鲍勃·霍利亨/美国海军）

右上图：375磅的海狮扎克在水中游动，嘴里叼着仪器。拍摄照片时，它正在中央司令部职责区域内进行训练性巡逻。这些高度受训的海狮是我们发现敌军蛙人的最好工具之一，并且正在阿拉伯湾水域内受训。哺乳动物训练计划原本是海军特种作战司令部和海豹突击队所管辖的，但目前该计划已被转移到另一个司令部去管辖。（图片来源：摄影二级军士长鲍勃·霍利亨/美国海军）

上图：在后勤支援部队第1分队的库房内，一名海军特战第1分队后勤支援部队人员正在一堆补给品中忙碌。这里满是要被分配给海豹突击队、受训学员以及其他人的装备，除了武器，应有尽有。（图片来源：戴维·加特利）

多年来装备的演化

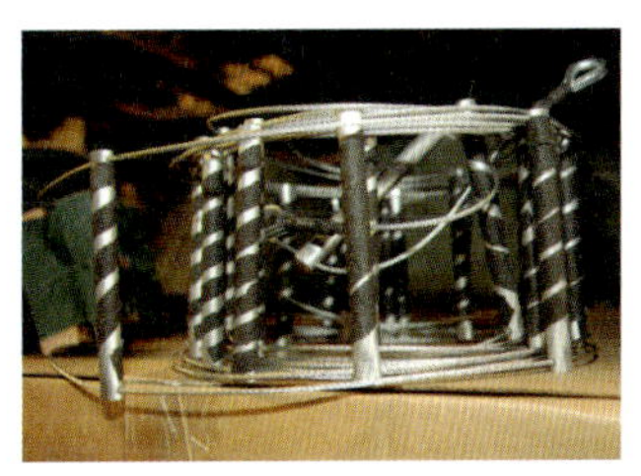

上图：这么多年来，海豹突击队似乎已经找到了最好、最耐用、最可靠的轻型装备用于执行任务。这种山地悬梯的绳子可以经受住1980磅的重量，每个阶梯可以经受住300磅的重量，由此可以轻松地供数名海豹突击队队员同时爬墙、登船或攀上其他种类的建筑结构，而且把它卷起来就可以放进一个背包。（图片来源：格雷格·E. 马蒂逊/海军特种作战出版有限公司）

在讨论今日海军特种作战部队的装备前，我们要先指出一点，过去海豹突击队所使用的硬件所带来的效果各不相同，一些比另一些更为成功。比如富尔顿“天钩”回收系统，这套系统包含了一个气象气球，它被拴在一个人身上，无论这个人在水里还是在陆地上。一架经过特别装配的飞机用一个“V”形轭钩住那个人，然后将其拉入飞机。海豹突击队曾经参与了几次针对该系统的测试，但并没有将其接纳为自己的正式装备，原因在于这种系统在作战中的使用显得非常复杂。在切萨皮克湾进行的一次测试中，一名海豹突击队队员在被飞机吊起收入机体的过程中，由于缆绳突然断裂而跌落海面不幸遇难。

而海豹突击队参与海军的“海洋哺乳动物”项目则显得更为成功，该项目训练海中哺乳动物去执行一些特定任务。加利福尼亚海狮接受的训练是将回收圈套在水下军火储存罐上。这种海狮可以潜入超过100英尺的水下，将一

左图：海豹突击队第3分队的军械库（被亲切地称作“玩具屋”），里面摆放着所有可能用于执行任务的武器。海豹突击队队员可以从中选取工具进行训练或进行“实战部署”。在这些装着M4A1卡宾枪的抽屉下面，摆放的是“特种作战专有改进附件套装”（SOPMOD kit），包括许多光学仪器以及其他供各种武器使用的附件。照片中，抽屉里摆放的是由特累季康（Trijicon）公司生产的ACOG xX32瞄准镜，这是一款供白天使用的光学瞄准镜，属于“特种作战专用改装套件”的一部分。（图片来源：戴维·加特利）

种特别打造的回收圈套到水下物体上。海狮非常善于与人沟通，能够执行非常有限的任务，并且比较可靠。训练海狮的项目被称作“快速找到”。

另一个由海豹突击队负责的海中哺乳动物训练项目，是使用大西洋宽吻海豚去保护高价值岸边资产。

在海豚的喙上安装一个追踪系统。根据指令，海豚会利用自己的声呐系统搜寻潜水而来的入侵者（无论该入侵者是在水面还是水中），并且追踪他。这一项目被定名为“水雷发现及排除系统”（马克 18 型 0 号原型机）。它于 1977 年 3 月获准投入现役使用，1979 年可完全在任务中使用。

两个哺乳动物项目都在 1974 年开始，在近海水底作战第 1 集群的命令和控制下进行。近海水底作战第 1 集群在位于科罗纳多的海军两栖训练营建造了一些围栏，以饲养用于试验的哺乳动物。被分配到近海水底作战第 1 集群的海豹突击队队员都充任训练员和管理员，他们大多是越战老兵。这些海豹突击队队员仍然要保持自己基本的潜水和跳伞技巧，但基本上已不再执行海豹突击队传统上应当完成的任务。这些人负责的是岸上任务，有时也会短暂地执行超越上述范围的任务。海狮在一些导弹测试中会被用到，而海豚用到的机会更少。将海豚进行转运对于后勤人员来说是一场噩梦。

1981 年，军用海中哺乳动物被移交给美国海军的爆炸品处理项目。这次移交的理由有二：第一，海豹突击队当时正在全球范围内扩大部署；第二，也是更重要的，爆炸品处理项目更需要这些哺乳动物，因为该项目需要处理水雷。

在为海豹突击队队员（包括以前的水下爆破大队蛙人）研发装备的层面上，进程缓慢而又艰苦。“二战”期间，写字板和测深线被认为是测量深度和海滩坡度的现代化工具。水下爆破大队的人会游过可能被用来登陆的海滩，每 25 码就搜集、记录一下深度探测数据。水下爆破大队的每

下图：K 狗是一条来自特混部队（CTU-55.4.3）的宽吻海豚，图片中，它在安德鲁 · 加勒特中士面前跃出海面。照片拍摄时，它正在“冈斯顿 · 霍尔”号军舰（舷号 LDS-44）附近接受训练，“冈斯顿 · 霍尔”号则正在阿拉伯湾执行任务。（图片来源：摄影一级军士长布赖恩 · 阿霍 / 美国海军）

顶端左图：军械库中的一排 P226 手枪，在数量上要比其他大多数种类的武器多。这也是海豹突击队队员在行动中携带得最多的手枪。第3分队的武器储藏间拥有全套武器，一次行动所能产生的全部需求都可以在这里得到满足。队员们可以在这里挑选训练工具，或者为现实中的任务部署挑选武器。（图片来源：戴维·加特利）

顶端右图：军械库被亲切地称作"玩具屋"，这里安放着所有中小尺寸的武器，以及与武器相关的光学装置。海豹突击队队员可以为执行自己的任务在其中选取武器装备。在另一面墙上的架子上整齐排列的是一种 M79 榴弹发射器，这是一种单发、需要掰开枪管进行换弹、肩扛发射的武器。它的设计初衷是用来近距离支援步兵作战，填补手榴弹的最大投掷距离和迫击炮的最小射程之间的空白。轻型的 M79 可以将一枚 40 毫米高爆碎片弹发射到大约 400 米开外的地方。（图片来源：戴维·加特利）

下部左图：左边是 81 毫米迫击炮，这是一种操作相对简单的迫击炮。现代迫击炮都包括一个炮管，炮手将炮弹填入其中。右边是 M136AT4 反坦克火箭筒有限空间版，这是 AT4 的改进版，可以在有限的空间内开火射击，这使得士兵在城市环境中作战的能力得到极大提升。AT4 有限空间版包含了一个防震、玻璃纤维加固的发射管，内有开火装置、弹出式瞄准器、吊带、保护层、减震器。其无后坐力设计要优于在有限空间内使用的火箭筒式武器。（图片来源：戴维·加特利）

下部右图：军械库，这里安放着所有中小尺寸的武器，以及与武器相关的光学装置。海豹突击队队员可以为执行自己的任务在其中选取武器装备。在一面墙上的架子上整齐排列的是 MP5N 冲锋枪的一种。MP5N 海军型是由德国军工企业黑克勒 - 科赫公司为美国海军海豹突击队专门量身定做的一款武器，关闭式枪栓，可采取自动或半自动射击模式。这使得该枪具有极高的射击精准度，尤其在首次射击时，这也往往决定了生死。MP5 使用 9 毫米巴拉贝鲁姆子弹，可以单发射击，也可以点射（一次点射 3 发子弹）或者全自动射击，每分钟射速 800 发。它拥有可缩进式枪托、可拆卸式消音器以及照明电筒，这种电筒由压力感应触发开关控制，原本是为手枪握把量身定制的。海豹突击队主要将 MP5 使用于反恐、室内近距离战斗、人质营救以及人员保卫行动。它小巧、易隐藏、耐用、操控性强并且可有效打击敌人。它操控简便，后坐力也极其平稳，开枪者可以获得极高的射击精度。根据任务情况，MP5 可以与 M4A1 卡宾枪配合使用，可有效增强火力。黑克勒 - 科赫公司生产的 MP5 冲锋枪有 SD 型，可用于隐形秘密任务，因为执行秘密任务需要完全的消音设备。该公司还生产了一种名为 MP5K 的冲锋手枪，重量只有 4.4 磅，长度不超过 13 英寸，可放在一个特制的公文包内并进行射击。这一变种枪械拥有三种射击模式：智能半自动、三发点射和全自动。（图片来源：戴维·加特利）

上图：在加利福尼亚州小镇尼兰以东，有一座比利·玛晨军营，里面有一座皇家郡海军特种作战部队沙漠训练设施，图片中的海豹突击队学员就在这一沙漠训练设施中进行海豹突击队入队资格训练。训练的内容包括对火箭发射器的维护和发射……“卡尔·古斯塔夫”级轻型反装甲武器可以发射火箭。手榴弹、克莱默地雷以及各种“实弹”演习也在这里进行，因为这里坐落在巧克力山区—— 一个为各军事单位提供实弹演习场所的地方，远离人烟。这里还会进行全新的夜间野外夜视训练。(图片来源：戴维·加特利)

右上图：海军特种作战部队的成员使用 .50 口径机枪，来测试夜视瞄准系统。他射出的是曳光弹。(图片来源：摄影二级军士长埃里克·S. 洛格斯登 / 美国海军)

支分队都被用来为一个海军陆战师服务。蛙人们要画一张图，用来显示海岸线的坡度以及登陆时可能遇到的障碍物，这些障碍物可能是天然的，也可能是人工的。蛙人还要根据总体的两栖登陆战计划，谋划如何将这些障碍物爆破或者让部队绕开它们。

在越南战争之前，海豹突击队队员及其前辈都会乘坐战术可充气式小艇划桨前进。越战期间，队伍开始使用舷外装有马达的小艇，到了 20 世纪 70 年代，队伍又开始使用现代化新版的可充气式小艇，并开始研究如何让马达在运转时没有声音。“嚯呀！”这样的小艇用得差不多了，接下来就是需要新版的可充气式小艇了，比如在艇外都听不到声音。法国“佐迪亚克”公司在制造充气式小艇方面全球闻名，海豹突击队将这种小艇称为突击战斗橡皮艇。“佐迪亚克”公司的突击战斗橡皮艇被海豹突击队所采用，并成为执行特种任务时的标准装备。

研发湿式防水服以避免冷水侵袭蛙人的身体始于“二战”之后。今天的防水衣在技术上令人惊叹。而面罩也经历了漫长的发展之路，海豹水下运载艇的操作者戴着全脸潜水面罩，而驾驶员与导航员可以通过面罩里的通信系统进行联络。甚至蛙人鞋在进行了一系列特殊设计后，也演化成了节能装置。海豹突击队队员都可以挑选自己喜欢的装备——只有在接受海豹水下爆破训练时，所有蛙人所使用的武器型号才都是统一的。

水下罗盘包也得到了发展，1965年及其后几年，水下罗盘包包括一个发光指南针和测深仪。今天的型号则是电子的。夜视系统在越南战争时就出现了雏形，现在的直升机驾驶员还在靠它飞行，而海豹突击队也在行动中使用它。狙击步枪都是绝顶的艺术品，而上面附带的瞄准镜也同样如此。

水下自主呼吸仪器进步得最多。海豹突击队曾经使用过基本的开放式压缩空气呼吸器，而如今海豹突击队用的是氧气循环呼吸器。德国德尔格公司研发的封闭式水下自主呼吸器是海军特种作战部队的装备之一，可以使佩戴者在水下连续待3个小时。另有一些混合气体装置，可根据任务类型的不同进行选择。

在海军特种作战部队的整个历史上，各支分队往往从其他兵种——主要是陆军和海军陆战队中挑选装备。这很平常，因为这些兵种被国防部放在了领导者的岗位上。在这里，我们要呈现一些只有海军特种作战部队才有的作战装备，其中大多数是要“下水”的，与美国特种作战司令部其他组成部分的装备不同。海军特种作战部队主要在海洋环境中作战，即便后来被指派到阿富汗山区和伊拉克沙漠中参加全球反恐战争。我们将通过海豹突击队的目光，从海陆空三个维度来看这些装备。如果在介绍装备时需要有战士在场，我们会寻找模特，不过所有真实的海豹突击队队员的身份都会被模糊化处理。为了查找起来方便，其

下图：下潜式反蛙人手雷可以被安放在10～100英尺深的水底。在满足一系列条件后这种手雷会进入武装状态，包括达到预定深度并且经过了预定的时间段。如果上述条件一直未得到满足，则这种手雷的保险栓会一直关闭，并且在可以被回收的地点等待回收。（图片来源：海军航空武器站，中国湖）

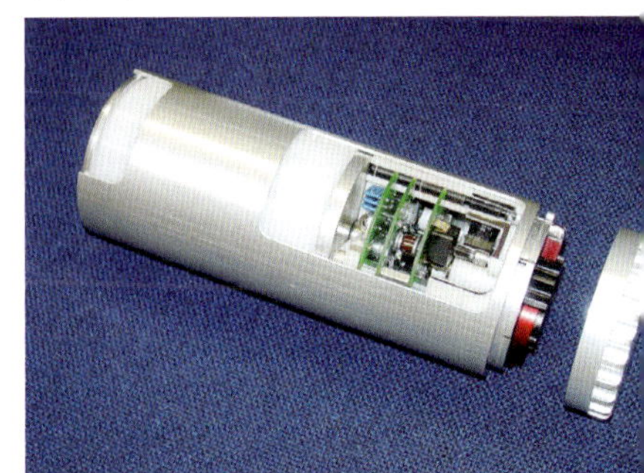

右图：这种第三代（GEN III）双管望远镜，一款加强型的海军标准装备，提供双通道深度探测能力。它可以手持，也可以装在头盔上，其“闪光应对”能力有所改进，在面对火光或光线时也能敏锐地捕捉到图像细节。望远镜的两眼间距离为25毫米，可以与面具或护目镜一起使用。（图片来源：格雷格·E. 马蒂逊/海军特种作战出版有限公司）

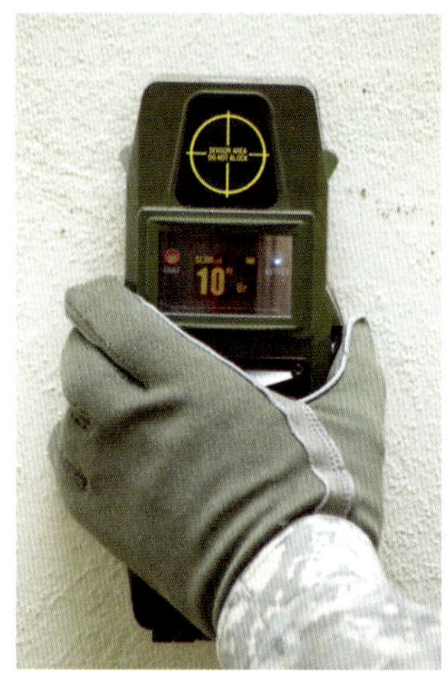

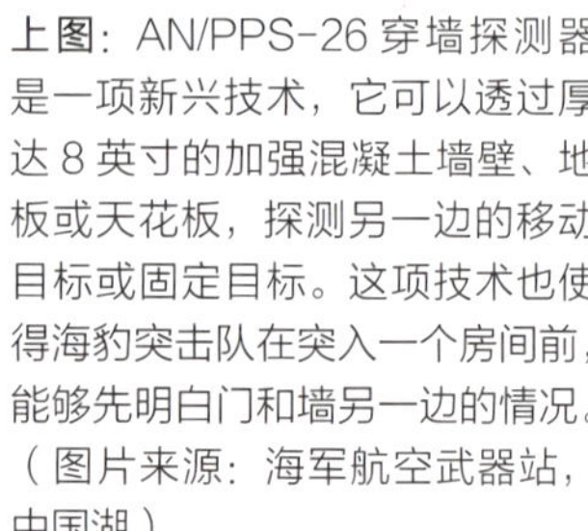

上图：AN/PPS-26 穿墙探测器是一项新兴技术，它可以透过厚达 8 英寸的加强混凝土墙壁、地板或天花板，探测另一边的移动目标或固定目标。这项技术也使得海豹突击队在突入一个房间前，能够先明白门和墙另一边的情况。（图片来源：海军航空武器站，中国湖）

上图：训练套装被摊开。这种套装类似于特种作战战术录像系统（SOTVS）套装，会在高级训练课程结束后发给侦察员和狙击手。摄影训练课程为期 2 周，侦察员训练课程为期 4 周，狙击手课程为期 6 周。套装包括：1- 数码单反相机，镜头 1/400 毫米（防抖、长焦距）、28 ~ 135 毫米、2- 两倍增距镜、多频段班际或班内电台（MBITR）- 固定电台（特高频、甚高频、卫星信号、数据无线电）、科瓦单通观测镜 -TSN664ED（低色散玻璃）w/20 ~ 60 倍放大目镜、WATEC（日本厂商）产适配器 + 微光彩色照相机、特种高清光学摄像录影机 - 加强型、司登娜望远镜、遥控快门、GEMS 公司产的夜视仪（数据保存）（微软）MVM001（与 PVS-18 类似）、导轨 / 通用支架、雷曼图三脚架、USB 读卡器（可读 SD 卡和 CF 卡）、滤色镜（主要是偏极光滤色镜）。

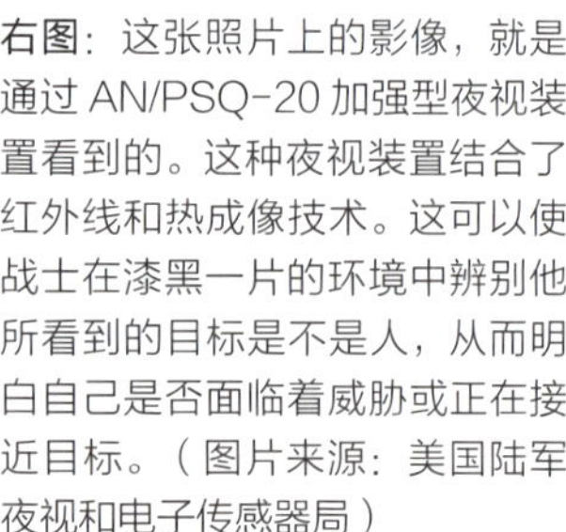

右图：这张照片上的影像，就是通过 AN/PSQ-20 加强型夜视装置看到的。这种夜视装置结合了红外线和热成像技术。这可以使战士在漆黑一片的环境中辨别他所看到的目标是不是人，从而明白自己是否面临着威胁或正在接近目标。（图片来源：美国陆军夜视和电子传感器局）

他章节介绍过的装备，这里还会再介绍一次。

最后，仅凭一章的文字和照片，我们无法将整个海豹突击队的装备介绍全。我们将呈现主要的系统，并且展现一些更为新奇的通信－电子技术，我们避免介绍深度的技术资料，因为这对整本书的展现力没有多大帮助。

海豹突击队为美国特种作战司令部做出的最大贡献，是利用潜水装置、海豹输送艇、潜艇和“干式甲板换乘舱”从海上发起秘密渗透行动，以及特种舟艇部队及其战斗艇所带来的海上机动能力。海上特战行动需要海豹突击队－特种舟艇部队的软硬件，而这些东西其他特种作战部队单位是没有的。特种舟艇部队操作几乎所有海面战斗艇，为海豹突击队提供机动力，只有战斗侦察橡皮艇不归特种舟艇部队负责，作为一种稳定的舟艇，它目前仍旧由海豹突击队自己使用。

“马克5型”特战艇

“马克5型”特战艇是特种舟艇部队的坐骑。它长80英尺，吃水5英尺，最高航速45节，可以运载一个海豹突击队战斗排（16人）外加4艘战斗侦察橡皮艇或一个海豹输送艇分遣队。在3级海况下，“马克5型”特战艇能以25~35节的速度巡航，它的巡航距离为550海里，有效载荷6500磅。它还装配有根据人类环境学专门打造的座椅，

左下图：这是一种可手持的夹式夜视装置——多尔夹式热成像夜视装置。它可以让战士们看清楚任何散发热量的物体，比如躲藏在灌木丛及其他伪装物中的人，而先前的红外线夜视装置做不到这一点。对于要进入没有星光、月光或其他光源区域的战士来说，这是一个巨大的优势。（图片来源：戴维·加特利）

下图：ITT工业、诺斯罗普·格鲁曼以及洞察力技术三家公司研发生产的AN/PSQ-20加强型夜视装置（ENVG），使得海豹突击队队员和特战快艇艇员们可以在任何光亮条件下看清楚目标，哪怕是在恶劣气候环境和战场上的低能见度条件下。加强型夜视装置结合了传统的被称作“图像增强”的夜视技术，以及热成像传感器。热成像器或红外成像器将及时感知温度变化，这样有温度的物体在屏幕上就显得更亮。两大技术的融合，使得夜视镜既可以利用图像加强技术，看到清晰的亮绿色影像，又能够在任何环境条件下利用热红外成像带来的优势。（图片来源：美国陆军夜视和电子传感器局）

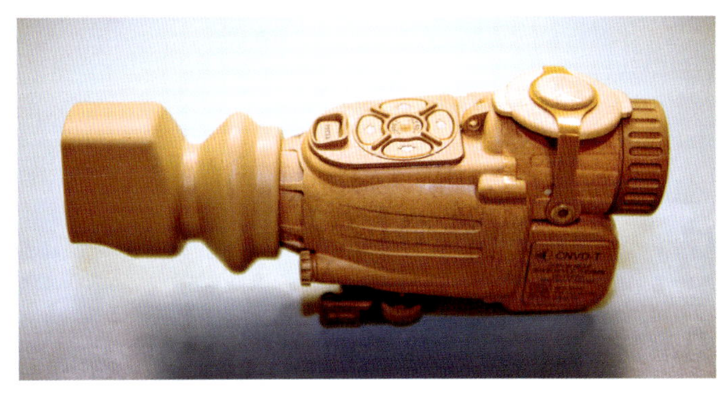

左上图：柯尔特 M4A1 近战步枪，配上“特种作战专有改进附件套装”（SOPMOD）。后者由海军特种作战司令部地面武器中心研发，包括导轨接口系统和特累季康公司生产的 4xACOG 瞄准镜，目前是海军特种作战部队的标准武器。当然根据任务需求，他们还有其他选择。枪管的长度是 14.5 英寸，重 5.95 磅，使用的是北约制式 5.56x45 毫米的子弹。（图片来源：格雷格 · E. 马蒂逊 / 海军特种作战出版有限公司）

右上图：与其他军事单位不同，海豹突击队可以得到他们在训练或者实战中，甚至为了更舒适执行任务所需要的大多数装备。照片中，这名战士有三套各不相同的迷彩服可以穿，更多的是为了舒适，其次是为了能更好地执行当天的任务。（图片来源：格雷格 · E. 马蒂逊 / 海军特种作战出版有限公司）

左中图：有时，海豹突击队会在头盔上安装摄像机，将现场情况摄录下来，或传输到指挥中心以及其他有必要观看行动的地方，比如在击毙本 · 拉登的行动中，现场画面被传输到了总统面前。还可以将其作为训练的助手，帮助受训者进行任务复盘。如果有针对美国海军的法律诉讼发生，这还可以作为法律证据。（图片来源：格雷格 · E. 马蒂逊 / 海军特种作战出版有限公司）

左下图：海豹突击队的狗都佩戴了红外夜视摄像机和“入侵者”通信系统，其视线可以穿透混凝土墙壁。与其人类战友一样，“海豹突击狗”也可以在其穿戴的攻击和空降背心里，添加上自动充气式救生夹克，这样万一被风吹到水里也能保住性命。它身上的装备很重，可能在水中会将它往下拖。就像狗中的“007”一样，这些狗可以应付任何出现在它们眼前的威胁。（图片来源：格雷格 · E. 马蒂逊 / 海军特种作战出版有限公司）

供 4 名乘员使用。“马克 5 型”特战艇的外壳呈深“V”型，因此可以被空气抬升，海上的乘坐体验非常“狂暴”，曾经记录到超过 13 个 G 的离心力。但这款中程特战艇依然是海军特种作战部队执行海上任务的关键。其船上武器包括两挺 .50 口径机枪和 40 毫米榴弹发射器。特战艇每两艘组成一个行动分遣队，并会被分配到一支移动支援分队以保障后勤补给。

11 米长的海军特种作战刚性充气艇

这种长度为 11 米的刚性充气艇是一种高速度、高浮力，可在极端气候条件下行动的舟艇，其主要任务是投送和撤回海豹突击队以及其他特种作战部队。海军特种作战部队刚性充气艇的外壳由玻璃钢制造，其外层的侧面覆盖了一层用来保护操作者并帮助他们经历海上风浪的充气管。海军特种作战部队刚性充气艇的最高航速为 45 节，最大航程为 200 海里。它装备有两台 470 马力、卡特彼勒公司产 3126 柴油引擎，以及两个卡米瓦（Kamewa，瑞典公司）喷水推进器。它的枪架可以安装 M-60、M-2 或者“马克 -19”这样的武器。海军特种作战部队刚性充气艇可以搭载 3 名乘员，并且能够运送一个海豹突击队班。根据设计，海军特种作战部队刚性充气艇可以执行海岸投送任务，也就是通过伞降落到本来无法到达的海岸区域内。根据设计，刚

下图：自主水文侦察艇系统（SAHRV），2002 财政年度还建造了另外 4 艘备用的自主水文侦察艇。自主水文侦察艇是一种无人水下艇，由海军特种作战部队使用，主要用途是扫雷以及在很浅的水域执行水文侦察任务。自主水文侦察艇未来将包括一艘半自动水下艇（不会系在其他舟艇上）以及其他的一些辅助装备。美国伍兹霍尔海洋研究所研制过一种海洋研究艇，被称作“远程环境监控仪”（REMUS），而自主水文侦察艇正是从前者发展而来。海军海洋系统司令部将制造计划交给了水螅虫有限公司（Hydroid inc.）。水螅虫有限公司建立后，与美国伍兹霍尔海洋研究所一起制造自主水文侦察艇系统，并为整个项目提供系统后勤保障，这也是唯一一家能在规定时间内满足海军需求的公司。（图片来源：戴维 · 加特利）

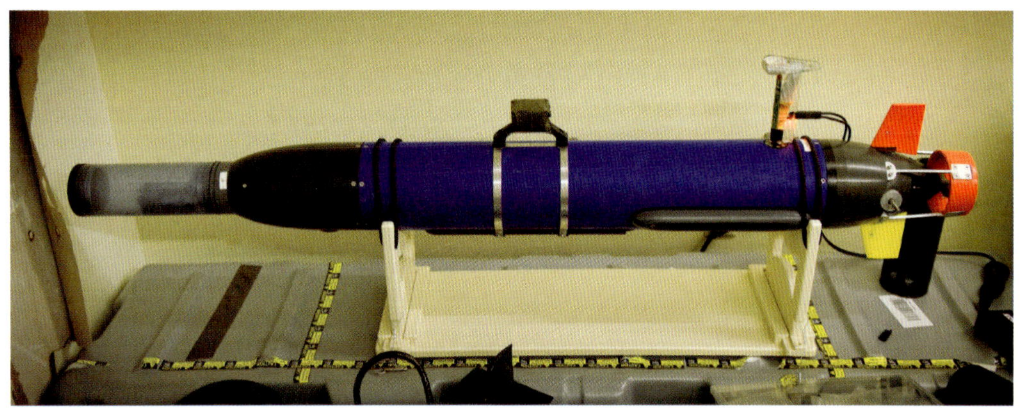

性充气艇基本上是执行由舰到岸的特种部队（通常是海豹突击队）转运任务。

河流特战艇

河流特战艇33英尺长、铝制外壳，拥有一根9英尺长的主梁，吃水2英尺。它的最高速度为42节，由两台柴油引擎和两台喷水推进器提供动力。它可以由直升机进行吊装，并且可以安装7.62毫米口径中型机枪以及.50口径重机枪。

通常情况下，负责操作这款特战艇的是5名特战快艇艇员。河流特战艇可以在其他舟艇难以进入的内陆水域负责转运海豹突击队队员。

战斗侦察橡皮艇

战斗侦察橡皮艇是海豹突击队实施“侵入海滩”作战行动的真正关键。战斗侦察橡皮艇的标准型号是佐迪亚克产的F-470型，它长15英尺，可以充气，主梁长6英尺，能够以18节的速度转运多达8名海豹突击队队员（或其他特种部队队员）。战斗侦察橡皮艇可以从潜艇上投放（潜在水底或浮在水面皆可），也可以从任何舰艇的甲板上进行投放，只要该军舰拥有起重机。根据设计，“马克5型”

下部两幅图：LAR 5型德尔格呼吸器是一种封闭式循环水下呼吸仪器。它采用100%纯氧，使用者呼出的二氧化碳被封闭循环回收。该仪器完全不会产生气泡，从而成为执行秘密两栖作战行动的理想工具。LAR 5型德尔格呼吸器最大工作水深是70英尺，不及自主式水下呼吸器。但其尺寸相对较小，且可以挂在蛙人身前，这使其成为潜水作战行动中的理想利器。至于这款呼吸器能够使蛙人在水底坚持多长时间，则要根据水深、水温以及氧气消耗速度等情况而定。（图片来源：格雷格·E.马蒂逊/海军特种作战出版有限公司）

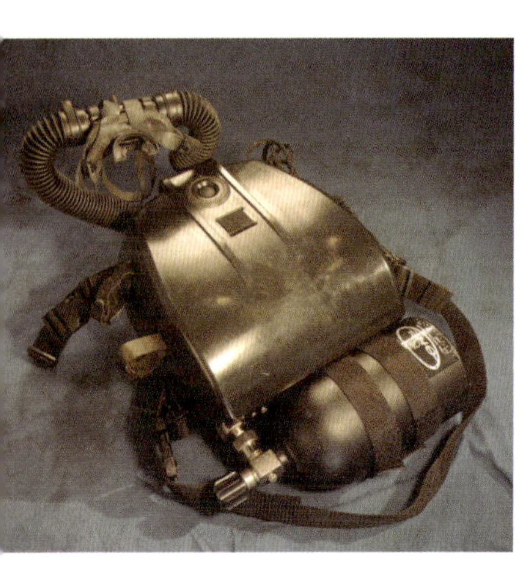

特战艇可以使用其艇体上的斜坡来投放和回收战斗侦察橡皮艇。战斗侦察橡皮艇重 265 磅（不包括引擎和燃料的重量），引擎功率为 35~55 马力。战斗侦察橡皮艇拥有可挂载的燃料囊。海豹突击队每个分队在部署前都可以得到 20 艘战斗侦察橡皮艇。海军特种作战部队后勤支援部队的分遣队负责维护这些战斗侦察橡皮艇。

海豹输送艇、干式甲板换乘舱、高级海豹输送系统

海豹输送艇的概念早在 1947 年就进入了水下爆破大队，但直到 20 世纪 60 年代早期才出现能够真正投入实战的海豹输送艇。海豹输送艇是一种不用注水的袖珍潜艇，可以搭载 6 人，包括驾驶员、导航员以及 4 名海豹突击队队员。海豹输送艇的作战半径目前仍是一个机密，但通过“干式甲板换乘舱”，它可以“寄居”在一艘潜艇上，从而完全在水中进行导航和操作。使用海豹输送艇的训练内容一般包括港口或码头渗透，以及将海豹突击队侦察组投放到敌方区域。

潜艇携带“干式甲板换乘舱”所执行的作战任务，是目前海军特种作战部队进行的最为复杂的水下任务，因为这需要“母艇”乘员与海军特种作战部队战士之间的同步协调——海豹突击队负责操作海豹输送艇，而海军蛙人负

左下图：亚特拉迪斯水肺式浮力夹克。它配有两个备用气罐，可以用来给浮力夹克充气。当然，你也可以用嘴巴或打气筒为其充气。夹克上的补偿器可以使得携带着装备的蛙人调节、控制总体浮力，而蛙人携带的重型装备则使其可以获得中和浮力，保持在恒定的水深，并且控制自己上升或下潜。（图片来源：格雷格·E. 马蒂逊 / 海军特种作战出版有限公司）

下图：TAC-100 水下导航板是全世界专业潜水员使用的初级导航平台，海豹突击队在进行训练时，也要使用这款基础型的导航板。TAC-100 将 TAC100-2 水下罗盘整合到结实、轻便的高强度塑料板上，配上易于抓取的把手。里面的罗盘准线可以确保蛙人不会偏离预定航线。塑料板上的内置式可调节化学光亮把手，可以在夜间作战行动中照亮罗盘，同时其光亮度一般被设计得很弱，以免被水上的人发现海底有蛙人正在行动。（图片来源：格雷格·E. 马蒂逊 / 海军特种作战出版有限公司）

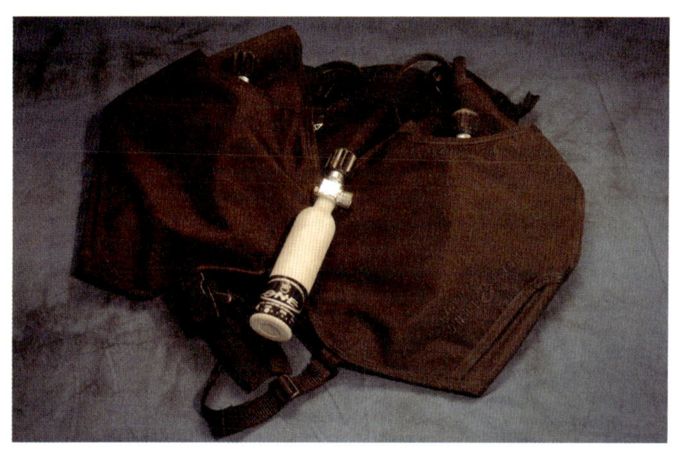

右下图：双水肺潜水坦克包在特殊的移动货架上排列整齐，以备接受基本水下爆破训练的学员们使用。这些氧气罐的维护、测试和充气都是一种日常工作了，并且相关工作会非常谨慎地进行，以确保安全。每个架子下都装有轮子，方便将其从一个地方移到另一个地方，而不必一套一套地运输。（图片来源：格雷格·E.马蒂逊/海军特种作战出版有限公司）

下图：LAR 5型德尔格自主式纯氧呼吸器的草图。这是一种封闭式循环水下呼吸器，采用100%纯氧，使用者呼出的二氧化碳被封闭循环回收，完全不会产生气泡，因此成为执行两栖作战秘密行动的理想工具。LAR 5型德尔格呼吸器最大工作水深是70英尺，不及自主式水下呼吸器。但其尺寸相对较小，且可以挂在蛙人身前，这使其成为潜水作战行动中的理想利器。至于这款呼吸器能够使蛙人在水底坚持多长时间，则要视水深、水温以及氧气消耗速度等情况而定。（图片来源：德尔格公司）

责操作“干式甲板换乘舱”。“干式甲板换乘舱”在20世纪80年代中期被引入海军舰队。这是一个40英尺长的附属物，重6.5万磅，可以装在潜艇的瞭望塔后。根据“母艇”的实际情况，可以在上面安装1~2个“干式甲板换乘舱”。“干式甲板换乘舱”可以被用来运输和投放一艘海豹输送艇，或用来“锁出”战斗蛙人。“干式甲板换乘舱”包括三个部分：可以用来在潜水艇和“干式甲板换乘舱”之间转运物体的运输箱，高压氧舱以及一个加长舱，加长舱的作用是作为一个面向海洋的接口，可以容纳一艘海豹输送艇或者战斗侦察橡皮艇和数名蛙人。

高级海豹输送系统被装在“母艇”身上，方式就如同“干式甲板换乘舱”被装在“母艇”身上一样。这是一种“干式”袖珍潜艇，驾驶舱内的气压为一个大气压。单个高级海豹输送系统往往游在6艘袖珍潜艇前面，将海豹突击队装载在它里面的干燥环境中，从潜艇上输送到渗透目标区域。抵达后，高级海豹输送系统的运输舱内开始灌满海水，而海豹突击队队员也可以“锁出”后进入海中执行任务。2008年11月9日，高级海豹输送系统的锂离子电池在充电时发生火灾，整整烧了超过6个小时。消防员封闭了高级海豹输送系统使得火焰与外面的氧气隔绝，并且在温度极高的点上浇水进行冷却。两个星期后，高级海豹输送系统的舱门才被打开。由于这场火灾，整个高级海豹输送系

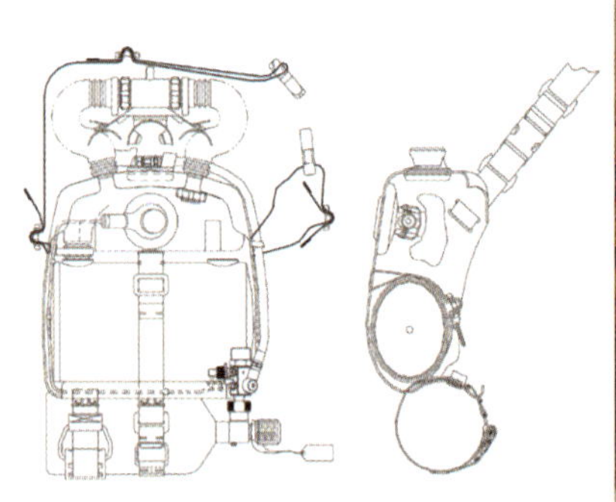

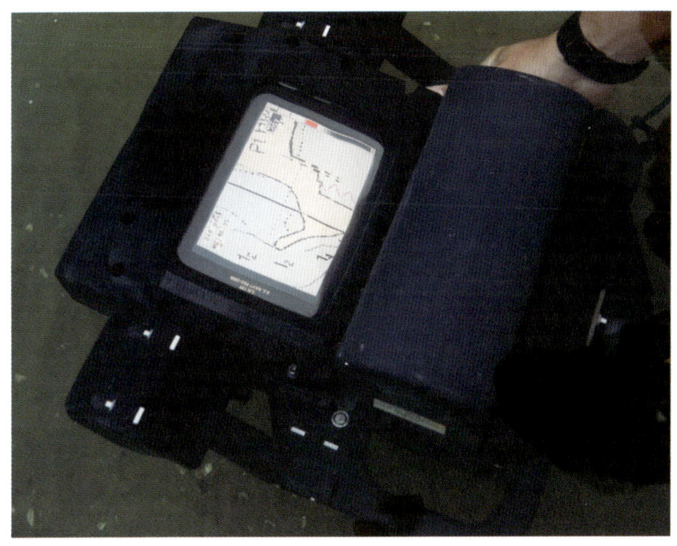

左图：有了“马克 107 型”水文绘图仪，海豹突击队得到了秘密进行水文侦察的独立导航助手，该设备还可以协助他们执行反水雷任务和攻击军舰的任务。（图片来源：格雷格·E. 马蒂逊 / 海军特种作战出版有限公司）

统项目被搁置，美国特种作战司令部以及海军目前正在探索未来可能有哪些可行的项目。目前已经有 4 艘潜艇以及全部新型的“弗吉尼亚”级潜艇经过改装，可以装载“干式甲板换乘舱”以及高级海豹输送系统。

水下呼吸器

海豹突击队首先学习使用开放式循环压缩空气水下呼吸器来进行水下潜泳。这些装置与民用体育领域以及商用潜水领域中的蛙人所使用的呼吸器基本是一样的。在大多数行政任务中，海军特种作战部队都使用开放循环式呼吸器。它的安装相对简单，无非是检查附件，确保氧气瓶里充满了空气。而在实战领域，海豹突击队只会使用德国设计的 LAR 5 型德尔格自主式纯氧呼吸器，这种呼吸器不会释放出泄露蛙人行踪的气泡。

德尔格呼吸器对于海豹突击队的水下投送任务来说，可谓“中流砥柱”。蛙人呼出的气体经过化学处理（去除二氧化碳），可以和压缩罐内储存的氧气一道被蛙人再次呼吸。它可以使得蛙人在水底连续待上 3 个小时，但由于氧气在水压下可能会对人体产生毒副作用，因此，它的最

上图：特种舟艇部队第 12 分队在圣克利门蒂岛上进行演习并释放了一架“扫描鹰”。海豹突击队队员在特种舟艇部队的“马克 5 型”特战艇上，第一次释放了一架“扫描鹰”无人机，以测试该型无人机的作战能力，以及用来发射该无人机的硬件性能。照片中是在发射前几秒钟的无人机。（图片来源：戴维·加特利）

大工作水深是 25 英尺。（呼吸器可以在深度超过 25 英尺的海水中工作很短一段时间，但此时的蛙人必须特别小心。）在一次典型的海豹输送艇投送任务中，海豹突击队队员和输送艇的乘员必须佩戴“马克 16 型”水下呼吸器，这是一种封闭式循环混合气体呼吸器，海豹突击队可以用它在更深的海域工作更长的时间。而在海豹输送艇内，蛙人可以呼吸输送艇内的压缩空气，直到离开输送艇执行任务。使用海豹输送艇执行任务时，潜水姿势必须特别讲究，在这方面电子传感器会为蛙人提供帮助。

水下附件

每个海豹突击队蛙人下潜时，都要携带一系列作战附件。海豹突击队队员们装配了浮力补偿器、救生衣、蛙人匕首、紧急信号弹、湿式防水服、面罩，以及蛙鞋。在许多照片里，海豹突击队从水里冒出来，全身佩带着武器及各种装备，但在实际中，蛙人只携带他在执行任务时用得到的装备。一个重要的装备是水下罗盘板，包括一个防水罗盘和一个深度仪。氯丁（二烯）橡胶防水服保护海豹突击队队员在长时间执行任务的过程中不会被冰冷的海水伤害。防水服各不相同，根据队员的个人喜好以及卖家提供的可选型号而定。海豹输送艇上的战士穿着特别设计的服装，因为这些海豹突击队队员将大多数时间花在了水下训练方面。海豹输送艇的战士们佩戴着全脸潜泳面罩，能够进行舱内的互相通信。

下左图：特种舟艇部队第 12 分队在圣克利门蒂岛上进行演习并释放了一架“扫描鹰”。照片里，被释放的“扫描鹰”正从释放它的特战艇上方飞过。你可以看到其机头下端的照相机。最近，海豹突击队以及特战快艇艇员正忙着试验从“马克 5 型”特战艇上投放“扫描鹰”无人机。（图片来源：戴维·加特利）

下中图：特种舟艇部队第 12 分队在圣克利门蒂岛上进行演习并释放了一架“扫描鹰”。照片中是无人机在发射前的几秒钟。（图片来源：戴维·加特利）

下右图：在“马克 5 型”特战艇摇摆不停的甲板上，队员们正在试图回收“扫描鹰”无人机。他们引导无人机向回收线上飞去，争取一或两个翼钩能钩住那根线。所有这一切都发生在圣克利门蒂岛外的海面上。然后测试人员将有后掠翼的飞机放到甲板上，队员们开始拆卸这架尺寸有一个人大小的无人机，卸下两翼，并将飞机放进长盒子。（图片来源：戴维·加特利）

空中

空中行动包括向目标区域进行输送，然后通过伞降、绳降乃至落水进行投送。伞降则包括固定拉绳式跳伞和自由落体式跳伞：“高空投放低空开伞”以及“高空投放高空开伞”。蛙人们在 20 世纪 50 年代早期开始认真学习跳伞，当时挑选出来的蛙人前往本宁堡的陆军跳伞学校详细学习跳伞。

在 20 世纪 60 年代，海豹突击队开始能够进行自由落体式跳伞，一些人还参加了陆军的“高投低开”跳伞课程。所有海豹突击队队员都要进行固定拉绳式跳伞并能够进行“高投低开”跳伞。新的训练课程已经经过了讨论，但目前仍在完善之中，而所有的海军特种作战部队的训练课程都在不断成熟。除了跳伞，海豹突击队还可以通过“快绳”技术抵达目标区域，戴上隔热手套从长长的缆索上滑落。“高投低开”跳伞的过程是先跳出飞机，然后降落到较低

上部两幅图：在阿富汗的某处，这种由通用原子生产的MQ-9“死神”无人机（原来的捕食者B型）停在机场上。无人机又被称作“远程驾驶机”，而MQ-9“死神”无人机是由通用原子公司的航空系统部门（GA-ASI）研发的，并且准备参与行动。根据设计，MQ-9是第一款长航时高空侦察无人机，同时还可以执行搜索刺杀任务。它装载了4枚AGM－114“地狱火2”空对地导弹以及两枚GBU-38“杰达姆”（联合制导攻击武器）炸弹，后者由合成孔径雷达进行制导。（图片来源：戴维·加特利）

下图：在阿富汗战区的某处，这架通用原子MQ-9“死神”无人机被涂上了鲨鱼嘴的图案。（图片来源：戴维·加特利）

的高度时再打开主降落伞。而“高投高开”跳伞的过程则是跳出飞机后不久立刻打开主降落伞，在上空滑行一大段距离后降落在预定着陆区域。

飞机

凡是特种作战部队使用的飞机，海豹突击队都可以使用。美国空军提供了一种布局特殊的飞机，可以用来投送要进行伞降的海豹突击队。首先是C-130运输机。美国空军的MH-53M“低空铺路者”直升机的电子设计经过特殊处理，可以避开敌人的感应系统；陆军的MH-60“黑鹰”直升机也可供海豹突击队使用。而陆军的MH-47“支奴干”是特种部队可以使用的标准投送装备，在很长一段时间里，海豹突击队在进行投送时，使用的是海军的CH-46直升机，它类似于MH-47，只是机型稍小。目前的“支奴干”直升机正在被逐渐淘汰，以更换升级版的海军MH-60S“骑士鹰”直升机。“骑士鹰”直升机从2003年开始服役，并且参加了美军在伊拉克的军事行动。“骑士鹰”是一款多功能航空器，可以执行特种作战支援、搜索救援被击落飞行员（CSAR）以及空中排雷等任务。“骑士鹰”直升机在设计上吸收了陆军“黑鹰”以及海军“海鹰”两款直升机的特点。它拥有4名乘员，可以运输13名携带装备的海豹突击队队员，根据任务需求可变更载荷，如果要执行的是爆破突击任务，则乘客数量可相应减少，以容纳更多的弹药。

降落伞

海豹突击队依赖于陆军的降落伞和固定拉绳式跳伞来执行任务。标准的 T-10D 降落伞（抛物线形主伞）正在被 T-11 型代替（伞盖不可操作型人员降落伞系统）。在美国陆军里，参加基本跳伞训练的学员要从 1250 英尺的高空跳出飞机；而海豹突击队参加类似课程的学员则要在 2000 ~ 2500 英尺的高空跳出飞机。而海豹突击队入队资格测试的要求更高，要在 3500 英尺的高空跳出飞机，这样跳伞者才可以在空中做出转身、停止转动以及其他一系列动作。当然，在实战中，会根据任务情况指定跳伞高度。陆军游骑兵经常要在 500 英尺高空跳出飞机，他们几乎刚张开双翼就触地了！

今天，所有海豹突击队队员都必须进行自由落体式跳伞，又称“高投低开”跳伞。跳伞者在最高 2.5 万英尺的上空离开飞机，然后自由降落到距地面 2500 ~ 4000 英尺

左侧两幅图：“高投低开”/“高投高开”的全套装备。“高投低开”/“高投高开”是一种简写，指的是使用在高空飞行的运输机，以自由落体式跳伞的方式投送人员、装备以及补给的方式。“高投低开”又被称作“军用自由落体”（MFF）。在“高投低开”技术中，跳伞者在跳出飞机下坠了一段时间后打开其降落伞；而在“高投高开”中，跳伞者在跳出飞机后的几秒钟内就打开降落伞。除了跳伞的全套装备，图片中的军用背包内也有大量军事装备，甚至在海豹突击队的左臂内也藏有武器。（图片来源：戴维·加特利）

右下图（上）：驻扎在阿富汗的MQ-1“捕食者”无人机，这种无人机由通用原子公司生产，被美国称之为高空长航时无人机系统。它可以执行侦察任务，并且射出两枚AGM-114“地狱火”导弹。这种无人机从1995年开始投入使用，曾经在阿富汗、巴基斯坦、波斯尼亚、塞尔维亚、伊拉克，以及也门大显身手。此外，从2005年以来，美国海关和边境保护局使用这种无人机（未加载武器系统）在美国境内进行边境巡逻。MQ-1“捕食者”是一整套系统，而不仅仅是一架无人机。整套战斗系统包括4架空中无人机（携带传感器）、一座地面控制站（GCS）以及“捕食者”主卫星连接通信装置。总体上，美国空军将整合的“捕食者”无人机系统视为“第二级”航空器。（图片来源：戴维·加特利）

右下图（下）：驻扎在阿富汗巴格拉姆空军基地的MQ-9“死神”无人机，这种无人机的大小类似于一家喷气式战斗机，采用涡旋螺旋桨发动机，比其“表兄”——“捕食者”无人机大三分之一。它可以300英里/小时的速度，在5万英尺的高空飞行。它装配有红外、激光及雷达目标定位系统，可以装载1.5吨的炸弹和导弹。这架“死神”已经装满了弹药，但机上没有一个人。当它在伊拉克轰炸目标时，它的驾驶员正坐在7000英里外内华达州的显示屏前。（图片来源：美国空军下士小拉里·E.雷德）

处打开降落伞。在这里可以做一个对比，民间跳伞者一般在1.3万英尺上空离开飞机，在2000～5000英尺上空打开降落伞，具体要看训练情况以及美国跳伞协会所颁发的执照等级——很明显，学员的开伞高度要更高一些。海豹突击队在训练和实战中，使用的都是MT-2XX军用自由落体降落伞，生产厂家是帕拉福莱特有限公司（Para-Flite,Inc.）。这种降落伞拥有一个370平方英尺的主伞盖，可以悬挂重达360磅的物体。这些自动充气式冲压空气式双翼被称作“伞翼”，可以用来控制速度和方向。这些降落伞的前进速度可以达到每小时25英里，跳伞者需要在风中落地，就如同飞机一样，这一点非常重要。此外，“高投低开”跳伞还有一定的纪律，包括要在高空滑翔更长的距离，由于高空氧气含量低、气温极低，因此需要特别的生命维持装置，而这些都会使伞降行动显得更为复杂。

快绳及绳索下坠技术

这些技术都是从直升机上完成的。快绳技术是海豹突击队研发的，目的是在直升机悬停于半空的情况下，将一

个班的海豹突击队队员降落到敌方区域。首先将直径为两英寸的尼龙绳从直升机上垂到甲板或海面上，等待投送的海豹突击队队员用“快绳手套”保护他们的双手，然后沿着绳子滑下。海豹突击队曾经使用登山绳索下坠技术，但如今几乎只使用快绳技术。

特别投放及撤退流程系统

特别投放及撤退流程系统起源于越战，通常用来从敌方区域撤出一个班。地面上的海豹突击队队员将自己绑在从直升机上垂下的连接绳上，链索弹簧扣把人系在绳上——所有这些都特别有趣，特别是当你被吊出热点区域时。

上图：海军特战队第 2 分队的海豹突击队队员采用“特别投放及撤退流程系统”实施撤退。照片中，6 名海豹突击队队员被吊在半空，他们身上佩带着从直升机上垂下的“特别投放及撤退流程系统”装置。这架直升机来自美国陆军第 160 特战空勤团（“暗夜潜行者”）。（图片来源：格雷格 · E. 马蒂逊 / 海军特种作战出版有限公司）

陆地

海豹突击队的作战行动大多是在陆地上展开的，比如小组战术。海豹突击队使用小型武器和重型武器，还有匕首、炸药、透镜罗盘、通信装备、全球定位系统（GPS）、防寒衣、滑雪板、雪鞋、帐篷、绳索下坠装备，以及其他各种用于安营扎寨的装备。

沙漠巡逻车

海军特种作战部队的沙漠巡逻车本质上是一种经过改造的沙滩汽车，在美国本土可以参加巴甲道路车赛。沙漠巡逻车由一台 200 马力的 VW 引擎提供动力，其有效载荷为 1500 磅，最高速度可以达到 80 英里 / 小时，可以跑 210 英里。良好的燃料囊可以帮助其跑得更远。沙漠巡逻车上装备有一挺 .50 口径的机枪和火箭发射器。

沙漠巡逻车的乘员为 3 人。其任务包括快速攻击和纵

右图：航空环境公司生产的WASP3型小型无人机系统是一款可以手持的无人机。对于海豹突击队而言，这是一款理想的提升超视距识别能力的工具。这架无人机上配有两台摄像机，可以将实时情报提供给地面上的行动者。此外，它还装配有全球定位系统，从起飞到回收都可以自主操作。航空环境公司在迷你无人机系统的研发方面处在前沿。（图片来源：航空环境公司）

右图：海豹突击队的“肩并肩”车。海豹突击队的队员们选择了一款加强版的川崎Teryx运动版休闲多功能车。这种运动版休闲多功能车代替了先前的沙漠巡逻车，后者在比例上更大。这辆“肩并肩”车可以搭载两名海豹突击队队员以及他们的装备。Teryx能够进行牵引、推动、爬高、装载以及其他你要求它做的任何一件事，其车座更宽，乘坐更舒适，但同时车身足够紧凑、底座足够高，可以在乡村路上行驶（比如伊拉克和阿富汗）。这种“肩并肩”车能够在小径上行驶，而军用悍马、防地雷反伏击车或其他战斗车辆根本无法驶入这样狭窄的道路。它装配了一台90度配置的749ccV双引擎，也是同级别车辆中引擎最大、动力最足的。（图片来源：戴维·加特利）

右图：后勤支援部队负责维护各种军用悍马，并且根据海军特种作战部队战士以及保障组所要执行的任务来运送装备。（图片来源：格雷格·E. 马蒂逊/海军特种作战出版有限公司）

深打击、侦察与目标定位、目标获取、侦察与勘查、命令与控制，以及维和。在“沙漠风暴”行动中，来自海军特战队第 1 分队的一支沙漠巡逻车分遣队引导着美军杀进科威特城。而负责军官则是被交换到海军特战队第 1 分队的陆军特种部队少校。这支分遣队的首要任务是准备营救被击落的飞行员。

在科威特的作战行动结束后，沙漠巡逻车暂时停止参与作战和训练，所有车辆也都被封存起来。它们得到使用，是为了在“沙漠风暴”行动中拯救被击落的飞行员。它们现在已经再度从战斗车辆的现役清单中消失了。

军用悍马

海豹突击队猛然闯入阿富汗战场，它们需要武装机动

左图：海豹突击队的战士驾驶着防地雷反伏击车在伊拉克费卢杰的街头招摇过市。车上装备着 CROWS 遥控武器系统以及大量通信系统。根据设计，这些装甲战斗车辆可以在遭到路边炸弹袭击或遭到伏击时安然无恙。而 CROWS 遥控武器系统使得士兵可以躲在装甲车内操纵武器向敌人射击。（图片来源：格雷格 · E. 马蒂逊 / 海军特种作战出版有限公司）

左图：正在阿富汗执行任务的沙漠巡逻车，它可以快速行动，这一点是重甲的悍马做不到的。沙漠巡逻车可以搭载 3 名海豹突击队士兵、一挺 .50 口径机枪、卫星通信系统和全球定位系统，有了这款车辆，海豹突击队战士可以悄然来去自如。（图片来源：国防部）

上图：XM153 通用遥控武器站（CROWS）系统是为海豹突击队的战士专门打造的，使得后者可以躲在防地雷反伏击车中遥控开火，而不必把身体暴露在敌人火力之下。CROWS 拥有视频和热成像摄像机，还有激光测距仪，这使其无论在白天还是黑夜都能执行作战任务。其携带的上述传感器以及火力控制软件可以用来捕捉移动目标，并且在交战中做到先发制人。（图片来源：格雷格·E. 马蒂逊 / 海军特种作战出版有限公司）

上图：某些地形战士们必须用越野摩托车和全地形车才能搞定。后勤支援部队向海豹突击队提供后勤补给，帮助其完成任务。（图片来源：格雷格·E. 马蒂逊 / 海军特种作战出版有限公司）

下图：后勤支援部队将运货板上的军火和其他物品装上海豹突击队的卡车，这些都是伊拉克战场上需要的东西。（图片来源：格雷格·E. 马蒂逊 / 海军特种作战出版有限公司）

力，而军用悍马正好满足他们的需求，但海豹突击队的装备清单里没有军用悍马。他们很快采购了 4 辆，并且以破纪录的速度对车辆进行改造，使之拥有了一个机枪挂架和一些小的武装保护装甲。海豹突击队现在拥有了强悍的装备清单，以及各种各样的地面战术机动车辆，可以作为训练和作战之用。而后勤支援部队则负责维护这些车辆。

武器

肩扛式发射武器

如果要介绍海军特种作战部队的武器，可以用一整章乃至一整本书的篇幅来介绍。而这里，我们只能介绍海军特种作战部队所用武器的冰山一角。美国特种作战司令部一直在演进，而陆军特种兵在这方面处于前沿地位。比如，目前一款战斗突击步枪就正处于研发之中，包括“马克 13”“马克 16”和“马克 17”三个变种。今日，M4A1 卡宾枪是标准配备，它沿袭自越战期间的“马克 15 型”，后者的名声是有污点的。在越南战争中，海豹突击队使用的是斯通纳轻机枪，后者采用5.56毫米子弹，与“马克15型”一致。后来他们又改用“马克 14 型”，暂时代替 M-1。目前，“马克 14 型”依然是海豹突击队的武器之一。在越南，海豹突击队还使用枪管被截短的 M-60 机枪。在 20 世纪 80 年代中期，一些事情发生了。M-60 机枪被研发出来，并且由东海岸海豹突击队进行了测试。这款武器一经获得批准投入现役，海军陆战队就采购了它。这款 M-60 的变型有一个前置握把，而且携带重量更轻。

上图：海军特种研发集团的成员正在射击场上测试黑克勒 – 科赫公司产的“马克 23”手枪。这是一款出色的攻击性武器，被分配给美国特种作战司令部特种作战部队。这也是第一款被安装了消音器、激光瞄准器和光瞄准器的 .45 口径手枪。尽管其在概念上堪称先进，但其尺寸以及重量使得其使用起来比较不便。（图片来源：格雷格 · E. 马蒂逊 / 海军特种作战出版有限公司）

也是在 20 世纪 80 年代，跟随舰队执行任务的海豹突击队又开始抱怨，于是对于全新的武器套装的需求产生了。由军事部门提出并资助相关需求，并将投标合同提交工业部门，德国的黑克勒—科赫用其 MP5 系列赢得了订单，MP5 武器系列至今仍在部队中使用。

我们无须深挖技术细节，只需指出一点：根据需求，弹药容量可以变化。在整个特战部队圈子里，该武器系列都在被使用。还有一些步枪，包括狙击手系列的和几个型号的战术霰弹枪，我们将用图片进行说明。

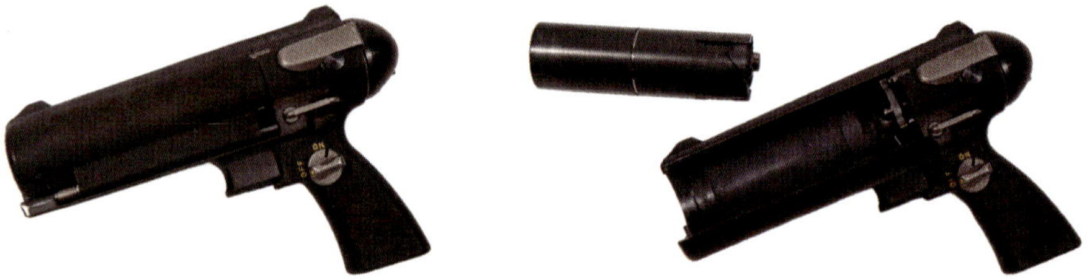

左下图：史密斯 – 韦森公司产 9 毫米 39 型手枪，在海军中被称作 Mk.Mod.0,22“油炸玉米饼”。这是一种在越南战争期间专门为海豹突击队研发的手枪。之所以被称作“油炸玉米饼”，是因为这种手枪经常被用来让敌军养的狗闭嘴，以免其泄露本方士兵行踪。（图片来源：格雷格 · E. 马蒂逊 / 海军特种作战出版有限公司）

中上图：中国湖在 20 世纪 60 年代为海豹突击队制造了许多武器，其中之一是这种泵动式、40 毫米榴弹发射器、系列号 002 的枪，它可以像常规的泵动式霰弹枪那样操作。通常情况下，一具 M79 榴弹发射器一次只能装填一枚弹药，打完后就必须再装。而这种特殊的型号，可以像泵动式霰弹枪那样在下面的枪管里装填许多榴弹，然后战士可以用泵将其推到枪膛里进行连续射击。（图片来源：格雷格 · E. 马蒂逊 / 海军特种作战出版有限公司）

中图：“马克 1 型”水下防御枪。图片中它被合上了，并且准备开火，这种水下防御枪于 20 世纪 70 年代开始使用，是今日 P11 水下手枪的鼻祖。“马克 1 型”是一款双发、“胡椒粉盒”（指多根枪管呈圆周分布——译者注）式武器，它包含一种可移除式圆柱形弹仓，包括 6 根“马克 59 0 号原型子弹”，或 4.25 英寸长的钨镖。子弹出膛速度可以达到 740 英尺 / 秒，水下有效射程 30 英尺。（图片来源：格雷格 · E. 马蒂逊 / 海军特种作战出版有限公司）

中图：.50 口径的斯普林菲尔德狙击步枪是中国湖于 1968 年为越战中的海豹突击队研发的。由于体形过大且重量过重，海豹突击队无法携带它穿过树林，因此这款武器从未被正式采用过。（图片来源：格雷格 · E. 马蒂逊 / 海军特种作战出版有限公司）

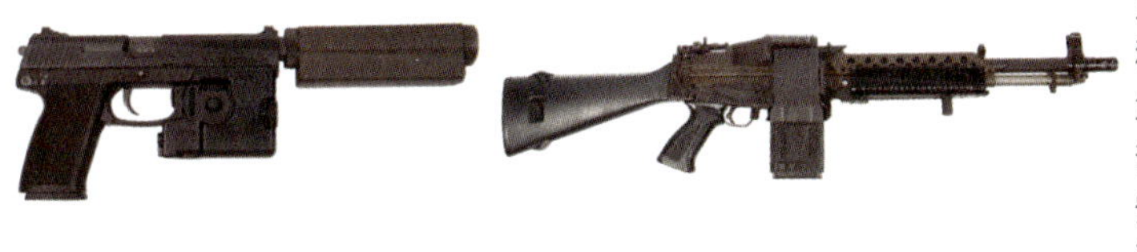

左上图（左）：特种作战部队“马克23”.45口径消音手枪（黑克勒－科赫产），这是一款出色的攻击性武器，被分配给美国特种作战司令部特种作战部队。这也是第一款被安装了消音器、激光瞄准器和光瞄准器的.45口径手枪。（图片来源：格雷格·E.马蒂逊/海军特种作战出版有限公司）

左上图（右）：海豹突击队在越南战场上的常用武器之一，是斯通纳机枪，这是由尤金·斯通纳在20世纪60年代早期设计的，与M-16几乎同步问世，斯通纳机枪是一款5.56毫米口径的武器，也被称作M63A1。图片中这把枪的序列号为00320。在20世纪80年代，斯通纳机枪被逐步淘汰，取而代之的是M249班用自动武器。（图片来源：格雷格·E.马蒂逊/海军特种作战出版有限公司）

手枪

曾经有段时间，驻扎在东海岸和西海岸的海豹突击队在选择手枪的倾向性上有一些不同：东海岸的海豹突击队喜欢史密斯－韦森357马格南手枪，西海岸的则喜欢M-1911A1 .45口径手枪。随着特种作战司令部的成立，武器标准化的需求日益显著。你很难向特种作战司令部司令解释清楚一点：为什么他要根据海豹突击队各自不同的驻扎地采购各自不同的武器。此外在20世纪80年代中期，国防部试图将所有军种的手枪都统一为博莱塔9毫米手枪。而当时陆军特战部队决定继续使用柯尔特.45口径手枪，海豹突击队也曾使用这款手枪，而黑克勒－科赫、格洛克以及西格－绍尔等公司也拥有相当有竞争力的手枪。大约在1989年，印第安纳州克兰的海军武器中心向美国特种作战司令部提出一项需求：希望能有一款.45口径的水中手枪系统，在黑克勒－科赫公司研发成功后，这款手枪被命名为“马克23 0号原型枪”，1996年，这款手枪也以这个名字进入现役使用。“马克23型”的精确度超过对

左下图（左）：西格·绍尔P226-9手枪（海军型）是专门制造出来供海豹突击队使用的，内部构件经过特种防磨损处理，对比瞄准镜、滑套上刻着一个锚，标志着这是海军特种作战部队使用的手枪。这款手枪是海豹突击队——全球最精锐的特种部队的配枪。海豹突击队队员要带着它出入最危险的环境。（图片来源：格雷格·E.马蒂逊/海军特种作战出版有限公司）

左下图（右）：沃尔特PPK手枪：1978年，位于亚拉巴马州加兹登的游骑兵兵工厂获准制造PPK和PPK/S手枪，位于弗吉尼亚州亚历山德里亚的国际武器公司负责分销，但相关执照最终被吊销。从2002年开始，史密斯－韦森公司获取执照开始制造PPK和PPK/S手枪。（图片来源：格雷格·E.马蒂逊/海军特种作战出版有限公司）

上图：“特种作战专有改进配件套装”（SOPMOD kit）包含了所有海豹突击队可能与M4卡宾枪一起使用的配件。这些配件由多家公司制造，比如ITT夜视、瞄准点、特累季康、柯尔特、神火、奈特军械公司。（图例说明：菲儿·阮）

右图：海豹突击队携带着新型的特种部队战斗突击步枪，这是一种由比利时FNH公司为海军特种作战司令部打造的模块化步枪，图片中这款是7.62毫米版，长枪管。图片中正在进行的是“掩护与奔跑”演练，在某一与波斯湾地区国家地形类似的地点进行。（图片来源：戴维·加特利）

于战斗手枪最严苛的需求。海军海洋系统司令部(NAVSEA)提供一辆修理车，到各支部队的驻地维护、检查该部队的武器。海豹突击队各分队自己的军械维修师在维护和翻新轻武器方面也非常出色。

除了偶尔使用AK-47，海豹突击队的武器清单已经被精简过了。可以说所有战士都会携带着训练中使用的武器进行部署。拥有合理的武器装备并且能够熟悉它、精确使用它已经成为一门哲学，尤其是在今日的全球反恐战争形势下。

炸药

“爆破”一直是海军蛙人的标志——从最开始的爆破部队、水下爆破大队，到今天的海豹突击队。“爆破”训练将海豹突击队与其他特种部队区分开来。每支分队、每个战士都是合格的爆破手，这与陆军特种部队等部队有根本的不同。从“二战”开始，海军作战爆破队就徒手安装炸药，爆破海岸线上的障碍物，无论这些障碍物是天然的还是人工的。水下爆破大队各支分队也在越南战场上进行过爆破，以削平沙洲，在三角洲内开辟运河。炸药引爆技术随着恐怖主义和人质劫持的出现而趋于成熟——闪光弹、震撼弹被用来对付劫持人质者。其他炸药装填方式则被用来在房屋清理行动开始前打开安全门——这也是在进行超精准无差别射击前的必要一步。（海豹突击队队员是全球最出色的射手。）

我们将用图片来展示一些散装炸药，能看到的真的不多——C4是一种白色外观的泥状炸药，这种散装炸药看上去像个联邦快递的包裹，或者是爆破筒（就如同电影《拯救大兵瑞恩》中的一样），是一个长长的5英尺直径的圆棒。而海豹突击队所使用的粗布背包炸弹则很有意思：他们将这些背包挂在水底的障碍物上，将所有的粗布背包用导火索连接起来，然后用双层防水的点火装置将导火索引燃，

上图：M4 卡宾枪是 M16 半自动突击步枪的变种，也是海豹突击队最常用的武器。M4 卡宾枪拥有可折叠式枪把，可以安装瞄准器、夜视装置以及其他附加物，比如 M203 榴弹发射器甚至霰弹枪。M4 卡宾枪使用的是北约标准的 5.56 毫米子弹，在战场近战之时，这是一款理想的武器。（图片来源：格雷格 · E. 马蒂逊 / 海军特种作战出版有限公司）

上图：海豹突击队所使用的微型冲锋枪中，最受欢迎的一款无疑是黑克勒 - 科赫公司生产的 9 毫米口径 MP5 冲锋枪（海军型）。图片中这把可以安装消音器。（图片来源：格雷格 · E. 马蒂逊 / 海军特种作战出版有限公司）

右图：原版的 AK-47 是第一款被生产出来的、真正的突击步枪。即便在 60 年后的今天，它仍然是全球使用得最为广泛的突击步枪，因为这款步枪耐用、制造成本低廉、使用简便。在实施秘密行动时，海豹突击队有时会遇到这样的情况：无法获取美式武器弹药，而 AK-47 的弹药非常充足；或者使用 AK-47 可以更好地融入当地环境。每到这个时候，海豹突击队就会开始使用 AK-47。（图片来源：格雷格 · E. 马蒂逊 / 海军特种作战出版有限公司）

上部两幅图，上图：海豹突击队一直钟情的一款武器——M14 步枪，这是一款越战期间使用的武器，后来被 M16 步枪代替。但海豹突击队一直在使用它们，并且将其演变成 M14 加强型步枪。美国特种作战司令部与海军特种作战中心克兰分部合作提出需求，并且在许多武器制造商的帮助下，制造出一款 7.62 毫米口径、51 毫米长、使用北约子弹的狙击步枪，并且配备消音器和瞄准器，供海豹突击队使用。（图片来源：格雷格 · E. 马蒂逊 / 海军特种作战出版有限公司）

上部两幅图，下图：这是一款 12 号霰弹枪，由海军航空武器站中国湖改装。海军航空武器站在很长一段时间里为海豹突击队改装武器，以满足后者在战场上的需求。图片中的这把霰弹枪经过改装后有了后拉式装弹杠杆，枪管的末端有一个特别的枪口，可以用来破门而入。（图片来源：格雷格 · E. 马蒂逊 / 海军特种作战出版有限公司）

右图：一名海豹突击队员携带着一挺 M249 轻型机枪。（图片来源：格雷格 · E. 马蒂逊 / 海军特种作战出版有限公司）

接下来就是我们耳熟能详的了："给那个洞点把火！"——乓！——任务结束。

通信及电子装置

海豹突击队在各种任务中所使用的通信和电子装置是海军特种作战部队行动中非常重要的组成部分。为了尽可能真实地反映原貌，我们将把本章剩下的篇幅用来介绍

右图：海豹突击队第1分队正在进行战场通信训练演习（FTX），训练内容还包括摄影以及侦察。训练时会搭建场景，每个学员都要接受测试，并且接受训练来进行观察、摄影以及口头上的通信联络。然后学员们要将他们拍摄的照片以及侦察发现输送回战术行动中心。（图片来源：戴维·加特利）

右图：MQ-1"捕食者A"无人机以及MQ-9"死神""捕食者B"无人机的控制台。由两名操作员负责操作远在阿富汗的无人机的飞行和对目标的瞄准。（图片来源：戴维·加特利）

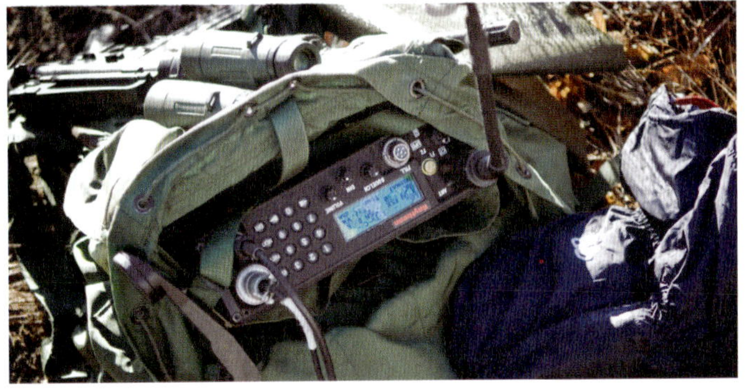

顶端两幅图，左图：海豹突击队第1分队进行战场通信训练演习（FTX），训练内容还包括摄影以及侦察。训练时会搭建场景，每个学员都要接受测试，并且接受训练来进行观察、摄影以及口头上的通信联络。然后学员们要将他们拍摄的照片以及侦察发现输送回战术行动中心——这在实战中是经常会碰到的情况。AN/PRC-117多频段可携式“猎鹰2”无线电台系统，以及一根竖起型天线。这套装备可以在甚高频调幅和调频（VHF AM和FM）、超高频调幅（UHF AM）以及超高频按需分配多址接续微型通信（UHF DAMA SATCOM）上使用。按需分配多址接续方式允许数百名使用者根据命令或需求分享一条窄频卫星通信通道。这是一种声音/数据仪器，内嵌密码器、卫星通信以及电子反反制能力。（图片来源：戴维·加特利）

顶端两幅图，右图：两个趴在地上的海豹突击队学员正在接受有关通信和侦察方面的高级训练，训练中，他们要秘密观察目标并拍摄照片，还要记录时间和做笔记，然后撤退到“隐藏点”，将获取的新情报分门别类，并且通过卫星传输回后方的战术行动中心。在这两人当中的，是AN/PRC-117多频段可携式“猎鹰2”无线电台系统，以及一根竖起型天线。（图片来源：戴维·加特利）

左下图：雷神公司生产AN/PRC-117多频段可携式“猎鹰2”无线电台系统，以及一根竖起型天线。（图片来源：戴维·加特利）

上述装置的技术细节。通信及电子装置在部队中被称作comm-ET，包括整个海军特种作战部队所使用的无线电台、定位及信号装备以及密码系统。

这些系统的维护要求极高。朝鲜战争中，水下爆破大队一个作战排使用AN/PRC-6手提无线电话机进行联络，这样的日子已经一去不返。今天的通信装备涵盖所有的无线电频率（HF［高频］、VHF［甚高频］、UHF［超高频］），还有可携式卫星信号接收器和定位精度达到几码的全球定位系统。从格林纳达到阿富汗，通信的重要性一再展现，甚至曾经有故事说士兵们用付费电话与美国本土联系呼叫空中支援。海豹突击队的迈克尔·墨菲上尉就在试图与战术行动中心联络、请求紧急支援时牺牲，他因此获得了荣誉勋章。

在并不遥远的过去，海军特种作战部队的通信员将天线绑在树上以进行远程的高频通信。后来，甚高频使得车辆和飞机之间的联络成为可能。而超高频则可以在近距离室内作战的情况下，为单个通信员提供短距离通信，所谓短距离，长则数英里，短则相隔几个房间。

海军特种作战部队的通信车拥有卫星连接能力，可以

上图：雷神产 AN/PRC-117 多频段可携式“猎鹰 2”无线电台系统。（图片来源：戴维·加特利）

上图：哈里斯 AN/PRC-117 多频段可携式“猎鹰 2”无线电台系统以及一根竖起型天线。这套装备可以在甚高频调幅和调频（VHF AM 和 FM）、超高频调幅（UHF AM）以及超高频按需分配多址接续微型通信（UHF DAMA SATCOM）上使用。按需分配多址接续方式允许数百名使用者根据命令或需求分享一条窄频卫星通信通道。这是一种声音 / 数据仪器，内嵌密码器、卫星通信以及电子反反制能力。（图片来源：戴维·加特利）

右图：特战司令部通信小组周游全球，他们不得不在一些环境最为严峻的野外地带提供通信保障，使得在当地活动的部队能够与美国本土或其他地方进行联络。那些在野外和全球环游的部队，能够获得卫星上传、现场视频直播、加密电话会议以及本地通信等通信方面的便利。（图片来源：格雷格·E. 马蒂逊 / 海军特种作战出版有限公司）

右下图：XM153 通用远程操作武器站系统（CROWS）的瞄准和控制屏。海豹突击队队员可以坐在防地雷反伏击车中，放大一个移动中的目标，将十字线对准敌人，然后扣动扳机，无论在白天还是黑夜，这款装置的射击精度都非常高。根据布局调整，该系统还可以控制榴弹发射器和一系列其他武器系统。CROWS 的感应装置包括视频和热摄像头以及雷达测距仪。其感应器以及火力控制软件使得整个装置可以捕捉移动中的目标，并且进行先发制人的打击。（图片来源：格雷格·E. 马蒂逊 / 海军特种作战出版有限公司）

使特混部队与陆上或海上的分支部队进行联络。过去蛙人或海豹突击队在任务失败后破坏无线电台的景象一去不复返了，技术高超的舰队技术员今日随着海豹突击队行动，确保通信设备顺利运转。通信保障是海军特种作战部队成功的重要因素。

上图：机密的AN/CYZ-10数据传输机，经常被称作填充物（Filler）、疯狂10（Crazy 10）、ANCD或DTD。这是一款由美国国家安全局研发的、便携手持式充填装置，可以在袖珍加密机和通信设备之间实现接收、储存和转移数据。目前，该款设备正在被KIK-20安全型数据传输机2000系统所代替。（图片来源：格雷格·E. 马蒂逊/海军特种作战出版有限公司）

个人装备与制服

海豹突击队的个人装备清单，可以和L.L.Bean（里昂比恩）的产品目录相提并论。海豹突击队执行任务的区域

左图：在伊拉克的海豹突击队作战准备室，每名队员的武器、体甲和其他在执行任务时所要佩带的装备都放在里面。（图片来源：格雷格·E. 马蒂逊/海军特种作战出版有限公司）

左图：武器和弹药放在作战准备室内，海豹突击队队员即将拿着它们去执行任务。这里是伊拉克境内的一个秘密基地。（图片来源：格雷格·E. 马蒂逊/海军特种作战出版有限公司）

上图：后勤支援部队第 1 分队分发了一大堆高技术硬件、生存工具以及衣服。这些装备被分发给接受高级训练的学员以及海豹突击队队员，图片中只是一部分，零售价格总值却已经超过 1 万美元。这些装备中的某些可以进行改装，从而适应海豹突击队队员的工作方式。（图片来源：戴维·加特利）

左下图：在后勤支援部队的商店里，如果你需要一个罗盘，你只要说你需要什么种类以及需要多少就行。在这种商店的仓库里，有大量装备，摩托、舟艇样样俱全，并且可以被输送到指定地点。（图片来源：格雷格·E. 马蒂逊 / 海军特种作战出版有限公司）

下图：大小电池、钢笔、电子、锁、罗盘、登山装置，从很小的东西到很大的东西，后勤支援部队应有尽有。它是海军特种作战部队的特种装备中转站，在任何时候都要满足海豹突击队、特种舟艇部队人员的需求。（图片来源：格雷格·E. 马蒂逊 / 海军特种作战出版有限公司）

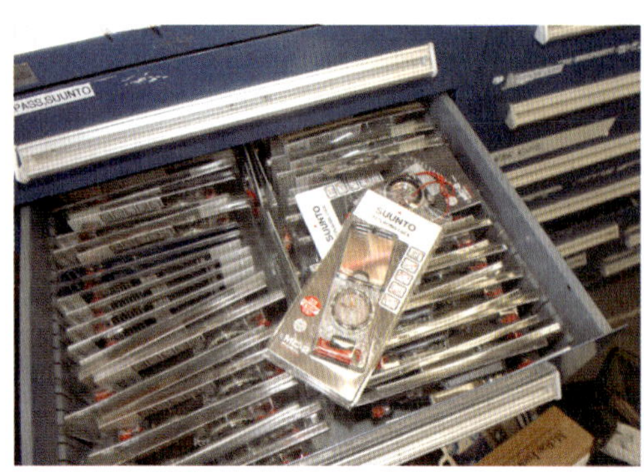

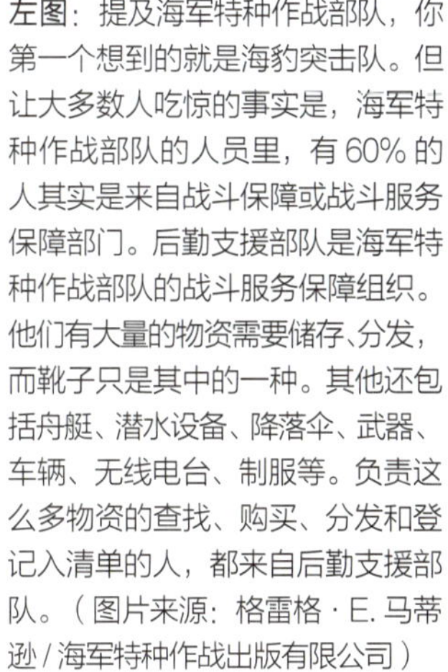
左图：提及海军特种作战部队，你第一个想到的就是海豹突击队。但让大多数人吃惊的事实是，海军特种作战部队的人员里，有 60% 的人其实是来自战斗保障或战斗服务保障部门。后勤支援部队是海军特种作战部队的战斗服务保障组织。他们有大量的物资需要储存、分发，而靴子只是其中的一种。其他还包括舟艇、潜水设备、降落伞、武器、车辆、无线电台、制服等。负责这么多物资的查找、购买、分发和登记入清单的人，都来自后勤支援部队。（图片来源：格雷格 · E. 马蒂逊 / 海军特种作战出版有限公司）

左图：一名海豹突击队队员全副武装进入交战区，他身上携带的装备包括迷彩 M4A1 卡宾枪，配有红外瞄准器 / 指示器、特累季康产的先进光学瞄准镜、全球定位系统、水壶、备用弹夹、手榴弹、匕首、西格 226 手枪、红外信号仪。（图片来源：格雷格 · E. 马蒂逊 / 海军特种作战出版有限公司）

右图：湿式防水服和其他潜水装置、冲锋衣、御寒装备、匕首、背包、水罐、诺梅克斯飞行服、睡袋，这些装备都是要发给参加海豹突击队基本水下爆破训练的学员的。美国海军在每一名海豹突击队队员和特战快艇艇员身上投资不菲。（图片来源：格雷格·E.马蒂逊/海军特种作战出版有限公司）

右图：参加海豹突击队基本水下爆破训练的学员会拿到许多装备，图片中的只是一小部分，可见装备太多，学员们根本无法全部带在身上。这些装备包括靴子、制服、背包、爬山装备以及匕首。（图片来源：格雷格·E.马蒂逊/海军特种作战出版有限公司）

右图：一些个人装备被运出海豹突击队位于伊拉克的基地，而后勤支援部队的人员正在记录清单。（图片来源：格雷格·E.马蒂逊/海军特种作战出版有限公司）

包括热带地区、沙漠地区、山区和丛林，阿尔卑斯山和各地的原始森林中都可能有他们的足迹。因此，光鞋类就非常之多。在北极地区执行行动需要科学和技艺，所使用的特种装备与在温和气候地区的完全不同。承重背心、弹药口袋、各种长短的吊带、缆绳下坠装置、内置通信装置的头盔、望远镜、护目镜、手套、保暖轻型袜、保暖内衣、多层衣服、餐具、炊具、帐篷、睡袋、雨具——用几千个字才能归纳得过来。

海豹突击队队员要在一年里学会使用所有这些装备，然后才能成为一名合格的战士。在实战中获取经验后，只要一提交行动报告，海豹突击队队员会很快回到海军特种作战中心和各分队中。准备进行海外部署的队员，必须认真对待训练课程。如果你想立刻行动起来，就必须知道哪些装备是重点所在。行动流程会每周、每日、每小时地反复排练。而对于特定作战区域而言，必要的服装是十分重要的，所以，进行部署的人必须正确挑选服装。如果你在阿富汗 8 英尺厚的雪地里，突然意识到你需要一双手套，那可太晚了。在海军特种作战中队准备部署之际，所有相关方面的准备——装备、武器、通信以及个人行动装备就都在进行之中了。海豹突击队作战排的负责人要负责让每一名队员都正确地携带、佩带了装备。

上图：海军特种作战研发大队研发、测试的战术裤，里面有内置、可移除式的护膝。未来的战术裤可能有防红外线和反热成像功能，免得士兵在夜间暴露在敌方的夜视装备下。（图片来源：格雷格·E.马蒂逊 / 海军特种作战出版有限公司）

在一架隶属于陆军 160 特战空勤团（外号“暗夜潜行者”）的 HH-60H“海鹰”直升机上，海豹突击队队员坐在舱门边准备进行水上投送。直升机下挂着的是一艘“佐迪亚克”艇。

第十章

舰队支援

美国海军海豹突击队退役少将
乔治·沃辛顿

第十章

舰队支援

美国海军海豹突击队退役少将　乔治·沃辛顿

在传统意义上而言，海军特种作战部队在执行任务时要依赖于舰队的支援，但“9·11”恐怖袭击改变了这一切。海军特种作战部队的大部分在陆地上执行行动——先是在阿富汗，今天在伊拉克——与作战舰队的接触已经很少。

下图：在“洛杉矶”级快速攻击潜艇——“托雷多”号（舷号SSN-769）背部，海豹输送艇大队成员使用一架MH-60S“海鹰”直升机进行“快绳”演练。（图片来源：三级记者戴维斯·J.安德森/美国海军）

除了蓝水海面以及海底的战力，海军航空兵资产在支援海豹突击队方面也日益重要。在经历了越南战争的黑暗岁月后，今天的直升机已经经过了改进，它们依然是海豹突击队战斗力的有机组成部分。这些独特的海军资产为舰

队执行各种任务，还为登上舰队舰艇的海豹突击队作战排提供服务支援。目前标准的 HH-60“铺路鹰”直升机已经成为舰队的脊梁，其基本的机身与陆军的“黑鹰”直升机是一样的。这款出色的直升机是海军舰队的主要机动力之一，无论是在本土、在海上，还是在进行海上投送时。我们将仔细介绍这些平台并且展示其为支持海豹突击队行动所做的特殊布置。

上图：两架海军“骑士”直升机，将海豹突击队队员从附近的一个航母打击群上运送到下一个目的地去。（图片来源：格雷格·E. 马蒂逊 / 海军特种作战出版有限公司）

下图：特种舟艇部队第 12 分队将刚性充气艇、“马克 5 型”特战艇连夜装上一架 C-17 运输机，部分装备还要在第二天上午装上一架 C-130 运输机。在特种舟艇部队第 12 分队位于北岛基地高速公路附近的设施内，舟艇及相关装备和补给（注意那些板条箱）、拖车以及零件都排成了行。（图片来源：戴维·加特利）

支援海豹突击队的水面舰艇

2006 年发布的《四年防务评估报告》认为：“特种作战部队将利用漂浮前沿驻扎基地（AFSB），来获取更具灵活性且更能持久的平台，从而在全球范围内执行作战任务。”而 2008 年国防部公布的《武装力量发展指导》中宣称，

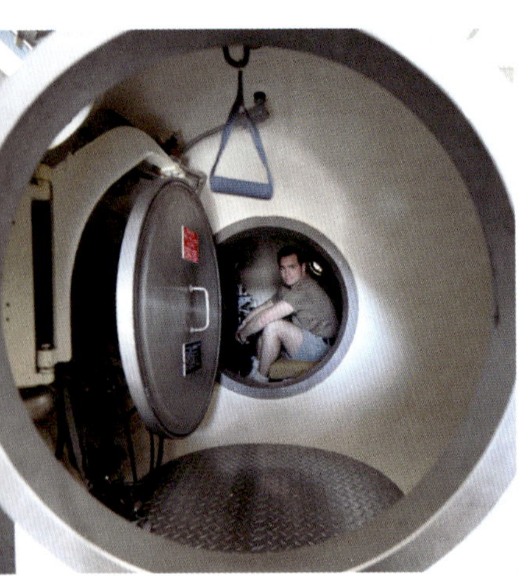

上图：位于加利福尼亚州科罗纳多的海军特种作战训练中心里的高压氧舱。新招募的队员在进行潜水训练时，可能会患上减压病，高压氧舱就是治疗这种减压病的。（图片来源：格雷格 · E. 马蒂逊 / 海军特种作战出版有限公司）

右上图：海军特种作战训练中心里的减压舱，也被称作再压缩舱或者高压氧舱。这种设备可以让蛙人重新适应正常的大气压。一些蛙人要使用自主式水下呼吸器，这些蛙人所属的组织同时也有潜水医疗部门来检测蛙人的情况，并随时准备应付突发紧急情况。（图片来源：格雷格 · E. 马蒂逊 / 海军特种作战出版有限公司）

国防部在全球范围内的重点优先任务之一，是“想办法加强特种部队以及其他远征部队在作战区域内的存在”。将海豹突击队、特种舟艇部队以及其他特种部队常驻在海上并不是一个新的概念。

在美国特种作战司令部成立之前，海豹突击队以及其所隶属的海军特战分队司令官，在行政上要向大西洋及太平洋舰队的海军水面部队司令官汇报。在 1983 年之前，水下爆破大队在理论上要与两栖作战群一起向太平洋和地中海进行定期部署和作战部署。海豹突击队无须执行两栖任务，并且要经常赴海外与外国同行进行联合军演。1983 年 4 月，所有的水下爆破大队被重新组织成海豹突击队和海豹输送艇大队。此后，海豹突击队继续与两栖作战群一道部署，以执行当初水下爆破大队所要执行的任务——在大部队发动两栖攻击前对海滩进行侦察，并摧毁登陆障碍物。这种任务安排，使得海豹突击队的空降和陆地作战技巧开始衰退，因为海上部署时不需要这些作战技巧。

在海军特战分遣队的体系内以及其他场合里，海豹突击队都要努力展现其岸上行动能力，因为两栖作战群的司令就需要他们在岸上行动。然而上述作战概念在两栖作战司令官中遭到极大的抵制，最终被否决。

从历史的角度来看，海豹突击队，包括其前身海军作战爆破队和水下爆破大队早在1943年,也就是"二战"期间,就已经成为海军的两栖作战力量。在那时,他们可以在大部队发动攻势前先行登岸,在夜间进行海滩侦察,并且排查障碍物和地雷,将之爆破清除。这成为一种固定的模式,在"二战"后依然延续,在整个朝鲜战争和越南战争期间莫不如是,水下爆破大队依然作为两栖部队的一部分在执行任务。在朝鲜战争中,水下爆破大队参加了大量两栖作战行动,包括给人印象深刻的仁川登陆。在越南战争早期,水下爆破大队参加了一系列代号为"刺匕首"的两栖登陆行动——他们登上海岸地区,撂倒越共部队。在正式执行行动前,部队都会在菲律宾进行预演。起先,这类登陆行动没有遭到有力的反击,然而进入内陆后,海军陆战队队员往往会遭到战术性抵抗。

1983年10月25日,海豹突击队随同两栖部队前往加勒比地区,在格林纳达参加"紧急愤怒"行动。又与其他特种部队一道执行了历史性的两栖侦察任务;然而在此次任务之后的数年中,原本由他们执行的两栖侦察任务逐渐被其他部队接手。

1987年美国特种作战司令部成立,同时美国海军也建立了海军特种作战中心,作为特种部队的海上组成部分。这个变动改变了整个指挥控制安排,因为原本分属于各个

左图:MQ-1"捕食者"是一款在中等高度高空飞行的长航时无人机系统。这种无人机可以作为侦察机用,并且可以发射两枚AGM-114"地狱火"导弹为地面军事行动提供支援。图片中,这款无人机被隐藏在一个坚硬、老旧的掩体内,防止遭到当地叛乱分子的迫击炮弹袭击。(图片来源:戴维·加特利)

右图：特种舟艇部队第 12 分队："海上蜜蜂"部队参与协调，以将装备进行最后的装载；集装箱里装的是零件，工作人员正在进行装载，这些集装箱早上就要被送上飞机。（图片来源：戴维·加特利）

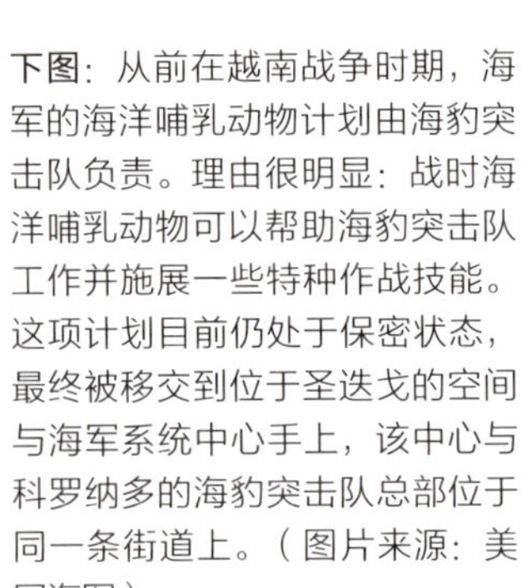
下图：从前在越南战争时期，海军的海洋哺乳动物计划由海豹突击队负责。理由很明显：战时海洋哺乳动物可以帮助海豹突击队工作并施展一些特种作战技能。这项计划目前仍处于保密状态，最终被移交到位于圣迭戈的空间与海军系统中心手上，该中心与科罗纳多的海豹突击队总部位于同一条街道上。（图片来源：美国海军）

海军特战分队司令的海豹突击队，如今统一向海军特种作战中心的一名海军上将汇报工作，而不必再向水面舰队的上将汇报工作。而隶属于每支海军特战分队的海豹突击队则在接下来的数年中继续负责支援两栖作战群。然而，由于美国特种作战司令部的出现，海豹突击队不再直接向美国海军负责并提供支援。

就在美国特种作战司令部和海军特种作战司令部成立的同时，每个战区也相应地成立了一个下属的战区特种作战司令部，这个司令部的司令，负责统辖部署到本战区司令部（太平洋战区司令部、大西洋司令部、欧洲司令部、拉丁美洲司令部或中央司令部［负责区域包括中东—北非—中亚］）的海豹突击队、特种舟艇部队或其他海军特种作战部队的下属部队。这些特战司令部也被称作太平洋特种作战司令部（SOCPAC）、大西洋特种作战司令部（SOCLANT）、欧洲特种作战司令部（SOCEUR）、南方特种作战司令部（SOCSOUTH）以及中央特种作战司令部（SOCCENT），都根据各自负责的区域命名。此外，在韩国还建立了一个战区特种作战司令部——韩国特战司令部，最近又在非洲建立了一个特战司令部。在危机时期，这些战区特战司令部都要负责成立"联合特战特混部队"（JSOTF），并且指导海豹突击队和特种部队进行战斗规划，并且为他们所属的战区特种作战司令部执行任务。

海豹突击队可以在所有环境下执行任务，但在“禁区”海域或者政治敏感海域的任务是特别适合海豹突击队的。海豹突击队的软硬件经过调整，不但可以达成军事目标（它可以使用特种部队的全部硬件，以执行无须大规模常规部队参与的任务），还可以达成外交、情报、经济等方面的目标。海豹突击队所执行的任务一般都是低曝光率的，或根本就是秘密的，只要是在军事作战范畴里，所有任务都可以由海豹突击队执行。这些任务可以由海豹突击队单独执行，或与常规部队、其他政府机构一起完成，甚至可以让驻扎地所在国或伙伴国参与进来。这些任务可能与当地部队、叛乱分子或非常规武装力量一道进行，或者假手后者进行。海豹突击队以及其他特种部队执行的任务，与常规任务之所以不同，在于生理上和政治上的风险程度不同，在于作战技术上的不同，在于执行任务的模式不同，在于对详细作战情报和当地资源依赖程度的不同。海豹突击队的作战任务经常在远离主作战基地的区域进行，主作战基地可以支援海上的基地或支援漂浮前沿驻扎基地。而且，海豹突击队还运用尖端的通信系统、特种舟艇攻击力量以及直升机攻击力量，来进行渗透、支援、撤退以及从敌对或政治敏感地带掩护本方目标撤离。

左下图：特种舟艇部队第 12 分队正在连夜向一架 C－17 运输机上装载装备，机内已经装载了几部刚性充气艇，还要塞进一些支援保障性装备以及相关的补给物。每一个这样的防水航运集装箱内的空间，大多被用来装载零件、工具以及基本的补给物，这些东西将用来为特种舟艇部队第 12 分队执行任务提供支援，并随着特种舟艇部队驻扎地的不断变化而进行转移。这架飞机是“环球霸王”，而美国海军的“海上蜜蜂”工程部队会协助进行装载，确保运输机内有限的空间能够容纳下所有这些装备。（图片来源：戴维·加特利）

下图：特种舟艇部队第 12 分队正在连夜向一架 C-17 运输机上装载装备，机内已经装载了几部刚性充气艇。这架飞机是“环球霸王”，而美国海军的“海上蜜蜂”工程部队会协助进行装载，确保运输机内有限的空间能够容纳下“马克 5 型”特战艇、刚性充气艇以及其他相关的支援保障性装备。（图片来源：戴维·加特利）

如果海豹突击队或者特种舟艇部队一旦需要支援一名两栖司令官，这名两栖司令官可以向特种作战司令和地方上的战区特战司令部提出请求，将海豹突击队的软硬件分配到自己麾下。

但这并不是说，海豹突击队不再需要两栖军舰或其他类型的军舰。事实上，海豹突击队和美国特种作战司令部一直觉得，在敌对区域内执行作战任务前，特种部队有必要在短时期内驻扎于海上。海豹突击队及特种作战部队一旦被部署，海军提供的一艘或多艘军舰将负责为其充当所谓的“漂浮前沿驻扎基地”（AFSB）。在理想的状态下，“漂浮前沿驻扎基地”在有特种部队驻扎其上时，就完全被分配给这支特种部队所要执行的任务，并且支援特种部队进行舟艇攻击和直升机攻击，持续性保证情报、侦察和勘探任务的执行，提供或支援无人机（UAS）战力。当然，除此以外，还要确保驻扎在军舰上的特种部队获得非常周到的招待。而在军舰上的“联合特战特混部队”的构成，要根据任务情况以及分配到的军舰的性能来决定。任务安排、规划和情报支援，则由岸上的战区特战司令部负责。

有点怪异的是，这可能会让人想到海军陆战队的任务：在一个潜在的外海热点地区，长期驻扎在海上。不过，特种部队的“漂浮前沿驻扎基地”实际上是一个完全不同的概念。在1994年的海地危机中，特种部队就展示出了这一点。当时“联合特战特混部队”与陆军直升机和攻击作战部队一道部署到“美国”号航母上；2001年10月，“联合特战特混部队”与陆军直升机和攻击作战部队又一次被部署到“小鹰”号航母上，一道前往北阿拉伯海支援针对塔利班政权的军事行动。在这两次行动中，航母都充当了海豹突击队和其他特种部队的“漂浮前沿驻扎基地”。

未来可能会出现特种部队任务占据主导的情况，这样，“漂浮前沿驻扎基地”和舰队其他资产的主要任务就是听从“联合特战特混部队”司令官的指挥了。美国海军已经

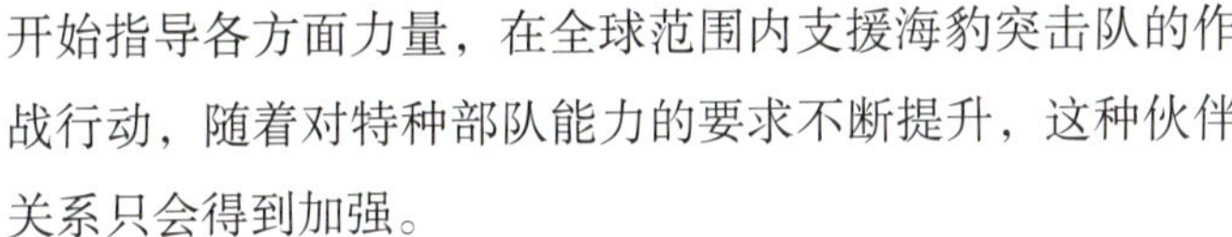

开始指导各方面力量，在全球范围内支援海豹突击队的作战行动，随着对特种部队能力的要求不断提升，这种伙伴关系只会得到加强。

与潜艇的联系

美国海军的潜艇在全世界范围内活动。与直接执行作战任务的海豹突击队相比，海豹输送艇大队与潜水器的融合更为紧密。随着“干式甲板换乘舱”的出现，海豹输送艇可以在任何时间抵达全球的任何海岸区执行任务。我们在前面几章里已经介绍过上述软硬件能力。

潜艇上的“干式甲板换乘舱”是海豹突击队和海豹输送艇大队经常要用到的装备。由于海豹突击队在伊拉克战争中的主导作用，目前潜艇部队可能是海军向海军特种作战部队提供支援的主要手段。

潜艇将和登上潜艇的海豹突击队一起，继续满足国防战略的需求。随着高级海豹输送系统计划的推进，我们有理由预期潜艇以及登上潜艇的海豹突击队将更多地参与国防战略。

在支援海军特种作战部队方面，潜艇部队可以说是最大的亮点。随着柏林墙倒塌和苏联解体，海军潜艇部队的

上部两幅图：“俄亥俄”号（舷号 SSGN-726）曾经是一艘战略导弹潜艇，后被改造成战术巡航导弹潜艇，并且可以充当特混部队的潜艇平台。图片中这艘潜艇正停靠在珍珠港的码头上，等待装载海豹突击队的各类硬件和任务装备。这一潜艇在很大程度上是依据支援特种部队行动的目的进行改造的，可以容纳海豹突击队、海豹输送艇、新型战役管控中心（第一艘能容纳这种中心的潜艇）、还可容纳大量特种部队的装备。同时，“俄亥俄”号上还载有大量“战斧”导弹。（图片来源：戴维·加特利）

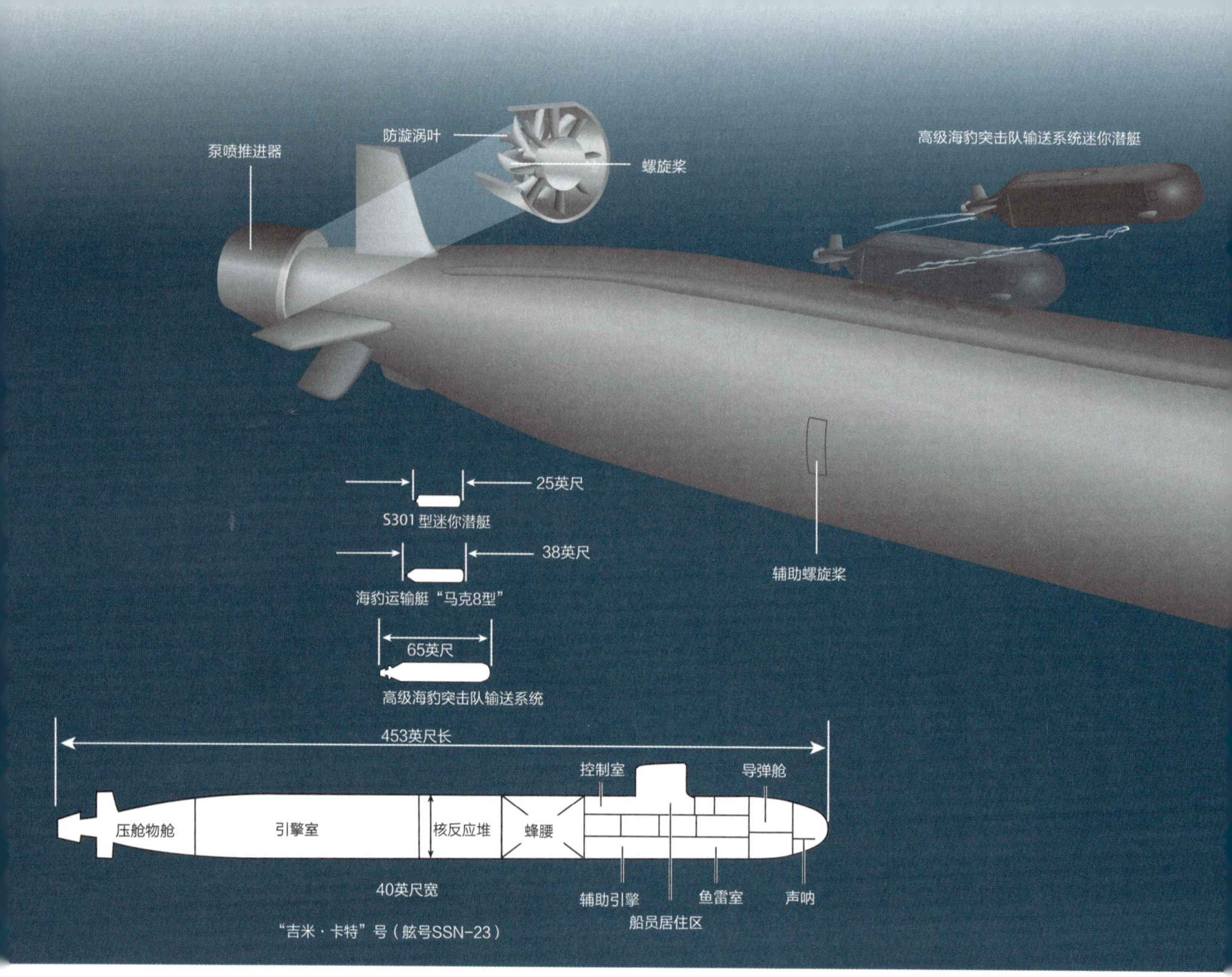

防旋涡叶

泵喷推进器

螺旋桨

高级海豹突击队输送系统迷你潜艇

25英尺

S301型迷你潜艇

38英尺

海豹运输艇“马克8型”

辅助螺旋桨

65英尺

高级海豹突击队输送系统

453英尺长

控制室

导弹舱

压舱物舱

引擎室

核反应堆

蜂腰

40英尺宽

辅助引擎

鱼雷室

声呐

船员居住区

“吉米·卡特”号（舷号SSN-23）

下图：图片中这艘是“俄亥俄”号潜艇。目前有四艘“三叉戟”潜艇正在接受改造，成为新一级的巡航导弹潜艇，而“俄亥俄”号正是其中之一。整个改造计划使得“俄亥俄”级弹道导弹潜艇经历了一次强化的大修，其支援能力获得提升，最多可以发射 154 枚“战斧”导弹。它们还可以搭载其他载荷，比如无人机、无人潜水器以及特种部队装备。这种新型的平台还可以搭载、支援多达 66 名海豹突击队员，并且将其秘密投送到潜在冲突区域。（图片来源：温迪·霍尔马克 / 美国海军）

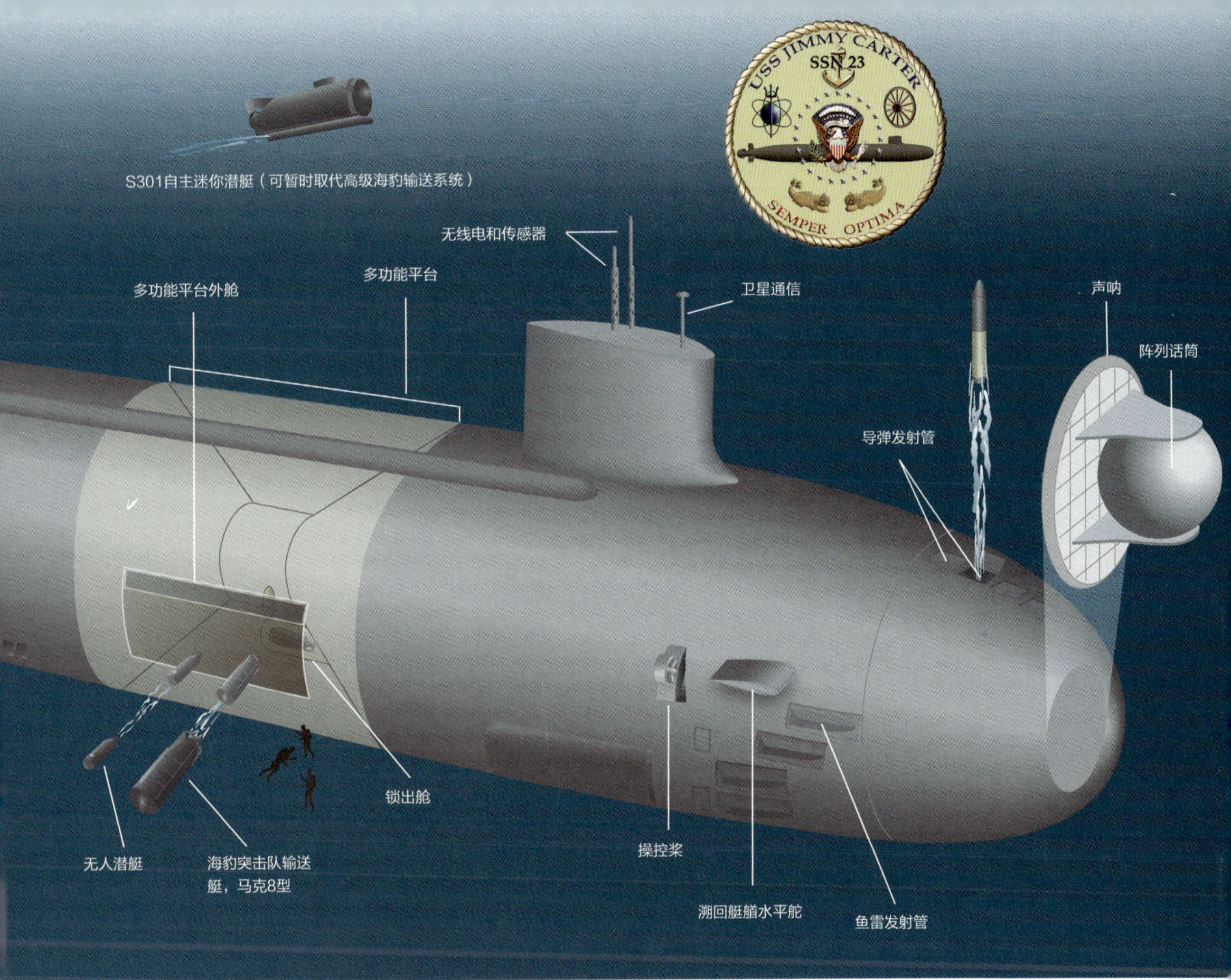

上图：“吉米·卡特”号潜艇（舷号 SSN-23）隶属于“海狼”级。这艘潜艇由通用动力电船公司建造，与美国海军的其他潜艇都不一样，事实上，在某种程度上，它甚至不是美国海军的一部分。它其实由其他美军单位负责，只是由美国海军派出人员上艇并进行操作。但美国海军对这艘潜艇没有控制权。这艘潜艇独特的加强设计，使其可以执行特种作战任务：包括运载海豹突击队队员以及进行高科技间谍行动。这款潜艇可装载能容纳袖珍潜艇的高级海豹输送系统（2008 年在一场火灾中被严重损坏），也可容纳代替高级海豹输送系统的 S301 袖珍潜艇，因此，海豹突击队极为依赖这款潜艇以及海豹输送艇所提供的机动力。在潜艇中部，也就是桅杆后面的地方，有一个类似于“束腰带”的多功能平台（MMP），它深深嵌入潜艇的艇体，可以灌满海水并向海洋开放。这就犹如一个水下库房大门，海豹突击队、无人潜水器以及其他东西可以在海底由此出发，而多功能平台当中那条窄窄的通道，可以供潜艇乘员走动。潜艇有 4 个可回收电力推进导管桨，可以并排停靠，就如同高级海豹输送系统一样，但体积比后者更大，这使得潜艇可以仅仅 1 节的速度，围绕其自己的轴心原地打转，从而执行一些特殊任务，比如让蛙人离开潜艇窃听海底光缆，获取两国之间正在传输的数据。“吉米·卡特”号潜艇还有先进的微型通信系统、导弹发射系统、静音螺旋桨以及其他一些仍是机密的功能，它由此也成为今日特种作战武器库中的一件利器。（图片说明由苏珊·库恩斯撰写）

使命也发生了改变。长期的导弹巡逻逐渐作古，而苏联潜艇也开始在码头上腐烂。随着冷战烟消云散，一个新的时代正在到来。美国潜艇开始寻求新的任务，而支援海军特种作战部队成为其首选。在 20 世纪 80 年代晚期，只要一个电话，潜艇就会迅速赶去为海军特种作战部队服务，而在过去，如果要请潜艇部队出马，从提出需求到潜艇开始为你执行任务，差不多要排一个月的队。然而，尽管潜艇不断加强为海豹突击队服务的力度，但在国防部看来，“和平红利”仍然丰厚，因此，海军没有必要再大规模建造更多更好的潜艇。未来潜艇的建造主要是满足海军特种作战部队的需求。这也是对特种部队重要性的一种承认。潜艇的服役寿命延长了，内部也经过改造，可以容纳最多 60 名特种部队战士，包括海军的海豹突击队、陆军的特种部队和游骑兵以及海军陆战队的特种作战部队。而海豹输送艇大队第 1 分队也在夏威夷的珍珠港与潜艇部队驻扎在一起。这也是唯一的一支海豹输送艇大队分队，它在弗吉尼亚州利特尔克里克的联合出征基地保有一支分遣队。

潜艇搭载海豹输送艇大队进行演习的次数，要超过搭载其他部队所进行演习的次数。海豹输送艇人员从一艘“母

下图：“洛杉矶”级潜艇“达拉斯”号（舷号 SSN-700）在一次短暂的访问后离开苏达湾港口。“达拉斯”号的母港位于康涅狄格州的格罗顿，当时正在进行日常部署。“达拉斯”号也是所有“洛杉矶”级潜艇中第一条拥有“干式甲板换乘舱”的。在核动力潜艇上安装“干式甲板换乘舱”，可以使得该潜艇拥有更强的部署特种部队的能力，因为这种装置可以用来在水下运输、部署以及回收海豹突击队、战斗突击橡皮艇（CRRC）或者海豹输送艇。（图片来源：保罗·法利/美国海军）

左图：一群海豹突击队队员乘坐战斗突击橡皮艇接近一艘潜艇的尾部。这种战斗突击橡皮艇可以由潜艇进行投放和回收，也可以由其他海军舰艇进行投放和回收。（图片来源：国防部）

艇”上可以进行以下一些项目的演练：对离岸设施进行水下爆破、对港口设施进行破坏、用吸附式水雷攻击军舰、用“干式甲板换乘舱”进行大规模蛙人行动，还有就是人员和装备的转移。这些作战行动将在水下实施，而针对某个具体目标的行动还可能要求海豹突击队队员进入内陆行军，而在撤退时，海豹输送艇仍然是首选。

迄今为止，最为雄心勃勃的计划就是将“俄亥俄”级潜艇改造成能够容纳海豹突击队和海豹输送艇大队的“母艇”。

这些新型潜艇提供了以前从未听说过的作战能力。再强调一下，每艘潜艇最多将可以运输 60 名特战队员，还有一些海豹输送艇。每艘潜艇还可以安装两个“干式甲板换乘舱”。最终，所有“洛杉矶”级潜艇都将接受改造，而新型的“弗吉尼亚”级潜艇也将接受类似的改造。

用潜艇运输特战队抵达特种作战区域，这对海军特种作战部队而言是一个挑战。在历史上，海军特种作战部队的规模很小。目前总共有 6 个“干式甲板换乘舱”正在现役使用。根据一项已经准备实施的现代化计划，还要采购更多的“干式甲板换乘舱”。下面是海军特战第 3 分队就这一点的最新情况进行的介绍：

海军正将 4 艘“三叉戟”战略导弹核潜艇改装成巡航

上图：海豹突击队搭乘直升机对中东地区一个恐怖分子训练营地展开攻击。当然，这只是一场演练。这场演练的内容，包括使用直升机进行人员投放、实弹射击和实弹爆炸，在部队撤出的阶段，现场还会出现火箭弹（轻型反装甲武器）射击和敌军模拟反击。海军一架“海鹰”直升机在漆黑的夜色中接近投放地点，激起了大量的沙尘打在螺旋桨上，激发出只有夜视光学装备才能看到的光迹。（图片来源：戴维·加特利）

导弹核潜艇，巡航导弹核潜艇的主要任务有二：使用巡航导弹进行打击以及支援特种部队行动。而根据设计，新型的“弗吉尼亚”级潜艇也拥有强大的、支援特种部队作战的能力。这也是海军对于特种部队一次巨大的投资，而海军特种作战部队也正在工作，确保这种海军特种作战部队与潜艇之间的伙伴关系能够持久、平衡。目前，越来越需要有专属于特种部队的水下作战软硬件，而特种部队－潜艇总体规划涵盖了一系列复杂的相关问题，比如潜艇的获取、维护、潜艇部队的训练和部署以及将这些关键资产向舰队的投放，这些都需要海军和海军特种作战部队一道付出巨大努力。

在潜艇和“干式甲板换乘舱”之间进行协调，从而达到平衡，这是一个需要全身心投入的工作，如果全部仔细介绍，能让读者眼前一亮。但这里只是简单介绍一下：海军特种作战部队搭乘 3 艘“洛杉矶 688”级潜艇外出执行任务，即东海岸的“达拉斯”号、夏威夷的“洛杉矶”号和“拉由拉”号，未来这 3 艘潜艇都会被“弗吉尼亚”级潜艇取代。而高级海豹输送系统可以搭乘两艘潜艇外出执行任务——“格林威尔”号和“夏洛特”号。而“俄亥俄”级攻击核潜艇共有 14 艘，海军已经启动了一项计划，将它们改装成巡航导弹核潜艇或弹道导弹核潜艇，改装方式主要是在潜艇尾部再加一个新的部分。这种改装也将使得

右图：HH-60H“海鹰”直升机在雨中飞行。这架“海鹰”直升机由 160 特战空勤团（空降）提供，在紧张的时刻赶到现场，其机身两侧两个炮位上的 GAU-17A 小型急射机枪吐出火舌，在演练中展现出自己的空中支援能力。（图片来源：戴维·加特利）

上图：这是一架来自 160 特战空勤团的 MH-47G 特战“支奴干”直升机，迷你急射机枪正从枪手门里吐出火舌。在 2005 年的“红翼行动”中，为了执行营救任务，与海豹突击队并肩作战的 8 名 160 特战空勤团成员不幸丧命。（图片来源：格雷格 · E. 马蒂逊 / 海军特种作战出版有限公司）

左上图：美国陆军第 160 特战空勤团又被称作“暗夜潜行者”，是海豹突击队的主要航空支援力量。它的任务包括进攻、突击以及侦察，还往往在夜间、高速、低空的情况下实施任务，而且在接到命令后的很短时间内就可以执行任务。第 160 特战空勤团的 MH-47G 特战“支奴干”直升机装配有传感器、武器、摄像机和特种空中受油装置。（图片来源：格雷格 · E. 马蒂逊 / 海军特种作战出版有限公司）

上述弹道导弹核潜艇能够支援海豹输送艇和特种部队的行动。海军最新型的潜艇是“弗吉尼亚”级，每艘可以搭载两个“干式甲板换乘舱”。该级潜艇的首艇——“弗吉尼亚”号（舷号 SSN-774）在 2004 年 10 月 23 日进入现役。

各种航空器

20 世纪 60 年代越南战争期间，海豹突击队的直升机就曾加入过战斗。海豹突击队必须要能够进行固定拉绳式跳伞和自由落体式跳伞。下面我们来看一下海军向海军特种作战部队提供的航空器。

最重要的航空器是被分配给各海上直升机战斗中队的 HH-60H 直升机，这些直升机中队的任务包括：“实施海军特种作战，并支援其他打击行动。”这也是海豹突击队最常使用的直升机，人员投送、人员撤离、快绳降落都要靠这种直升机，有时候还要执行搜索救援被击落飞行员的任务（CSAR）。而且，海豹突击队的一项重要任务就是

上图：美国陆军160特战空勤团的一名枪手正在操作M134加特林机枪，其每分钟射速达2000~4000发。装载这挺机枪的，是一架MH-47G特战“支奴干”直升机，可以全天候、不分白天黑夜地低空支援海豹突击队进行秘密的渗透和撤出任务。（图片来源：格雷格·E.马蒂逊/海军特种作战出版有限公司）

右上图：美国陆军第160特战空勤团（“暗夜潜行者”）的一架MH-6“小鸟”直升机，它正在快速且安静地接近目标地区，投送一队特种兵。这架直升机装配有小型急射机枪，可以在小型建筑间快速、隐秘地穿梭，向疑似目标发起“致命行动”。（图片来源：格雷格·E.马蒂逊/海军特种作战出版有限公司）

右图：海豹突击队的战士在执行模拟任务，他们从一架SH-60“海鹰”直升机上施展“快绳”技术下坠到海滩上的训练场所。（图片来源：戴维·加特利）

将友军人员从危险的环境中护送出来。在阿富汗战场上的人员营救任务，导致海豹突击队损失了很多人员，这类伤亡数字甚至是“二战”以来最高的。

在越南战争期间，海豹突击队大多在白天实施空降行动，包括人员的投送和撤出。他们与轻型攻击直升机中队一道行动，包括来自西海岸的轻型攻击直升机第一中队和来自东海岸的轻型攻击直升机第二中队。

这些轻型直升机可以装载 8 名全副武装的士兵。除了轻型攻击直升机，海豹突击队还可以依赖陆军的“休伊”直升机，其所搭载的部队将这款直升机称作“平滑器”（Slicks）。武装直升机被称作“炮舰”（gunships），飞行时是负责掩护投送部队的航空器。到 20 世纪 80 年代晚期，“休伊”直升机被逐步淘汰，而 HH-60 直升机逐渐取代了它的位置。

除了海军的航空器，海豹突击队还经常利用陆军和空军的飞机来完成任务，最著名的例子就是“暗夜潜行者”，这是一支总部位于肯塔基州坎贝尔港的部队。而在伊拉克和之前的阿富汗战事中，陆军航空器的支援可以说是不可或缺的。

海军直升机拥有水面飞行的能力。对于舰队行动来说，这种技能明显是很必要的，比如拦截、登船以及搜查可疑

左下图：UH-60“黑鹰”直升机可执行多种任务：电子作战、伤员救治、搜索营救和特种作战。从 1979 年开始，这款直升机就成为运输力量之一，经常在整个东南亚上空飞行。在这张照片中，“黑鹰”直升机正在阿富汗上空飞行，坐在另一架“黑鹰”直升机上的人拍下了这张照片。（图片来源：戴维 · 加特利）

下图：UH-60“黑鹰”直升机可执行多种任务：电子作战、伤员救治、搜索营救和特种作战。从 1979 年开始，这款直升机就成为运输力量之一，经常在整个东南亚上空飞行。在这张照片中，“黑鹰”直升机正在阿富汗上空飞行，坐在另一架“黑鹰”直升机上的人拍下了这张照片。另一架加入行动的直升机是 UH-64“阿帕奇”攻击直升机，两只“黑鹰”在偏远、群山环绕的阿富汗山谷中翱翔。（图片来源：戴维 · 加特利）

右图：美国军舰以及直升机在全球范围内支援海军特种作战部队，包括海豹突击队和特种舟艇部队。（图片来源：格雷格·E. 马蒂逊/海军特种作战出版有限公司）

商船寻找违禁物品（通常是联合国禁止的战争物资）。这样的飞行是极其费劲并且危险的。海军的驾驶员接受训练，以接近舰艇并且在移动的甲板上着舰——这对于海豹突击队使用“快绳”技术进行着舰而言是非常必要的。海军武装直升机经常为执行投送任务的直升机提供武力护航。

下图：这是一架 OH-58D“奇欧瓦勇士”轻型直升机，双座、单发动机、4 叶单螺旋桨，还配有低光显示屏，以及整合进桅装瞄准器（MMS）的热成像仪以及激光测距仪（激光定位仪）。“奇欧瓦勇士”直升机可以为“阿帕奇”直升机上的精确制导武器进行目标定位，也可以为其他空中及陆基武器系统进行目标定位。（图片来源：戴维·加特利）

未来的保障

在保障海军特种作战部队方面，海军航空部队正在经历变化。目前，航空直升机中队正在进行重新组织。舰队

上图：美国陆军第 160 特战空勤团的直升机，将一群海豹突击队员挂在机体下吊离现场。悬挂这些海豹突击队队员所用的工具，是“特种巡逻投放/撤离绳索”（SPIE）。（图片来源：格雷格·E. 马蒂逊/海军特种作战出版有限公司）

左图：美国陆军第 160 特战空勤团的直升机，使用“特种巡逻投放/撤离绳索”（SPIE）将一群海豹突击队战士吊离现场，地面情况不允许直升机着陆。行动时，一架悬停的直升机上会抛下一根“特种巡逻投放/撤离绳索”（SPIE）。而地面上的战士每个人都穿戴着装有竖钩的背带，竖钩勾入“特种巡逻投放/撤离绳索”（SPIE）上的一个 D 形环，而另一根保险绳则被系到其上面的另一个 D 形环。然后，直升机原地垂直升起，使得绳子上系着的人员在空中不会碰到障碍物，随即飞往安全的投送区域。（图片来源：格雷格·E. 马蒂逊/海军特种作战出版有限公司）

左图：海军特种作战第 2 分队在弗吉尼亚州的利特尔克里克举行一年一度的战斗演示，在这里，海军特种作战部队、水下爆破大队、海豹突击队每年都要进行一次聚会。照片里，一挺 GAU-17A 小型急射机枪从一架海军直升机的侧面吐出火舌。（图片来源：格雷格·E. 马蒂逊/海军特种作战出版有限公司）

上图：这是一架 HH-60H“海鹰”直升机，隶属于 160 特战空勤团（“暗夜潜行者”），在漆黑、暴雨的环境下依然可以低空高速飞行。在紧张的时刻赶到现场，其机身两侧两个炮位上的 GAU-17A 小型急射机枪吐出火舌，每挺机枪每分钟退出 2000~6000 枚弹壳。（图片来源：格雷格 · E. 马蒂逊 / 海军特种作战出版有限公司）

右上图：在一次训练任务中，160 特战空勤团（“暗夜潜行者”）的战士驾驶着一架 HH-60H“海鹰”直升机，为海豹突击队提供掩护。直升机下废弃的弹壳如雨点般砸下。（图片来源：格雷格 · E. 马蒂逊 / 海军特种作战出版有限公司）

下图：美国空军第 8 特战中队驻扎在佛罗里达州的赫尔伯特，这支部队的 CV-22“鱼鹰”运输机被特种舟艇部队第 20 分队的队员用来进行“快绳”技术和人员撤离行动的演练。这架倾转旋翼机能够像直升机那样悬停，并可以在空中将其螺旋桨的叶片倾斜起来，然后像固定翼飞机那样飞行。第 8 特战中队的主要任务就是为海豹突击队这样的非常规作战部队提供投送、撤离以及再补给保障。（图片来源：格雷格 · E. 马蒂逊 / 海军特种作战出版有限公司）

左图：照片中这架飞机是隶属于美国空军的C-130运输机。海豹突击队与他们的“佐迪亚克”小型充气艇一道离开飞机，被投送向冰冷的海面。他们正在进行一次旨在磨炼投送技能的训练演习。（图片来源：格雷格·E. 马蒂逊/海军特种作战出版有限公司）

下部三幅图：下面这一系列照片所显示的是美国空军C-130运输机帮助特种舟艇部队及其特战快艇艇员使用“海上船只空中转运系统”（MCADS）。特种舟艇部队可以通过这种方式进行快速反应，及时向目标投送各种其物资清单内所列有的东西——从“马克5型”特战艇到各种尺寸的刚性充气艇。（图片来源：美国海军）

上图：一名特种舟艇部队第 20 分队的特战快艇艇员施展“快绳”技术，从一架 CV-22“鱼鹰”运输机的尾部滑落向地面。这架“鱼鹰”运输机隶属于美国空军第 8 特战中队。（图片来源：格雷格 · E. 马蒂逊 / 海军特种作战出版有限公司）

左下图：在这张用夜视装备拍摄的照片中，一名特种舟艇部队第 20 分队的特战快艇艇员被一架 CV-22“鱼鹰”运输机从寒冷的湖面上“回收”到机体内，这一幕发生于一次在漆黑的环境里所进行的演练中。这架“鱼鹰”运输机隶属于美国空军第 8 特战中队。（图片来源：格雷格 · E. 马蒂逊 / 海军特种作战出版有限公司）

右图：在一次联合特战训练演习中，两名特种舟艇部队第 20 分队的特战快艇艇员被“回收”到一架 CV-22“鱼鹰”运输机的尾部。这架“鱼鹰”运输机隶属于美国空军第 8 特战中队。（图片来源：格雷格 · E. 马蒂逊 / 海军特种作战出版有限公司）

上图：一架“支奴干”直升机将一艘河流特战艇投送到伊拉克境内的水域上，以支援特种舟艇部队。（图片来源：美国海军）

下图：这架直升机隶属于美国陆军第 160 特战空勤团（“暗夜潜行者”），这支部队负责支援海豹突击队及其他特种部队执行作战任务。图片中，一艘“佐迪亚克”艇已经从直升机上被投向水面，而直升机上的海豹突击队队员也正准备跳进波涛中。（图片来源：格雷格 · E. 马蒂逊 / 海军特种作战出版有限公司）

上图：夜色渐浓，明月初升，美国陆军 AH-64“阿帕奇”武装直升机也开始升空，为特种舟艇部队在河流中执行的一次任务提供支援。（图片来源：格雷格 · E. 马蒂逊 / 海军特种作战出版有限公司）

中的直升机部队正在进行升级，训练软硬件也在加强。

比如，现在直升机的驾驶员要佩戴夜视镜进行训练，以保证能在完全漆黑的状况下将甲板上的特战队员“回收”到直升机上。而在此之前，系统要求甲板上必须有亮光才能实施上述行动，也就是说，海军特种作战部队的低空抓捕能力正在进步。陆军和空军用来执行特战任务的直升机，其驾驶员数年前就开始拥有夜视装备了。如今，海军航空部队也成为美国特种部队中的一环，无疑补齐了海军特种作战部队缺失的那一部分海上战力。

全球反恐战争

全球反恐战争虽已榨干美国军方整整一代人的心血，但是它还将长期持续下去。在最近的作战行动中所显示的一些迹象无可辩驳地表明，在可以预见的未来，特种作战将是全球反恐战争的核心。海军特种作战部队在未来仍是大有用武之地的，海军一些新的进展，比如潜艇部队的进展就反映出海军特种作战部队所得到的重视。将潜艇进行改造以对特种作战进行支援，这就是一个很好的例子。前面已经提到过，海军特种作战部队本身就随着“母艇”数量的发展而发展。

右图：夜间，在钠灯的照耀下，海豹突击队大型高级海豹输送系统，也就是一种小型潜艇被装上巨型 C5A 空军运输机露出真容。C5A 也是全球最大的运输机之一。高级海豹输送系统的设计初衷，是用来对特种部队进行长程秘密投送，使后者能执行秘密任务或隐蔽任务。以前的迷你潜艇是“湿式”的，在运输过程中，操作潜艇的战斗蛙人必须长时间浸泡在水中，这导致蛙人在抵达目标区域后，其战备情况也不太理想，其在水下的盲眼导航能力也十分有限。（图片来源：美国国防部）

下图：一艘“马克 5 型”特战艇被装上一架空军的 C5A 运输机，C5A 也是全球最大的运输机之一，但仍然可以看出“马克 5 型”特战艇被装上去时显得空间拥挤。“马克 5 型”特战艇是一种高速水上输送艇，用来执行海军特种作战任务。其最大速度可以超过 50 节，航程达到 500 海里。“马克 5 型”特战艇经过了特殊设计，可以让海豹突击队和其他特种部队近距离登上海岸，并且在面临中等威胁的环境时降低遭遇危险的可能。（图片来源：美国国防部）

从左至右：海军（海豹突击队）中将伯特·卡兰，前战略行动规划部副主任和中情局前副局长；海军（海豹突击队）中将约瑟夫·马圭尔，前战略行动规划部副主任；还有海军（海豹突击队）少将鲍勃·哈沃德，前联合参谋部高级跨机构战略小组成员，他们在国家反恐中心作战中心内合影拍摄了这张照片。国家反恐中心是联合作战规划中心与联合情报中枢，其任务包括但不限于：领导跨机构特混部队分析、监控并且干扰潜在的恐怖袭击。之所以要将有经验的海豹突击队队员安插在国家战略规划的最高层，是因为他们了解威胁在哪里，了解海豹突击队的工作方式，能够更好地帮助那些在战场上出生入死的战士。（图片来源：格雷格·E. 马蒂逊/海军特种作战出版有限公司）

第十一章

海军特种作战训练以及全球反恐战争技术

美国海军海豹突击队退役少将
乔治·沃辛顿

第十一章

海军特种作战训练以及全球反恐战争技术

美国海军海豹突击队退役少将　乔治·沃辛顿

恐怖主义的存在历史久远。2001年9月11日，恐怖分子袭击了世贸中心、五角大楼以及美国航空公司第93号航班，导致飞机在宾夕法尼亚州尚克斯维尔附近坠毁，据报道，这架飞机原本是要撞击白宫的。但在那之前，现代意义上的全球反恐战争就开始了。不过，在美国武装部队从行动上介入之前，这场战争还没有今天这样的局面。在美国本土，情报机构的重新构建正在进行，建立了国土安全部；在海外，

下图：美国陆军第160特战空勤团的成员在他们的MH-47G“支奴干”直升机旁合影，他们在合影时驻扎于阿富汗。（图片来源：美国海军）

美国的特种部队开始追击塔利班，后者被指责包庇伊斯兰恐怖组织——“基地”及其精神领袖本·拉登。

事实上，针对美国和西方发动的恐怖袭击事件可以追溯到2001年9月之前。早在80年前，纽约华尔街就遭到炸弹袭击，导致35人死亡。当时布尔什维克被认为是凶手，但这至今仍是一桩悬案。随着时间的推移，针对美国的袭击越来越频繁。这么多恐怖袭击中，只有俄克拉何马爆炸没有牵扯到伊斯兰极端分子。

“他们为什么恨我们？”这个问题的解答还是留给别人吧。在这里我们要说的是，整个国家对恐怖袭击的反应是在“9·11”事件之后仅仅几个星期就开始调动海豹突击队和其他特种部队。然而，海豹突击队不是新生事物，早在1990年，他们就成为第一批进入沙特阿拉伯的美国士兵，

上图：海豹突击队的战士在国内的油气平台上进行演练，以防备未来可能发生的针对石油生产设施的恐怖袭击。他们以小组行动，乘坐固定翼飞机、直升机、海军水面军舰、战斗艇以及其他水下潜水器渗透到目标区域。海豹突击队能够进行各种高风险任务——非常规战争、直接行动、情报搜集、特种侦察、战斗搜索与营救、佯攻以及精确打击，上述所有任务海豹突击队都可以在秘密条件下进行。（图片来源：美国海军摄影二级军士长埃里克·S.洛格斯登）

左图：海豹突击队进行一次“VBSS”任务，即“降临（Visit）”“登船（Board）”“搜索（Search）”以及“擒拿（Seizure）”。他们在海上登上一艘可疑船只，怀疑船只上藏有违禁品或者被通缉的人物。（图片来源：美国海军）

上图：在伊拉克南部的科尔·阿卜杜·阿拉（khor abd allah）水道里，美国领导的联军成功地截停了四艘伊拉克船只，并进行登船临检，发现这些船上共藏有将近100枚地雷。每艘船上都装有隐藏装置，那就是放空的50加仑圆筒，它们排成一列列的，冒充货运驳船和拖船。其中一艘船上装有军装和轻武器。在被截停后，这些地雷在海上安全部队的保护下，由联军的船只运去“爱国营”，以进行进一步的分析，再行销毁。（图片来源：美国海军）

当时伊拉克入侵科威特城，联合国决定出兵帮助科威特恢复国家独立。海军特战第1分队司令，海军上校雷蒙德·C.史密斯，与一支海豹突击队和特种舟艇部队的分遣队一道出发，并且向中央司令部特种作战司令部汇报，他们在科威特的行动帮助了驱逐萨达姆·侯赛因的武装部队。

但西方人出现在沙特王国的土地上，这也使得本·拉登以此为借口在政治上要求控制所有的中东国家，以在这些国家建立伊斯兰教义的政府，驱逐西方人作为其最终政治目标。从第一次海湾战争结束到现在，针对“基地”组织及其追随者的反恐行动一直在进行。在针对伊拉克的军事行动中，附带地还要打击恐怖主义，同时还要打击那些民间的激进武装，他们是“基地”组织的附庸，在整个伊拉克境内活动。

在驻扎于伊拉克的美军中，以陆军和海军陆战队为多。高级军事领导人在国会上的证词，使得媒体上充斥着规划和战略。特种部队在“9·11”事件发生一个月后就在阿富汗和伊拉克开始执行任务。从当初伊拉克的安巴尔省到目前的阿富汗，海豹突击队一直在海外参与全球反恐战争。此外，海豹突击队还在菲律宾参与反恐培训活动，尽管在那里他们不能直接参与作战。

右图：一架隶属于159空勤团的CH-47“支奴干”直升机将一艘海军特种作战部队11米长的刚性充气艇吊到半空中，他们是在进行有关“海上船只空中转运系统”的训练演习。刚性充气艇上的特战快艇艇员爬悬梯进入直升机。（图片来源：美国海军）

正在进行的训练和作战行动

上图：2001年9月11日早晨，一架飞机撞击了五角大楼，高级参谋人员在五角大楼的河流入口乘坐直升机疏散。这一天也标志着全球反恐战争的开始。（图片来源：格雷格·E.马蒂逊/海军特种作战出版有限公司）

那么，海豹突击队在战争中究竟做些什么？在战区部署的那么多年里，他们又需要发展出怎样的专门作战技能？他们相关的训练又是怎样的？海军特种作战部队在美国大陆进行的训练，又是如何为其在中东以及其他地方执行的军事行动打下基础的？随着情报不断地更新，训练内容又是如何进行修正的？越南战争是在丛林中进行的，而现代的反恐战争是在沙漠中进行的，除了这一点以外，与越南战争相比，如今的作战训练又有哪些不同？

要没有保留地回答这些问题，我们就要先看看海豹突击队和特战快艇艇员为准备进行部署而接受的训练。但这些还不够，我们甚至还要去看高级训练司令部和单位级别训练所提供的专门训练课程，在提供这些训练课程时，特种部队部署前所要成立的中队甚至都还没有组建完毕。这种训练由东海岸和西海岸的海军特战各分队协调，在海豹突击队和特种舟艇部队内部进行。我们可以先看看一套完整的训练包含哪些内容。开始阶段持续二年，包括六个月的个人训练——专门的评估性锻炼，评估手段包括电子设施；然后是六个月的以战斗排为单位的单位级别训练；然

下图：2001年9月14日，华盛顿特区，美国总统乔治·W.布什乘坐“海军陆战队一号”直升机前往纽约。途中，他透过玻璃窗看着“9·11”事件给国家带来的创伤。（图片来源埃里克·德雷珀）

上部两幅图：这张照片拍摄于2001年9月17日的纽约，从空中鸟瞰，只能看见一小部分在“9·11”事件中垮塌的世贸双塔的残骸。周边的建筑也被世贸双塔的残骸和其倒塌时产生的强大冲击力严重损坏。清理工作预计要持续数月之久。（图片来源：美国海军一级摄影军士长埃里克·J.提尔福德）

后是六个月的中队组建性训练；最后再前往各地理区域部署六个月。今日，大多数海军特种作战部队都前往阿富汗和伊拉克执行作战任务，就如同当初的海豹突击队被派往越南执行任务一样。

今日，还有一些支援性组织负责直接保障海军特种作战部队、特种部队及其家庭。其中一个是海军海豹突击队基金会，它会出于各种原因向海豹突击队队员的家属提供各种直接的、即时的帮助，帮助的对象主要是那些在战斗中牺牲或因其他原因死亡的海豹突击队队员的家属，这些家属可以获得经济援助。另一个基金会是特种作战勇士基金会，他们主要负责资助那些阵亡特种部队成员的子女上大学的所有费用，包括学费、食宿费以及书本费，他们都会负责。这可不是贷款，而是无偿捐助。一旦某名特战队员被确认死亡，相关方面会立刻联系到他（她）的配偶，其子女的信息也将被输入基金会的数据库，无论这些子女的年龄是多大。然后基金会会追踪这些子女上小学、中学以及高中，并相应地鼓励他们报考大学。当然，有些孩子会选择上技术学校。总之，两个基金会会合作确保遇难特战队员的家属能及时获得帮助。在对特战队员的家属进行帮助方面，还有很多东西可以说，上述两大基金会都有网站，请您浏览以获取更多相关信息。

在个人训练以及单位级别训练阶段，特战队员能够参与高级训练司令部提供的训练课程，这一点上面已经提到过。下面让我们来看看高级训练司令部提供的训练课程都有哪些：海豹突击队狙击手训练、先期爆破闯入训练、室内近距离防御训练、直升机悬停绳索（快绳或快坠）训练、图像情报搜集训练、海豹输送艇操作员训练以及固定拉绳式跳伞精英训练。

海豹突击队狙击手

即便在海豹突击队里，狙击手也是很独特的一类人。

狙击手必须首先进入狙击位置。这需要审慎地观察进入位置的道路、四周的掩护、撤离的道路以及储存后勤物资的地点。在开始执行狙击手任务时，必须根据这次任务到底能带来多少效果来决定是否要执行。而这一点，以单个狙击手的视野而言是做不到的。在做出初步的评估后，狙击手分队就开始进入预定程序，并且研究进入狙击位的道路。根据现场环境情况，这些隐蔽点可以深入到敌人领土，也可以是巴格达市区的一个屋顶上。射击的战术难度颇高。

先期爆破闯入训练

强行闯入需要用到多种爆破技能。在大多数情况下，这种闯入都能打屋子里的人一个措手不及，这也就大概达到目的了。在这一训练中，战士们学会了装填大量物资形成炸药。平板炸药和成形炸药被运用于炸毁各种结构的建筑。

室内近距离防御

室内近距离防御是海豹突击队中最受欢迎的一门训练课程，它训练单个海豹突击队队员进行个人防御，并且使他们学会如何运用一系列武力选项使敌人屈服：先从低端的说话开始，再是身体搏斗，最后则是致命的武力打击。这种训练的理念是“实战中会遇到什么，日常就训练什么”。

上图：世贸中心的废墟，这些照片充分调动起海豹突击队队员的积极性，使他们决心不计代价地追踪并猎杀制造“9·11”事件的恐怖分子。图片中，联邦应急管理署（FEMA）的搜救队伍正在清理瓦砾，寻找幸存者，时间是2001年9月16日。［图片来源：安德烈亚·布赫/联邦应急管理署（FEMA）］

下图：在纽约市世贸中心的瓦砾上，巍然矗立着飞机警报天线。它曾经位于世贸中心的塔顶。［图片来源：安德烈亚·布赫/联邦应急管理署（FEMA）］

右图：2001 年 9 月 11 日，美航第 77 号航班在杜勒斯机场起飞后不久就被恐怖分子劫持，最后撞向五角大楼，58 名乘客、4 名乘务人员以及 2 名驾驶员死亡，五角大楼有 125 名雇员死亡。图片中，是惨案发生后第一批赶到现场实施救援的人。（图片来源：格雷格 · E. 马蒂逊 / 海军特种作战出版有限公司）

右中图：2001 年 9 月 22 日，美国总统乔治 · W. 布什在戴维营领导全美国应对“9 · 11”恐怖袭击。（图片来源：埃里克 · 德雷珀）

右下图：美国总统每天都会收到一份“总统每日简报”，其中包括顶级机密以及一些只有总统能看的文件。在这些简报中，很多会提到海豹突击队的行动和任务。照片里，这些机密文件被安放在白宫椭圆形办公室的“坚决桌”上，周边被桌子的阴影框了起来。（图片来源：彼得 · 索扎）

左图：2001 年 9 月 11 日，在针对五角大楼和世贸双塔的恐怖袭击发生几小时后，乔治 · W. 布什总统回到白宫。（图片来源：格雷格 · E. 马蒂逊 / 海军特种作战出版有限公司）

上图：美国总统乔治 · W. 布什以及英国首相托尼 · 布莱尔在白宫“情况室”内参加视频电话会议。参加这次电话会议的还包括美国和英国涉及伊拉克问题的团队。安全视频电话会议是在全球反恐战争中发展起来的一门新兴技术。而英国则是美国在反恐方面最为重要的盟友。（图片来源：埃里克 · 德雷珀）

左上图：2008 年 3 月 24 日，星期一，美国总统乔治 · W. 布什在白宫“情况室”内与国家安全委员会见面。他们要与伊拉克多国联军司令官彼得雷乌斯、美国驻伊拉克大使瑞安 · 科洛克一起召开视频电话会议。“情况室”内另外几个主角是美国国务卿赖斯、美国国防部部长盖茨、中央战区司令费伦上将等。“情况室”位于白宫地下室的西翼，有关安全问题的机密讨论经常在这里进行。（图片来源：埃里克 · 德雷珀）

低端的手段往往用来活捉单个人，而海豹突击队队员必须准备好迅速决定采用何种攻击手段来达到目的。最重要的是战士们的安全，这也是第一位的。

每次行动都有巨大的风险，但我们还是想把所有队员都活着带回来。

直升机悬停绳索训练

直升机悬停绳索训练帮助海豹突击队队员能够从悬停的旋转翼飞机上抵达目标区域。他们使用绳索和厚手套滑落到地面或屋顶上。如果演练纯熟，用这种方法可以在很短的时间内将一个班的战士投放到目的地。

图像情报搜集训练

图像情报搜集训练课程教会海豹突击队如何使用摄影技术。这是一门有关照相机的深度课程，特种部队可以用它来记录对手和路径。

海豹输送艇操作员训练

充当海豹输送艇操作员可能是海军特种作战部队中难度最大的任务。海豹输送艇操作员必须在艰苦、危险、寒冷的环境下坚韧地、高技术性地、长期地执行任务。这些

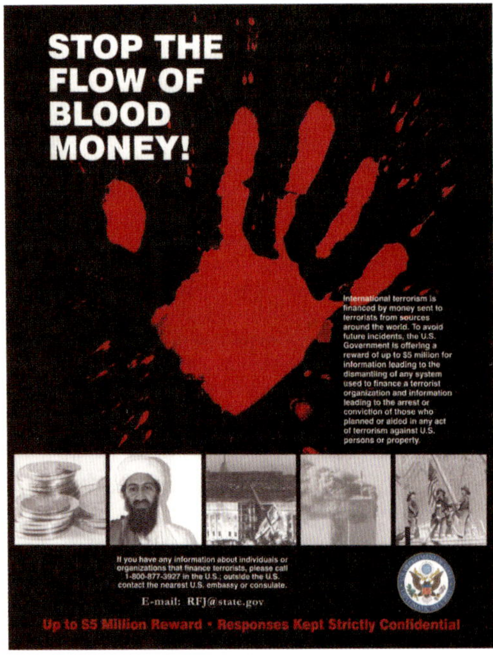

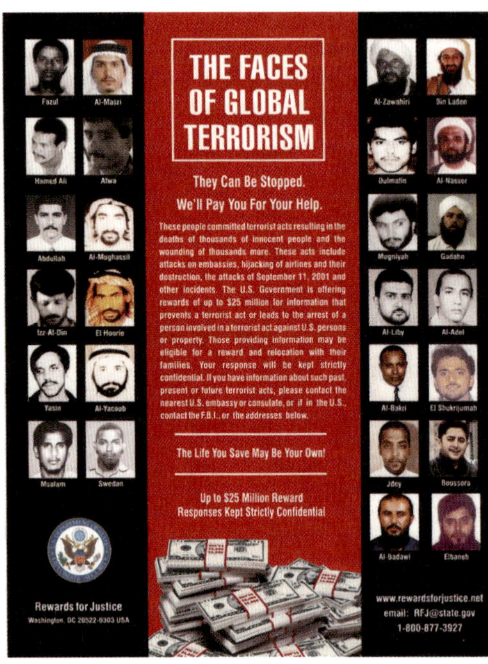

Work of Evil

The United States Government is offering a reward for information leading to the arrest or conviction of those persons who planned or aided in the attacks of September 11, or any act of international terrorism against U.S. persons or property. A reward of up to $25 million may be paid for information leading to the arrest, or conviction of, any member of al Qaeda or those who support al Qaeda.

To date, the U.S. Government has paid over $9.5 million to individuals providing such information.

Individuals providing information may be eligible for a reward, protection of their identities, and relocation with their families. If you have information, please contact the F.B.I. at 202-323-3300 in the U.S. Outside the U.S., contact your nearest U.S. embassy or consulate or write:

REWARDS FOR JUSTICE
Washington, D.C. 20522-0303 U.S.A.
www.rewardsforjustice.net • 1-800-877-3927

Up to $25 Million Reward • Responses Kept Strictly Confidential

MURDER

Nairobi & Dar es Salaam bombings, 1998
224 killed and 5,000 wounded

MURDERER

Usama Bin Laden

UP TO $25 MILLION REWARD

Usama Bin Laden, Muhammad Atef, and Ayman Zawahiri have been indicted for the August 7, 1998 bombings of the U.S. embassies in Kenya and Tanzania. These brutal attacks killed more than 224 innocent Americans, Kenyans and Tanzanians and seriously injured more than 5,000 men, women and children.

Bin Laden, Atef, Zawahiri, and their organization, al Qaeda, also allegedly conspired in the killings of American military personnel in Saudi Arabia and Somalia.

To preserve the peace and save innocent lives from further attacks, the U.S. Government is offering a reward for information leading to the arrest or conviction of Bin Laden, Atef, and Zawahiri. Persons providing information may be eligible for a reward of up to $25 million, protection of their identities, and may be eligible for relocation of themselves and their families. Persons wishing to report information on Usama Bin Laden, Muhammad Atef, Ayman Zawahiri or other terrorists, should contact the authorities or the regional security officer at the nearest U.S. embassy or consulate or write, email or call:

REWARDS FOR JUSTICE
Washington, DC 20522-0303 USA
Email: mail@rewardsforjustice.net
www.rewardsforjustice.net
1-800-877-3927

UP TO $25 MILLION REWARD
STRICT CONFIDENTIALITY

本页四幅图：根据“悬赏正义”计划，美国国务院制作了一系列海报，向公众揭露恐怖分子的面目，以及其带给全世界的伤害。海报中同时承诺，如果有人能提供信息使得这些恐怖头子被绳之以法，最高可以获得 2500 万美元的奖金。（图片来源：格雷格 · E. 马蒂逊 / 海军特种作战出版有限公司）

人的薪资也相对较高。除了正常的潜水津贴以及伞降津贴、爆破津贴，完全合格的海豹输送艇操作员每个月还可以多领340美元。在这里，我们可以举一个例子：美国海军曾经和法国海军在土伦举行过一次联合训练演习。演习中，海豹输送艇从潜艇上的“干式甲板换乘舱”出发，进入法国的土伦港码头，然后左转90度，将一枚模拟的吸附式水雷安装在一艘抛锚的船只上，然后回头与潜艇会合，并且在引导下重新进入“干式甲板换乘舱”。整个任务都在水下完成。那一次行动发生在1991年，今天的海豹输送艇性能更为出色。

上图：根据“悬赏正义”计划，美国国务院在全球散布照片中的这种书夹式火柴，内容是如果有人能够提供本·拉登、艾曼·扎瓦赫里以及阿戴尔等三名恐怖分子的信息，并且使得这三人被绳之以法，则提供信息者可以获得奖赏。现在本·拉登已经死了，而艾曼·扎瓦赫里以及阿戴尔直到2012年1月仍然活着，并且据说已经成为“基地”组织的新领袖。（图片来源：格雷格·E.马蒂逊/海军特种作战出版有限公司）

固定拉绳式跳伞精英训练

海豹突击队用到的跳伞技术包括固定拉绳式跳伞和自由落体式跳伞。而在圣迭戈教授的新型课程中，两种跳伞方式都被涵盖在内。学员在通过初步的训练测试后，还要在高级训练中心进行进一步深造，成为跳伞精英。

左图：爆炸引起的巨大火球产生极大的压力，将桥面清理干净。一支拆弹部队每天要处理将近325磅军火（包括友军的和敌人的）。而这个火球就是在处理军火的过程中造成的，连照片近景处拆弹部队所使用的军用悍马在火球面前都显得像一个侏儒。这也使我们能够了解到，海豹突击队每天都要面对怎样巨大的破坏性力量。（图片来源：戴维·加特利）

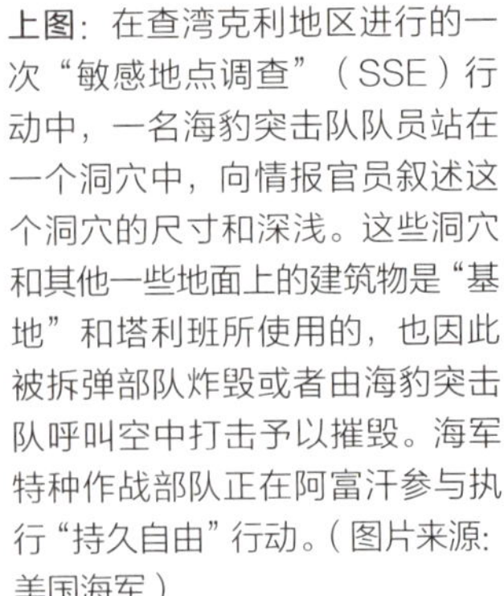

上图：在查湾克利地区进行的一次“敏感地点调查”（SSE）行动中，一名海豹突击队队员站在一个洞穴中，向情报官员叙述这个洞穴的尺寸和深浅。这些洞穴和其他一些地面上的建筑物是“基地”和塔利班所使用的，也因此被拆弹部队炸毁或者由海豹突击队呼叫空中打击予以摧毁。海军特种作战部队正在阿富汗参与执行“持久自由”行动。（图片来源：美国海军）

上右图：在“持久自由”行动中，一名海豹突击队队员在东阿富汗观察军火被销毁的景象。海豹突击队队员在东阿富汗地区进行“敏感地点调查”（SSE）行动时，发现了这批军火。（图片来源：美国海军摄影一级军士长蒂姆·滕纳）

阿富汗

让我们来看一下阿富汗的一些反恐行动。请记住，在阿富汗追踪塔利班是猎杀本·拉登的第一步。

“9·11”事件发生在9月份一个周二的早晨。第二个月，特种部队就踏上了扑向阿富汗的征程。整个作战行动由中央司令部的作战司令负责。海豹突击队向中央司令部特种作战司令部进行汇报。这个司令部的负责人是海军少将伯特·M. 卡兰（外号“贝尔特”），他曾经是美国海军学院的橄榄球外接球手。卡兰麾下的第一批海豹突击队队员来自驻扎于科罗纳多的海军特战第1分队，该分队当时的指挥官是罗伯特·S. 哈沃德上校（后晋升为少将）、海豹突击队基本水下爆破训练的优等生，他也是美国特种作战司令部司令韦恩·唐宁将军的私人助手。哈沃德度过了一个非常有趣的童年，他在伊朗首都德黑兰长大，能说流利的波斯语，这项语言优势后来在阿富汗多次帮助了他。

卡兰的任务是协调整个阿富汗境内的特种部队——这可是个苦差。中情局派出特工与反对塔利班的北方军阀联络，而卡兰也要与这些特工进行协调。此外，阿富汗周边国家的总统，也要由卡兰负责去协调。在军事层面上，他

左图：2002 年 1 月 14 日，在东阿富汗地区的一次搜索与摧毁行动中，美国海豹突击队在查湾克利地区发现了一个巨大的涵盖 50 多个洞穴的藏匿军火的地点。这些洞穴和其他一些地面上的建筑物是“基地”和塔利班使用的，后来被拆弹部队炸毁或者由海豹突击队呼叫空中打击予以摧毁。海军特种作战部队正在阿富汗参与执行“持久自由”行动。（图片来源：美国海军）

的麾下拥有陆军特种部队和海军的海豹突击队。

为了避免互相干扰的情况出现，他将阿富汗分为南北两个特战区，陆军特种部队负责北区，海军特种作战部队负责南区。这套方法运行得很好。而常规部队也拥有各自的作战区域，尤其是海军陆战队。不过，在讨论这一点前，让我们先来看看全球反恐战争对于特种部队和海豹突击队在技术上和作战上所产生的影响。

下部两幅图：在一次“敏感地点调查”（SSE）行动中，美国海豹突击队在查湾克利地区发现了一个“基地”组织和塔利班武装藏匿军火的窝点，包括 70 多个洞穴。照片中只是其中之一。这些洞穴和其他一些地面上被“基地”和塔利班所使用的建筑物，随后被拆弹部队炸毁，或者由海豹突击队呼叫空中打击予以摧毁。（图片来源：美国海军）

右图：这是一张通缉海报，悬赏2500万美元捉拿伊拉克叛乱武装头目阿布·穆萨卜·扎卡维，他率领地方武装反抗驻伊拉克美军。他还要对多起无辜受害者被砍头的事件负责。2006年6月7日，两架美国空军F-16C战斗机将两枚500磅的激光制导炸弹扔到了他的安全屋上。当时海豹突击队有可能就在附近，用激光为战机进行制导，结果了这名恐怖大亨的性命。（图片来源：格雷格·E.马蒂逊/海军特种作战出版有限公司）

下图：图片中这名囚犯是扎卡里亚斯·穆萨维，他承认自己是“基地”恐怖分子，被指控在“9·11”事件中蓄谋杀害美国公民。全副武装的美国警务代表借着夜色的掩护将他从弗吉尼亚州的亚历山德里亚（审判地），运去位于科罗拉多州弗里蒙特县的“极限管理重罪犯监狱”（ADX），也就是所谓的“超级监狱”。（图片来源：格雷格·E.马蒂逊/海军特种作战出版有限公司）

训练、装备与技术

恐怖活动已存在了几千年。而我们在这里只关注与现在的距离不那么遥远的过去，也就是只回溯四分之一个世纪，从“鹰爪行动”和“沙漠1号”危机开始，前者是一次人质营救行动，后者则是一次失败的营救行动，国会重

新审视所有的特种作战行动，从而带来了美国特种作战司令部的成立以及各兵种特种部队战力的膨胀。尽管在 1987 年相关计划正式启动之前，美国已经在努力发展特种部队，现在的特种作战行动中仍可以发现当初留下的印记。当时发展出来的许多技术依然是保密的，但其中相当一部分已经被所有的特战行动部队以及常规部队所采用。

快绳技术

从直升机上使用“快绳技术”进行下降，这是目前被普遍接受的进入目标区域的方式。地方警察的“特殊武器与战术”部队也会使用它。这是训练中必须包含的一项内容。在这里，我们主要讨论海豹突击队如何在海上运用这种技术，在 VBSS 战术中，也会用到“快绳技术”来进入船只，以搜查违禁物品。

在“快绳技术”中，要用到从悬停直升机垂挂下来的重型绳索。下降人员必须戴上厚厚的手套，以避免在从绳子上滑下时双手被擦伤。这一技术的目的，是让战士们进入直升机无法降落的危险区域，比如屋顶或摇摆不定的甲

下图：在古巴关塔那摩湾的联合特混部队拘留中心，有两个名为“三角洲”和“回声”的营地，里面关押着海豹突击队逮捕的恐怖分子，以及其他对美国及其公民造成伤害的匪徒。目前，原本用来关押囚徒和罪犯的“三角洲”营地实际上被用来为囚徒和罪犯提供医疗服务和其他相关的保障性服务，这些囚徒和罪犯在更多的时间里，则住在附近戒备更为森严的地方。（图片来源：格雷格 · E. 马蒂逊 / 海军特种作战出版有限公司）

上图：在海豹突击队所抓获的恐怖分子中，很多都被关押在古巴关塔那摩湾。其中，第 6 营关押着那些比较听话的囚徒，而第 5 营关押的是那些拒绝合作的囚徒，这里更像一座安全保卫至为严密的设施。照片中，一名美国海军的军官通过门上的小孔与牢房里的囚徒对话，试图了解有关这个人更多的信息。（图片来源：格雷格·E. 马蒂逊 / 海军特种作战出版有限公司）

板，抑或一座离岸石油平台。在第一次海湾战争中，登上直升机的海豹突击队队员曾使用“快绳技术”临检了一艘不肯合作、拒绝停下接受搜查的商船。该技术还在格林纳达的作战行动中被使用过。20 世纪 80 年代后，这一技术一直被所有海豹突击队队员定期进行演练。

海豹突击队和特战快艇部队是美国特种作战司令部的海上组成部分，他们也要负责公海的反恐行动。因此，早在 20 世纪 80 年代早期，秘密登临正在大海上行驶的船只的技术就已经发展起来。一直到 20 世纪 90 年代早期，这一技术一直是海豹突击队和特战快艇部队的看家本领，它也带来了高速舟艇的出现，后者由特种舟艇部队负责操作。这项技术包括从后面接近一艘可疑船只，将轻型钩梯“射”出，“钉”在船的外壳上，随后海豹突击队队员通过钩梯爬到主甲板上。

这是一种严密、枯燥的攀爬动作。在所有海豹突击队的军事建筑中，都要修建攀爬墙供士兵进行攀爬训练。基本水下爆破训练学院就有这样一堵攀爬训练墙，学员们从训练的第一周开始就被要求用这面墙进行攀爬训练。这也使得单个海豹突击队士兵的上肢力量得到极大增强。俯卧撑是海豹突击队基本水下爆破训练中的有机组成部分，绳索攀爬也已经被添加进去，而攀爬墙在所有海军特种作战部队的建筑内都能看到。即便是特种舟艇部队的士兵也要进行攀爬训练，这是一种很好的体能训练方式。

室内近距离作战

另一项重要的技能——或许是作战中最为重要的技能，也是目前被普遍接受使用的战术——就是室内近距离作战（CQB）。这项技能，也是在反恐格斗中制伏对手的精髓。德国、以色列和英国特种部队首先发明了这种战术。室内近距离作战的内容包括：闯入关押人质的一栋建筑或一间屋子，向恐怖分子射击，同时不能伤害无辜的人，然

上图：费卢杰附近的房屋发生爆炸。在伊拉克的这一地区，多年来人们对许多事情已经习以为常，每天都有汽车炸弹爆炸，在公路上开车也是件不安全的事情。在伊拉克和阿富汗，每日每夜都在进行反恐战争。（图片来源：美国国防部）

左上图：一支海豹突击队参与警戒伊拉克阿萨德空军基地的机场，“空军一号”在该机场降落。美国总统乔治·W. 布什、国务卿康多莉扎·赖斯、国防部部长罗伯特·M. 盖茨以及其他一些要员，将在阿萨德基地碰头，他们还要与伊拉克政府高层、安巴尔省的地方酋长以及美国派驻阿富汗的服务人员会面谈话。（图片来源：切利·A. 特尔拜）

后顺利从现场撤离。经过训练，这种战术还可在飞机、轮船以及陆地建筑物中使用。世界上每一名特战队员每天都在演练这一技能。在海豹突击队基本水下爆破训练中，这项技能从第一天开始就被教授给学员，学员们到了高级训练司令部还要继续锤炼自己的这项技术——即便到了作战部队里，他们也要一直锤炼。

室内近距离作战还涉及其他一些技能，包括向某一个地方进行兵力投送、侦察以及向目标采取行动，这些技能可谓历史悠久。而反恐行动重要性的凸显，也使得军事教学大纲中不得不加入城市作战的内容。

海军陆战队已经建造了模拟的城镇，部队可以在街道上和建筑物中演练室内近距离作战技能。战士们要在“射

左图：这是一张用夜视装备拍摄的照片。一名海豹突击队队员站在一辆防地雷反伏击车旁，他和队友正在伊拉克费卢杰执行任务。（图片来源：格雷格·E. 马蒂逊/海军特种作战出版有限公司）

上图：海豹突击队准备在伊拉克的一座城镇中执行任务，这些木块就是用来规划、推演此次任务的。照片中的黄色，是最近在那里每天都发生的沙尘暴造成的。（图片来源：格雷格·E. 马蒂逊 / 海军特种作战出版有限公司）

右上图：在一场严重的沙尘暴中，CH-46 直升机从伊拉克的费卢杰起飞了。由于能见度几乎为零，因此，这其实是"禁飞"气候。然而，机组人员利用沙尘暴短暂的间歇时段，迅速离开基地。沙尘暴是经常发生的，具体发生频率则要看每个国家在其雨季能够获得多少降雨量，如果沙尘暴足够严重，则受影响区域的地面和空中交通可能完全关闭，有时候会持续数日甚至更久。（图片来源：戴维·加特利）

右中图：多亏有了后勤支援部队，海豹突击队才可以为任何可能发生的紧急情况和进一步的部署行动做好准备。即便在照片中这种被沙尘暴刮得黄尘漫天的情况下，海豹突击队也不会远离舟艇。（图片来源：格雷格·E. 马蒂逊 / 海军特种作战出版有限公司）

上图：在一辆防地雷反伏击车中，一名海军通信技术人员正在检查通信装置，一队海豹突击队队员即将使用这辆车在夜晚执行任务。（图片来源：格雷格·E. 马蒂逊 / 海军特种作战出版有限公司）

左图：海豹突击队队员正在操作一辆沙漠巡逻车（DPV），为即将到来的一次任务做准备。这种沙漠车每辆都配备了复杂的通信和武器系统，以适应严酷的沙漠地形条件。特种部队的特点是，小规模部队发挥独特的能力，从而实施常规武装力量无法实施的行动。海豹突击队在各种环境下都接受了超强的训练，他们是海上特种行动之王。他们必须将自己接受的特种训练、特种装备以及特种战术结合在一起，在全球范围内完成特种作战任务。目前，海豹突击队被部署到前沿，参与"持久自由"行动。（图片来源：美国海军摄影一级军士长阿尔罗·阿布拉汉曼森）

击屋”中接受训练，向里面的模拟目标人物射出实弹——当然不能伤及人质。在射击评定中，一个中心要素就是精准度，战士们还要进入专门的射击学校进行训练。海豹突击队的队员们会一次又一次地进入这些射击学校接受训练，这也是海豹突击队在进行部署前的准备工作之一。

无差别射击

在解救人质时，我们可以使用手枪和短突击步枪施展“双发快射”技术。射手可以瞄准恐怖分子的头颅连开两枪。之所以要寻求“爆头”，是因为恐怖分子的手指随时可能触发雷管，一枪“爆头”可以避免恐怖分子在死前挣扎时引爆炸药——这个问题讨论起来或许有点令人毛骨悚然，但在对付恐怖主义的战斗中，这是一个无法回避的事实。

所有的海豹突击队队员都是神枪手。第一等级的队员每天要花费数个小时磨炼自己在室内近距离作战中的射击技巧。这也是反恐训练中昂贵和必要的一部分。在 20 世纪 80 年代早期，一支特种部队耗费的 .45 口径弹药就要超过整个海军陆战队的用量。在美国特种作战司令部的预算到位之前，提供足够的资金让海豹突击队拥有足够的手枪弹药，光这一点就让海军作战部长每年都头疼一次。

左图：在伊拉克执行完一次任务的海豹突击队队员们驾驶防地雷反伏击车回到基地。根据设计，美国特种作战司令部 RG-33 装甲功能车（AUV）是专门用来为美国特种部队服务的，由英国 BAE 系统公司制造。它配备了被称作 CROWS 的遥控武器系统。（图片来源：格雷格 · E. 马蒂逊 / 海军特种作战出版有限公司）

右图：经历了一场沙尘暴后，这些装甲军车上全是沙尘。它们停在这里，等待海豹突击队使用。海豹突击队要靠它们在沙漠上驰骋、完成任务。（图片来源：格雷格·E.马蒂逊/海军特种作战出版有限公司）

右中图：身穿防弹背心和平民服装，这些海豹突击队的战士乘坐着防地雷反伏击车正在穿过伊拉克费卢杰的街头。这种防地雷反伏击车有重装甲保护，装配有许多保密无线电台、全球定位系统以及其他设备，可以应付几乎任何紧急情况。（图片来源：格雷格·E.马蒂逊/海军特种作战出版有限公司）

右下图：海豹突击队防地雷反伏击车的内部，这辆车正在穿过伊拉克费卢杰街头。这种军车配有全球定位系统、通信及武器系统，里面还配有空调，让海豹突击队队员乘坐起来非常舒适。当然，他们不可能真正地舒适，因为随时随地可能遭到攻击。右边的那名战士负责操作装在军车顶部的遥控武器系统，他要通过一块屏幕来观察四周情况，这块屏幕可以反映出夜视系统或热成像系统所看到的周边情况，然后操作员只需要将屏幕上的十字线瞄准目标，扣动扳机，遥控武器系统上的.50口径机枪就会精准地向目标进行射击。（图片来源：格雷格·E.马蒂逊/海军特种作战出版有限公司）

左图：一名被分配给海军情报办公室的翻译随同海豹突击队进入伊拉克战场，搜索叛乱分子。文职人员和其他拥有各种技能的保障人员在许多行动中不得不冒着巨大的风险直接参与行动。（图片来源：格雷格·E.马蒂逊/海军特种作战出版有限公司）

左图：海豹突击队资格训练的内容，包括在多种条件下施展枪法，“爆头”也是其中之一。在这个靶场内，他们用选定的 M4A1 卡宾枪（5.56 毫米子弹）以及 9 毫米手枪，来进行室内近距离战斗训练。他们两人一组，进行实弹训练。在这种训练中，他们对武器的熟悉程度非常重要。他们还不时地要进入“杀戮屋”进行训练，在“杀戮屋”训练中，他们要依靠团队技能进入建筑物并进行“清理”。在“杀戮屋”中，他们使用的是“模拟弹药”，射出的子弹将把目标区域染色。他们互相掩护着进出各个房间，在各种不同的场景里清除、处理可能构成威胁的目标。（图片来源：戴维·加特利）

爆破闯入

在与恐怖分子作战的过程中，另一项获得发展的技能就是爆破闯入。在这种技能里，爆破聚能装药被用来打开一个缺口，就如同外科手术一般。进行爆破闯入会用到哪些物资，很多还是机密，但总体来说，是要将炸药安装在建筑物的门、镶板或墙上，然后进行爆炸。爆炸发生后，攻击小组立刻冲入，对所有封闭空间（房间、过道或者地窖）进行清理，对所有目标进行“双发快射”。第二个闯入的战士是一名拆弹专家，其任务是将恐怖分子埋设的、未能爆炸的炸药及时清理掉。

这是一项危险的“脏活”：拆弹专家现在是反恐行动

左图：伊拉克当地村子的领袖与海豹突击队队员会面，以交换信息、了解双方各自的需求。海豹突击队需要与地方领袖保持联络，并且让对方明白自己是在帮助他们。也只有这样，当危险来临时，海豹突击队才能及时获得信息。这也对保护当地人的安全有好处。（图片来源：格雷格·E. 马蒂逊 / 海军特种作战出版有限公司）

右图：在伊拉克的一座村庄里与当地领袖会面完毕后，海豹突击队和翻译人员在当地人的簇拥下离开。这是海豹突击队在伊拉克所要执行任务的一部分，他们要与地方领袖会面，了解这些人需要什么，并且寻求有关叛乱分子的信息。这些工作能够帮助他们赢得当地的人心，并且有助于打击该地区的恐怖分子。（图片来源：格雷格·E. 马蒂逊 / 海军特种作战出版有限公司）

的有机组成部分，他们虽然不是海豹突击队基本水下爆破训练的毕业学员，但海豹突击队所要经历的大多数训练，他们都要接受。他们要进行游泳、跳伞、巡逻、潜泳操作水下武器、射击和闯入。他们也是全世界受训程度最高的技术人员之一。在所有兵种的特种作战小组里，他们都是不可替代的成员。其实在一些行动中，会让被征召的海豹突击队在拆弹部队的训练学校受训，然后参与任务。但这种情况不多，通常情况下，为了执行一次任务，会招募全职的拆弹部队成员。

狙击手

我们已经看到过狙击手训练。在反恐行动和大规模战争中，狙击也已经成为重要的手段。本书作者 2004 年访问了位于华盛顿的沃尔特·里德军医院，探访医院中受伤的战士。一名戴绿色贝雷帽的中士说：“我爱海豹突击队。”在进一步的询问中，他说在阿富汗执行一次任务时，他所在的观察小组在山上遭到塔利班武装分子袭击。在 2000 米之外的山脊线上，海豹突击队的一名狙击手用 .50 口径的狙击步枪压制住了塔利班，还将两名塔利班骑兵击毙，剩下的塔利班武装分子则迅速逃遁了。这名中士对海豹突击队队员的枪法很是赞赏。

上图：军士长（医疗）鲍威尔，他是海军医院的医疗兵，图片中的他携带着战场工具正在伊拉克。海豹突击队和海军特种作战部队的保障人员在战场上有许多医疗方面的需求，鲍威尔就处理过很多这样的需求。他通过了许多训练考核，获得“远征作战专家”（EXW）、“舰队海军陆战队作战专家”（FMF）、“海上蜜蜂作战专家”（SCW）等资格称号，他众多的徽章和奖章展示了这一点。（图片来源：格雷格·E. 马蒂逊 / 海军特种作战出版有限公司）

上图：海豹突击队就其任务听取简报，他们即将到伊拉克费卢杰的铁丝网外执行任务、遭遇敌人。现在他们正了解任务中的威胁会来自何方以及制订相应的作战计划。（图片来源：格雷格·E. 马蒂逊 / 海军特种作战出版有限公司）

左上图：左边的那位是海军“海上蜜蜂”部队成员，他在伊拉克向海豹突击队提供额外的帮助。海豹突击队在全球执行作战任务，根据任务的数量，海豹突击队各分队有时会得到类似“海上蜜蜂”这样的部队的支援，以完成任务。（图片来源：格雷格·E. 马蒂逊 / 海军特种作战出版有限公司）

左图：后勤支援部队的一名成员正在一个前沿作战基地工作，这个基地位于伊拉克沙漠，属于海豹突击队的某支分队。（图片来源：格雷格·E. 马蒂逊 / 海军特种作战出版有限公司）

左图：海军上将埃里克·奥尔森陪伴乔治·W. 布什总统对海豹突击队进行私人访问。访问的地点是一个秘密，时间则是布什任期的最后几天。埃里克·奥尔森是海豹突击队中第一个荣膺三星和四星军衔的指挥官。海豹突击队所做的一切，只有政府中的几个人知道。尽管历任总统清楚海豹突击队每天都在干些什么，但他们还是很少公开谈及这一点来捞取政治资本。这么做既是为了国家安全，也是为了给海豹突击队、海豹突击队执行的任务、其软硬件情况和队员身份保密。（图片来源：美国海军）

海豹突击队的狙击手很棒。一个狙击小组由 2~3 名成员组成，他们全都是射手，但在作战中，一人负责狙击，一人负责观察，还有一人负责通信。海豹突击队的狙击手曾经在贝鲁特作战，在今天的伊拉克也很活跃——就如同他们曾经在阿富汗也很活跃一样。狙击手小组是每一个海豹突击队作战排的有机组成部分。无须多说，只有“特殊”人才能成为狙击手。在狙击过程中，整个射程内的情况都在狙击手视线的监控中。“狙击”这一动作是封闭的、个

下图：在伊拉克的费卢杰，海豹突击队准将汤姆·布朗（左）准备和手下一起前往战场。在海豹突击队中，所有军衔的队员都更喜欢去战场而不是待在办公室里。行动在哪里，他们就要去哪里。在费卢杰，爆发了越南战争后最为激烈的城市作战。（图片来源：格雷格·E. 马蒂逊）

左图：在伊拉克，沙漠灰尘如同滑石粉般难缠，它能够进入任何东西，轻易地摧毁活动着的零件。照片中的一名后勤支援部队成员正使用吹叶机在其部队的居住区域清扫灰尘。（图片来源：格雷格·E. 马蒂逊 / 海军特种作战出版有限公司）

人主义的，海豹突击队的狙击手与海军陆战队以及陆军的狙击手一样，必须将个人感情、个人情绪与狙击动作隔离开来，他不能把狙击带给他的情绪带回家。战斗中产生的心理创伤很多见。统计数据则显示，战争心理创伤的发生量在最近的驻伊拉克美军中增多了。但狙击手还是不得不在精神上保持稳定，无论是在交战中还是交战后，而且交战后的精神稳定是更为重要的。一些狙击手积累了几十次击杀的战绩。但这些都是战场上发生的事情，狙击手必须在心理上放下它。换句话说，狙击手需要有足够的心理强韧度来接受其行为所造成的后果。

我们无须过多地阐述心理学理论，只要了解一点就已足够：海豹突击队的狙击手候选人在正式进入狙击学校前，都经过了司令部医生和高级领导层的仔细审查。一名战士

左下图：在伊拉克沙漠 120 华氏度的高温下，没什么比冰水更能满足人们的需要了。这里什么东西都难以获得，但后勤支援部队还是成功地将海豹突击队所需的物资运到战场，让后者安心地去完成任务。（图片来源：格雷格·E. 马蒂逊 / 海军特种作战出版有限公司）

下图：在夏季普通的一天中，伊拉克作战区域的地面温度可以轻易达到 120 华氏度，海豹突击队队员还要穿戴防弹背心、头盔和其他装备。对常人来说，在这种条件下移动起来似乎很费劲，但海豹突击队队员似乎根本不受影响。（图片来源：格雷格·E. 马蒂逊 / 海军特种作战出版有限公司）

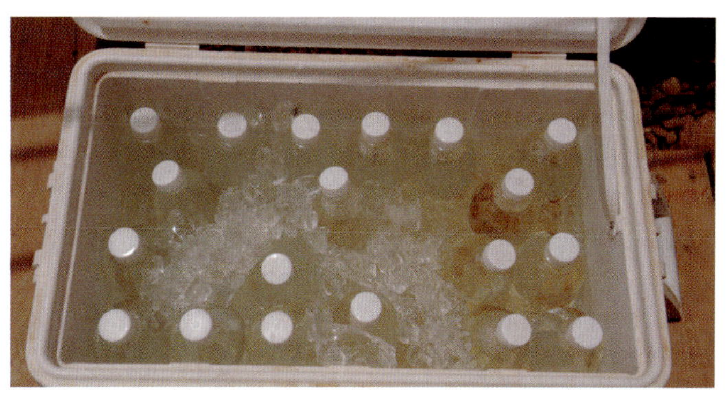

右图：由于简易爆炸装置（IED）的存在，伊拉克费卢杰变得如此危险，以至于海豹突击队和其他部队需要乘坐加厚装甲的军车才能出行，这也使得防地雷反伏击车问世。照片中，防地雷反伏击车往返于通往费卢杰的主要道路上。这种尖端军车每辆的造价高达50万美元，负责制造的承包商有很多，车辆的布局也各不相同。（图片来源：格雷格·E.马蒂逊/海军特种作战出版有限公司）

右下图：特战快艇部队的河流特战艇被系留在伊拉克境内某处，据说这里靠近萨达姆·侯赛因审判前被关押的地方。（图片来源：国防部）

上图：乔治·W.布什总统展示一件T恤，这是海军特种作战司令部司令爱德华·G.温特斯三世少将代表作战司令部及其成员送给总统的。当时布什正在探望海豹突击队、特战快艇部队以及作战司令部的保障人员。（图片来源：美国海军）

通常只要充当一次狙击手就可以了，如果战争期间有紧急需要，可以破例。一名战士充当好几次狙击手并不多见，也不会有高层要求这样做。这种任务不是普通参与者能够担当的，而是海豹突击队才能胜任的使命。

跳伞技能

与快绳技术一起发展起来的兵力投送技术就是“高投高开”跳伞技术。参与反恐作战的海豹突击队队员长期演练“高投高开”跳伞，他们正在寻找一种方法，使得自己能够秘密进入被怀疑是恐怖分子巢穴的地方，而同时恐怖分子又不会被螺旋桨叶的声音惊动。

在许多年的时间里，海豹突击队接受的是陆军提供的“高投低开”跳伞训练课程，许多海豹突击队还在周末进行高空跳伞，在空中摆出各种造型。在20世纪70年代早期，海豹突击队在进行跳伞时开始使用自己的降落伞，当时还被称作“可控降落伞”。这种降落伞色彩鲜亮、经过多次拉丝，并且可以进行操控，可以将全副武装的海豹突击队队员平稳降落到地面，就如同固定拉绳式跳伞可以使海豹突击队队员控制降落伞降落到预定的一小块地方一样。当然，在行动规划文件里，战士们要获得的是黑色的“可控降落伞”，而不是彩色的。令人高兴的是，战士们实际获得的一直是彩色的降落伞。

上图：爱德华 · G. 温特斯三世少将是海军特种作战司令部司令，在乔治 · W. 布什任期的最后几天，他向这位总统致敬。总统访问了海豹突击队，感谢他们在追杀恐怖分子的事业中所做出的努力和贡献，并且与许多队员进行了私人会谈。（图片来源：美国海军）

今天的海豹突击队学员要在圣迭戈郊外参加固定拉绳式跳伞和自由落体式跳伞的训练课程（见第四章），这些训练课程是由承包商提供的。在训练课程中，会传授固定拉绳式跳伞和“高投低开”的跳伞技能，而“高投高开”跳伞并非海豹突击队每天都要实践的一门技能。所谓“高投高开”跳伞就是在一个高度上从飞机内跃出，然后立刻打开降落伞。这样一来，飞机就可以在距离目标区域的数英里外就将跳伞者以及相关的战斗人员投放出去，跳伞者

左图：一名海豹突击队队员从飞机中跃出，跳入海中与他的队员和“佐迪亚克”艇会合。他的脚上穿着蛙鞋。（图片来源：美国海军）

上部两幅图：白宫“情况室”内有一个“观察站”。“情况室”又被称作“战情室”，位于白宫西翼，可以查看来自全世界的加密和非加密视频资料。国家安全委员会秘书处的 30 名成员分成 5 个“观察小组”，每天 24 小时，每周 7 天通过实时视频与“空军一号”、分布全球的情报机构以及战地指挥官取得联系。此外，总统现在可以随时与全球各国领袖通过安全的视频电话进行会谈，而不必再等待与对方进行面对面的会谈，或者在当地派驻一名代表讨论敏感信息。（图片来源：埃里克·德雷珀[左上图]，格雷格·E. 马蒂逊 / 海军特种作战出版有限公司[右上图]）

及相关战斗人员使用降落伞滑翔着抵达目的地，如此就更不容易被敌方察觉。因为，在这种情况下，飞机就不会被目标区域内敌人的雷达甚至人耳察觉。投放人员的飞机不会负责回收这些跳伞者或者小型目标。

这种演练是严酷的、冰冷的、难受的，对于操作降落伞的技能要求也极高。因此，用于操控降落伞的线路延长器也是必要的，这样跳伞者可以用脚来操作降落伞，而不必在一个半小时的时间里将双臂举过头顶。自由落体式跳伞中有趣的那一阶段在空中可以持续 2~3 分钟，其间在伞下的跳伞者双手放在操作套锁扣里。而“高投高开”跳伞完全不是这么一回事，一点也不有趣，跳伞完毕、海豹突击队在目标区域软着陆后，他们就要执行事先交代的任务了。进行训练时要有专门的区域，联邦航空管理局（FAA）的空中管制人员还会事先帮助海豹突击队清理训练空域，以防海豹突击队的跳伞队员和商业客机相撞。

左图：在伊拉克的沙漠中，一名海豹突击队队员驾驶海军特种作战部队的轻型摩托车在空中滑行了 15 英尺。（图片来源：格雷格·E. 马蒂逊 / 海军特种作战出版有限公司）

新装备升级

在海豹突击队参与反恐行动时，他们可以选择自己的武器。大多数陆地作战技术的发展海豹突击队都不会缺席。未来的勇士将获取新型能源、能够让士兵背负 150 磅装备的外部骨骼支撑仪器、新型观察设备（今天在这方面的一些科技发展已经使得佩带者能“看穿”墙壁，从而可以帮助确定恐怖分子和人质的位置）、持续性的微型通信系统以及辅助电脑的电子设备。而能够直接帮助海豹突击队的是无人机。海豹突击队拥有数款无人机系统可供选择，而且被吸收到海豹突击队的保障技术人员还在提供更多的相关设计。这些无人机系统使得部署在外的海豹突击队作战排或其他规模的小组能够实时确认邻近的一座山后面究竟藏着什么人。如果海豹突击队能够提前知道“谁在那里，他在做什么，他什么时候要做以及他要在哪里做”，那么，他们在悄悄接近恐怖分子的伏击圈时，危险性就会小很多。

下图：配备重型装备的海豹突击队队员在“佐迪亚克”艇上向海滩进发。（图片来源：格雷格·E. 马蒂逊 / 海军特种作战出版有限公司）

右图：海豹突击队在当地一个码头检查一个箱子，寻找违禁品。（图片来源：国防部）

下图：在过去数年里，海豹突击队队员越来越接近美国政府中主要的决策者，比如国防部、中情局、国家反恐中心以及其他部门的工作人员。照片中，美国总统从其专用直升机——降落在白宫南草坪上的“海军陆战队一号”上走下来，而总统军事助理——海军少校以及海豹突击队的人员就紧随其后。助理手上拿的是“足球”，这是一个核密码箱，里面有一旦核战争或其他军事冲突爆发，美国启动核武器所要用到的密码。“足球”是时刻不离总统左右的。（图片来源：格雷格·E.马蒂逊/海军特种作战出版有限公司）

情报

对于反恐任务而言，队伍接受的训练和队伍手上的装备一样重要。随着作战区域的变化，大部队越来越难以施展拳脚，小组战术变得更为重要。在巴格达市内及周围凑近未知的建筑是一件令人害怕的事情；在室内清扫作战中，知道你的同伴在干什么是很有必要的。要尽可能地把怀疑、不确定的因素消灭，这也是为什么情报对于海豹突击队执行任务而言如此重要。支援海豹突击队的情报是用各种形式获取的……

美国国内的海豹突击队从各种来源——主要是获取报酬的线人那里——“搜集”情报，而不是“获取”情报。在开阔地域，比如阿富汗，进行空中侦察一直是很有帮助的，但从收钱的单个牧民或当地人嘴巴里说出来的话或许更有帮助。在越南，海豹突击队就是这样操作的，特别警察部门的人负责收买线人。有人或许会认为，在这种情况下获得的情报可能带有偏见，因此未必可信，但要知道“基础事实”是无可替代的，所谓“基础事实”也就是当地人在现场观察到并且核实的事实。在一般作战条件下，无人

左图：在海上，海豹突击队对一艘船执行“VBSS”任务，即“降临（Visit）”“登船（Board）”“搜索（Search）”以及“擒拿（Seizure）”。其目的是寻找违禁品、恐怖分子和其他可能被用来资助全球恐怖主义行动的物品。（图片来源：美国海军）

下图：海豹突击队与“杜鲁门号”航母战斗群一起参加“联合特遣部队演习”（JTFEX）。他们通过“快绳技术”降落到导弹驱逐舰“奥斯卡·奥斯汀”号（舷号DDG-79）的尾部。（图片来源：海军一级摄影军士长马克尔·W.潘德格拉斯）

机固然可以提供埋伏圈的鸟瞰照片，但我们更要意识到在一个半开放的环境里，作战人员可以不穿统一的制服。海豹突击队面对的威胁不仅仅是举着旗帜的敌人，还有路边炸弹所引爆的简易爆炸装置，两者间有极大区别。

反恐附言

布什政府在华盛顿特区建立了一个国家反恐中心，负责搜集和核对从各方面汇集来的、与恐怖主义行动有关的情报，主要是国际情报。中心的公开网站上明确写明了“我们都做些什么”：

> 国家反恐中心是美国政府中负责整合、分析与恐怖主义相关的情报的主要组织，这些情报是由美国政府掌握或获取的（纯国内恐怖主义不在此列）。它也是分享恐怖主义信息的中枢和宝库，向政府支持的反恐行动提供情报保障，并在国家反恐中心内部、国家反恐中心与其他机构之间构建信息技术系统和信息技术架构，使得各方面能够获取、整合、传播以及利用反恐信息。

政府文件中用了很长的一段话来描述国家反恐中心一项重要的功能：为获得可靠的国内情报，负责与参谋长联席会议主席、美国特种作战司令部以及国家情报总监进行密切协调。国内情报被转给国家反恐中心主任和联邦情报局。美国特种作战司令部所有下属司令部主要负责执行反恐行动和全球反恐战争。历史上各兵种的训练角色依然保持：海军的海上舰艇、陆军的摩托化和炮兵部队、空军的战术和战略司令部以及海军陆战队——所有兵种都为全面战争做好准备，同时对于恐怖主义也是露头就打。一个鲜为人知的事实就是，反恐行动往往是联合性质的。参与的不仅仅是特种部队。

2011 年 5 月 2 日，海豹突击队发动了一次卓越的作战任务。在那个夜晚，各军队及文职机构的合作终于结出了硕果，它们历时数年追踪到了本·拉登的隐藏地。特种部队与各机构对这名国际罪犯发动了联合作战行动，躲藏在

Abbottabad Compound

Preconstruction, 2004

Postconstruction, 2011

左侧两幅图：2011 年 5 月 2 日，本·拉登在巴基斯坦阿博塔巴德的住宅内被击毙。这座私人住所的所在地，数年前还是一片空地。根据邻居描述，此后这里就兴建起一座私人住宅，与周边的房屋相比，其规模和建筑结构显得很不正常。（图片来源：中情局）

Abbottabad Compound, 2011

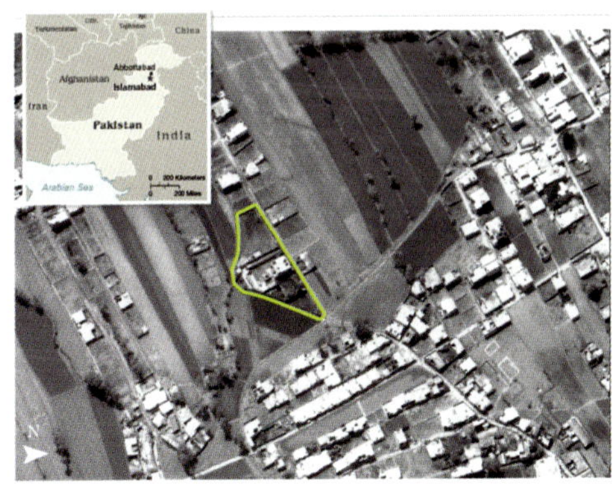

左下图：2011 年 5 月 2 日，根据美国总统巴拉克·奥巴马的命令，海豹突击队第 6 分队的队员和中情局探员一道，在巴基斯坦阿博塔巴德的一座私人住宅中击毙了本·拉登，不久后，其尸体被海葬。（图片来源：中情局）

Abbottabad Compound, 2005

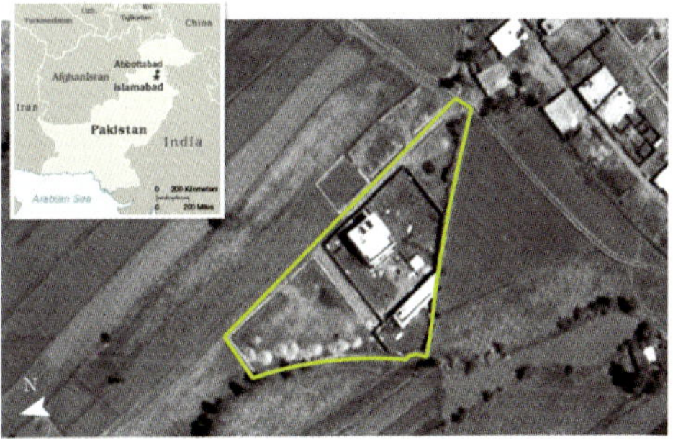

右下图：2011 年 5 月 2 日，海豹突击队第 6 分队和中情局探员一道，秘密发动“海神之矛”行动，在巴基斯坦阿博塔巴德的私人住宅群中击毙了本·拉登。（图片来源：中情局）

Illustration of Abbottabad Compound

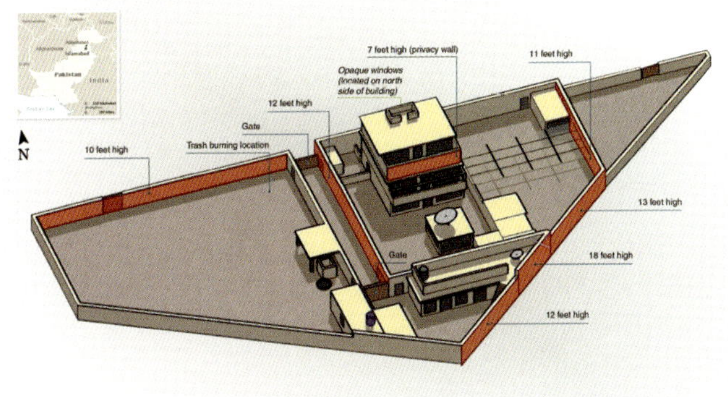

左图：这张由中情局提供的图片，显示了 2011 年 5 月 2 日拉登毙命时所在的房间。根据美国政府领导人所说，当时海豹突击队第 6 分队成员和中情局的探员发动突袭，在巴基斯坦阿博塔巴德的私人住宅中击毙了本·拉登。本·拉登死后不久，海豹突击队就将其尸体空运到“卡尔·文森”号航母上，并且进行了海葬。（图片来源：中情局）

上图：2011 年 5 月 1 日，在白宫的“情况室”内，总统奥巴马和副总统拜登与国家安全团队的其他人员观看海豹突击队第 6 分队击毙本·拉登的现场卫星转播。请注意：桌子上一份机密文件被模糊化处理了。（图片来源：彼得·索扎）

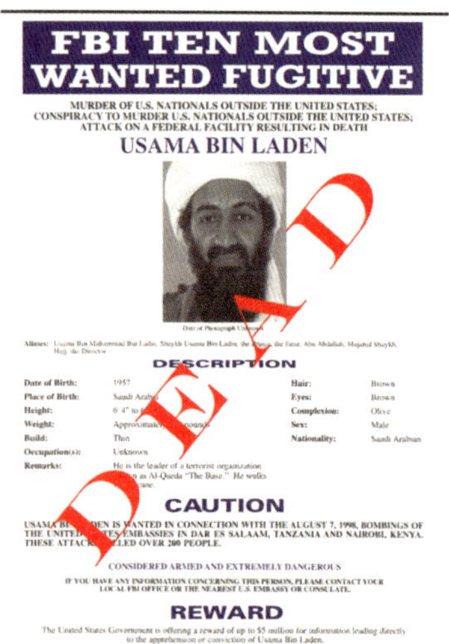

上图：本·拉登名列联邦调查局十大通缉犯之列。他被海豹突击队击毙后，在联邦调查局于网上发布的、有关他的通缉海报中，打上了“死亡”的字样。（图片来源：格雷格·E. 马蒂逊 / 海军特种作战出版有限公司）

上图：2011 年 5 月 2 日，在美国总统奥巴马的命令下，海豹突击队第 6 分队和中情局探员执行了该国历史上最为成功的一次秘密行动。他们在巴基斯坦阿博塔巴德的一所私人住宅里将本·拉登击毙。（图片来源：中情局）

上图：2011 年 5 月 2 日，成千上万人聚集在白宫门口，用唱歌和挥舞旗帜来庆祝海豹突击队击毙本·拉登。当时美国总统奥巴马还未正式宣布消息，突如其来的人群让特勤处的特工有些措手不及。（图片来源：格雷格·E. 马蒂逊 / 海军特种作战出版有限公司）

巴基斯坦的本·拉登被海豹突击队逼到墙角，并被击毙。这种作战方式早就存在，并且经常被用来对付阿富汗的塔利班部队。针对本·拉登的行动，除了目标人物的臭名昭著外，没什么特别之处。“9·11”事件发生 10 年后，这名幕后主使终于被绳之以法。

遗憾的是，反恐行动总是伴随着伤亡。2011 年 8 月 6 日，一架常规的陆军 CH-47 直升机被塔利班用肩扛式火箭弹击落，30 名美国士兵阵亡，其中大部分是海豹突击队队员，还有一部分是常规飞行人员以及其他的特种部队保障人员。这也是在整个阿富汗战争中，美国所承受的最严重的一次人员损失。两天后，海豹突击队出动，击毙了那个发射导弹的塔利班分子及其领导者。

全球反恐战争的最终篇章依然有待书写。而在这期间，美国特种部队依然会扮演关键角色。即便根据计划部队规模将会缩小，特种部队也依然会参与作战——至少暂时是如此——直到恐怖分子的威胁被最终消除。

在伊拉克尘土漫天的沙漠环境中，一名海豹突击队狙击手正在瞄准目标。（图片来源：格雷格·E. 马蒂逊 / 海军特种作战出版有限公司）

第十二章

海军特种作战行动

美国海军海豹突击队退役少将
乔治·沃辛顿

第十二章

海军特种作战行动

美国海军海豹突击队退役少将 乔治·沃辛顿

下图：来自美国陆军第 160 特战空勤团（外号“暗夜潜行者”）的驾驶员准备将海豹突击队以及其他特种部队人员运送到城镇内。当海豹突击队在黑暗中进行秘密、快速和需要依靠飞行才能完成的任务时，“暗夜潜行者”是其首选空中运输工具。（图片来源：格雷格·E. 马蒂逊 / 海军特种作战出版有限公司）

海军特种作战部队的各支部队在全世界范围内被分配给各个地区作战司令部：欧洲司令部、南方司令部、北方司令部、非洲司令部、中央司令部和太平洋司令部——他们各自负责美国在欧洲、拉丁美洲、北美、非洲、中东－北非－中亚以及太平洋上的驻军。近十几年以来，全球反恐战争一直占据着中心舞台，在伊拉克，作战行动正在走向顶峰；在阿富汗，作战规模也在扩大。短期来看，在越

左图：2002年1月25日，布朗海军中将一行来到乌兹别克斯坦访问“自由堡垒”行动的参战人员，他要巡视第5特战群在全阿富汗的作战区域。海豹突击队队员鲍勃·哈沃德对他敬礼，并陪同他进行访问。在离开马扎里沙里夫后，布朗将军在坎大哈接受了福克斯中将的致敬，他们巡视了当地，并且拜访了第5特战群的人员。在作战中，海豹突击队和陆军特种部队经常在战场上携手工作。（图片来源：美国特种作战司令部）

战结束后，海军特种作战部队还没有如此高频率地参与战斗。越战后的岁月中，海军特种作战部队在格林纳达、巴拿马和波斯尼亚参与了一系列地区性作战行动。

1990年，伊拉克向科威特发动进攻，美国试图将伊拉克部队驱逐出去，从而恢复科威特政府的统治，而海豹突击队是第一批进入该地区的部队之一。

除了伊拉克和阿富汗，海豹突击队以及其他海军特种作战部队还会向欧洲、太平洋以及拉丁美洲战区进行日常部署。在每一个地理区域，海豹突击队、特战快艇部队及其保障部门会与美国常规部队合作，与盟军一道进行演习和作战。

无论在和平时期还是战争时期，海军特种作战部队都会按照精确的标准进行训练，为分配给自己的作战任务做好准备。目前有大量出版物描述特种作战行动和任务，有的是官方出版的，有的是联合出版的，还有的是军方出版的，其中最精炼的定义来自海军少将威廉·H. 麦克莱文，他在1996年出版的《特种作战：特种作战案例研究理论与实践》中写得最为直接：“特种作战是由经过特种训练、由特种装备武装起来并接受特种保障的部队执行的作战任务，这种作战行动往往是出于政治或军事目的对一些特定目标进行破坏、爆破或营救（在一些人质营救案例中）。”

上图：在夜视仪拍摄的照片中，几名海豹突击队队员在夜色中占领了一处海滩，等待着其他队员前来。他们正在发起一次海滩攻击行动。（图片来源：格雷格·E.马蒂逊/海军特种作战出版有限公司）

尤其是这一句“经过特种训练、由特种装备武装起来并接受特种保障”，说明了有效支撑起特种部队和海军特种作战部队的背后因素。在全球海军特种作战部队的作业中，在作战部队层面上，作战技能的磨炼是非常关键的组成部分。训练、训练、训练，无休止的训练，还有几乎永不厌倦的挑战。海豹突击队、海豹输送艇大队和特种舟艇部队在本土和海外参加训练演习。他们还要在本国海域和海外参与海军舰队的演习。他们也经常在海外与盟军一道进行训练与作战。自从“9·11”事件之后，很大比例的行动其实是真正的作战或其他特种行动。通常情况下，训练是一个为期两年的过程：每个阶段六个月，包括专业发展、单位水平训练、中队互相协调训练以及海外部署——上述训练过程主要用来保障在伊拉克和阿富汗的军事行动。

对于海员来说，首先要完成专业发展阶段：请假、进入技术学校、参加个人专业课程，这些课程中的一部分由位于科罗纳多的高级训练司令部及其分支提供。在这一阶段后，海豹突击队、海豹输送艇大队以及特种舟艇部队的单个分队都要接受单位级别训练，这种训练更强调分队的演练和海军特种作战部队特定作战技能。比如，海豹突击队的人员会磨炼自己在各方面的技能，包括空降行动、水下潜泳以及个人及乘员所使用的武器、小组战术（伏击、巡逻、快速反应训练）、通信和爆破。

海军特种作战部队要在海外地区花费大量时间来实施这种训练。这也意味着他们在很多时间里无法陪伴在家人身边，这还没有算驻留时间，也就是用来平衡对外部署与在本土驻守的时间。与爱人分开，是海军特种作战部队日常生活的一部分。不幸的是，科罗纳多和利特尔克里克没有射击场和可供训练用的某些地形，因此，海豹突击队往往不得不离开基地去其他地方进行实战训练。在加利福尼亚州的尼兰，有一座训练设施，内部设有沙漠训练环境；

而在加利福尼亚州的巧克力山则有射击场。东海岸的海豹突击队则向北前往弗吉尼亚州的 A.P. 希尔堡，那里有训练场和演练区域。在西海岸，海豹突击队使用的是加利福尼亚圣克利门蒂岛上的射击场，当然前提是岛上没有海豹突击队基本水下爆破训练班在训练。

为了帮助部队确定他们进行训练是为了获取哪些能力，要首先精确地确认某些信息。首先，鉴于目前全球反恐战争的重要性，来自伊拉克和阿富汗的信息对于部署前的训练而言是非常关键的。单位级别训练吸取了部队在战场和行动中“学到的教训”，并分享给所有战士。为了有利于学习，海军特战分队建立了训练分支，指导各作战排，指导的内容包括战术、现有作战技能以及在预计要执行任务的区域内，需要贯彻哪些工作原则。无论是海豹突击队、海豹输送艇大队，还是特种舟艇部队，每个分队都会拿到一份“完成任务所需的基本训练课目”，来帮助他们完成上述任务。随着新技术的引入和出现新分配的任务，“完成任务所需的基本训练课目”会进行常规更新。后面我们会讨论一些有代表性的“完成任务所需的基本训练课目”。现在让我们来看看集团训练分遣队。

海豹突击队一直有着严格的训练规范，使得新兵能够

左图：在“沙漠盾牌”和“沙漠风暴”行动中，海豹突击队负责训练科威特特种部队。他们在科威特设立海军特种行动集群，与流亡的科威特海军一道工作。运用这些新型的潜水、游泳和作战技能，这些“科威特的海豹突击队”参与了许多作战行动，比如解放自己祖国的首都。图片中是一些科威特战士在科威特城外路过燃烧的油田。（图片来源：格雷格 · E. 马蒂逊 / 海军特种作战出版有限公司）

上图：在阿富汗的前沿作战基地中（FOB），除了美军和特种部队，还驻扎着多国部队。这群人正在打点行装飞离这座偏远的前沿作战基地。（图片来源：戴维·加特利）

下图：海豹突击队沿着科威特的海岸线执行特种侦察任务，以帮助盟军进行地面作战。当盟军的地面作战开始后，海豹突击队游上海岸并且安放了一系列爆炸装置。在这些爆炸装置被引爆的同时，特种舟艇部队的机枪也开始吐出火舌，伊拉克守军以为盟军的两栖登陆即将开始，于是将兵力抽调过来守卫海滩。不料，美国海军陆战队却从陆地发动进攻，而不是海上，上述战略使得美国海军陆战队并没有遭受到太多兵力的抵抗。照片里，美国军队开始搭乘飞机来到科威特机场，在他们四周都是燃烧的油井和溃逃的伊拉克部队。（图片来源：格雷格·E. 马蒂逊/海军特种作战出版有限公司）

迅速成长，可以被编入“作战排”。

在 20 世纪 60 年代，分队训练部门负责传达这些信息，并根据各个作战排的训练进度指导其训练。在向越南部署前，训练中特别强调小组战术、武器熟练运用以及射击、夜间巡逻、秘密舟艇渗透技术和伏击圈设置。这种部署前的训练通常会持续 6 ~ 8 个星期，此外，各分队还要执行其他测试性任务，才能完成一次成功的战斗部署。这样一来，回到家里待着的时间就很少了。作战排在再次乘船去海外进行部署前，通常会获得六个月的回家时间。一种经常被提及的说法是，在前往越南前和离开越南后，海豹突击队的队员们都发现彼此最多能碰头一到两次，然后就再无相见的机会。现在由于长期被部署到伊拉克和阿富汗，部队士兵又一次感受到上述痛苦。于是司令部强调并注意两年的训练－部署周期，一些士兵还是发现他们部署的次数要比别人多得多，他们经常要被部署到伊拉克和阿富汗数次，现在这种本应被视为“非常规”的做法已经成为一种规矩，而不是例外。

上图：与美军一同接受训练的阿富汗常规军，在一些作战任务中他们会充当翻译和向导。在多国联军位于巴基斯坦山区一个基地的看守塔哨里，他们盘查所有试图进入基地的人。（图片来源：戴维 · 加特利）

战争间歇的时光

对于海军特种作战部队而言，“战争间歇的时光”只是一个相对的概念。在不再直接介入越南战争之后，海豹突击队和特种舟艇部队还是参与了美国每一次的作战行动。对于越战之后的水下爆破大队而言，与两栖部队一道进行海外部署成为一种常态——1983 年水下爆破大队被重组为海豹突击队及海豹输送艇大队，那之后海豹突击队就经常与两栖部队一道进行海外部署。在格林纳达，海豹突击队第 4 分队作战排就曾经在大部队发动进攻前执行过侦察任务，来帮助两栖部队的指挥官完成使命。这也是海豹突击队最后一次为两栖部队直接服务。1987 年，美国特种作战司令部成立，海豹突击队从海军的指挥链中转移到美国特种作战司令部麾下，并且参与了在巴拿马的军事行动和在伊拉克的“沙漠风暴”行动，并在海地、波斯尼亚以及科威特大显身手。

下图：海豹突击队的日常工作之一就是在战术上训练外国部队，使得后者能够自己保卫自己的祖国，并且根据从海豹突击队那里学到的技能来训练本国的军队。（图片来源：美国国防部）

上图：海军上将雷顿·史密斯（外号“讨厌鬼”）曾在波黑担任波黑和平协议执行部队司令官，其间他在波斯尼亚的“鹰巢”接受海豹突击队的行政保护。（图片来源：格雷格·E.马蒂逊/海军特种作战出版有限公司）

左上图：在费卢杰由联军和伊拉克军队构筑的警戒区内，来自海豹突击队第3分队和第8分队的队员进行掩护射击训练。（图片来源：美国海军一等大众传媒摄影师阿龙·彼得森）

“9·11”事件之后，他们又被部署到伊拉克和阿富汗，他们至今仍活跃在那里，在可以预见的将来，仍将担负重任。本书受篇幅所限，不能深入分析这些作战行动，但粗略的概述就可以让人们领略到这么多年来，海军特种作战部队是如何一次次参与保卫国家的战斗的。

1987年，海豹突击队执行了一次重大的海上任务——“真诚意志”行动，也就是在波斯湾上保护中立国的油轮。当时伊朗在波斯湾上攻击中立国油轮，而海豹突击队的任务是挫败伊朗的企图。根据一本美国特种作战司令部的历史书所说：“为了阻止这些攻击，美国需要向波斯湾北部派出侦察和巡逻部队。而特种部队包括陆军直升机部队、海豹突击队以及特种舟艇部队，他们拥有训练最为有素的人员以及最为精良的装备，可以用来监控敌人的活动，尤其是当伊朗人在夜晚执行其任务时。吃水较浅的巡逻艇可以在未扫过雷的水域中行驶。”为了完成此次特种作战任务，两艘石油服务驳船——“大力士”号和“温布朗6”号经过改造并被派驻到波斯湾北部。每艘这样的移动海上基地可以容纳150人、10艘战斗艇和3架直升机。在海军水面舰艇部队的支援下，这些前沿海上基地追踪伊朗军舰，阻止其布雷行动，甚至击沉了数艘军舰。除了上述驳船，海军特种部队还从一些行驶到更为南面的水面舰艇上出发，攻击伊朗的石油平台。1989年，特种

右图：在加勒比海上，海豹突击队第 2 分队从一艘正在行驶的潜水艇的甲板上释放战斗突击橡皮艇，他们正在进行一次有关海豹输送艇的训练。（图片来源：安德鲁 · 迈克卡斯基 / 美国海军）

部队不再参与“真诚意志”行动。此时，海军已经安全护送了 259 艘船只通过波斯湾。

就在“真诚意志”行动偃旗息鼓之际，美国特种作战司令部准备执行“正义事业”行动，对付巴拿马强人曼纽尔 · 诺列加。各类特种部队几乎悉数出动：陆军特种部队和游骑兵、空军的空中突击队以及海军的海豹突击队和特战快艇部队。这次行动的主要任务是抓捕诺列加并使巴拿马的国防力量瘫痪。作战中，海军特战分遣队被作为总体联合特混部队的一部分分配给了“白色特混部队”，包括了海豹突击队和特战快艇部队。所有的海军特战分遣队根据各自的出发行动时间被分成四个任务组。最大的一个任务组被分配去夺取帕提拉机场，另一个任务组被派去袭击一艘巴拿马的巡逻艇，剩下的两个任务组则被用来警戒巴拿马运河通向大西洋和太平洋的两个入口。

12 月 19 日晚 11 点，第一任务组从罗德曼海军基地出发，前往巴尔博亚港，对巴拿马国防军的“珀拉斯总统”号巡逻艇执行水下爆破攻击。

海豹突击队的一对蛙人从一艘“佐迪亚克”战斗突击橡皮艇的一边跳入水中，使用纯氧封闭式（无水泡）自主水下呼吸器开始执行这次攻击任务。他们将爆破背包放在巡逻艇的传动轴上，任务成功后安然撤离。这次袭击也是海豹突击队首次在实战中对船只进行水下爆破攻击，此前在队内他们会进行相关的常规演练。

“帕提拉任务组”在深夜 12:45 分登岸，但由于在城市的其他地方发生了交火，因此“帕提拉任务组”没能达成战术上的突然性。海豹突击队向机场塔台行进，途中遇上守备部队的一名成员，一番言语交谈后爆发枪战，8 名海豹突击队队员受伤，其中 4 人后来伤重不治。到凌晨 2 点，整个机场被拿下，开始进行医疗疏散。海豹突击队在帕提拉机场坚守了超过一天，直到 12 月 21 日陆军游骑兵部队来接替他们。

1990 年到 1991 年的“沙漠盾牌”和“沙漠风暴”行动是海军特种作战部队参与的重大军事作战行动。1990 年 8 月 2 日，伊拉克入侵科威特，并且威胁沙特阿拉伯。（这块区域归属中央特战司令部管辖。）8 月 10 日，中央特战司令部被部署到沙特阿拉伯，一同被部署到当地的还有包含海军特战第 1 分队的海军特战分遣队。海豹突击队一抵达沙特，就负责训练该国要参与联合作战的武装部队。半年后，向伊拉克北部发动攻击的联合部队才建立起来。根据美国特种作战司令部的报告，海豹突击队为沙特训练出三支突击队，用于执行海上特种作战，特种舟艇部队也与沙特的舟艇艇员一起工作。根据中央司令部的战略计划，海豹突击队在正式进攻打响前的一日执行了一次海滩侦察任务，将定时引爆的炸弹放在水中来吸引敌人的注意力。这种“假动作”使得伊拉克的指挥层认为美国海军陆战队马上就要执行两栖登陆，而实际情况却是，美军的主要入侵是从东南方向发动的，犹如一记“左勾拳”。

特种部队和海军特种作战部队所参与的其他作战行动归纳如下：

- “恢复希望”行动（1992 – 1995 年）——索马里救援行动，电影《黑鹰坠落》就是根据这一真实事迹改编。
- “支持民主”行动（1994 – 1995 年）——海地。
- “联合努力”行动（1995 – 1996 年）——波斯尼亚—黑塞哥维那，“联合部队行动”是该行动的一部分。
- “提供舒适”行动（1991 年）——伊拉克，保护库尔德人。
- “聚焦救援”行动、“银色铁砧”行动、“确保回复”行动、“阴影快车”行动、“银色觉醒”行动、“高贵废墟”行动、“坚定回应”行动以及其他一系列行动，都代表了美军在全球执行的一系列人道主义救援部署行动。最好的例子包括特种部队在海啸中和在卡特里娜飓风中参与的救援行动。

读者们读到这里，可以发现特种部队和海军特种作战部队是全职工作。前面我们说过，各作战排感觉他们彼此之间只是碰面一到两次，然后便再不相见，就如同他们在越南战争中的感觉一样。

在今天的作战环境下，很少可以看到一整支分队都出现在本土基地内。可以毫不夸张地说，一些队友要在几年后才会再度相见！但他们中所有人的受训都是在同一个任务的指引下，在同一种条件以及同一个标准下进行的，并且准备去接受完成任务所需的基本训练课目，这也是我们现在要谈及的。

左图：一名海豹突击队队员拿着5.56毫米口径的M4卡宾枪，这种卡宾枪配备了骑士军备公司的模块化武器系统。他正在参加名为“沙漠营救X1”的演习，演练营救一名被击落飞机的飞行员，照片中的他正大声指挥手下行动。这是一次重要的搜救训练演习，美国军方所有部门都要参加，并且在内华达州法伦海军航空基地内的多个射击场内举行。（图片来源：美国空军上士阿龙·阿尔蒙二世）

完成任务所需的基本训练课目

机密文件“完成任务所需的基本训练课目”列举了海军特种作战部队所要接受的完成任务所需的基本训练课目。“完成任务所需的基本训练课目”为单位级别训练设定了一条基准线。它详细说明了训练课程、条件和标准。这些标准定义了应当如何进行工作、训练中的所有条件、完成的水平。比如，不能在飓风中进行海滩上的水文侦察，当然不要用这个例子过度解释上述定义。同样地，伞降兵力投送只能在一定的天气条件下进行。小艇行动也只能在天气条件允许的情况下进行。而且，人类的耐受力也要考虑，就如同我们一贯的做法一样，尤其是在极地的寒冷天气条件下。在用照片来说明许多技能和软硬件的同时，下面举出几个“完成任务所需的基本训练课目”中的例子，让我们从中领略一下各特种部队是如何根据不同的任务来接受训练的。

从历史的背景来看，最为基础的任务是水文侦察。从1943年起，这就是基本训练科目的一部分，也是太平洋水下爆破大队成立的理由。在每次重大的两栖登陆作战行动开始前，都要进行水文侦察。

上图：在高级室内近距离作战课程中，海豹突击队队员训练伊拉克部队的侦察兵搜集情报。（图片来源：美国海军一等大众传媒摄影师阿龙·彼得森）

海豹突击队可以运用一系列新的技术手段来探测外海通往海滩登陆场的道路，这些新的技术手段包括卫星侦察、无人机高空鸟瞰、有人驾驶飞机侦察以及从水下潜艇上释放的海豹输送艇的探查。根据任务要求，所有的气候因素都必须被考虑在内——潮流、温度、月光、潮汐、海况、内陆地区的建筑情况、海滩坡度（事实上由侦察部队进行判定）以及其他。而且，我们别忘了还要侦察的海滩正面的长度——侦察更长的海滩需要更多人。如果一个海军陆战师要进行“侵入海滩”登陆，那就必须用 100 名蛙人事先对海滩进行勘察。

朝鲜战争期间，海豹突击队开始执行另一项重要任务：内陆爆破突袭。要执行这种任务，首先必须从海滩登陆区域（或仅仅是一个从海洋通往内陆的出发点）出发，鉴别内陆目标。内陆爆破突袭也衍生出其他任务，比如：小组战术、伏击、人员抓捕、俘虏营救以及拦截敌对船只或人员。“完成任务所需的基本训练课目”需要海豹突击队获得陆上作战技能，包括轻武器训练，完全了解各种炸药、手雷，避免落入竹签陷阱以及巡逻军手里。所有这些技能都将在“完成任务所需的基本训练课目”中出现。当然，在进行训练的过程中，人体极限也会被考虑在内，比如一支部队能够执行多长时间的任务——以小时或天计算，所需要的外部保障的数量、是否需要联合加强武器的帮助（比如，近距离空中支援、根据呼叫启动的海军火力保障以及必要时的炮兵支援）以及其他作战支援。在“完成任务所需的基本训练课目”中，还标明了为控制所有的支援保障所必备的通信设施及手段，呼叫火力的能力（控制飞机，呼叫海军、陆军或海军陆战队的炮火支援）是一项基本素质。所有这些能力都在“完成任务所需的基本训练课目”中标明，并标明必须达到的有效标准。比如，在海豹突击队一个作战排中，至少要有一名成员去学习火力支援。特定的技能以及通信流程是标准化的，并且是联合武装专业技能的一部分。

在单位级别训练中，海豹突击队和海豹输送艇大队的各作战排必须在小组战术和陆地作战方面表现出合格的水准，在稍后进行的重要战场中队合练中也是如此，再之后，他们就要被派往海外部署了。

要驾驶一艘海豹输送艇执行侦察和攻击舰艇的任务，一般而言先要在海中的潜艇里进行“锁出”动作，然后利用导航工具来到目标区域，执行完任务后回到在整个过程中都潜在水底的潜艇。这或许也是海豹突击队所执行的最为艰难的任务，没有“之一”。海豹输送艇执行的任务可以最多持续八个小时。执行这些水下任务需要非常高超的技术能力。被分配担任海豹输送艇操作员的人将领取额外的高危任务津贴。他们要在数个正式学院内受训，并且在水底度过无数个小时，以磨炼自己的驾驶和导航技能。“完成任务所需的基本训练课目”和其他训练课程清单一样，讲求气候和地理条件，如海况、海流、潮汐、月光（在夜间，海豹突击队上浮需要光亮），和其他战术和区域因素。在这里，可以说海豹输送艇“完成任务所需的基本训练课目”技术含量高，极富挑战性。

所有的特战快艇艇员都要经过正规训练才能成为特种舟艇部队的成员。他们的任务主要是在海岸和河流区域中投送、撤出海豹突击队队员。他们必须学会驾驶、维护他们的舟艇，学会通信，有时候还要操作武器进行进攻和防守。在越南战场上，特种舟艇部队成员经常与敌人进行激烈的交战，以掩护海豹突击队作战排或作战班撤退。在这些高度危险的行动中，高水平的作战能力对于成功完成任务至关重要。一份特定的“完成任务所需的基本训练课目”，会要求船员从一艘海面军舰上出发，秘密行驶到海豹突击队的渗透点，四处游荡（根据海豹突击队陆上行动的时间长度决定游荡多久），接回海豹突击队，然后回到母船。另一份特战快艇部队的“完成任务所需的基本训练课目”，则要求队员在海岸进行巡逻并且拦截敌军的小型舟艇。然而，在更多情况下，特种舟艇部队的舟艇被用来直接支援海豹突击队的作战排或小分队。

在特种舟艇的演化中，海豹突击队和特战快艇部队的舰艇是什么样子，我们已经通过了许多照片来说明。而所有特种舟艇的演化都有“完成任务所需的基本训练课目”的支撑保障。篇幅所限，我们不能介绍海军特种作战部队的每一项作战潜质，但可以这么说，所有海豹突击队以及特战快艇部队只有根据“完成任务所需的基本训练课目”接受完训练，并且证明自己符合相应的专业能力标准后，才能进行部署。上述标准并非一成不变，他们会根据海外战场上学来的经验教训以及战区中不断演化的任务，来不断评估这些标准。我们这里所讨论的几个“完成任务所需的基本训练课目”只是部分例子，每个特定的分队有数份“完成任务所需的基本训练课目”，各分队可以对这份清单进行解释，但这支分队也必须根据这份清单来证明自己能够胜任任务，然后才能进行部署。根据“完成任务所需的基本训练课目”，每个士兵要在专业发展阶段掌握必要的技能，这些技能的获得可以是在正式的学校内（比如火力支援），也可以是在各分队内部通过战友间的传授。大部分技能要在单位级别训练中展示，也要在中队聚合训练中进行展示，在中队聚合训练中，将要进行部署的海豹突击队指挥官将指挥所有的部署部队，接下来就让我们来看一看。

中队部署

海军特种作战部队一般情况下会被部署到基地位于海外的海军特种作战分遣队中去，其驻扎地如下：第 1 分遣队位于关岛；第 2 分遣队位于德国的斯图加特；第 3 分遣队位于巴林；第 4 分遣队位于弗吉尼亚的利特尔克里克；

下图：一架美国空军 HH-60G“铺路爪”直升机为进行人员疏散而降落，同时一名海豹突击队队员呼叫更多的空中支援。他们正在进行一次“非战斗疏散”行动训练，这是“沙漠营救 X1”行动的一部分。这是一次重要的搜救训练演习，美国军方所有部门都要参加，并且在内华达州法伦海军航空基地内的多个射击场内举行。（图片来源：美国空军技术军士斯科特·里德）

第 10 分遣队位于德国的斯图加特。

每个分遣队都向一个“战区特种作战司令部”（TSOC）汇报，后者总领该区域内海军特种作战部队的行动。在战时，战区特种作战司令部将初步建立一支或多支的“联合特种作战特混部队”，组织其作战行动和保障。作战区域从基地到亚热带地区，从阿富汗一万英尺高的雪山，到印尼、马来西亚和菲律宾的丛林。作战训练内容根据作战区域的气候条件而有所不同，而在战区若想有效执行任务，适当的准备也必不可少。这种适应过程并不容易。比如，在越南战争中，海豹突击队不得不从圣迭戈 72 华氏度的气候条件下前往越南战场超过 90 华氏度的环境中；如果

右图：一名海豹突击队军官戴着夜视镜，拿着配有全套装备的 M-4 冲锋枪，站在他的防地雷反伏击车前，准备前往伊拉克的一座城镇执行任务。（图片来源：格雷格·E. 马蒂逊 / 海军特种作战出版有限公司）

在夏季从美国东海岸出发，则可能相对容易一些，那里的气温和湿度都与东南亚更为接近。但向西进入中央司令部位于中东的管辖区，对于许多人来说仍然是艰难的，身体条件极好的海豹突击队队员也不例外。

除了正在进行的伊拉克和阿富汗的作战行动，海军特种作战中队还要向前面提到的地区进行部署。训练一天 24 小时、一周 7 天不曾间断。中队要与其他特战部队进行联合行动，并且与东道国的同行进行联合行动。在欧洲战区，中队人员与德国、英国、西班牙、法国和意大利的同行进行联合演习，“增强来自欧洲和来自其他地区的伙伴，尤其是北约伙伴的能力，它们将帮助我们在伊拉克、阿富汗和非洲进行联合行动”。东海岸各分队在非洲大撒哈拉地区工作，宗旨是“使得撒哈拉沙漠与萨赫勒地区不再成为恐怖分子、恐怖分子网络以及直接或间接支持恐怖分子网络的犯罪活动的避难所”。

海豹突击队和特战快艇部队还经常与泰国、菲律宾、澳大利亚等西太平洋国家的同行进行训练。联合演习的代号也非常有异国情调：在菲律宾，代号“肩并肩”；在澳大利亚，代号“护身军刀”；在泰国，代号“金色眼镜蛇”；在韩国，代号“乙支透镜”和“鹞鹰”。

除了这些，被部署的中队还要一直进行日常的小型联合演练。目前在菲律宾，海豹突击队正训练菲律宾武装部队对付来自南部岛屿上的伊斯兰叛军。最新的作战发生在棉兰老岛和三宝颜。在战斗中，海豹突击队向菲律宾警察部队和政府机构提供建议。

必须谨记于心的一点是，许多海军特种作战部队部署到海外后，不会去直接参与在伊拉克和阿富汗的作战，他们会以作战轮替的方式在战区进进出出。这次部署可能会去菲律宾，下次则可能会去中东。事实上，所有海豹突击队参加全球反恐战争时几乎很少得到休息。一般和平时期的轮替每两年发生一次，但在目前正进入第二个十年的反恐战争中，人员部署了6～8个月后回到本土，然后花一年进入学院深造，并接受训练准备下一次部署。在越南战争中，这种部署方式有一个称呼——“左舷和右舷之间的轮替”。这没有多少有趣之处，对军人的家庭来说甚至很残忍，直到目前都看不到缓解的迹象，也就是说还看不到曙光。军人家属们十分艰难，无论怎么说都不过分，而国家媒体对这一事实关注得却不够。

“9·11”后的全球反恐作战

全球反恐作战已经在很大程度上决定了海军特种作战部队的训练重心，事实上也决定了所有特种部队的训练重心。2001年9月11日恐怖分子发动袭击后，特种部队开始收拾行囊。在阿富汗发动的军事行动代号为“持久自由”，在地域上归属中央司令部及其组成部分——中央特战司令部管辖，后者由海军少将伯特·M.卡兰（外号“贝尔特”）统辖，这是一名海豹突击队老兵。关于这次作战行动，已经有了很多文字来描写，一本图集的篇幅有限，我们无法进行长篇分析。概括地说，“持久自由”行动是一次联合作战——包括陆军、空军、海军、海军陆战队和其他政府机构，连中情局都参与了，中情局战场探员的工作成效是历史性的、非常出色的。阿富汗的塔利班向本·拉登提供训练设施和避难所，所以成为美军的头号打击目标。这个恐怖头子向整个西方宣战。在成功地逃避了美军数年后，本·拉登最终还是被发现了，2011年5月1日，海豹突击队发动了一次大胆的越境行动，在巴基斯坦击毙了他。本·拉登是一个影子组织——“基地”的头目，他主使了几次针对欧美国家及其驻外使馆的血腥袭击。这个组织被阿富汗的塔利班保护了起来，因此，阿富汗被列为美军报复性打击的头号目标。根据美国特种作战司令部的历史书所说：“利用当地的反塔利班部队将削弱塔利班的合法性，并且增强人们的一个印象：这场战争其实是阿富汗人之间的战争，而不是美国领导的、针对阿富汗和伊斯兰世界的战争。2001 年 9 月，反对塔利班的叛乱者只剩下陷入重重包围的北方联盟，他们只控制了 10% 的阿富汗领土。”这种说法设定了一种战略，但丝毫没有降低特种部队的参与程度，事实上，在整个作战行动中，特种部队的作用是领导性的。基本上，中央特战司令部将阿富汗分成南方和北方两个作战区。陆军特种部队负责北作战区，海军特种作战部队负责南作战区。

陆军向北方联盟提供了许多建议，而陆军特种部队和

左图：罗伯特 · 哈沃德上校（左）获得“总统团队表彰奖”，伯特 · M. 卡兰海军中将（右）予以表彰。二人中，前者是海军特战第 1 分队司令兼“卡 – 巴特混部队”司令。乔治 · W. 布什总统在位于米拉马尔的海军陆战队航空基地做简短的逗留，并且将奖项颁发给哈沃德，祝贺部队出色地完成了任务。（图片来源：摄影二级军士长埃里克 · S. 洛格斯登）

海军特种作战部队都依赖空军作战控制部队来获得空中支援。在这里，我们要向陆军、空军和中情局的作战人员致敬，接下来本书还是主要聚焦于海军特种作战部队。

海军特种作战部队参与联合特种作战特混部队的那部分，被组织成所谓的“卡－巴特混部队”，“卡－巴”是二战中蛙人携带的一种军用匕首。这支部队于2001年11月22日在阿富汗成立，指挥官是海军特战第1分队的指挥官罗伯特·哈沃德上校，一开始驻扎于莱诺海军陆战队军营，不久便转移到坎大哈机场，并且在整个阿富汗南部协调特种作战行动。“卡－巴特混部队”是一支混合部队，还有来自丹麦、德国以及挪威等欧洲国家的部队，以及来自澳大利亚、加拿大和新西兰的部队。有意思的是，这也是二战后德国军队首次在境外的部署。美国的分遣部队包括来自空军特种作战司令部的第720特种战术集群，来自陆军特种作战司令部的第5特种部队（空降）集群，稍后又涵盖了一个海军陆战队连。

“卡－巴特混部队”在2002年1月策划了一次直接的行动任务，其首要目标瞄准了阿富汗南部帕克蒂亚省查

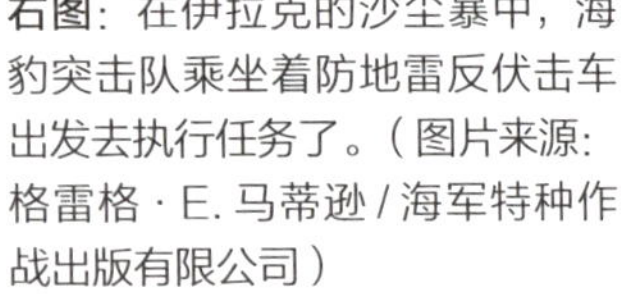
右图：在伊拉克的沙尘暴中，海豹突击队乘坐着防地雷反伏击车出发去执行任务了。（图片来源：格雷格·E. 马蒂逊/海军特种作战出版有限公司）

湾克利一个大型的洞窟群落。哈沃德原来预计侦察会进行几个小时，但事实上行动持续了八天之久。行动结束后，几千吨的军火和情报文件准备就绪。为了摧毁这个洞窟群落，总共耗费了40万磅的弹药。行动中击毙了几名塔利班分子。（有关“卡－巴特混部队”行动的深度报道，可以参见迪克·库奇于2005年出版的《向着弹着点》。）

在阿富汗与巴基斯坦边境地带，“卡－巴特混部队”执行了42次特种侦察任务和23次直接行动，这还不算与陆军一道执行的“蟒蛇”行动。“蟒蛇”行动发生在2002年3月，当时美军和阿富汗当地部队联手在祖马特地区东南部的沙伊库特山谷和阿马山区试图摧毁“基地”组织和塔利班的部队。这也是阿富汗战区中首次有大规模美军常规部队参与直接作战活动。

“卡－巴特混部队”执行的许多任务都发生在海拔超过一万英尺的崎岖山地中，而他们通常的作战区域是沿海地区，两种地形有很大区别。海豹突击队证明了自己也是强悍的山地战士。

伊拉克自由行动

在作战阶段开始之前，海豹突击队就已经深入地参与到行动中了。就在伊拉克自由行动打响第一枪的几天前，海豹突击队对伊拉克南部巴士拉的阿巴克和阿马亚离岸石油平台进行了一次秘密侦察。一队海豹输送艇的乘员接近石油平台，释放了“马克8型”海豹输送艇，来到石油平台附近，上浮拍摄石油平台的照片。整个行动一气呵成，海豹输送艇随即回到了其在海面上的母船上，那是一艘由美国海军租借来的澳大利亚产高速穿浪双体运输舰“联合

上图：2003 年伊拉克自由行动开始阶段颁发的纪念币（正面）。（图片来源：戴维 · 加特利）

冒险”号。美国特种作战司令部历史书将此次任务概括如下：

2003 年 3 月 20 日，一支由海豹突击队、英国第 40 突击旅以及波兰特种部队组成的海军特种作战特混大队（NSWTG），执行了伊拉克自由行动中规模最大的直接行动之一。这次行动的目的，是同时控制阿巴克和阿马亚两座离岸石油平台，并且夺取两座石油平台位于岸上的保障阀门以及位于法奥半岛上的测量及多用途工作站。如果能够在伊拉克军队之前控制住这些目标，以免其被伊军损坏，则海军特种作战特混大队就算是阻止了一次环境灾难的发生，并且保存了南伊拉克唯一的石油出口能力。

此次行动的重要性不能低估，因为萨达姆·侯赛因曾经在科威特的油井里放火。同样地，这次行动也凸显出海豹输送艇的独特作用。在开战之夜，海豹突击队和特战快艇部队乘坐 11 米长的刚性充气艇进行渗透，接近并登上阿巴克离岸石油平台终端，而波兰特种部队则拿下了阿马亚离岸石油平台，海豹突击队其他部队则拿下岸上油站。这些设施后来交由英国海军陆战队把守。

随着盟军部队向北挺进巴格达，特种部队跑在美国陆军和海军陆战队的前面，进行战略侦察，支持后者执行作战行动。2003 年年中，美军攻占巴格达，海豹突击队仍然继续展开常规行动打击阿拉伯复兴社会党的巢穴。

此外，海豹突击队还被分配去保护伊拉克高级官员的安全。

结论

本章中所讨论的、有代表性的演习行动也都不是一成不变的。它们会随着情况的变化而变化。随着世界局势的变化，海军特种作战部队依然是一支富有弹性的海上特种作战力量。海豹突击队和海豹输送艇大队的代表——战斗蛙人已经存在了差不多70年了，在反恐战争中他们将继续成为英勇的楷模。在特种舟艇部队和一直在扩大的技术保障部队（包括移动通信部队、行动保障部队、后勤支援部队、嵌入各分队的技术人员）的支援下，海豹突击队和特战快艇部队将继续充当美国特种作战司令部的“枪口”，并且与其他特种部队一起保卫美国的国家安全。

下图：日落时，在前沿作战基地内，海军特种作战部队人员和海豹突击队队员们立正看着美国国旗降落。（图片来源：格雷格·E.马蒂逊 / 海军特种作战出版有限公司）

用夜视装备拍摄的“海狮”泊位。一般公众很少知道的是，“海狮2”目前在作战时由海军特战第4分队控制，该分队驻扎于弗吉尼亚州利特尔克里克的海军两栖基地。这种舟艇由海军水面作战中心（NSWC）下属卡德洛克战斗艇分部设计，并由俄勒冈钢铁工程股份有限公司下属位于摩根敦的方位有限公司建造，而WV公司负责电子系统的整合。海军特战第4分队正在对这种舟艇进行测试，以使其能够充当秘密投送和撤出特种部队的平台。“海狮2”是一种高速、难以被发现、雷达难以识别的舟艇，可以在海岸地带行驶。它可以装载不特定数量的海豹突击队队员和模块化任务载荷。它拥有一整套尖端的电子设施。（图片来源：格雷格·E.马蒂逊/海军特种作战出版有限公司）

第十三章

研究与开发

美国海军海豹突击队退役少将
乔治·沃辛顿

第十三章

研究与开发

美国海军海豹突击队退役少将　乔治·沃辛顿

下图："海狮"是在海军海洋系统司令部（NAVSEA）未来概念与水面舰艇设计集团（SEA 05D1）指导下进行的技术验证工程，而"海狮2"目前在作战时由海军特战第4分队控制，该分队驻扎于弗吉尼亚州利特尔克里克的海军两栖基地。这种舟艇由海军水面作战中心（NSWC）下属卡德洛克战斗艇分部设计，由俄勒冈钢铁工程股份有限公司下属位于摩根敦的方位有限公司建造，WV公司负责电子系统的整合。海军特战第4分队正在对这种舟艇进行测试，以使其能够充当秘密投送和撤出特种部队的平台。"海狮2"是一种高速、难以被发现、雷达难以识别的舟艇，可以在海岸地带行驶。它可以装载不特定数量的海豹突击队员和模块化任务载荷。它拥有一整套尖端的电子设施。（图片来源：格雷格·E. 马蒂逊/海军特种作战出版有限公司）

在海军特种作战部队里，获取装备和研发装备的概念令人着迷，这也是我们的海上作战行动从二战早期以来一直取得成功的因素之一。

二战后，美国战略情报局成立了最值得称道的负责研发和试验海上特种作战装备的组织。该组织是在战略情报局（美国政府在二战时专门成立的一个机构）、陆军-海军联合试验与测试委员会以及其海军爆破研究部队（成立于佛罗里达皮尔斯堡的两栖训练营，以支撑委员会的爆破计划）的框架内。在夏威夷的毛伊岛上，为了训练水下爆

左图：海豹突击队队员在黑暗中高速暴冲，车轮下是尘土飞扬、满是黄沙的小径。海豹突击队勇士还要接受训练以便熟练地使用这些轻型全地形车（LTATV），这种车可以比较方便地在一些战斗区域的窄径内行驶。每一名队员都要接受高级轻型全地形车训练课程，整个课程在莫哈韦沙漠上进行，这对他们而言是一种挑战，他们必须动用所掌握的全部技能去应对。在整个课程中，他们要学会修理车辆、对车辆进行导航，并且在白天和黑夜的行动中发现危险、解读危险。海豹突击队的战士选择了一种改进型车——川崎 Teryx 运动版休闲多功能车。这种车代替了原来的沙漠巡逻车，后者在体形上要大得多。这种车可以并排搭载二名海豹突击队队员及其装备。（图片来源：戴维 · 加特利）

破大队而成立的基地，被称作海军作战爆破训练与试验基地，它实际上很可能是水下爆破大队的一个假名。他们早期执行的几乎每一个行动都是一次试验，从中吸取的经验将被用于训练。

二战前，还没有人试验过爆破大规模的障碍物，但欧洲和太平洋的两栖作战规划者遇到了这个问题。从 1942 年晚期开始进行了一系列试验，地点是大西洋切萨皮克湾入海口附近的布拉德福德军营内的一处临时场所（现在位于利特尔克里克的联合出征基地）。

1942 年— 1943 年间的冬季，在那里试验爆破了许多种不同的障碍物。在上述工作的基础上，美国开始准备在佛罗里达州的皮尔斯堡建立一座永久性的研究和开发机构，于是，陆军 – 海军联合试验与测试委员会应运而生。

然而，创新并不仅仅在正规化的研发渠道中发生。哈根森背包很可能就是最早在战场上展现出强悍威力的发明，这是一种根据其发明者姓名——卡尔 · 哈根森中尉命名的简易爆破装置。卡尔 · 哈根森是海军作战爆破队第 30 分队的一名排长，也是犹他红色海滩爆破聚会的一分子。

1943 年 11 月，第一支海军作战爆破队分队从皮尔斯堡出发，抵达英格兰，在那里继续接受训练，并且致力于爆破作业。他们与英国同行（联合行动试验机构，COEE）一道，获取了许多情报，从而知道了法国海岸线上都已经布置了哪些障碍物。在所有被提及的障碍物中，盟军最关注的是所谓的“C元素”，也被称为“比利时大门”。对于海军作战爆破队而言，这是一种全新的障碍物，海军作战爆破队花费了大量时间来决定摧毁它的最佳方法。

整个过程中最困难的部分无疑是炸药的安放，哈根森背包正是解决这一问题的利器，一个小型的帆布包里放了二磅的C-2炸药，这个帆布包可以被安装、安放在角钢上，无论这种角钢的尺寸是多少；也可以用一根绳子，或者经过特殊设计的V型槽钩来进行塑形。在“C元素”上经过精心挑选的位置，海军作战爆破队安放了至少16个帆布包，结果这座巨大的障碍物向内崩塌了。在D-day（盟军登陆诺曼底之日）中，哈根森背包成为海军作战爆破队的标准炸药，后来它经过完善成为标准的军用爆破包。

在太平洋战场上，水下爆破大队几乎什么事都要从零做起。1944年1月，水下爆破大队在夸贾林执行了第一次任务，水下爆破大队第1分队和第2分队一开始按照位于大西洋的海军作战爆破队的模式构建——他们不太像战斗蛙人，更像从橡皮艇上出发、向着海滩前进的、全副武装的爆破专家。

水下爆破大队第2分队实际上的任务是试用一种新型的、名叫“黄貂鱼”的无人艇。这个构想就是用一万磅炸

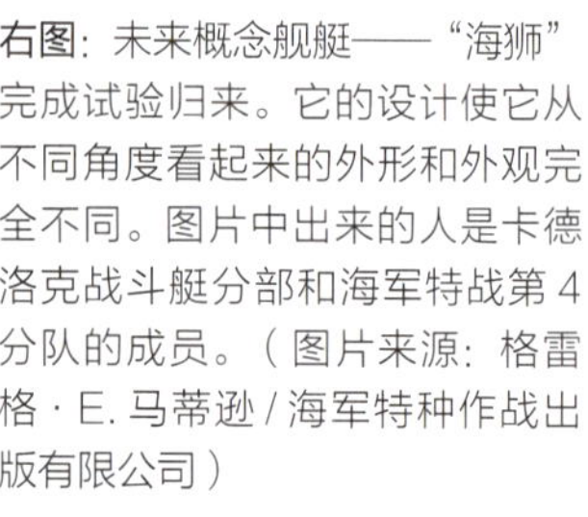

右图：未来概念舰艇——“海狮”完成试验归来。它的设计使它从不同角度看起来的外形和外观完全不同。图片中出来的人是卡德洛克战斗艇分部和海军特战第4分队的成员。（图片来源：格雷格·E.马蒂逊/海军特种作战出版有限公司）

药塞满一艘无人艇，再通过遥控使其撞向暗礁或障碍物，然后在那里通过遥控进行引爆。整个构想可能是很好的，但在实践中却遭遇到一次悲惨的失败，并且再也没有被使用过。

1944 年 8 月，准备对法国南部进行入侵的海军作战爆破队也获得了类似的装备，他们要在法国南部试验一种名为“尖端”的无人艇。两种无人艇都被试验过了：沃福思，一种可以发射火箭弹在水下爆破障碍物的爆破艇；雷迪鱼，一种鱼雷驱动的炸药，其设计目的也是在水下爆破障碍物。它们再次证明，由一个人携带爆破装置去爆破单个目标是唯一可靠的完成任务的方法。

上图：水下爆破大队成员率先试穿了保温服。照片中他们外面穿着干式防水服，里面穿着保暖内衣。蛙人从橡胶服的后面钻入，然后在蛙人的背面用一个夹子将橡胶服封闭起来。而在蛙人进入水中后，水压会压迫橡胶服中的多余空气，使其从橡胶服前面的减压阀排出。（图片来源：汤姆·霍金斯）

1944 年 6 月的塞班岛作战是水下爆破大队在夸贾林之后的第一个任务，也是第一次全面使用蛙人侦察手段。水下爆破大队开始意识到，必须将研发个人装备放在首要位置：包括面罩、蛙鞋、罗盘、水雷探测装置等。一些人在夸贾林开始试验水下护目镜，但后来还是要求研制能够把眼睛和鼻子都遮起来的潜水面罩。水下爆破大队也是第一批大规模使用面罩的部队之一。通过试验，他们还开始使用一种将人从水中回收到船上的方法——回收艇一直高速行进，然后开始使用“拖拽法”，船上一个人用一条“8”字形的橡皮软管一样的装置套住蛙人一条伸出来的胳膊，将其拖到还在全速行驶的艇上。

水下爆破大队的许多所谓“研发”并不是研发新的硬件，而是围绕作战战术和流程进行的创新和精炼。

在海上特种作战方面的许多物资或硬件创新都发生在战略情报局，他们执行的行动决定了他们需要相应的设备，使其能够欺骗敌人、攻击敌人、瓦解敌人的士气。发现几乎没有任何机构或组织愿意承担如此效益低却专业性强的工作，战略情报局的创始者多诺万将军开始在本组织内建立机构，来制造战略情报局执行秘密任务时所需要的工具。在战争结束时，战略情报局的工程师和工作人员已经建立

右图：迷你潜艇——“意大利猪”。水下爆破大队第 2 分队和第 4 分队的成员在切萨皮克湾试验意大利产的迷你潜艇。这张照片可能拍摄于 20 世纪 40 年代。（图片来源：汤姆 · 霍金斯）

了一系列实验室、工厂，专家们也参与进来，使得战略情报局在面对轴心国的对手时常常拥有技术优势。

特种作战和秘密情报机构经常希望研发机构和相关部门能够提供尖端技术装备。而研发机构也被证明精于发明武器和小型装备，并且能将盟军装备进行改装，使之适用于新的任务。战略情报局执行渗透和秘密破袭任务的数量越来越多，最终在战略情报局内部成立了一个独立的分支——海事连，它研发了特种舟艇、特种装备和特种炸药。海事连发明的装备还包括水下呼吸器、蛙鞋、面罩、推进式潜水器、防水手表和罗盘，以及充气式摩托冲浪板和一种两人皮艇。

海事连成立了美国第一支战斗蛙人部队，用来进行海上破袭战，而战后海军的水下爆破大队继承了这一做法。海事连开始使用兰博岑两栖呼吸器，这也是美国第一个被投入使用的自主式纯氧水下呼吸器，可以使得蛙人在水底秘密潜泳，而不会释放出泄露行踪的气泡。在 20 世纪 40 年代，非系留式或者说自主水下潜泳是一个模糊且还未经历过检验的概念。

战略情报局海事连的成员还试验了潜水器，他们也是这个国家第一批这么做的人。1943 年 6 月，法国人让・德拉・巴尔德内与战略情报局进行了接触，介绍了他的一项新设计——一种新型的“人类最早使用纤维玻璃制造的”单人潜水器。巴尔德内设计的潜水器在很多方面与英国的“战车”相似，搭乘潜水器的蛙人要佩戴呼吸器，其身体部分地浸泡在海水中。战略情报局海事连立刻认识到这种新型武器的多种应用前景，由于这种潜水器非常新奇，并且是供战斗蛙人集群使用，因此，海事连将其称作“玩具”。然而到了 1944 年，海事连发现“玩具”无法帮助他们达到目的，于是整个项目被放弃了。战略情报局海事连最终接受了英国人开发的微型潜水器——“睡美人”，并获取这种单人潜水器用于训练。后来，这种潜水器还和战略情报局海事连一起被部署到太平洋战区，在那里，微型潜水器被用来进行训练，为进攻日本本土做准备。对日战争结束后，战略情报局以及海事连于 1945 年 9 月解散，他们的大部分工作后来被战后的水下爆破大队接手。

在 1945 年到 1947 年的某一个时期里，水下爆破大队处于为生存而挣扎的阶段，二战结束后，他们只剩下为数极少的人员，和更加可怜的运作资金。当时水下爆破大队建立了 4 支分队，每支分队 50 人，两支分队驻扎在科罗纳多的海军两栖训练营，两支分队驻扎在位于利特尔克里克的海军两栖训练营。

20 世纪 40 年代晚期到朝鲜战争期间水下爆破大队的活动至今还有不为人知的地方，这是因为很少有资料写到这一段时间里的相关情况。弗朗西斯・道格拉斯・费恩少校是大西洋舰队水下爆破大队的指挥官，正是他站出来担起重任，成为那个时期最出色、最有进取心的革新者。费恩费尽心思，让自己和手下水下爆破大队的人出现在杂志上、报纸上、书籍上以及一切能让他们获得认可的地方，他随时随地都可以在大批观众面前发表演说。然而他最出色的业绩是让水下爆破大队的水下战力获得了扩充。他与克里斯蒂安·兰博岑博士合作，获得了极大的成功，后者完善了兰博岑两栖呼吸器以及二战中战略情报局海事连所使用的战斗蛙人战术。1948 年 2 月，在维尔京群岛的圣托马斯岛，费恩少校和兰博岑博士联手在“鲈鱼”号潜艇（舷号 SS-214）上进行了一次训练行动。这次行动标志着这两人将海事连的全套潜水能力“移植”到了水下爆破大队身上。1949 年 10 月，费恩少校、兰博岑博士和来自利特尔克里克的水下爆破大队的一支分遣队飞往圣托马斯，他们在“魁拜克号”（舷号 SS-424）潜艇上，使用“睡美人”袖珍潜艇进行了一次训练行动。用潜艇释放、回收微型潜水器，这在历史上是第一次。

对于水下爆破大队而言，这是里程碑式的事件，它开启了一个新纪元：水下爆破大队获取了与潜水作战行动相关的、全方位软硬件战力，包括自主式水下呼吸器、微型潜水器、潜艇等，他们或许还真正领略到：目标明确、单一的试验和研究是非常必要的。无论动机如何，费恩少校提出了让水下爆破大队的战力得到提升的需求。而兰博岑博士则鼓励美国海军对水下潜泳战力以及获得相关战力所需要的科学技术进行投资，他当时还是宾夕法尼亚大学佩里尔曼医学院的一名教授。

在将兰博岑水下呼吸器引入水下爆破大队后，蛙鞋、面罩和罗盘也得到了进一步的改良和研发。而“睡美人”进入水下爆破大队，则使得水下爆破大队与美国海军的潜艇部队展开了一次长期、有时却是具有挑战性的联姻，也使得水下爆破大队开始不断地追寻新型的微型潜水器。

水下爆破大队所具有的新型软硬件战斗能力，还使得这支部队具有如下能力：在白天或黑夜对敌方海滩进行秘密侦察；对水下的天然或人工障碍物进行爆破；在白天或黑夜观察敌人的水面行动情况，当情况允许时进行拍摄；对敌方的航运及港口设施，比如码头及防护网进行爆破攻击。部队在执行所有上述新任务时都必须是“隐形”的，用海水来做掩护。然而，这些新的战斗力也对水下潜泳装备的技术进步产生了巨大需求：新的氧气潜水平台、爆炸及爆破装置、蛙人通信设备以及能源驱动潜水器。

在运动性潜水如此兴盛的今天，我们很难想象在20世纪40年代，人不是系在其他物体上，而是自主地于水下自由呼吸、自由行动，这是一件多么具有标志性意义的创举，其意义犹如当初的飞机上天。

第二次世界大战结束以后，战时那种吸收科技来服务于任务目的的体制，被基础科学和应用科学之间的区别所取代。美国政府，尤其是美国海军，要确保海洋科学的基础性研究成果，这也经常使得其资助一些生物科学的研究和实证。令人着迷的是，水下研发工作的一大部分是为水下爆破大队服务的。

1949年年底，美国海军和国家研究委员会同意一起工作，使用科学应用的方法来解决有关水下潜泳的问题。海

左图：20世纪50年代早期，一名水下爆破大队的战士用高科技地雷探测装备进行训练和测试。（图片来源：汤姆·霍金斯）

军对于战斗力的讨论从“水下爆破组”转向含义更为丰富的“水下蛙人”，只是“水下爆破大队”的称呼并未改变。事实上，早在1949年6月，兰博岑博士已经写了一封信给海军作战部长，大致介绍了水下爆破大队水下作战行动的地位，并强力推荐能使战力提升的一些技术途径。

他还建议“尽快”安排一次联合会议，提升陆军和海军的相关战力。

1951年12月，兰博岑博士写给海军作战部长的信有了直接回音：在科罗纳多的海军两栖训练营，一场蛙人研讨会开始举行，讨论相关问题和解决办法。这次研讨会由海军研究局资助，主要聚焦于水下爆破大队，将作战专家、技术专家、文职专家以及军事话题事务专家集合在一起，进行“水下蛙人合作计划”。这项计划使得水下爆破大队一直处于全国的关注焦点上，也将他们的技术和作战问题变成潜泳相关研究领域的前沿性课题。

在水下爆破大队第1和第3分队的配合下，思科瑞普（Scripps）海洋学院进行了一些测试。整个计划的主要目标，在于让人们注意到“该领域知识尚处于原始状态”，目的在于获取在外海情况下，蛙人在水下潜泳时的现场数据，包括对于水下呼吸的研究，比如呼吸速度和拖拽造成的影

下图：“吉米·卡特”号（舷号SSN-23）是第三艘、也是最后一艘“海狼”级核攻击潜艇。图片中，通用动力电船公司第一次将“吉米·卡特”号移到户外。这艘潜艇长453英尺，重12139吨，之所以要移动它，是为了在6月5日让它接受前第一夫人罗莎琳·卡特的洗礼。前总统吉米·卡特也将参加典礼。这艘新型潜艇被用来向美国第39任总统致敬，这位总统也是唯一一名从合格潜艇艇员成为美国三军最高统帅的人。“吉米·卡特”号与众不同的一点就是，它有多任务平台，平台包括100英尺长的延伸外壳，使得有效载荷有所增加，新一代的武器、感应器以及潜水器由此可以在潜艇上进行研发和测试。另一项独特的改造是建造了“灵活性海洋接口”，也被称作“束腰带”，这使得海军在不必使用鱼雷管的情况下，可以回收、部署多种载荷。（图片来源：通用动力电船公司）

响，在作战条件下压缩空气和氧气消耗的速度，还有蛙人保温测试。

由于长时间浸泡在冰冷的水中，水下爆破大队的成员要学会在超过60华氏度的温度条件下穿上羊毛内衣，并且在冷水中在内衣外面套上橡皮防水服。这种所谓的“干式防水服”经常泄漏，这很容易使得防水服失去应有的功效，并且使得大量海水在压力下进入防水服，从而使潜泳变得十分困难。

有趣的是，当时“湿式防水服”还没被发明出来。休·布拉德纳博士是一名加利福尼亚大学的设计师兼物理学家，之前就一直对吸收作用的影响，或者冲击波对于单细胞物质的影响进行初步的计算。与其工作形成互补的是，布拉德纳博士是水下蛙人计划集团的成员。他的目标是为军用水下蛙人设计一款“湿式防水服”，而水下爆破大队自然成为其测试对象。接下来的事情就如同他们所说的那样，被写入历史了。

国家研究委员会与意大利、法国和英国政府合作，进一步获取了生理学、心理学上有关的信息，并且了解了水下爆破对于蛙人心理上所造成的影响——从水下爆破大队的角度来看，这是一个绝妙的研究课题。

水下爆破大队也是军队中首先使用压缩空气或开放式循环自主水下呼吸器的部队。据报道，开放式循环自主水下呼吸器于1949年进入美国。当时，一家位于加利福尼亚州韦斯特伍德地区的体育用品商店开始售卖一种新型水下呼吸器，名叫“水肺”，于1943年由法国海军上校亚克斯·库图和加拿大工程师埃米尔·贾格楠发明。它运用了一系列的多级调节器，外加容纳高度压缩空气的钢瓶。一般情况下，空气通过连接到调节器的软管口被蛙人吸入，蛙人呼出的气体则简单地排入水中，这导致了大量水泡的产生。

费恩少校似乎忘记了兰博岑水下呼吸器在作战方面的

右图：图片中，水下爆破大队的成员正在南极洲进行潜泳。在执行极寒气候环境下的训练和作战行动方面，水下爆破大队的成员可谓是先锋。他们要在全球执行任务，这也要求他们必须具备在所有气候环境下进行潜泳的技能。（图片来源：汤姆·霍金斯）

右图：水下爆破大队第 1、第 3 分队的成员充当模特试穿保温服，这种保温服于 20 世纪 50 年代早期被使用。正是这种装扮，使得水下爆破大队的成员被人称作“蛙人”。（图片来源：汤姆·霍金斯）

优势，他使用新型的“水肺”来代替兰博岑水下呼吸器——后者不会产生令蛙人暴露行踪的水泡，这也使得水下爆破大队相对较为新颖的潜水战力被废掉了。兰博岑水下呼吸器垂垂老矣，无法再行生产或进行维护保障，这肯定是费恩决心使用“水肺”来代替它的原因之一。然而，在朝鲜战争之后，水下爆破大队又开始急切地寻找兰博岑水下呼吸器的代替品。

早在 20 世纪 50 年代，意大利人和德国人就完善了封闭式纯氧自主水下呼吸器技术。在美国，兰博岑博士和 J.H. 埃莫森公司一道设计和建造兰博岑水下呼吸器的后续产品，但未果。

在 20 世纪 50 年代到 60 年代的十年间，水下爆破大队使用的潜泳器包括皮瑞丽公司（位于意大利米兰）生产的 LS-901 皮瑞丽以及德尔格公司（位于德国吕贝克）生产的德尔格伦德上尉 II 型。水下爆破大队获取的上述几款潜水器的数量各不相同，相对而言德尔格潜水器更受水下爆破大队成员的欢迎，因为其设计简单，操作可靠性强。

由于德尔格潜水器难以进行持久保障，海军曾经出钱让斯科特航空公司对这款潜水器进行逆向仿制，但这种努力最终失败了。然而 1962 年，水下爆破大队开始使用美国战术氧气潜水系统，他们将这一系统称为埃莫森，因为它是由美国 J.H. 埃莫森公司制造的，这款产品的设计工作是其与兰博岑博士共同完成的。

水下爆破大队还使用一种半封闭式潜水仪器，这是由美国海军设计的，由 J.H. 埃莫森公司制造。它被称作“马克 5 型”，里面使用的氮气和氧气的比例经过事先的计算，使得蛙人能够在深水处待上更长的时间，并且排出的废气泡的量也更少。然而，由于维护和技术方面的问题，“马克 5 型”于 1962 年不再被使用，被“马克 6 型”代替，

下图：在海军最新的核动力潜艇“海狼”号（舷号 SSN-21）上，工作人员正在操作主控制仪表。“海狼”号使用了最新的潜艇作战技术，使其成为美国水下武器库中速度最快、功能最全面的潜艇。根据日程，它应当在 1997 年 7 月 19 日投入现役。（图片来源：美国海军摄影军士长约翰 · E. 盖）

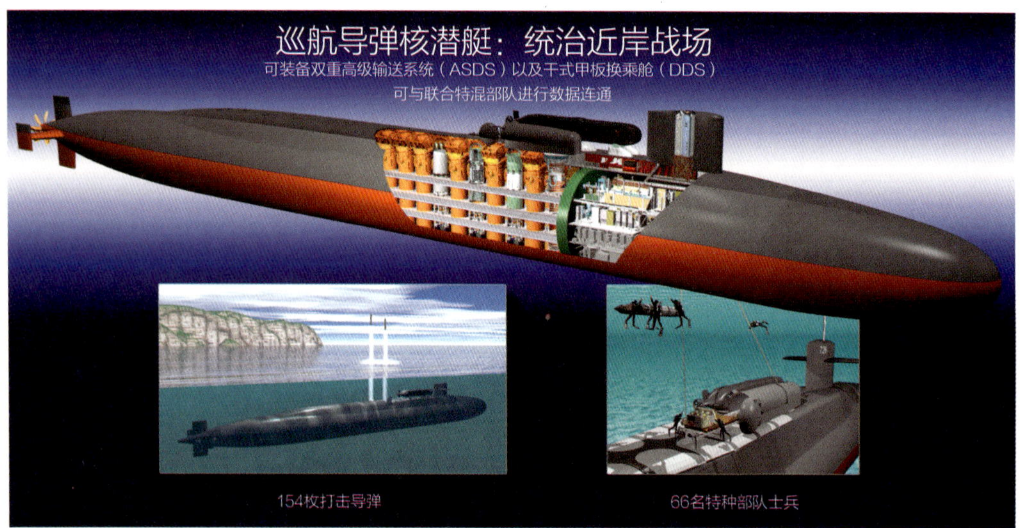

上图：2003年8月14日在华盛顿皮吉特湾海军船坞，图片中的这艘“俄亥俄”号（舷号SSGN-726）正在接受改装，将由弹道导弹潜艇变成巡航导弹潜艇。早在2002年10月29日，“俄亥俄”号就离开现役，在皮吉特湾接受改装准备成为一艘巡航导弹潜艇。总共有4艘“俄亥俄”级战略导弹潜艇被选中接受改装，成为一款新型的平台——被称作“巡航导弹潜艇”，它们分别是：“俄亥俄”号（舷号SSBN-726）、“密歇根”号（舷号SSBN-727）、“佛罗里达号”（舷号SSBN-728）以及“佐治亚”号（舷号SSBN-729）。这种巡航导弹潜艇可以发射154枚“战斧”式导弹，这一数字大大超出其他平台所能发射的“战斧”导弹。它所拥有的22个导弹发射管还可以用来搭载其他载荷，比如无人潜水器、无人飞机以及特种部队装备。这款新型潜艇平台还可以支援多达66名海豹突击队队员，将他们秘密输送到潜在的冲突区域。（图片来源：美国海军）

后者由斯科特航空公司制造。只有水下爆破大队和美国海军爆炸品处理部队的蛙人使用了“马克6型”，因为这款水下呼吸器的制造材料磁性较低，比较适宜于在已知或疑似的雷场中作业。在整个20世纪60年代和70年代早期，这种潜水仪器都是水下爆破大队和海豹突击队进行作战行动的主力，之后它被使用纯氧的“德尔格LAR 3型”以及技术更为先进的“马克15型”封闭式循环混合气体水下呼吸器所取代。

1947年，水下爆破大队第一次拥有了海—空作战能力，之前他们只能进行海中的兵力投放和回收，1947年他们开始使用直升机进行兵力的投放和回收，而直升机在二战中还不能使用。在战后的时间里，美国海军和海军陆战队的直升机被用来进行了一系列演习，来试验如何从直升机上进行蛙人的投放和回收。水下爆破大队的人会在低空从直升机上跳下，其他人会用绞车将他们收回到盘旋在空中的直升机上。但没有证据显示上述直升机后来成为常规训练的一部分，也没有证据显示上述直升机后来与两栖部队一道被部署到海外。

朝鲜战争中直升机也没有被广泛使用，水下爆破大队也完全没有使用过它，因为当时的技术还不允许直升机搭

左图：2003年6月6日在华盛顿特区，这是一幅描绘战略导弹核潜艇改装计划的艺术图片。总共有4艘“俄亥俄”级战略导弹潜艇被选中接受改装，成为一款新型的平台——被称作“巡航导弹潜艇”或“战术三叉戟”，它们分别是：“俄亥俄”号（舷号SSBN-726）、“密歇根”号（舷号SSBN-727）、“佛罗里达”号（舷号SSBN-728）以及“佐治亚”号（舷号SSBN-729）。（图片来源：美国海军）

载大量的人员及货物。战后又开始进行试验，这一次，直升机动力更强劲，技术更精良。队员们学会了在直升机舱门外安装吊杆，他们还发现一点：如果直升机保持与高度相等的恒定速度（比如高度为30英尺，速度就是30节），而且他们自己也保持脚先入水的体位，他们就能以单个动作吊装出去，跃入海中，而且受伤的几率极低。

对于水下爆破大队而言，直升机一直不是主要装备。但直升机和海豹突击队一样发展得很快，在越战中前者成为后者投送和撤出兵力的主要工具。在那之前，水下爆破大队所执行的任务都是“由舰到岸”性质的，他们使用的上岸工具主要是装载在两栖军舰上的大型人员登陆舰。在越南战场上，海豹突击队所执行的任务中，大部分也是使用舟艇完成的，但一旦军方认识到直升机的价值，更多的任务执行能力就成了现实，包括使用美国陆军“平滑器”或轻型武装载人直升机进行快速打击任务。海豹突击队还与美国海军“海狼”武装直升机密切协作。

航空器变得越来越大，功能也越来越强，海豹突击队使用它们的方法也越来越多，越来越有创造性。海豹突击队没有设计舰载固定翼飞机，但他们发明了从这种飞机上进行伞降的办法。他们没有研发直升机，但他们发明了从直升机上进行工作的办法，尤其是在海洋环境中从直升机上进行工作的方法。

就是在朝鲜战争结束后的岁月里，水下爆破大队开始了固定拉绳式跳伞，他们首先派人去陆军跳伞学校，后来要求所有成员获取跳伞资格，这作为在作战区域需要具备的专长之一。水下爆破大队的成员不是跳伞的发明者，但他们的确在跳伞方面竭尽全力，而且使用战术或非战术性潜水仪器进入水中行动也是创举。跳水经常被描绘为“好莱坞跳水”，因为向水中跳和向地面跳不一样，不必面临后者的那种“硬冲击”。但训练中的跳水要更为复杂，因为需要有数艘保障舟艇在该区域回收降落伞，以防止其沉入海底。此外，降落伞还需要被迅速洗涤、晾干，然后再进行下一次的使用，这也是很耗费时间的，并且会缩短降落伞的寿命。

后来，水下爆破大队和海豹突击队成为第一批试用“可控降落伞”的人，这是一种在法国研发的、更具操控性的降落伞，于1961年被引入美国，水下爆破大队于20世纪

右图：在一次两栖演习中，水下爆破大队的战士搭乘降落伞在一艘美国海军的军舰附近落入水中。在使用固定拉绳式跳伞进行跳水方面，水下爆破大队的成员在技术上是非常优秀的。注意照片中的这个人正穿着蛙鞋。（图片来源：汤姆·霍金斯）

60年代中期开始使用。“可控降落伞”使得水下爆破大队和海豹突击队可以进行自由落体式跳伞，而自由落体式跳伞率先在体育爱好者中流行起来。水下爆破大队的成员外出购买了自己的“可控降落伞”，加入民间的体育俱乐部并使用它们进行跳伞。渐渐地，这些人获准在军用航空器上使用“可控降落伞”，后来水下爆破大队和海豹突击队也出于战术目的开始采用一种“可控降落伞”。“可控降落伞”可以较大地提高队员们在地面同一个着陆点集合的准确度。

开始进行自由落体式跳伞后，水下爆破大队和海豹突击队马上进入下一个步骤，发展出向陆地和水面进行战术夜间跳伞的能力。他们在第一个跳伞者的头盔上安装一个闪光灯。其他跳伞者离开航空器后，只需紧跟着闪光灯即可，一旦所有的降落伞都被打开，他们就会紧紧地集合在闪光灯周围，这样他们就能紧挨着降落到地面。后来，他们使用红外控制闪光灯，配合特殊的护目镜来达到在黑夜里跳伞降落的目的。

后来，今日常见的箔降落伞或对翼降落伞出现了，军用自由落体式演示，比如由海豹突击队和特战舟艇艇员组成的海军蛙跳部队也出现了，直到那时，真正精确性的跳伞才实现。

1965年，陆军“金骑士”跳伞队第一个使用对翼降落伞进行跳伞，并且展示了这种降落伞独特的操控性。到了20世纪70年代晚期，这种对翼降落伞被可操控冲击气降落伞所代替，这种降落伞于20世纪60年代中期发明，发明者是多米纳·贾尔伯特，他是一个做风筝的。根据设计，这种系统可以降低垂直下降的速度，使得落地相对缓和。今天，对翼降落伞或者说方形伞在民间跳伞运动中十分流行，但在军队中只能看到有限的使用，而这些有限的使用也集中在海豹突击队和其他特种部队中。军队降落伞大多数依然是圆形的，操控性也比较有限，对于大规模伞兵作

上部两幅图：图片展现了前进中的直升机试验投送和回收蛙人的技术。直升机上安装了一根吊杆，只要直升机维持相等的速度和高度：在30英尺高的地方以30节速度飞行，蛙人就可以被吊入水中。这也使得蛙人处于最佳位置，不会受到严重伤害。为了回到直升机上，蛙人需要攀爬悬梯，这需要极为强劲的上肢力量。（图片来源：汤姆·霍金斯）

战行动而言，这一点非常重要，因为几百名跳伞者在空中同时操控他们的降落伞，容易造成相撞。

使用自由落体式的落体式伞装置，海豹突击队可以在伞盖下进行滑翔，保持紧密的队形，并且落地时相互间距离不过几码。自由落体式跳伞在20世纪70年代中期得到了极大的演化，队员们可以使用这种技术与海面上的军舰和潜艇会合，并且从高空滑翔到遥远的陆地目标区域。两类自由落体式战术得到了完善:“高投高开”和“高投低开”。

在使用战术舟艇和其他大型作战装备进行自由落体式跳伞方面，海豹突击队处于领先地位。海豹突击队完善了“高投低开”跳伞技术，在3.6万英尺高空佩戴氧气呼吸器跳出飞机，在那个高度，气温低于零摄氏度，护目镜很容易就会被冻碎，然后战士们的眼睛也会被冻得闭起来。由于氧气稀薄会导致肌体缺氧，这种跳伞方式也是极端危险的。

水下爆破大队和海豹突击队试验过多种潜在的空基作战能力。有时候他们要做一件事，只是因为其他人觉得他们如果做任何其他事情就太疯狂了。一个主要的例子就是天钩系统，或者说富尔顿回收系统，这是位于康涅狄格州牛顿的罗伯特·富尔顿公司于20世纪60年代早期在水下爆破大队和海军陆战队的协助下研发出来的。在公司的说

右图：由诺斯罗普·格鲁曼公司制造的RQ-8B“火力侦察兵”无人垂直起降飞机（VTUAV），能够自动在任何具有航空运载能力的战舰上进行起降，也可以在战区前沿未经准备的降落区进行起降。它可以执行的任务包括侦察、寻找战术目标、追踪锁定目标以及向打击平台（比如战机、直升机和军舰）提供目标精确数据。（图片来源：戴维·加特利）

上图："成本可承受武器系统"是美国海军的一项计划——设计、制造价格低廉的"现货供应"巡航导弹。这种导弹可以从固体燃料的火箭加速器上发射，它可以安装进标准货运集装箱，并且在飞行中得到小型涡轮喷气引擎的助力。"成本可承受武器系统"的射程超过 1560 千米，最大载荷重量为 90 公斤（200 磅），可以加载数种弹头和侦察系统包。（图片来源：戴维·加特利）

明书中，将这款系统描述成"具有巨大重要性的新型战力"，根据设计，它可以用来长距离、高速回收人员和物资。具体办法是飞行了一长段距离后，向地面上等待的人扔出回收装置。一旦挂上了，这架飞机就将人从地面或水面上快速吊走。

为了达到上述目的，等待回收的人要穿上保护性服装和降落伞之类的器具，这种器具被系到一根尼龙绳上。这根尼龙绳的另一端则被系到氦气球上，这个氦气球会被放到距离地面大约 500 英尺的空中。而回收飞机则在其机头鼻子下装备着轭或者宽宽的叉子。飞机在 500 英尺高度，以 125 节（150 英里 / 小时）或以上的速度前进，并且拦截到前面描述过的那根尼龙绳，这样飞机就将那个人挂在机头下面，然后用绞车将其回收到飞机内部。

根据预计，天钩系统的主要用途如下：进行地面和海上营救、回收那些深入敌后进行侦察的人员、空中后勤吊运、人员转移以及其他。水下爆破大队和海豹突击队针对这一系统进行了数次有人试验，展现了相关能力。在其中

右图：通用发射和回收模块（ULRM）由通用动力电船公司设计，这种装置使得“俄亥俄”号以及其他“俄亥俄”级巡航导弹潜艇的导弹发射管可以储存、部署和回收海豹突击队的输送艇。（图片来源：通用动力电船公司）

一次试验中，东海岸水下爆破大队士官吉姆·福克斯被飞机成功地挂在空中。

但在吊回飞机机体的过程中，绞车的尼龙绳发生了断裂，吉姆·福克斯从飞机上跌落，在切萨皮克湾上活活摔死。

1962 年年初，海豹突击队成立。1963 年“海军作战行动支援群”作为海豹突击队的保障单位成立，随即水下爆破大队和海豹突击队就正式获得了属于它们的研发计划。太平洋“海军作战行动支援群”很早就成立了专门的研发机构，协调战士层面的研发活动。今日的研发机构相对更为正规，同时研发活动直接、迅速地介入作战团队，并且每日进行测试，尤其在今日的海军特种作战部队的研发团队中。

克雷格·多尔曼少将曾经是水下爆破大队第 11 分队的指挥官，他对为水下爆破大队和海豹突击队服务的研发机构的描述是最到位的：

> 为我们队伍进行的研发在很大程度上是一项个人运动，不能随意地交给别人……海豹突击队所做的一切几乎都是围绕着单个的战士……无论我们的任务会提出何种要求，海豹突击队员必须拥有生理、心理以及精神上的优势。海豹突击队必须能够在我们的敌人无法忍受的环境中，以最高效率行动、作战。也正因如此，以人为中心的研究活动，结合传统上就非常严格的训练，对于我们队伍而言将依然极端重要……我们（海豹突击队）会从人的维度上关心一些事情。比如，诸如潮流、生物体发光、能见度、温度等的环境特征，关注的精确度以“米”论，而不是以“千米”论，海军在保障一些事情时（比如航空器和作战团），以上因素是需要考虑的。

有一项计划名叫“蛙人水下侦察和清理计划”（SURAC），后来产生了两个各自分开的专项作战需求。这也是首批正式的为水下爆破大队和海豹突击队量身打造的研发计划。专项作战需求 38–01 被称作“蛙人武器系统”（后来被称作“海豹突击队武器系统”），专项作战需求 38–02 被称作“蛙人保障系统”（后来被称作“海豹突击队保障系统”）。蛙人武器系统是一项长期的研发计划，根据该计划，水下爆破大队和海豹突击队要在数年时间里获得多达 95 项、各不相同的细列项目。专项作战需求 38–01 后来被称作海军技术发展规划（TDP）38–01。这项计划早在 1956 年就由一个伟大的美国人——小查尔斯·扬酝酿并组织，小查尔斯·扬意识到水下爆破大队和海豹突击队并不赞成将研发计划交给学术机构。该计划原先在军械局的框架内被提出，军械局后来成为海军军械系统司令部，再后来就成了海军海洋系统司令部（NAVSEA）。水下爆破大队和海豹突击队的研发项目都在位于马里兰州怀特奥克的海军武器实验室完成。从扬的回忆录（他本人已经去世）来看，蛙人武器系统计划率先制造出了一大批武器，许多武器的用途很多，且有所重叠，所以接口也必须要仔细地监控。

在蛙人武器计划下还有其他一些要获取的项目，包括一系列保险和武装设备、计时器、蛙人发射鱼雷以及海豹输送艇发射的鱼雷。其中一项试图获取的物资是殉爆引信，可以安装在炸药上，从而在爆破现场取代导火线。

为水下爆破大队和海豹突击队研发的所有爆破点火装置都要符合美国海军严格的安全标准，这种安全标准也使得爆破点火装置更为复杂、昂贵。海豹突击队今日所使用的大部分炸药和爆破装置均来自海军技术发展规划（TDP）38-01。

越南战争期间，一项名为“越南实验室辅助计划”的伙伴计划成形，这项计划的宗旨是更迅速地将实验室中的

右下图：很少有人知道，海豹突击队在越战中曾经短暂却非常有效地运用战斗攻击性军犬。（图片来源：汤姆·霍金斯）

下图：星光镜是第一代夜视装置，在越战中被海豹突击队所使用。这其实是图像增强器，在夜晚使用反光来确定目标。它们的质量很低，体积太大，有点难以携带，但海豹突击队还是一直带着它们，并且认为这是一款很有用的装备。（图片来源：汤姆·霍金斯）

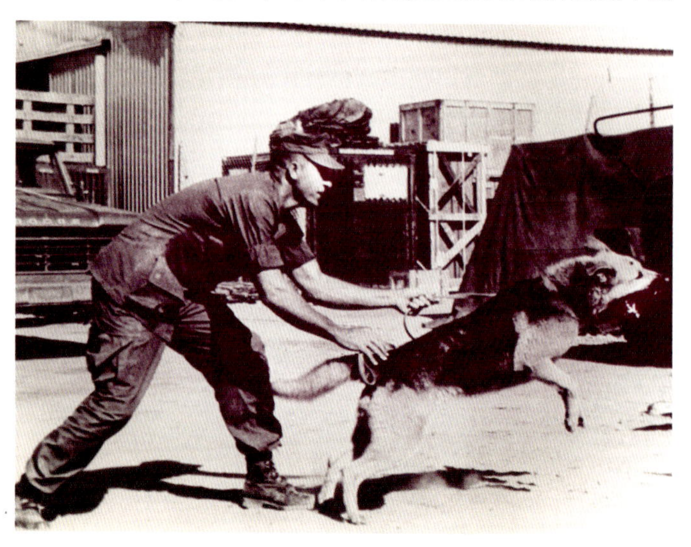

作战技术革新运用到战场上。位于怀特奥克、中国湖和巴拿马城的海军实验室向海军特种作战部队群体提供规制化的、直接的保障，这些实验室用来保障海军特种作战部队的作战物品，比如诡雷（伪装成望远镜、照相机、晶体管收音机等任何越共会试图偷窃、捡拾的东西）、武器（液体炸药、为9毫米手枪准备的“机密”消音器，还有一种弩）以及其他一切东西，包括无刺激性涂脸棒、第一代夜视装置（星光镜）、试验性侦察狗计划［将德国牧羊犬训练成可发现越共工兵（攻击性蛙人）的军犬］。“机密”消音器是一种非常独特的装置，它并不是用来杀死敌人的，而是用来消灭狗、鹅和鸭的，因为越共经常在其驻地附近布满这种动物，这些动物一旦发现海豹突击队靠近就会发出声音，让越共得到预警。

查尔斯·扬在怀特奥克实验室的团队在整个越战期间做出了极大的贡献，位于加利福尼亚州中国湖海军武器站的鲍勃·福里斯特先生的团队，以及位于佛罗里达州巴拿马城海军水雷防御实验室的汤姆·奥德姆先生的团队，也都做出了极大的贡献。

这些实验室向积极投入作战的海豹突击队提供了分析服务、武器、保障装备以及作战保障——包括将文职人员送去提供直接的现场咨询与联络。

海豹突击队获得的许多物资直接来自工业界。越战中出现的最著名的武器很可能就是斯通纳轻型机枪了。在越战中的海豹突击队武库里，斯通纳63和斯通纳63A 5.56毫米口径机枪几乎成为一个神话。这款轻机枪由尤金·斯通纳先生与海豹突击队直接合作研发。斯通纳武器系统的独特之处在于：尽管都是“轻”机枪，但它是弹链供弹的，使用的是5.56毫米子弹，而大多数机枪射出的是更重的7.62毫米子弹。这款武器由卡迪拉克·盖兹公司制造，随着在越南战场上作战情况的变化而有所演化。1969年，大约100挺MK23Mod0原型斯通纳轻型机枪被制造出来，供海豹突击队使用。

海军技术发展规划（TDP）38-02 又被称作“蛙人保障系统”（后又称“海豹突击队保障系统”），其目标是研发一级和二级蛙人（海豹）输送艇，一级、二级水下呼吸器以及辅助设备。海军技术发展规划（TDP）38-02 还要求对从前携带导弹的潜艇“灰鲸”号和“棘鳍”号进行改装，使之能够携带海豹输送艇。对于水下爆破大队和海豹突击队来说，海军技术发展规划（TDP）38-02 是非常具有革命性并且非常雄心勃勃的研发计划。由于在越战较为激烈的时候被提出，因此它的推进速度比较慢，直到越战结束后才有更快速的发展。

在海军舰艇系统司令部的指导下，位于巴拿马城的海军海岸系统中心开始研发一种高技术海豹输送艇。两位杰出的工程师——迈克·福伦和迪克·默多克在海军舰艇系统司令部［NAVSHIP，后称海军海洋系统司令部（NAVSEA）］负责水下爆破大队和海豹突击队的潜水项目和海豹输送艇项目。这两人都很严格，也很专注。他们制定了海豹输送艇和水下呼吸器的合同说明书，并且对合同的授予和授予后的执行情况进行了监督，他俩在海军特种作战部队的历史上理应具有特殊地位。

第一级海豹输送艇和第二级海豹输送艇分别可以搭载六个人和二个人，该研发计划通过合同外包给了喷气飞机公司（位于加利福尼亚州的阿祖萨），而水下呼吸器的研发计划通过合同外包给了斯科特航空公司（位于纽约布法罗）。但这两个合同项目都不成功。海豹输送艇研发计划后来被转移到位于加利福尼亚州中国湖的海军武器中心，由美国政府控制，而水下呼吸器则从商业供应商那里进行采购。

第一级的水下呼吸器是一种封闭式循环纯氧潜水仪器，德国德尔格公司产的 LAR 3 型水下呼吸器满足了上述需求，这种呼吸器至今仍被作为“马克 25 型第 2 号原型机”

左图：在一次投放和回收测试中，“海上战士”（FSF-1）尾滑道将一艘“海马”级自动潜水器放入水中预定位置。“海马”自动潜水器有28英尺长，直径为6英寸，重10800磅，是一款可完全自主活动的、无人驾驶的水下机器人潜水器，可以根据预先输入的程序独立执行作战任务。这次测试演练是由海军研究局资助的。（图片来源：约翰·F.威廉斯/美国海军）

左图：“海马”自动潜水器28英尺长，直径为6英寸，重10800磅，是一款可完全自主活动的、无人驾驶的水下机器人潜水器，可以根据预先输入的程序独立执行作战任务。“海马”可以执行多种任务，比如在海豹突击队执行任务时，它可以从母舰上向海豹突击队运输给养物资，也可以从海滩上的海豹突击队处运输物品返回母舰。在一次演习中，“海马”就将海豹突击队在海岸上发现的大规模杀伤性武器（模拟的）运回了军舰。“海马”的最高速度为4节，一次可航行500海里。（图片来源：约翰·F.威廉斯/美国海军）

左图：在一次投放和回收测试中，“海上战士”（FSF-1）尾滑道将一艘“海马”级自动潜水器放入水中预定位置。这次测试演练是由海军研究局资助的。（图片来源：约翰·F.威廉斯/美国海军）

使用。第二级水下呼吸器是一种封闭式循环混合气体呼吸器，这是一种高技术潜水仪器，后来海洋生物公司制造的产品满足了上述需求，这款呼吸器至今仍被作为“马克 16 型第 1 号原型机”水下呼吸器使用。“马克 16 型”之所以被海豹输送艇大队使用，是因为它能够在更深的海底坚持更长的时间，能够使海豹输送艇大队的队员执行更多重要的任务，至于“更多重要的任务”都是指什么，这目前仍是秘密。

研发海豹输送艇的工作在中国湖进行，并诞生了“马克 8 型”（搭乘六人）和“马克 9 型”（搭乘二人）两款海豹输送艇。中国湖还对海豹输送艇进行了改进和现代化工作，从而使得“马克 7 型”海豹输送艇诞生，至今仍在使用。此外，位于得克萨斯州奥斯汀的应用研究实验室也做了大量的工作，来研发前视声呐，这种声呐后来被所有海豹输送艇所采用。同样地，比尔·沃恩博士和海军研究局在这段时间里进行了数次人工效力研究，主要是关于潜

下图：“海狮”概念舰尖尖的鼻子据说可以用来从风浪中穿过，还能切开舟艇高速行驶时会涌上来的海浪。（图片来源：格雷格·E. 马蒂逊 / 海军特种作战出版有限公司）

水员在海豹输送艇内的表现。海豹输送艇计划最后被移交给位于加利福尼亚州巴拿马城的海军实验室，该实验室至今还在负责海豹输送艇计划。有关海豹输送艇研发计划更为详细的研究，可以参见第六章。

到 20 世纪 70 年代中期，海军技术发展规划（TDP）38-02 所设想的研发计划中，很多都已经实现，或者正在大踏步推进。后续项目“任务保障套装”是用来对已经完成的工作进行补充的。“任务保障套装”计划包括海豹输送艇和蛙人通信系统，获得改进的前视和侧视声呐，被动式或主动式（加热式）蛙人保暖系统，一种用在海豹输送艇上的封闭循环燃烧引擎，一种蛙人用全脸面罩，一种蛙人用解压计算机，一种蛙人手持式声呐，还有其他。

从 20 世纪 70 年代晚期开始，直到 1987 年美国特种作战司令部成立，很多研发活动的核心都是对海豹突击队现有武器清单内的武器进行改进。1983 年，所有剩余的水下爆破大队分队都被重新组织成海豹突击队或海豹输送艇大队。

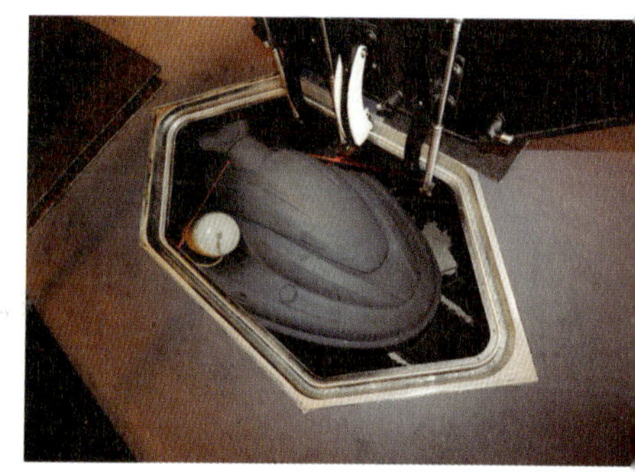

上图：这是一艘被隐藏在外壳里准备发射的喷气式划艇。（图片来源：格雷格 · E. 马蒂逊 / 海军特种作战出版有限公司）

下图：“海狮”概念舰驾驶室里尖端的导航仪器，使用了流行的触摸屏和电子技术。（图片来源：格雷格 · E. 马蒂逊 / 海军特种作战出版有限公司）

海豹突击队获得的一系列装备和勋章（从左到右）：海军十字勋章、荣誉勋章、铜星勋章、紫心勋章和银星勋章。（图片来源：格雷格·E.马蒂逊 / 海军特种作战出版有限公司）

第十四章
战士与勋章

格雷格·E. 马蒂逊

第十四章

战士与勋章

格雷格·E. 马蒂逊

你会注意到，这一章不是由一名海豹突击队员或海军特种作战部队的人员来撰写的，尽管按照最初计划并非如此。我决定自己撰写这一章。出于对海豹突击队家属的极大敬意，我们会向读者介绍那些英雄以及那些与英雄事件距离如此之近的人，并且告诉读者发生在他们身上令人揪心的故事，这么做还相对容易；但我们发现比较难的一点是写出勇士们之间的兄弟情谊，那些英雄正是上述勇士们中的一员。他们将自己的贡献仅仅视为比常规应做的工作多做了一些、做得更好一些而已。他们觉得自己只是在做一份工作。

下面你会看到，勇气和牺牲精神所带来的杰出行为，在当事人看来往往只是一种常规的工作责任。如果一本描写海豹突击队的书不触及那些在地面上无私工作保障海豹

右侧四幅图：

左上图：完成部署任务回家的海豹突击队队员打开一个康奈科斯集装箱，里面都是他们的个人物品。（图片来源：格雷格·E. 马蒂逊/海军特种作战出版有限公司）

右上图：完成部署任务回家的海豹突击队队员将个人物品放在推车上推到部队驻地，待上一段时间再动身回家。（图片来源：格雷格·E. 马蒂逊/海军特种作战出版有限公司）

左下图：一名海豹突击队的执行军官在任务结束回到美国基地后感谢他的队员，然后队员们将获得一个他们应得的假期与家人团聚，然后再回来执行另一个任务。（图片来源：格雷格·E. 马蒂逊/海军特种作战出版有限公司）

右下图：一名海豹突击队队员完成任务回来，他的女儿和妻子来接他。海豹突击队往往在接到命令后立刻进行部署，前往遥远的地方追杀敌人，然后再回家过平凡人的生活。有些时候，如果海豹突击队的家属没有一点儿牺牲精神，这是不容易做到的。能够做到这一点的通常是那些斗志高昂、训练有素并且拥有队友、家属和司令部支持的人。（图片来源：格雷格·E. 马蒂逊/海军特种作战出版有限公司）

上图：海豹突击队二级作战员（退役）瑞安·C. 乔布 2006 年在伊拉克拉马迪巡逻时，他手上的枪被一枚狙击手的子弹击中。弹片插入他的面部，摧毁了一只眼睛，割裂了另一只眼睛的光感神经。他被击毁的武器是 M240G-7.62 毫米口径机枪，配有在地面上使用的“步兵改进套装”。瑞安的武器被陈列在这里展览，后面的箱子里放着战役绶带，以及纪念其为海豹突击队所做杰出贡献的勋章。（图片来源：戴维·加特利）

左图：海豹突击队的三叉戟别针铺满了一口棺材。这是一个相对较新的传统，海豹突击队的战友在参加他们兄弟的葬礼时，会将他们各自胸前珍贵的、令人尊敬的三叉戟别针摘下，放在兄弟的棺材盖上。这象征了一种深深的兄弟情和彼此间的一种尊重。（图片来源：格雷格·E. 马蒂逊 / 海军特种作战出版有限公司）

突击队完成任务的人，不触及那些在硝烟散尽之后照顾阵亡队员及其家属的人，那么这本书就是不完整的。海豹突击队基金会的行为就如同海豹突击队所做的一样，是一种出于善意和爱的杰出贡献。

“爱”这个词一般无法和海豹突击队联系在一起。但你将再一次在本书中看到，这些我们这个时代最为强悍、装备最为精良的勇士会展现出对兄弟和那些落后同伴的爱，这种爱已经交织进海豹突击队的文化之中。

右图：海豹突击队队员内森·哈迪和迈克尔·科吉的墓碑，两人的坟墓在阿灵顿国家公墓里紧挨着。美国第 43 任总统乔治·W. 布什于 2008 年的阵亡将士纪念日在阿灵顿国家公墓发表演讲，纪念这两名海豹突击队队员之间兄弟般的情谊，他们一起训练、一起战斗，最后死在一起。（图片来源：格雷格·E. 马蒂逊 / 海军特种作战出版有限公司）

这最后的篇章不是介绍先进的硬件、洗脑术或者肌肉增进训练的。

这些故事是有关海军特种作战部队中的人，有关他们令人难以置信的成就，有关他们及他们的家属令人惊叹的牺牲，有关他们互相之间、他们与他们所效忠的国家之间的纽带的。这是一段重要的历史，但很多普通美国人很少知道或根本就不知道。事实上，许多英雄事迹只有政府最高层级的官员才知道，这些官员“拥有顶级机密阅读许可，甚至更高的级别，并且有必要知道”。

因此，在一开始，我要介绍一段有关英勇和兄弟情谊的故事，该故事能够集中体现海豹突击队的精神以及勇士们之间的情感纽带。这则吸引人的故事是美国第 43 任总统乔治·W. 布什于 2008 年的阵亡将士纪念日在阿灵顿国家公墓告诉大家的。

> “我们在此纪念两个海豹突击队的勇士——内森·哈迪，来自新罕布什尔州的达勒姆地区，还有迈克尔·科吉，来自宾夕法尼亚州立大学。他们是战场上的伙伴、兵营里的好朋友。在一起执行了几次任务后，他们发展出独特的兄弟般的感情，可以互相托付

> 生命。他们还有一个共同的战场传统：在他们的军装里，胸前都紧贴着一面美国国旗，他们就这样冲入战场。2 月 4 日，他们最后一次履行了这种战场仪式，他们在伊拉克遭到恐怖分子伏击，双双丧命。这对好朋友在人世间度过了最后的时光，做了他们最喜欢做的事情——保卫美利坚合众国。今天，就在阿灵顿的土地上，内森·哈迪和迈克尔·科吉紧挨着长眠于此。”

我们获准参加了这场庄严的典礼，这些海军特种作战部队的成员是如此平凡，我们被深深地触动了。他们训练有素、受过良好教育，除了家人和战友，无人认识他们，装扮一番、穿上军装、刮完胡子，他们就是普通人。然而，他们并不普通，我谦卑地试图向读者介绍他们的事迹和贡献。

故事的线索来自他们胸前。在金质的海豹突击队三叉

左图：考虑到部队规模，海豹突击队是越战中获取荣誉最多的部队。他们总共获得 2 枚海军十字勋章、42 枚银星勋章、402 枚铜星勋章、2 枚功绩勋章、352 枚嘉奖勋章，3 枚总统团队表彰勋章和 3 枚荣誉勋章。（图片来源：国家档案馆）

上图：美国总统乔治 · W. 布什在访问东海岸的海军特种作战司令部时，海军特种作战司令部司令爱德华 · G. 温特斯三世少将向他献上一本荣誉蛙人证书。这种荣誉证书是送给那些支持海军特种作战部队的人的。

右上图：美国国务卿、前总统国家安全顾问康多莉扎 · 赖斯（左）与海军特种作战司令部司令爱德华 · G. 温特斯三世少将（中）和美国特种作战司令部司令埃里克 · T. 奥尔森上将（来自海豹突击队）在一起。当时美国总统乔治 · 布什和副总统迪克 · 切尼对海豹突击队、特战快艇艇员和海军特战分队成员进行慰问和感谢，赖斯、温特斯和奥尔森都一起陪同。

戟胸章之下，是纪念他们伟大成就和令人心折的英雄事迹的绶带，当然，绶带再多也道不尽他们的英雄事迹。你无法在普通士兵身上看到勋章。但在一个穿着蓝色或白色军装的水兵身上，却同时具备银星、铜星以及紫心勋章［配有栎树叶和象征“勇气”（Valor）的 V 形徽章］。一个水兵为何能获得最高奖赏、陆上战斗荣誉标志——国会荣誉勋章？

1782 年，乔治 · 华盛顿将军创设了“军事贡献勋章”，奖励那些在作战中表现英勇的战士。这就是第一种“紫心勋章”。150 年后，美国战争部创立了一种紫色的心形勋章，勋章正当中有华盛顿将军的半身像，勋章顶部有盾形纹章。无论是来自陆军、海军还是空军的士兵，只要在作战中受伤，哪怕是轻伤，也可以获得这种勋章。这种最普遍的作战受伤奖励甚至可以自行申报。但为了保持紫心勋章和荣誉勋章的重要性，必须通过整个军事指挥链的监管，才能获得这一国家最高荣誉。

首先，值得获得勋章的英雄主义行为必须有另两名战士做证，然后由整个指挥链条上的各个层级进行审核，一直通报到三军统帅处。这一过程有时候会持续数年，但这是非常光荣的数年，因为有几百人会调查、阅读这名勇士的英雄事迹，这名勇士也即将成为普通人中的“巨人”。

目前，总共有五名海豹突击队队员拿到了这一珍贵的奖赏，其中三人是因为在越南战争中的表现而获得勋章，他们都幸运地在战争中活了下来；在伊拉克和阿富汗战场上各涌现出一名荣誉勋章获得者，但这两名海豹突击队队员都不幸在战场上殒命。

约瑟夫·R. 克里是最为公众所熟知的、海豹突击队中的荣誉勋章获得者。他的服役历程非常神秘，退役后成为内布拉斯加州州长、美国参议员，后来担任纽约市新学校总裁，直到2010年才卸任。在写作本书时，他回到了内布拉斯加州再次寻求参议员的职位。

这是一个出生在内布拉斯加州林肯地区麦田的农场孩子，他当时唯一的雄心就是成为一名制药师，不料，后来却成为海军历史上最为著名的英雄。我很惊奇他是如何做到这一点的。在军旅生涯结束后，他继续将其在战场上的领导才能展现在政坛上，他成为他家乡的州长，并且成为美国参议员——全国最独特的俱乐部里受到极大尊敬的一员。

有一种观点认为，克里在政治和教育领域的光辉职业生涯与他在越南战场的经历密不可分。因为正是在那里，他体现出敢作敢当的冲劲和意愿，也正是在这种冲劲和意愿的指引下，他后来为报效国家贡献了很多。下面就是他在充当军人并获得最高认可时，所得到的嘉奖辞：

> “作为一名海豹突击队的领导者，他响应使命的召唤，在向凶恶的敌人（越共）发起行动时，冒着生命危险，体现出令人印象深刻的勇敢和无畏。在接到可靠的情报后，克里中尉率领他手下海豹突击队的一个分队前往敌人控制的地区——芽庄湾，捉拿敌军一批重要的成员和骨干。为了达到出其不意的效果，他们攀爬350英尺的峭壁，来到敌人所在的位置。他将手下分成两股，自己负责协调两股部队，然后他率领手下恶虎下山般对敌人的营地发起突袭。

“在接近目标时，敌人密集的火力就开始指向他们。一枚手榴弹就在克里中尉的脚边爆炸，将他向后掀起，撞在嶙峋的岩石上。克里中尉身受重伤。尽管血流不止，疼痛难忍，克里中尉还是展现出巨大的勇气和镇定，他引导跟随自己的那股部队将火力射向敌军营地的中心。他还通过无线电台要求另一股部队进行火力支援，迷茫的越共部队立刻在交叉火力下陷入困境。在成功压制了敌军的火力后，克里中尉的伤势也开始发作，几乎无法动弹。但他依然保持冷静和最大的克制，他命令部队夺取一个撤退点并予以坚守。尽管已经接近失去意识，但克里中尉仍然坚定地指挥着他的部队，直到直升机将他接走。这次成功的行动给敌人造成的打击无论怎样说都不算高估。被俘虏的敌军士兵供出的情报对于联合行动至关重要。在面对足以压垮他的不利局面时，克里中尉勇敢、激励人心的领导风范、无畏的战斗精神和对于使命不屈的奉献精神，使得美国海军最优良的传统得以维系、提升。”

在这段为颁发荣誉勋章而撰写的嘉奖辞里，没有提及克里的伤势非常严重——他后来失去了一条腿。人们可以想象，如果克里没有从政，而是继续在军界里谋求发展，

右图：2005 年 4 月 22 日，一名军人的遗体被运回美国多佛空军基地。海豹突击队成员（右）加入了为其抬棺致敬的行列。美国空军没有对这些回国的遗体进行辨认。（图片来源：美国国防部）

那他所得到的职位肯定会更高。

这里还可以介绍另一名荣誉勋章获得者的故事，他不是海豹突击队队员，却是支援海豹突击队的特种作战部队的一分子。詹姆斯·埃利奥特·威廉斯是美国海军历史上获得高级勋章最多的入伍士兵。

他的故事也表明，海军特种作战部队的英雄事迹不是仅仅发生在海豹突击队的身上。

1947 年，16 岁的威廉斯参加了美国海军，服役整整 20 年，参加过朝鲜战争和越南战争。作为海军士官，他被分配到河流巡逻部队拦截越共在湄公河三角洲上运送武器的船只。1966 年 10 月 31 日，他和手下乘坐的两艘船遭到越共两艘舢板船的凶猛伏击。他们击沉了一艘舢板船，并且追击另一艘，但剩下的这艘越共舢板船却将威廉斯等人引入了一个可怕的陷阱：河两岸的机枪和火箭弹同时向这两艘船射击。威廉斯没有退却，而是呼叫海军攻击直升机，并且再次向敌人发动进攻。

这场长达三个小时的血腥战斗成为美国海军的一段传奇。威廉斯和他的手下击毙了大量越共并摧毁了 57 艘越共武装船只，打乱了越共一次重大的补给行动。两年后，林登·约翰逊总统向威廉斯颁发了荣誉勋章。

他已经获得的勋章包括：海军十字勋章、银星勋章（配有一枚金星章）、配有 V 徽章的功绩勋章、海军及海军陆战队勋章（配有一枚金星章）、铜星勋章（配有 V 形徽章和两枚金星章）、紫心勋章（配有 2 枚金星章）、海军和海军陆战队嘉奖勋章（配有 V 形徽章和金星章）、海军和海军陆战队总统团队表彰勋章（配有服务铜星章）、海军优异执行勋章（配有 4 枚服务铜星章）、海军远征勋章、国防服务勋章（配有服务铜星章）、朝鲜服役勋章（配有 2 枚铜星章）、武装部队远征勋章和越南服役勋章（配 2 枚服务铜星章）。他在外国获得的荣誉包括：韩国总统团队嘉奖勋章、越南勇气十字勋章（配金星和金棕榈叶）、

上图：大部分荣誉归于海豹突击队，但图片中的这名荣誉勋章获得者也不得不提——詹姆斯·埃利奥特·威廉斯军士长。这名入伍士兵是美国海军历史上获得勋章最多的人，同时是特战部队的一分子。越战期间，他驾驶巡逻船在湄公河三角洲上巡弋。他用强大火力压倒敌人的故事深得海豹突击队和特战快艇部队的精髓。当时威廉斯正在自己的舟艇上执行任务，突然遭到两艘越南舢板的伏击，这种舢板一直是越共用来走私武器的。他们予以还击，并且击沉了一艘。当另一艘逃入一条较小的河流寻求庇护时，威廉斯追击了过去。当他拐过一个弯道时，遭到了突袭。河两岸外加河上小艇内几百名越南人开始向美国人开火，很明显，这里是敌人的一处基地。威廉斯拼命还击。后来增援直升机赶到，威廉斯和手下成功地摧毁了 50 条舢板和 7 艘平底帆船。（图片来源：美国海军）

上图：一名海豹突击队队员完成部署任务回国后出发回家。海豹突击队、特战快艇部队和海军特种作战部队的家属在部队出发部署前一刻，才会知道自己挚爱的人要去哪里，什么时候才能回来。而且有一张强大而独特的保障网络，确保这些家属不会披露他们所爱的人的名字、照片和部署日期。（图片来源：格雷格·E. 马蒂逊 / 海军特种作战出版有限公司）

联合国朝鲜勋章、越南共和国战役勋章以及朝鲜战争服役勋章（图片中未显示）。

即便在 1999 年逝世以后，荣誉仍然纷至沓来。今天，有一艘美国海军的军舰就叫“詹姆斯·E. 威廉斯”号（舷号 DDG-95），这是一艘美国海军“阿里·伯克”级驱逐舰。它正是根据詹姆斯·埃利奥特·威廉斯海军上士的名字命名的。

接下来我们要介绍的是在东南亚战区为国效力的美国士兵的事迹，这些事迹可以拍成一部电影。事实上，托马斯·R. 诺里斯的事迹读起来的确犹如剧本或动作小说。而且，它的确被拍成了 20 世纪后 50 年中最轰动的战争营救电影——《野狼呼叫 21》，由吉恩·哈克曼和丹尼·格洛弗主演。这部电影大致是根据诺里斯领导的一次营救行动拍摄而成的，这次营救行动至今仍在海豹突击队内被津津乐道。

1944 年，诺里斯出生于佛罗里达州的杰克逊维尔地区，在马里兰大学接受了大学教育。他获得了社会学学位，主修犯罪学。似乎他早就知道他一生的工作会与追捕坏蛋相关，他也因此成为海豹突击队队员。他被分配到驻扎于弗吉尼亚州利特尔克里克的海豹突击队第 2 分队，但很快被派到越南的广治省充任顾问，而且马上就被赋予一项危险的任务。

美国空军中校艾希尔·汉布尔顿是一名电子作战军官，他的脑子里装着顶级机密信息，这些信息是敌人梦寐以求的。1972 年 4 月，他驾驶的飞机被击落，他不得不和另一个飞行员试图逃脱越共的抓捕。

对于诺里斯来说，通过两个不同的行动营救二名飞行员，这次任务犹如好莱坞电影一般，终生难忘。根据命令，他要带着越南突击队队员渗透进敌方地盘，发现第一名飞行员并将他带到安全地带，然后折回去确定汉布尔顿中校的位置，再将他也安全带回。但当时人们几乎就能听见诺

左图：在海豹突击队的驻地，挂出了手制的“欢迎回家”条幅。在海外战区待了几个月后，海豹突击队队员们回家了，这个条幅正是战友们用来向他们致敬的。（图片来源：格雷格 · E. 马蒂逊 / 海军特种作战出版有限公司）

里斯说：“好的，没问题。”

诺里斯和越南同伴伪装成渔民，乘坐着当地丛林里常见的舢板出发了。第一阶段似乎不成问题，他们在敌人的眼皮子底下很快找到了第一名飞行员，将他带回。但两天后将汉布尔顿活着带出来的行动却被证明是困难的，授予诺里斯荣誉勋章的嘉奖辞是这样描写的，犹如银幕上的情节：

> “在美国军事援助越南司令部下的战略技术指导援助小组充任海豹突击队顾问时，他响应使命的召唤，冒着生命危险，体现出令人印象深刻的勇敢和无畏。
>
> “1972 年 4 月 10 日到 13 日，诺里斯中尉完成了一项史无前例的地面营救活动：营救两名在广治省深深陷入敌后的、被击落的飞行员。4 月 10 日夜，诺里

左图：一名海豹突击队士兵年幼的女儿抓着父亲的手，她的父亲回到团队集团总部，要进行一次紧张的海外部署。（图片来源：格雷格 · E. 马蒂逊 / 海军特种作战出版有限公司）

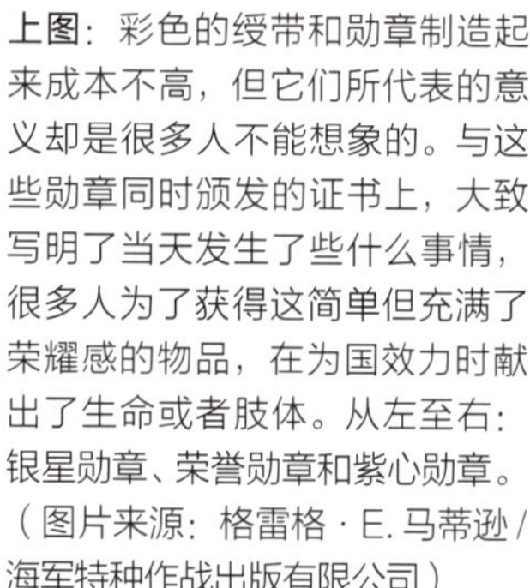

上图：彩色的绶带和勋章制造起来成本不高，但它们所代表的意义却是很多人不能想象的。与这些勋章同时颁发的证书上，大致写明了当天发生了些什么事情，很多人为了获得这简单但充满了荣耀感的物品，在为国效力时献出了生命或者肢体。从左至右：银星勋章、荣誉勋章和紫心勋章。（图片来源：格雷格·E.马蒂逊/海军特种作战出版有限公司）

右上图：2007年10月22日，华盛顿特区海军纪念堂举行仪式，向迈克尔·P.墨菲的家人授予荣誉勋章旗。海军荣誉勋章的受勋者也来到现场。从左至右：托马斯·克里（美国海军）、约瑟夫·R.克里（外号“鲍勃”，海豹突击队）、托马斯·R.诺里斯（海豹突击队）、小巴尼·C.巴纳姆（海军陆战队）。（图片来源：格雷格·E.马蒂逊/海军特种作战出版有限公司）

斯带领五个人在敌人重兵把守的地区行进2000多米，在拂晓时找到了一名飞行员，并且将其带回前沿作战基地（FOB）。4月11日，诺里斯带领一支三人小组再度出发寻找另一名飞行员，此前，他们所在的小型前沿作战基地刚刚遭到了迫击炮和火箭弹的凶猛攻击。接连两次的营救努力都宣告失败。4月12日下午，一名前沿空域管制员确定了这名飞行员的位置，并且通知了诺里斯中尉。诺里斯带领一名越南人化装成渔民，乘一条舢板找了一个晚上，终于在黎明找到了已经受伤的飞行员。他们用竹子和植物将飞行员隐藏起来，然后踏上归途。他们成功地躲开了北越的巡逻部队。在接近前沿作战基地时，他们遭到了重机枪火力的射击。在诺里斯中尉的呼叫下，空中火力支援及时赶到，压制住了敌方的火力，并制造出烟幕，使得诺里斯的营救分队能够抵达前沿作战基地。在面对极端危险的情况时，他杰出、果决的领导作风，无畏的勇气和无私的奉献精神，使得美国海军部队最优良的传统得到了提升。”

诺里斯中尉后来身受重伤，不得不离开海军。他于是

左图：在华盛顿特区美国海军纪念堂内举行的仪式中，海军作战部长盖瑞·罗赫德上将向迈克尔·墨菲中尉的母亲莫丽恩·墨菲授予荣誉勋章旗。迈克尔·墨菲中尉是荣誉勋章的获得者。（图片来源：格雷格·E. 马蒂逊 / 海军特种作战出版有限公司）

下图：海军仪仗队行进而过，墨菲中尉的家属和美国海军的高级官员就站在他们身后。照片拍摄于华盛顿特区的美国海军纪念堂，照片中的场景是在举行向墨菲的家属献上荣誉勋章旗的仪式。根据 2002 年 10 月 23 日创立的公共法律，法律生效之日开始，对于所有获得荣誉勋章的人，当局都要向他们授旗。（图片来源：格雷格·E. 马蒂逊 / 海军特种作战出版有限公司）

前往马里兰大学继续他当初计划的学业，后来成为一名联邦调查局探员。在位于弗吉尼亚州利特尔克里克的海军两栖基地里，有一座海军特种作战部队的建筑就是以他的名字来命名的。而且几乎所有人都毫不意外的一点是，好莱坞电影《野狼呼叫 21》说的更多的是那名被击落的飞行员，而不是营救他的海豹突击队队员。谦逊的托马斯·诺里斯

WAR DEPARTMENT
THE ADJUTANT GENERAL'S OFFICE
WASHINGTON 25, D.C.

CITATION FOR LEGION OF MERIT

Captain Christian J. Lambertsen, serving with the Office of Strategic Services from May 1944 to July 1945, rendered outstanding service in connection with the creation, peffection and teaching of new underwater swimming techniques for war operations. Devoting long, painstaking hours to his task, he invented life-sustaining and communications equipment for underwater use which proved eminently successful in amphibious campaigns in the Southwest Pacific. He also exhibited marked ingenuity in the India-Burma Theater of Operations by improvising equipment for use with a special midget submersible of British design and manufacture. By his outstanding initiative, skill, and devotion ot his task, Captain Lambertsen made a contribution to the war effort which reflected much credit upon himself and the United States Army.

(SEAL)

OFFICIAL
THE ADJUTANT GENERAL'S OFFICE
WAR DEPARTMENT

CERTIFIED TRUE COPY

CHARLES M. MAKER
Captain, CAC
AGF Liaison Officer

WITHDRAWAL NOTICE

RG: 226
Box: 00429 Folder: 0001 Document: 1
Series:

Copies: 0 Pages: 1

ACCESS RESTRICTED

The item identified below has been withdrawn from this file:

Folder Title: LAMBERTSEN, Christian J., Capt. (Army)
Document Date:
Document Type: Form
Special Media:
From:
To:

Subject: Legion of Merit

In the review of this file this item was removed because access to it is restricted. Restrictions on records in the National Archives are stated in general and specific record group restriction statements which are available for examination.

NND: 47589
Withdrawn: 03-05-2008 by: NWMD

RETRIEVAL #: 47589 00429 0001 1

上图：这是一份从国家档案馆中取出的机密文件，克里斯蒂安·兰博岑上校的家属将其放入兰博岑的私人档案里。而政府早就将这份文件从公共记录中撤出，列为机密。（图片来源：兰博岑家族）

右上图：水下爆破大队、海豹突击队和特战快艇部队做的很多事情至今还是机密，连有关他们所获勋章的信息很多都仍是保密的，图片中这份文件就是一个例子。这是克里斯蒂安·兰博岑上校档案里的一份通知。兰博岑是兰博岑水下呼吸器的发明者，他的勋章嘉奖辞一直是机密，直到2008年才解密。（图片来源：格雷格·E.马蒂逊/海军特种作战出版有限公司）

应该也希望如此。

引人注目的是，在越南的第三枚荣誉勋章被授予了一名海豹突击队队员，而他当时的任务正是营救诺里斯。在《野狼呼叫21》所演绎的事迹发生后六个月后，诺里斯在一次行动中身受重伤，并且有生命危险。这是如何与众不同的一个英雄团体啊！

海军士官迈克尔·E.桑顿比他的班长诺里斯年轻五岁。桑顿曾经参与过抓捕一名敌军士兵的行动，当时和他一起行动的包括二名越南海豹突击队队员和二名美国海豹突击队队员。

这种行动对于海豹突击队来说可谓家常便饭。诺里斯带领桑顿和其他人深入敌后，去抓捕一名北越的正规军士兵。然而，兵力投送到位后，情况迅速恶化。一名越南海豹突击队队员还告诉桑顿：诺里斯已经阵亡，这更是火上浇油。幸好桑顿沿原路返回，冒着危险自己去查证。嘉奖辞只能告诉我们这次光辉的行动的大概：

“1972年10月31日，他参与在越南共和国发生的一次大胆的、针对敌人的作战行动，其间，他响应使命的召唤，冒着生命危险，体现出令人印象深刻的勇敢和无畏。海军士官桑顿——一名美国海军海豹突击队的助理顾问，与另一名充任高级顾问的海军中尉，带领三名越南人前往敌人水上部队所驻扎的河岸基地执行一项情报搜集和俘虏抓捕任务。他们从一艘越南海军的平底帆船上出发，乘坐橡皮艇登陆，然后步行前往目的地。突然间，兵力上处于优势的敌人向他们开火。

“巡逻队呼叫海军的炮火支援，随即与敌人进行了激烈的交火，在给敌人造成重大伤亡后，他们开始向岸边撤退以避免遭到包围。这时，桑顿士官突然获悉：高级顾问被敌人的炮火击中，可能已经死亡，桑顿冒着炮火回到了中尉最后所在的位置，迅速解决掉二名就要攻上那个位置的敌军士兵，成功地将身受重伤昏迷不醒的高级海军顾问移到河边。随后他给中尉的救生夹克充气，拖了差不多两个小时，将其拉入水中，直到一艘支援舟艇将二人救起。正是由于桑顿士官非同寻常的勇气和坚持，其上级军官的生命得以保全，他是整个巡逻队伍得以安全撤出的直接功臣，他

左下图：五名海豹突击队员荣获了荣誉勋章，这也是美国军队中个人所能获得的最高荣誉。（图片来源：格雷格·E.马蒂逊/海军特种作战出版有限公司）

下图：说到海豹突击队队友之间的兄弟情谊，最好的例子莫过于这两名美国英雄了：托马斯·诺里斯中尉（左）和迈克尔·桑顿士官（右）。迈克尔·桑顿士官拯救了战友诺里斯的生命，并为此荣获荣誉勋章。三年后，诺里斯中尉因为一次拯救美国空军飞行员的行动也获得了荣誉勋章。（图片来源：格雷格·E.马蒂逊/海军特种作战出版有限公司）

上图：除了高级指挥官和军官，海豹突击队的士兵很少会穿着军装、佩戴着勋章出现在公众场合。这名海军上士用勋章显示了自己丰富的战场经历和勇敢的作战表现。第一排是银星勋章和带有V形章的铜星勋章以及其他代表勇气的勋章。紫心勋章也被展现出来。（图片来源：格雷格·E.马蒂逊/海军特种作战出版有限公司）

也由此使得美国海军部队最优良的传统得到了提升。”

从这些人的作为，我们也可以推想那些至今仍被保密的、海豹突击队队员在20世纪70年代的事迹。迈克尔·桑顿于1992年以上尉军衔退役。

令人悲伤的是，第4和第5名国会荣誉勋章都是追授的。这些光辉的事迹是非比寻常的，当然现在来看一点都不值得惊奇。

迈克尔·P.墨菲上尉在纽约长岛长大，1998年在宾夕法尼亚大学毕业，获得政治学和心理学的两个学位，这证明了他的才华，而在选择成为海豹突击队军官的人中，这种情况相当普遍。

墨菲之所以会在海军历史上占有一席之地，是因为他2005年在阿富汗的表现。当年6月，墨菲带领着一支四人侦察小组，在那个被战火撕裂的国家的兴都库什山脉执行“红翼行动”，他们在一万英尺的高山上行军，任务是抓捕一个高价值目标——塔利班的一名领导者。但由于当地的农民向敌人通风报信，整个行动陷入被动。

最终，墨菲和他的四名战友被敌人包围。在持续的交火中，所有人都受了伤。为了拯救战友，墨菲在交战过程中冲到开阔地上，以便获取更好的信号与巴格拉姆空军基地联系，呼唤空中支援。在两个小时之内，墨菲和海军士官丹尼·迪茨和马修·阿克塞尔森相继因伤重牺牲。剩下的那名队员是海军士官马库斯·鲁特瑞尔，他身受重伤，后来被营救回去。

那场营救活动所造成的伤亡是最为惨重的。陆军一架来自精锐第160特战空勤团（“暗夜潜行者”）的MH-47直升机被塔利班发射的火箭推进榴弹击落，机上八名海豹突击队队员和八名陆军特战队员阵亡。这是海军特种作战部队自二战以来最为惨重的一次人员生命损失，对于第160特战空勤团而言也是损失最为惨重的行动之一。

但正是墨菲无私的牺牲，使得兴都库什山区上空回荡着英雄主义的悲歌，就如同这段嘉奖辞所提到的：

“2005年6月27日和28日，在阿富汗统领一支特种侦察小队执行海军特种作战任务时，他响应使命的召唤，冒着生命危险，体现出令人印象深刻的勇敢和无畏。当时墨菲上尉带领小分队去抓捕一名反联军的高级激进分子头目，却在阿富汗库纳尔省阿萨达巴德附近地区遇到重大危险，此时，他表现出非同寻常的英雄主义精神。2005年6月28日，在极端崎岖的、被敌人控制的地区执行任务时，墨菲上尉和手下被反联军的激进分子同情者发现，这些人向塔利班告密。结果30~40名敌军士兵将这支四人小分队包围起来。墨菲上尉展现出非同寻常的决心，勇敢地率领手下与敌人的大部队交火。

“在接下来爆发的激烈枪战中，敌人遭到了重大伤亡，而海豹突击队的四名战士也全都受伤。墨菲上尉不

左下图：迈克尔·P. 墨菲上尉的荣誉勋章嘉奖辞。（图片来源：格雷格·E. 马蒂逊/海军特种作战出版有限公司）

下图：迈克尔·P. 墨菲上尉的荣誉勋章证书。（图片来源：格雷格·E. 马蒂逊/海军特种作战出版有限公司）

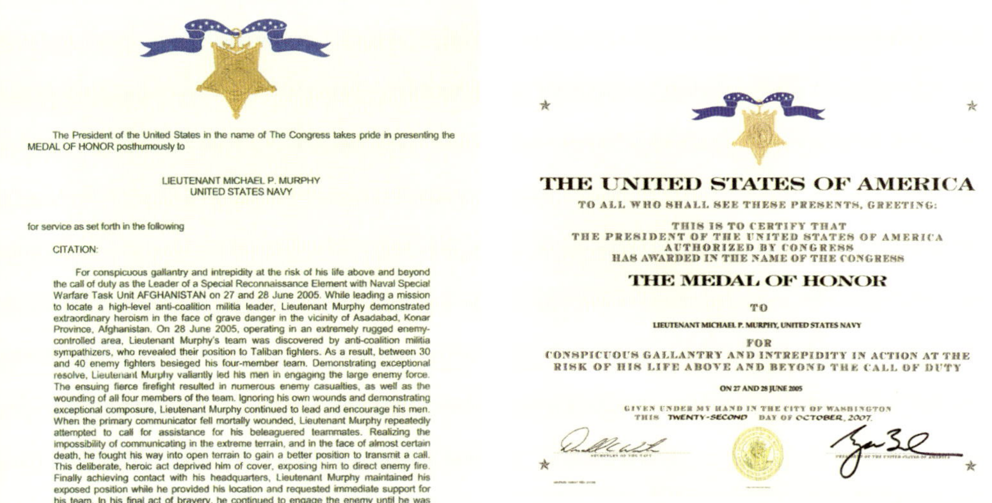

The President of the United States in the name of The Congress takes pride in presenting the MEDAL OF HONOR posthumously to

LIEUTENANT MICHAEL P. MURPHY
UNITED STATES NAVY

for service as set forth in the following

CITATION:

For conspicuous gallantry and intrepidity at the risk of his life above and beyond the call of duty as the Leader of a Special Reconnaissance Element with Naval Special Warfare Task Unit AFGHANISTAN on 27 and 28 June 2005. While leading a mission to locate a high-level anti-coalition militia leader, Lieutenant Murphy demonstrated extraordinary heroism in the face of grave danger in the vicinity of Asadabad, Konar Province, Afghanistan. On 28 June 2005, operating in an extremely rugged enemy-controlled area, Lieutenant Murphy's team was discovered by anti-coalition militia sympathizers, who revealed their position to Taliban fighters. As a result, between 30 and 40 enemy fighters besieged his four-member team. Demonstrating exceptional resolve, Lieutenant Murphy valiantly led his men in engaging the large enemy force. The ensuing fierce firefight resulted in numerous enemy casualties, as well as the wounding of all four members of the team. Ignoring his own wounds and demonstrating exceptional composure, Lieutenant Murphy continued to lead and encourage his men. When the primary communicator fell mortally wounded, Lieutenant Murphy repeatedly attempted to call for assistance for his beleaguered teammates. Realizing the impossibility of communicating in the extreme terrain, and in the face of almost certain death, he fought his way into open terrain to gain a better position to transmit a call. This deliberate, heroic act deprived him of cover, exposing him to direct enemy fire. Finally achieving contact with his headquarters, Lieutenant Murphy maintained his exposed position while he provided his location and requested immediate support for his team. In his final act of bravery, he continued to engage the enemy until he was mortally wounded, gallantly giving his life for his country and for the cause of freedom. By his selfless leadership, courageous actions, and extraordinary devotion to duty, Lieutenant Murphy reflected great credit upon himself and upheld the highest traditions of the United States Naval Service.

THE UNITED STATES OF AMERICA

TO ALL WHO SHALL SEE THESE PRESENTS, GREETING:

THIS IS TO CERTIFY THAT
THE PRESIDENT OF THE UNITED STATES OF AMERICA
AUTHORIZED BY CONGRESS
HAS AWARDED IN THE NAME OF THE CONGRESS

THE MEDAL OF HONOR

TO

LIEUTENANT MICHAEL P. MURPHY, UNITED STATES NAVY

FOR

CONSPICUOUS GALLANTRY AND INTREPIDITY IN ACTION AT THE RISK OF HIS LIFE ABOVE AND BEYOND THE CALL OF DUTY

ON 27 AND 28 JUNE 2005

GIVEN UNDER MY HAND IN THE CITY OF WASHINGTON
THIS TWENTY-SECOND DAY OF OCTOBER, 2007.

左侧四幅图，依次为：

授予来自新罕布什尔州埃克塞特 36 岁的一级军士长丹尼尔 · R. 希利的纪念币。当时，他的 4 名战友遭到伏击，他坚持参与营救任务。其四名队友登上陆军第 160 特战空勤团（“暗夜潜行者”）的直升机，结果全部在“红翼行动”的营救任务中丧命。在这些勇敢的人当中，只有马库斯 · 鲁特瑞尔一人有幸生还，他后来写了一本书《孤独的幸存者》。2005 年 6 月 28 日，总共有 11 名海豹突击队队员和 8 名陆军“暗夜潜行者”士兵阵亡。

授予迈克尔 · 墨菲上尉的纪念币。他 29 岁，来自纽约州的帕乔格，在执行侦察任务“红翼行动”的过程中阵亡。与他一道阵亡的还有两名海豹输送艇大队第 1 分队的队友。这支海豹突击队由墨菲上尉统领，成员包括海军士官马修 · 阿克塞尔森、丹尼 · 迪茨和马库斯 · 鲁特瑞尔，他们的任务是击毙或抓捕塔利班领导人艾哈迈德 · 沙，后者在阿萨达巴德以西统领着一群被称作“山地之虎”的叛乱分子。

授予二级军士长马修 · 阿克塞尔森的纪念币，他 29 岁，来自加利福尼亚州的丘珀蒂诺市，在执行侦察任务“红翼行动”的过程中阵亡。与他一道阵亡的还有两名海豹输送艇大队第 1 分队的队友。马修 · 阿克塞尔森和丹尼 · 迪茨还被追授海军十字勋章。在战斗中，二人在负伤后“继续以毫不示弱的斗志向敌人射击，他们自己留下来战斗，掩护其他队友撤离。将队友的安危置于自己的生命之上，他们在战斗中展现出非同寻常的英雄主义”。马修 · 阿克塞尔森于 2005 年 4 月被部署到阿富汗，6 月 27 日，他和另外三名战友秘密渗透入阿富汗边境的兴都库什山区，执行侦察任务。据报道，由墨菲上尉领导的这支小分队当时正在将近一万英尺的山峰上追踪一名高级恐怖分子头目，他们突然遭到在人数上居于压倒性优势的塔利班武装的伏击。墨菲通过电子设备呼叫增援，两架来自海豹突击队和陆军突击部队的直升机于是赶到现场。第一架直升机被一枚火箭推进榴弹击中坠毁，机上八名海豹突击队队员和八名“暗夜潜行者”突击队队员不幸殒命。侦察小分队的四人中，三人在交火中阵亡（马修 · 阿克塞尔森、迈克尔 · 墨菲和丹尼 · 迪茨）。另一名侦察小分队成员马库斯 · 鲁特瑞尔生还。他被一次爆炸击倒在地，双腿受伤，在步行数英里后，被一个阿富汗牧羊人发现，并隐藏保护了起来。2005 年 7 月 3 日，他被美军突击队营救出来。

授予二级军士长沙恩 · E. 巴顿的纪念币。他 22 岁，来自内华达州的博尔德市，在执行侦察任务“红翼行动”的过程中阵亡。与他一道阵亡的还有两名海豹输送艇大队第 1 分队的队友。6 月 28 日，沙恩 · E. 巴顿搭乘一架 MH-47“支奴干”直升机在白天前往一万英尺的山区，增援一支海豹突击队四人侦察小分队。不料，直升机被塔利班击落，沙恩 · E. 巴顿和机上另外 15 名战友不幸罹难。巴顿和另外七名海豹突击队队员以及八名陆军第 160 特战空勤团（“暗夜潜行者”）士兵是在英勇地试图营救海豹突击队战友时不幸殒命的。迈克尔 · 墨菲、马修 · 阿克塞尔森和丹尼 · 迪茨勇敢地继续战斗，但最终在塔利班的优势兵力围攻下全部阵亡。在那一天，总共 11 名海豹突击队队员为了反恐战争而捐躯，这也是海军特种作战部队自二战后单次阵亡人数最多的一次行动。这些被授予战士的勋章，象征了海军的核心荣誉观：勇气、责任、照顾队友直到最后一刻。

顾自己的伤势，非常镇定地领导和鼓舞着手下的人。当头号通信员受致命伤倒下时，墨菲上尉反复试图为自己遭到包围的队友寻求增援。后来他意识到在极端地形里不可能与后方取得联络，他抱着必死的决心杀到一片开阔地上，试图在更佳的位置上继续进行联络。

“他这一故意为之的英雄主义举动，使得他失去了一切掩护，直接暴露在敌人的炮火之下。最终，墨菲上尉与总部取得了联系，向总部提供了他的位置，并且要求总部立刻为他的小分队提供支援。在最后的时刻，他的行动依然勇敢，他继续与敌人猛烈交火，直到受到了致命伤，他英勇地将生命献给了他的国家和自由事业。墨菲上尉这种无私的领导品质，展现了他身上伟大的品质，也使得美国海军部队最优良的传统得到了提升。”

第二位获得荣誉勋章的海豹突击队队员也在反恐战争中献出了生命。

2006年，在伊拉克拉马迪的荒原上，二级舰艇纠察长迈克尔·A.孟苏尔和其他几名海豹突击队队员一起待在一个狙击位里，突然，敌人的一枚手榴弹直接打在了他的胸口，然后弹落在他们所在的临时藏身处的地面上。

孟苏尔是加利福尼亚州加登格罗夫市的居民，他的父

右下图：每一枚硬币背面都刻着“纪念我们倒下的兄弟”这句话，这些纪念币都是限量版的。

授予二级军士长詹姆斯·E.苏的纪念币。他28岁，来自佛罗里达州的迪尔菲尔德比奇，在“红翼行动”中阵亡。与他一道阵亡的还有两名海豹输送艇大队第1分队的队友。苏是海军特种作战部队的一员，他所在的部队专注于与塔利班进行作战，这是一个宗教激进主义政权，于2001年被以美国为首的联军推翻。但它在下台后继续进行游击战，尤其在阿富汗与巴基斯坦边境一带。苏的工作是确保“基地”组织在2001年9月11日对世贸双塔发动致命袭击后，不会再度从阿富汗潜入美国或者对美国发动恐怖袭击。

授予二级军士长丹尼·迪茨的纪念币。他26岁，来自科罗拉多州的利特顿，在执行侦察任务“红翼行动”的过程中阵亡。与他一道阵亡的还有两名海豹输送艇大队第1分队的队友。根据海军方面披露的消息，迪茨和另外三名队友当时组成一支海豹突击队四人小分队执行侦察任务，“他们的目的是在阿富汗阿萨达巴德附近山区找到塔利班一名关键的领导人”。2005年6月28日，海豹突击队第10分队被分配到一项任务：前往兴都库什山区击毙或抓捕一名高级的塔利班领导人。这支侦察小分队由迈克尔·P.墨菲、马库斯·鲁特瑞尔、丹尼·迪茨和马修·阿克塞尔森组成。鲁特瑞尔和阿克塞尔森是小分队中的狙击手，迪茨和墨菲则是观察员。他们被反对联军的人发现了，这些人立刻将迪茨等人的方位透露给塔利班。随即，大批敌军在优势兵力情况下向这支海豹突击队小分队发动攻击。小分队通过无线电求救，前来增援的“支奴干”直升机被一枚火箭推进榴弹击落，直升机上八名海豹突击队队员和八名陆军“暗夜潜行者”部队成员毙命。

右上图：迈克尔·墨菲的父亲丹尼尔·墨菲在一场仪式上抚摸自己儿子的照片，这场仪式在五角大楼的英雄礼堂进行，那些获得荣誉勋章者的照片都会展示在那里。（从左至右）海军部长戈登·英格兰、海军部长唐纳德·C. 温特、墨菲上尉的母亲莫丽恩·墨菲以及海军作战部长盖瑞·罗赫德上将。（图片来源：格雷格·E. 马蒂逊 / 海军特种作战出版有限公司）

上图：2007 年 10 月 22 日，在荣誉勋章授予仪式之后，乔治·W. 布什总统拥抱了迈克尔·墨菲上尉的父亲丹尼尔·墨菲。丹尼尔的妻子莫丽恩则看着墨菲上尉被追授荣誉勋章。（图片来源：埃里克·德雷珀）

右图：2007 年 10 月 22 日，在白宫的东房，迈克尔·墨菲上尉的父母丹尼尔·墨菲和莫丽恩·墨菲代表儿子从总统乔治·W. 布什手上接过荣誉勋章。这枚荣誉勋章是追授给墨菲上尉的，表彰他在“红翼行动”中的表现。（图片来源：格雷格·E. 马蒂逊 / 海军特种作战出版有限公司）

亲和兄弟都是海军陆战队队员，他的战友们把他描绘成一个谦逊、温和的人，从自己的家庭传统和信仰中汲取力量。他用自己的生命拯救了身边的人。国会荣誉勋章的嘉奖辞告诉我们，一次普通的作战是如何演变成非同寻常的牺牲举动的。

> “2006 年 9 月 29 日，孟苏尔作为海军特种作战部队阿拉伯半岛任务集群的自动武器枪手，参加了伊拉克自由行动，他响应使命的召唤，冒着生命危险，体现出令人印象深刻的勇敢和无畏。当时海豹突击队和伊拉克军队组成了一支联合狙击小分队在伊拉克拉

> 马迪被叛乱分子占据的地区执行任务，孟苏尔就是小分队成员之一，他的任务是在屋顶上进行早期预警和外围保护。海军士官孟苏尔在巨大的危险面前展现出自己无与伦比的勇敢。当天清晨，叛乱分子准备进行一次联合进攻，他们先对狙击小分队的周边区域进行侦察。小分队的狙击手消灭了两名叛乱分子，遏制了敌人的第一波攻势。敌人继续向小分队发动攻击，用火箭推进榴弹和轻武器火力与小分队交战。
>
> “随着敌人的攻势越来越猛烈，海军士官孟苏尔端着机枪来到两名队友当中，占据了屋顶上的一个凸起处。正当海豹突击队警觉地查看敌人的动向时，一名叛乱分子不知从哪儿扔了一枚手榴弹过来，击中孟苏尔的胸口后落在他身前。当时只有他一个人有机会逃脱爆炸的伤害，但孟苏尔士官却选择保护他的战友。他迅速奋不顾身地扑到手榴弹上，用身体阻挡手榴弹爆炸所散发出的冲击波，拯救了两名队友的生命。面对死亡的必然来临，他展现出无畏的勇气、战斗精神和不可动摇的为使命献身的精神，孟苏尔士官勇敢地为自己的祖国献出了生命，这展现了他身上伟大的品质，也使美国海军部队最优良的传统得到了提升。”

这些令人难以置信的有关勇气和勇敢的故事，并不是海豹突击队获得喝彩声的全部原因。他们的事迹甚至拓展到了宇宙探索领域。许多人知道海军上校威廉·M.谢泼德是国际空间站的第一任指挥官，但几乎没人知道在成为宇航员前他是一名海豹突击队队员。在他之后另一个走进美国航空航天局的是克里斯·卡西迪少校，后者从海军学院毕业，获得数学和海洋工程学的学位，后来又进入马萨诸塞理工学院学习并毕业。他后来成为一名海豹突击队队员并且因为参与在阿富汗的行动荣获铜星勋章。2007 年，他被美国航空航天局选中成为宇航员。2009 年 7 月 15 日，

右图：在位于华盛顿特区的海军纪念堂所举行的荣誉勋章授旗仪式上，荣誉勋章获得者迈克尔·孟苏尔的父母乔治·孟苏尔和萨利·孟苏尔站在海军高层领导人身旁。（图片来源：格雷格·E.马蒂逊/海军特种作战出版有限公司）

右图：在位于华盛顿特区的海军纪念堂所举行的荣誉勋章授旗仪式上，在海豹突击队战友和孟苏尔家属的见证下，荣誉勋章旗被展开，并被交给了迈克尔·孟苏尔的父母。（图片来源：格雷格·E.马蒂逊/海军特种作战出版有限公司）

右图：在位于华盛顿特区的海军纪念堂所举行的荣誉勋章授旗仪式上，迈克尔·孟苏尔的母亲萨利·孟苏尔拿着儿子获得的荣誉勋章旗，她和迈克尔·孟苏尔的父亲乔治·孟苏尔一起出席了授旗仪式。出席授旗仪式的还包括海军作战部长盖瑞·罗赫德。（图片来源：格雷格·E.马蒂逊/海军特种作战出版有限公司）

上图：海豹突击队的迈克尔·P. 墨菲上尉来自纽约州的帕乔格。2005年6月28日，在执行侦察任务“红翼行动”时阵亡，当时他带领一支四人小分队在阿富汗阿萨达巴德附近的山区寻找塔利班一名关键的领导者。小分队遭到敌人优势兵力在优势位置上的火力攻击。墨菲故意离开自己的掩护位，试图获得更好的信号与司令部联络。他因此暴露在敌人的火力之下，并受了致命伤。他被敌人瞄准，遭到敌人子弹的射击，但他还是向司令部通报了自己的位置，并且要求给自己的小分队立刻提供支援。然后他回到掩护位继续战斗，直到因为伤势过重倒下。为此，墨菲上尉被追授荣誉勋章。（图片来源：美国海军）

上左图：二级舰艇纠察长迈克尔·A. 孟苏尔在伊拉克自由行动中参加了一次行军。2006年9月29日，孟苏尔为了拯救战友扑到一枚手榴弹上，他因此被追授荣誉勋章。此前在2006年的5月，他在伊拉克为了掩护、营救一名受伤的队友，将自己暴露在敌人的重火力之下，并因此领到了一枚银星勋章。（图片来源：孟苏尔家族 / 美国海军）

他搭乘“奋进”号航天飞机，执行 STS-127 次任务进入国际空间站。

但鲜为人知的是，在国际空间站出现前的几十年中，以及火箭飞行器飞向月球的许多年前，海豹突击队队员要在实验室里接受实验，目的是看看在太空旅行中人类究竟会承受怎样的痛苦。

比尔·布鲁姆勒军士长的海豹突击队生涯就是一段传奇。1953 年，这位来自马萨诸塞州沃尔登的普通小孩加入海军，目的是为了“看看世界”，却成了海军乃至全世界的无名英雄。

1957 年，美国空军的宇宙专家承担起准备将美国人送上太空的重任。他们觉得所有的宇航员都必须是具有高级技术技能的人，而身体条件则是在宇宙中进行持久活动的次要条件。但莱特·帕特森空军基地（位于俄亥俄州）的太空科学家对这一点并不认同。

于是，三级军士长比尔·布鲁姆勒以及他的水下爆破大队的其他战友要证明一个科学理论：体能训练对于太空飞行而言是至关重要的。他和他的水下爆破大队战友实际上成了人体实验小白鼠。

在接下来的三周里，科学家们每天花 12 个小时折磨右图：参与“持久自由”行动的海豹突击队队员的合影。从左至右，二级声呐军士长（海面）马修·G. 阿克塞尔森（来自加利福尼亚州的丘珀蒂诺）、一级信息系统军士长丹尼尔·R. 希利（来自新罕布什尔州埃克塞特）、二级司务军士长詹姆斯·苏（来自佛罗里达州的迪尔菲尔德比奇）、二级医务军士长马库斯·鲁特瑞尔、二级机械军士长埃里克·S. 巴顿（来自内华达州的博尔德市）以及迈克尔·P. 墨菲上尉（来自纽约州的帕乔格）。除了鲁特瑞尔外，照片中其余的人都在 2005 年 6 月 28 日在参与“红翼行动”时被杀。（图片来源：美国海军）

他们的身体。布鲁姆勒先是在 130 华氏度的高温下忍受数个小时，然后又被投入 0 华氏度以下的酷寒环境中。他和他的队友还被送入压力室，忍受 11 个 G 的压力。

这些实验在许多年的时间里都是秘密，就如同海豹突击队所做的其他所有事情一样。宇航员在太空舱里回到地球后投入了大海，按照媒体的说法，“海军潜水员”将宇航员从海中拖出，送往安全地带。其实这里的“海军潜水员”就是海豹突击队队员，但他们是永远无法被提及的无名英雄。那么多的秘密！

比尔·布鲁姆勒可以说是一本充满了秘密的书。就在数年之后，他说道：“我是第一批被通知将身份转为中情局成员并为中情局暂时效力的海豹突击队队员之一。”

布鲁姆勒还说了一些历史学家花了数十年时间试图去证实的事情：“我和 12 个战斗蛙人一道溜进了古巴的一个港口，他们都是古巴流亡分子，时间是 1964 年的深冬，我们在那里炸掉了几艘俄罗斯的导弹艇。”

他参与训练了这批古巴流亡分子，他信任他们。他记得这批人多么忠于古巴，但也忠于美国。他悲伤地回忆道，1963 年 11 月 22 日，他和古巴人在佛罗里达州基比斯坎岛的一座安全屋内，从电视上获悉美国总统肯尼迪遭到暗杀的消息，所有人都痛哭流涕。

他镇定而自信地表示，为中情局工作是“很正常”的，在训练许多小分队渗透共产主义岛国时，海豹突击队的作用仅次于中情局。但他说他是唯一一个真正参与爆破行动的人，战斗蛙人们在他的监督下执行了12次任务。而炸毁俄罗斯导弹艇的那次是唯一一次他潜入水底执行的任务，“为的是确保一切进展顺利”。

他清晰地记得那次渗透任务，因为他们几乎就被敌人发现了。当时他们搭乘一艘悬挂巴拿马旗帜的货船，从雷克斯的劳德代尔堡港出发执行任务，货船一直行驶到距离古巴海岸仅几英里的地方。他和手下12名古巴蛙人分乘

左 图：2007年10月22日和2008年4月8日，美国总统乔治·W.布什在白宫东房分别向迈克尔·P.墨菲上尉和二级舰艇纠察长迈克尔·A.孟苏尔颁发荣誉勋章。照片中是典礼来宾会拿到的一份典礼安排。（图片来源：格雷格·E.马蒂逊/海军特种作战出版有限公司）

上图：海军特种作战司令部司令约瑟夫 · 马圭尔海军上将在海军纪念仪式上发表讲话。在这次仪式上，海豹突击队队员丹尼 · P. 迪茨（来自科罗拉多）和马修 · G. 阿克塞尔森的遗孀代表已经阵亡的丈夫领受了海军十字勋章，这也是美国海军内部规格第二高的勋章。（图片来源：格雷格 · E. 马蒂逊 / 海军特种作战出版有限公司）

右上图：海豹突击队队员丹尼 · P. 迪茨（来自科罗拉多）的妻子从海军特种作战司令部司令约瑟夫 · 马圭尔海军上将手中接过美国海军规格第二高的勋章——海军十字勋章。这枚勋章被用来表彰迪茨在阿富汗英勇的作战表现，他本人已经在作战中阵亡。在位于美国首都的美国海军纪念堂，佩斯蒂 · 迪茨在从海军部长唐纳德 · 温特手中接过海军十字勋章时，忍着眼泪说："丹尼是一个沉默的勇士。"她说："很多人看到魔鬼就逃开了。只有真正的男人才会与邪恶的恐怖主义正面较量，丹尼为此战斗到了最后一息。"（图片来源：格雷格 · E. 马蒂逊 / 海军特种作战出版有限公司）

几艘橡皮艇来到距离古巴军港仅几百码处。任务的目的，是炸掉四艘苏联“科马”级导弹艇。布鲁姆勒称，根据原计划他其实可以待在货船上，但在最后一刻他决定亲自参与任务。他的古巴战友们将一些吸附式水雷安放在“科马”级导弹艇的外壳上，这时他注意到码头上出现了几名武装警卫。布鲁姆勒回忆道，吸附式水雷“在被砸到导弹艇上时，发出见鬼一样的杂音”。他看到警卫通过无线电呼叫增援，他们明显已经知道了有人正要破坏这几艘导弹艇。

布鲁姆勒当时还是一名 E-5 级别（国防部级别）的中士，他说 3~4 艘导弹艇被炸上了天，他和他的队伍随后回到了中情局的母船上。

正是这种在战火中体现出来的、不装腔作势的、超出常人想象的勇敢举动，使得海豹突击队平均每个人获得的勋章数量，要超出其他军事部队。

而在伊拉克费卢杰极为肮脏的一天中，一级军士长道格拉斯 · 戴的表现则又一次诠释了这种勇气和决断。他冒着枪林弹雨闯入了敌人的一座建筑，身中 17 弹，被一枚敌人的手榴弹击中，连手上的步枪也被击落脱手。他没有因此退却，而是拿起手枪干掉三名叛乱分子，却没有伤及就在附近的妇孺。他因此荣获银星勋章。

上图：在阿灵顿国家公墓，海豹突击队的约瑟夫·D. 克南少将从海军一级密码逻辑技术员史蒂文·菲利普·多尔蒂的棺材上接过旗帜。2007 年 7 月 6 日，史蒂文·多尔蒂在巴格达附近执行作战任务时阵亡。与他一同被杀的还有一级大众传媒专员罗伯特·理查德·麦克里尔和一级特战行动员贾森·戴尔·刘易斯。（图片来源：格雷格·E. 马蒂逊 / 海军特种作战出版有限公司）

左上图：在阿灵顿国家公墓，约瑟夫·D. 克南少将从海军一级密码逻辑技术员史蒂文·菲利普·多尔蒂的棺材上接过旗帜，交给多尔蒂的家属。2007 年 7 月 6 日，史蒂文·多尔蒂在巴格达附近执行作战任务时阵亡。与他一同被杀的还有一级大众传媒专员罗伯特·理查德·麦克里尔和一级特战行动员贾森·戴尔·刘易斯。保障人员所承受的风险不比海豹突击队、特战快艇部队所承受的风险来得低。（图片来源：格雷格·E. 马蒂逊 / 海军特种作战出版有限公司）

而且在海豹突击队内，具有这种令人心折的英雄主义的并不仅仅只是射手，即便是医，他们也首先是斗士：

2003 年 10 月，军医官马克·L. 唐纳德上尉在阿富汗骑着马执行一次针对“基地”和塔利班武装的作战行动。他和他的巡逻部队遭到火箭推进榴弹以及轻武器的重火力伏击。两枚火箭推进榴弹就在他乘坐的车前爆炸。

唐纳德上尉一边开火还击，一边冒着战火将队伍中的阿富汗籍指挥官拉到安全地带，将受伤的美国驾驶员拉到已经被毁的车辆边上。敌军用令人胆寒的火力开始向他们的位置扫射，唐纳德用自己的身体掩护两名受伤的同伴。随后，他看到在另外两辆被毁的车里的两名阿富汗人也受了重伤，于是他冒着重火力杀过去营救他们，并给予医疗救治。

在治疗完伤者后，他掌管了阿富汗人组成的小队，部署他们去试图打破伏击圈，自己则继续治疗许多身受重伤的战友。

就在那一天稍晚的时间，在清理早先一次战斗的战场时，他和他的部队再度遭到一个排的敌军伏击。知道有人受了重伤，唐纳德上尉毫不犹豫地、毫不顾及个人安危地在两军之间狂奔 200 米，将自己暴露在令人胆寒且持续不

上图：夏威夷海豹输送艇大队第1分队驻地外矗立的纪念碑。（图片来源：格雷格·E. 马蒂逊/海军特种作战出版有限公司）

断的重机枪和轻武器的火力下，只为了救治两名伤员——一名阿富汗人和一名美国人。

故事到这里还不算完。唐纳德上尉此时仍然面临敌人的重火力压制，并且已经被弹片所伤，他也清楚自己距离阿帕奇直升机所发火箭弹瞄准的目标非常近，他还是顶着所有不利因素，将幸存的阿富汗士兵组织起来，领着他们冲杀200米，然后撤退到安全位置。

在将伤员撤离并回到基地后，唐纳德上尉才开始给自己疗伤。正是由于其在2003年10月25日所表现出来的非同寻常的勇气，马克·L. 唐纳德上尉——一名医疗军官获得了海军十字勋章。数星期之后，也就是2003年11月

右图：海豹突击队队员杰弗里·艾伦·卢卡斯和迈克尔·马丁·麦格里维在2005年9月28日并肩战死，他们都被埋葬在弗吉尼亚州境内的阿灵顿国家公墓。在那悲壮的一天中，海军特种作战部队遭受了二战后最为惨重的生命损失，11名海豹突击队队员和8名美国陆军第160特战空勤团（“暗夜潜行者”部队）成员阵亡。（图片来源：格雷格·E. 马蒂逊/海军特种作战出版有限公司）

右图：海豹突击队队员戴维·M. 塔帕的坟墓。2003年8月20日，他在巴基斯坦边境一个混乱的省份加入一支护送队执行战斗任务。这支护送队遭到伏击，塔帕背部中弹。他被转移到巴格拉姆空军基地，最终伤重不治。许多海豹突击队队员都死去了，这里却无法提及他们的故事，尽管如此，当我走在阿灵顿公墓里，看着一排排的墓碑时，这块墓碑依然深深震撼了我：塔帕似乎依然在领导着战友们。（图片来源：格雷格·E. 马蒂逊/海军特种作战出版有限公司）

上图：海豹输送艇大队第1分队以及陆军第160特战空勤团阵亡士兵的朋友和家属聚集在太平洋国家纪念公墓里，向他们在全球反恐战争中殒命的兄弟、父亲、丈夫、叔伯和朋友致敬。这些海豹突击队队员是在阿富汗执行反恐作战任务时被杀的。（图片来源：美国海军二级摄影军士长詹妮弗·L. 拜利）

右上图：在位于夏威夷火奴鲁鲁的太平洋国家纪念公墓里，一朵鲜花静静地躺在一排海豹突击队的装备前。这里正在举行一场仪式，纪念五名海豹输送艇大队第1分队的水兵。这些海豹突击队队员是在阿富汗执行反恐作战任务时被杀的。（图片来源：美国海军三级记者军士长瑞安·C. 迈克金利）

左下图：克里斯·卡西迪是海豹突击队队员兼宇航员，他毕业于美国海军学院，并且在马萨诸塞理工学院获得学位。卡西迪充任了十年的海豹突击队队员，在“9·11”事件发生两个星期后就被部署到阿富汗地区，之后还和其他人一道第二次踏上阿富汗国土。他还在海豹输送艇大队第2分队积累了200小时的“干式甲板换乘舱”指挥官经验，而这些仅仅是他在被美国航空航天局选中加入宇航员训练前，在海豹突击队里所获得诸多成就中的几个。在照片中，他正在航天飞机外，准备执行STS-127号宇航任务，此后他还要执行更多的宇航任务。（图片来源：美国航空航天局）

下图：海军上校威廉·谢泼德穿着宇航服，海豹突击队的三叉戟徽章就在胸前。他毕业于美国海军学院，后来又在马萨诸塞理工学院获得学位。他曾经在水下爆破大队、海豹突击队和特种舟艇大队服役，1984年被美国航空航天局选中参与宇航员项目。他四次飞入太空，在宇宙中待了159天。2000年10月到2001年3月，他指挥了第一次进入国际空间站的任务。威廉·谢泼德上校的成就有很多，上述只是其中的一部分。（图片来源：美国航空航天局）

上图：在水下爆破大队和海豹突击队举行的年度联合能力展示演练中，海豹突击队队员在公众场合外立正聆听国歌。（图片来源：格雷格·E. 马蒂逊 / 海军特种作战出版有限公司）

10 日，唐纳德上尉又因一次英勇之举荣获了银星勋章。

这又是一个充满传奇的故事。

我们最后要说的是贾森·雷德蒙中尉不可思议的事迹。在贝瑟斯达海军医院与小布什总统会面时，他没有说起自己的事迹，但几乎可以肯定的是，身为三军统帅的小布什肯定听说过这位鼓舞士气的海豹突击队队员。

在雷德蒙保存的一份日志里，他骄傲地回忆起自己受伤的原因，还有他是如何康复的：他因 3 枚 7.62×54 毫米 PKC 机枪子弹而受伤；为了康复，他接受了 5 次输血、1 次气管切开术——气管处于被切开状态整整 7 个月零 2 天，大约逢了 1150 针，使用了 200 颗 U 形钉、3 块金属板、1 个观察网状眶底修复钛板、15 颗螺丝钉、8 个别针、2 个外固定器，12 次皮肤移植，1 次腓骨移植，下巴缝合 11 周，

左图：海豹突击队军士长比尔·布鲁姆勒是美国航空航天局用来进行人体耐受度实验的第一人。美国航空航天局认为，只有海豹突击队队员的身体条件才能达到他们所设定的人体耐受极限。布鲁姆勒毕业于海豹突击队基本水下爆破第 13 训练班，也是海豹突击队里的第一名驯狗员。比尔所训练出的狗名叫“王子”，在越南战场上荣获紫心勋章。（图片来源：汤姆·霍金斯）

掉了 40 磅体重，经受了 20 次总共 120 小时的外科手术，已经在医院里待了 59 天并且还在医院里。

如果有那么一瞬间，你觉得雷德蒙保存的是他的苦难账本，那你得再想想。下面这段文字是贴在他的病房门口的：

"注意！！——请看一看

"所有进入的人请注意：

"如果你来到这间病房是为我的伤势感到难过，到别处去。我的确受了伤，但那是因为我投入了一份我热爱的工作，我为了我所爱的人而工作，感谢这份工作，我可以为这个我所深深热爱的国家，为这个国家的自由事业贡献我的一份力量。我的强悍是不可思议的，我会完全康复的。'完全'是啥意思？就是我的身体绝对能够恢复到最佳状态，然后我还能用我纯粹的、不屈的精神将身体状态再提升 20%。在这间病房里，你看到的是快乐、乐观以及强劲而快速的再生长。如果你不是来看这个的，到其他地方去。"

通过这些朴实的语言，你就能领略到所有海豹突击队队员，乃至所有海军特种作战部队成员的心灵和精神面貌。我们亏欠他们很多，永远无法还清。

上图：医疗官马克·L. 唐纳德上尉先是获得了海军十字勋章，几个星期后又因为另一次英雄主义的行动而荣获银星勋章。（图片来源：简尼·霍布斯）

左上图：在小布什执政时期的最后两个星期里，国务卿康多莉扎·赖斯与海豹突击队成员会面，然后她最后一次启程飞回华盛顿。

下图：国务卿康多莉扎·赖斯和海豹突击队第 10 分队的战士在一起，这张照片是在小布什执政时期最后两个星期里拍摄的。

左图：授予参加“蟒蛇行动”的尼尔·C. 罗伯茨的纪念币（正面与反面）。32岁的一级海军士官尼尔·C. 罗伯茨是海豹突击队在阿富汗战争中阵亡的第一人。他在2002年3月初执行“蟒蛇行动”时不幸丧命。当时，美军连着几个星期监视在喀布尔以南集结的塔利班和“基地”分子。代号“蟒蛇”的作战行动是要采取“锤砧战术”粉碎这支部队。阿富汗当地友军要在美国特种部队的协助下，将敌人从北面和西北面的三个口子赶入沙伊库特山谷，而美军早就在那里埋伏着了。两架“支奴干”双头直升机参与这场规模巨大的激烈战争，尼尔·C. 罗伯茨就搭乘其中一架进入战场。当直升机准备降落时，轻武器和火箭推进榴弹同时开火向它们射击，其中一枚火箭推进榴弹打在一架“支奴干”直升机的外壳装甲上，没有爆炸，弹落于地。这架“支奴干”的液压管线也被切断了。罗伯茨是这架直升机的尾部机枪手，他打开后舱室的门向敌人还击，不料脚踩到泄露的石油上滑倒，同时直升机向北剧烈倾斜，罗伯茨跌出了直升机。他从离地5～10英尺的地方重重落在地上，没有摔死，而且能暂时躲避“基地”分子一阵。空中侦察显示，当时罗伯茨正试图逃离。这次事件三个小时后，另两架“支奴干”从巴格拉姆空军基地出发，执行双重任务，营救罗伯茨，并向交战区投入更多兵力。其中一架直升机遭到猛烈的机枪炮火袭击，震动着螺旋冲向地面，但成功地迫降，迫降地距离先前两架直升机遭到炮火袭击的地点不足一英里。士兵们爬出已经报废的MH-47“支奴干”直升机，却遭到伏击。一架AC-130空中炮艇被命令加入战斗，提供近距离空中火力支援，但“基地”分子的炮火是如此猛烈，以至于美军无法在白天用直升机等工具将陷入重围的部队撤离。整个白天，战斗都在持续，用来搜救罗伯茨的第一小分队杀到坠毁的“支奴干”直升机旁。直到中午，最后一名美军士兵才被撤离。直升机还搭载了11名受伤的美军士兵和7具美军士兵的尸体：包括罗伯茨本人和6名没能实现营救罗伯茨任务的战友。罗伯茨在与追击者的交火中丧生。（图片来源：戴维·加特利）

我们可以在许多书中看到海军特种作战部队、海豹突击队及其前辈的事迹和行动，看到他们的牺牲、英勇和英雄主义。这里之所以不一一列举他们的名字、行动和所做出的牺牲，并不是因为我们忽略了他们。而是因为太多了，无论是已知的还是未知的，都太多了。有些甚至只有上帝才清楚，有些则无法拿到勋章或嘉奖，因为这仅仅是他们的工作，他们自己也将这种牺牲和英勇看成完成分内的工作。

当然，我们还要看到其他人的奉献。在那些支援、保障海豹突击队完成任务的人员中，有很多人也身受重伤甚至献出生命。不幸丧生的海豹突击队队员和密码专家、传媒专员、爆炸军械处理员、武器专员以及其他一些阵亡将士，他们都留下了悲伤的家属，这些家属虽然痛不欲生，但也为自己逝去的儿子、父亲、兄弟和丈夫感到骄傲。这些家属都得到了海豹突击队基金会的照顾，后者的慈善工作使得海军特种作战部队和海豹突击队的家属在长达数年的悲痛和恢复期内，能够彼此依靠。在这些勇士为我们国家流尽最后一滴血后，海豹突击队基金会还在那里像兄弟一样及时关心着他们，无论是和平时期还是战争时期。

在阅读了这些故事、看了这些照片后，如果你的心里充满了自豪，那就加入这支部队——海军特种作战部队的大家庭吧。

基金会可以用你提供的帮助来资助那些阵亡者的家属，以及那些迫切需要帮助的人。海豹突击队基金会成立

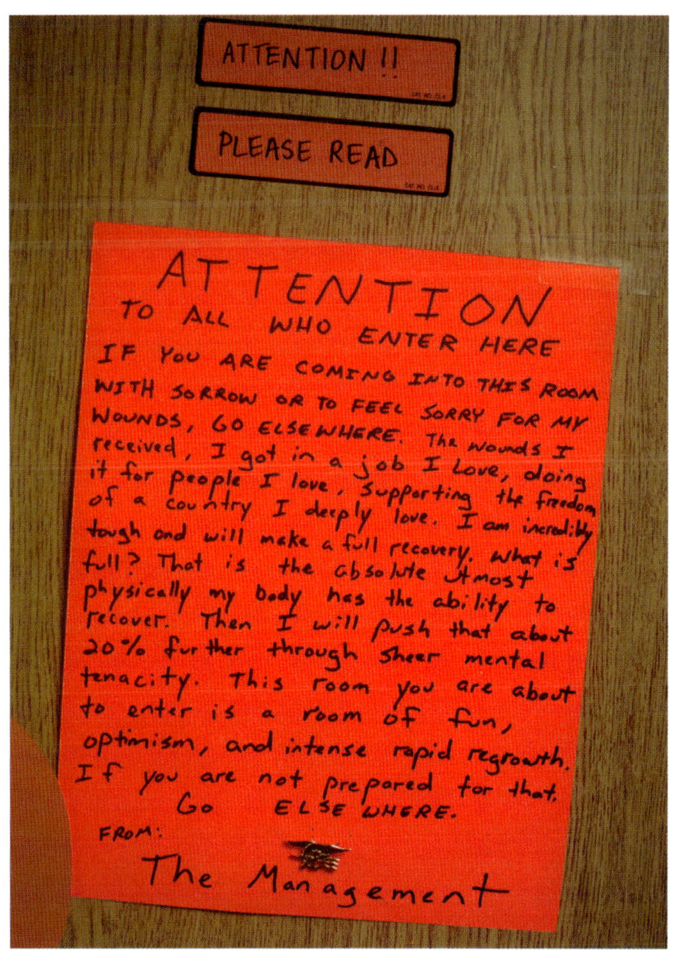

左图：2008 年 10 月，在沃特·里德国家医疗中心，这张字条被贴在受伤的贾森·雷德蒙中尉的病房门口。2007 年在伊拉克的安巴尔，雷德蒙被机枪子弹击中受伤。这张字条显示出海豹突击队队员所特有的思维模式。“所有进入的人请注意：如果你来到这间病房是为我的伤势感到难过，到别处去。我的确受了伤，但那是因为我投入了一份我热爱的工作，我为了我所爱的人而工作，感谢这份工作，我可以为这个我所深深热爱的国家，为这个国家的自由事业贡献我的一份力量。我的强悍是不可思议的，我会完全康复的。‘完全’是啥意思？就是我的身体绝对能够恢复到最佳状态，然后我还能用我纯粹的、不屈的精神将身体状态再提升 20%。在这间病房里，你看到的是快乐、乐观以及强劲而快速的再生长。如果你不是来看这个的，到其他地方去。”（图片来源：美国海军）

左上图：在离任前的几星期，美国总统乔治 · W. 布什和副总统迪克 · 切尼最后一次拜访了海豹突击队第 10 分队。总统和副总统向海豹突击队、特战快艇部队以及特战司令部成员致以最崇高的敬意，总统知道勇士和勇士的家属们每天都在承受怎样的风险和做出怎样的牺牲。照片中战士们的脸都被模糊化处理，这也告诉我们：让公众知道这些人在干什么是一件非常敏感的事情，以至于即便是类似这样的会晤都不得不秘密进行。

左中图：关上门，远离公众和媒体，布什总统开始向海豹突击队、特战快艇部队以及海军特种作战部队人员发表讲话，感谢他们在保卫国家的战斗中所做出的贡献。海豹突击队和海军特种作战司令部在全世界范围内所做的事情经常只有极少数人知道，有时候甚至只有总统和他手下的司令官知道。我们这个国家的人民之所以晚上能睡得安稳，是因为我们知道这些连脸都不能露的战士正在遥远的地方消灭敌人、消灭恐怖分子，使得后者无法对美国本土和全世界的美国人构成威胁。

左下图：美国中央司令部副司令罗伯特 · 哈沃德中将（来自海豹突击队）美国特种作战司令部司令埃里克 · T. 奥尔森上将（来自海豹突击队）、美国总统乔治 · W. 布什、美国海军特种作战司令部司令爱德华 · G. 温特斯三世少将（来自海豹突击队）、国家安全委员会反恐作战主任布赖恩 · L. 罗塞上校（来自海豹突击队）、国防部长高级军事助理约瑟夫 · D. 克南中将（来自海豹突击队）、副总统迪克 · 切尼。

下图：2012 年 9 月 11 日是“9 · 11”事件 11 周年的纪念日，美国总统奥巴马在前往五角大楼公墓的途中，突然造访了阿灵顿国家公墓。在没有媒体在场并进行报道的情况下，奥巴马来到在“勒索 17”行动中阵亡的美国海豹突击队队员的墓碑前，在每一个队员的墓碑上放上一枚“总统纪念币”，其中三块墓碑被标记为“不明身份遗体”。（图片来源：格雷格 · E. 马蒂逊 / 海军特种作战出版有限公司）

上图：在阿灵顿国家公墓，一级密码逻辑技术员史蒂文·菲利普·多尔蒂的儿子将手最后一次放在父亲的棺椁上。在这种庄严的时刻，海豹突击队基金会已经准备好帮助海豹突击队、特战快艇部队和海军特种作战部队保障人员的家属。（图片来源：格雷格·E. 马蒂逊 / 海军特种作战出版有限公司）

的宗旨是确保海军特种作战部队英勇的战士们可以获得长久的纪念和帮助，无论是现在还是未来。

这一重要活动的目标是，为海豹突击队、特战舟艇艇员和保障人员以及海军特种作战部队的勇士们筹集数以百万计的美元。正是由于他们在全球反恐战争的第一线拼杀，我们才能远离恐怖分子的袭击安逸地生活。

请访问他们的网站：www.navysealfoundation.org，帮助一位英雄。

左图：在“9·11”事件 11 周年纪念日当天，美国总统奥巴马利用私人时间秘密造访了阿灵顿国家公墓，将一枚“总统纪念币”放在海豹突击队队员乔纳斯·科尔绍的墓碑上。（图片来源：格雷格·E. 马蒂逊 / 海军特种作战出版有限公司）

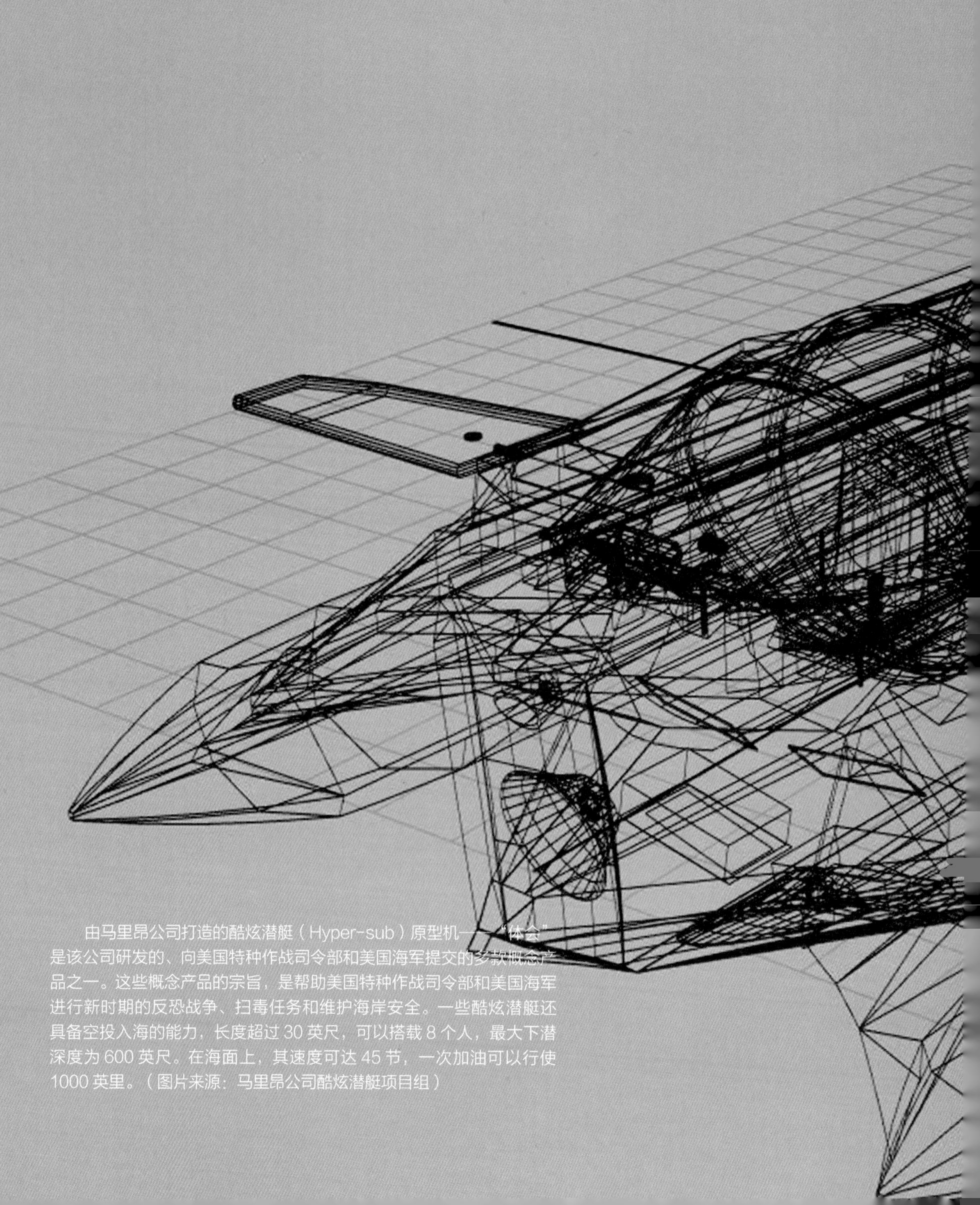

由马里昂公司打造的酷炫潜艇（Hyper-sub）原型机——“体会”是该公司研发的、向美国特种作战司令部和美国海军提交的多款概念产品之一。这些概念产品的宗旨，是帮助美国特种作战司令部和美国海军进行新时期的反恐战争、扫毒任务和维护海岸安全。一些酷炫潜艇还具备空投入海的能力，长度超过 30 英尺，可以搭载 8 个人，最大下潜深度为 600 英尺。在海面上，其速度可达 45 节，一次加油可以行使 1000 英里。（图片来源：马里昂公司酷炫潜艇项目组）

第十五章

海军特种作战的未来

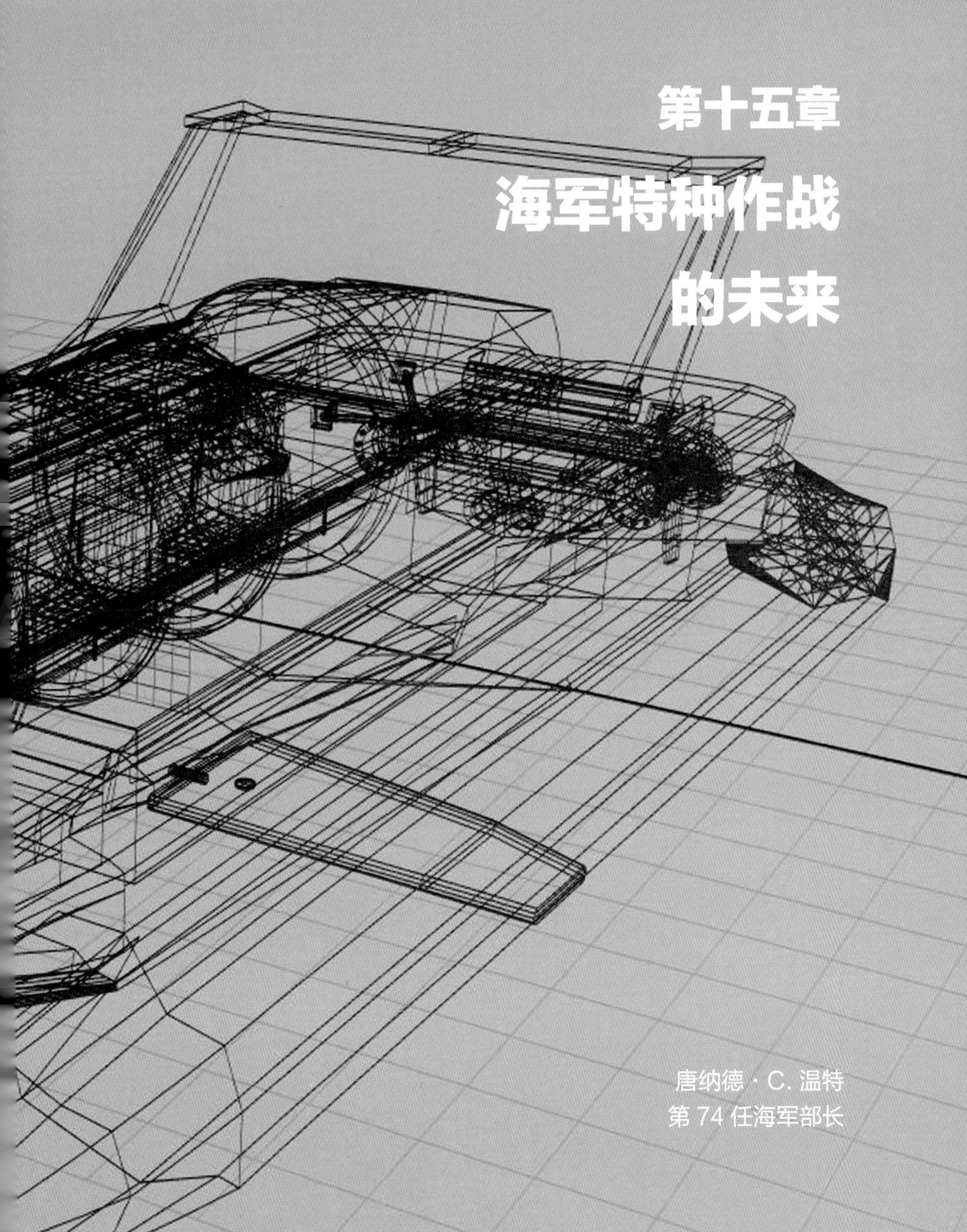

唐纳德 · C. 温特
第 74 任海军部长

第十五章

海军特种作战的未来

唐纳德·C. 温特　第 74 任海军部长

在战争时代里，在动荡岁月中，有一位生来就与众不同的勇士，他为响应国家的号召而准备着。他是平凡的人，但他对胜利的渴望却是非凡的。

苦难铸就了他，他与美国最精锐的特种作战部队并肩作战，为他的祖国效劳，为美国人民效劳，为保护他们的生命而拼搏。

我就是那个人。

——美国海军海豹突击队信条

下图：未来，海豹突击队可以在这种运输工具内飞翔于蓝天，驰骋于地面。在防御先进研究工程局（DARPA）举行的会议上，D 星工程公司提出了这款 AurAayan 垂直短距起降试验机（AVX-17），其他公司也在会上提交了它们为军方研发的“飞行汽车”方案。（图片来源：D 星工程公司）

2001 年 9 月 11 日，世贸双塔和五角大楼遭到袭击，自那之后，美国及其许多盟友面临前所未有的全球安全挑战。

左图：海豹突击队使用新型特种部队战斗突击步枪（SCAR）执行“侵入海滩”任务，这是一款由比利时 FNH 公司为海军特种作战司令部打造的模块化步枪。（图片来源：戴维·加特利）

美国对于这次恐怖袭击的回应，就是打响全球反恐战争。“9·11”事件后的数年里，海军特种作战部队在全球范围内参与了特种作战，一方面展现了特种作战的功效，另一方面凸显了在全球范围内与非对称敌人作战时我们在能力上的欠缺。随着反恐作战和其他特种作战的深入进行，美国和伙伴国的特战部队迅速调整，与恐怖主义威胁进行交锋。面对不断变化、适应力强并且凶狠无情的对手，海军特种作战部队已经全面介入了全球反恐战争，在可以预见的未来，他们仍会深度参与这场战争。除此以外，海军特种作战部队还一直被要求支援常规战争中的重大作战行动，对

左图：新型特种部队战斗突击步枪（SCAR）是一款模块化步枪，由比利时 FNH 公司位于美国的分公司打造。这款新型特种部队战斗突击步枪最近被海豹突击队使用，替代了以前的多种其他武器。它拥有两个变种型号：轻型的 5.56 毫米口径版，和重型的 7.62 毫米口径版，每个版本都可以选择搭配一长一短两根枪管中的一根。两个变种型号都可以搭配“马克 19”型榴弹发射器，只要插入步枪上的导轨系统即可。照片中的这柄步枪是“马克 16”轻型，配备了“马克 19”型榴弹发射器和消音器。（图片来源：戴维·加特利）

右图：在海豹突击队水下基本爆破训练教官严厉的目光中，未来的海豹突击队队员迈出了最基本的第一步。（图片来源：格雷格·E.马蒂逊/海军特种作战出版有限公司）

于海军特种作战部队和其他特战部队的要求从未如此之高，他们一旦失败，所带来的潜在后果也从未如此之深远。

武装部队需要研究其过去的战例，并在此基础上展望未来，只有这样，他们的历史才会完整，而且一旦在作战领域内发生演化或变革，他们又会发现自己的准备并不充分。美国特种部队最重要的目标之一，就是时刻为下一场战争做好准备——无论下一场战争会在哪里发生，会在何时发生，也无论下一场战争的交战形态会是怎样的。

海军特种作战部队如何调整自己以谋求未来作战的胜利，这是最后一章要讨论的话题。未来是无法预知的，但对于海军特种作战部队而言，总有一些目标、趋势、决定未

右图：团队精神是海豹突击队的核心价值观，过去如此，现在如此，将来也一直会是如此。照片中的这些人正在阿拉斯加的科迪亚克进行寒冷天气中的训练，训练涉及的内容包括硬件、衣服、武器、生存和导航。技术的传授和改进没有止境，在照片里，未来的海豹突击队队员们就在科迪亚克分遣队内的课堂上学习攀爬，然后他们就将在海岸线的峭壁上实践如何攀爬和下坠。（图片来源：戴维·加特利）

来走势的现实因素、任务和方向值得认真考虑。理解了这一点，我们才能更好地了解海军特种作战部队该怎样走好前面的道路，才能更好地了解海军特种作战部队的战士为什么要为未来做好准备，又如何为未来做好准备，才能理解如何存续他们的“勇士文化”——时刻警惕、时刻做好准备、适应一切环境，而最后这一点也是现实和期望的冲突。

上图：未来海豹突击队队员的面庞。海豹突击队第261训练班（第3阶段）在白天演练他们的“侵入海滩”技术，为晚上的演习做好准备。他们在演练过程中从太平洋登上海岸，然后追击模拟目标。他们带有全套通信装备，从水中攻击目标，完成这一切后，在白天聚集起来听取任务简报。（图片来源：戴维·加特利）

左上图：2006年5月10日，海军特种作战部队高层从海军部长、尊敬的唐纳德·C. 温特的手中接过“总统团队嘉奖”。这次嘉奖仪式在海军特种作战司令部举行。这次奖励是授予海军特种作战部队任务集群及其下属的战术及保障单位，表彰他们在伊拉克自由行动中的表现。（图片来源：美国海军）

理解未来的作战环境

美国面临着各式各样的安全挑战。从索马里沿岸的海盗到类似“基地”这样的跨国恐怖分子，还有流氓国家以及潜在的、实力相近的竞争对手，无论从地理上来看，还是从军事上来看，美国所面临的威胁种类都非常多。而且，过去60年来我们在战略和战术力量上的投资，成功地遏制了实力相近的竞争对手（比如苏联）与我们发生冲突，但这些做法对于流氓国家、恐怖分子和海盗而言未必管用。尽管美国和盟军的军事实力占据压倒性优势，但与流氓国家——比如在萨达姆·侯赛因领导下的伊拉克政权——之间的敌意往往是误判的结果。恐怖分子被狂热的信仰所蛊

上图：海军部长唐纳德·C. 温特博士使用遥控器，将一艘“海豹突击队投送、观察和灭敌舟战斗艇（海狮）”驾驶进入位于利特尔克里克的两栖训练营港口。“海狮”是一艘技术展示艇，由海军海洋系统司令部（NAVSEA）卡德洛克战斗艇分部为海军研发。（图片来源：美国海军）

右上图：在海豹突击队的某个射击场所里，一名海豹突击队队员向海军部长唐纳德·C. 温特博士展示自己装有“特种作战专有改进附件套装”（SOPMOD）的M-4卡宾枪。M-4是一款气动式、气冷式、弹仓自动供弹、射速可调、肩扛射击武器，是配有可脱卸式枪托的卡宾枪。（图片来源：美国海军）

惑，愿意牺牲自己和自己的家人来追求其“事业”；而海盗之所以能揭竿而起，是因为令其绝望的经济环境，加上当地缺乏政府的管治。在后面这些例子中，武装冲突不仅仅是实实在在可能发生的、有待遏制的情况，而且可能是一种持续存在的、危险的现实。

这种“有限”冲突的性质，使得我们有必要恰当地、精确地使用部队，如同外科手术一样精确。比如，没有人会质疑我们有能力抹掉索马里的城镇。然而，这种攻击行为所可能导致的附带伤害，会使这种选择变得并不明智。

特种作战部队使得高层在运用武装部队时可以拥有相当的灵活性，现在的政治现实就需要这样具有灵活性的武力运用。

在这类武装冲突里，很多作战地形具有不确定性，而特种作战部队，尤其是海军特种作战部队，可以很容易地适应这种不确定的地形条件。在冷战中，地形环境往往是确定的，这就使得北约部队可以重点关注一些地形区域，比如富尔达走廊。然而今天我们所要面对的作战地形环境却是不确定的，而且在可以预见的将来，也会是如此。一支以海军为基础的部队，可以抵达大多数未来潜在的冲突区域，因为海洋覆盖了地球70%的表面，并且80%的世界人口的生活区域距离海洋不到250英里。更重要的是，从海上进入冲突区域可以将政治风险最小化，在外国领土上设立固定的军事基地总要面临政治风险，比如2003年美国驻土耳其军事基地所面对的微妙局面。但目前在阿富汗进行的战争也表明，有必要在深入内陆数百英里的地方投射、驻扎特种部队。

另外有一点很重要：从历史上讲，非常规部队之所以能获取不对称优势，因素之一是他们对当地地形地貌比较了解。我们现在发现非常规部队还在寻求其他手段来提升其战力。特别是我们看到他们以自己的方式使用并改造了一批技术，来获取新型的、独特的博弈筹码。随着因特网和全球电子商务的成长，在全球范围内，发达国家的武装部队已经无法垄断装备技术。恐怖分子还围绕因特网建立起一整套机制来进行招募、训练以及行动协调，这甚至是最近才出现的新问题。现在，在全球范围内都能获取蜂窝及卫星通信手段，这些技术使得恐怖分子获取了各种能力，从指挥、控制复杂的攻击行动，到制造简易爆炸装置。

随着全球通信机制的演化，技术运用的方式也在发生变化。我们已经看到电子邮件—网络发帖—推特这样的演化过程，也看到其他电子技术的演化。更重要的是，我们发现这些技术应用不会局限在指挥和控制领域。爆炸性自动推进武器在中东的使用情况已经告诉我们，武器技术的

左图：一级特战舟艇艇员尼古拉斯·鲍威尔驾驶一艘“马克5型”特战艇，特战舟艇军士长德怀尼·凡·塔塞特在一旁将一些操作细节介绍给海军部长唐纳德·C. 温特博士。（图片来源：美国海军）

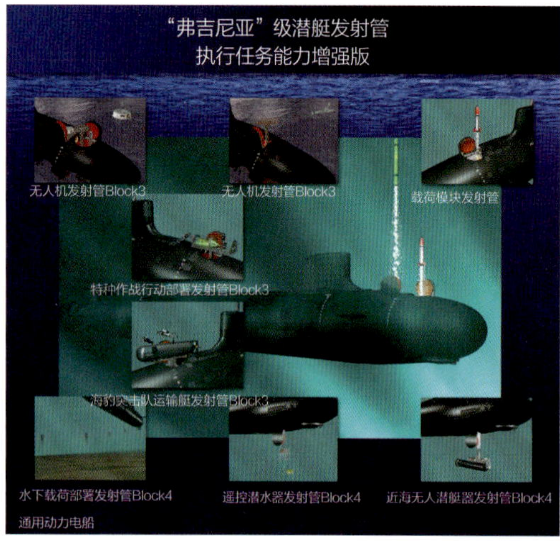

上图：SSN-774"弗吉尼亚"级潜艇。根据海军的规划，从2012年开始他们准备改变"弗吉尼亚"级潜艇的建造和布局方式，从而增强其战斗能力。海军将改变设计，使得"弗吉尼亚"级潜艇的中央部分可以容纳各种载荷与武器，并且可以迅速更换。"弗吉尼亚"级潜艇的功能包括：情报搜集、跟踪、侦察以及目标获取，特种部队支援，装载、发射打击武器，水下通信和传感器网络系统的安装，搭载、发射无人机，搭载、发射无人潜水器。为了建造一种潜艇能够迅速改装以适应各种任务，海军正在设计一种新型潜艇，其中央部分为U形，根据任务的不同，各种载荷可以通过U形的那个口子进行装载和卸货，就如同图中所示那样。这张让我们洞悉未来潜艇模样的图片出自通用动力电船公司之手。

右上图：最令人印象深刻的设计无疑是"艇艏捆扎"了。设计者们极力简化艇艏，将传统的、安放在半圆形头部内的声呐改装成水中听音器，并且改变布局，将"战斧"巡航导弹的发射架安装到水中听音器的后面。和原先12个分开的发射管不同，新的设计是将12枚导弹放在两个各自能放6枚导弹的弹仓里。这样一来，不仅每艘潜艇可以节省超过4000万美元的成本，也将大大提高"弗吉尼亚"级潜艇在搭载载荷方面的灵活性。新的导弹发射管是基于直径为7英尺的D-5三叉戟弹道导弹发射管改造的，其改造方式类似于4艘"俄亥俄"级巡航导弹核潜艇所接受的改造。这些发射管是全新建造的，与"俄亥俄"级潜艇的导弹发射管相比要短一些，每个发射管可以搭载一个"多合一全体上竖圆形发射筒"［Multiple All-Up-Round Canister（MAC）］，每个发射筒内可以容纳6枚"战斧"。"弗吉尼亚"级潜艇在安装时，没有在发射筒中间部分放置第7枚导弹，这个发射管成为人员进出的通道。在未来的"弗吉尼亚"级潜艇中，导弹发射筒可以被移除，用来安放各种武器或者潜水器。由于连接器和尺寸与"俄亥俄"级巡航导弹核潜艇的发射管一致，因此为"俄亥俄"级设计的所有载荷（包括潜水器和各类武器）都可以在第三档次的"弗吉尼亚"级和其后的"弗吉尼亚"级潜艇上搭载。与以前的垂直发射装置相比，新的发射管使得载荷空间从1200立方英尺增长到2300立方英尺，几乎翻番。新的导弹发射管将降低建造成本，使用寿命也得到延长，从2012年起可以在每艘潜艇上省下800万美元。（图片来源：通用动力电船公司）

扩散已经是明显的趋势。

我们马上就要面临这样一种情况：化学武器、生物武器或放射性武器将扩散，连恐怖分子也能得到。

恐怖分子对于先进技术的扩散、适用性改造以及运用，将继续改变非常规战争的性质。未来，我们将不可能指望在所有作战条件下都拥有压倒性的技术优势。我们不得不去学会如何适应这种变化，并学会如何去将这种变化给我们所带来的不利因素抵消掉，因为——在这里要再强调一次——非常规战争的风险已经增加了。

"9·11"事件使我们明确了解了恐怖主义和其他非常规作战究竟意味着什么，而恐怖组织自身对战争的认识也在变化，因此，恐怖主义和其他非常规战争的含义也在演化。美国所面临的威胁的性质正在变化，因此对于特种作战部队的看法也在变化。在"9·11"事件之前，对于特种部队最典型的描述是"力量倍增器"——在大部队发动大规模两栖登陆战前执行任务的附属部队，并在接下来承担相对次要的角色，进行精确的、如同外科手术般的作战行动，所有这一切，都是为了配合更大规模的常规部队。"9·11"事件之后，特种部队转变为美国执行国家战略的关键工具之一。

而且，在某些地方，美国达成其战略目的的手段是间接的——帮助伙伴国建立起自己的作战力量和生产能力，这样做可以避免美国及其盟国被迫进行成本高昂（而且可能极富争议）的直接军事介入，这种军事介入也会给美国及其盟国带来巨大危险，或者滋生问题，演化成危机。在这么做时，美国及其盟国和伙伴国的能力和意愿也是非常重要的。

由于可能的参与者不同，因此未来战争的触发因素有很多。无论是宗教原因、种族原因、领土争端、经济矛盾、政府失效、霸权梦想还是其他国际不稳定因素，只要是需要美国出手解决的危机就有可能看到海军特种作战部队的

上图：RQ-3A“暗星”第三级minus，外号就叫“暗星”。高级研究工程局（ARPA）联合无人机办公室为国防空中侦察办公室（DARO）研制了两款高空长航时无人机，“暗星”就是其中一种。“暗星”是一种高空长航时无人机，可以在敌人重兵把守的地方进行侦察行动。从“体格”上说，它与“全球鹰”相比，翼展不到后者的一半，长度却是后者的三分之二。“暗星”由于很难被观察到，它在作战中的目标是进入高度危险的环境后还能够维持高生还率。（图片来源：国防部）

右上图：“翼龙”超轻型飞机是位于中国湖的美国海军特种航空作战中心武器部正在研制的一款装备，他们希望能得到一款超轻型军用飞机。在很多年里，中国湖为海豹突击队和美国海军的其他部门研发了多种武器。（图片来源：海军特种航空作战中心，中国湖）

介入。海军特种作战部队的作用包括：在国家实施各种安全行动时，监视并悄悄地影响相关局势，以避免敌对行动，或者将特种战力运用到作战中，或者前两者兼而有之。

已经过去的序幕：海豹突击队遗产

海豹突击队的光辉遗产都有哪些？他们的先辈所创立的遗产如何影响和灌输到海豹突击队以及海军特种作战部队今天和明天的作战中？有关这些已经有很多相关的书籍和文章。从二战的海滩到现在的战区，海豹突击队及其先辈参加了美国每一次的战事，铸就了自己无可争论的、多彩的、无畏的威名。“海豹突击队信条”诞生于2004年，让我们能以绝佳的角度窥视海豹突击队队员们的内心世界。“每天都要努力，才对得起三叉戟徽章”，这句话反映了一个勇士的精神，这种精神是建立在这样一种基础之上的：挑战自己，在精神上、身体上和军事业务上时刻准备着。这种精神代表了对国家、团队和队友的忠诚与正直之心；代表了无论在战场上还是离开战场后的那部分担当；代表了作为勇士的孔武、自律和永不放弃。海豹突击队的

左图：海军特种作战研发大队负责测试并研发新型的、有趣的产品和装备，提供给海军特种作战部队和海豹突击队。照片中，海军部长唐纳德·C. 温特博士（右边穿白衬衫者）听取有关一款无人机的简报。这款无人机名叫“哨兵 HP”，由 DRS 技术公司研制。温特博士当时正在巡视海军特种作战研发大队。（图片来源：美国海军）

历史证明，这些都不是空洞的语句，而是代表了海豹突击队的本质、行为以及信仰。

怎样的人才能成功地成为海豹突击队队员？海豹突击队队员身上又有哪些共同的特质？这方面的研究和分析已经几乎穷尽。这些研究中的一些成果成为某些争论的源头，在过去 45 年里，大家总结出一些特质，正是这些特质使得海豹突击队在作战行动中获得成功，并使得整个海豹突击队团体也开始前进。如果你已了解海军特种作战部队的历史脉络，那么想要了解海军特种作战部队的未来，就要去理解那些塑造海豹突击队的传统，以及海豹突击队与其前辈之间的共同点。

如果你将二战时期的水下爆破大队与在伊拉克和阿富汗执行任务的海豹突击队放在一起进行比较，无论从年龄、作战经验还是装备来看，都有强烈的反差。不过除了上述这些，他们其实有更多的相同点。他们在海军特种作战部队内效力，并不是为自己而战，而是为更加伟大的事业而战，他们都觉得能够为此效命是一种光荣。而海豹突击队信条中的语句恰恰呼应了上面这些：

下图：“纳米”飞行器是航空环境公司研制的、全球最小的便携式微型无人机系统之一。它目前还是一个设计中的概念，翼展 16 厘米，重量仅有 19 克，还不到一盎司。但它拥有自己的电池和马达，可以将拍摄的现场视频传输到手持的掌上控制仪或监控仪上。（图片来源：航空环境公司）

无论在战场内外，我都是为荣誉而战，无论在任何条件下我都能控制自己的情绪和行为，这让我显得与众不同。我刚正不阿，我坚定不移，我言出必行。

我们期待着接受领导，也期待着领导别人。没有命令时我将站出来负责，领导我的队友完成任务。在任何情况下我都以身作则。我永不退缩。苦难只会使我坚持，使我更加强大。我的祖国希望我比敌人身体更加强壮，精神更为坚忍。每次被击倒，我都会重新爬起。我会用尽最后一丝力气去保护我的队友，去完成我们的任务。我永远不会退出战斗。

每一代海豹突击队队员都有一项要去默默履行的使命：捍卫从前辈那里继承下来的传统，并将其发扬光大。简而言之：他们必须在自己的服役期内让队伍变得更好，并且与一群威严的勇士一起让自己的海豹突击队生涯丰富多彩。

与公众的观点和一些传奇故事所描绘的不同，海豹突击队拥有持续不断的自我改进的动力，他们在本质上喜欢自我否定，这种自我否定的精神被重点运用于检讨作战战术、

右图：由 FN 制造公司生产的战斗突击步枪（SCAR）。美国 FN 公司是比利时 FNH 公司在美国的分支机构。FN 战斗突击步枪目前正在被引入海豹突击队，逐步代替海豹突击队内其他多种武器。它拥有两个变种型号：轻型的 5.56 毫米口径版，和重型的 7.62 毫米口径版，每个版本都可以选择搭配一长一短两根枪管中的一根。两个变种型号都可以搭配“马克 19”型榴弹发射器，只要插入步枪上的导轨系统即可。照片中的这柄步枪是“马克 16”轻型，配备了“马克 19”型榴弹发射器和消音器。（图片来源：FN 制造公司）

作战技术和作战流程方面，从而提升部队的效率。作战战术、作战技术和作战流程可以说是维系海军特种作战部队生存的血液，它们一直在发展、改良，以使得我们的海军特种作战部队在战斗力上相对于敌人能够一直占据优势，并且运用技术上的优势，最终获取作战胜利。在海豹突击队内部，有一本名为“行动后报告及经验总结”的册子，里面的内容是海豹突击队对于自己的作战行动、作战战术、作战技术和作战流程进行的不断的自我评估、自我批评。他们会对自己的战术进行研究、修改，并体现在基础训练和高级训练中。总结出来的经验教训也会成为海军特种作战部队每日训练的要求，这些训练要求都是由经验丰富的海军特种作战部队军官和高级入伍士兵审核的。这种持续不断的进程一直在进行，因此，专业上的僵化情况得到了缓解。

上图：“纳米”飞行器是航空环境公司研制的、全球最小的便携式微型无人机系统之一。它目前还是一款设计中的概念，翼展 16 厘米，重量仅有 19 克，还不到一盎司。但它拥有自己的电池和马达，可以将拍摄的现场视频传输到手持的掌上控制仪或监控仪上。（图片来源：航空环境公司）

在初步熟悉了海军特种作战部队后，海豹突击队的队员将接受训练与培训，准备好应对不可预知的情况。

随着海军特种作战部队的成熟，他们开始意识到非常有必要区分下面三种情况：第一，什么是我们知道的；第二，什么是我们还不知道的；第三，什么是我们认为我们知道，但其实我们并不知道的。海豹突击队队员不但要了解哪些东西是明确无误的，哪些是未知的，还要能够对那些很难预测的变量进行预测。只有这样，作战计划才能贴合充满迷雾和互相矛盾的现实战场，海豹突击队也才能在精神上和行动上更好地应对突发事件。海豹突击队还将进一步将这种胆识运用到海军特种作战部队的战略规划上。通过这种方式，海军特种作战部队变得日益成熟，并且开始对自己的战略构想发展完善，这对于它的战备能力、实战能力以及其不断适应正在快速演变的全球环境的能力而言，将显得十分关键。

在其他人眼里，海豹突击队队员是顾家的男人，“平凡人”而已，他们自主性强，喜欢抱团。让人惊奇的是，这些观点其实也表明海豹突击队内部强烈的家庭氛围，以

左上图：X-47A 和 X-47B 无人空战系统（无人机）。诺斯罗普·格鲁曼公司用自己的资金设计并建造了 X-47A，这款无人机的特点是：低成本、快速定型、自主操控性强、无尾翼空气动力学特征，适合从航母上出发执行飞行任务，并且由航母回收。在 X-47A 研发和测试过程中获取的经验教训，将被公司用来进行 X-47B 无人空战系统工程。X-47B 无人空战系统工程的目标是告诉军方：在正在成形的全球指挥和控制架构内，用无人系统有效执行侦察、打击和压制敌军防空系统的任务在技术上是可行的，在经济上是可以承受的。X-47A 计划在支撑起 X-47B 计划方面也起到了重要作用。（图片来源：诺斯罗普·格鲁曼公司）

右上图：这款由德国 Microdrone GmbH 公司制造的无人机非常小，但技术含量很高。它叫 md4-200，是一款自动垂直起降无人机。（图片来源：Microdrone GmbH 公司）

上图：美国国防部对于能够在海上进行垂直起降的无人机产生兴趣，这也是 AD-150 无人机最初的研发动力。这款无人机现在被认为是美国海军陆战队第三级无人机系统计划的中标候选者之一。该计划所产生的无人机，要能够与贝尔公司的 MV-22 鱼鹰倾旋翼运输机和洛克希德·马丁公司的 F-35B“闪电 2”联合打击战斗机一起，在广泛的远征作战行动中并肩作战。（图片来源：美国国防部）

上图：大多数无人机是固定翼的，旋翼机也有，比如这款 MQ-8B 火力侦察兵旋翼无人机也正在军中服役。（图片来源：美国国防部）

及家庭的支持在保持团队健康方面所起到的作用。家庭般的和谐关系在小型的、自发组成的团队中十分常见，在海军特种作战部队内部则显得很独特。这种独特性来自其双重性质：海豹突击队队员从其家庭获取的支持，以及海军特种部队对海豹突击队队员的家庭所给予的支持。海豹突击队拥有美国军方内部最优秀的“集体才智”，他们也渴望在战场上出类拔萃，其对战斗的准备永无止境。为了获取相应的时间和精力来做到出类拔萃，海豹突击队队员们必须将家庭的福祉托付给他人去实现。这种信任的纽带从噩梦般的海豹突击队基本水下爆破训练就开始锻造了，并且经过战场和敌人的考验，在兄弟一般的战友之间以及整个海豹突击队大家庭中存在着。这种信任的纽带很少被说出口，但每个人的内心都能感知到它，并且影响着海豹突击队内各种互动的方方面面。这种信任受到海豹突击队传统的滋养，是代际的，并且是海军特种作战部队内部最强大的凝聚因素。

随着海军特种作战部队不断地扩充，这种感情和支持也拓展到范围更为广阔的海军特种作战部队家庭中，包括特战快艇部队、海军特种作战部队的作战保障和作战服务保障人员。在阐述海军特种作战部队的未来时，要看到海军特种作战部队的成员都有一种信心：如果自己不在了，他们的家属会得到良好的照顾，这在作战准备和部队凝聚力方面是很重要的一个因素。如果没有这种信心，则整支部队将面临人员淘汰率升高和战备水平下降的局面，因为部队成员会因为家庭事务而分心。有关海军特种作战部队对于其成员的家庭保障是何等重视，这里有个例子：士兵们从战场上回来后在精神上需要进行调整，意识到这一点，海军特种作战部队安排了常规的减压程序，使得所有士兵在从战场上回来后，在与其家庭团聚前可以先完成逐步的调整。

我们已经强调，各个时代的海豹突击队队员其实都是一个模子刻出来的，但每一代海豹突击队队员之间还是有一些重大的不同之处。尤其是“千禧年”这一代，给海军特种作战部队文化带来了深刻的影响。这一代的海豹突击队队员、特战快艇艇员以及作战保障 / 作战服务保障人员将影响海军特种作战部队未来运转的方式。总体而言，与其前辈相比，“千禧年”一代在技术上对于全球化问题更敏锐、更敏感。而喜欢社会交往则是他们的又一个特征，这是一种有力的工具，并且会改变海军特种作战部队训练和作战的方式。

另一方面，社交网络也给部队带来危险，比如作战安全风险，因为信息的大范围扩散有可能导致不利的局面。但海军特种作战部队向来有适应能力良好、创新能力强悍的名声，因此，社交技术将被海军特种作战部队所利用，就如同徒手格斗一样，成为对付敌人的优势工具。

右图：要成为海豹突击队队员就要在训练中承受艰苦。在阿拉斯加州的科迪亚克岛上，这名参加海豹突击队资格训练的、未来的勇士正在进行严寒气候条件下的训练，训练涉及的内容包括硬件、衣服、武器、生存和导航。寒冷严酷的环境，气温不到0摄氏度，这些人必须学会依靠自己，依靠分配给他们的高技术装备在这种极端环境中生存下来。（图片来源：戴维·加特利）

重新定义海军特种作战部队成员

过去海豹突击队执行的是直接行动，如今他们执行的多是“军人外交”任务。今日的海豹突击队队员在对于作战中的打打杀杀依然在行的同时，还要越来越多地理解、扮演政治家的角色。

在某种作战条件下，他必须依据其对形势的判断和合理的克制，降低暴力行动的层级。在选择行动路线时，他必须在以下二者中取得平衡：“向着枪声响起的地方冲去”

的冲动，与外交战略相关的对于更宏观的长期投资的理解。海豹突击队队员明白合理利用和影响环境的重要性，因为只有这样才能达成美国的国家战略目标，在战场上，在向国会人员进行简报时，在为国效命时以及在与偏远的部族首领打交道时，都要牢记这一点。特种作战涉及复杂的国家安全问题，需要一个勤于思考的人，他的认知能力要超出简单的打打杀杀，并且明白特种部队的战术行动可能在战略层面上产生的后果。

在海军特种作战部队内部，最重要的变化之一就是作战保障/作战服务保障人员从不起眼的“影子”，逐渐成为海军特种作战部队不可缺少的有机组成部分。在现代交战中，技术含量越来越高，而且技术在战场上也显得无处不在，对于海豹突击队的要求也越来越高，于是海军特种作战部队开始实施一种构想：将技术研发和作战保障人员直接嵌入海豹突击队和特种舟艇部队，让前者与后者一起执行任务。其结果就是，海军特种作战部队扩充了自己的机构能力，能够在战术层面上对互相影响的各个科目和硬件战力进行整合，从而能够支持寻找、锁定和消灭敌人的行动，并分析从作战行动中获取的信息，然后根据这些分析开始规划、筹备下一次作战任务。这种寻找（Find）、锁定（Fix）、消灭（Finish）、获取（Exploit）、分析（Analyze）的循环过程，又被称作 F3EA，要由在室内工作的、经过

下部三幅图：由马里昂公司打造的超级潜艇（Hyper-sub）原型艇“探索”，是该公司研发的、向美国特种作战司令部和美国海军提交的多种概念及产品之一。这些概念及产品的宗旨，是帮助美国特种作战司令部和美国海军进行新时期的反恐战争、扫毒任务和维护海岸安全。一些酷炫潜艇还具备空投入海的能力，长度超过 30 英尺，可以搭载 8 个人，最大下潜深度为 600 英尺。在海面上，其速度可达 45 节，一次加油可以行驶 1000 英里。（图片来源：马里昂公司酷炫潜艇项目组）

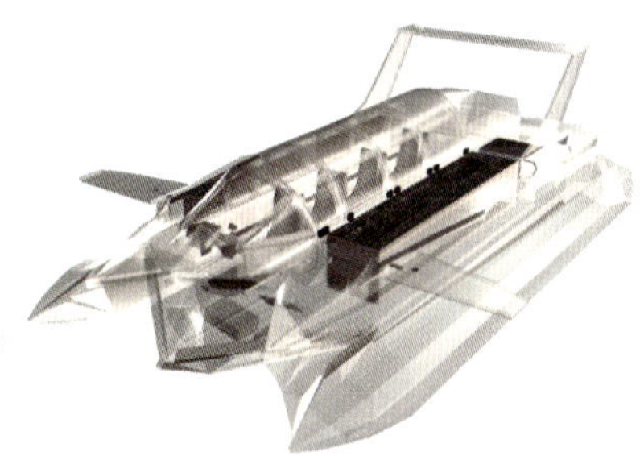

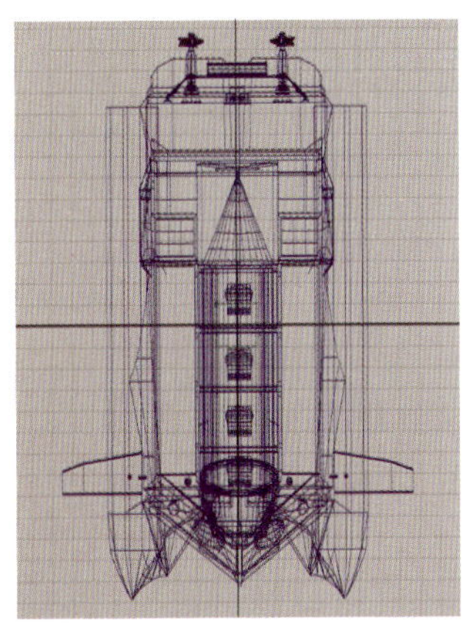

左图：巴雷特98B适应多任务设计型（MRAD）的出现，开创了精确狙击步枪领域的新时代。这款狙击步枪在枪管动作上与传统狙击步枪不同，其上下枪身均采用模块化设计，用户可以更换各型口径的枪管以及扳机挂钩，这款狙击步枪完全可以在野外使用，并且拥有与突击步枪一样的人体工程学特征和相似的操控感觉。

型号：适应多任务设计型（MRAD）
口径：.338 Lapua Magnum (8.6×70毫米或者8.58×70毫米)
击发：手动连发(bolt-action repeater)
重量：13.9磅（6.3公斤）、14.8磅（6.731公斤）或者15.3磅（6.93公斤）
总长度：42.4英寸（107.7厘米）、46.9英寸（119.13厘米）或者49.4英寸（125.5厘米）
枪管长度：20英寸（51厘米）、24.5英寸（62厘米）或者27英寸（69厘米）
膛线缠度：1：9.35英寸（24厘米）、1：10英寸（25厘米）或1：10英寸（25厘米）
弹仓容积：10发
有效射程：1500米

（图片来源：巴雷特公司）

训练和整合的作战保障/作战服务保障人员进行保障。在伊拉克战争和阿富汗战争中，这种模式已经产生了前所未有的效果。海军特种作战部队内部的推动者，已经对非海豹突击队队员和非特战快艇部队成员进行了大量的整合与理念灌输工作。然而，未来要使得这种协调工作产生最大效益，还有更多的事情要做。只要看看特种部队内其他组织的情况，就能理解这种倡议的价值所在，这些组织都在效法海军特种作战部队的这种模式。

特战快艇部队的作用和战力也得到了扩充。与海豹突击队并肩作战的特战快艇部队逐步成熟则源自两点：海军特种作战部队章程的扩充、特战快艇部队艇员自身的创造力以及行动效力。特战快艇部队的未来，肯定不是目前清单中的舟艇以及已经列入计划的代替舟艇所能承载的。特战快艇艇员们正在扩充其专业技能，以成为“海军陆战大师”，从而能够适应不断变化的各种环境，并根据现实情况的改变使用各种不同的舟艇。

海军特种作战部队和海军常规部队一直在寻找方法来增强双方的行动协调能力。除了将海军某些硬件平台进行改造来支援海军特种作战部队外——比如将海岸战斗舰（LCS）交给海军特种作战部队，再比如将弹道导弹核潜艇（SSBN）改造成能够支援特种作战的巡航导弹核潜艇（SSGN），再比如移动海上基地——海军特种作战部队

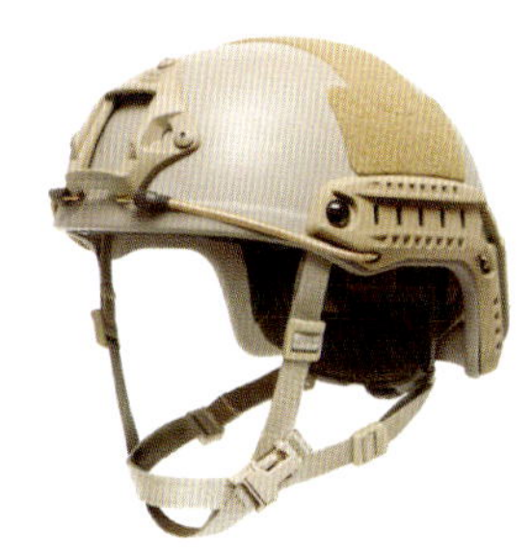

上图：美国艾尔比特系统(Elbit Systems)公司生产的“四眼”是一款全景式夜视镜(PNVG)，它拥有先进的技术性能，可以帮助飞行员和飞机乘务员成功、安全地完成原本十分困难的夜间任务。“四眼”中间的两个“眼”各提供40度的视野，旁边两个“眼”各提供30度的视野。这种扩充的视角与肉眼的外围视野类似，可以减少佩戴夜视镜时所需要的头部平移的程度。根据设计，“四眼”四周有4个先进的16毫米图像增强管。其模块化设计使得用户可以选择只使用两个中心通道或四个全景式通道。此外，“四眼”还模仿航空电子学中的“平视显示器”（在飞机前端的透明玻璃上投射彩色字幕），将信息投射到目镜上，或者将航空器中目标传感器摄录的视频图像通过一个微型高清晰显示器投射到目镜上。目镜中还集成了一台小型简报照相机，来记录用户在中央目镜上所看到的东西以及投射过来的信息。这台照相机所输出的视频可以被录在一台飞机的视频录像机上，用来进行稍后的任务简报或者训练。海豹突击队现在正打算将这套系统运用在更新的“未来攻击防护外壳技术”头盔中。（图片来源：美国艾尔比特系统股份有限公司）

上图：ops-core公司最近开发出一款“未来攻击防护外壳技术”（FAST）头盔。更代表了军用保护性头盔在样式上的一次变革。它独特的安装特征和非色拉拼盘（二战中，德军喜欢将美英军队惯常使用的头盔称作“色拉拼盘”，这里指FAST头盔的外形与传统头盔有很大区别——译者注）外观是如此引人注目，以至于其真正有用的性能反而显得不那么突出，比如模块化设计和全整合性防弹道头盔。“未来攻击防护外壳技术”头盔的真正潜力，要到全球大多数特种部队（包括海豹突击队）都使用它了以后才能被认识到。它完全可以将夜视装备、通信装备、眼睛和脸部保护装备都整合进去，因此，“未来攻击防护外壳技术”头盔是第一款士兵们可以根据特定任务目的来定制其头部所携带装备的军用头盔。这种能力使得士兵们在特定任务里，可以在头盔的重量、抵御威胁的能力以及观察周边形势的能力三者之间达到效果最佳的平衡。当然，在试图将尽可能多的装备整合进头盔时，必须考虑头盔的重量，这是头盔最为重要的一个方面。“未来攻击防护外壳技术”从研制的最开始就使用了新型的防弹材料和制造工艺。这使得这款头盔外壳的重量要比先前同类型产品轻32%，并且防护性能和使用寿命依然维持在同一水平线上。一旦配上衬垫和悬架系统，这种头盔佩戴在头上的舒适度和先前的产品并无区别，而且稳定度有较大提升。“未来攻击防护外壳技术”头盔可以重新调整载荷、动态动量以及重心，使得士兵即使长时间佩戴这款头盔，颈部的疲劳程度也能有所缓解。由于在导轨和护罩上留下“开放”的安装结构，而且任何公司在为其研制配套装备时无须支付核准费用，也不会受到其他限制，因此，许多装备制造厂商竞相瞄准这款平台制造装备，这进一步扩大了士兵的选择面，也提升了士兵了解作战形势的能力。（图片来源：ops-core公司）

和海军常规部队已经扩大了互相合作的领域。海军远征战斗司令部（NECC）就被认为是海军特种作战部队与美国海军在增强远征协调能力方面所迈出的重要一步。进一步来说，美国海军、海军陆战队、海军特种作战部队、海军陆战队特种作战司令部互相之间的联系和协作也一直在增强，因为它们都认识到其他部队的价值，意识到它们追求

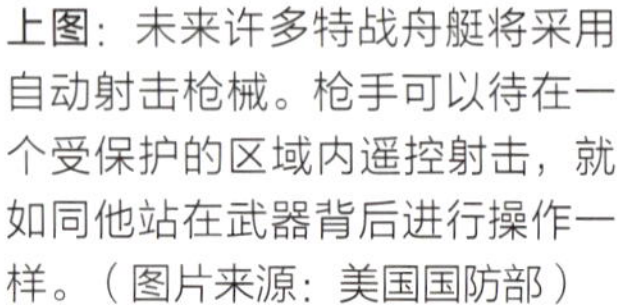

上图：未来许多特战舟艇将采用自动射击枪械。枪手可以待在一个受保护的区域内遥控射击，就如同他站在武器背后进行操作一样。（图片来源：美国国防部）

上中图：一部安装在特战舟艇前部的自动射击枪械。（图片来源：美国国防部）

上右图：一部安装在特战舟艇前部的遥控射击枪械，装备有红外线、热成像仪。这种枪械可以减少枪手暴露在敌军火力下的危险，并且更好地观察目标情况。如果枪手站在那里，他也可以用肉眼来看清楚。（图片来源：美国国防部）

的目标是一致的。或许最重要的还是要接受这样一种理念：根据实际作战形势的需要，常规海军部队可能扮演支援海军特种作战部队的角色，而海军特种作战部队也可能要支援海军的其他部队；此外，也有可能随着行动情况的演变，支援及被支援的角色发生互换。随着“特种作战”和“常规作战”两者之间的界限愈发模糊，愈发成为一个整体，支援与被支援两种角色的互换也愈发频繁，愈发难以找到明显的界限，而各部队之间协同作战能力的提升也由此结出了丰硕的果实。对于国防部越来越强调的非常规战争而言，这是一个十分重要的提升。

海军特种作战部队未来在执行作战任务时，会越来越强调伙伴国和盟国的作用：或者带领伙伴国和盟国的部队作战，或者与伙伴国和盟国的部队并肩作战，或者利用伙伴国和盟国的部队达成作战目的，从而减少美国在军事行动中留下的印记，并增强伙伴国和盟国的军事能力，使之足够进行自我防御。要达成这一目的，就必须对人员、技能和软硬件进行鉴别和培育，使之能够有效地在非正式宣战区执行任务，此外，相关作战人员必须对一些政治敏感问题有清晰的了解，并且能对混沌不清的环境有清醒的认识。

在过去、现在和将来，海军特种作战部队的训练及其影响

海豹突击队坚信的格言是“平时多流汗，战时少流血”以及“像打仗一样训练”，他们在追求训练的真实性方面从来不手软。海军特种作战部队的思维方式是：如果无法参与实战，则其接受训练的环境必须尽可能贴近实战。只有贴近实战的训练，才能锤炼战士的心理素质、身体素质和精神面貌。随着作战保障 / 作战服务保障人员日益融入海豹突击队和特战快艇部队的作战中，相关训练内容的范围也开始拓展，不但包含了海军特种作战部队的作战行动，还包含了与作战相关的一系列行动。这种技术、分析和主题专家（SME，指在专门领域具有权威性的专家——译者注）的整合催生了一系列全新的作战行动、作战战术、作战技术和作战流程，它们与海豹突击队及特战快艇部队的作战行动、作战战术、作战技术和作战流程一样，要不断地接受审核、修订并被吸收到训练内容中去。过去，海军特种作战部队并不把战场人员的训练视作自己的分内事。如今，我们认为有必要接受相应训练，以做好准备应对作战任务、参谋任务、战术行动中心任务以及其他前沿作战保障任务。

2007 年，海军特种作战中队在接受任务分配及进行部署时，开始携带经过挑选的、专门分配给他们的作战保障 / 作战服务保障方面的主题专家。这些技术骨干有以下特点：第一，由海军特种作战部队进行训练，从而将他们五花八门的能力整合、协调起来；第二，经过海军特种作战部队的教导和训练，将他们各自的专业技能融入海军特种作战部队的“寻找（Find）、锁定（Fix）、消灭（Finish）、获取（Exploit）、分析（Analyze）循环过程（又被称作 F3EA）”中。这种模式的另一个优点在于：每个主题专

右侧两幅图：蛙人推进设施（DPD）是STIDD系统公司根据美国特种作战司令部的合同制造的。这种潜水器是全球使用最广泛的军用级别水下机动平台。目前，各国海军部队所使用的蛙人推进设施总数达数百乃至数千套，它们被证明是快速的、强固的和可靠的。与其他蛙人推进器相比，蛙人推进设施使得蛙人可以携带更多的载荷游得更远、更快。这种蛙人推进设施可以潜入35米深的海中，并且可以折叠起来，体积为原来的一半，从而便于运输。（图片来源：STIDD系统公司）

家可以回到自己原先的组织或网络，学习本领域最新的技术发展情况，进修相关专业技能，从而在未来更好地为海军特种作战部队提供保障服务。这样一来，每支海军特种作战中队都拥有专属的、反应迅速的并且完全整合在一起的作战软硬件，其作战能力获得极大提升，这使得海豹突击队及特战快艇部队可以更有效地将精力集中于其首要任务。这一模式将继续发展成熟，并将更多的非海豹突击队人员整合入海军特种作战部队的理念和组织框架中。

海豹突击队一句最基本的座右铭是："唯一好过的只有昨天。"无论是海豹突击队队员还是参与基本水下爆破训练的学员，都对这一座右铭十分认同。对于这句话有很多解释，但基本的意思是，海豹突击队队员的日子不会越来越好过，他必须为更艰难的日子做好准备，并且时时刻刻竭尽全力。就像上面提到过的："每天都要努力，才对得起三叉戟徽章。"

除了作战技能，海军特种作战部队还日益强调，海豹突击队、特战快艇部队以及作战保障/作战服务保障人员要进修外语，学习各地区的地域专门知识以及文化（LREC）。除了作战之外，海军特种作战部队执行的任务范围越也来越广，部队和单个士兵所要研究的文化和相关社会科学的范围也必须拓展。了解当地的文化习俗、掌握最低限度的当地语言技能以及政治形势，这对评估作战环境，并在这种环境下进行作战非常重要。为了能够在全球范围内最有效地执行任务，海军特种作战部队会定期审视和修订其“语言、地域专门知识以及文化”的学习情况和学习计划，来维系健康的文化教育、培训以及交叉培训。此外，海军特种作战部队还一直在寻求办法来扩张和加强部队的文化多样性。

海军特种作战部队所有训练内容的发展和进步，似乎都忽视了一点：让训练内容更能够应对目前和未来的威胁，但实际情况是，训练中一些基本的元素会基本维持不变，因为在过去65年的作战行动中，它们的价值被一再证明。

“地狱周”“寒冷海水耐力游”以及海豹突击队基本水下爆破训练期间的“岩上运艇”“核心力量训练”，这些训练的价值被一再确认，因此，其要求不会降低，海豹突击队未来的训练和作战将在这一基础上构建。那些在二战中锻造蛙人的东西，也将在未来继续锻造海豹突击队。

海军特种作战部队与未来的挑战

将眼光放得更远，在可以预见的未来，海军特种作战部队的一大挑战就是要在以下两大作战任务之间取得平衡：第一，反不对称作战；第二，与其他对国家安全构成威胁的因素进行作战。伊拉克和阿富汗问题将不会再成为

上部两幅图：美国国防部高级研究计划局(DARPA)提出要研发一种飞行军用悍马，于是德事隆集团提出了一种“武装直升机变形金刚”的概念。多亏了德事隆集团，我们向研制成功全球第一款飞行军用吉普车迈进了一步。美国国防部高级研究计划局(DARPA)选择了两家公司继续其“变形金刚”项目的下一阶段，这种运载工具可以搭乘四个人，既可以像汽车一样在地面上驾驶，也可以像飞机一样飞行，从而避开地面上的路边炸弹。洛克希德·马丁公司和AAI公司（德事隆集团下属分支）目前正就“变形金刚”项目的第一阶段与美国国防部高级研究计划局进行谈判。（图片来源：德事隆）

海军特种作战部队优先考虑的问题，不断演化的国家利益将主宰海军特种作战部队在全球的作战任务。未来，海军特种作战部队在全球范围内所要关注的战略地点或许更为多样化、更为广阔，他们既要支持海外紧急作战行动，也要为其他国家安全政策的实施贡献力量。为达成这一目的，海军特种作战部队必须不断重新审视它的武力、组织架构、任务优先级别……并且根据一个切实可行的、灵活的战略规划来进行这一切。而安全部队协助任务（SFA）就是一个相关的例子。

在全世界范围内，特种部队对安全部队协助任务的参与和领导作用正在加强。安全部队协助任务已经成为美国政府执行其政策的一个重要工具，美国政府用其来缓解政府失效带来的恶果，并在全球范围内减少公民权利被剥夺的情况发生，这两个因素（政府失效以及公民权利被剥夺）都为恐怖主义、暴力极端组织和犯罪行为的出现提供了肥沃的土壤。安全部队协助任务与特种部队的核心战斗力一起，为紧急的人道主义救援活动提供了直接相关的、可以看到的、重要的缓冲过渡。难民的出现为极端分子提供了可资利用的大环境。如果要做出紧急应对，需要具备相应的能力——包括在极短的时间内向偏远地区低调部署训练有素、自给自足的部队。海军特种作战部队惯于进行海上作战，并拥有相应的文化基因和联合协同能力，因此，它很适合应对这样的危机，它可以迅速建立人道主义滩头阵地，等待常规部队援助的到来。这种行动在“心理和精神”层面的价值是不可估量的，极大地减少了出现混乱的可能性，并且树立起美国的正面形象。

评价一种挑战

海军特种作战部队在未来数年的独特角色是：充当美国维护其国家安全利益的武力选项。随着对海军特种作战

左侧两幅图：在沙漠上，士兵正试图放飞一架“渡鸦B”。“渡鸦B”是航空环境公司研发的小型无人航空系统，根据设计，可以在白天和夜里执行侦察任务。“渡鸦B”可以根据预先输入的程序，利用其自身先进的航空电子系统和全球定位系统自动执行任务。（图片来源：航空环境公司）

部队专业技能的要求不断扩张、演变，海军特种作战部队将会发生变化以及组织架构的调整。

整个海军特种作战部队将日臻完善，在文化上也日益融洽。由于有很多制约其发展的问题，海军特种作战部队将继续试图培育出足够数量的海豹突击队队员和特战快艇艇员，同时绝不降低标准。为了征募并且留住那些拥有相应技能并可以执行各类非常规作战任务的人才，海军特种作战部队将与国防部以及美国政府的其他部门展开日益激烈的竞争。战士们将接受更多的外交技能培训，这也将成为海军特种作战部队的核心能力之一，但与此同时，另一些核心能力也不能偏废，比如直接行动、勘察和侦察任务技能。外国内卫（FID）和安全部队协助（SFA）行动也会占用海豹突击队队员越来越多的时间，因为高层更为强调：一、要影响环境，使之朝着对美国有利的方向发展，而不

下图：海豹突击队基本水下爆破训练第 259 训练班在海军特种作战中心外拍摄集体照。这座“后甲板”建筑的名字，来源于传奇的侦察突击兵——菲尔 · 布克鲁上校，他于二战期间在中国秘密干扰敌军通信并搜集情报。（图片来源：戴维 · 加特利）

左图：海军少将小罗伯特·S. 哈沃德（中间）给训练毕业学员以及其左边的赫伯特上校（海军特种作战中心训练设施中心指挥官）别上三叉戟徽章，这是一种荣耀。年轻的勇士们最终得到了其职业生涯中最为重要的勋章之一——“三叉戟”。他们完成了全球最为严酷的训练课程之一，因此他们的成就被世界所承认、所尊敬。这场仪式在海军特种作战中心（海豹突击队基本水下爆破训练）的“粉碎机”操场上进行。他们的训练还远没有结束，事实上这种训练仅仅是开始，而且将越来越有针对性。（图片来源：戴维·加特利）

是直接进行干预；二、要影响东道国政府的军事、外交、经济和其他行为及行动。成功的外国内卫和安全部队协助行动可以避免敌对状态的出现。当作战行动获得授权，最好的方式是在海军特种作战部队或特种部队适当的影响和支援之下，由东道国的人员去冲锋陷阵，而海军特种作战部队或特种部队在执行这种任务时，往往是与跨部门组织合作，或通过跨部门组织进行。

这种根本性质上的变化需要沿着一条清晰的道路进行，并由一个坚定的人掌舵。就战士、高级领导者以及遴选出来的官员而言，这必须被他们视为一种需要异常耐心的投资，要经历相当长的培育期后，才能看出这种变化在达成国家安全目标方面的效果。而只要有投资，就必然伴随着风险……但如果历史有借鉴意义，针对海军特种作战部队的投资总有其回报。

海豹突击队信条很好地描述了海豹突击队是怎样的一群人，而一名退役海豹突击队队员的精炼描述则抓住了海军特种作战部队的精髓：

> 海军特种作战部队一直在追赶不停上升的目标。这场游戏没有终点。他们永远在适应新的要求，永远不能放松警惕，海军特种作战部队欢迎挑战，并且一

右图：海军少将小罗伯特·S. 哈沃德（右）和一名海豹突击队基本水下爆破训练第 259 训练班的毕业学员一起，向其左边的赫伯特上校（海军特种作战中心训练设施中心指挥官）互相敬礼。（图片来源：戴维·加特利）

右图：年轻的勇士们最终得到了其职业生涯中最为重要的勋章之一——三叉戟。
（图片来源：戴维·加特利）

直在解决问题。身体和精神上的强悍与战备情况同等重要。没有中场休息，也没有回放。这支队伍永远时刻准备着奔赴战场。每一次混战都像超级碗（Super Bowl，是美国国家美式足球联盟，也称为国家橄榄球联盟的年度冠军决赛，胜者被称为“世界冠军”——译者注），第二名就是失败者。

海军特种作战部队犹如勇士们组成的兄弟会，每一代海军特种作战部队队员都在前辈留下的遗产上成长。除了右图：每一柄卡－巴匕首（海豹突击队传统上所使用的匕首）上都刻上了不同的字，士兵们将这些匕首排列整齐。这里马上就要举行一场仪式，在仪式上，这些匕首将被授予通过了“海豹突击队入队资格训练课程”的海豹突击队新队员，这些新队员还将获得三叉戟徽章。每一柄匕首的刀刃上都刻着一个人名，那是阵亡的海豹突击队队员的名字，刻在上面的还有其阵亡的日期和地点。这是一种敬意的表达，它将庆祝个人成功与缅怀牺牲的队友联系起来，这些队友在他们之前离去，为国家做出了终极牺牲。（图片来源：戴维·加特利）

海豹突击队，所有被整合进入海军特种作战部队的战士和保障人员也都是兄弟会的一员，这种情谊在进行海上特种作战任务和成功应对 21 世纪敌人方面也是必不可少的。

本书即将结束，而海军特种作战部队仍在书写特种作战的新篇章。

勇敢的人战斗过了，他们即便死去，也会树立起令人骄傲的传统和令人胆寒的威名，这些传统、这些威名是我注定要去维护的东西。即便在最绝望的情况下，队友们留下的宝贵遗产也会坚定我的决心，默默地指导着我前进的每一步。我永不失败。（海豹突击队信条）

下图：“海豹突击队入队资格训练课程”毕业典礼即将举行，典礼上，海豹突击队队员们将在家属和朋友面前获得他们的三叉戟徽章。而在此之前，会有一个更为肃穆的私人典礼。在大门紧闭的房间里，每一名海豹突击队的新队员都将被授予一柄刻上了字的卡－巴匕首（海豹突击队传统上所使用的匕首）。（图片来源：戴维·加特利）

秘密侦查是海豹突击队员的必修课，他们潜伏在浅水中，同时从海岸上要几乎看不到他们。所谓“隐形”是行动中的名词，也就是要在水中，这是他们的目标。在训练的最初几个月，海豹突击队员要忍受潮湿、寒冷、满是沙尘的环境，即便在实战环境中，这一点也不会有太大的改变。（图片来源：戴维·加特利）

年　表
海军特种作战部队历史上的这一天

1942 年 8 月：联合两栖侦察突击队在弗吉尼亚州利特尔克里克的两栖训练营成立。其人员来自陆军和海军，指挥官包括劳埃德·佩迪科德中尉以及执行官约翰·贝尔少尉，他们为了准备执行“火炬”行动（盟军在二战中针对北非的第一次两栖登陆作战）而接受训练。

1942 年 8 月：在波托马克河靠近马里兰州的那一边岸上，建立了一个“D”区，用来给战略情报局海事连的行动员提供培训，以使其能够去执行秘密海上破袭及小型舟艇任务。

1942 年 9 月：在海军救援军官马克·W. 斯塔克韦瑟上尉和詹姆斯·W. 达罗克的带领下，15 名海军蛙人开始在弗吉尼亚州利特尔克里克的两栖训练营接受训练，训练的目的是为在“火炬”行动中执行水下爆破任务做准备。

1942 年 11 月: 盟军在北非发动了“火炬”行动。联合两栖侦察突击队与海军爆破队的成员成功地完成了任务。他们中的大多数获得了海军十字勋章。

1943 年 1 月：在佛罗里达州的皮尔斯堡成立了侦察突击队学院。

1943 年 1 月：在战略情报局特战分支内成立了海事分部，负责规划从海上发动的秘密渗透作战行动。

1943 年 4 月：在弗吉尼亚州皮亚瑞军营里，海军作战爆破队第 1 分队成立，领导者是海军上尉弗雷德·怀斯，成员包括 13 名来自建筑营学校的“海上蜜蜂”部队成员。他们在马里兰州所罗门岛上的两栖训练营中接受训练，为在西西里岛发动“哈士奇”行动做准备。

1943 年 4 月：海军部长弗兰克·诺克斯签署文件，中美合作所（SACO）成立。负责人是美国海军上校（后晋升上将）米尔顿·E. 迈尔斯（外号“玛丽”）。

1943 年 5 月: 海军上将欧内斯特·J. 金发布命令，成立永久性的“海军爆破部队”，其训练地点从马里兰州所罗门岛上的两栖训练营，转移到佛罗里达州皮尔斯堡的两栖训练营。

1943 年 6 月： 海军作战爆破队学院在佛罗里达州皮尔斯堡的两栖训练营成立，德雷珀·劳伦斯·考夫曼担任排长。这里只招收志愿者。“地狱周”训练被创立。

1943 年 6 月： 经过重新组织，海事分部成了战略情报局海事连，其地位相当于战略情报局下的一个分支。

1943 年 7 月： 在太平洋海军第 7 舰队两栖部队司令员指导下，于澳大利亚的凯恩斯附近地区建立了“两栖侦察学院”，其成员被称作“特种服役第 1 部队”，成员来自澳大利亚海军、美国海军以及美国陆军。

1943 年 8 月： 海军作战爆破队第 1 分队在埃德温·S. 威廉斯少尉的带领下，根据秘密命令去重新占领阿留申群岛中的基斯卡岛。在未遭遇有效抵抗的情况下，美国人成功地占领了阿留申群岛，却尴尬地发现敌人早已撤走了。

1943 年 9 月： 海军作战爆破队第 2、第 3 分队在弗兰克·凯恩中尉和劳埃德·安德森中尉的带领下，乘坐军舰抵达南太平洋。后来海军作战爆破队第 19、第 20、第 21 和第 24 分队也赶过来与他们会合，他们在那里一直待到二战结束。

1943 年 11 月： 海军作战爆破队第 11 分队在劳伦斯·L. 海德曼中尉的带领下抵达英格兰为向欧洲大陆发动进攻做准备。这也是第一支抵达英格兰的海军作战爆破分队。

1943 年 11 月： 海军作战爆破队的哈根森中尉研发了“哈根森背包”，这是一种在诺曼底登陆中被广泛使用的炸药包。卡尔·哈根森是海军作战爆破队第 30 分队的一名排长，也是犹他红色海滩爆破聚会的一分子。

1943 年 11 月： 战略情报局海事连战斗蛙人群第 1、第 2 分队开始接受训练，地点是加利福尼亚州的彭德尔顿军营，后来于 1944 年 1 月移往加利福尼亚海岸外的卡塔琳娜岛，3 月又搬到了更为温暖的巴哈马水域。

1943 年 11 月： 11 月 22 日，美军在登陆吉尔伯特群岛中的塔拉瓦岛时，一个潜伏在水下的暗礁导致登陆艇在距离海岸线较远处沉没，数百名海军陆战队队员被溺死或惨遭敌军射杀。

1943 年 11 月—12 月： 塔拉瓦岛海域惨痛的教训使得第 5 两栖部队指挥官凯利·特纳上将指派 30 名军官和 150 名入伍士兵前往位于怀马纳洛的两栖训练营，与美国陆军、海军和海军陆战队的志愿者一道建立了水下爆破大队的第 1、第 2 分队。正是在这里，太平洋水下爆破大队成立。

1944 年 1 月： 海军作战爆破队第 1 分队在海军中校爱德华·D. 布鲁斯特指挥下，于清晨展开了针对马绍尔群岛中夸贾林岛的进攻。卢·吕赫斯少尉领导水下爆破大队第一次在白天进行侦察任务。

1944 年 1 月： 战略情报局海事连兰博岑两栖呼吸器部队第 1、第 2 分队被部署到英格兰，他们接受寒水训练，受训的内容还包括渗透进入法国沿岸的敌军港口，以捣毁敌军的船舶及 U 形潜艇的停泊位。不过这支部队最终没有参与实战，6 月份就回国了。

1944 年 3 月： 约翰 · T. 凯勒少校在毛伊岛上建立了一个海军作战爆破及试验营，用于水下爆破大队的训练，地点位于卡毛勒两栖训练营附近的海滩上。约翰 · T. 凯勒少校原先是水下爆破大队第 2 分队的指挥官，根据他的组织计划，要招募 100 名士兵参与他的水下爆破大队，其中包括 13 名军官和 87 名应征士兵。

1944 年 4 月： 水下爆破大队第 3、第 4 和第 5 分队在毛伊岛成立，其人员全部来自在皮尔斯堡接受过海军作战爆破训练课程的学员。

1944 年 6 月 6 日： 海军作战爆破队 34 支分队与陆军工程师一道，组成空袭攻击小队，负责清理法国诺曼底地区奥马哈海滩和犹他海滩上的障碍物。31 名海军作战爆破队士兵阵亡，60 人受伤，这也成为海军特种作战部队历史上最为血腥的一天。在奥马哈海滩奋战的海军作战爆破队被授予“总统团队表彰奖”，在整个诺曼底战役中，只有三支部队获得了这一殊荣。而在犹他海滩奋战的海军作战爆破队则获得“海军特别表彰奖”，整个“霸王”行动中只有这样一个团队获此殊荣。

1944 年 7 月： 7 月 21 日，美军向关岛发动进攻，水下爆破大队第 4 分队排长托马斯 · D. 尼克松少尉被日军狙击手射杀，当时他正驾驶一艘小型舟艇试图冲上岸，他也成为二战中第一名阵亡的水下爆破大队成员。

1944 年 7 月： 根据一项名为“两栖罗杰集团”的秘密计划，20 名美国海军军官和 150 名应征士兵在位于佛罗里达州皮尔斯堡的侦察突击学院内受训。这些“吃水稻的海军”水兵接受训练，以与中国同行以及中美合作所一道沿着长江进行侦察活动。

1944 年 7 月： 战略情报局海事连战斗蛙人群第 1 分队被借调到美国海军，成为在太平洋活动的水下爆破大队第 10 分队的核心。这群人中的五名士兵以及来自毛伊岛的数名水下爆破大队士兵分配到一项特殊的任务——他们要在战争中首次使用潜艇执行任务。他们搭乘“短刺”号潜艇（舷号 SS-312），从加罗林群岛中的雅浦岛上出发。执行此次任务的团队中，有三个人被日本人活捉，并遭到杀害，他们的遗体一直未能找到。这三人是军士长霍华德 · 罗德（外号“红色”，水下爆破大队），军士鲍勃 · 布莱克（战略情报局）以及军士约翰 · 麦克马洪（战略情报局）。

1944 年 8 月： 在犹他海滩奋战的海军作战爆破队中的几个分队，后来又配备上来自皮尔斯堡的新分队，参加了在法国南部的登陆作战，这次行动代号为“铁砧”，后改名为“龙”。这也是二战中在欧洲发生的最后一次两栖攻击作战。

1944 年 11 月： 海军太平洋舰队两栖部队指挥官任命海军上校 B. 霍尔 · 汉隆担任水下爆破大队第一任司令官。（水下爆破大队队员将太平洋舰队两栖部队称为“太平洋泥巴”。）

1945 年 6 月： 罗伯特 · H. 罗杰斯上校在珍珠港成为水下爆破大队司令。随后根据安排，水下爆破大队 28 支分队乘坐 28 艘两栖运兵舰前往加利福尼亚州临海地区的两栖训练营，接受一个月的寒水训练，准备登陆日本本土。在临海地区的水下爆破大队各分队被组建成一个支队，下辖两个中队。

1945 年 8 月：在临海地区的训练于 8 月 14 日被突然取消。当时美国总统杜鲁门下令分别于 1945 年 8 月 6 日和 8 月 9 日在日本的广岛和长崎使用了核武器。水下爆破大队的任务转变为前往已经投降的日本充当占领部队。

1945 年 10 月：水下爆破大队转往加利福尼亚州的科罗纳多，接受组织架构调整。二战中水下爆破大队总共成立了 31 支分队，其中第 1、第 2 和“强力分队”被解散，因此，最多时水下爆破大队同时拥有 28 支分队。这些分队除了第 1、第 2 分队（它们是所谓的“临时分队”），以及第 14、第 16 和第 17 分队（它们多由舰队的志愿者组成，因此在夏威夷受训）外，都是在皮尔斯堡受训的。

1946 年 1 月：战争结束，军队也开始被遣散，水下爆破大队只留下四支现役的分队，每支七名军官外加 45 名入伍士兵。战后位于加利福尼亚科罗纳多的水下爆破大队第 1、第 2 分队由沃尔特・库珀海军少校统领；弗朗西斯・道格拉斯・费恩少校（绰号“红狗”）所率领的水下爆破大队第 2 分队和第 4 分队则驻扎在弗吉尼亚州诺福克的利特尔克里克。

关于“二战”的脚注：很少有人知道，在二战中水下爆破大队的成员是获得勋章最多的海军作战人员。他们总共获得 750 枚铜星勋章、150 枚银星勋章、2 枚海军十字勋章以及无数紫心勋章——考虑到这些战士在加入战事时除了“卡－巴”匕首外不会携带其他武器，上述数字更加令人难忘。

1947 年 6 月：水下爆破大队第一次具备了“海－空”兵力投射能力，他们开始试验利用直升机进行对海兵力的投放和回收，这一点在二战中是做不到的。不过由于早期的直升机不能携带足够的人员或装备，因此这种“海—空”兵力投射没能成为一种常规性训练。

1948 年 2 月：水下爆破大队开始进行水下行动。费恩少校和兰博岑博士联手在“鲈鱼”号潜艇（舷号 SS–214）上进行了一次训练行动。这次行动标志着这两人将战略情报局海事连的全套潜水能力“移植”到了水下爆破大队身上。

1948 年 10 月：来自利特尔克里克的水下爆破大队的一支分遣队在“魁北克”号（舷号 SS–424）潜艇上，使用“睡美人”袖珍潜艇进行了一次训练行动。在潜艇上释放、回收微型潜水艇，这在历史上是第一次。

1950 年 6 月：朝鲜战争爆发。当时水下爆破大队一个十人小分队在乔治・艾奇逊中尉的带领下正驻扎于日本，他们很快被派往朝鲜。

1950 年 8 月：水下爆破大队第 1 分队在 D.F. 韦尔奇少校（绰号“克里”）的率领下抵达朝鲜。他们被赋予的任务对他们来说有点新鲜：在夜晚去炸毁铁路隧道和铁路大桥。1950 年 8 月 5 日夜，小分队离开“迪亚琴科”号两栖运兵舰（舷号 APD–123），携带着充气式小艇去执行一次破袭任务：炸毁丽水市附近一座大桥。带队执行任务的是艾奇逊中尉以及三级司务长沃伦·福利（外号“鱼鳍”）。在行动中，他们与十名朝鲜人民军士兵发生交火。福利中枪跌下了海堤。不过所有人都安全返回了。后来确认，福利司务长是朝鲜战争期间美国海军伤亡名单上的第一人。

1950年9月：9月15日，水下爆破大队第1、第3分队负责支援代号“烙铁行动”的仁川登陆作战行动。

1950年10月：水下爆破大队在元山港参与扫雷行动。两艘美军扫雷舰（舷号AM-275的“海盗”号和舷号AM-277的“誓言”号）触雷，在相隔数英里的位置上沉没。水下爆破大队的成员就在沉船位置附近，他们救起了25名落海水兵。第二天，水下爆破大队成员威廉·詹诺蒂潜入水底标明了“誓言”号的沉船位置，以便美国海军将“誓言”号上珍贵的扫雷装备打捞出水。威廉·詹诺蒂也成为第一个佩戴“开放式循环自主水下呼吸器”进行作战潜水的美国士兵。

1950年11月：水下爆破大队第3分队在朝鲜城津附近执行了水文勘察。

1950年12月：水下爆破大队第3分队在朝鲜半岛的紫月岛、永兴岛和月尾岛等地进行海滩勘察。在当年的圣诞节夜里，由八个人组成的一个班引爆了20吨炸药，炸毁了港口城市兴南附近水域中所有的岸边设施。这也是二战后最大的一次非核爆炸，也是朝鲜战争中最大的一次非核爆炸。

1951年1月—8月：水下爆破大队在镇海、马山、釜山港、须崎以及许多其他地方进行侦察活动。

1951年7月：水下爆破大队第3分队在元山港执行水雷勘探和排除行动。

1951年8月：水下爆破大队第3分队与海军陆战队侦察师的人员开始在朝鲜东西两岸进行突袭行动。

1952年2月：水下爆破大队第5分队建立，并参与扫雷行动直到当年盛夏，此后他们开始执行“渔网”行动，扰乱朝鲜以渔业为基础的经济。

1952年10月：水下爆破大队第3分队在江陵进行侦察活动。

1953年7月：1953年7月27日，朝鲜停战协定生效。在整个战争过程中，水下爆破大队第1、第3和第5分队展现出极高的战备水平和出色的战斗能力。

1954年2月：水下爆破第1、第3和第5分队被分别重新命名为第11、第12和第13分队。驻扎在东海岸的第2、第4分队成为第21和第22分队。这次改组的目的，是配合下面的命名原则：单数被用于太平洋舰队各部，双数则用于大西洋舰队各部。之后不久，水下爆破大队第13分队就解散了。

1955年春：朝鲜战争后，水下爆破大队开始接受固定拉绳式跳伞训练，一开始是试验性地将部分人员送至美国陆军跳伞学校进行培训,后来所有人员都要获得专门的跳伞资质。跳伞并非水下爆破大队成员的首创，但佩带战术性和非战术性潜水设施进行入水跳伞，是他们的首创。

1961 年 3 月 10 日：在一份有关海军游击战 / 反游击战能力提升总体概念的备忘录中，战略规划处处长小威廉 · E. 金特纳少将建议：“适合这种部队的名称是‘SEAL’（海豹部队），即海上（SEA）、空中（AIR）以及陆地（LAND）的缩写，象征着全方位、立体化的战斗能力”。

1961 年 4 月：2506 旅在古巴猪湾登陆，试图推翻菲德尔 · 卡斯特罗的共产党政府，但失败了。在这次行动中，水下爆破大队起到了顾问作用，他们训练古巴流亡者，传授他们战斗蛙人和突袭的技能。但水下爆破大队人员本身没有参加战斗行动，也没有计划让他们这样做。

1961 年 5 月：一份提交给海军作战部第 01 处(即海军作战部长——译者注)的备忘录中，阿雷 · 伯克提出需要一份名单，里面列出展开“游击作战”计划所需要的海军人员和装备。“游击作战”计划促使海豹突击队诞生。

1962 年 1 月：海豹突击队第 1 分队和第 2 分队建立。海豹突击队的成立是一个渐进的过程，不是单个团体或个人的功劳，而是美国围绕国际事务执行其国家政策的产物。

1962 年 10 月：美苏之间爆发古巴导弹危机。水下爆破大队和海豹突击队为战争爆发做了规划和准备工作。

1963 年 11 月：太平洋“海军作战行动支援群”和大西洋“海军作战行动支援群”分别在科罗纳多和利特尔克里克成立，其使命是统领水下爆破大队、海豹突击队以及海滩伞降部队。

1964 年 2 月：舟艇支援部队被建立起来，作为太平洋和大西洋“海军作战行动支援群”的一部分。舟艇支援部队第 1 分队组织了移动支援大队来保障海豹突击队和军事援助集团在越南的行动。舟艇支援部队第 2 分队则为东海岸的水下爆破大队和海豹突击队提供舟艇支援和维护服务。

1964 年 2 月：菲尔 · 布克鲁上校是太平洋海军作战行动支援群的司令。他领导着“越南三角洲渗透研究组”，这个机构的任务是研究北越向南越湄公河三角洲秘密运送人员和物资的问题。《布克鲁报告》的结论是：边境渗透问题十分重大，美国必须发展更为强大、广泛的河流作战能力，来帮助南越军队。

1964 年冬：海豹突击队第 2 分队的成员带领 13 名古巴蛙人进入古巴军港。这些古巴蛙人都是反对卡斯特罗的流亡分子，在古巴导弹危机后继续为中情局服务。他们将四艘停靠在军港内的苏联“科马”级导弹艇炸沉了三艘。

1965 年 4 月：美国发动代号“动力单元”的军事行动，入侵多米尼加共和国，以保护当地美国人的生命，避免多米尼加像古巴一样被卡斯特罗一类的共产主义分子接管。水下爆破大队和海豹突击队参与了此次行动。

1965 年 10 月：水下爆破大队指挥官罗伯特·J. 费伊被一枚迫击炮弹击中，成为在越南战场上第一名阵亡的海军特种作战部队人员。

1966 年 2 月：一支来自海豹突击队第 1 分队的分遣队来到越南西贡以南的桢沙特别区，开始展开直接的军事行动。

1966 年 8 月：8 月 19 日，海豹突击队第 1 分队出现了第一例战斗伤亡。二级雷达军士长比利·玛晨在南越桢沙特别区的一次激烈交火中阵亡。他被追授银星勋章。

1967 年 4 月：“海军作战行动支援群”第 1 分队和第 2 分队分别改名为太平洋海军特战分队和大西洋海军特战分队。

1967 年 4 月：直升机本来不是水下爆破大队的主流武器，但其能力提升迅速，在越战中成为海豹突击队投送和撤出兵力的手段之一。1967 年 4 月 1 日，海军将轻型攻击直升机第 3 中队［HA（L）-3］调动到头顿市。海豹突击队与“海狼”部队联手成为在战场上具有统治地位的战斗部队。

1969 年 3 月：3 月 14 日，海豹突击队第 1 分队上尉约瑟夫·R. 克里（外号“鲍勃”）带领他的海豹突击队战斗排前往敌人控制的地区——芽庄湾，捉拿敌军一批重要的成员和骨干。由于在那一天战斗中勇敢的表现，他获得了荣誉勋章。

1969 年初：位于太平洋的水下爆破大队第 13 分队以及位于大西洋的水下爆破大队第 22 分队成立。

1971 年 7 月：舟艇支援部队改组为“海岸河流中队”，接收了大量从越南回来的海军战斗艇。此外还建立了第 11、第 12 和第 13 海岸河流分部，隶属于“第 1 海岸河流中队”；而第 20、第 21、第 22 和第 24 海岸河流分部，隶属于“第 2 海岸河流中队”。

1971 年 12 月：12 月 7 日，海豹突击队第 1 分队的迈克作战排，在沙农·米克科莱里的带领下回到加利福尼亚州的科罗纳多基地。他们是最后一支从越南撤退的作战部队。一些担任顾问的海豹突击队员仍然留在越南。

1972 年 2 月：海军制服委员会批准了水下爆破大队和海豹突击队的胸章方案。一年后，军官和士兵可以佩戴单个金质三叉戟徽章。海军中，只有水下爆破大队和海豹突击队用金质徽章，其他部队用的都是银质徽章。佩戴勋章的行为确认了军官和士兵在经历了相同的训练后获得了上战场的资格，就如同 1943 年 6 月第一个在皮尔斯堡受训的班级一样。

1972 年 4 月：诺里斯中尉完成了一项史无前例的地面营救活动：营救两名在广治省深深陷入敌后的、被击落的飞行员。由于其英雄般的举动，他被授予荣誉勋章。与他并肩作战的越南海豹突击队三级士官阮文杰后来被授予美国海军十字勋章。越南只有两个人荣获过美国海军十字勋章。

1972 年 6 月：海军上尉梅尔文·S. 德里带领一支海豹输送艇分遣队在北越外海协助进行战俘救援活动。他从直升机跳入海中，试图重返潜在海中的母艇，但在跳下直升机时不幸死亡。这也是海军海豹突击队在越南战争中的最后一名阵亡人员。

1972年10月: 海豹突击队一级士官迈克尔·E.桑顿是美国海军的一名助理顾问，他与海豹突击队的托马斯·诺里斯上尉一起带领三个越南人前往一处越共占领的海军河流基地，执行情报搜集和抓捕俘虏的工作。在一场交火中，桑顿将重伤的诺里斯救出，后来荣获荣誉勋章。他也是越南战场上最后一个在活着时荣获荣誉勋章的人，也是唯一一个拯救了一个荣誉勋章获得者的荣誉勋章获得者。

1973年3月: 来自海豹突击队第1、第2分队的最后一批顾问离开越南，海军特种作战部队在东南亚所执行的正式任务宣告结束。

1975年5月: 南越陷落后不到两个星期，柬埔寨红色高棉部队就袭击并捕获了美国商船"马亚古兹"号，俘虏其船员，将他们送到戈公岛上。美军决定派出海军陆战队的直升机发动攻击,海豹突击队则准备在此之前进行侦察。

1978年10月: 位于圣迭戈的"第1海岸河流中队"被重组为特种舟艇中队第1中队，作为一个海军主要司令部。特种舟艇大队第11、第12和第13分队都是第一中队的下属司令部。"第2海岸河流中队"则被重组为特种舟艇大队第2中队，下辖特种舟艇大队第20、第22和第24分队。特种舟艇部队第26分队后来在巴拿马被组建起来。

1980年10月: 海军正式成立了海豹突击队第6分队。

1983年10月: 海豹突击队与海豹输送艇大队参与了美军在黎巴嫩贝鲁特发动的两栖行动。10月23日，美国海军陆战队的军营遭到炸弹袭击，数百名士兵死亡。

1983年10月: 由于格林纳达总理莫里斯·毕晓普遭到非法的罢黜和处决，美军发动"紧急暴怒"行动，入侵格林纳达。在行动中，数名海豹突击队队员阵亡，包括一级引擎军士长罗伯特·R.尚贝格尔、一级机械军士长肯尼思·J.布彻、一级军需军士长凯文·E.伦德伯格以及一级船体维护军士长斯蒂芬·L.莫里斯。

1985年: 海豹突击队的卡塔尔·弗兰上校成为第一个被提拔为将官的海豹突击队队员。他被任命为海军调查与安全司令部、海军反谍报及反恐情报处主任，荣膺少将军衔。

1987年4月: 海军特种作战司令部在科罗纳多的海军两栖训练营建立。它是美国特种作战司令部的组成部分，也诞生了第一个专门分配给海豹突击队军官的、军衔为将官的职务。第一任司令是查克斯·雷·莫因少将，这也是第二位成为将官的海豹突击队军官。

1987年9月: 在海湾战争中的"主要机会"行动中，海军特种作战部队在美国特种作战司令部麾下第一次执行任务。海军特种作战部队麾下的海豹突击队与他们的特种舟艇和陆军Ah-6或MH-6直升机从"漂浮作战基地"出发展开行动。这种"漂浮作战基地"就是一种被称为"大力神与温布朗7"的驳船。

1987 年 9 月：美军发动“主要机会”行动，这是一次秘密的行动，行动目的主要在于阻止伊朗军队对波斯湾航运线的袭击。海豹突击队一支分队登陆了伊朗“阿亚”号舰艇，这艘伊朗布雷舰是由其他种类船只改装而成的，它被美军捕获。在攻击行动中，数名伊朗水兵跳船，后被救起。海豹突击队将这艘船彻底破坏。

1987 年 10 月：美军发起“真诚意志”行动。1987 年 5 月 17 日，伊朗发射两枚“飞鱼”导弹，击毙美国军舰“史塔克”号上的 37 名水兵，伤 21 人。德黑兰还曾几次从法奥半岛向科威特发射中国产“蚕式”导弹，还用“蚕式”导弹袭击了悬挂美国国旗的“海岛城市”号油轮。华盛顿对此展开报复：派出海豹突击队炸毁了罗斯塔姆油田上的一座石油平台。

1989 年 12 月：美军发动“正义事业”行动，攻入巴拿马，罢黜了曼纽尔·诺列加，后者是巴拿马将军、独裁者和实际上的军事领袖。海豹突击队先占据了帕提拉机场，防止诺列加乘坐私人飞机逃脱。约翰·康纳斯上尉、引擎军士长唐纳德·麦克福尔、二级鱼雷军士长伊萨克·罗德里格斯以及一级水手军士长克里斯·蒂尔曼在行动中阵亡。另有八名海豹突击队队员在行动中受重伤。

1990 年初：特战快艇艇员资格训练课程建立，此后任何渴望成为特战快艇艇员的人都要接受正规的训练。

1990 年 8 月：海湾战争（1990 年 8 月 2 日—1991 年 2 月 8 日，又称“沙漠风暴”行动）爆发。美军发动这场作战行动的目的在于将萨达姆的军队驱逐出科威特。海豹突击队一小支分队导演了一次吸引敌人注意力的“登陆作战”，成功地吸引了大量的伊拉克部队向错误的方向进行调动。海豹突击队和美国陆军的直升机一道在卡拉赫岛上和周边海域抓捕了 75 名伊拉克士兵。

1992 年 3 月：波黑战争成为一场国际战争。海豹突击队从 1995 年 11 月开始在那里进行常规部署，执行特种作战任务。在几年时间里，海豹突击队负责在那里进行追捕战犯的工作。

1993 年 10 月：海豹突击队和美军其他特种部队一道发起“哥特毒蛇”行动，主要宗旨在于抓捕索马里军阀艾迪德。一架黑鹰直升机坠毁，在负责营救机组人员的行动中，海豹突击队一名军官和三名士兵表现出色，后来被授予银星勋章。

1994 年：特战快艇艇员的海军士兵类别代字（NEC）被定为 9533，并且正式形成了“闭环式”人才流动机制，这也意味着这些人的整个海军职业生涯都可以在特种舟艇部队度过。

1994 年 9 月：美军领导的多国部队发起“坚持民主”行动。1995 年 3 月 31 日，整个行动正式结束，多国部队被联合国海地任务部队（UNMIH）所取代。海豹突击队、特种舟艇部队以及海军特种作战部队的海岸巡逻舰参与了此次行动。

1998 年 9 月：美军发动“影子快车”行动，海豹突击队和其他美军特种部队在 1998 年秋季部署到利比里亚，因为蒙罗维亚的暴乱已经威胁到美国大使馆的安全。在接到命令12个小时后，司令部和指挥分支、海豹突击队20支分队、海岸巡逻舰“支奴干”号以及携带着11米长海军特种作战部队刚性充气艇的特战快艇部队就部署到利比里亚外海，准备进行强有力的应对。

2001年9月：“9·11”事件，全球的注意力聚焦到伊斯兰极端恐怖主义身上。海豹突击队立刻向此次恐怖袭击的源头——阿富汗出击。“9·11”事件之后，海豹突击队就长期在伊拉克和阿富汗等地，与军事和情报机构一起工作，矛头直指恐怖主义团体的领导层，尤其是“基地”组织，还为当地的部队提供训练和保障服务。

2001年9月：美军在阿富汗发动“持久自由”行动。在联合特种作战特遣部队（ECJSOTF）的框架下，海豹突击队负责支援“卡－巴特混部队”。统领南方联合特种作战特遣部队（ECJSOTF-SOUTH）的是海豹突击队上校罗伯特·哈沃德，这支部队的成立就是为了应对“9·11”恐怖袭击的。“卡－巴特混部队”包括海豹突击队、特战快艇部队、美国陆军特种部队、美国空军作战控制员以及来自加拿大、挪威、丹麦、德国、澳大利亚、新西兰和土耳其的联合特种部队。2004年12月，美国总统布什在一场私人典礼上向“卡－巴特混部队”授予“总统团队表彰奖”，感谢这批战士在2001年10月到2002年3月间的英勇作战。这也是越南战争后海军特种作战部队首次获得这一殊荣。

2002年3月：美军发起“蟒蛇”行动。3月3日，美军和塔利班部队在塔克盖尔山顶进行了一次短促而激烈的交战，这也是整个“蟒蛇”行动中最为致命的一场战斗。“蟒蛇”行动的目的是将塔利班部队从沙伊库特山谷和阿马山区驱逐出去。美军最终夺取了目标山脉，但八名军人阵亡，多人受伤。海豹突击队的军士长尼尔·C.罗伯茨是第一个在战场上倒下的美军士兵，这场战役也被称作“罗伯茨山脊战役”。

2002年3月：海豹突击队的军士长尼尔·罗伯茨在“蟒蛇”行动中阵亡于阿富汗，他是海豹突击队中第一个在反恐战争中阵亡的将士。

2002年10月：第1和第2特种舟艇中队被改组为海军特战第3分队和第4分队。特种舟艇大队则成为特种舟艇部队。

2003年4月：2003年3月23日，一个美国陆军作战保障营在路上错拐了一个弯，结果在纳西里耶附近遭到伏击。纳西里耶是伊拉克巴士拉西北幼发拉底河的关键交汇点。二等兵杰茜卡·林奇——一名补给书记员被伊拉克部队活捉。与她在一起的另外11名美军士兵被杀。2003年4月1日，海豹突击队在海军陆战队和美军其他特种部队的支援下，向林奇被拘押的一所医院发动夜袭，成功地将她救出并取回八具美国大兵的尸体。

2004年12月：“詹姆斯·E.威廉斯”号军舰（舷号DDG-95）入役。这艘军舰的命名，是为了纪念一名越战老兵，他也是海军历史上获得勋章最多的士兵。除了荣誉勋章，威廉斯还获得许多奖励，包括海军十字勋章、银星勋章、海军和海军陆战队勋章、铜星勋章、紫心勋章以及海军表彰勋章（配上杰出作战章）。詹姆斯·E.威廉斯于1999年去世。

2005年6月：美军发动“红翼”行动：2005年6月27日深夜，四名海豹突击队队员组成的小分队出发，任务是进行勘探和侦察。但他们被一架MH-47直升机投放到地面后不久，就陷入了伏击圈中，四名海豹突击队队员中三人阵亡，快速反应部队立刻出动一架直升机来帮助他们，但也被火箭推进榴弹击落，机上八名海豹突击队队员和八名陆军特战空勤团团员丧生。几天后，海豹突击队卷土重来，诛杀了击落直升机的刽子手。

2005年6月28日：在执行“红翼”行动的过程中，四名参与任务的海豹突击队队员中，有三名不幸阵亡，他们分别是：墨菲、迪茨和阿克塞尔森。快速反应部队立刻出动一架直升机来帮助他们，但也被火箭推进榴弹击落，机上八名海豹突击队队员和八名陆军特战空勤团团员丧生。出事地点位于阿富汗库纳尔省的阿萨达巴德附近。墨菲上尉因为其在阵亡当天的英勇表现，后来被追授荣誉勋章。

2006年9月29日：在伊拉克战场上，海豹突击队成员迈克尔·A.孟苏尔为了拯救战友的生命，扑到了敌人的一颗手榴弹上，光荣牺牲。后来在白宫的典礼上他被追授荣誉勋章。

2006年9月：海军批准了新的海豹突击队特种作战作战员（SO）和特战快艇部队作战舟艇操作员（SB）的评定体系。

2007年7月：埃里克·T.奥尔森成为第一名获得相应资格，晋升三星中将的海豹突击队队员，他后来又晋升为四星上将。他也成为第一个统领美国特种作战司令部的海军军官。

2008年8月8日：在弗吉尼亚利特尔克里克举行的典礼上，海豹输送艇大队第2分队建立。

2009年4月：在索马里港口埃勒西南240海里处，索马里海盗劫持了“MV马尔斯克·亚拉巴马”号货轮。这也是自19世纪早期后，登记在美国旗下的轮船首次遭到劫持。美军军舰“班布里奇”号与从“MV马尔斯克·亚拉巴马”号货轮乘坐救生艇下水的海盗展开对峙。在救生艇上，还有遭到海盗劫持的船长——理查德·菲利普斯。2009年4月12日，多名海豹突击队狙击手从“班布里奇”号舰尾同时射击，三颗子弹瞬间将救生艇上的三名海盗全部击毙。

2011年5月：美军发动“海王星之矛”行动：海豹突击队执行跨境行动，在巴基斯坦的阿博塔巴德将本·拉登击毙于自己的住宅内。“9·11”事件元凶的被诛已经酝酿了好几年。当海豹突击队队员杀进本·拉登的住宅时，他们身上的通信设备让坐镇白宫的国家安全团队队员清晰地听到“杰罗尼莫”的叫喊声。“杰罗尼莫”是美国印第安人阿帕切族首领，在这里是美军用来指代本·拉登的暗号。奥巴马总统说：“当我们听到‘杰罗尼莫’被当场击毙时，我们就知道（是拉登死了）。”奥巴马后来将这次突袭描述成“总统生涯中最重要的一天”。

2011 年 8 月： 8 月 6 日，一架 CH–47D 直升机在阿富汗的瓦尔达克省坠毁，导致机上 38 人死亡。这架飞机及其机上乘员的代号是“敲诈 17”，其上搭载了一支快速反应部队，包括 17 名海豹突击队队员和他们的攻击型军犬，5 名海军特种作战部队水兵和 8 名美国陆军空勤人员以及美国空军伞降救援及作战管控人员，还有 8 名阿富汗安全部队成员。他们来到这里降落，是为了帮助当地的美国陆军游骑兵部队的，但被敌人的火箭推进榴弹击中，并且坠毁，机上所有人员毙命。17 名英勇的海豹突击队队员丧命，这也是海豹突击队历史上单次死亡人数最多的一次行动。

“ 明天的未来，
正由全世界的勇士在今天规划。”

关于本书的作者和摄影师

格雷格·E. 马蒂逊

作者/摄影师/摄像师/军人

格雷格·E. 马蒂逊在战区里工作就像在白宫里工作一样舒服。在超过29年的时间里，他将英勇的军人们那史诗般的生活编纂成书，将那些命运多舛的明星的生活编纂成书，将那些媒体所关注的、为美国制定政策者的混乱生活编撰成书。

格雷格·E. 马蒂逊在长岛的格伦科夫出生并长大，他在美国陆军服役十年，声名显赫，因此能够在联邦政界和新闻机构两个领域里都如鱼得水，进出自如。从名人隐私，到权贵私生活，或者声名狼藉者的另一面，他都能深入探查。

马蒂逊所报道的当代悲剧性事件以及具有分水岭意义和里程碑意义的政治、文化、历史事件相当多，今日的摄影师中极少有能出其右者。1981年他成立了MAI摄影新闻社，此后，美国特勤局、联邦应急管理署、美国司法部和军事单位都请他来抓拍这些机构为美国人民服务的照片，以凸显它们的核心价值。他所操刀的照片出现在《生活》《时代》《新闻周刊》《美国新闻和世界报道》《纽约时报》《巴黎竞赛画报》以及全球数千种杂志报纸的封

面上，这些报纸杂志遍布全球64个国家。

马蒂逊不仅在政治圈和军界里享有盛名。这名越战老兵追随美军的足迹，对美国军队有着深入的了解，从巴拿马和洪都拉斯的丛林到开阔的海洋，从朝鲜半岛非军事区到海湾战争——包括沙漠风暴和伊拉克战争的战场，都留下了他的足迹。在15年的时间里，他几次进入伊拉克，每次都要在那个危险的国家待上几个月，描绘伊拉克人民和库尔德人民艰苦卓绝的斗争，他也由此在前线积累了丰富的经验。他曾在尼加拉瓜的丛林里与反对派武装住在一起，后者正与桑迪诺

作战；他也是第一个进入科威特城的，记录了美国海军陆战队进入这座城市的过程，当时美国海军在“沙漠风暴”行动中将伊拉克的军队从科威特赶了出去；他还站在萨瓦河冰封的河面上，报道美军第一批 M1 坦克进入波斯尼亚和黑塞哥维那。

马蒂逊充满危险的职业生涯在 2003 年达到了顶峰。他被美国全国广播公司（NBC）选中，在伊拉克战争正式爆发前两个月和另外四人秘密潜入冰雪覆盖的伊拉克山区，进入未来的战区。战争中，其他媒体的报道团队都是嵌入美军部队活动，只有马蒂逊的报道团队不是，他们单独行动，赶在美军前抵达萨达姆位于提克里特的行宫。他拍摄的录像出现在全国广播公司和美国广播公司（ABC）新闻网上。他的客户包括国王、王后、总理、国家首脑、公司首脑以及政府机构，但他总能获得这些人的信任，而且他总能获知关键的简报，他一直是团队中的一员。

在过去 22 年的时间里，马蒂逊一直试图编纂一本有关美国海豹突击队以及封闭的海军特种作战部队群体的“终极画册”。现在，我们终于能够揭开笼罩在他们身上的神秘面纱，见识一下美国最伟大的神秘勇士及对他们进行保障的人员。

戴维・加特利

摄影记者

戴维・加特利是一名独立摄影记者，其工作任务其实遍布全世界。尽管住在美国的西南角，但他的技能和名气使得他能够在整个美国乃至全世界通行无阻，前往“硬新闻”（关系到国计民生以及人们切身利益的新闻——译者注）机构、公司、美国军方以及其他美国政府机构。

戴维成为职业摄影师已经有 39 个年头，他也曾经是《洛杉矶时报》的首席摄影师，在《洛杉矶时报》工作了 18 个年头，在之后超过 21 年的时间里，他又以自由职业者的身份充当商业或媒体报道摄影师。在去《洛杉矶时报》之前，戴维在兰德公司充当高级计算机程序员及分析师，分析领域主要是军事后勤、武器系统和大型政府数据库。

在全国范围内，戴维・加特利都被认为应该获得奖项，他也的确获得过三次普利策奖提名，他曾经为数百家国际和国内新闻杂志、报纸服务，出版的书籍超过 36 本。

现在的摄影师几乎没有一个能广泛报道当今重大事态、广泛报道在文化和历史

上具有里程碑意义的自然或人为灾难。在戴维的这一领域，也很少有人能拥有相应的技术背景和工作经验。他将《数码摄影》以及《数码影像解决方法》中的参考意见、设计、指导以及执行方法引入联邦应急管理署和圣迭戈动物园协会的“数码存档计划”中。在充任联邦应急管理署国家紧急反应小组首席摄影师时，他还发起了“新闻照片桌”行动。

加特利的工作使得他的足迹遍布美国的每一个州以及 30 个国家，而且所有这些地方他都去过好几次。最近，他刚刚去过被战火蹂躏的中东国家——阿富汗和伊拉克，还去过科威特、巴基斯坦、巴林、卡塔尔、阿联酋、土耳其、乌兹别克斯坦以及吉尔吉斯斯坦。此外，他还在西欧和西太平洋执行过很多任务。

他的商业和公司客户包括通用汽车、通用动力、国际电话电报、洛克希德、摩托罗拉、太平洋贝尔、松下、雷神、圣迭戈动物园协会，此外还有多家制药企业等。

他曾经是美国媒体摄影师协会洛杉矶和圣迭戈分会的董事及副主席，还担任过圣迭戈新闻摄影师协会的主席。戴维在美国波因特洛马拿撒勒大学教授摄影记者学，并曾经发表演讲；当松下在全国为“数码摄影学院”进行广告宣传时，他还曾充任过指导者。

美国海军海豹突击队退役少将　乔治·沃辛顿

乔治·R. 沃辛顿少将在肯塔基州的路易斯维尔出生，1961 年 6 月从美国海军学院毕业进入部队服役。最初他在驱逐舰上为舰队司令充当副官和信号旗手。他申请参加水下爆破训练并且在 1965 年 12 月从第 36 训练班毕 a 业。

毕业后他在水下爆破大队第 11 分队充任作战及执行军官，并且随队完成了向越南的两次作战部署。在完成海军驱逐舰学院系主任课程后，他在“斯壮”号驱逐舰上（舷号 DD-768）担任作战军官。后来他被分配到海军特种作战司令部并且在位于西贡的海军特种作战集群（越南）服役了一年。后来他又去美国海军陆战队司令部、参谋学院以及国家战争学院深造。

此后，沃辛顿在海豹突击队第 1 分队、近海水底作战第1集群担任相应军衔的职务，他还曾负责海军海洋哺乳动物项目以及海军特战第 1 分队，负责西海岸的海豹突击队各分队以及特种舟艇中队。他担任过的参谋职务包括：受海军作战部长之命担任海军特种作战部队的项目发起人，担任欧洲特种作战司令部（驻地在德国斯图加特）参谋长，充任国防部长的“信号旗手”，也就是国防部长的副助理（主管特种作战和反恐）。此后他又出任海军特种作战司令部司令，卸任后退役。

退役后，沃辛顿在多家公司及组织内担任董事职务，包括：“佐迪亚克”（美军作战橡皮突击艇的制造商）北美公司、WESCAM-Sonoma 公司（为“捕食者”无人机制造高清稳定摄像系统）、特战勇士基金会（非营利组织，为死亡的特种作战部队人员的子女提供大学奖学金）。他还是位于圣迭戈的“高技术解决方案”的董事会顾问，这是一家政府服务公司。

他还在“作战室研究”机构工作了两年，主要负责作战室的设计和安全工作。他目前为 IFG 有限公司充当顾问，提供有关海岸作战潜艇需求方面的建议。海军研究局已经授权建造海岸支援艇（试验性），或者称“X 艇”。沃辛顿在《美国海军学会会刊》上数次极力推荐“X 艇”作为海岸作战艇或者作战艇。他已经为多本选集撰写了有关海豹突击队的章节，这些选集的名称是“海军”和“美国特种作战部队”。

沃辛顿是个运动迷，进行过超过 1200 次的跳伞，还是个狂热的滑雪爱好者以及游泳大师。他是多个专业协会的成员。但他的兴趣还是在国家防务和海军特种作战部队的海岸作战能力方面。

美国海军海豹突击队退役海军中校　汤姆·霍金斯

汤姆·霍金斯中校在退役前在美国海军服役了整整24年，他曾是海豹突击队的一员，也是海军特种作战部队的军官。他在西弗吉尼亚的菲律匹出生、长大，1966年2月加入海军，次年5月开始服役。他在弗吉尼亚州的利特尔克里克跟随第38训练班完成了水下爆破大队替代训练，然后在水下爆破大队第21、22分队和海豹突击队第2分队效力。在海豹突击队第2分队期间，他充任作战排长并被部署到越南共和国。后来他充任水下爆破大队第22分队指挥官长达33个月之久，并且带领其接受改造，使其成为海豹输送艇大队第2分队。此后他出任海军海洋系统司令部海军特种作战部队项目负责人直到退役。他获得的荣誉包括铜星勋章以及海军表彰勋章（配战斗"V"形章及作战行动绶带）。目前，他正在海军特种作战研发大队旗下的作战研发指导局工作。1995年至2005年间，汤姆·霍金斯充任水下爆破大队－海豹突击队协会主席，这是一个美国海军蛙人及海豹突击队成员的联谊组织。同时，他还是水下爆破大队－海豹突击队纪念公园协会、水下爆破大队－海豹突击队博物馆协会董事。2000年，他创立了海军特种作战部队基金会，并且担任总裁及主席，目前他仍然是这个机构历史及遗产分部的负责人。从1994年开始，他担任《爆炸：海军特种作战部队期刊》的编辑及出版人，这是一份由水下爆破大队－海豹突击队协会和海军特种作战部队基金会出版的季刊。汤姆和妻子卡萝尔目前居住在弗吉尼亚州的弗吉尼亚海滩，他们很快将搬去西弗吉尼亚的新家。

鸣 谢

尊敬的乔治・W. 布什
第 43 任美国总统

尊敬的唐纳德・C. 温特
海军部长

尊敬的小约翰・F. 莱曼
海军部长

美国海军退役上校凯文・文辛
国防部公共事务专门助理

美国海军陆战队退役上校小巴尼・巴纳姆
海军部长副助理

尊敬的克里斯托弗・M. 莱曼
美国海军海豹突击队上将埃里克・T. 奥尔森
美国海军海豹突击队上将威廉・H. 麦克莱文
美国海军海豹突击队上将约瑟夫・马圭尔
美国海军海豹突击队中将伯特・M. 卡兰
美国海军海豹突击队中将鲍勃・哈沃德
美国海军海豹突击队少将加里・J. 博内利
美国海军海豹突击队少将约瑟夫・D. 克南
美国海军海豹突击队少将爱德华・G. 温特斯三世
美国海军海豹突击队少将汤姆・布朗
美国海军海豹突击队少将肖恩・A. 派伯斯

美国海军海豹突击队上校查尔斯・赫伦
美国特种作战司令部 海军特战第 2 分队

美国海军海豹突击队上校科林・基尔莱因
美国特种作战司令部 海军特战第 2 分队

美国海军海豹突击队上校加德纳・豪
美国特种作战司令部 海军特战第 3 分队

美国海军海豹突击队上校埃万・汤普森
美国特种作战司令部 海军特战第 4 分队

美国海军海豹突击队上校查尔斯・沃尔夫
美国特种作战司令部 海军特战第 4 分队

美国海军海豹突击队上校罗杰・赫伯特
海军特种作战部队训练中心

美国海军海豹突击队上校邓肯・史密斯
海军特种作战司令部

美国海军上校贝西・布伦顿
海军部长办公室公共事务专门助理

美国海军上校韦斯利・斯潘塞
海军特战第 1 分队高级训练司令部指挥官

美国海军上校 C.R. 林塞
海军特种作战司令部指挥官

美国海军中校格雷格・盖森
海军特种作战司令部部队公共事务官员

美国海军中校迈克尔・威尔逊
美国特种作战司令部海军特种作战部队后勤支援部队第 1 分队

美国海军中校萨斯
海军特战第 3 分队海豹输送艇大队第 1 分队（驻夏威夷珍珠港）

美国海军上校韦斯利・斯宾塞
海军特战第 1 分队高级训练司令部指挥官

美国海军中校戈登・豪
海军特战第 3 分队将领

美国海军中校克里斯托弗・J. 卡西迪
美国海军，海豹突击队，美国航空航天局

美国海军少校约瑟夫・P. 本恩斯
美国特种作战司令部海军特种作战部队后勤支援部队第 1 分队

美国海军海豹突击队退役少校乔・富勒
海军特种作战部队军官、士气鼓动者、导师

美国海军少校泰里・亚历山大
海军特战第 1 分队

美国海军少校麦克唐纳
海军特战第 3 分队—海豹输送艇大队第 1 分队（驻夏威夷珍珠港）

美国海军少校埃里克・雷伯格

美国特种作战司令部海军特种作战司令部

美国海军少校迈克尔·本内特
美国海岸警卫队

肯·麦格劳
美国特种作战司令部

海豹突击队二级准尉查德·克莱门特

准尉彼得·萨加斯蒂
海军特战第3分队—海豹输送艇大队第1分队（驻班歌，位于华盛顿州西雅图外的基波特）

弗雷德·弗朗西斯
全国广播公司（NBC）报道员

卡尔·罗夫

美国海军海豹突击队退役准将鲍勃·里夫
美国海军特种作战部队基金会

史蒂夫·吉尔摩
海军特种作战司令部

莉娜·卡梅洛
海军特战第1分队

特里什·奥·康纳
海军特种作战司令部助理公共事务军官

汤米·克罗斯比中尉
海军特战第1分队公共事务军官

琳达·斯威尼中尉
海军特战第1分队公共事务军官

内森·波特中尉

史蒂夫·舒尔茨中尉
科迪亚克

雅各布·布赫中尉
圣克利门蒂岛

拉塞尔·奥尔德里奇中尉
“俄亥俄”号核潜艇

乔·科切拉中尉
“俄亥俄”号核潜艇

舒尔茨中尉
美国特种作战司令部海军特战第1分队负责军官（科迪亚克分遣队）

乔纳森·麦卡斯基尔中尉
美国特种作战司令部海军特种作战司令部—海军特种作战部队特种舟艇部队第12分队 海军两栖训练营—特战快艇部队

米凯拉·约翰斯顿中尉
海军特战第4分队医学博士

达纳·德科斯泰中尉

鲍尔中尉
特战快艇部队战术性战术侦察小组

马克·维尔泰梅
海军历史中心

戈登·阿切尔
海军海洋系统司令部（NAVSEA）卡德洛克分部

格雷格·E. 马蒂逊（外号“芯片”）

斯科特·D. 威廉斯一级军士长
海军特种作战司令部

海豹突击队特种作战作战员达伦·安德森军士长
美国特种作战司令部海军特种作战司令部—海军特种作战部队特种舟艇部队第12分队 海军两栖训练营—特战快艇部队

凯文·比彻姆二级军士长
美国特种作战司令部海军特种作战部队助理公共事务军官

二级大众传播专员布赖恩·比拉
海军特种作战司令部

博伊丘克一级军士长
美国特种作战司令部海军特战第1分队

一级大众媒体专员斯科特·博伊尔
海军特战第4分队

拉里·布朗
波音公司

阿尔·布鲁顿
潜水大师、国际水下摄影师

德伯拉·卡森退役军士长

格雷格·库克
潜水集团有限公司

理查德·朗
朗金泰克斯公司

S. 保罗・德夫
D 星工程公司

一级大众传播专员罗伯特・M. 迪莱夫斯基
海军特战第 3 分队

马克・法兰
摄影师

罗恩・费尔南多
德尔格安全有限公司

凯西・加特利

罗伯特・汉密尔顿
通用动力电船公司

美国海军海豹突击队退役上校迈克尔・R. 霍华德
海军水下爆破大队—海豹突击队博物馆执行主任

R. 贾森・贾基周
后勤支援部队 负责医疗康复及水疗箱

乔・库恩斯一级军士长
科迪亚克分遣队

克里斯蒂安・J. 兰博岑及其家人

金伯利・劳达诺
第 160 特战空勤团公共事务专员

海豹突击队特种作战员 里科・马达法里
圣克利门蒂岛

雷诺兹・R・马里昂
马里昂公司酷炫潜艇项目组

约翰・卡弗
"鹰工业"公司

华莱士・马丁
海军航空武器站，中国湖

退役海豹突击队员莫基（菲利普）马丁
超级蛙人 / 超级海豹突击队项目

海豹突击队特种作战作战员 达伦・迈克伯内特

鲁斯・麦克斯威尼
海军水下爆破大队—海豹突击队博物馆

沃尔特・梅斯

战略情报局海事连

一级司库 马特・穆尔
海军特种作战部队后勤支援部队第 1 分队

特战快艇部队作战舟艇操作员 加拉斯・奥布赖恩

埃里克・彼得斯一级军士长
美国特种作战司令部 海军特种作战中心 科迪亚克分遣队

马修・R. 马斯达姆中尉
美国特种作战司令部 海军特种作战中心

斯蒂芬・H. 舒尔茨中尉
美国特种作战司令部 海军特种作战中心

布赖恩・D. 科中尉
美国特种作战司令部 海军特种作战中心

查尔斯・平奇
战略情报局社团有限公司

韦恩・斯坦赛尔
圣克利门蒂岛

海军少尉扎克・施泰因博克
尼兰负责军官

马蒂・斯特朗
黑水全球公司

安迪・威尔金斯一级军士长
尼兰

戴维・威尔伯丁
STIDD 系统有限公司

特战快艇部队准尉戴维・怀利

克里斯托弗・R. 博尔顿中尉

迈克・海斯，国家安全委员会

金伯利・蒂肖内
第 160 特战空勤团

卡尔・克罗夫特
国家反恐中心

莱斯利・朱厄尔
国家反恐中心

还有所有帮助完成本书的作战人员、大众传媒人员、公共事务官员、参谋人员以及其他政府机构。